Gunter Haug

Margrets Schwester

Verlag Landfliege

Gunter Haug

MARGRETS SCHWESTER

Auf der Suche
nach einem glücklichen Leben

Roman

Landhege Verlag

www.landhege-verlag.de
1. Auflage 2016

Gestaltung des Einbandes: Ilona Bucher, Berlin
Satz: Dörr und Schiller GmbH, Stuttgart
Druck und Binden: CPI books GmbH, Ulm

Druck ISBN: 978-3-943066-40-1
EPub ISBN: 978-3-943066-41-8

Dieses Buch erzählt die Lebensgeschichte von Johanna Magdalena Friedrich: einer armen Frau aus dem süddeutschen Ort Treschklingen bei Rappenau. Eine Geschichte aus der Mitte des 19. Jahrhunderts – die Spur einer lebenslangen Suche nach Glück, Geborgenheit und einem kleinen bisschen Liebe.

Johanna Magdalena Friedrich

ist am 3. August 1829 in Treschklingen bei Rappenau auf die Welt gekommen. Im Dorf kannte man die Kleine als ein fröhliches Mädchen. Denn obwohl sie in recht ärmliche Verhältnisse hineingeboren worden war, fühlte sich Johanna auf eine unbestimmte Art und Weise unbeschwert, geborgen und zufrieden. So ein Kind spürt die Armut ja meistens nicht, vor allem dann nicht, wenn es bei den anderen Familien im Dorf genauso kärglich und bescheiden zugeht, wie zuhause. Und genau so war es in Treschklingen. Bei allen: bei den Tagelöhnern, den Kleinbauern, den herrschaftlichen Angestellten auf dem Gutshof, den Arbeitern und den Straßenwarten – sogar bei den Handwerkern. Die einzige Ausnahme bildeten die beiden Gastwirte und natürlich der Rittergutsbesitzer. Sie seien arme, aber glückliche Leute gewesen – so würde Johanna später einmal über ihre frühe Kindheit erzählen. Und dass sie der ganze Stolz ihrer Mutter gewesen sei, mit ihren dunklen, fast schwarzen, glänzenden Haaren und ihrer dunklen Hautfarbe, die in einem scharfen Kontrast zu Johannas wasserblauen Augen stand. »Die hast du von deinem Vater geerbt«, murmelte die Mutter manchmal lächelnd, wenn sie ihrer Tochter die Haare wieder zu zwei großen Zöpfen flocht, die dem Mädchen bis zu den Schultern herunter reichten. Auf ihre anschließende Frage, wer denn eigentlich ihr Vater sei, erhielt sie freilich niemals eine Antwort. Die Mutter pflegte darauf grundsätzlich nur leicht den Kopf zu schütteln, während sie den Zeigefinger der rechten Hand behutsam vor ihre geschlossenen Lippen führte.

Natürlich konnte Johanna im Vorübergehen ab und an aufschnappen, wie sich manche hinter vorgehaltener Hand spöttische Bemerkungen über »die Zustände« im Haus des Kleinbauern Christoph Friedrich ins Ohr tuschelten, aber das brauchte sie nicht weiter zu bekümmern – schließlich gab es ohnehin kaum eine Familie, die von der üblichen Tratscherei der dorfbekannten Lästermäuler verschont geblieben wäre.
Dennoch war ihr bald klar geworden, worauf die Schwätzer abzielten: auf diese ihrer Meinung nach seltsamen, wenn nicht sogar unziemlichen Familienverhältnisse im Haushalt der Friedrichs. Na und? Sollten sie sich ruhig weiter das Maul darüber zerreißen, dass Johannas Mutter auch nach der Geburt ihrer beiden unehelichen Kinder noch zusammen mit ihren drei jüngsten Geschwistern Maria, Georg und Elisabeth unter dem Dach des Vaters lebte. Und dass sie dort schon vorher – im März 1827 – ohne lange zu fackeln im Alter von 19 Jahren sogar die Rolle der Bäuerin übernommen hatte, nachdem ihre Mutter in diesem Monat überraschend verstorben war. Die kleinen Geschwister mussten schließlich versorgt werden – da hatte es für Christina Friedrich gar nichts zu überlegen gegeben. Dass sie später als »ledige Mutter« mit Johanna und dem fünf Jahre jüngeren Georg zwei Kinder geboren hatte, deren Vater sie partout nicht preisgeben wollte, war Anlass für weitere solcher spöttischen Kommentare (und mancherlei wilde Spekulationen über die Vaterschaft) gewesen. Freilich ebbten mit den Jahren die Verdächtigungen allmählich ab, nachdem sie von den Friedrichs grundsätzlich unkommentiert geblieben waren. Schließlich war das Geschwätz eines Tages ganz verstummt und die Aufmerksamkeit des Dorfes hatte sich lohnenswerteren Opfern zugewandt.

Tagein-tagaus führte Christina Friedrich also sorgsam den Haushalt, versorgte die beiden Ziegen im Stall, kümmerte sich um die Hühner, die Hasen, manchmal besaß man sogar ein Schwein, während ihr Vater vom frühen Morgen bis zum Anbruch der Dunkelheit seine Arbeit auf den kleinen Feldern verrichtete, die zu seinem Anwesen gehörten oder, wenn sich die rare Gelegenheit ergab, als Tagelöhner noch ein bescheidenes Zubrot auf dem stattlichen Rittergut der Freiherren von Gemmingen zu verdienen. Nach und nach waren die Geschwister erwachsen geworden, hatten sich mit 14 Jahren als Dienstboten und Haushaltshilfen verdingt und das Haus verlassen, in dem Christina nun mit ihren beiden Kindern und dem Vater alleine zurück blieb. Immerhin gelang es den restlichen Friedrichs dadurch, sich öfter einigermaßen satt essen zu können, auch wenn der Speisezettel natürlich nach wie vor bescheiden blieb und mancherlei Lücken aufwies. Von einer üppig gedeckten Tafel, wie sie vom Esszimmer des Ritterguts geschildert wurde, konnten sie bestenfalls träumen. Aber wenigstens musste man keinen Hunger leiden – und das allein war ja auch schon eine Gnade, für die man dem lieben Gott nicht genug danken konnte, sagte der Herr Pfarrer im Gottesdienst. So verliefen die Tage, Wochen, Monate und Jahre ihrer frühen Kindheit für Johanna alles in allem in einem gemächlichen Rhythmus, in dessen unspektakulärer Gleichförmigkeit sich ein heranwachsendes kleines Mädchen wie sie, von einem unsichtbaren schützenden Kokon umgeben, sorglos und behütet fühlen durfte. Zumal die Familie weitgehend von schlimmeren Krankheiten verschont blieb. Seit dem plötzlichen Tod der Großmutter war kein weiterer Schicksalsschlag mehr über die Friedrichs hereingebrochen. Gottseidank. Denn der Tod seiner Frau hatte Christoph Friedrich damals ohnehin schwer genug getroffen. Der ruhige, kräftig gebaute Mann schien seither förmlich in sich zusammen gesunken, selten sah man ein Lächeln über sein Gesicht huschen, auch das Abendessen nahm er meist schweigsam ein. Dennoch hatten Johanna und ihr kleiner Bruder Georg den stillen Großvater ganz besonders in ihr Herz geschlossen und die beiden Kinder konnten sich kaum etwas Schöneres vorstellen, als an warmen Tagen am Sonntag nach der Kirche mit dem Opa Christoph auf der Holzbank vor dem windschiefen Haus zu sitzen und ihm beim Flechten von Weidenkörben helfen zu dürfen, während die Mutter in der Küche das Essen zubereitete. Es war – selbst ohne viele Worte – ein warmes Gefühl der Zuneigung und Vertrautheit, das sie in diesen Augenblicken verspüren konnten. Bis zum Januar 1837 war das so, jenem Monat, der ihr Leben schlagartig in eine andere Richtung katapultieren sollte. Der Monat, in dem Johannas zweieinhalbjähriger Bruder Georg ums Leben kam.

Es war am späten Vormittag des 29. Januar 1837 geschehen – einem bitterkalten, eisklirrenden Sonntag. Während Johanna nach dem Gottesdienst ihrer Mutter beim Kochen zu helfen hatte (»Mit acht Jahren wird es allmählich Zeit, dass du weißt, wie man ein Essen zubereitet!«), war der Großvater mit Georg zu einem Spaziergang aufgebrochen, der sie an den kleinen Weiher am Treschklinger Bach außerhalb des Dorfes führen sollte. Denn nachdem sich die Eiseskälte mit einem scharfen östlichen Wind schon seit drei Tagen über das Land gelegt hatte, war der Opa der Meinung gewesen, die Wasserfläche des Weihers könnte mittlerweile schon fest genug gefroren sein, um sich darauf zu wagen. Natürlich hatte Georg begeistert zugestimmt, als er hörte, worum es ging. Er konnte es kaum erwarten, an den (hoffentlich) zugefrorenen Weiher zu kommen. Und so war noch keine halbe Stunde vergangen, als sie ihr Ziel erreichten. Vorsichtig setzte Christoph Friedrich zunächst nur den linken Fuß auf die Eisschicht am Ufer und lauschte angestrengt. Kein Knacken, kein Knirschen war zu hören, kein Riss breitete sich unter der Sohle aus. Das Eis schien zu halten. Nun also auch den zweiten Fuß – sicherheitshalber umklammerte er dabei mit der rechten Hand fest den starken Ast eines Weidenbuschs, der in den Weiher hineinragte.

Dann langsam das ganze Gewicht auf die Beine verlagern. Auch jetzt blieb alles ruhig und die Eisfläche genau so spiegelglatt, wie vorher. Die Belastungsprobe war also erfolgreich verlaufen. »Es geht. Das Eis ist fest. Du kannst jetzt zu mir herunter kommen. Gib mir deine Hand.« Mit festem Griff stellte der Großvater seinen Enkel neben sich auf die spiegelglatte Eisfläche. »So – und jetzt kannst du ein, zwei Schritte Anlauf nehmen und dann musst du fest auf beide Beine stehen. Schau: so wie ich.« Staunend verfolgte der kleine Georg die Rutschpartie, die sein Opa vollführte, nahm kräftig Anlauf, um keine Sekunde später hart auf dem Hosenboden zu landen. »Ich habe dir doch gesagt, du sollst ganz fest auf beide Beine stehen, sonst haut es dich um«, grinste der alte Mann und streckte seinen Arm weit aus. »Komm steh auf und versuch es gleich nochmal!« Seit dem Tod seiner Frau hatte er sich nicht mehr so unbekümmert gefühlt, wie in diesem Augenblick. Als sei mit einem Mal eine zentnerschwere Last von seinen Schultern gefallen. Es war ein wunderbares Gefühl, die tapsigen Versuche seines Enkels zu beobachten, sich auf den Beinen zu halten. Ein ums andere Mal konnte er den Kleinen gerade noch am Kragen packen und senkrecht halten, bevor der eine unsanfte Bekanntschaft mit dem steinharten Eis machen musste. Irgendwann hatte Georg die richtige Balance gefunden und schlitterte nun jauchzend mit vor Freude rotglühenden Wangen ein ums andere Mal über die zu Eis erstarrte Wasserfläche. »Aber pass auf und bleib hier in der Nähe des Ufers. Ich weiß nämlich nicht, ob das Eis in der Mitte schon genauso gut trägt, wie hier vorne.« Schmunzelnd verfolgte der Großvater die sich immer weiter ausdehnende Rutschpartie. »Du machst das ja schon richtig gut! Aber jetzt komm zurück. Du bist mir zu weit draußen. Das geht am Ufer genauso gut. Georg!« Doch in seiner Begeisterung ignorierte der Junge die Rufe seines Großvaters und rutschte immer weiter hin-

aus. »Georg! Hörst du nicht? Du sollst zurückkommen! Sofort! Georg!«
Aber es war bereits zu spät. Ganz plötzlich wurde Georg durch irgendein Hindernis schlagartig abgebremst, ruderte kurz hilflos mit den Armen, dann fiel er nach vorne und … Was nun geschah, ließ dem alten Friedrich das Blut in den Adern gefrieren. Das Eis hatte nachgegeben! Georg war eingebrochen! Nur sein Kopf ragte noch aus dem Wasser, angstvolle Schreie tönten über die Eisfläche, die das Kind wie ein Leichentuch zu umhüllen schien. Verzweifelt versuchte der Junge, sich mit den Händen an einer Eiskante irgendwie Halt zu verschaffen, während er wild mit den Beinen im Eiswasser strampelte, das seine Kleidung längst durchtränkt hatte und den Körper bleischwer immer weiter unter das Wasser drückte. Eine Tragödie bahnte sich an!
Endlich löste sich der Großvater aus seiner Schreckstarre. »Georg! Halt aus! Ich komme!« Keuchend näherte er sich der Unglücksstelle. Die von Verzweiflung und Todesangst verzerrte Miene seines Enkels würde er nie mehr vergessen, sondern sein Lebtag lang vor sich sehen. Langsam ließ er sich auf die Knie gleiten. Da! Das Geräusch schnitt ihm durch Mark und Bein! Ein weiterer Riss im Eis! Und noch einer! Wie ein Spinnennetz umfingen ihn die Bruchstellen in erbarmungsloser Geschwindigkeit. »Georg! Schnell! Reich mir deine Hand! Komm! Versuchs!«
Mit dem ganzen Oberkörper lag er inzwischen auf der zerplatzenden Eisfläche und streckte seinen Arm lang aus. Lang. Noch länger! Mit panisch weit aufgerissenen Augen streckte Georg seine rechte Hand aus dem Eiswasser, doch es war nichts zu machen. Sie konnten sich nicht berühren! Schlimmer noch: Jetzt hatte sich auch die Kleidung des Großvaters mit Wasser vollgesogen, während das Eis weiter unaufhaltsam nachgab. Ein letzter durchdringender Schrei voller Todesangst, der in einem erstickten Gurgeln endete, dann versank Georg unter der Wasserfläche. »Bitte, lieber Herrgott! Bitte lass es nicht

zu! Nimm mich – und verschone meinen Enkel!« Noch ein Stück weiter robbte Christoph Friedrich nach vorne, während die Eiseskälte seine Gliedmaßen allmählich zu lähmen begann. Und noch ein Stück. Jetzt war er direkt über der Unglücksstelle. Es bedurfte all seiner verbliebenen Kraftreserven, um den Arm zu bewegen und ihn in das Wasserloch zu stecken. Vielleicht schaffte er es ja, Georg irgendwie am Haarschopf zu fassen und ihn wieder herauszuziehen. Zumindest den Kopf über Wasser zu bekommen. Doch da war nichts zu tasten. Und seine Finger wurden immer gefühlloser. Allmählich schwanden ihm die Sinne. Eine eisige Starre ergriff Besitz von ihm. Von seinem Körper. Von seinem Bewusstsein. Wie aus weiter Ferne drangen laute Rufe knapp an die Grenzen seiner Wahrnehmung, scheinbar noch ein energisches Ziehen an beiden Fußspitzen. Mehr spürte er nicht mehr, bevor er in einer grellweißen Ohnmacht versank.

Es war eine fürchterliche Tragödie, die an diesem Sonntag über die Friedrichs hereingebrochen war. Mit knapper Not war der Großvater am Leben geblieben. Einige Männer aus dem Dorf hatten ebenfalls das Eis auf dem Weiher ausprobieren wollen und waren, von den verzweifelten Schreien alarmiert, rasch herbeigeeilt. Unter höchster Gefahr für ihr eigenes Leben gelang es ihnen, eine Kette zu bilden, den alten Mann an seinen Fußknöcheln zu packen und vorsichtig über das zerberstende Eis ans sichere Ufer zu ziehen, wo sie den völlig durchnässten und halb erfrorenen Christoph Friedrich mit ihren Mänteln bedeckten. Wieder und wieder versuchte er, seine Retter abzuschütteln. »Lasst mich«, keuchte er rau. »Ich … wir … wir müssen den Georg retten. Bitte helft mir! Wir … müssen ihn aus dem Wasser holen … sonst … sonst erfriert er …« Dann bemächtigte sich eine gnädige Ohnmacht dem zu Tode erschöpften Mann. Doch seinem Enkel konnte keiner mehr helfen. Das Kind blieb vom dunklen Eiswasser verschluckt. Erst mehrere Tage später, als die Temperaturen eine Zeitlang deutlich milder wurden, schmolz das Eis im Weiher vollständig ab und gab die kleine Leiche wieder frei, die mit weit aufgerissenem Mund und blicklosen Augen als jämmerliches starres Bündel an die Wasseroberfläche getrieben wurde.

An diesem 29. Januar 1837 war Johannas glückliche Kindheit schlagartig Vergangenheit geworden. Weit entfernte Vergangenheit. Ihr Großvater sollte sich von diesem Schicksalsschlag nie mehr erholen. Es sei alles ganz allein seine Schuld gewesen, murmelte er in den ersten Wochen nach der Tragödie unablässig vor sich. Bevor er dann endgültig in eine tiefe Depression verfiel, die Zeit seiner ihm verbleibenden acht Lebensjahre nicht mehr von ihm weichen sollte.

Für Georgs Mutter bedeutete der Tod des Kindes den lebenslangen Bruch mit ihrem Vater. Nie würde ihm Christina diesen Leichtsinn verzeihen können, mit dem er seinen Enkel auf das unsichere Eis geschickt hatte. Eine beklemmend düstere Aura schien sie seitdem zu umgeben – niemals wieder hörte Johanna ihre bis dahin immerzu fröhliche Mutter lachen oder scherzen. »Es ist alles so unerträglich geworden, Maria«, hörte sie die Mutter einige Wochen nach dem Unglück zu deren jüngerer Schwester sagen. »Ich … ich empfinde die Situation in unserem Haus seitdem einfach als unerträglich – ich … ich halte es hier nicht mehr länger aus. Ich kann ihn einfach nicht mehr sehen. Allein schon sein Anblick! Ich kann es nicht ertragen. Ich muss raus, sonst … sonst lege ich noch Hand an mich!«
Beschwichtigend hatte Maria die Arme ausgebreitet und die bitterlich weinende Christina fürsorglich an ihre Brust gedrückt. »Das darfst du nicht sagen, Christina. Das ist eine Sünde!«
»Ach was! Sünde!« schluchzte die auf den Tod traurige Frau. »Ich weiß einfach nicht mehr aus noch ein. Ich kann

ihn einfach nicht mehr ertragen, unseren Vater – und das Alleinsein ebenso wenig. Da ist diese fürchterliche Leere, seit mein Kind hat sterben müssen. Es reicht schon, wenn ich nur zum Esstisch schaue, dort, wo er immer neben der Johanna gesessen hat … das ist für mich jedes Mal, als wenn mir jemand mit dem Messer mitten ins Herz stechen würde!« Wieder schluchzte sie leise auf.

»Ach Christina«. Die Jüngere streichelte zärtlich über das dunkle Haar ihrer Schwester, in das sich trotz ihrer erst 29 Lebensjahre bereits die ersten grauen Strähnen mischten. »Du bist doch nicht allein. Du hast doch noch ein Kind: deine Johanna. Und du hast doch mich – und die anderen Geschwister. Wir sind doch alle für dich da. Die Johanna mit ihren acht Jahren, die braucht dich, weißt du? Und zwar mehr denn je. Denn an der Johanna ist dieses Unglück auch nicht spurlos vorüber gegangen. Sie vermisst ihren Bruder – und deshalb braucht sie dich umso mehr! Verstehst du?«

Ein klagender Seufzer entrang sich Christinas Kehle und ein hilfloses Beben durchzuckte ihren Körper, worauf sie sich noch fester an ihre Schwester klammerte. Lange Zeit fiel kein Wort zwischen den beiden Frauen. Eng umschlungen standen sie in der Stube, versunken in einem Meer von Traurigkeit. Dann endlich ein leises Räuspern, als Christina sich langsam entspannte. »Ach Maria. Ich weiß ja, dass du Recht hast. Aber … wie soll ich es dir sagen? Unser Vater … Es geht einfach nimmer. Ich kann mit ihm einfach nicht mehr unter einem Dach wohnen. Ich muss weg von hier! Aber andererseits weiß ich ja, dass er jemanden braucht, der für ihn sorgt – das habe ich ihm ja nach dem Tod unserer Mutter auch fest versprochen. Und jetzt, nachdem er zu gar keiner Arbeit mehr fähig ist, jetzt braucht er mich natürlich umso notwendiger. Aber wie gesagt … Ach, es ist alles so hoffnungslos!«

»Ich wüsste da schon eine Lösung«, begann Maria vorsichtig.

Augenblicklich hob ihre Schwester den Kopf und musterte sie zweifelnd. »Eine Lösung? Was könnte es denn in so einer Lage für eine Lösung geben?«
»Es ist im Grunde ganz einfach: du heiratest!«
Erstaunt wich Christina einen Schritt zurück. »Ich soll was?!«
»Du sollst heiraten!« bekräftigte die Gefragte mit fester Stimme.
»Aber was redest du denn da?! Wer sollte mich denn heiraten wollen? Eine ledige Bauerntochter mit zwei«, bei diesem Wort zuckte sie schmerzhaft zusammen, »oder vielmehr mit nur noch einem ledigen Kind! Mich nimmt doch keiner von den Bauern mehr!« Mit dem Zeigefinger der rechten Hand tippte sie sich vielsagend an die Stirn.
»Von den Bauern vielleicht nicht …« erwiderte Maria und ließ offenbar ganz bewusst den zweiten Teil ihres Satzes offen.
»Von den Bauern vielleicht nicht. Was soll das heißen. Was willst du mir denn damit sagen?«
»Dass ich bereits einen Heiratskandidaten für dich habe!«
»Du hast einen Heiratskandidaten für mich?« Ungläubiges Erstaunen spiegelte sich in Christinas Miene.
»Ja genau. Und der wäre sogar willens, dich am liebsten noch in diesem Jahr zu heiraten!«
»… noch in diesem Jahr. Das ist doch völlig unmöglich! Selbst wenn ich das wollte, ich kann doch nicht im Trauerjahr heiraten!«
»Das kannst du freilich!« beharrte Maria auf ihrem Standpunkt. »Jetzt geht es nämlich zunächst einmal um dich. Ich mache mir schon seit einer ganzen Weile große Sorgen und deshalb habe ich auch schon meine Fühler ausgestreckt …«
»… deine Fühler ausgestreckt«, echote Christina verblüfft. »Und wen soll ich deiner Meinung nach dann heiraten?«
»Einen guten Mann. Du kennst ihn …« Sie schenkte ihrer Schwester ein herausforderndes Lächeln.

»Jetzt sag schon und mach es nicht so spannend!«
»Es ist mein Schwager. Der Christoph Schober.« Erwartungsvoll hielt sie inne.
Verblüfft schüttelte Christina ihren Kopf. »Der Schober? Der Bruder von deinem Mann!«
»Ja, der Christoph. Er ist zwar nur ein Taglöhner, aber er ist ein rechter Mann. Du weißt ja selbst, dass du mit zwei unehelichen Kindern nicht mehr so viele Auswahlmöglichkeiten hast. Gleich gar nicht unter den Bauern. Und der Christoph ist im besten Alter.«
»Der ist schon 30!«
»…das bist du im nächsten Jahr auch.«
»Ja… schon… aber wieso hat der denn bisher nicht geheiratet?«
»Vielleicht, weil ihm keine gut genug war? Vielleicht, weil er auf dich gewartet hat?« blinzelte ihr Maria schelmisch entgegen.
»Also… ich weiß nicht so recht. Der Schober Christoph… Ausgerechnet der…«
»Was hast du denn gegen den?«
Sie zuckte kurz mit den Schultern und hob dann in einer hilflosen Geste die Arme. »Eigentlich gar nichts. Für ihn nichts – und gegen ihn auch nichts. Er ist mir schlichtweg niemals in den Sinn gekommen.«
»Dafür bin ich ja da«, stemmte Maria energisch ihre Hände in die Hüften. »Er ist zwar nicht unbedingt mit einem größeren Vermögen gesegnet, das muss man wohl schon so sagen. Und seine Haushälfte ist auch nicht besonders groß, genauso wenig wie die unsere – aber dafür würden wir dann Wand an Wand wohnen und könnten uns gegenseitig helfen…« In der Tat teilten sich die beiden Brüder Georg und Christoph Schober die beiden Hälften eines ärmlichen Doppelhauses in der Treschklinger Hauptstraße. Während sich der zwei Jahre ältere Georg zu seiner bescheidenen Landwirtschaft einen kleinen Zuverdienst als Straßenwart und Gemeindediener hatte verschaffen können, versuchte Christoph als Tagelöhner

und herrschaftlicher Bote beim Rittergutsbesitzer von Gemmingen über die Runden zu kommen. Es war wenig genug, was ihm dabei zum Leben blieb. Vermutlich war dies der Grund dafür gewesen, dass er trotz seiner 30 Lebensjahre immer noch Junggeselle geblieben war. Möglicherweise, weil er von der einen oder anderen angesichts seiner kärglichen Lebensumstände einen Korb erhalten hatte. Oder weil er sich wegen seines geringen Einkommens erst gar nicht getraut hatte, einer Frau einen Heiratsantrag zu machen. »Aber er ist ein fleißiger Mann, dem ich zutraue, dass er eine Familie ernähren kann. Wenn man sich gegenseitig hilft und unterstützt, dann geht das schon. Und du: du wärest wenigstens versorgt. Genau so, wie deine Johanna. Der täte ein Vater auch gut.«

»Die Johanna … ja glaubst du denn, er würde sie mögen?«

»Ob er sie mögen würde, das kann ich dir beim besten Willen nicht sagen«, schnaubte Maria unwirsch. »Ich weiß nur, dass er ein guter Mann ist und dass die Johanna in einer richtigen Familie aufwachsen sollte und nicht in einem so düsteren Haushalt, wie das momentan bei Euch der Fall ist. Mit einer Mutter, die kaum noch etwas mit ihrem Kind spricht – und mit einem Großvater, der stumm wie ein Fisch in der Ecke sitzt und auf den Fußboden starrt. Nein, das ist kein Leben für ein acht Jahre altes Mädchen!«

»Und was soll aus unserem Vater werden, wenn ich jemals heiraten und ausziehen würde. Alleine kann man den auf gar keinen Fall lassen. Er wird keinesfalls für sich sorgen können!«

»Auch das habe ich längst bedacht: der Vater kommt zu uns ins Haus. Dann brauchst du ihn nicht mehr zu sehen. Ich quartiere ihn bei der Elisabeth im Zimmer ein – mehr Kinder haben wir ja nicht.«

»Das kann sich aber noch ändern. Und was ist dann?«

»Dann werden wir weitersehen.«

»Und dein Mann, der Georg? Der ist damit etwa einverstanden?«
Maria zog die Mundwinkel nach unten und wiegte ihren Kopf. »Na ja. Du kannst dir vorstellen, dass er nicht unbedingt begeistert gewesen ist, als ich ihm den Vorschlag gemacht habe, unseren Vater aufzunehmen. Klar, ein Esser mehr im Haus, der zu nichts mehr zu gebrauchen ist, da kann ich nicht erwarten, dass er mir vor Freude um den Hals fällt. Aber er hat zugestimmt. Denn ich habe ihm eine Lösung vorgeschlagen. Das ist nun freilich etwas, bei dem du mitmachen müsstest …«
»Und was ist das?«
»Es geht um das Haus. Das würde dann ja leer stehen, wenn du heiraten würdest und ich unseren Vater bei mir aufnehme …«
»Ja – und weiter?« Noch immer verstand Christina nicht, worauf ihre Schwester eigentlich abzielte.
»Das Haus müssten wir dann verkaufen – viel wert ist es ohnehin nicht, so lange, wie schon nichts mehr daran gemacht worden ist. Und als Ausgleich dafür, dass wir den Vater bei uns aufnehmen, sollte das Geld aus dem Hausverkauf uns gehören. Also dem Georg und mir. So habe ich das meinem Mann schmackhaft machen können. Wie gesagt: viel wird es ohnehin nicht sein.«
»Von mir aus kannst du das so machen«, beschrieb Christina eine wegwerfende Handbewegung. »Aber was ist mit unseren Geschwistern. Du müsstest dir auch von den drei anderen das Einverständnis holen.«
»Das ist bereits geschehen«, gab Maria rasch zur Antwort. »Alle drei sind einverstanden. Sie sind ja froh, wenn es eine solche Lösung gibt. Der Vater kommt zu mir. Er ist also auch künftig versorgt – und du: du wirst heiraten – und bist dann ebenfalls endlich versorgt. Mitsamt deiner Johanna. Punktum!«
Die Ältere musterte ihre Schwester mit einem erstaunten Blick. »Das hast du alles schon vorbereitet? Ganz still und heimlich hinter meinem Rücken Das ist ja unglaublich.

Und was ist, wenn ich jetzt nein sage? Dann war alles, was du gemacht hast, umsonst.«
»Das wird es nicht sein«, erwiderte Maria, während ein wissendes Lächeln um ihre Mundwinkel spielte. »Ich kenne dich ja schließlich schon mein ganzes Leben lang und ich habe selbst darunter gelitten, dich so traurig und hoffnungslos sehen zu müssen. Dich und deine arme Johanna. Und weil ich weiß, dass man bei dir immer gleich Nägel mit Köpfen machen muss, habe ich das alles in den letzten Tagen sorgfältig vorbereitet. Du brauchst jetzt nur noch Ja zu sagen. Und zwar im wahrsten Sinn des Wortes! Also? Was ist?«

Mit wachsendem Erstaunen war Johanna an der Tür gestanden und hatte die Unterhaltung der beiden Frauen belauscht. Nie und nimmer hätte sie geglaubt, dass sich ihre Mutter tatsächlich auf den Vorschlag der Tante einlassen würde. Schließlich hatte Johanna in der Vergangenheit wieder und wieder aus dem Mund der Mutter gehört, wie gut es doch sei, hier im väterlichen Haushalt ihr »eigener Herr« sein zu können. Ja, genau so hatte sie sich ausgedrückt: »mein eigener Herr sein« und wie oft hatte sie spöttische Bemerkungen über die eine oder andere Frau aus dem Dorf fallen lassen, die ihr eher wie eine Sklavin des jeweiligen Mannes erscheine, denn als verheiratete Frau und Mensch. Niemals würde die Mutter zustimmen. Und schon gleich gar nicht, ohne vorher Johanna um deren Meinung zu fragen. Denn schließlich wäre es ja auch ein bedeutender Einschnitt in das Leben ihrer Tochter, wenn sie in ein anderes Haus ziehen würden. Zu einem völlig fremden Mann. Undenkbar!

Umso heftiger das Beben, das Johanna wenige Augenblicke später bis in ihr Innerstes erzittern ließ.
»Ja. Einverstanden!«
War das gerade eben wirklich die Stimme ihrer Mutter gewesen? Und: hatte die tatsächlich mit »Ja« geantwortet?

Niemals! Es musste eine Sinnestäuschung sein. Oder sie hatte sich schlichtweg verhört. Ja, genau. Sie musste sich verhört haben!
Von wegen!!!!
»Dann ist das also geregelt!« hörte sie ihre Tante zufrieden sagen. »Das ist sehr gut, Christina, dass du einverstanden bist. Ich bin mir sicher, das ist die beste Lösung, die wir haben finden können. Und zwar für alle Beteiligten.«

Sie hatte sich nicht verhört! In einem einzigen schockhaften Moment wurde dem Mädchen die ganze Tragweite dieses Gesprächs bewusst. Es war Johanna, als würde die Welt rings um sie versinken! Ihre Mutter hatte vorher nie mit ihr darüber gesprochen! Hatte einfach nur Ja gesagt und damit allein über das Leben ihrer Tochter bestimmt, das von nun an auf einem ganz anderen Weg verlaufen würde. Ohne ihren Großvater – und ohne ihren kleinen Bruder, den sie doch genauso schmerzlich vermisste, wie ihre Mutter. Alles würde sich ändern. Und das, ohne dass sie auch nur ein Wort dazu hätte sagen dürfen.

Und so heiratete Johannas Mutter nur ein dreiviertel Jahr nach der Tragödie um den kleinen Georg also den Tagelöhner und herrschaftlichen Boten Christoph Schober. In der Tat weniger aus Liebe, sondern aus der Hoffnung heraus, einen Neuanfang machen zu können. Den Schritt hinein in ein vielleicht doch noch einigermaßen gutes und behütetes Leben. Zusammen mit ihrer Tochter, der sie nichts mehr wünschte, als das Glück, das sie selbst bisher nicht hatte finden dürfen. Eine gute Zukunft für Johanna, diese Hoffnung hatte letztendlich den Ausschlag gegeben. Den Ausschlag dafür, dass Christina Friedrich »Ja« gesagt hatte. Ohne zuvor ihre Tochter nach deren Meinung gefragt zu haben. Aber das war ja gar nicht nötig gewesen. Sie wollte schließlich das Beste für ihr Kind. Und Christoph Schober war ein guter Mann.

Sagte ihre Schwester, auf deren Urteil man vertrauen konnte.
Natürlich brauchte man sich nichts vorzumachen. Von Zuneigung oder gar Liebe konnte keine Rede sein. Es war ein reines Zweckbündnis, das Christoph Schober und Christina Friedrich am 30. November 1837 miteinander geschlossen hatten. Der 30. November, ein nebelverhangener, feuchtkalter Donnerstag, war von ihnen ganz bewusst ausgewählt worden. Denn eine anschließende Feier war ohnehin nicht vorgesehen. Und so wurde der nüchterne Akt der Eheschließung in der Kirche rasch vollzogen, ohne dass die Dorfgemeinschaft daran hätte größeren Anteil nehmen können. An einem Werktag hatten die Leute schließlich anderes zu tun, als in der Kirche die unnützen Zaungäste zu spielen. Mehr als die beiden Trauzeugen, Maria Schober und deren Mann Georg, sowie drei alte Frauen waren folglich nicht anwesend, als sich die Eheleute Christina und Christoph Schober das Jawort gaben. Und Johanna. Natürlich war auch sie dabei gewesen. Schon seit Beginn des Tages hatte sie ein ungutes Gefühl in der Magengegend, das sie weder beschreiben, noch einen triftigen Grund dafür angeben konnte. Es war einfach da, dieses blöde Gefühl – und ließ sich den ganzen Tag über nicht abschütteln. Ganz im Gegenteil: es verstärkte sich im Lauf der Stunden eher noch. Dazu gesellte sich ein zweites Gefühl, nicht minder unangenehm wie das erste. Dieses Gefühl, nur das fünfte Rad am Wagen zu sein. Was ja tatsächlich auch der Fall war. Die beiden Eheleute, die beiden Trauzeugen, und dann schließlich noch sie, Johanna Friedrich, die seit heute einen anderen Nachnamen trug, wie ihre Mutter, die ja von nun an Schober hieß. Nicht so Johanna. Sie würde weiterhin Friedrich heißen. Denn Christoph Schober hatte sie nicht adoptieren wollen. Was freilich auch nicht weiter schlimm für sie war. Ganz im Gegenteil. Alles in ihr hätte sich gesträubt, wenn sie nun ebenfalls hätte Schober heißen müssen. So war es sogar besser, denn damit lagen die

Dinge offen zutage. Sie war das fünfte Rad am Wagen. So würde es bleiben. Das Stiefkind eben. Und der Schober ihr Stiefvater. Daran würde sich nie etwas zum Besseren wandeln. Gar nichts. Das stand für Johanna fest. So felsenfest wie das Amen, mit dem der Pfarrer dem glanzlosen Hochzeitsgottesdienst in der Kirche nun ein rasches Ende bereitete.
Noch am Nachmittag desselben Tages, es begann bereits zu dämmern, war Christina Schober, geborene Friedrich, mit Johanna und ihren wenigen Habseligkeiten in die linke Hälfte des ärmlichen Tagelöhnerhäuschens in der Treschklinger Hauptstraße eingezogen. Was für eine weitere bedrückende Erfahrung für das Mädchen, denn das Haus war alt, vernachlässigt und winzig im Gegensatz zum Bauernhaus ihres Großvaters, so sehr dieses in den letzten Jahren auch herunter gekommen war. Aber was sollte man dann erst von dieser erbärmlichen Haushälfte sagen, in der Schober seit Jahren alleine hauste. Da war es viel schlimmer! Und wegen der niedrigen Decke und den winzigen Fenstern herrschte hier drinnen beständig eine düstere Atmosphäre, die sich selbst im Hochsommer bei strahlendem Sonnenschein nie völlig vertreiben ließ. Es war ein Alptraum für Johanna! Ein einziger Alptraum. Wann würde sie daraus je erwachen dürfen? Es sollten Jahre ins Land gehen. Viele Jahre. Eine Ewigkeit für ein heranwachsendes Mädchen.

Dass sich Johanna mit ihrem Stiefvater nicht sonderlich gut verstand, war auch für Außenstehende schon am Verhalten der beiden unschwer zu erkennen. So gut wie nie sah man sie ein Gespräch führen oder gar miteinander scherzen. Nein, sie mieden sich, so gut das in dem engen Häuschen eben ging. Bis auf das gemeinsame Abendessen gab es sowieso nicht viele Begegnungen. Solange es hell war, arbeitete der Schober auf dem Feld, im Stall, oder machte Botengänge für den Gutshof. Und das Mädchen besuchte die Dorfschule, die bereits um sieben

Uhr am Morgen begann. Anschließend half sie ihrer Mutter in der Küche und bei den verschiedensten Hausarbeiten. Natürlich war sich Christina Schober durchaus bewusst, wie es um das Verhältnis ihres Mannes zu seiner Stieftochter stand. Und umgekehrt. Aber darüber schien sie sich nicht groß den Kopf zu zerbrechen. Beziehungsweise zerbrechen zu wollen. Denn niemals versuchte sie, ein Gespräch mit ihrer Tochter darüber zu führen. Es hätte, ehrlich gesagt, auch nicht viel bewirkt. Und deshalb zog es die Mutter vor, die Dinge so zu nehmen, wie sie halt nun einmal waren. Hauptsache, sie hatte ihren Frieden. Hauptsache, sie waren einigermaßen versorgt. Alles andere hatte zurückzustehen. Seit Georgs Tod war die einst so robuste und tatkräftige Frau eine andere geworden – und jede weitere Aufregung wäre das letzte, was ihre Nerven in diesem Zustand noch verkraftet hätten.

Natürlich wurde es im Lauf der Jahre nicht besser. Erst recht nicht, nachdem am 16. März 1839 das erste gemeinsame Kind der Schobers auf die Welt kam. Zur großen Freude von Christoph Schober war es ein Sohn geworden!
»Ein Bub! Endlich!« Begeistert nahm er sein Kind in näheren Augenschein. »Er scheint braune Haare zu bekommen und braune Augen hat er. Genau wie ich. Ein echter Schober!« Freudestrahlend klatschte er in die Hände. »Wir werden ihn Georg nennen! Wie meinen Bruder! Dann wohnen zwei Georg Schober unter einem Dach! Das ist herrlich!«
»Nein …« krächzte seine Frau mit matter Stimme.
Verwundert wandte sich Schober um und musterte die erschöpft in der Bettstatt liegende Wöchnerin stirnrunzelnd. Ein Widerspruch! Das war etwas ganz Neues! »Was heißt hier Nein? Wieso sollen wird ihn nicht Georg nennen?«
»Weil … weil …« Christina Schober schluckte trocken. »Weil ich schon einen Georg gehabt habe … und weil … weil …« Sie kämpfte mit den Tränen, die ihre Stimme

beinahe ersticken ließen. »Weil mein armer Georg für immer in meinem Herzen ist. Deswegen ... deswegen ... bitte ich dich ... suche ... suche einen anderen Namen für ihn aus ... Bitte Christoph ... tu mir diesen Gefallen ...« Dann drehte sie den Kopf zur Seite und begann bitterlich zu weinen.

Betreten wischte sich der frischgebackene Vater über die Augen und schien für einen Moment mit sich zu kämpfen. Dann nickte er langsam, während er sich wieder seinem Kind zuwandte. »Na ja. Von mir aus. So ein prächtiger Bursche kann genauso gut auch Martin heißen. Wir lassen dich also auf den Namen Martin taufen. Martin Schober! Das ist doch ein wunderbarer Name! Ich hoffe, damit sind jetzt alle zufrieden«, setzte er mit deutlich lauterer Stimme noch hinzu und warf einen prüfenden Blick zum Bett hinüber.

Ein lautes Aufschluchzen seiner Frau war ihm Bestätigung genug. »Also. Abgemacht. Ich werde es gleich beim Ratsschreiber so anmelden.« Ganz gegen seine sonstigen Gewohnheiten begab sich der freudestrahlende Schober nach dem Gang zum Rathaus sofort ins Wirtshaus, wo er allen anwesenden Gästen zur Feier des Tages eine Runde Freibier spendierte. Und das, obwohl er doch kürzlich noch heftig geklagt hatte, dass kein bisschen Geld im Haus sei und er nicht wisse, wie er sich mit Saatkartoffeln für den kleinen Acker würde versorgen können. Vermutlich bliebe ihm auch in diesem Fühjahr nichts anderes übrig, als die Reste der alten, schon ziemlich verschrumpelten Kartoffeln aus dem Keller zu holen und diese in die Erde zu stecken. So, wie er das bereits im vergangenen Jahr praktiziert hatte – und im vorvergangenen auch. Obwohl er sich durchaus darüber im Klaren war, dass er damit auf keine befriedigende Ernte würde hoffen können. Denn im Gegensatz zu neuen Saatkartoffeln war es mit der Wuchskraft dieser schon seit Jahren wieder und wieder verwendeten Knollen nicht mehr besonders gut bestellt. Und zu allem Übel fehlten ihnen diese dann auch

noch bei ihren ohnehin schon mehr als kärglichen Mahlzeiten. Bald sei gar nichts Essbares mehr im Keller, hatte Johannas Mutter kürzlich geklagt. Selbst der Sack mit Grünkern, aus dem sie eine wässrige Suppe zubereitete, würde bald leer sein. Und dann? Dann würde ihnen womöglich nichts anderes übrig bleiben, als genauso wie die ganz armen Leute aus dem Dorf die Wälder der Umgebung nach essbaren Wurzeln, Bucheckern und Eicheln abzusuchen. Das war im Frühjahr eine ganz besonders elende Schinderei, denn die tierischen Nahrungskonkurrenten aus den Wäldern hatten meist schon gründliche Vorarbeit geleistet. Beim bloßen Gedanken daran lief ein kühler Schauder über Johannas Rücken. So bescheiden es im Haus ihres Großvaters auch immer zugegangen sein mochte, aber zu einer derart erniedrigenden Tätigkeit hatten sie sich nie gezwungen gesehen. Etwas Essbares hatte sich immer im Haus befunden. Aber der Großvater war ja auch ein richtiger Bauer gewesen und nicht so ein armseliger Tagelöhner, wie der Schober.
Bis spät in die Nacht hatte Christoph Schober die Geburt seines Stammhalters gefeiert, erst der strenge Hinweis des Gastwirts auf die Polizeistunde hatte ihn dazu bewogen, nach Hause zu gehen, wo er sturzbetrunken auf allen vieren in die Schlafstube getorkelt war. Am nächsten Tag würde er es kaum zu einem Botengang schaffen. Also würde wieder kein Geld ins Haus kommen. Obwohl sie jetzt zu viert waren. Zu viert!

Was für eine große Enttäuschung war dieser Tag für sie gewesen. Wo sich Johanna doch so auf ein Schwesterchen gefreut hatte! Und jetzt war es ein Sohn geworden! »Willst du deinen kleinen Bruder denn gar nicht anschauen?« hatte die Tante Maria verwundert gefragt, als sie ihrer Nichte das in eine Windel gewickelte, kläglich schreiende Bündel präsentierte. Johanna hatte heftig den Kopf geschüttelt. »Nein, will ich nicht!« Dann war sie aus der Stube gestürmt.

Es kam so, wie es nicht anders zu erwarten gewesen war: seitdem ihr Stiefvater den ersehnten Sohn bekommen hatte, seitdem verstärkte sich in Johanna das Gefühl, gar nichts mehr wert zu sein. Von wegen Gefühl! Es war eine Tatsache, so wie der Schober sie behandelte. Wie man mit einer ungeliebten Stieftochter eben umsprang. Und nachdem sich ihre Mutter so verhielt, als würde sie die Ungerechtigkeiten, unter denen ihre Tochter zu leiden hatte, gar nicht bemerken, blieb dem Mädchen in seinem ganzen Kummer oft nur noch der kurze Weg zur anderen Haustür unter dem gemeinsamen Dach. Zu ihrer Tante Maria, bei der sie wenigstens ein kleines bisschen Zuspruch und menschliche Wärme erfahren durfte. Denn selbst der Umgang mit ihrem Halbbruder Martin war alles andere als von gegenseitiger Zuneigung geprägt. Da es mit der Gesundheit der Mutter bekanntlich nicht zum Besten stünde, habe Johanna an Mutters Stelle für den Martin da zu sein, zu kochen, seine Sachen zu flicken und so weiter, das hatte ihr Stiefvater streng bestimmt. Natürlich war auch Martin nicht entgangen, wie Christoph Schober mit seiner Stieftochter umzuspringen pflegte. Kein Wunder, dass er Johanna genauso harsch behandelte. Das war kein Verhältnis, wie sie es von Geschwistern aus anderen Häusern kannte. Selbst für ihren Bruder war sie nicht mehr als eine Dienstmagd, die man nach Belieben herumschubsen und traktieren konnte. Und wehe, sie versuchte, sich gegen die eine oder andere Schikane zur Wehr zu setzen. Dann brauchte Martin nur heulend zu seinem Vater laufen und die »Übeltaten« der Johanna zu petzen. Wie viele bittere Tränen hatte sie nach solchen Szenen im Nachbarhaus schon vergossen und wie verständnisvoll hatte ihr die Tante immer übers Haar gestreichelt. Doch an den Verhältnissen hinter der Haustür von Christoph Schober änderte sich dadurch natürlich überhaupt nichts.
Sicherlich: zwei, dreimal hatte die Tante Maria ein ernstes Gespräch mit ihrer Schwester geführt, wenn sich Johanna

wieder einmal weinend zu ihr geflüchtet hatte. »Zumindest muss er das Mädchen doch nicht ständig verhauen. Wegen der geringsten Kleinigkeit rutscht ihm schon die Hand aus. Das muss doch wahrlich nicht sein, Christina. Da musst du als Mutter etwas dagegen sagen!« Aber zu mehr als einem einmaligen schüchternen Widerspruch, beziehungsweise war es eher der klägliche Versuch eines Widerspruchs, konnte sich Johannas Mutter nicht aufraffen. Schon allein der bitterböse Blick, mit dem Schober seine Frau bereits im Ansatz ihrer schüchternen Meinungsäußerung hatte erschrocken zusammenzucken und dann gänzlich verstummen lassen, ließ jegliche offene Parteinahme für ihre Tochter ein für allemal im Keim ersticken.

Überhaupt befand sich Christina Schober seit der Geburt des Sohnes Martin in einem Zustand der permanenten Schwangerschaften. Kaum war ein Kind geboren, da trug sie bereits das nächste unter dem Herzen. Schwangerschaften, die eine Tragödie nach der anderen nach sich zogen. Denn in den folgenden Jahren brachte sie eine ganze Reihe nicht lebensfähiger Kinder auf die Welt: zunächst im Juni 1840 ein Mädchen, dem sie den Namen Katharina gaben. Ein Kind, bei dessen Anblick die von Tante Maria herbeigerufene Nachbarin Barbara Stunz nur betrübt den Kopf schüttelte. »Es wird nicht lange am Leben bleiben«, erklärte die erfahrene Frau, die den Gebärenden im Dorf oft anstelle einer Hebamme hilfreich zur Seite stand. »Ich glaube nicht, dass es seinen ersten Geburtstag erleben wird. Ihr hättet es gar nicht erst ins Leben holen sollen.« Verwundert schreckte die elfjährige Johanna bei diesen Worten auf. Was hatte die Stunzin damit sagen wollen? »Hätte es lieber für immer im Bauch der Mutter bleiben sollen?«

Die gefragte lächelte müde. »Nein, so habe ich es nicht gemeint. Deine Tante weiß, was ich damit sagen wollte. Man hätte dem Kind – und seinen Eltern – manches ersparen können, wenn man gleich gehandelt hätte. Jetzt freilich, jetzt ist es zu spät …«

Johanna begriff noch immer nicht, worauf die Frau abzielte. Erst viel später wurde ihr klar, was diese Aussage bedeuten sollte. Nicht jedem Kind tat man einen Gefallen, wenn man bei dessen Geburt um sein Leben kämpfte … So lauteten die unausgesprochenen Überzeugungen im Dorf. Niemand würde das jedoch offen bezeugen. Schon gar nicht dem Herrn Pfarrer gegenüber. Im April 1841 war das kurze Leben des jammervollen Menschleins Katharina Schober bereits wieder erloschen. Am Morgen hatte das Kleine regungslos auf seinem strohgepolsterten Kissen gelegen und keinen Laut mehr von sich gegeben. Irgendwann in dieser Nacht hatte sein schwaches Herz einfach aufgehört zu schlagen. Eine Tatsache, die Johannas Mutter beinahe teilnahmslos zur Kenntnis nahm. Selbst bei dem tags darauf stattfindenden Begräbnis blieb ihre Miene wie versteinert und in sich gekehrt. Keine einzige Träne vergoss sie für ihr totes Kind. Was mochte der Grund dafür sein? War es dieser neuerliche Schicksalsschlag oder war es die Erkenntnis, die von der Stunzin gleich nach der Geburt geäußert worden war, dass dieses Kind ohnehin nicht lebensfähig sei. War das damals bereits zu viel für ihre angespannten Nerven gewesen? Erst der Tod ihres geliebten Georg, dann das Todesurteil der Stunzin. Im Grunde genommen war es kein Wunder, dass sie so hart und gefühllos geworden war. Unfähig, den Schmerz der anderen zu erkennen. Und erst recht unfähig, diesen Schmerz zu lindern. Ihrer Tochter beizustehen. Nein, in ihr war keinerlei Fähigkeit zum Mitgefühl mehr zu verspüren. Ihre letzten seelischen Reserven waren ganz offensichtlich aufgezehrt. Mit ihrem ausdruckslosen Antlitz und diesen stur geradeaus stierenden, wässrigen Augen unter dem schlohweiß gewordenen Haar erschien sie Johanna wie eine alte, zerschlissene Puppe. Gerade so, als habe das Leben ihr Herz zum Eisklumpen gefrieren lassen!

Und das Allerschlimmste: sie war längst wieder schwanger geworden! Nur dreieinhalb Monate nach dem Begräbnis kam sie im August 1841 erneut nieder. Dieses Mal sogar mit Zwillingen! Zwei Mädchen. Gleich nach der Geburt dieser beiden Kindern hatte die Stunzin wieder energisch den Kopf geschüttelt – jetzt sogar ganz unverhohlen vorwurfsvoll. »Was habt ihr euch denn dabei gedacht?!« nahm sie die Tante Maria direkt in ihr Visier. »Glaubst du etwa im Ernst, die Kinder seien lebensfähig? Da, schau doch hin«, deutete sie auf die merkwürdig verrenkten Gliedmaßen der neugeborenen Mädchen. Das ist ein einziges Elend – und Zeit ihres Lebens wird es ein Elend bleiben!«
Das erste der Mädchen starb im März 1843, das zweite mussten sie nach einem jahrelangen Siechtum im Juli 1849 begraben.
Im November 1843 kam Juliana Schober zur Welt. Sie überlebte ihre Geburt ganze acht Monate. Und auch beim Tod dieses Kindes war Christina längst wieder hochschwanger.
Bei Christoph Schober war es noch nicht einmal der frühe Tod seiner Kinder, der ihm zu schaffen machte. »Die waren ja sowieso nicht lebensfähig«, hörte man ihn bitter murmeln. »Klar, wenn die auch immer nur Mädchen zustande bringt! Die sind einfach nicht robust genug und überlebensfähig. Nicht so, wie unser Martin. Das kann man ja sehen. Das Ärgerlichste an diesen Bälgern aber ist, dass es so viel Geld kostet, wenn man sie begraben muss. Anstatt noch ein paar Buben zu bekommen, die am Leben bleiben würden, bringt sie mir ein Mädchen nach dem anderen zur Welt, das nach ein paar Wochen schon wieder tot ist! So kann ich den Totengräber allmählich ganz alleine versorgen. Ich weiß gar nicht mehr, woher ich das Geld dafür hernehmen soll. Das eine Begräbnis ist noch nicht abbezahlt, da findet schon das nächste statt!«

Christoph Schober war hart geworden. Die vergangenen Jahre mit ihren zahlreichen Tragödien hatten ihn zu einem verbitterten Mann gemacht. Das Schlimmste daran: Es gab im Haus niemanden, der seiner gefühlskalten Klage widersprochen hätte. Bis ins Bewusstsein seiner Frau schienen diese Sätze gar nicht erst zu dringen und Johanna… tat gut daran, rasch den Kopf zu senken und sich anstelle einer scharfen Replik besser auf die Zunge zu beißen.

Während ihre Mutter also im Lauf der Monate und Jahre mehr und mehr in teilnahmsloser Schwermut versank, war Johanna endgültig zur rechtlosen Hausmagd abgestiegen, von der ihr Stiefvater offenbar glaubte, ihr könne man jedwede Arbeit aufhalsen und sei sie noch so schwer. Selbstverständlich hatte die 15-jährige nicht nur ihren fünf Jahre alten Bruder Martin, sondern ebenso den Stiefvater zu bekochen, die Wäsche zu waschen, die zerrissenen Hosen zu nähen, den Stall zu versorgen und sich zusätzlich auch noch um ihre apathische Mutter zu kümmern. Aber damit nicht genug: vor drei Jahren hatte Schober sie bereits als Hilfsmagd auf den Gutshof vermitteln können, wo sie tagsüber all jene Arbeiten zu erledigen hatte, für die sich die älteren Mägde viel zu schade waren. Das ging vom Wischen der Fußböden in den langen Hausfluren bis zum Umschichten des Misthaufens und dem Leeren der Abortgrube. Eigentlich hätte der Gutsverwalter diese Arbeiten einer Zwölfjährigen gar nicht zumuten dürfen, aber nachdem Schober von ihm weitaus weniger Lohn für seine Stieftochter verlangte, als üblich, hatte er einfach darüber hinweg gesehen.
Wenn Johanna dann spät am Abend todmüde nach Hause kam, ging die Arbeit dort nahtlos weiter. Überhaupt: nach Hause! Das war kein Zuhause für ein junges Mädchen. Das war… wie sollte sie es nur ausdrücken, was sie empfand, wenn sie über die Türschwelle trat? Dieses beklemmende Gefühl, ein unwillkommener Gast

zu sein. Ja, genau! So war es – und das war: Fürchterlich!!! Kein Wunder also, dass sie mit den gleichaltrigen Jugendlichen aus dem Dorf seit Ende ihrer Schulzeit so gut wie keinen Kontakt mehr pflegte. Nicht mit den Mädchen – und mit den Jungen schon gleich gar nicht. Da wäre gleich das nächste Donnerwetter über sie herein gebrochen! Und so galt Johanna in Treschklingen längst als kontaktscheues, verschlossenes Mädchen, das man nie mit einer fröhlichen Miene durch die Gassen des Dorfes hüpfen sah. »Was für ein verbiestertes kleines Ding!« murmelten die Alten missbilligend, wenn sich Johanna wieder einmal grußlos an ihnen vorbei drückte.
Nur einen Menschen im Dorf gab es, bei dem sich ihre Miene schlagartig aufhellte, wenn sie ihm begegnete: der gleichaltrige Christian, der Sohn des bitterarmen Schneiders Georg Brumm aus der Nachbarschaft. Auch Christian war regelmäßig auf dem Gutshof anzutreffen, wo er – oft vergeblich – auf die Gelegenheit wartete, die eine oder andere Hilfsarbeit übernehmen zu können, um als Lohn hinterher ein paar Kartoffeln oder Rüben mit nach Hause nehmen zu dürfen. Christian war ein hochaufgeschossener, spindeldürrer Junge mit hellwachen grünen Augen, die immer dann regelrecht zu strahlen schienen, wenn Johanna in sein Blickfeld geriet. Die beiden waren sich schon während der Schule sympathisch gewesen, auch wenn sie nie viele Worte miteinander gewechselt hatten. Das mochte vielleicht daran liegen, dass Christian genauso wie Johanna eher zu den Außenseitern im Klassenraum gehörte, ein Junge, der nur selten von den anderen Kindern zu gemeinsamen Spielen eingeladen wurde. Wie Johanna stand er meist als stiller und schüchterner Beobachter am Rand, wenn sich seine Mitschüler fröhlich balgten. Keiner von den anderen schien ihn wahrzunehmen. Während der Arbeit auf dem Gutshof gab es natürlich kaum Gelegenheit, um miteinander ins Gespräch zu kommen. Viel zu unterschiedlich waren ihre Aufgaben dort. Viele Worte waren jedoch gar nicht notwendig. Es

reichte beiden völlig aus, wenn Johanna einen kurzen Blick von Christian einfangen konnte und ihm ihrerseits freundlich zunickte, worauf ihr für einige Minuten ein bisschen wärmer ums Herz wurde. Wenigstens ein paar unbeschwerte Momente waren ihr so geschenkt. Die Rückkehr ins Schoberhaus brachte sie dann schon kurze Zeit später umso unbarmherziger wieder in die Wirklichkeit zurück.

Christina Schober war also auch beim Begräbnis ihrer letztgeborenen Tochter schon wieder schwanger. »Wann ist es denn so weit?« erkundigte sich Barbara Stunz einige Tage später, während sie einen besorgten Blick auf den Bauch der Schwangeren warf.
»Na ja… Es könnte Ende Oktober, vielleicht auch erst Anfang November so weit sein«, übernahm es Maria Schober, die Frage der Stunzin zu beantworten, während ihre Schwester wie üblich stumm zu Boden starrte, gerade so, als habe sie die Frage gar nicht wahrgenommen.
»Nun gut«, nickte Barbara Stunz energisch. »Dass eines klar ist: Dieses Mal bin ich bei der Geburt dabei. Ihr werdet mich rechtzeitig holen, wenn die Wehen einsetzen – verstanden?« Sie bedachte Maria mit einem strengen Blick.
Die zuckte knapp mit den Schultern und nickte. »Wenn du das unbedingt so haben willst…«

Im Nachhinein erwies sich das Einbeziehen von Barbara Stunz als Glückfall, denn Anfang November war Maria an einer schweren Grippe erkrankt und unfähig, ihrer Schwester bei der Niederkunft zur Seite zu stehen. So war Johanna von Marias Lager also gleich weiter in das Haus gegenüber gestürmt, um die Stunzin zu alarmieren. Lange nach Einbruch der Dunkelheit war sie von der Arbeit im Gutshof zurückgekommen und hatte schon an der Haustür das qualvolle Stöhnen vernommen, das aus der stockfinsteren Schlafstube ihrer Mutter drang. Von

Christoph Schober war nichts zu sehen und zu hören, genauso wenig wie von ihrem Bruder Martin. Nur das übliche Wimmern der kleinen Christina, die mit ihren verdrehten Gliedmaßen auf einem strohgepolsterten Kissen lag, durchdrang die Stille zwischen dem nächsten Aufstöhnen der Gebärenden. Vorsichtig tastete sich Johanna durch die finstere Stube zum Ofen vor und griff sich den beinahe erloschenen Zunderschwamm. Mit einem kräftigen Pusten gelang es ihr, den Zunder schwach aufglühen zu lassen. Noch einmal pusten und nochmal. Und nun rasch einen der Kienspäne, die neben dem Ofen lagen, in die Glut halten, ein weiterer Luftstoß, bis der Kienspan schließlich Feuer gefangen hatte, dann die Talgkerze entzünden. Endlich erhellte ein schwaches Licht die Stube, so dass immerhin die groben Konturen einigermaßen erkennbar waren. Das Stöhnen aus der Kammer nebenan steigerte sich zu einem markerschütternden Schmerzensschrei. Augenblicklich schoss Johanna in die Höhe, während sie die stark rußende Kerze auf eine Blechschüssel drückte und in die Kammer stürmte. Was sie hier zu sehen bekam, ließ das Mädchen erschaudern: Im fahlen Schein der Kerze wirkte das aschfahle Antlitz ihrer sich unter Schmerzen krümmenden Mutter wie die Totenmaske einer Sterbenden! Diese weit aufgerissenen Augen, die aufgebissenen Lippen, die schweißüberströmte Stirn! Sie musste sofort handeln! »Ich hole Hilfe, Mutter. Sofort. Halte bitte durch. Gleich bin ich wieder da. Gleich kommt Hilfe!« Sie stellte die Schüssel mit dem Licht auf dem Boden ab und stürzte aus dem Haus, um Barbara Stunz zu alarmieren.

Es war ein harter Kampf, den die beiden in den folgenden Stunden gegen den Tod auszufechten hatten. Gegen den Tod von Mutter und Kind! Mitten in der Nacht, als der Säugling endgültig im Geburtskanal festzustecken schien, war die Stunzin schon drauf und dran gewesen, den sichtlich angetrunkenen Schober, der endlich mit seinem kleinen Sohn vom Wirtshaus heimgekehrt war, nach dem Pfarrer zu schicken. Nur ein neuerlicher Schmerzensschrei hatte sie zunächst davon abgehalten. Und dann war das Wunder geschehen. Es ging voran! Zwar viel zu langsam, in Anbetracht der vielen Stunden, die diese Pein nun schon anhielt, aber plötzlich keimte neue Hoffnung auf!

Stunden später, am Morgen des 3. November 1844 war es vollbracht: Christina Schober brachte ein Mädchen zur Welt. Ein schwaches, rötlich-blau verfärbtes, winziges Wesen, bei dessen Anblick Johanna erschrocken zusammengezuckt war. Barbara Stunz hob das hilflos zuckende Bündel langsam vor sich in die Höhe und musterte es sorgfältig. Dann wandte sie sich zu der betroffen dreinschauenden Johanna um. »Das Kind ist lebensfähig. Du hast ein Schwesterchen bekommen Johanna. Und es hat gute Aussichten, am Leben zu bleiben. So schwach es auch aussehen mag. Aber das kommt von den Strapazen dieser elend langen Geburt.«

Johanna zuckte vor Überraschung zusammen. Mit dieser Aussage hatte sie nicht gerechnet! »Du meinst… du glaubst wirklich, dass es am Leben bleiben kann. Das… das wäre ja… wundervoll. Ein Mädchen. Endlich habe ich ein Schwesterchen bekommen. Eines das am Leben bleiben wird. Glaubst du das wirklich?«

Um die Lippen der Stunzin spielte ein warmes Lächeln. »Ja, Johanna. Das glaube ich wirklich. Natürlich weiß man nie, was so alles passieren kann, aber eines kann ich dir sagen: das Kind ist lebensfähig. Du musst von jetzt an halt gut auf dein Schwesterlein aufpassen. Das wirst du doch machen, oder?«

»Und ob ich das tun werde«, jubelte Johanna, dann beugte sie sich zu der erschöpft auf der Bettstatt liegenden Christina Schober hinunter. »Mutter! Mutter, hast du gehört: wir haben ein Mädchen bekommen. Und es ist gesund! Es wird am Leben bleiben!«

Anstelle einer Antwort war nur ein röchelndes Geräusch zu hören.
»Sie ist müde, sehr müde«, flüsterte die Geburtshelferin. »Wir lassen sie am besten jetzt in Ruhe und erst einmal schlafen. Sie hat sich diesen Schlaf wahrhaftig verdient.«
»Aber … aber ich wollte sie doch noch fragen, wie wir das Schwesterchen nennen sollen«, wagte Johanna einen zaghaften Protest. »Das würde ich schon noch gerne wissen.«
»Lass sie schlafen«, widersprach Barbara Stunz und zog Johanna samt dem Kind aus der Schlafstube. »Das kannst du jetzt genauso gut zusammen mit deinem Vater entscheiden, wie es heißen soll. Schober. Schober wo steckst du denn? Du hast ein Kind bekommen. Ich gratuliere dir herzlich. Es ist ein gesundes Mädchen geworden.«
Falls sie wirklich gehofft hatte, von Christoph Schober eine freudige Reaktion zu ernten, wurde sie enttäuscht.
»Ein Mädchen! Schon wieder nur ein Mädchen«, murmelte der frisch gebackene Vater bitter.
»Aber es ist lebensfähig. Es wird nicht sterben müssen, wie die anderen Kinder. Und dcinc Frau hat es auch überstanden. Trotz der ganzen Qualen.«
»Sterben müssen wir alle«, knurrte Schober.
»Jetzt lass aber genug sein! Du hast ein gesundes Kind bekommen. Da redet man nicht ein solches Zeug daher! Willst du es denn nicht einmal anschauen, dein kleines Mädchen.«
»Ich habe es schon von weitem gesehen, das langt. Die sehen am Anfang ja sowieso alle gleich aus …«
Missbilligend runzelte die Nachbarin ihre Stirn. »Was bist du bloß für ein fürchterlicher Sturschädel, Schober. Jetzt hast du von deiner Frau unter großen Schmerzen ein Kind geschenkt bekommen und du redest so einen Unsinn daher. Zumindest einen Blick auf deine Frau könntest du ruhig auch einmal werfen oder ihr ein bisschen die Hand halten nach diesem harten Kampf, den sie hat bestehen müssen. Das wäre sinnvoller, als mit mir hier herum zu

händeln. Überhaupt: Wie soll dein Mädchen denn eigentlich heißen? Kannst du mir wenigstens das sagen?«
»Was weiß ich denn? Darüber habe ich mir bisher überhaupt keine Gedanken gemacht.«
»Margret. Sie soll Margret heißen!« mischte sich da plötzlich eine helle Jungenstimme in den scharfen Wortwechsel.
Überrascht wandte sich Barbara Stunz zu dem kleinen Martin um. »Du willst also, dass dein kleines Schwesterchen Margret heißt?«
»Ja, das will ich«, bekräftigte der Bub mit fester Stimme und nickte dabei eifrig.
»Margret. Das ist ein schöner Name. Ich finde auch, dass sie Margret heißen soll«, meldete sich nun auch Johanna zu Wort.
»Margret, also wohl Margaretha als Taufname. Wärst du damit einverstanden, Schober? Ich finde nämlich ebenfalls, dass das ein guter Name für dein kleines Mädchen ist.«
»Meinetwegen«, knurrte der. »Margaretha. Damit die arme Seele endlich Ruhe hat. Dann nennen wir sie halt Margaretha.«
So bekam Johanna Friedrich am Morgen des 3. November 1844 endlich das Schwesterchen geschenkt, das sie sich so sehnsüchtig gewünscht hatte. Ihre liebe kleine Schwester. Ihre Margret. Sie war nicht mehr allein in der Familie. Wie schön!

»Dir ist aber schon klar, dass du sie wirst aufziehen müssen?« fixierte die Stunzin Johanna mit ernster Miene. »Das musst auf alle Fälle du übernehmen. Deine Mutter wird dazu kaum in der Lage sein, so elend, wie sie beieinander ist. Diese Geburt hat ihr womöglich das letzte bisschen Kraft geraubt, das noch in ihr war. Zusätzlich zu deiner anderen Arbeit musst du jetzt auch noch für deine Margret da sein. Mehr, als für alle anderen. Das ist dir bewusst, oder?«

»Sicher weiß ich das«, nickte Johanna eifrig. »Aber das macht mir nichts aus – im Gegenteil! Es ist ja für meine kleine Schwester. Das ist eine Arbeit, die ich gerne mache – und deshalb ist es für mich eigentlich gar keine Arbeit. Weißt du, Barbara, ich freue mich doch so, dass ich endlich eine Schwester bekommen habe. Eine, die nicht krank ist, sondern mit der ich bald werde spielen können. Ich werde alles dafür tun, dass meine Margret gesund und am Leben bleibt!«

Tatsächlich war es vor allem Johanna, die sich von nun an um das neugeborene Mädchen im Haushalt der Schobers kümmerte. Zwar kam ihr die Tante Maria manchmal zu Hilfe und sie konnte Margret in den ersten Wochen tagsüber auch häufig zu der Nachbarin geben, wenn sie zur Arbeit auf den Gutshof musste, aber auch Maria konnte man natürlich nicht über Gebühr beanspruchen. Schließlich hatte die Tante einen eigenen Haushalt mit drei kleinen Kindern zu versorgen und erwartete überdies bald ihr viertes Kind.

Doch trotz des nach wie vor unguten Klimas, das im Haus der Schobers herrschte, vor allem dann, wenn sich ihr Stiefvater in der Stube aufhielt und trotz der zusätzlichen Arbeit hatte sich seit Margrets Geburt für Johanna etwas verändert, und zwar zum Besseren verändert. Sie hatte eine Aufgabe, die sie erfüllte. Die Erziehung ihrer Schwester gab ihrem Leben einen Sinn. Sie brauchte sich nun nicht mehr als ungeliebte Stieftochter fühlen, als eine Art Sklavin für ihren Bruder, als viel zu gering entlohnte, rechtlose Hilfskraft für die niedrigsten Arbeiten auf dem Gutshof. All das machte ihr beinahe gar nichts mehr aus. Denn sie hatte es geschafft, ein familiäres Band zu knüpfen. Ein starkes, unsichtbares Band, das sie mit ihrer Halbschwester verband. Eine Zuneigung, die sie beide wie ein Herz und eine Seele fühlen ließ – und das trotz des Altersunterschieds von 15 Lebensjahren. Auch wenn die Arbeit im Gutshof dadurch nicht minder schwer auf ihren Schultern lastete, war es dennoch ein wunderbares Gefühl, kaum erwarten zu können, bis sie wieder im Haus war, bei ihrer lieben kleinen Schwester Margret. Ob es sich nicht eher wie ein Verhältnis wie zwischen Mutter und Tochter anfühlte, das Johanna mit Margret verband, als um die Vertrautheit zwischen zwei Geschwistern, das spielte für ihr Glück nicht die geringste Rolle.

*

Ende Juni des Jahres 1849 war es zu einer fürchterlichen Auseinandersetzung mit Christoph Schober gekommen. Die Prügel, die Johanna an diesem Abend bezogen hatte, hinterließen eine dunkelrote Narbe auf ihrer Stirn, die sie ihr Lebtag lang an die Schmerzen erinnern würde, die ihr der Schober damals zugefügt hatte. Von den Narben in ihrer Seele ganz zu schweigen.

Eigentlich hatte es ganz harmlos begonnen. Erstaunlich früh war der Stiefvater aus dem Wirtshaus gekommen, allem Anschein nach auch nicht so betrunken, wie es in den vergangenen Monaten öfter der Fall gewesen war. Dennoch schien ihm eine gewaltige Laus über die Leber gelaufen zu sein. Was vermutlich auch der Grund dafür sein dürfte, dass er schon zuhause erschienen war. »Diese Idioten! Diese saudummen Idioten«, brummte er ein ums andere Mal verdrossen in seinen Bart und hieb mit der Faust auf die Tischplatte.

»Was ist denn los Vater?« erkundigte sich der mittlerweile zehn Jahre alte Martin neugierig.

»Was los ist!« wiederholte Schober verdrossen. »Die bilden sich doch tatsächlich ein, sie könnten uns Bauern jetzt erst recht an die Kandare nehmen, nur weil der Mayer und der Sigel, diese Idioten, mit ihrem saudummen Aufstand endgültig gescheitert sind. Der Herr von Gemmingen meint, nun müsste die alte Ordnung endlich wieder hergestellt werden! Und mit der alten Ordnung meint er nicht die Zustände vor dem Aufstand, sondern diejenigen, die vor dem Sturz von Napoleon geherrscht haben. Man müsse das Rad der Geschichte deutlich zurück drehen. Zurück zur Leibeigenschaft. So, wie es sie früher bei uns gegeben habe. Wo halt jeder noch gewusst habe, an welchem Platz er stehe und nicht den Bauer als Edelmann gegeben habe! Der Bauer als Edelmann! Am liebsten hätte ich ihm den Kragen umgedreht, diesem … diesem hochwohlgeborenen Drecksack!«

»Aber so viel hat sich seit der Abschaffung der Leibeigenschaft ja auch wieder nicht zum Besseren verändert«, wagte Johanna zu ihrem eigenen Erstaunen einen Einwand. Es war ihr einfach heraus gerutscht. »Das sagst du doch immer selbst. Da braucht man sich doch dann gar nicht aufzuregen.«

»Was ich gesagt habe und was nicht, das weiß ich selber«, fuhr Schober auf. »Das brauche ich mir von dir nicht sagen zu lassen! Und im Übrigen bleibe ich dabei: dieser Apotheker aus Sinsheim gehört ins Zuchthaus gesteckt und sein Freund Sigel gleich mit dazu. Denn wenn die nicht zusammen mit ihrem Kumpanen Hecker diesen blödsinnigen Aufstand vom Zaun gebrochen hätten, dann müssten wir uns jetzt nicht solche Sprüche vom Herrn Hochwohlgeboren anhören, ohne etwas dagegen sagen zu können. Da landest du schneller im Arrest, als du bis drei zählen kannst.«

Es waren unruhige Zeiten, in denen sie lebten. Schon im Frühjahr 1848 war die benachbarte Amtsstadt Sinsheim zu einem der Zentren der badischen Revolution geworden. Zum Wortführer der dortigen Umstürzler war der ursprünglich aus Heilbronn stammende Apotheker Gustav Mayer avanciert, der inzwischen von der württembergischen in die badische Staatsbürgerschaft gewechselt war. Am 24. April 1848 hatte Mayer unter dem Jubel der Sinsheimer Bürger vom Rathaus herunter die demokratische Republik ausgerufen und war anschließend an der Spitze von 250 Bewaffneten, die sich zum Großteil aus der Sinsheimer Bürgerwehr rekrutierten, nach Heidelberg und weiter nach Karlsruhe marschiert, um dort den Anführer des Aufstands, den aus dem nahen Eichtersheim stammenden Advokaten Friedrich Hecker, zu unterstützen. Der Aufstand war jedoch rasch niedergeschlagen worden, so dass der mittlerweile steckbrieflich gesuchte Apotheker über Straßburg in die Schweiz flüchtete, wo er Asyl erhielt, während sein Vermögen vom badischen Staat konfisziert wurde. Als die Revolution genau ein Jahr später von neuem aufflammte, kehrte Mayer unverzüglich als so genannter Zivilkommissar nach Sinsheim zurück, wo er die Amtsstuben gründlich von allen konterrevolutionären Kräften befreite. Unter Gustav Mayer verwandelte sich Sinsheim in Windeseile wieder zu einem der wichtigsten revolutionären Stützpunkte. Überall warb er um Freiwillige, die mit ihm in den Entscheidungskampf gegen die preußischen Truppen ziehen sollten. Denn ausgerechnet die verhassten Preußen waren ins Land eingedrungen um den am 14. Mai außer Landes geflohenen Großherzog wieder auf den badischen Thron zu setzen und den Aufstand niederzuschlagen. Zehntausende versammelten sich unter dem Kommando des in Sinsheim geborenen Revolutionsgenerals Franz Sigel. Darunter viele Kleinbauern und Tagelöhner aus den Dörfern rund um Rappenau, die sich von der revolutionären Begeisterung hatten anstecken lassen. Die Bewegung entwickelte sich zu einem regelrechten Flächenbrand. Selbst der zunächst zögerliche Christoph Schober war in diesen Tagen drauf und dran gewesen, mit einem Dreschflegel bewaffnet nach Sinsheim zu ziehen, »um sein Land gegen die Preußen zu verteidigen«. Doch als er sich endlich zum Kampf entschlossen hatte, war es zu spät. Die »Sinsheimer Legion« war bereits losgezogen, um sich mit Sigels Truppen zu vereinen. Am 21. Juni erlitten die Aufständischen in der Schlacht bei Waghäusel eine verheerende Niederlage, bei der Sigel schwer verwundet wurde und sich dank der Hilfe von Gustav Mayer mit knapper Not über Sinsheim in die Schweiz retten konnte. Von hier aus gelangte er schließlich nach Amerika, genauso wie sein treuer Weggefährte, der ehemalige Sinsheimer Zivilkommissar und Apotheker Mayer. Die Revolution in Baden war krachend gescheitert. Schlimm genug. Aber noch schlimmer wog die Tatsache, dass die Preußen das Heft in die Hand genommen hatten und die im Land gebliebenen Aufrührer gnadenlos verfolgten. Eine bleierne Depression senkte sich über die Menschen in den Dörfern, deren Hoffnungen auf ein besseres Leben so brutal zerplatzt waren. Nicht nur über Monate, sondern über viele Jahre hinweg, herrschte eine trübselige Stimmung, wie sie im »Badischen Wiegenlied« so eindringlich beschrieben wird:

»Schlaf, mein Kind, schlaf leis,
dort draußen geht der Preuß!
Deinen Vater hat er umgebracht,
deine Mutter hat er arm gemacht,
und wer nicht schläft in guter Ruh,
dem drückt der Preuß die Augen zu.
Schlaf, mein Kind, schlaf leis,
dort draußen geht der Preuß!«

Wehe dem Bauern, dem die Obrigkeit eine direkte Verstrickung in die revolutionären Umtriebe nachweisen konnte. Wehe dem, der sich mit besonders scharfen Reden hervor getan hatte oder den die zahlreichen Verräter bei den Amtsleuten anschwärzten, um damit ihre eigene Haut zu retten. Keinem war plötzlich mehr zu trauen. Und jeden von ihnen konnte es treffen

»Und das alles nur, weil diese Idioten geglaubt haben, sie könnten es mit den Preußen aufnehmen. Diese Blödmänner, diese elenden!« fluchte Christoph Schober.

»Vor einigen Tagen hast du aber noch ganz anders daher geredet«, entfuhr es Johanna. »Du wolltest doch selber gegen die Preußen in die Schlacht ziehen!«

»Halt dein Maul!« fuhr Schober in die Höhe. »Wehe, ich höre solche Lügen noch einmal von Dir!«

»Aber so war es«, verteidigte sich das Mädchen trotzig. »Was wahr ist, muss wahr bleiben. Ich habe dich doch selber beobachtet, wie du den Dreschflegel in die Hand genommen hast und wie du gesagt hast, den würdest du

dem ersten Preußen über den Schädel ziehen, der sich dir in den Weg stellt!« Johannas arglos formulierter Satz sollte sich als fataler Fehler erweisen.
Schlagartig war der ganze Frust aus ihrem Stiefvater heraus gebrochen und entlud sich in einem gewaltigen Hieb, der Johanna hart an der Schulter traf und sie durch die ganze Stube schleuderte. Mit solcher Wucht prallte sie mit der Stirn gegen die Wand, dass sie sofort in Ohnmacht fiel. Es schien ihr eine halbe Ewigkeit vergangen, als sie aus der Bewusstlosigkeit erwachte und stöhnend die Augen aufschlug. Das erste, was sie zunächst noch verschwommen wahrnahm, war das tränenüberströmte Gesicht ihrer Schwester Margret. »Blut«, stammelte das Mädchen. »Da ist überall Blut!«
Mühsam tastete Johanna mit der rechten Hand nach der fürchterlich schmerzenden Stelle an ihrer Stirn. In der Tat! Ihr ganzes Gesicht war mit klebrigem Blut beschmiert. Und die Wunde schien immer noch zu bluten. Auf dem Boden neben ihrem Kopf hatte sich eine dunkelrote Lache gebildet, so groß wie der Kopf eines Kleinkindes. Vor Schreck wäre sie beinahe wieder ohnmächtig geworden. Aber das durfte nicht sein. Sie musste ihre ganze Willenskraft aufbieten, um bei Bewusstsein zu bleiben. Denn die Blutung musste gestoppt werden. Und zwar rasch. »Margret. Hol … hol mir bitte ein sauberes Tuch aus der Kommode«, keuchte sie matt und schob sich mit dem Rücken an der Wand langsam in eine aufrechte Position.
»Was soll ich jetzt mit dem Tuch machen?« fragte die aschfahle Margret, deren Stimme vor Anspannung vibrierte.
»Du musst es mir an den Kopf drücken. Direkt auf die Wunde. Aber sei bitte ganz vorsichtig Denn es tut höllisch weh.«
»Das kann ich nicht!« Wieder quollen dicke Tränen aus den Augen ihrer verzweifelten Schwester.

»Du musst es aber tun, Margret«, flüsterte Johanna schwach. »Du musst das für mich tun, sonst verblute ich. Komm, versuch es einfach. Knie dich nieder zu mir. Du schaffst das schon. Du musst das schaffen, Margret. Für mich. Du willst mir doch helfen, oder?«
Margret nickte rasch.
»Also. Dann schaffst du es auch. Jetzt nimm das Tuch in beide Hände und drücke es mir einfach ganz langsam an die Stirn. Direkt auf die Wunde. Ganz vorsichtig.«
Margrets Hände zitterten heftig, als sie das gräuliche Stück Stoff über Johannas blutende Stirn breitete und schließlich zögernd auf die Wunde legte. Sofort färbte der Stoff sich rot.
»Ja, so ist es gut. Jetzt musst du nur noch ein bisschen stärker drücken … Ja … genau … Aua! Oh, tut das weh!««
Erschrocken zog Margret ihre Hände zurück. »Ich wollte dir nicht wehtun! Ist es schlimm?«
Johanna schüttelte schwach den Kopf, eine Bewegung, die sie sofort bereute. »Ach, das geht halt wohl nicht anders. Wenn man da drauf drückt, dann tut es halt weh. Aber es muss sein. Komm Margret. Nimm das Tuch wieder und drücke es auf die Wunde. Es ist wichtig, dass die Blutung aufhört.«
»Soll ich nicht lieber den Bader holen?«
»Bitte mach, was ich gesagt habe«, stöhnte die Verletzte. »Bis der Bader kommt, dauert es viel zu lang. Außerdem verlangt der Geld. Das würde den Vater gleich nochmal wütend machen. Drück noch ein bisschen fester.« Sie sog hörbar die Luft ein, als Margrets Händedruck sich verstärkte. »Puh … ja, doch, lass nicht nach. So ist es gut. So müssten wir es schaffen.«
»Wenn doch nur der Vater da wäre, anstatt gleich nach dem Hieb einfach aus dem Haus zu rennen! Der könnte das sicherlich besser machen, als ich.«
»Das glaube ich nicht, Margret. Wir werden es schon schaffen, wir zwei beiden.« Wieder und wieder brach eine Welle aus Schmerz und Übelkeit über Johanna herein, die

sie an den Rand der Ohnmacht brachte. Dazu dieses fürchterliche Pochen hinter der Stirn. Aber sie durfte sich jetzt nicht gehen lassen. Musste ihre ganze Kraft zusammenhalten. Musste sich konzentrieren. Musste es schaffen. Irgendwann würde die Blutung nachlassen. Würde schließlich ganz aufhören. Irgendwann …

Zusätzlich zu der klaffenden Stirnwunde hatte Johanna sich durch den Aufprall eine schwere Gehirnerschütterung zugezogen, die es ihr zwei Tage lang unmöglich machte, ihrer Arbeit im Gutshof nachzugehen. Jedes Mal, wenn sie versucht hatte, sich von ihrer Bettstatt zu erheben, waren ihr die Beine kraftlos weggeknickt und ein stechender Schmerz blitzte durch ihren Kopf. Überhaupt die Kopfschmerzen: die sollten sie noch wochenlang als lästige Erinnerung an den Hieb begleiten. Und auch die Wunde selbst begann immer wieder zu bluten. Natürlich wurde es mit der Zeit besser, aber die Genesung zog sich quälend lange hin.

»Das sieht ja scheußlich aus«, musterte sie der Gutsverwalter betroffen, als Johanna am dritten Tag nach dem »Unfall« wieder zu ihrer Arbeit erschienen war. Eigentlich hatte er das Mädchen nur kurz und barsch zur Rede stellen und ihr ins Gesicht schleudern wollen, sie habe hier nichts mehr zu suchen. Denn zwei Tage unentschuldigt der Arbeit fernzubleiben: auf solche Hilfen könne er verzichten. Doch der Anblick der hässlich verkrusteten Wunde auf ihrer Stirn hatte ihn sofort gebremst. »Wie ist das denn passiert?«

»Ich … ich habe in der Nacht nicht aufgepasst und bin … bin direkt gegen den Stützbalken in der Stube gelaufen …« stotterte Johanna verlegen, während sie die Wunde mit ihrer linken Hand vor dem neugierigen Blick des Verwalters zu verdecken versuchte.

»Gegen den Stützbalken gelaufen«, echote der Mann und lachte trocken auf. »Ich kann mir schon denken, was das für ein Stützbalken gewesen ist! Aber das sieht ja immer noch furchtbar aus. Du solltest zum Arzt gehen – oder zumindest zum Bader.«

»Das wird auch so wieder zusammen wachsen«, schüttelte Johanna leicht den Kopf, was sie jedoch augenblicklich bereute. »Und für den Doktor haben wir ohnehin kein Geld. Ich … ich … bin ja auch selber schuld. Ich hätte halt ein bisschen besser aufpassen sollen«, versuchte sie die Andeutung eines verlegenen Lächelns.

»Da wirst du auf jeden Fall ein immerwährendes Andenken mit dir herumtragen, wenn ihr nicht danach schauen lasst. Da schau, da blutet es ja schon wieder.«

»Das … das ist nicht so schlimm. Das hört gleich wieder auf. Ich muss nur ein bisschen meine Schürze dagegen drücken, dann ist es gleich wieder vorbei. Da brauche ich gar nicht zum Bader zu gehen. Das schaffe ich auch alleine.«

»Nun denn: des Menschen Wille ist sein Himmelsreich« rollte der Verwalter missbilligend mit den Augen. »Dann machen wir es aber so: du brauchst heute deine Arbeit nicht zu machen, das sollen die anderen für dich übernehmen. Du gehst jetzt erst einmal nach Hause und ruhst dich aus. Morgen sehen wir dann weiter, wie es um deine Arbeitsfähigkeit bestellt ist.«

Nachdem diese Entscheidung verkündet war, stand er bereits im Begriff zum Gehen, als er von Johannas schüchternem Einwand gebremst wurde. »Das … das geht nicht. Ich … ich brauche doch das Geld von der Arbeit. Und wenn ich nichts schaffe, dann verdiene ich ja auch kein Geld. Bitte lassen sie mich die Arbeit machen. Ich kann das … Ich kriege das hin …«

Unwirsch blies der Mann Luft durch die Nase. »Wie stellst du dir das vor? Ich kann doch keine halbtoten Mädchen hier beschäftigen. Was ist, wenn du bei der Arbeit umfällst? Dann wird man mir die Schuld daran geben, wenn danach alles noch schlimmer geworden ist. Dann bin ich der Sündenbock.«

»Nein, das werden sie nicht sein«, hielt Johanna tapfer dagegen und kämpfte gleichzeitig mit einem lähmenden Schwindelgefühl, das sich in ihrem Körper erbarmungslos ausbreitete. »Ich werde meine Arbeit so machen, wie ich das immer mache. Und sie werden keine Vorwürfe bekommen. Denn ich werde nicht umfallen. Ich werde arbeiten.« Mit klopfendem Herzen wandte sie sich in Richtung Schweinestall um und ließ den verdutzten Gutsverwalter alleine zurück. Hoffentlich würde er ihre Entscheidung akzeptieren und sie nicht zurück pfeifen. Am besten, sie verschwand so rasch wie möglich aus seinem Blickfeld. Denn sie brauchten das Geld ja wirklich, das sie hier verdiente. Und wenn es noch so wenig war. Schlimmer wäre es, ihrem Stiefvater ohne Arbeit unter die Augen treten zu müssen. Da nahm sie lieber das bisschen Kopfschmerz und Schwindel in Kauf, mit denen sie den ganzen Tag über zu kämpfen hatte. Und die folgenden Tage genauso.

Zum guten Glück hatte Christian sofort bemerkt, wie schlecht es ihr ging. Ohne große Worte darüber zu verlieren, hatte der Junge hinter dem Rücken des Gutsverwalters einfach einen Großteil ihrer Arbeit zusätzlich mit übernommen, »zumindest so lange, bis du wieder einigermaßen bei Kräften bist! Aber eines, das sage ich dir, ich kann mir nämlich genau denken, wer dir das angetan hat: eines Tages wird dein Stiefvater von mir die Quittung dafür bekommen. So wahr ich hier stehe und Christian Brumm heiße!« Mehr hatte er nicht gesagt, sondern war mit zornigen Schritten wieder an seine Arbeit im Schweinestall zurück gestapft. Ach Christian! Wie schön, dass es ihn gab. Was für ein wunderbarer Mensch. Wenn doch nur die anderen alle auch so sein könnten, wie der Christian! Vielleicht… vielleicht würde es sogar eine gemeinsame Zukunft für sie beide geben können. Eines fernen Tages. Wenn sie beide erwachsen wären… Sie sah das Gänseblümchen vor sich auf den Boden, bückte sich hin-

unter, pflückte die Blüte ab und betrachtete lächelnd die vielen kleinen weißen Blütenblätter rund um die goldgelbe Mitte. Eins nach dem anderen zupfte sie ab: »Er liebt mich … liebt mich nicht … liebt mich … liebt mich nicht.« Verstohlen blickte sie sich um. Nicht, dass sie womöglich einer beobachtete. Wie sie dastand und vor sich hin träumte. Von Christian, von einer gemeinsamen Zukunft, von Glück, Geborgenheit und Frieden.
Träume, nichts als Träume! Aber träumen würde man ja wohl noch dürfen. Das konnte ihr niemand verbieten. Noch nicht einmal ihr Stiefvater. Denn die Träume gehörten ihr ganz alleine! Wenn bloß das Schwindelgefühl in ihrem Kopf endlich verschwinden würde!

Ungefähr eine Woche nach dem schlimmen Geschehen lief sie direkt in die Arme der Tante Maria, der sie bislang aus guten Gründen geschickt ausgewichen war. Erschrocken schlug ihre Nachbarin die Hände vor den Mund. »Das sieht ja fürchterlich aus, Johanna!«
»Das ist nicht weiter schlimm, Tante. Ich habe mir nur den Kopf ein bisschen blöd angeschlagen …«
»Du musst mich nicht zum Narren halten«, fuhr ihr Maria Schober streng dazwischen. »Ich weiß dank der Margret schon längst Bescheid, was in Wahrheit passiert ist.«
»Die Margret! Hat sie wieder ihren Mund nicht halten können! Dabei habe ich ihr klipp und klar gesagt, dass …«
»Das war ganz richtig so von der Margret«, wurde sie ein weiteres Mal unterbrochen. »Und im Übrigen: ja glaubst du denn, ich hätte nicht bemerkt, dass du mir seit dem Vorfall aus dem Weg gehst? Deshalb habe ich dich jetzt auch extra abgepasst, um mir die Wunde anzuschauen. Und überhaupt: wenn so etwas passiert, dann kommst du das nächste Mal sofort zu mir.«
»Und dann sieht es der Onkel Georg, der geht dann gleich zu seinem Bruder. Es gibt Streit und am Ende verhaut der Schober mich deswegen gleich nochmal … Nein, da ist es besser, wenn ich nichts sage …«

»Ist es nicht! Zu mir kannst du immer kommen. Das solltest du doch wissen.«

»Und der Georg?«

»Dem werde ich nichts sagen, denn sonst geht er tatsächlich gleich zu seinem Bruder und stellt ihn zur Rede. Und am Ende bist wieder du die Leidtragende. Nein, das mache ich also nicht. Ich möchte mir nun aber einmal die Wunde ganz genau ansehen – vielleicht muss sie besser gesäubert werden. Deine Mutter ist dazu nicht in der Lage. Aber irgendetwas muss man machen. Das sieht ja schlimm aus.«

So vergingen die Wochen und irgendwann auch das ungute Pochen hinter ihrer Stirn. Zurück blieb eine hässlich verwachsene, dunkelrote Narbe über ihrer rechten Augenbraue. »Dein Kainsmal«, hatte es ihr Stiefvater eines Abends spöttisch genannt. Ausgerechnet der musste so etwas sagen! Die schmerzhafte Erinnerung an die Auseinandersetzung mit ihrem Stiefvater würde sie ihr Lebtag lang begleiten. Und das nicht nur äußerlich: Immer wieder zischte ganz unvermittelt ein stechender Kopfschmerz von ihrer Stirn bis tief in die Magengrube. Und wenn ein stärkerer Wetterumschwung im Kommen war, konnte sie das schon allein an der Übelkeit verspüren, die sie dann regelmäßig überfiel.

Die Zeit heilt alle Wunden. Was für eine dumme, sogenannte Volksweisheit! Sie mochte diesen Spruch nicht. Und dennoch musste sich Johanna eingestehen, dass es genau so gekommen war. Die Wunde blutete schon lange nicht mehr, war tatsächlich – wenngleich auch unschön – vernarbt und im Lauf der Monate normalisierte sich auch das Verhältnis zu ihrem Stiefvater, sofern in dieser Hinsicht überhaupt von Normalität die Rede sein konnte. Man ging sich aus dem Weg, so gut das in der kleinen Behausung eben möglich war. Johanna vermied es, sich überhaupt auf ein Gespräch mit Christoph Schober ein-

zulassen, was diesem allem Anschein nach auch ganz willkommen zu sein schien. Sie ging auf dem Gutshof und im Haushalt ihrer Arbeit nach, pflegte ihre meistens bettlägerige Mutter, kochte, putzte, stopfte Löcher in der Kleidung. Zeit für andere Dinge blieb da ohnehin nicht mehr. Bis auf Margret. Die Zeit für Margret musste sein. Denn das Zusammensein mit ihrer kleinen Schwester genoss Johanna mit genau derselben Inbrunst, wie sich auch Margret zu der Älteren geradezu magisch hingezogen fühlte. Das waren immer die schönsten Momente am Tag, wenn sie es schafften, eine Weile einfach zusammen zu sein, zu scherzen und sich über Gott und die Welt zu unterhalten. Und gleichzeitig ein bisschen von Christian zu träumen, ohne dass es Margret bemerkte. Wie Christian später einmal zusammen mit ihr auf der Bank vor dem gemeinsamen Haus sitzen und seine Pfeife rauchen würde. Ach, war das schön. Beinahe war es wieder das Gefühl von früher, von damals, als Johanna noch mit ihrer Mutter und ihrem Bruder Georg im Haus des Großvaters gelebt hatte. In diesen wenigen Minuten fühlte sie diese Leichtigkeit in sich aufsteigen, die ihr seit dem Einzug in den Schoberhaushalt abhanden gekommen war. Wenigstens für ein paar Minuten.
Insofern gab es also doch noch den einen oder anderen Lichtblick in ihrem Leben. Und manches andere war deshalb auch umso leichter zu ertragen. Niemand konnte freilich vorhersagen, wie lange dieses kleine Glück von Bestand sein würde. Hoffentlich für lange Zeit. Und dennoch schien es Johanna geraten, das Zusammensein mit ihrer Margret so intensiv wie nur möglich zu genießen. Denn bislang war in ihrem Leben noch immer auf strahlenden Sonnenschein die dunkle Nacht gefolgt. Und auch jetzt sollte es nicht anders sein.

Im Sommer des Jahres 1850 war ihre Regel plötzlich ausgeblieben. Erst einmal: nun ja … Dann vier Wochen später immer noch: seltsam … hm … konnte aber wohl vor-

kommen. Dann jedoch noch ein drittes Mal! Dreimal hintereinander?! Das… das war ja… Es konnte nichts anderes bedeuten, als dass sie schwanger war. Schwanger! War das wirklich so? Die Übelkeit, die sie seit kurzem an jedem Morgen überfiel, gleich nach dem Aufstehen, würde dazu passen.
Könnte…
Würde…
Wäre…

Solche Spekulationen machten keinerlei Sinn. Sie musste sicher sein. Musste sich Rat holen. Den Rat einer erfahrenen Hausfrau und Mutter. Einer Mutter! Ja, das wäre so einfach, ihre Mutter um Rat zu fragen. Aber das ging schon lange nicht mehr. So elend, wie Christina Schober beieinander war, musste sie ihr jede zusätzliche Aufregung ersparen. Es würde sie sonst womöglich das Leben kosten. Aber wer dann?
So lange und angestrengt Johanna auch überlegte, es fiel ihr nur eine ein, die sie ins Vertrauen ziehen konnte. Die Tante Maria aus dem Nachbarhaus. Ausgerechnet die Tante Maria! Was für eine beklemmende Situation! Nun gut. Sie würde die Tante ja nur um ihre Meinung fragen. Ob es tatsächlich sein könne, dass sie schwanger geworden war. Von wem, das musste sie ihr nicht verraten. Das musste sie niemand sagen. Das konnte sie für sich behalten. Das wäre ihr Geheimnis. Und niemand ginge es etwas an. Wenn… wenn es tatsächlich stimmte mit ihrer Vermutung. Was der liebe Gott verhüten möge!

»Was ist denn heute los mit dir? Habe ich dir etwas getan?« Die Stimme riss sie aus ihren sorgenvollen Gedanken. Überrascht hob Johanna den Kopf und blickte direkt in die Augen von Christian, der sie gerade an der Schulter gerüttelt hatte und nun irritiert betrachtete. »Wie? Was meinst du denn? Wieso?«

Christian zuckte mit den Achseln. »Weil du einfach an mir vorbei rennst, als sei ich aus Luft. Und selbst, als ich dich gegrüßt habe, bist du einfach weitergerannt!«
»Ach Christian. Es ist nichts. Lass mich einfach in Ruhe. Mir geht es nicht gut.«
Der Junge runzelte verständnislos die Stirn. »Ich wollte doch nur nett zu dir sein. Habe ich etwas falsch gemacht?«
Was sollte das? Konnte er ihren Wunsch denn nicht einfach respektieren? Er genauso wenig wie all die anderen? Eine heiße Woge aus Kummer, Verbitterung und Sorgen stieg urplötzlich in ihr auf. »Du sollst mich in Ruhe lassen. Einfach in Ruhe lassen! Geh weg!« Die letzten Worte hatte sie ihm so laut und zornig ins Gesicht geschleudert, dass Christian erschrocken zurück wich. So hatte er Johanna noch nie erlebt. Was war denn bloß in sie gefahren?
»Aber … aber ich … ich wollte doch nur …« stammelte er verwirrt und hob beschwichtigend die Hände.
Doch Johanna ließ sich nicht mehr beruhigen. »Du sollst mich in Ruhe lassen! Ihr alle sollt mich in Ruhe lassen!« Wie Sturzbäche schossen die Tränen aus ihren Augen, als sie davon rannte und den verdatterten Christian einfach stehen ließ.

»Ja, es ist eindeutig. Du bist schwanger.« Wie Donnerschläge prallten die Worte von Maria Schober in Johannas Bewusstsein.
»Du … bist … schwanger …«
»Um Gottes Willen! Nein!«
»Doch. Es ist so. Das ist so klar, wie das Amen in der Kirche.«
»Das … das ist ja fürchterlich. Bist du dir denn ganz sicher?«
Maria zog die Stirn in ärgerliche Falten. »Wenn ich es dir sage, kannst du es mir getrost glauben. Darüber macht man keine Witze. Und wenn du mir nicht glaubst: wieso bist du dann überhaupt gekommen und hast mich ge-

fragt? Entweder du vertraust meiner Einschätzung, oder du lässt es bleiben. Das wird freilich an den Tatsachen nicht das Geringste ändern!«

Johanna schluchzte laut auf. »So habe ich das doch nicht gemeint, Tante Maria«. Sie konnte die Tränen nun nicht mehr zurück halten, die ihr plötzlich aus den Augen quollen. »Ich habe es ja längst geahnt. Es … es ist nur so … es …« ihre Worte mündeten in einem heftigen Weinkrampf. Mit Johannas mühsam bewahrter Selbstbeherrschung war es schlagartig vorbei.

»Ist ja schon gut, Johanna«, Maria streichelte ihr zärtlich über den Kopf. »Komm her zu mir«, sie drückte die auf den Tod unglückliche Johanna fürsorglich an sich.

Minutenlang verharrten sie regungslos.

Endlich entrang sich ein tiefer Seufzer Johannas Kehle.

»Ach Tante Maria. Es … es ist alles so furchtbar.«

»Das wird schon wieder. Du wirst schon sehen«; versuchte sie, ihrer Stimme einen sorglosen Klang zu geben. »In ein paar Monaten wirst du sagen, es war alles halb so schlimm. Was habe ich mir damals bloß für unnötige traurige Gedanken gemacht.«

»Das glaubst du doch selber nicht, was du da sagst. Du willst mich doch nur beruhigen«, schniefte Johanna. »Ich bin schwanger und bekomme in einem halben Jahr ein Kind. Was soll daran also schon besser werden?«

»Das kommt ganz darauf an …«

»Worauf denn? Was meinst du?«

»Beispielsweise meine ich, dass es zunächst einmal wichtig wäre, zu wissen, wer der Vater von dem Kind ist. Und ob er dich heiraten wird. Das meine ich.«

Johannas Körper versteifte sich schlagartig. Ihr Gesicht hatte eine puterrote Farbe angenommen. Sie trat einen Schritt von Maria weg und stierte wortlos zu Boden.

»Also? Wer ist der Vater von deinem Kind?«

Es war nur die Andeutung eines Kopfschüttelns, die verriet, dass Johanna die Frage verstanden hatte. Weiter blieb sie stumm.

»Jetzt sag schon.« Maria bedachte sie mit einem ärgerlichen Blick. »Oder hat es dir die Sprache verschlagen? Mir kannst du es doch sagen. Du weißt doch genau, dass ich es niemals weitersagen werde.«
Wieder nur dieses andeutungsweise Kopfschütteln. Dann endlich schien sie sich zu einer Entscheidung durchgerungen zu haben. »Das kann ich selbst dir nicht sagen, Tante Maria«, murmelte sie traurig. »Noch nicht einmal dir.«
Maria rang die Hände. »Ja aber warum denn nicht?«
»Weil … weil es halt nicht geht.« Langsam hob sie den Kopf und begegnete dem verständnislosen Blick ihrer Tante und hielt ihm stand. »Bitte, bitte frag nicht weiter. Es … ist … es ist nicht gegen dich gerichtet. Ich weiß wohl, dass ich dir in allem vertrauen kann. Mehr, als meiner eigenen Mutter. Leider. Aber …« Sie wrang die Hände. »Aber es geht halt nicht!« Wieder übermannte sie ein Weinkrampf. »Es geht einfach nicht, Maria.«
Achselzuckend nahm sie die junge Frau wieder in die Arme. »Ich verstehe das zwar nicht, Johanna. Aber ich glaube dir, dass da irgendetwas ist, das dich daran hindert. Eines Tages wirst du es mir sagen, da bin ich mir ganz sicher. Aber jetzt müssen wir erst einmal nach vorne schauen.« Sie holte tief Luft, bevor sie weiter sprach. »Der Vater deines Kindes wird dich also nicht heiraten, wenn ich das alles richtig verstanden habe. Sonst hättest du mir den Namen ja nennen können. Nun gut. Da ist also nichts zu machen. Dann müssen wir uns also jetzt in erster Linie um deinen Stiefvater kümmern. Dass der richtig reagiert, wenn er die Neuigkeit erfährt. Da müssen wir überlegt vorgehen.«
»Der wird mich aus dem Haus jagen, das weiß ich jetzt schon. Das ist doch die Gelegenheit, auf die er schon lange gewartet hat.«
»Das wird er nicht. Dafür werde ich schon sorgen. Alles wird gut. Glaube mir.«

»Nichts wird gut. Gar nichts!« widersprach ihr Johanna heftig. »Wenn ich nicht gleich aus dem Haus gehe, dann wird er mich totschlagen.«
»Das wird der sicher nicht. Dafür werde ich sorgen – und erst recht der Onkel Georg. Der wird seinem Bruder schon beibringen, wie er sich dir gegenüber zu verhalten hat.«
»Nein!« Es war ein regelrechter Aufschrei, der in diesem Moment durch die Stube dröhnte. »Auf keinen Fall! Lass den Onkel Georg aus dem Spiel! Hast du gehört? Der Georg soll sich raushalten!«
Maria zuckte erschrocken zusammen. In Sekundenbruchteilen hatte sich das jammernde Bündel in einen Racheengel verwandelt. »Was … was ist denn? Was hast du nur?«
»Ich möchte, dass der Onkel Georg sich aus der Sache heraus hält. Und zwar ganz und gar.« Johanna tastete mit der Hand vorsichtig über die Narbe auf ihrer Stirn, die eine dunkelrote Tönung angenommen hatte, während sie sich allmählich wieder beruhigte. »Versprichst du mir das, Tante Maria? Lass den Onkel Georg aus dem Spiel.«
»Ich weiß nicht so recht …«
»Bitte Tante Maria. Lass den Georg aus dem Spiel. Tu es meinetwegen.«
Maria hob ratlos die Achseln. »Nun gut. Ich weiß zwar nicht, wieso du den Georg nicht helfen lassen willst, denn eigentlich wäre es doch gerade …«
»Bitte! Lass es sein. Ich bitte dich.«
»Ist ja schon gut. Obwohl ich es in hundert Jahren nicht verstehen werde.« Sie atmete tief durch, dann schlug sie in gespielter Gleichmütigkeit die Hände zusammen. »Also, dann werden wir zwei die nötigen Schritte halt alleine machen. Zunächst einmal das Wichtigste vorweg: du bist schon 21 Jahre alt – da kann man durchaus schwanger sein. Dein Stiefvater braucht sich also gar nicht erst groß aufzublasen deswegen. Da kenne ich viele andere Mädchen im Dorf, die schon viel früher ein Kind bekommen haben, als du.«

»Auch ein Trost«, lächelte Johanna matt. »Wenngleich ein ziemlich schwacher …«
»Es gäbe da natürlich schon noch eine andere Möglichkeit«, fuhr Maria vorsichtig fort. »Wenn du das Kind nicht haben willst, ist es allerdings höchste Zeit, zu handeln.«
»Wie meinst du das?«
Die ältere Frau schnaufte tief durch, während sie ihre Nichte bedeutungsvoll musterte. »Du weißt doch sicher, dass es im Dorf eine Frau gibt, die sich darauf versteht, die Frauen rechtzeitig von ungewollten Kindern zu befreien.«
»Die Sofie!« fuhr Johanna auf. »Du meinst die Sofie! Diese alte Hexe!« Energisch schüttelte sie den Kopf. »Zu der gehe ich nicht! Auf gar keinen Fall!«
»Aber …«
»Zu der gehe ich nicht! Niemals!« Wieder füllten sich ihre Augen mit Tränen. »Glaubst du denn, ich hätte nicht gehört, was bei dieser Hexe geschieht? Und ich habe auch schon mitbekommen, was dabei alles schief gegangen ist. Denk doch nur an die Caroline, das ist ja ein offenes Geheimnis, dass die bei der Sofie gewesen ist. Und jetzt? Jetzt ist sie so schwach, dass sie nicht mehr aufstehen kann und wohl bald sterben wird. Glaubst du, ich weiß das nicht? Und die Caroline ist nicht die Einzige, die ihre Gesundheit bei der alten Hexe gelassen hat. Zu der gehe ich ganz sicher nicht.« Mit dem Zipfel ihrer Schürze wischte sie sich über die Wangen. »Nein, Tante Maria. Es hilft alles nichts. Ich werde das Kind auf die Welt bringen müssen – wohl oder übel. Ich habe keine andere Wahl.«
»Ich verstehe dich ja«, zog Maria die unglückliche Johanna wieder an sich. »Es war auch nur als ein Hinweis gedacht. Ich selber hätte auch nicht den Mut, zu der Sofie zu gehen. Und außerdem: wer weiß … während so einer Schwangerschaft kann schon noch so manches passieren …«

»Damit rechne ich lieber nicht. Besser, ich sehe den Tatsachen ins Auge, anstatt mir etwas vorzumachen. Und wenn es dann doch noch anders kommen sollte: umso besser.«

»Also: dann machen wir uns am besten gleich an die Arbeit und sagen deinem Stiefvater Bescheid.«

»Nein«, wehrte Johanna entschieden ab. »Jetzt noch nicht. Dazu ist später Zeit. Ich kann meinen Bauch schon noch ein paar Monate so bedecken, dass er nichts mitbekommen wird. Der erfährt das noch früh genug. Und so lange möchte ich wenigstens noch eine einigermaßen friedliche Zeit verbringen. Der Ärger kommt dann früh genug.«

So waren sie überein gekommen, Christoph Schober zunächst nicht über die Schwangerschaft zu informieren. Johanna war sich freilich durchaus darüber im Klaren, dass diese Schwangerschaft für ihr Leben eine neuerliche drastische Wende bedeuten würde. Denn der Kindsvater hatte alle Verantwortung – einschließlich seiner Vaterschaft – rundweg abgestritten, als sie ihn eines Tages über ihren Zustand aufgeklärt hatte. Er hatte es nicht nur abgestritten, sondern war in seiner Wut sogar ausfallend geworden, hatte Johanna bezichtigt, ihn absichtlich verführt zu haben. Diese Schwangerschaft sei von ihr sogar geplant gewesen, um sich anschließend »mit dem Balg bei mir ins gemachte Nest zu setzen«, behauptete er. »Du hast dir die Sache eingebrockt – jetzt schau zu, wie du da wieder heraus kommst. Alleine. Ohne mich!« Nie und nimmer brauche sie zu erwarten, dass er sie in irgendeiner Form unterstützen werde. Im Gegenteil: ein falsches Wort – und er würde sie beim Bürgermeister wegen Verleumdung und übler Nachrede anzeigen. Dann könne sie sich aussuchen, was ihr lieber sei: Gefängnis oder mit Schimpf und Schande aus dem Dorf gejagt zu werden. Mitsamt ihrem Bankert.

Es war eine fürchterliche Situation. Nicht anders, als sie es ohnehin befürchtet hatte. Vom Kindsvater war also nicht die geringste Hilfe zu erwarten. Und wenn sie ihn

dennoch offiziell als Vater ihres unehelichen Kindes benennen würde? Man würde sie eine Lügnerin nennen. Da konnte ja jede daher kommen und einen rechtschaffenen Mann des Ehebruchs bezichtigen. Niemand würde ihr glauben, denn sie hielt ja nicht den kleinsten Beweis für ihre Behauptung in Händen. Sondern hätte am Ende dazu hin noch das Glück einer Familie im Dorf zerstört. Aus welchem Blickwinkel sie es auch betrachtete: sie würde auf sich allein gestellt sein. Denn selbst der Tante Maria konnte sie sich nicht so anvertrauen, wie sie es sich wünschte. Der armen, ahnungslosen Tante Maria.
»Quatsch!« Wütend hieb sie mit der Faust auf ihren Oberschenkel. Von wegen »arme Tante Maria«. Sollte sie am Besten gleich mit der ganzen Welt Mitleid haben oder wie? Und wer bemitleidete sie selbst. Keine einzige Menschenseele. Niemand. Gar niemand. Sie war völlig auf sich allein gestellt. Auch um Christian machte sie seitdem einen großen Bogen. So sehr sich der arme Junge auch wieder und wieder bemühte, mit ihr bei der Arbeit auf dem Gutshof ins Gespräch zu kommen, so brüsk wandte sie sich um, sobald sie ihn von ferne auf sich zukommen sah. Was hätte sie ihm denn auch erzählen sollen? Von ihrer ungewollten Schwangerschaft, von ihren Sorgen, ihrer Demütigung, ihren zerplatzten Träumen? Christian verstand die Welt nicht mehr. Von einem Tag auf den anderen hatte sich alles verändert. Aber nicht nur für ihn. Sondern vor allem für sie, Johanna.
Ihr Kind würde also im Haus ihres Stiefvaters unehelich auf die Welt kommen. Und was das bedeuten würde, konnte sich Johanna in den dunkelsten Farben ausmalen. Genauso sollte es auch kommen.

Tatsächlich hatte sie die Schwangerschaft vor Christoph Schober unter einem weiten Schurz bis zum Schluss verbergen können, wobei ihr natürlich der Umstand zu Hilfe kam, dass Schober seiner Stieftochter sowieso am liebsten aus dem Weg ging und sich keinen Deut für sie interessierte, zumindest solange, wie das Essen pünktlich auf dem Tisch stand und das Feuer im Ofen brannte. Zwar hatte Maria sie in den vergangenen Tagen gedrängt, es ihm doch jetzt zu sagen, »das ist besser, als wenn er es erst direkt bei der Geburt erfährt und dann aus allen Wolken fällt«, aber Johanna konnte sich nicht dazu durchringen. »Das hat noch ein paar Tage Zeit und die will ich noch auskosten.« Doch dann, am 6. Februar 1851, war es plötzlich zu spät dafür gewesen. Johanna stand gerade mit Margret am Küchenherd, da zischte schlagartig ein heftiger Schmerz durch ihren Unterleib, unmittelbar darauf setzten bereits die Sturzwehen ein. Nass! Alles war nass zwischen ihren Beinen! Erschrocken betastete sie die Innenseiten ihrer Oberschenkel. Nass! Dann erst bemerkte sie die Wasserlache direkt unter ihr auf dem Fußboden: das kam von ihr! War aus ihr herausgeschossen! Lähmendes Entsetzen breitete sich in Johanna aus. Mit knapper Not gelang es ihr, die Haustür zu öffnen und einen gellenden Schrei auszustoßen, dann warf die nächste Wehe sie erbarmungslos zu Boden.

Keine halbe Stunde später war ihr Kind geboren: ein Mädchen. »Wir werden es Wilhelmina nennen. Und mit dem zweiten Vornamen Katharina«, flüsterte sie schwach. »Wärst du damit einverstanden, Margret?«

Ihre sechseinhalbjährige Halbschwester, in deren Miene sich nach wie vor der Schrecken der vergangenen Minuten spiegelte, rang sich ein tapferes Lächeln ab. »Ja, natürlich. Einverstanden.«

Auch Maria, die alarmiert von dem Schmerzensschrei aus der benachbarten Haushälfte in die Wohnstube gerannt war, um ihrer Nichte bei der Geburt zu helfen, nickte zustimmend. »Das ist eine gute Entscheidung. Jetzt hat unsere Margret also endlich doch noch ihr lang ersehntes Schwesterchen bekommen, wenngleich unter etwas anderen Vorzeichen, als sie sich das eigentlich gewünscht hat«, setzte sie leise noch hinzu.

Wenig später war dann Christoph Schober erschienen, denn natürlich hatte es sich im Dorf und im Gutshof wie ein Lauffeuer herumgesprochen, dass im Schoberhaus irgendetwas Außergewöhnliches passiert sein musste. Erst der laute Schmerzensschrei, der den Nachbarn durch Mark und Bein gegangen war, dann die eilig ins Haus stürzende Maria …

»Was ist hier los?« polterte Schober schon von der Türschwelle aus in den dunklen Raum hinein, um nur einen Sekundenbruchteil später mitten in der Bewegung zu verharren. Ungläubig rieb er sich die Augen. »Das … das ist nicht wahr, was ich hier sehe, oder? Das … das kann ja wohl nicht wahr sein! Hat … hat die da«, mit seinem weit ausgestreckten rechten Arm deutete er zu der erschöpft auf der Ofenbank liegenden Johanna und dem Neugeborenen auf ihrem Oberkörper, »hat die da etwa ein Kind bekommen?«

»Ja, das hat sie, Christoph«, schob sich Maria in Schobers Blickfeld. »Du kannst dich freuen. Es ist alles gut gegangen. Mit dem kleinen Mädchen ist alles in Ordnung und auch die Johanna hat die Geburt ganz gut überstanden. So rasend schnell, wie alles gegangen ist, kann man beinahe von einem Wunder sprechen.«

»Ein Wunder!« schnaubte der Mann aufgebracht. »Eine schöne Bescherung, würde ich das eher nennen. Oder ist das Kind da einfach so vom Himmel gefallen?« Er ballte zornig die Fäuste und machte einen drohenden Schritt auf Johanna und ihr Kind zu. »Anscheinend bin ich wieder mal der Einzige, dem du nichts gesagt hast. Wie es halt deine Art ist! Mich kann man ja hintergehen! Hauptsache, die anderen wissen Bescheid! Aber so geht das Spiel nicht, das kann ich dir sagen! So nicht!« Mehr und mehr redete er sich in Rage und schien kurz davor, die Nerven zu verlieren.

Geistesgegenwärtig schob sich Maria zwischen ihn und seine Stieftochter. Beschwichtigend hob sie die Hände.

»Es ist nicht so, wie du denkst, Christoph. Niemand hat Bescheid gewusst …«
»Noch nicht einmal du«, unterbrach er sie mit einem spöttischen Lachen. »Da lachen ja die Hühner. Denkst du im Ernst, dass ich dir das glaube? Du hast es gewusst – und der Georg ebenso! Mein eigener Bruder! Sagt mir kein Sterbenswörtchen! Na, dem werde ich den Marsch blasen, wenn er mir über den Weg läuft!«
»Der Georg hat es auch nicht gewusst. Ich habe es ihm nicht sagen dürfen. Johanna hat das nicht gewollt. Und ich selber, ich habe es auch erst erfahren, als ich nachgefragt habe.«
»Johanna hat das nicht gewollt«, echote Schober giftig. »Seit wann hat meine Stieftochter das Sagen hier im Haus? Es hätte sich schlichtweg gehört, mich rechtzeitig darüber aufzuklären, dass die ein Kind bekommt. Noch dazu in meinem eigenen Haus!« Er schnaufte tief durch, dann drückte er Maria zur Seite und musterte Johanna durchdringend. Das kleine, leise wimmernde Mädchen auf ihrer Brust war ihm dabei keinen Blick wert. »So, und wenn man mir vorher schon nichts gesagt hat, dann darf man vielleicht jetzt fragen, wer der Vater ist?«
Johanna blieb stumm.
»Hast du verstanden? Wer der Vater ist, habe ich gefragt?«
Immer noch keine Antwort.
»Ich will jetzt augenblicklich wissen, wer der Vater von dem Balg da ist!«
Weiterhin kein Wort. Man hätte die sprichwörtliche Stecknadel fallen hören können, so still war es in der Stube. Margret hatte die Hände ineinander verkrampft und verfolgte die Szenerie aus ängstlichen Augen.
»Du willst es also nicht sagen?!«
Kopfschütteln.
»Aha. Und das Kind da. Soll das womöglich sogar hier bei uns groß gezogen werden?«
Stille.

»So so. Auch eine Antwort! Das heißt jetzt also nicht nur, dass wir nicht erfahren sollen, wer der Vater ist, sondern dass wir das Kind auch noch auf dem Hals haben, weil der es nicht bei sich haben will. Und dich dazu schon gleich gar nicht. Na, dem werde ich helfen!« Wieder ballte er wütend die Fäuste und funkelte Johanna zornig ins Gesicht. »Ich brauche deine Antwort nämlich gar nicht, denn ich kann es mir schon denken, um wen es geht: es ist der Gutsverwalter. So, wie dieser Samuel immer um dich herumgeschwänzelt ist! Habe ich Recht?«
Johanna presste fest die Lippen aufeinander und hielt dem Blick ihres Stiefvaters tapfer stand.
»Uns so einen Bankert aufzuhalsen und dann nicht zu seiner Verantwortung zu stehen! Das ist ja das Letzte! Dem werde ich heimleuchten, dass kann ich Euch versprechen!«
»Aber ich habe doch gar nichts gesagt!«
»Ich weiß es auch so!«
Johanna schüttelte energisch den Kopf. »Du kannst es gar nicht wissen – und ich habe nichts gesagt!«
Schobers Miene nahm eine dunkelrote Farbe an. »Jetzt auf ein Mal hat das verdorbene Mensch seine Sprache wiedergefunden. Und das Einzige, was ihr einfällt, ist, mir zu widersprechen! Aber ich werde dich lehren, was es heißt, mich an der Nase herumzuführen« Beinahe schien es so, als wolle er gegen die kraftlos auf ihrer kärglichen Bettstatt liegende Wöchnerin handgreiflich werden, doch plötzlich wirbelte er auf dem Absatz herum. »Was glaubt dieser elende Drecksack denn eigentlich, wer er ist. Der meint wohl, er dürfe sich alles herausnehmen, der feine Herr Gutsverwalter. Aber nicht mit mir! Nicht mit Christoph Schober! Dem werde ich zeigen, was es heißt, mir so ein Kuckucksei ins Nest zu legen!«
Mit zornigen Schritten stapfte er aus dem Haus in Richtung Gutshof, um den Gutsverwalter zur Rede zu stellen – wenn nicht gar Schlimmeres.

In der Tat wäre es zu einer handfesten Auseinandersetzung gekommen, wenn sich Georg Schober nicht gerade noch rechtzeitig zwischen die beiden Streithähne geworfen hätte. Denn der nichtsahnende Gutsverwalter hatte natürlich alle Vorhaltungen im Hinblick auf seine angebliche Vaterschaft energisch abgestritten, sich dann umgewandt und Christoph Schober einfach stehen lassen, was diesen natürlich nur noch wütender werden ließ. »Bleib stehen, du elender Wicht! Sofort!« Schon war er drauf und dran, den Verwalter an der Schulter zu packen, um ihm anschließend einen Fausthieb direkt in dessen spöttische Miene zu verpassen, da hatte der von seiner Frau Maria alarmierte Georg seine Hand gepackt und mit eisenhartem Griff festgehalten.
Verdrossen drehte sich der Verwalter herum und deutete mit dem Zeigefinger zu Christoph Schober hinüber. »Wehe, du erhebst die Hand gegen mich, Schober! Ich sage es dir nun zum zweiten und damit letzten Mal: ich bin nicht der Vater von eurem Bankert. Beschuldige, wen du willst im Dorf, aber lass mich dabei gefälligst aus dem Spiel. Denn eines, das sage ich dir, Schober: wenn sich eine solche Szene wie gerade eben noch einmal wiederholen sollte, dann brauchst du gar nicht mehr hierher zu kommen. Es gibt genug anständige Männer, die sich freuen würden, wenn sie die Botengänge für den Gutshof besorgen dürften. Noch ein einziges Mal Schober – und du bist weg! Merk dir das!«

Minutenlang verharrten die Brüder auf dem Hof vor der großen Scheune und sprachen kein einziges Wort. Nur mühsam gelang es Christoph, sich einigermaßen zu beruhigen. Schließlich hob er langsam den Kopf und bedachte Georg mit einem ratlosen Blick. »Wenn der es also womöglich doch nicht ist, wer ist es aber dann?«
Georg zog es vor zu schweigen.
»Wenn ich den Kerl erwische! Ich bringe ihn um!«
»Ruhig Christoph. Beruhige dich.«

»Du hast gut lachen!« fuhr Johannas Stiefvater auf. »Du hast jetzt nicht noch ein Problem am Hals – als wenn es nicht vorher schon mehr als genug wäre. Noch eine unnütze Esserin mehr, wie soll ich das denn alles bewerkstelligen, mit einer kranken Frau im Haus, mit den ganzen Schulden und jetzt auch noch mit diesem Kind da. Wenn ich wüsste, wer der Vater ist, dann könnte ich den dazu bringen, für das Kind aufzukommen. Aber so? Meine störrische Stieftochter denkt ja anscheinend nicht einmal im Traum daran, mir dabei zu helfen. Was glaubt die eigentlich, wer sie ist?! Man sollte es aus ihr herausprügeln. Ja genau! Erst aus ihr und dann aus dem Kerl, der ihr das Kind gemacht hat!«
Erschrocken über den erneuten Wutausbruch seines Bruders zuckte Georg zusammen. »Das darfst du nicht, Christoph. Und das bringt auch nichts. Am Ende landest du sogar noch im Gefängnis. Ihr werdet schon über die Runden kommen, das werdet ihr schon schaffen. Ich werde dir dabei helfen. Versprochen.«
»Du? Du hast doch selber nichts. Du bist doch genauso froh, wenn es dir mit deinen sechs Kindern ins Frühjahr reicht, ohne dass ihr hungern müsst. Wie solltest du mir helfen können?«
»Die Magdalena ist ja inzwischen aus dem Haus, es sind also nur noch fünf Kinder«, entgegnete Georg. »Und ein bisschen etwas kann ich schon abzweigen von unseren Vorräten, wenn ihr dann einmal etwas brauchen solltet. Das wird schon werden.«
»Dass du das für mich tun willst, Georg! Danke. Das vergesse ich dir nie.« Er ergriff die rechte Hand seines Bruders und drückte sie gerührt, während er sich mit dem linken Handrücken über die Augen wischte. Die verlegene Röte, die Georg bei diesen Worten ins Gesicht schoss, war ihm dabei entgangen.

Trotz dieser Hilfszusage seines Bruders war der Friede im Haus von Christoph Schober natürlich noch lange nicht wiederhergestellt – falls es dieses friedliche Zusammensein überhaupt jemals gegeben haben sollte. Mehrfach war es zwischen Johanna und ihrem Stiefvater zu heftigen, zum Glück nur verbalen, Auseinandersetzungen gekommen. Und mehr als einmal hatte sich die junge Frau, die drei Tage nach der Geburt ihres Kindes schon wieder wie selbstverständlich den Haushalt führte, in ihrem Kummer dann ins Nachbarhaus geflüchtet, um sich bei ihrer Tante Maria auszuweinen.

»So kann das nicht mehr weiter gehen!« beschloss Maria eines Tages energisch, als ihr die tränenüberströmte Johanna vom jüngsten Streit berichtete, bei dem ihr Schober sogar damit gedroht hatte, sie nicht nur aus dem Haus, »sondern mit dem Balg gleich aus dem Dorf zu jagen. So, wie man das früher mit solchen wie dir immer gemacht hat. Bevor so eine mit ihrem unzüchtigen Betragen sonst noch die anderen alle ansteckt. Das ist wie Pest und Cholera. Dagegen hilft nur ein eisenhartes Vorgehen.« Auch Margret war bei diesen Worten ihres Vaters in Tränen ausgebrochen. »Ich möchte aber die Johanna nicht verlieren. Und die Wilhelmina soll auch da bleiben! Bitte, Vater!«

Während sich ihr Vater einfach verächtlich schnaubend abwandte, meinte ihr Bruder Martin zu allem Überfluss noch eine höhnische Geste in Margrets Richtung schicken zu müssen. Damit waren bei der Sechsjährigen endgültig die Dämme gebrochen.

»Ich kann das einfach nicht mehr mit ansehen, wie ihr unter den Launen von dem Christoph leiden müsst. Das muss ein Ende haben.« Dann war Maria Schober mit einem entschlossenen Gesichtsausdruck in die Schlafstube des Nachbarhauses gestapft, wo sie ihrer Schwester eine lange Gardinenpredigt hielt. Bei allem Verständnis für ihren schlechten körperlichen und seelischen Zustand nach den vielen schlimmen Geburten, so habe Christina aber trotz allem auch noch eine Verantwortung. »Du kannst dich doch nicht immer nur um dich kümmern und dein Schicksal betrauern. Du hast Kinder, die dich als Mutter brauchen. Sogar die Margret leidet unter diesem ständigen Streit – und wie es in der Johanna aussieht, das solltest du dir ja wohl denken können. Christina! Gib dir endlich einmal einen Ruck und halte den Christoph mit seinen ewigen Vorhaltungen von der Johanna fern! Das ist doch auch dein Kind!«

Zunächst hatte Maria gedacht, sich verhört zu haben, so schwach und leise drang die Antwort an ihre Ohren.

Aber die bleiche, abgemagerte Frau in der mit Stroh gepolsterten Bettstatt wiederholte ihre Worte. »Kümmere du dich lieber um deinen Mann«, zischte Christina Schober mit matter Stimme. Dann fielen ihr die Augen zu.

Maria zuckte irritiert zusammen. »Was … was soll das heißen?«

Doch aus Christinas Mund drang kein Wort mehr. Längst war sie wieder in ihre übliche Apathie zurückgefallen.

Verstört verließ Maria den Raum, während der seltsame Satz noch lange wie ein dunkles unheilvolles Echo durch ihre Gedanken dröhnte.

Wenige Tage später war es die kleine Margret, die diese rätselhafte Bemerkung ihrer Mutter noch einmal zur Sprache brachte: »Was hat die Mutter neulich wohl gemeint, als sie gesagt hat, die Tante Maria solle sich lieber um den Onkel Georg kümmern, anstatt uns Ratschläge zu geben?«

Augenblicklich zuckte Johanna, die mit einer Bürste gerade den Spülstein bearbeitete, zusammen. »Nichts, gar nichts … das war nur so daher gesagt von unserer Mutter.«

»Das hat aber nicht so geklungen, finde ich.«

»Es war nur so daher gesagt«, betonte Johanna jedes einzelne Wort mit fester Stimme. »Und jetzt kein Wort mehr darüber. Aus. Schluss. Vorbei Hast du mich verstanden?!«

Margret nickte eifrig – obwohl natürlich das Gegenteil der Fall war. Nichts hatte sie verstanden. Wie denn auch?

»Dann ist es ja gut«, nickte Johanna und bemühte sich um ein Lächeln, das die angespannte Situation entkrampfen sollte. »So, und der Spülstein ist sauber genug. Jetzt ist die Wilhelmina an der Reihe. Willst du sie mir von drüben holen? Es ist nämlich höchste Zeit, dass sie die Brust bekommt.«

»Natürlich. Gerne«, nickte Margret. »Darf ich sie dann nachher auch noch alleine wickeln?«

»Ja, das darfst du. Ich stehe nur neben dir und passe auf, dass du alles richtig machst. Aber das machst du ja sowieso.«

»Juhu!« stieß Margret einen lauten Freudenschrei aus. »Ich hole sie! Sofort.« Damit war die Frage vergessen, genauso wie die ausgebliebene Antwort. Erst viele Jahre später sollte sich die eigenartige Szene aus der Schlafstube in ihrem Elternhaus noch einmal in ihr Gedächtnis drängen. Mitsamt der unbeantworteten Frage.

Anfang März war es Christian Brumm gelungen, Johanna auf dem Weg zum Acker abzupassen. Während die tief in Gedanken versunkene Johanna gerade auf den mit schlammigen Pfützen übersäten Feldweg oberhalb des Dorfes eingebogen war, sprang der junge Mann plötzlich aus dem Gebüsch, das den Wegesrand säumte. Erschrocken zuckte sie zusammen. »Christian! Wieso was soll das denn?! Ich habe gedacht, mir bleibt das Herz stehen!« Augenblicklich überzog eine tiefe Röte das Gesicht des hageren Burschen. »Entschuldigung, Johanna«, stammelte er verlegen. »Ich … ich wollte dich nicht erschrecken. Wirklich nicht. Aber das ist anscheinend die einzige Möglichkeit, mit dir zu sprechen. Du weichst mir ja ständig aus. Und wenn du mich nur von ferne siehst, dann bist du gleich wieder verschwunden. Dabei möchte ich mich unbedingt von dir verabschieden.« Er hielt inne und senkte seinen Kopf zu Boden.

Johanna war es, als habe sie einen Schlag in die Magengrube bekommen. Was hatte der Christian da gerade ge-

sagt? Von Verabschiedung geredet? Sie musste sich verhört haben!
»Ich wollte dir schon lange sagen, dass ich inzwischen verstanden habe, wieso du mir aus dem Weg gehst«, unterbrach Christian ihre Gedanken. »Aber du hättest es mir ruhig sagen können, dass du ein Kind bekommst.« Er schluckte trocken und wrang nervös die Hände. »Also ... du hast ja sicher gehört, dass vor einigen Wochen mein Vater gestorben ist ... und deshalb ... deshalb haben meine Stiefmutter und ich ...«, mehr und mehr geriet er ins Stocken. Dann jedoch gab er sich einen Ruck, drückte den Rücken durch und sah Johanna traurig in die Augen. »Deshalb habe ich zusammen mit der Katharina beschlossen, auszuwandern. Nirgendwo kann es für unsereins schlechter sein, als hier. Wir gehen nach Amerika.«
»Nach Amerika«, echote Johanna tonlos. »Ausgerechnet nach Amerika ...«
»Ja, nach Amerika«, bekräftigte Christian mit fester Stimme.
Dieser entschlossene Blick aus seinen schönen grünen Augen war kaum noch zu ertragen. »Und wann wollt ihr gehen?«
»In ein paar Wochen. Sobald wir das Haus und den Acker verkauft haben. Viel wird nicht übrigbleiben, wenn wir die Schulden bezahlt haben, aber wir brauchen das Geld, um die Fahrkarten für die Schiffspassage zu kaufen.«
»Das ist für drei Leute sicher ganz schön teuer«, antwortete Johanna wie in Trance.
»Wir sind nur zu zweit, denn die Rosina kommt nicht mit. Aber selbst für zwei und in der untersten Kategorie kostet es noch eine ganze Menge. Es wird grade so aufgehen, wenn wir Glück haben.«
»Aber deine Schwester ist doch erst 12 Jahre alt. Die kannst du doch nicht einfach alleine hier lassen.«
»Das hat schon alles seine Ordnung. Sie versteht sich mit meiner Stiefmutter nicht besonders gut und deshalb möchte sie gar nicht mit. Ich habe mit unserer Tante aus-

gemacht, dass sie zwei Jahre bei ihnen wohnen kann, bis sie alt genug ist, um sich eine Arbeit zu suchen. So ist das nun mal.« Christian breitete in einer hilflosen Geste die Arme aus. »Sie wird schon zurechtkommen. Mich hält hier auf jeden Fall nichts mehr.«

»Schade«, murmelte Johanna. »Jetzt gehst du also auch noch fort.«

»Komm mit, wenn du magst!« Die Worte waren ihm einfach so heraus gerutscht. Überrascht sah Johanna auf. Der junge Mann nickte ernst. »Ja, doch. Warum eigentlich nicht?«

»Das geht nicht!«

»Und warum nicht?«

»Wegen dem Kind.«

»Nimm es mit. Wir werden schon einen Weg finden, wie wir dich und das Kind auf das Schiff bekommen!«

»Und wegen der Margret. Ich kann sie doch nicht allein zurücklassen.«

»Freilich kannst du. Denk jetzt einfach einmal an dich. Komm mit!« Einladend streckte ihr Christian seine rechte Hand entgegen. »Ich würde mich freuen!«

Johanna schüttelte heftig den Kopf. Es war ihr, als müsse ihr Herz zerspringen. Aber Margret alleine lassen? Bei diesem jähzornigen Menschen von einem Vater?! Niemals! »Es geht nicht!«

»Komm schon!«

»Ich habe gesagt, es geht nicht. Nein!« Mit einem scheppernden Geräusch schlug der Blecheimer, den sie in der Hand gehalten hatte, auf den Boden. Dann wandte sie sich um und rannte davon. Nur weg von hier! Er sollte ihre Tränen nicht sehen. Wie gerne wäre sie mit ihm gegangen. Aber es war nicht möglich. Sie musste hier bleiben, um für ihre Mutter, für die Geschwister und ihre Tochter zu sorgen. Ihre eigenen Bedürfnisse hatten zu warten. Wieder einmal.

*

Spätestens seit Karfreitag war das Verhältnis zwischen Johanna und ihrem Stiefvater nahezu untragbar geworden. Der Grund lag klar auf der Hand, beziehungsweise auf dem Küchentisch: der Winter war überaus hart und lang gewesen, im Keller fanden sich keinerlei Vorräte mehr, aus denen man ein nahrhaftes Essen hätte zubereiten können. Bis auf die letzten, halbverfaulten Kartoffeln, einen Rest Schweineschmalz, das am Rande des Topfes bereits verschimmelt war, ein klägliches Häufchen Grünkern… »Es hilft alles nichts: wir werden die Ziege schlachten müssen«, hatte Christoph Schober gemeint.

»Nicht die Ziege!« war es Johanna impulsiv herausgerutscht. »Wenn du die Ziege schlachtest, dann haben wir keine MiIch mehr.«

»So schlau bin ich auch«, knurrte der Taglöhner missmutig. »Eine geschlachtete Ziege kann schließlich keine Milch mehr geben. Dafür haben wir dann aber Fleisch, das uns über die nächsten Wochen bringt. So mager das Tier auch ist, besser als Hunger leiden zu müssen.«

»Aber…« stammelte Johanna. »Ich brauche die Ziegenmilch doch für die Wilhelmina.«

»Wieso eigentlich? Kannst du sie denn nicht selber stillen, so wie das andere Frauen schließlich auch machen?«

Johanna senkte verlegen den Kopf. »Das… das geht nicht mehr. Ich… ich habe seit der Entzündung neulich keine Milch mehr in der Brust. Ich kann die Wilhelmina nicht mehr selber stillen. Deshalb brauche ich die Milch von der Ziege.«

»Das wird ja immer besser!« Krachend hieb ihr Stiefvater mit der flachen Hand auf den Küchentisch. »Jetzt soll ich noch nicht einmal unsere Ziege schlachten dürfen, sondern demnächst am Hungertuch nagen – und das alles bloß, weil meine Stieftochter ein uneheliches Kind ins Haus gebracht hat, dessen Vater sie nicht verraten will.

Wie ich es von Anfang an gesagt habe: wir haben eine unnütze Esserin mehr am Tisch sitzen. Das kann ja alles wohl nicht wahr sein! Die Ziege wird geschlachtet – und zwar gleich morgen früh. Basta!« Herausfordernd reckte er das Kinn in die Höhe um mit dieser eindeutigen Geste klar zu machen, dass jeder weitere Widerspruch zwecklos sei.
Johanna fasste sich dennoch ein Herz. »Wenn … wenn du aber das Angebot vom Onkel Georg annehmen würdest …«
Schlagartig verfinsterte sich der Gesichtsausdruck von Christoph Schober. »Was weißt du denn über ein Angebot vom Georg?«
»Die … die Tante Maria hat es mir neulich erzählt, dass dir dein Bruder das Angebot gemacht hat, falls es bei uns mit dem Essen nicht reichen sollte, dass dann er …«
»Falls es bei uns mit dem Essen nicht reichen sollte!« donnerte Schober. »Wir sind doch keine Bettler! Natürlich reicht es uns, wenn ich die Ziege geschlachtet habe. So einfach ist das. Und wenn es dir nicht passt, dann kannst du ja dein Bündel schnüren und gehen. Was ohnehin das Beste für uns alle wäre!«
Damit war die Diskussion für den heutigen Tag beendet. Es war nichts mehr zu machen, jedes weitere Wort sinnlos, darüber war sich Johanna längst klar geworden – und als ihr Stiefvater am folgenden Tag seine Ankündigung wahr machte und ihre Ziege tatsächlich geschlachtet wurde, da reifte in ihr ein Entschluss.

Es bedurfte nur noch eines letzten Anstoßes, um den Entschluss in die Tat umzusetzen. Und dieser Anstoß erfolgte bereits am Ostersonntag, dem 20. April 1851. Der Tag, an dem ihr Stiefvater sie regelrecht aus dem Haus drängte. Mit den Worten: »Für alle reicht es halt nicht!« hatte er Johanna beim Verteilen des Fleisches am Mittagessen einfach übergangen. Nur ein Klecks Grünkernbrei befand sich auf ihrem Teller, während sich Martin über ein ordentliches Stück gebratenes Ziegenfleisch freuen durfte und selbst Margret eine etwas kleinere Portion auf dem Teller hatte. »Kein Problem«, erklärte Margret. »Das ist mir sowieso zu viel – ich teile das gerne mit dir: du kannst die Hälfte haben.«

Johanna war leichenblass geworden. Ihr Entschluss stand nunmehr felsenfest. Sie hob abwehrend die Hände, dann erhob sie sich langsam vom Tisch und fixierte Schober ernst. »Ich habe verstanden. Ich werde gehen. Du wirst mich loshaben. Allerdings unter einer Bedingung: ich gehe nur, wenn ihr die Wilhelmina behaltet.«

Sekundenlang herrschte eine beklommene Stimmung in der Stube. Es war Margret, die das Schweigen schließlich durchbrach: »Aber … warum willst du denn gehen? Und vor allem: wohin? Du kennst doch niemanden außerhalb von Treschklingen. Und überhaupt: was soll denn dann mit der Wilhelmina werden – wo wir doch keine Milch mehr haben. Da kannst du doch nicht einfach weggehen!«

»Von der Ziege von der Tante Maria werden wir ganz sicher wieder etwas bekommen, genau wie gestern schon und heute morgen auch«, beantwortete Johanna die Frage ihrer Schwester mit versteinerter Miene.

Margrets Verzweiflung wuchs. »Mutter! Mutter, dann sag du etwas!« forderte sie ihre teilnahmslos auf der Ofenbank kauernde Mutter auf. Doch Christina Schobers Augen starrten blicklos geradeaus – auch wenn es den Anschein hatte, es würde darin wässrig funkeln. Kaum wahrnehmbar bewegte sie ihren Kopf von links nach rechts und genauso schwach wieder zurück – das war die ganze Reaktion der kraftlosen Frau auf die flehentliche Bitte ihrer Tochter.

Ein triumphierendes Lächeln umspielte die Lippen von Christoph Schober, der nun streng das Kinn nach vorne schob und seine Stieftochter entschlossen musterte: »Also gut. Wenn du aufbrechen willst, dann ist es jetzt Zeit, zu gehen. In fünf Stunden wird es dunkel. Bis dahin solltest du schon ein gutes Stück Weg gemacht haben.«

»Ich möchte das aber nicht. Ich möchte, dass die Johanna u n d die Wilhelmina da bleiben!«
»Das geht nicht!« zischte ihr Vater giftig, der Johanna nach wie vor in seinem strengen Blick behielt. »Wie oft muss ich das denn noch sagen?!«
»Du kannst sie doch nicht einfach aus dem Haus jagen!«
»Und ob ich das kann! Und außerdem hat sie ja von sich aus gesagt, sie wolle gehen!«
»Ja, ich gehe! Aber wie gesagt nur unter der Bedingung, dass ihr die Wilhelmina hier behaltet.«
»Du hast mir gar keine Bedingungen zu stellen!«
»Ich gehe nur dann, wenn du die Wilhelmina hier behältst«, bekräftigte Johanna mit bemüht fester Stimme, während ihr Herz heftig zu pochen begann. »Das ist das Einzige was ich verlange.«
»Das Einzige was ich verlange«, spöttelte Schober. »Sonst nichts? Wirklich gar nichts?«
»Nein, sonst nichts. Ich will es dir auch erklären, warum: ich kann mit einem kleinen Kind nirgendwo eine Stellung bekommen, das sollte dir doch eigentlich klar sein. Deshalb muss ich die Wilhelmina irgendwo unterbringen. Und bevor ich sie ins Waisenhaus gebe … Also, wenn du wirklich willst, dass ich gehe und anderswo eine Arbeit finde, dann musst du mir schon soweit entgegen kommen, dass meine Tochter hier bleiben kann. Denn hier, bei ihrer Schwester Margret ist sie am besten aufgehoben.
»Halbschwester!« kommentierte Schober grinsend, doch Johanna mochte auf diese Provokation erst gar nicht eingehen. Der entscheidende Augenblick war gekommen – ein falsches Wort nur und alles würde in die falsche Richtung laufen.
»Wenn du mich mit der Wilhelmina wegschickst, dann finde ich keine Arbeit und das wiederum heißt, dass uns die Polizei irgendwann zu dir zurückschicken wird.«
Eine Zeitlang schien ihr Stiefvater angestrengt zu überlegen. Das raffinierte Argument mit der Polizei, auf das sie

in der schlaflos verbrachten gestrigen Nacht endlich gekommen war, dürfte seine Wirkung nicht verfehlen. Denn auch Christoph Schober fürchtete ganz sicher die Schande, im ganzen Dorf als derjenige gelten zu müssen, dessen Familienmitglied von der Polizei als Bettlerin aufgegriffen und mit Schimpf und Schande zurückgebracht worden sei.

Endlich hob er den Kopf und knurrte mürrisch. »Also meinetwegen, dann lass sie halt da. Wer auch immer sich bei uns um sie kümmern soll«, setzte er mit einem vielsagenden Blick auf seine Frau noch hinzu. »Ich habe es dir hiermit klar und deutlich gesagt: nicht, dass du mir eines Tages kommst und Vorwürfe machst. Ich habe dich jedenfalls gewarnt! So – und damit ist das Thema erledigt. Ich möchte jetzt endlich essen, bevor das gute Fleisch ganz kalt geworden ist!«

Das Ende der Debatte brach der kleinen Margret beinahe das Herz. Traurig saß sie am Tisch und schaffte es nicht, auch nur den kleinsten Bissen zu sich zu nehmen. Johanna tätschelte ihr aufmunternd den Oberschenkel. »Das wird schon alles gut gehen. Glaube mir. Und die Wilhelmina, um die wirst du dich jetzt also ein bisschen kümmern, ja? Sie wird es gut haben in deiner Obhut, das weiß ich.«

»Aber ich bin doch selber noch ein Kind!«

»Du bist meine ganz große, tapfere Schwester Margret. Und ich freue mich jetzt schon darauf, wenn ich dich eines Tages wiedersehen werde!« So sehr sie sich auch bemüht hatte, diese Bemerkungen mit gespielter Leichtigkeit und Überzeugungskraft auszusprechen, so überdeutlich verriet das leichte Beben ihrer Stimme ihren wahren Gemütszustand. Zumindest denen, die sich dafür interessierten. Womit allerdings nur Margret übrig blieb. Margret. Ihre geliebte kleine Schwester Margret.

*

Schon in der vorigen Nacht hatte Johanna beschlossen, dass sie nach Frankfurt gehen würde. In dieser großen Stadt gab es die besten Möglichkeiten, als Dienstmädchen in einem Haushalt unterkommen zu können. So hatten es die Mägde auf dem Gutshof jedenfalls immer wieder untereinander besprochen. Und so wollten es die meisten von ihnen auch machen. An Lichtmess würden sie dem Verwalter den Handschlag für ein weiteres Jahr auf dem Gutshof verweigern, sich ihren Lohn ausbezahlen lassen und weggehen. Nach Frankfurt. In eine bessere Zukunft. Zu einer besseren Arbeit. Das hatten sie sich wieder und wieder gegenseitig versichert. Es sei ihr heiliger Ernst. Genau so würden sie es machen – und der Gutsverwalter, den keine von ihnen mochte, sollte dann schauen, wo er neue Mägde herbekäme, die er nach Herzenslust schikanieren konnte. Es war freilich bei der Ankündigung geblieben. Keine von ihnen war tatsächlich nach Frankfurt gegangen. Den meisten hatte schlichtweg der Mut gefehlt, sich so weit von ihrem Heimatdorf zu entfernen. Viel zu weit. Die eine oder andere war immerhin nach Mannheim gegangen und fristete nun dort ihr Dasein als Arbeiterin in einer der rasant expandierenden Mannheimer Fabriken. Aber was man von denen hörte, klang alles andere als verlockend. Zwar bekamen sie in der Fabrik einen deutlich besseren Lohn als auf dem Gutshof. Andererseits waren die Arbeitsbedingungen in den dunklen, stickigen Fabrikhallen, in denen permanent ein Höllenlärm herrschte, alles andere als gut. Und das mehr an Lohn, das sie hier ausbezahlt bekamen, wurde durch die Kosten der Unterbringung in einer der elenden Schlafstätten in den Arbeiterquartieren vollständig aufgezehrt. Am meisten vermissten viele aber die frische Luft, die sie aus ihrem Dorf gewöhnt waren. Damit hatte natürlich keine von ihnen jemals gerechnet: ausgerechnet die

Atemluft. Etwas, das sie Zeit ihres Lebens doch ganz selbstverständlich umgeben hatte: die Luft von Treschklingen! Die sie ein- und ausgeatmet hatte, ohne sich je Gedanken darüber zu machen. Warum auch? Aber jetzt fehlte sie ihnen tatsächlich. Denn an manchen Tagen fiel einem in Mannheim sogar das Atmen schwer. Unaufhörlich bliesen hier die qualmenden Fabrikschornsteine ihren schwarzen Rauch in den von einem schmutzigen Schleier verdunkelten Himmel. Die meisten bereuten ihre Entscheidung inzwischen bitter – aber nur wenigen gelang es, Mannheim wieder den Rücken zu kehren. Also Frankfurt! Etwas anderes kam für Johanna nicht in Frage. Dort wollte sie ihr Glück zumindest versuchen.

Am frühen Nachmittag des Ostersonntags 1851 war Johannas Wegzug aus dem Haus tatsächlich vollzogen. Sie hatte ihre wenigen Habseligkeiten auf ein Leintuch gelegt, dieses zusammengeknotet und über die Schulter geworfen, dann war sie aufgebrochen. Aus dem Dorf – aus ihrer vertrauten Umgebung, ihrer Heimat, die sie in ihrem ganzen Leben noch nie verlassen hatte. Und nun? Was würde werden? Nach diesem erneuten gewaltigen Einschnitt in ihrem Leben? Ein neuer Anfang. Hoffentlich ein Guter.

Ein eisiger Ostwind blies über die südlichen Ausläufer des Odenwalds. Der Winter schien in diesem Jahr einfach nicht weichen zu wollen! Frierend stolperte die bitterlich weinende junge Frau vorwärts, während schmerzhafte Gedanken durch ihre Seele jagten. Sie musste sich zunächst nördlich halten, denn der Marsch sollte sie über Babstadt nach Siegelsbach führen, von dort aus weiter nach Hüffenhardt, anschließend an den Neckar hinunter nach Haßmersheim. Das müsste, wenn sie sich beeilte, gerade noch zu schaffen sein, bevor die Dunkelheit hereinbrach. Unten in Haßmersheim würde sie sicherlich eine Scheune finden, in deren Strohlager sie übernachten konnte. Früh am nächsten Morgen musste sie dann einen der Neckarschiffer fragen, ob er sie auf seinem Kahn mitnehmen würde. Neckarabwärts bis nach Heidelberg. Oder besser noch gleich bis nach Mannheim. Bezahlen würde sie ihm freilich nichts können, da musste sie auf die Großzügigkeit des Kapitäns hoffen. Gerne konnte sie ihm anstelle von Geld beim Be- und Entladen behilflich sein. Von Mannheim aus sollte es mit einem anderen Schiff weitergehen bis nach Mainz, vom Mainzer Hafen bis nach Frankfurt dürften es noch schätzungsweise drei, vier Stunden Fußmarsch sein. Vielleicht würde sie den letzten Teil der Strecke, wenn das Glück ihr hold war, sogar als kostenlose Mitfahrerin auf einem Bauernfuhrwerk hinter sich bringen können. In Frankfurt angekommen, würde man dann sehen, wie sich die Dinge entwickelten. Das würde natürlich der schwierigste Teil der ganzen Reise werden: Ohne irgendeine Adresse im Gepäck, an der sie sich orientieren konnte. Irgendwie musste sie sich dort halt durchfragen. Von Haustür zu Haustür. Wer wohl eine Haushaltshilfe brauchen konnte. Eine tüchtige junge Frau, die mit wenig Lohn zufrieden war. Hauptsache, ein Dach über dem Kopf, etwas zu essen und ein Bett zum schlafen.

Die Wegstrecke nach Haßmersheim erwies sich allerdings als viel beschwerlicher, als sie vermutet hatte. Der vom langen Winter durchnässte, matschige Boden machte jeden einzelnen Schritt zur Mühsal. Mehrmals waren ihre Holzschuhe im Schlamm des von tiefen Furchen durchzogenen Weges einfach stecken geblieben. Es war ein ekelhaftes Gefühl, mit den Füßen knöcheltief in dem kalten Straßendreck zu stecken, in dem sich Erde, Schottersteine und der Kot von unzähligen Zugtieren zu einer undefinierbaren Masse vermengten. Ihr Rock, ihre Beine bis hinauf zum Knie, ihre Hände: alles war mit dem stinkenden Schlamm besudelt. Die Meilen zogen sich zäh dahin. Vor allem dann, wenn der Weg durch Waldstücke

führte, wo die Dreckschicht noch wesentlich tiefer und breiiger war, als auf der Hochfläche. Es war eine elende Schinderei. Und mittlerweile bildeten sich an ihren nassen Füssen schon die ersten Blasen! Trotz der Eiseskälte perlten dicke Schweißtropfen von ihrer Stirn.
Ach. Hätte sie doch nur vor einigen Wochen Christians Angebot angenommen, und wäre mit ihm nach Amerika aufgebrochen. Weshalb hatte sie das nur nicht getan? Aus falsch verstandener Rücksichtnahme den anderen gegenüber. Und jetzt? Jetzt war sie dennoch nicht mehr in Treschklingen. Aber jetzt war es zu spät. Christian war längst aufgebrochen. Niemals mehr würde sie ihn wiedersehen. Allein der Gedanke an die bessere Zukunft, die sie so leichtfertig ausgeschlagen hatte, ließ ihr das Herz schwer werden vor Kummer und Sehnsucht.
Zu allem Überfluss brannte die Narbe über ihrer rechten Augenbraue wie Feuer. Das Kainsmal einer aus dem Elternhaus vertriebenen, heimatlosen jungen Frau. Lag der bessere Teil des Lebens womöglich schon hinter ihr? Sie war doch noch nicht einmal 22 Jahre alt. Konnte das alles denn wirklich so sein? War ihre Zukunft bereits Vergangenheit? Nein! Niemals! Sie ballte die Fäuste fest zusammen und biss sich energisch auf die Lippen: Nein, und nochmals Nein! So einfach würde sie sich nicht unterkriegen lassen. Sie würde ihr Leben selbst in die Hand nehmen. Hatte es ja mit ihrem entschlossenen Schritt aus dem Haus des Stiefvaters im Grunde genommen auch schon längst getan. Alles würde sich zum Guten wenden! Ganz sicher!

Und tatsächlich: wie nach jedem noch so starken Regen irgendwann wieder die Sonne durch die Wolken blitzt, war das Schicksal auch Johanna wohlgesonnen. Zum ersten Mal seit langer Zeit durfte sie auf wirklich gute Jahre in Frankfurt hoffen. Denn schon wenige Stunden nach ihrer Ankunft war es ihr gelungen, gleich eine Anstellung als Haushaltshilfe zu bekommen. Dabei konnte es sich nur um eine glückliche Fügung handeln, dass sie bereits an der zweiten Haustür, an der sie nach einer Arbeit nachfragte, vom dortigen Dienstmädchen eine Adresse genannt bekam. Von dieser Adresse wisse sie ganz sicher, dass die Herrschaften dort gerade eine tüchtige Hilfskraft suchten, hatte das Mädchen gemeint – und dass es sich bei der Familie Bender um gute Leute handeln würde. Keine solchen Leuteschinder, wie man sie in den besseren Kreisen von Frankfurt leider ebenso in erschreckend großer Zahl antreffen konnte.

Die Kollegin hatte Recht behalten: bei der Bankiersfamilie Bender handelte es sich um wirklich gute Leute, in deren vornehmer Haushaltung in bester großbürgerlicher Wohnlage gleich neben dem prachtvollen Rothschildpark nicht nur gediegener Komfort, sondern auch ein grundsätzlich respektvoller Umgangston an der Tagesordnung waren. Johanna, die anfangs aus dem Staunen über diesen alltäglichen Luxus gar nicht mehr heraus kam, erhielt von den Herrschaften eine Anstellung als Putzhilfe zur Unterstützung eines weiteren Mädchens – und je nach Bedarf sollte sie auch für die Köchin zu Verfügung stehen: Gemüse waschen, schälen, vorbereiten, hinterher den Abwasch erledigen. Es war eine wunderbare Arbeit, viel besser jedenfalls als das Latrinenleeren auf dem Gutshof in Treschklingen! Und so fand Johanna allmählich nicht nur aus ihrem Kummer mit der ungewollten Schwangerschaft heraus, sondern sogar wieder zu einem Teil jener unbeschwerten Fröhlichkeit zurück, die sie als Kind hatte erleben dürfen. Fröhlichkeit und Zuversicht. Ja, tatsächlich: Zuversicht. Was für eine wunderbare Erkenntnis, als sie sich dieser erstaunlichen Wandlung erstmals bewusst wurde! Zuversichtlich in die Zukunft schauen zu können, das hatte sie ja völlig verlernt gehabt. Es war ein befreiendes Gefühl! Bald schon schallte ihr fröhliches Lachen durch das ganze Haus – beinahe so laut wie damals, in den glücklichen Tagen ihrer frühen Kindheit in

Treschklingen. Es schienen ihr Jahrzehnte vergangen, seit sie ihrem Heimatdorf den Rücken gekehrt hatte. Wie richtig der Entschluss doch gewesen war, ihr Bündel zu schnüren und zu gehen. Am Ende musste sie ihrem Stiefvater beinahe noch dankbar sein für diese rüde Art und Weise, mit der er sie aus dem Haus gedrängt hatte. Dem Schober dankbar sein! Ausgerechnet dem! Was für ein abwegiger Gedanke! Fast war es Johanna, als sei ein neuer Mensch aus ihr geworden – und das nahmen auch die anderen an ihrer neuen Arbeitsstätte wahr. Sogar die Herrschaften, weshalb die gnädige Frau sie bald als »ihren Sonnenschein« bezeichnete. Mit diesem immerzu warmen Lächeln auf den Lippen. Mit dieser fröhlichen Zufriedenheit, die in einer sonderbaren Art und Weise mit der hässlichen roten Narbe auf Johannas Stirn kontrastierte.

Endlich war das Glück auch ihr einmal hold gewesen! Eine bessere Arbeit, als die bei den Benders in Frankfurt konnte sie sich gar nicht vorstellen. Es war wesentlich mehr, als sie zu hoffen gewagt hatte. Natürlich war ihr anfangs vieles in dem vornehmen Haushalt fremd gewesen, da gab es viele Dinge, die sie gar nicht kannte. Beispielsweise die neuartigen Phosphorhölzchen. Was für eine wundersame Erfindung! Mit einem dieser Hölzchen hatte kürzlich Karl, der 17-jährige Sohn der Herrschaften, eine Kerze angezündet. Die ahnungslose Johanna war erschrocken zusammen gezuckt, als an dem Hölzchen plötzlich eine Flamme emporzischte.
»Um Gottes willen!« war es ihr entfahren.
»Was ist denn? Was soll das Geschrei?« wandte Karl sich um und starrte verständnislos in ihr Gesicht.
»Das … das ist ja … Das habe ich ja noch nie gesehen«, stammelte die immer noch verwirrte Johanna.
»Was meinst du?« hob Karl ratlos die Schultern. Dann dämmerte ihm die Erkenntnis. »Du meinst die Phosphorhölzchen? Sag bloß, du hast das nicht gekannt!« lachte er

schallend und musterte sie spöttisch. »Das sind doch nur Phosphorhölzchen. Die gibt es schon lange. Und du kennst das tatsächlich nicht?«
Eine verlegene Röte breitete sich über Johannas Miene. »Nein, das kenne ich nicht. So etwas hat es bei uns zuhause in Treschklingen nicht gegeben.«
»Und womit habt ihr dort dann eine Kerze angezündet«, behielt Karl seinen spöttischen Unterton bei.
»Mit einem Kienspan natürlich!«
»Mit einem Kienspan!« echote der Jüngling erstaunt. »Mit so einem rauchenden, stinkenden Ding, das einem den ganzen schönen Teppich volltropft, bis man endlich die Kerze angezündet hat. Das ist ja wie in der Steinzeit!« Kopfschüttelnd betrachtete er erst das abgebrannte Streichholz in seiner Hand und dann die immer noch verlegene Johanna, die mit gesenktem Kopf vor ihm stand.
Schließlich gab sie sich einen Ruck und schaffte es, ihrem Gegenüber direkt in die Augen zu schauen. »Darf… darf ich vielleicht auch einmal, Herr Bender?«
Der junge Bender beschrieb eine wegwerfende Handbewegung. »Meinetwegen. Da, nimm dir ein Hölzchen aus der Schachtel da heraus.«
Vorsichtig fingerte Johanna das schmale, zirka zehn Zentimeter lange Hölzchen mit dem roten Farbklecks am einen Ende hervor und beäugte es misstrauisch. »Und jetzt? Was muss ich jetzt machen?«
Karl verdrehte belustigt die Augen. »Was wirst du schon machen müssen?! Das Hölzchen anzünden! Komm, ich zeigs dir. Das ist ganz einfach.« Er griff sich ein weiteres Streichholz und hielt es vor Johanna in die Höhe. »Jetzt schau genau zu: Du musst das Hölzchen in die eine Hand zwischen Daumen und Zeigefinger nehmen, am besten in die rechten Hand und in der anderen Hand musst du diese Reibefläche halten«, er deutete auf ein etwa zigarrengroßes Holzstück mit einer rauen Oberfläche. »Daran

musst du den roten Kopf von dem Streichholz reiben. Das sollte kräftig und schnell gehen, sonst wird es nichts.«
Sie nahm das Hölzchen wie von Karl beschrieben auf und strich dann vorsichtig über die Reibefläche in ihrer linken Hand.
Nichts geschah. Verdutzt sah sie auf. »Da ist nichts.«
»Ich habe es dir doch gerade eben gesagt: Du musst es ein bisschen schneller ziehen und dabei stärker drauf drücken – aber andererseits auch wieder nicht so stark, dass es zerbricht. Anscheinend ist es für manche Leute doch nicht so einfach, wie es aussieht«, setzte er noch hinzu. »Also, auf geht's: probiere es noch mal. Mit mehr Kraft!«
Johanna presste das kleine Holzteil fester zwischen Daumen und Zeigefinger, dann zog sie es ruckartig über die raue Reibefläche. Dieses Mal klappte es. Wie durch Zauberhand entzündet loderte die Flamme auf. Johanna stieß einen erschreckten Schrei aus und hätte das brennende Streichholz beinahe fallen lassen.
»Pass auf und halte das Streichholz gefälligst fest«, zischte Karl. »Nicht dass du uns noch ein Loch in den Teppich brennst!«
»Das … das ist ja Hexerei«, murmelte sie staunend.
»Ach was, das ist nichts anderes als Chemie – ein bisschen hochentzündliches Phosphor, ein Stück Holz und schon ist das Feuer entfacht«, entgegnete Karl. »Da ist absolut nichts Wundersames dabei – und Hexerei gleich zweimal nicht. Hast du das denn nicht in der Schule gelernt? Dieses Phosphorzeug, das brennt sofort. Da muss man eher aufpassen, dass nicht das ganze Haus in Flammen aufgeht, wenn man so etwas zu Hause hat. Aber sonst ist da wirklich nichts Aussergewöhnliches dran. Das sind ganz hundsgewöhnliche Streichhölzer. Sonst nichts.«
»Für mich bleibt es trotzdem ein Wunder, Herr Bender. So etwas gibt es in dem Dorf, aus dem ich herkomme, bei niemandem, noch nicht einmal beim Gutsverwalter!«
»Dann möchte ich lieber gar nicht wissen, aus was für einem elenden Nest du genau herkommst. Und jetzt mach

lieber das Streichholz in der Schale da aus, bevor du dir sonst noch die Finger verbrennst«, zeigte er auf die Kommode neben ihnen. Während Johanna seiner Aufforderung rasch Folge leistete, beäugte er sie amüsiert. »Hält ein ordinäres Streichholz für Hexenwerk. Was sind das nur für Leute, da draußen auf dem Land. Seit tausend Jahren hat sich bei euch Bauern anscheinend nichts mehr bewegt. Sei froh und dankbar, dass du hier bei uns sein darfst und endlich die Vorzüge der Zivilisation kennenlernen kannst!«

Johanna nahm dem fünf Jahre jüngeren Burschen die verächtliche Bemerkung nicht weiter übel. Denn die Eltern des jungen Herrn waren ja wirklich gute Leute, sie hatte es mit der Anstellung hier bestens erwischt, da musste man nicht jedes Wort auf die Goldwaage legen. Viele wichtiger für sie war, dass sie sich mit der Köchin und mit Barbara, dem zweiten Dienstmädchen, sogar eine Kammer teilen durfte. Zu dritt in einem Raum schlafen zu können, noch dazu mit drei Betten, darüber konnte man keine Klage führen. Da waren ihr nämlich schon ganz andere Berichte über die Unterbringung von Dienstboten zu Ohren gekommen. Beispielsweise hatte ihr Barbara von einer Bekannten erzählt, die in einer zugigen Kammer auf dem Dachboden hausen musste, durch die im Winter der eiskalte Ostwind fegte und in der im Sommer eine unerträgliche Hitze herrschte. Andere wiederum mussten ihre Nächte im Kellergeschoss in modrigen Löchern verbringen, in die sich kaum ein Lichtstrahl jemals verirrte. Und wer sich in der schimmlig-feuchten Luft womöglich eine Bronchitis oder gar eine Lungenentzündung holte, sah sich von seinem Arbeitgeber genauso schnell gekündigt, wie wenn er oder sie es gewagt haben sollte, gegen die Unterbringung zu protestieren. Denn als Dienstbote hatte man keine Ansprüche zu stellen. Und wem es nicht passte, der konnte ja sein Bündel schnüren und verschwinden. Schließlich gab es

mehr als genug andere Leute, die nur darauf warteten, eine Arbeit zu bekommen.
Auch bei der Verköstigung sah es vielfach nicht besser aus. Oft genug war das Essen weder ausreichend noch sonderlich appetitanregend. Tagtäglich schwarzer Brei und eine wässrige Suppe, ab und zu eine Kartoffel, das war alles, womit viele ihrer Dienstbotenkollegen in Frankfurt auskommen mussten.
Gott sei Dank stellte sich sogar die Verköstigung in Johannas Fall ganz anders dar, denn normalerweise durften sie und die beiden anderen Mädchen einen guten Teil derselben Speisen zu sich nehmen, wie sie den Herrschaften von der Köchin aufgetischt wurden. Meistens natürlich ohne die Fleischbeilage – es sei denn, es war etwas übrig geblieben. Das alles war mehr, als sie hatte erwarten dürfen – wesentlich mehr sogar. Einmal hatte sie sogar mit der Köchin die Rollen getauscht und mit der freundlichen, gut genährten Frau vereinbart, am heutigen Tag das Dienstbotenessen eigenhändig zuzubereiten. Auf Wunsch der anderen Dienstboten sollte sie ein traditionelles Essen kochen, so wie man es in Treschklingen eben manchmal auftischte. Spätzle also. Das war im Schoberhaushalt zwar nur an den ganz seltenen, guten Tagen der Fall gewesen, aber einerlei: Die Zubereitung war ihr rasch von der Hand gegangen und auch mit dem Resultat durfte sie zufrieden sein. Nur mit der Reaktion ihrer Kolleginnen hatte sie absolut nicht gerechnet, als sie die dampfenden Spätzle voller Stolz auf dem großen Küchentisch platzierte, um den herum die anderen mit erwartungsvollem Heißhunger längst Platz genommen hatten. Schlagartig war die Vorfreude auf ihren Mienen einer offenbar grenzenlosen Ernüchterung gewichen. »Was ist das denn Furchtbares?!« deutete die eine mit sichtlichem Abscheu auf die wunderschönen Teigwaren, während die andere mit spitzen Fingern eines der Nudelteile von der Porzellanplatte pflückte und vor sich in die Höhe hob, wo sie es von allen Seiten misstrauisch beäugte.

Auch nach eingehender Betrachtung der Köstlichkeit hatte sich ihr indignierter Gesichtsausdruck jedoch nicht verändert. Eher im Gegenteil! Sie spreizte die beiden Finger auseinander und ließ das Spätzleteil auf die Platte zurückfallen. »Gelbe Würmer! Wer isst denn schon gelbe Würmer?! Ich jedenfalls nicht!«
»Ich auch nicht!« stimmten die anderen sofort mit ein.
Fassungslos starrte Johanna erst auf die Spätzle, dann in die ablehnenden Mienen der anderen. »Aber das sind doch Spätzle! Unser Leib- und Magenessen. Und das sind keine Würmer. Die sind aus Teig!«
»Teigwürmer!« konstatierte ihr Gegenüber trocken und machte eine abwehrende Handbewegung. »Also ich esse das jedenfalls nicht!«
Keines der Hausmädchen mochte Johannas wunderbare Spätzle auch nur probieren – noch nicht einmal die Köchin! Das war ja …! Unglaublich!
»Dann esse ich eben alles alleine und wenn euch der Magen knurrt, dann seid ihr halt selber schuld!« kommentierte sie trotzig – und machte ihre Ankündigung auch tatsächlich wahr. Bis zum letzten Stück stopfte sie zur maßlosen Verwunderung der Kolleginnen sämtliche Spätzle in sich hinein. »So, jetzt bin ich satt. So satt, wie noch nie in meinem Leben!« Das Bauchgrimmen, das Johanna am Nachmittag erfasste, ließ sie dann zwar gewisse Zweifel am Sinn ihrer Aktion hegen, aber die Fakten waren längst geschaffen. Unumkehrbar sozusagen. Es sei denn …
»Wenn du den Finger tief in den Hals steckst, dann kannst du deinen Magen vielleicht von einem Teil deiner Teigwürmer befreien«, gab ihr die Köchin, die Johannas Bauchkrämpfe mit belustigtem Schmunzeln beobachtete, einen gut gemeinten Rat. »So viel Teig verträgt ja noch nicht einmal ein Ochsenmagen!«
Wenig später war auch diese qualvolle Prozedur überstanden und Johanna fühlte sich tatsächlich schon wieder etwas besser.

Das allgemeine Gelächter, wenn in den folgenden Tagen unter den Dienstboten die Sprache wieder einmal auf die eigentümliche Spätzlewürmerepisode kam, war ein weiterer Beleg dafür, wie gut sie es mit ihrer Anstellung in Frankfurt getroffen hatte. Mit den Kolleginnen verstand sie sich bestens und die Herrschaften waren wirklich gute Leute.

Das Allerbeste an ihrer Arbeit, das hatte sie anfangs gar nicht glauben mögen: sie durfte ab und an sogar einen Tag frei machen. Einen ganzen Tag! Auch so etwas hatte es auf dem Gutshof in Treschklingen nie gegeben. Ihre Entscheidung vom Ostersonntag, das Leben in Treschklingen endgültig hinter sich zu lassen, erwies sich also als goldrichtig – und zwar in jeglicher Hinsicht.

So gelang es Johanna innerhalb kürzester Zeit das Heimweh zu überwinden, dass sie in ihren ersten Frankfurter Wochen während der Nächte oft noch befallen hatte. Es handelte sich dabei natürlich weniger um das Heimweh nach dem Dorf als solchem und schon gleich gar nicht um Sehnsucht nach den Lebensumständen in dem armseligen Schoberhaus, aber da war halt diese Trennung von ihrer kleinen Halbschwester Margret. Das machte ihr anfangs durchaus zu schaffen. Dagegen spielte die Tatsache, dass sie auch ihre kranke Mutter und ihre Tochter Wilhelmina hatte verlassen müssen, so gut wie keine Rolle. Nein, das war es nicht, was ihr in diesen ersten Nächten manchmal drückend auf der Seele lag. Der Trennungsschmerz richtete sich allein auf Margret, deren Nähe sie unendlich vermisste. Und deshalb schrieb Johanna, wenn die Arbeit es gestattete, in den ersten Monaten immer wieder kurze Briefe an ihre liebe Margret. Natürlich war sie sich dabei bewusst, dass die Margret noch nicht so gut würde lesen und schreiben können. Weshalb die Wortwahl auch möglichst einfach sein sollte. Aber das war kein größeres Problem. Wichtig war zunächst einmal, ihr überhaupt zu schreiben. Um so den Kontakt und die Erinnerung aneinander aufrecht zu

halten. Wichtig war ferner, Margret gegenüber ihren Wunsch zu betonen, dass die Wilhelmina wie ein richtiges Familienmitglied, also wie ein eigenes Kind der Schobers aufwachsen solle. Damit würde sie erst gar nicht in eine solche seelische Zwickmühle geraten, wie es bei Johanna der Fall gewesen war. Darauf möge Margret achten. Und das sei auch einer der Gründe dafür, weshalb sie nur den Kontakt mit Margret suchte. In ihren Briefen bat sie Margret noch nicht einmal darum, Grüße an Wilhelmina auszurichten. Selten kam ein Antwortschreiben aus Treschklingen. Das lag zum einen daran, dass ihrer Halbschwester das Schreiben schwer fiel (und von der kranken Mutter konnte es ohnehin keine Unterstützung geben), zum zweiten am Geld, das die Beförderung des Briefes kostete und zum dritten daran, dass sie Christoph Schober natürlich verheimlichen musste, diese Briefe zu schreiben. Margrets Vater hätte es ihr niemals erlaubt. Geld ausgeben für einen Brief! Noch dazu an die ungeliebte Stieftochter in Frankfurt!
Wenn Johanna dann doch einmal ein solcher Brief erreichte, berichtete Margret darin in ihrer ungelenken Handschrift über Wilhelminas Fortschritte beim Sprechen lernen und bei ihren ersten Schritten. Und jedes Mal fügte das Mädchen noch hinzu, welch liebe kleine Schwester Wilhelmina für sie sei. »Das ist so, wie du mich erzogen hast. Das mache ich jetzt mit der Wilhelmina genau gleich.« Wie sich der Gesundheitszustand (oder sollte man besser vom Krankheitszustand) ihrer Mutter entwickelte, darin war in den Briefen nie die Rede. Auch kein Satz über die Lebensumstände im Schoberhaus. Aber das war auch gar nicht nötig. Johanna konnte es sich unschwer ausmalen.
Das Heimweh verebbte. Der Kontakt mit Margret zum guten Glück jedoch nicht. So verlebte Johanna in Frankfurt also eine wirklich gute Zeit – und auch die nächsten Jahre schienen ihr endlich die Beständigkeit eines unspektakulären Lebens zu versprechen, das sie so sehr

herbei gesehnt hatte. Endlich kein Streit mehr. Sich endlich unter einem Dach zu befinden, unter dem sie nicht ständig eine heftige Auseinandersetzung zu befürchten hatte, die plötzlich mit dem Rauswurf aus dem Haus enden konnte. Endlich verlief ihr Leben in ruhigen, geordneten Bahnen. Wenn sie ihre Arbeit weiterhin zur Zufriedenheit der Herrschaften erledigte, dann hatte sie in dieser Hinsicht nichts zu befürchten. So konnte sie richtig zur Ruhe kommen, Kraft schöpfen, Erfahrung sammeln und sich irgendwann dann auch über ihre weitere Lebensplanung klar werden. Was für ein Mädchen aus einfachen Verhältnissen halt planbar sein konnte. Viel war das sicher nicht.
Aber in ein paar Jahren würde sie vielleicht ihre vage Hoffnung in die Tat umsetzen können und eines Tages zurück gehen. Nach Rappenau beispielsweise. Nicht nach Treschklingen. Auf keinen Fall dorthin. Die Enge des kleinen Dorfes würde sie erdrücken. In die Nähe schon. Also Rappenau vielleicht. Dort hatte ja vor einigen Jahren die Soleförderung für einen erstaunlichen Aufschwung gesorgt – viele Kurgäste reisten inzwischen hierher, um ihre diversen Zipperlein zu kurieren. Die Gastwirte verdienten gut dabei und brauchten für ihre stark wachsenden Betriebe immer mehr Personal. Vielleicht gab es da auch einmal die Möglichkeit zu einer Anstellung für Johanna. Ganz sicher sogar. Das wäre schön. Denn im Lauf der Zeit war in Johanna der Entschluss gereift, nicht für immer in Frankfurt bleiben zu wollen. So gut die Arbeit bei der Familie Bender auch sein mochte. Frankfurt war halt nicht der Ort, an dem sie geboren und aufgewachsen war. Schon die Sprache der Leute hier war eine ganz andere. Manche lachten sie wegen ihres Dialekts sogar aus. Für immer und ewig wollte sie außerdem nicht Dienstmagd in einem großbürgerlichen Haushalt sein. Auf Dauer gesehen wäre eine Arbeit in einem größeren Gasthof sicherlich das Beste. Wo es zehn oder noch mehr Mägde gab. Wo sie sich mehr unter ihresgleichen fühlen

konnte, als bei den Benders. Was für eine seltsame Überlegung! Da hatte sie es endlich geschafft, diese gute Arbeit zu bekommen, und dann machte sie sich solche Gedanken! Viele wären froh, wenn sie so eine Anstellung gefunden hätten. Das war undankbar von ihr! Anstatt zufrieden zu sein, mit dem, was sie in kürzester Zeit erreicht hatte. Aber dennoch … es handelte sich zwar nur um so ein vages Gefühl, hier nicht für immer Wurzeln schlagen zu wollen, aber ob vage oder nicht: es war schlichtweg da, dieses Gefühl. Eine schwer zu beschreibende Sehnsucht zog sie magisch zurück in den Süden. Keinesfalls nach Treschklingen, wie gesagt. Aber nach Rappenau. Das wäre gut. Schon um ihrer Schwester Margret wieder nahe zu sein. Ja, genau. Womöglich war es das, worum es ging. Es ging um Margret.
Das müsste auch zu schaffen sein. In einigen Jahren zwar erst. Dann aber sicher. Erfüllt von einer neuen Kraft plante sie in den nächsten Wochen fröhlich weiter – und die Zukunft leuchtete rosarot. Eines Tages … würde sie womöglich sogar die Kraft finden, ihrer Tochter Wilhelmina zu sagen, wer ihr Vater war. Selbst das schien ihr mit einem Mal möglich. Obwohl dieser Tag natürlich noch in ganz weiter Ferne lag.

Damit war es jetzt aber genug mit diesen ganzen Flausen in ihrem Kopf. Jetzt rief die Arbeit. Und die musste sie gut und pünktlich erledigen. Sie wollte die Herrschaften ja nicht durch irgendeine Unachtsamkeit oder Schlamperei verärgern. Ein solches Glück mit so einem wunderbaren Haushalt würde sie kein zweites Mal haben. Alles hatte sich auf das Beste für sie gefügt. Sie sollte das lieber genießen, anstatt schon Zukunftspläne zu schmieden. Dem lieben Gott dankbar sein für diese Anstellung und ihr neues Leben genießen! Ja, genau: das würde sie tun! Ganz sicher sogar!
Einzig der 17-jährige Karl war Johanna nie so ganz geheuer. Bei dem einzigen Kind der Familie handelte es sich

um einen stämmigen Kerl mit Bärenkräften, der meist mit verdrossener Miene am Esstisch saß und sein Essen wortkarg einnahm. Der Grund dafür war Johanna ein Rätsel. Denn der junge Mann hatte doch alles, was man sich nur wünschen konnte: ein luxuriöses Zuhause, reiche Eltern, die sich fürsorglich um ihn kümmerten, Dienstboten, die ihm jeden Wunsch von den Lippen ablasen, eine glänzende Zukunft vor sich: also tausendfach mehr, als die meisten jungen Leute seines Alters in der Stadt. Und erst recht auf dem Land. Beispielsweise in Treschklingen. Bis auf den Sohn des Rittergutsbesitzers fiel Johanna keiner ein, der sich an Bequemlichkeit und verheißungsvollen Zukunftsaussichten mit dem mürrischen Karl messen konnte. Weshalb gab sich dieser merkwürdige Junge nur so mürrisch und verdrossen? Dem würde es ganz gut tun, einmal für ein paar Wochen mit einem der Tagelöhnersöhne aus Treschklingen zu tauschen. Danach würde er die Welt und sein eigenes Leben sicherlich aus einem ganz anderen Blickwinkel betrachten. Und vor allem: Johanna nicht immer so seltsam anstarren. Das war ihr besonders unangenehm. Vor allem konnte sie sich keinen Reim darauf machen, was diese seltsamen Blicke bedeuten sollten – bis ihr Barbara schließlich auf die Sprünge half. »Sag bloß, du merkst das nicht! Der versucht mit dir anzubandeln!«
»Mit mir anzubandeln?« Verblüfft sah Johanna auf. »Wie kommst du denn auf so etwas?«
»Weil ich Augen im Kopf habe!« gab Barbara schnippisch zurück. »Da müsste ich ja mit Blindheit geschlagen sein, um das nicht zu begreifen. Der will etwas von dir:«
»Das glaube ich nicht! Was wird denn der Sohn von den Benders ausgerechnet von mir wollen? Von einer einfachen Dienstmagd aus dem Badischen. Und selbst, wenn das so wäre – was es nicht ist: Das ziemt sich doch nicht für den Sohn der Herrschaften, etwas mit den Dienstboten anzufangen.«

»Ob sich das ziemt oder nicht, spielt für den keine Rolle. Es ist schlichtweg so, dass er ein Auge auf dich geworfen hat. Und du wärst weiß Gott auch nicht die erste Magd, die sich mit einem von den gnädigen Herren einlässt! Das hört man doch von überall.«

»Was redest du denn nur?! Da ist nichts und da wird auch nie etwas sein:«

»Ich glaube nicht, dass ich falsch liege«, beharrte Barbara auf ihrer Ansicht. »Du wirst schon sehen …«

»Ich werde gar nichts. Denn ich will das nicht und damit Schluss! Und von Männern habe ich ohnehin die Nase voll. Ein uneheliches Kind, das reicht mir völlig!«

Barbaras Augen weiteten sich erstaunt. »Du hast ein Kind?! Davon hast du ja noch nie etwas erzählt«!«

Eine verlegene Röte überzog Johannas Miene. »Ja … Nein … das will ich auch gar nicht. Ich habe es bei meiner Mutter in Treschklingen zurückgelassen.«

»Aha, ich verstehe«, nickte Barbara wissend. »Unehelich. Oder?«

»Ja …«

»Und wie heißt es, dein Kind?«

»Ich … ich will eigentlich nicht darüber sprechen. Bitte versteh das.«

»Vielleicht kannst du wenigstens sagen, ob es ein Bub oder ein Mädchen ist?«

»Es ist ein Mädchen. Aber wirklich Barbara, ich möchte nicht darüber sprechen. Ich bin froh, dass ich das alles endlich hinter mir habe. Verstehst du? Und deswegen ist es wirklich das Letzte, was ich im Sinn habe, mich in eine Beziehung mit einem Mann einzulassen. Noch dazu mit dem Karl!«

»Dann sags ihm gleich beim nächsten Mal aber ganz deutlich, dass du nichts von ihm wissen willst.«

»Wie soll ich das denn anstellen? Ich glaube ja noch nicht einmal, dass du Recht hast. Wenn es also nicht so ist, wie du vermutest und ich trotzdem etwas sage, dann kann das Probleme für mich geben.«

»Es ist aber so! Deshalb: wenn er dich wieder einmal so seltsam anschaut, dann sag ihm gleich, dass er das bleiben lassen soll.«
»Wenn das nur so einfach wäre«, seufzte Johanna. »Ich hoffe nur, du hast Unrecht.
»Das werden wir bald wissen …«

Schon am nächsten Nachmittag herrschte Klarheit. Nachdem Karl seine Augen langsam und genüsslich über Johannas ganzen Körper hatte wandern lassen, während sie dem jungen Burschen im Salon einen Kaffee servierte, musste sie es wagen, ihn darauf anzusprechen. Barbara schien tatsächlich mit ihrer Vermutung richtig zu liegen – und es war ein überaus unangenehmes Gefühl, derart von einem Mann angestarrt zu werden. Es schien ihr beinahe, als würde er sie mit seinem durchdringenden Blick entkleiden. Als stünde sie splitternackt vor ihm, so fühlte sie sich – und so starrte er sie auch wollüstig an.
»Bitte … bitte tun sie das nicht, Herr Bender«, schaffte sie es tatsächlich, die Bitte auszusprechen.
Karl Bender runzelte erstaunt die Stirn. »Was soll ich nicht tun?«
»Sie wissen es doch«, flüsterte Johanna mit belegter Stimme, während sie den Kopf gesenkt hielt.
»Nichts weiß ich!«
»Diese … diese Blicke von ihnen. Ich … ich möchte das bitte nicht haben …«
»Sie möchte es nicht haben!« In gespielter Empörung klatschte sich Bender mit beiden Händen auf die Oberschenkel. »Was sich die Dienstboten heutzutage so alles erlauben. Ich werde dich doch noch in unserem eigenen Haus anschauen können – oder ist das jetzt etwa verboten?«
»Nein … natürlich nicht«, stammelte Johanna.
»Dann ist es ja gut«, nickte Karl zufrieden, während er sie schon wieder mit einem besonders intensiven Blick beinahe zu durchbohren schien. Er deutete zum Sessel ge-

genüber und machte eine einladende Handbewegung. »Komm, setz dich her.«
Johanna schüttelte entschieden den Kopf. »Das geht nicht, Herr Bender.«
»Wieso nicht?«
»Das ziemt sich nicht für mich.«
»Das geht sehr wohl, denn außer uns beiden ist sowieso niemand zuhause.«
»Doch. Die Barbara ist auch da.«
»Die Barbara«, schnaufte der Mann verächtlich. »Die hat hier aber nichts zu sagen. Also, was ist nun?«
Wieder schüttelte Johanna ihren Kopf. »Das geht nicht. Das mache ich nicht.«
Karl kratzte sich nachdenklich am Nacken, während er sie weiterhin nicht aus den Augen ließ. Plötzlich zuckte ein schelmisches Grinsen über sein Gesicht und er sprang auf: »Dann lass uns in den Park gehen. Das Wetter ist schön. Da könnten wir doch einen kleinen Spaziergang machen.« Er legte die rechte Hand auf ihre Schulter und bedachte sie mit einem anzüglichen Blinzeln. »Na komm schon. Ein bisschen frische Luft kann uns nur gut tun.«
Mit einer schnellen Körperdrehung schüttelte Johanna die Hand des Burschen ab. »Nein!«
»Ach komm!« Wieder versuchte er, seine Hand auf ihre Schulter zu legen. »Sei keine Spielverderberin.«
»Ich habe nein gesagt, Herr Bender. Bitte lassen sie das! Es … es schickt sich nicht, was sie von mir wollen.«
»Was sich schickt und was nicht, die Antwort auf diese Frage kannst du getrost mir überlassen. Und außerdem …«, wieder dieser durchdringende Blick, dieses Mal direkt in ihre Augen, » … außerdem kannst du ruhig Karl zu mir sagen, wenn wir unter uns sind.« Jetzt hatte er sich ganz nah an sie heran geschoben. So nah, dass sie seinen Atem auf ihrer Gesichtshaut spüren konnte.
Rasch machte Johanna zwei Schritte rückwärts. »Nein, Herr Bender! Ein für alle Mal: Nein heißt Nein!« Damit stürmte sie aus dem Salon.

Der junge Mann zuckte enttäuscht mit den Schultern. »Na gut, dann heute eben nicht. Ein anderes Mal ganz sicher. Das wäre ja noch schöner …«

Tatsächlich ließ Karl Bender auch in den nächsten Tagen nicht locker, sondern bedachte Johanna grundsätzlich mit diesem lüsternen Blick, während gleichzeitig ein amüsiertes Lächeln um seine Mundwinkel zuckte. Egal, ob es beim Auftischen des Mittagessens war, beim Abräumen des Geschirrs oder bei irgendeiner anderen Begegnung: er ließ sie nicht aus den Augen, solange sie sich im Raum befand. Seine Eltern schienen seltsamerweise nichts zu bemerken. Und aus eigenem Antrieb einen Kommentar zu dem unverschämten Verhalten abzugeben, das hätte sich Johanna aus guten Gründen nie getraut. Denn trotz der guten Behandlung von Seiten der Benders gab es da natürlich diese unsichtbare Grenze zwischen den Herrschaften und ihren Dienstboten. Eine Grenze, die niemals überschritten werden durfte, wollte man seine Arbeit behalten.

In was für eine Zwickmühle war sie da nur hineingeraten? Ausgerechnet hier, wo die Arbeit doch so gut war und die Herrschaften so freundlich! Und das alles, ohne dass sie sich in dieser Hinsicht auch nur das Geringste vorzuwerfen hatte! Sie wollte doch nur in Ruhe gelassen werden und ihrer Arbeit nachgehen. Mehr wollte sie doch gar nicht! War das womöglich die Strafe für ihre leichtfertigen Gedanken kürzlich, als sie Pläne für ihre fernere Zukunft geschmiedet hatte? Aber sie hatte das überhaupt nicht böse gemeint. Und ein bisschen träumen war doch erlaubt. Wie konnte sie aus dieser Situation wieder herauskommen? Ohne ihre Arbeit zu verlieren? Wieso hatte das überhaupt sein müssen? Es war ihr, als hafte ein Fluch an ihrem Körper. Aber wieso nur? Wieso durfte sie nicht einfach ihr bescheidenes Leben leben, anstatt Gefahr zu laufen, schon wieder aus der Bahn geworfen zu werden.

Wie in Treschklingen. Nach dem Tod ihres Bruders. Nach der Heirat ihrer Mutter. Und nach der ungewollten Schwangerschaft mit Wilhelmina. Bitte lieber Gott, mach, dass es nicht wieder so kommt. Bitte hilf mir, dass sich alles regelt und dass ich weiter hierbleiben kann. Bitte!

Die Nachstellungen hörten nicht auf. Mehr und mehr fühlte sie sich von Karl in die Enge getrieben. Und eines Tages war es dann passiert: er hatte Johanna in ihrer Kammer aufgelauert!
Fatalerweise waren sowohl die Köchin als auch Barbara aus dem Haus gegangen und genossen ihren freien Nachmittag. Auch Karls Eltern waren beide nicht zuhause. Diese Gelegenheit packte der penetrante Bursche nun eiskalt beim Schopf. Kaum hatte die völlig ahnungslose junge Frau ihre Kammer betreten, da kam er schon hinter der Tür hervorgeschossen und presste seine linke Hand fest auf ihren Mund, während er die schreckensstarre Johanna mit dem rechten Arm eisenhart umklammerte.
Nachdem sie den ersten lähmenden Schreck erstaunlich schnell überwunden hatte, schaffte sie es durch eine ruckartige Kopfbewegung, zumindest den Mund frei zu bekommen. »Lassen … lassen sie das … sonst … sonst schreie ich«, keuchte sie angstvoll.
»Du kannst schreien, so laut du willst. Die beiden anderen sind nicht da – und die Fenster sind verschlossen, es hört dich also sowieso keiner!«
Verzweifelt versuchte Johanna, sich aus dem Griff des Burschen zu befreien, doch es gelang ihr nicht. »Ich werde so laut schreien, dass man es durch die Fenster hindurch hört! Lassen sie mich sofort los!«
Karl lachte grimmig auf. »Wenn du das tust, dann werde ich noch lauter schreien als du. Und dann werde ich sagen, ich hätte dich beim Stehlen erwischt.«
»Das … das stimmt doch gar nicht! Das können sie doch nicht tun!«

»… und ob ich das kann!« Der Druck seiner Hand wurde noch stärker. Johanna stöhnte schmerzvoll auf. »Und weißt du, wem sie glauben werden? Sicherlich nicht dir – sei also lieber ruhig!« Jetzt war es ihm wieder gelungen, seine andere Hand fest auf Johannas Mund und Nase zu pressen. Es schnürte ihr die Luft ab! Gleich würde sie ohnmächtig werden. Wie eine Ertrinkende rang sie um Atem. Vergeblich. Mit letzter Kraft gelang es ihr, den Mund weit zu öffnen, dann biss sie zu, so fest wie sie nur konnte. Ein lauter Schmerzensschrei schallte durch die Kammer, während Karl schlagartig von ihr abließ. Entgeistert starrte er auf die blutende Wunde in seiner linken Hand. »Du Miststück! Du hast mich gebissen!« Und dann ging alles blitzschnell: bevor Johanna zu irgendeiner Reaktion fähig gewesen wäre, holte er mit der Rechten weit aus und schlug mit wütender Gewalt zu. Der Schlag traf sie direkt am Brustbein. Sie spürte noch, wie sie ins Taumeln geriet und die Balance verlor, dann senkte sich pechschwarze Dunkelheit über ihr Bewusstsein.

Es war eine gute halbe Stunde verstrichen, als sie allmählich wieder zu sich kam. Ihr Brustkorb tat höllisch weh. Und auch die Narbe an der Augenbraue pochte schmerzhaft. Sie musste, als sie ohnmächtig geworden war, wohl mit der Stirn gegen den Bettpfosten geknallt sein. Aber … wieso lag sie jetzt auf dem Bett und nicht mehr auf dem Boden. Wer hatte sie dorthin gelegt? Karl … Langsam dämmerte die Erinnerung. Karl! Die Überrumplung in der Kammer! Sein eisenharter Griff! Ihr Biss! Das Blut an seiner Hand … Ja, doch: hier waren noch Blutstropfen auf dem Boden zu sehen. Danach der Schlag! Und dann … hatte er dann etwa …?! Hastig sah sie an sich hinunter, während ein stechender Schmerz durch ihren Leib zischte. »Um Gottes willen!« Ohne Rock und ohne Unterrock lag sie auf dem Bett! Ihr Schlüpfer? Zerrissen! Mit zitternden Fingern tastete sie zwischen ihre Beine. Was … was war das denn für eine klebrige Flüssigkeit, die an den

Innenseiten ihrer Oberschenkel haftete?! »Oh mein Gott!« Es durfte nicht wahr sein – und dennoch gab es nur diese eine glasklare Erkenntnis: Karl hatte sie vergewaltigt! »Oh mein Gott!«

Die nächsten Tage verliefen wie in Trance. Was sollte sie nur tun? Wem konnte sie sich anvertrauen? Den beiden anderen Mädchen in der Kammer jedenfalls nicht – das hätte nichts gebracht. Johanna hätte sie damit nur in Gewissensnöte gestürzt, denn auch ihre Mitbewohnerinnen würden ja weder Karl zur Rede stellen können, noch den Benders diese ungeheuerliche Tat schildern. Das hätte ihre sofortige Kündigung zur Folge – dessen war sich Johanna bewusst. Und wenn sie es gar wagen sollte, eine Anzeige bei der Gendarmerie zu machen, dann drohte ihr schlimmstenfalls sogar das Zuchthaus: wegen übler Nachrede. Denn welcher einfachen Dienstmagd würde ein Gendarm jemals Glauben schenken, die so gebildete und vermögende Herrschaften wie die einflussreiche Familie Bender mit einer Anzeige überzog?! Diese Dienstbotin musste erst noch geboren werden! Es war eine ausweglose Situation, in der sich Johanna befand. Denn es war ihr längst klar geworden, dass es mit dieser einen Vergewaltigung nicht vorbei war. Allein, wie Karl sie immer mit einem anzüglichen Grinsen bedachte, wenn sie mithalf, das Essen zu servieren. Wie er ihr heimlich zuzwinkerte, wenn seine Eltern gerade abgelenkt waren. Nein, es war noch lange nicht vorbei! Er würde es wieder versuchen! »Wenn du nur ein einziges Sterbenswörtchen sagst, dann werde ich behaupten, du hättest mir nachgestellt und mich verführt! Und dann fliegst du im hohen Bogen aus dem Haus«, hatte er ihr eines Tages bei einer flüchtigen Begegnung im Flur kurz ins Ohr gezischt. »Und übrigens«, hatte er mit einem teuflischen Lächeln noch hinzugefügt, »beim nächsten Mal wird es sicher schöner werden.« Es war die Hölle! Sie konnte nur eines tun: sich möglichst nie alleine im Haus aufhalten, son-

dern wenn möglich die Nähe zu ihren Kolleginnen suchen, wenn die Benders nicht daheim waren. Aber auf Dauer gesehen, würde ihr das nicht immer gelingen. Es war zum Verzweifeln! Da hatte sie endlich so eine gute Anstellung gefunden und jetzt war sie in diese aussichtslose Situation geraten. Ohne ihr eigenes Zutun!
Und zu all diesen bitteren Gedanken gesellte sich noch die bange Frage, ob sie womöglich schwanger geworden war. Ganz auszuschließen war das natürlich nicht. Es würde noch mindestens zwei Wochen dauern, bis sie darüber Klarheit hatte. Eine fürchterlich lange Zeitspanne bis zu ihren nächsten Tagen. Wenn ... wenn er sie bis da hin nicht schon wieder vergewaltigt hätte!

Bald war sich Johanna darüber im Klaren: Sie würde für alle möglichen Fälle Vorsorge treffen müssen. Und das bedeutete nicht nur, Karl aus dem Weg zu gehen, sondern auch den Notfall einzuplanen. Also eine neuerliche Vergewaltigung. Wie konnte sie dabei das Schlimmste verhüten? Also eine ungewollte Schwangerschaft. Barbara Stunz, die Nachbarin aus Treschklingen, die sich bei solchen Angelegenheiten recht gut auskannte, hatte ihr doch einiges erzählt, was man als junge Frau tun konnte. Beispielsweise einen Sud aus Weidenblättern zubereiten, und diesen dann einmal täglich zu sich nehmen. Damit ließe sich die Möglichkeit einer solchen Schwangerschaft deutlich senken. Und zusätzlich ... zusätzlich könne sich ein Mädchen noch schützen, wenn es sich kurz vor dem Geschlechtsakt ein kleines Knäuel Schafwolle tief zwischen die Beine stopfe. Diese Schafwolle zu besorgen, stellte für Johanna kein größeres Problem dar. Die Frage war jedoch, ob es ihr gelingen würde, die Wolle rechtzeitig einzuführen. Ob ihr noch Zeit dafür bleiben würde.
Mit dem Sud aus Weidenblättern war es schwieriger: denn dazu musste sie ja die Küche benutzen. Und dass andere Leute als sie selbst in der Küche »herumfuhrwerkten«, das hatte die Köchin gar nicht gern. Am einfachsten

wäre es wohl, wenn sie der Köchin die Blätter in die Küche mitbrachte und sie höflich darum bat, ihr daraus einen Sud zu kochen. Die Weidenblätter besorgte sie sich am nahen Mainufer – das war kein Problem. Viel eher die erste Reaktion der Köchin. Diese rümpfte nämlich zunächst heftig die Nase, als Johanna sie darum bat, aus den Blättern einen Sud zu bereiten: »Wer will so ein bitteres Zeug denn freiwillig trinken?«. Nachdem Johanna aber von starken Kopfschmerzen gesprochen hatte, die sie momentan plagten und dass es sich bei dem Aufguss um ein altes Hausrezept gegen solche Schmerzen aus ihrem Heimatdorf handele, hatte die Köchin ihr schließlich den Gefallen getan. »Aber dass eines klar ist: du rührst hier nichts an. Das mache ich dann schon selber für dich. Das ist ja keine große Arbeit. Hauptsache, dass ich dieses Zeug nicht trinken muss – und dass du wieder gesund wirst. Du gefällst mir nämlich schon seit einigen Tagen gar nicht, so blass, wie du gerade daher kommst. Nicht, dass du womöglich an der Schwindsucht leidest!« musterte die Ältere Johanna mit einem forschenden Blick.
»Nein, nein, das wird schon wieder werden«, wehrte die mit einem matten Lächeln ab. »Lass mich nur jeden Tag meinen Tee trinken, dann wirst du mich bald wieder herumspringen sehen wie ein junges Reh.«
Am liebsten hätte sie jetzt losgeheult – aber damit war ja niemandem geholfen. Also biss sie sich tapfer auf die Lippen und wandte sich rasch um, damit die Köchin das wässrige Funkeln in ihren Augen nicht bemerken konnte.

Die nächsten Monate wurden zur wahren Hölle. Denn natürlich ließ es sich niemals ganz vermeiden, dass sich Johanna urplötzlich allein im Haus befand. Allein – bis auf Karl. Wenn sie mit ihrer Arbeit in der Waschküche beschäftigt war, beispielsweise. Urplötzlich baute sich der Kerl dann vor der zu Tode Erschrockenen auf und gab ihr einen derben Schubs, durch den sie auf dem Wäschehaufen landete. Öfter als ihr lieb sein konnte, war es ihr dann

nicht mehr gelungen, sich mit dem Wolleknäuel zu schützen, obwohl sich die Wolle in ihrer Schürzentasche befand.
Nahezu im Wochenrhythmus passierten diese Überfälle.
»Also, das mit deinem Wundertee ist ja wohl ein Märchen«, schüttelte die Köchin eines Tages besorgt den Kopf, als die leichenblasse Johanna müde an ihr vorüberschlurfte. »Du bist noch genauso blass, wie du das vorher gewesen bist, ohne den seltsamen Tee. Im Gegenteil: ich finde, du siehst noch kränker als. Du solltest den Tee weglassen. Der scheint dir nicht gut zu tun. Nicht, dass du mir eines Tages womöglich noch umfällst…«
»Nein, nein«, wehrte Johanna energisch ab. »Das dauert halt seine Zeit, das weiß ich. Tu mir bitte den Gefallen und mach mir morgen wieder einen frischen Tee, wenn ich dir die Blätter bringe. Ja?«
»Na ja«, brummte die Köchin skeptisch und bedachte ihr Gegenüber mit einem zweifelnden Blick. »Ich weiß nicht so recht… ich glaube allmählich eher, dass du ziemliche Sorgen hast. Und gegen Sorgen, da hilft kein Tee. Willst du mir denn nicht sagen, wo dich in Wahrheit der Schuh drückt?«
»Da ist nichts, glaube mir. Ich brauche einfach noch ein bisschen Zeit. Das ist alles. Würdest du mir den Tee morgen also wieder machen? Das wäre schön.«
»Wenn du meinst – und wenn du partout nicht sagen willst, was mit dir los ist: meinetwegen. Dann bring mir morgen halt diese Blätter«, schnaubte die Köchin, sichtlich verdrossen darüber, dass sich Johanna ihr gegenüber nicht offenbaren mochte und machte sich wieder an ihre Arbeit.

*

Ein knappes halbes Jahr später nahmen die Dinge plötzlich eine ganz andere Wendung. Johanna, die in ihrer wachsenden Verzweiflung drauf und dran gewesen war, bei den Benders von heute auf morgen zu kündigen, vermeinte zunächst, sich verhört zu haben.

»Also, ich werde ihm keine Träne nachweinen, wenn er von hier fortgeht«, kam sie eines Abends in die Küche, in der sich Barbara und die Köchin gerade angeregt unterhielten. »So sehr ins Herz habe ich ihn wirklich nicht geschlossen, und das, obwohl ich schon seit mehr als sieben Jahren hier bin und ihn sozusagen schon als kleinen Buben kenne. Aber irgendwie ist er mir immer ein bisschen unheimlich. Ganz anders als seine Eltern, die ja wirklich nette Leute sind.«

»Na ja«, brummte die Köchin. »Wir als einfache Dienstboten sind ja eigentlich nicht dafür da, um die Herrschaften gut oder schlecht zu finden, sondern um zu arbeiten. Aber in diesem Fall gebe ich dir Recht: dieses ewige Herumgenörgel an meinem Essen, das geht mir schon lange auf die Nerven. Da kann ich kochen, was ich will, dem jungen Herrn ist es grundsätzlich nie gut genug. Mal zu salzig, dann zu trocken. Zu scharf, zu kalt. Egal wie: er findet immer etwas daran auszusetzen. Gut, dass er übermorgen dann weg ist.«

»Wer ist dann weg? Von wem redet ihr?« mischte sich Johanna neugierig in das Gespräch.

»Von Karl.«

»Er geht weg.«

»Nach Weimar zum Studieren.«

»Karl geht weg?« Johanna war es, als müsse sie ohnmächtig zu Boden sinken, so überraschend kam diese mehr als erfreuliche Nachricht. »Ist das wirklich wahr?!«

»Natürlich ist es wahr«, knurrte die Köchin. »Meinst du, wir wollen dir einen Bären aufbinden?«

»Er geht zum Studieren nach Weimar. Seine Eltern haben ihn dorthin geschickt – und offenbar ist es nicht nur das Studium.«

»Nicht nur das Studium«, echote Johanna verständnislos. »Sondern? Was noch?«

»Ich habe mitbekommen, wie sie mit ihm darüber geredet haben, dass es dort auch eine Tochter aus besserem Hause geben soll, mit deren Eltern die Familie Bender befreundet ist. Mit diesem Fräulein soll sich unser Herr Karl nach Möglichkeit bald verloben. Deshalb das Studium in Weimar.«

Johanna spürte ihr Herz bis zum Hals hinauf heftig pochen. »Und er? Was hat er gesagt?«

»Er schien zunächst nicht sonderlich begeistert. Aber die gnädigen Herrschaften haben ihm unmissverständlich klar gemacht, dass sie den Müßiggang, den er seit einiger Zeit betreibe – ja, so haben sie sich ausgedrückt – dass sie das nicht weiter dulden wollten. Sondern dass es an der Zeit sei, endlich ein Studium zu beginnen und sich Gedanken über eine Verbindung mit der befreundeten Familie zu machen. Das liege auch im Interesse der Benders. Sie haben ihm das ziemlich klar zu verstehen gegeben, dass sie nicht länger gewillt seien, sein süßes Nichtstun weiter zu unterstützen. Da hat er sich schließlich zähneknirschend fügen müssen, bevor sie ihm ansonsten den Geldhahn zugedreht hätten.«

Es war die schönste Nachricht, die Johanna jemals gehört hatte. Ihr Peiniger würde fortziehen! Er würde sie nicht länger behelligen können! »Ach, ist das schön!« stieß sie einen dankbaren Stoßseufzer aus, der von den beiden anderen Frauen in der Küche irritiert zur Kenntnis genommen wurde. »Na ja, jetzt brauchst du deswegen nicht gleich zu übertreiben. Bloß weil der ein paar Mal an meinem Essen herumgemäkelt hat, zünde ich wegen seinem Weggang noch lange keine Kerze in der Kirche an!«

Johanna senkte verlegen den Kopf. »Schon gut. Es … es ist halt irgendwie aus mir heraus gefahren.«
»Soll ich dir morgen eigentlich wieder deinen fürchterlichen Weidensud machen? Der Vorrat ist nämlich beinahe zu Ende. Aber dazu müsstest du mir wieder frische Blätter bringen – und zwar möglichst schon ziemlich früh am Morgen, bevor ich mit dem Mittagessen beschäftigt bin.«
»Nein, nein, den brauche ich jetzt nimmer. Ich … ich glaube, ich bin wieder ganz gesund.«
»Ganz so gesund siehst du mir aber noch lange nicht aus«, schüttelte auch Barbara sorgenvoll ihren Kopf. »Obwohl … dein Lächeln … plötzlich sehe ich es wieder in deinem Gesicht. Zum ersten Mal seit Wochen. Man könnte beinahe meinen, dass es mit dem Wegzug vom gnädigen jungen Herren zu tun hat«, setzte sie neckisch noch hinzu.
Augenblicklich überzog sich Johannas Miene mit einer verlegenen Röte. Rasch wandte sie sich ab. »Was du immer so daher redest«, gab sie so barsch wie möglich zurück. »Und jetzt muss ich weiter meine Arbeit machen, anstatt hier herumzustehen und zu tratschen!« Damit verließ sie die Küche.

Es war ein eigenartiges Gefühl, wie der Druck, der seit Wochen zentnerschwer auf ihren Schultern lastete, in Windeseile verschwand. Sich einfach in Nichts aufzulösen schien. Auch wenn die tiefen Wunden in ihrer Seele noch lange nicht vernarben würden. Dafür war das, was Karl ihr angetan hatte, viel zu schlimm. Vor allem, dass er es wieder und wieder getan hatte. Ungestraft! Es war beinahe wie seinerzeit in Treschklingen. Obwohl … damals … war es nur einmal passiert. Aber darauf war sie sofort schwanger geworden. Dieses Mal war es anders. Bei aller wiederholten Brutalität: sie hatte trotzdem noch Glück gehabt. Großes Glück sogar. Allem Anschein nach war sie nicht schwanger geworden. Auch nicht bei der letzten Vergewaltigung, die gerade erst anderthalb Wochen zurück lag. Denn ihre Tage schienen sich gerade anzukündigen. So regelmäßig, wie es sein musste. Was für eine Befreiung! Karl war weg! Bei ihrer letzten flüchtigen Begegnung im Flur des Hauses hatte er ihr zwar noch zugezischt: »Ich komme wieder! Wir werden uns wiedersehen!« Doch dann war er in die Kutsche gestiegen, die ihn nach Weimar bringen sollte. Auf Nimmerwiedersehen. Hoffentlich! Sie würde noch einmal von vorne beginnen können! Ohne Angst. Ohne Sorgen.

Es dauerte freilich viel länger, als das Johanna nach Karls endgültigem Wegzug aus Frankfurt vermutet und vor allem gehofft hatte. In der ersten Zeit war es oft vorgekommen, dass sie mitten in der Nacht schweißgebadet erwachte und in die besorgte Miene von Barbara blickte, die ihr mit einer Petroleumlampe ins Gesicht leuchtete. »Was ist denn nur mit dir? Das ist jetzt schon die vierte Nacht hintereinander, dass du plötzlich wie eine Wilde zu schreien beginnst! Und klatschnass geschwitzt bist du auch noch!«

Die Schreie wurden weniger. Die unruhigen Träume aber blieben. Wochenlang. Monatelang. Genau genommen sogar beinahe zwei Jahre lang. Und sobald die Rede im Benderschen Haushalt irgendwie auf den Sohn der Familie kam oder der Vorname Karl fiel – selbst wenn dabei gar nicht Karl Bender gemeint gewesen war –, begannen ihre Hände zu zittern. Und die Alpträume verstärkten sich wieder.

Schließlich – endlich: war es vorbei! Das Leben ging seinen normalen Gang. Sogar Johannas helles Lachen war ab und an wieder zu hören. Es war alles beinahe so, wie zu Beginn ihrer Arbeit. Beinahe. Denn die Erinnerung an das, was vorgefallen war, die war natürlich nicht auszulöschen und sie hatte ja nie jemanden gehabt, an deren Schulter sie sich hätte ausweinen und offenbaren dürfen. Sich die schlimmen Geschehnisse von der Seele reden zu können, das war ihr schlichtweg nicht möglich gewesen.

So verbarg sich das Unaussprechbare tief unten in den verborgenen Winkeln ihrer Seele, unsichtbar versteckt hinter einer dicken Narbe. Und dennoch würde es nur einen ganz kleinen Anstoß brauchen – und alles wäre schlagartig wieder da! Was der liebe Gott um alles in der Welt verhüten möge! Nicht mehr daran denken müssen – das wäre eine Gnade. Wie es dem Christian in Amerika wohl ergehen mochte? Ob er es tatsächlich in dieses Land der unbegrenzten Möglichkeiten geschafft hatte. Ob er die Überfahrt gut hinter sich gebracht hatte? Man hörte ja die schlimmsten Dinge über diese Schiffspassagen. Dass viele der Auswanderer nie in Amerika angekommen waren, sondern ihr Grab im großen kalten Ozean gefunden hatten. Johanna fröstelte bei dem Gedanken und faltete die Hände. »Lieber Gott, mach dass es dem Christian gut geht und er ein gutes Leben in Amerika gefunden hat. Amen.«

An 14. Juni 1855 war ihre Mutter gestorben. Christina Schober war ja schon lange bettlägerig gewesen und in den vergangenen Wochen hatte sich ihr Zustand drastisch verschlechtert, Niemand hatte ihr mehr helfen können. Am Ende war es wohl die körperliche Schwäche gewesen. Die Nachricht vom Tod ihrer Mutter war von der Tante Maria gekommen, die ihr einen kurzen Brief geschrieben hatte. Auch, dass sie beim Begräbnis von ihren Halbgeschwistern schmerzlich vermisst worden sei. Der Brief erreichte sie freilich erst mehrere Tage nach dem Begräbnis. Und selbst, wenn er rechtzeitig eingetroffen wäre, war es kaum vorstellbar, dass ihr die Herrschaften so rasch frei gegeben hätten, um von Frankfurt zur Trauerfeier nach Treschklingen zu fahren.

Was aber jetzt? Wie ging es in Treschklingen weiter? Wer kümmerte sich dort um ihre Geschwister, um Margret, die mit ihren elf Jahren ja noch lange nicht erwachsen war – und wer um Wilhelmina, ihre vierjährige Tochter? Wer

kochte das Essen, wer stopfte die Löcher in den Kleidern? Ohne eine erwachsene Frau im Haus – wie sollte das Leben bei den Schobers weiter gehen? Nun gut, ihre Mutter war die meiste Zeit über bettlägerig gewesen und die Kinder waren früh auf sich alleine gestellt gewesen. Außerdem würde Tante Maria in der ersten Zeit einspringen und damit die gröbsten Beschwernisse mildern können. Aber auf Dauer? Auf Dauer ging das natürlich nicht. Schließlich war sie kein Mutterersatz. Was also tun?
Kurzerhand fasste die inzwischen 25 Jahre alte Johanna einen Entschluss: sie schrieb einen Brief nach Hause. Nach Hause! Wie sich das anhörte! Als wenn das Schoberhaus jemals ein richtiges Zuhause für sie gewesen wäre! Aber einerlei. Sie hatte ihren Entschluss gefasst und schrieb nun ihren Brief. Darin machte sie dem Stiefvater das Angebot, ihre Arbeit in Frankfurt aufzugeben und nach Treschklingen zurückzukehren. Sehr gerne würde sie sich um den Haushalt dort kümmern, das sei sie der Familie schließlich schuldig, die immerhin ihre uneheliche Tochter bei sich aufgenommen hatte.

Die Antwort aus Treschklingen kam erstaunlich rasch – und sie fiel nicht so aus, wie Johanna das eigentlich erwartet hatte. Denn Christoph Schober lehnte ab. Der Martin mit seinen 16 Jahren sei durchaus in der Lage, auf ihrem kleinen Acker alle wichtige Arbeiten selbständig zu erledigen und könne sich nebenbei sogar manchmal noch als Knecht im Gutshof nützlich machen und so ein bisschen zusätzliches Geld für den Familienunterhalt beisteuern. Die Margret habe demnächst immerhin auch schon ihren elften Geburtstag, Elisabeth sei bereits sieben und kerngesund, ihre Wilhelmina immerhin vier Jahre alt und auch um die fünfjährige Christiana brauche man sich keine Sorgen zu machen. Sie sei ein besonders robustes Kind. Es sei also alles ganz gut geregelt. »Das Leben geht weiter. Bleibe du, wo du bist und sei froh, dass du in der Stadt eine so gute Anstellung gefunden hast«, schrieb er mit seiner ungelenken Handschrift auf das zerknitterte Blatt Papier, das einige Tage später in Frankfurt eintraf. Seltsam. So zuvorkommend hatte sie ihren Stiefvater noch nie erlebt. Dass er in seinem letzten Satz sogar beinahe ein persönliches Wort an sie gerichtet hatte, dazu keinerlei bitterer Kommentar über Wilhelmina, die er doch immer als schweren Klotz am Bein bezeichnet hatte, als kropfunnötigen Bankert, der ihm gerade noch zu seinem Glück gefehlt habe!

Aber eine Familie mit so vielen Kindern ohne eine Frau, die sich um den Haushalt kümmerte! Eigentlich konnte es nur einen Grund dafür geben: Christoph Schober trug sich wahrscheinlich bereits mit dem Gedanken an eine neue Ehe – vermutlich gab es da sogar längst eine, die er für sich ausgesucht hatte. Das dürfte der wahre Grund sein. Wenn also erst einmal das Trauerjahr vorüber wäre, zumindest einigermaßen, dann würde eine andere Frau in den Schoberhaushalt einziehen. Im Grunde genommen war das ja auch folgerichtig. Eine Frau gehörte schließlich ins Haus.

Andererseits freilich war es eher ein Ding der Unmöglichkeit, die Kinder so lange Zeit auf sich selbst gestellt zu lassen. Ohne eine erwachsene weibliche Person im Haus, die wusste, was eine Familie brauchte. Ein ganzes Jahr lang. Das konnte den Kindern auf Dauer nicht gut tun. Das musste auch nicht sein, denn sie war bereit, diese Aufgabe zu übernehmen. Es wäre etwas ganz anderes, wenn da niemand hilfreich die Hand ausgestreckt hätte. Aber genau das hatte sie doch getan. Und so beschloss Johanna, sich um den Inhalt des Briefes einfach nicht weiter zu scheren, sondern ihre Stellung als Dienstbotin in Frankfurt auf den nächsten möglichen Termin zu kündigen. Ihre wenigen Sachen würden mühelos in den kleinen Holzkoffer passen, den sie seinerzeit beim Antritt ihrer Stellung mitgebracht hatte. Denn viel an persönlicher Habe war seitdem nicht dazu gekommen. Der Koffer reichte völlig aus. Große Reichtümer konnte ein Dienstmädchen schließlich nicht erwerben. Aber immerhin hatte sie dank ihrer Arbeit in den vergangenen Jahren selbst für ihren Unterhalt sorgen können, war niemandem zur Last gefallen und konnte sogar noch einen kleinen Geldbetrag in den Strumpf stecken, mit dem sie jetzt die Heimreise antreten würde. Ihr Stiefvater würde große Augen machen, wenn sie plötzlich unangemeldet vor ihm stand! Egal! Es schien ihr das Beste, einfach für vollendete Tatsachen zu sorgen. Wenn sie einfach so, mit Sack und Pack, unangemeldet in Treschklingen erschien, konnte er sie schwerlich wieder zurück schicken.

Zum guten Glück nahmen ihr die Herrschaften die Kündigung nicht übel, sondern zeigten sich verständnisvoll, mitsamt dem Hinweis, sie dürfe gerne, wenn man sie eines Tages in ihrer Familie nicht mehr benötige, in diesem Haushalt wieder um eine Anstellung nachfragen. Und ein extra Geldstück, um die Rückreise nach Treschklingen nicht von ihrem ersparten Arbeitslohn bezahlen zu müssen, erhielt sie zu ihrer großen Erleichterung auch noch von ihnen! Damit war es ihr sogar möglich, den größten Teil der Reise in einer Postkutsche zu absolvieren! Überhaupt verlief ihr Abschied aus Frankfurt in einer wesentlich angenehmeren Atmosphäre, als zwei Tage danach die Ankunft in Treschklingen. Das letzte Stück von Rappenau nach Treschklingen hatte sie in der glühenden Sommerhitze zu Fuß zurücklegen müssen. Erleichtert wischte sie sich über das schweißnasse Gesicht, als sie endlich vor dem winzigen Haus stand. Was für ein Kontrast zu den Lebensbedingungen in Frankfurt! Dort gab es im Stadtzentrum längst gepflasterte Straßen und Bürgersteige, während sich selbst die Hauptdurchgangsstraße in ihrem Heimatdorf im Sommer staubig und nach einem Regenguss derart schlammig präsentierte, dass man bis über die Fußknöchel im Dreck versank. Das hatte Johanna früher nie wahrgenommen. Es war eben so gewesen. Etwas anderes hatte sie nie kennengelernt. Aber jetzt! Da lagen ganze Welten dazwischen. Einen Vergleich zwischen der armseligen Doppelhaushälfte der Schobers mit dem vornehmen Bürgerhaus der Familie Bender ersparte sie sich lieber. Auch die Gerüche, die in ihre Nase drangen. Johanna klopfte mit den Knöcheln ihrer rechten Hand zweimal an die Haustür, dann drückte sie entschlossen die Klinke nach unten und betrat die dunkle Stube, in der sich Christoph Schober gerade mit der Reparatur einer Mausefalle beschäftigte. Nach dem ersten ungläubigen Erstaunen war an seinem Gesichtsausdruck unschwer abzulesen, dass der Stiefvater sie nicht mit offenen Armen aufnehmen würde. Im krassen Gegensatz zu ihren jubelnden Geschwistern: vor allem Margret, Elisabeth und die kleine Wilhelmina schienen ihr Glück kaum fassen zu können.

Freudentränen rannen über ihre Wangen, als plötzlich Johanna vor ihnen auf der Türschwelle stand. Der Vater dagegen machte nicht nur ein finsteres Gesicht, sondern allen Ernstes Anstalten, seiner Stieftochter den Zutritt in die Stube zu verwehren. Doch Johanna war vorbereitet und erhielt Unterstützung von Tante Maria, die ihre Ankunft bemerkt hatte und voller Freude ins Haus gestürmt kam. So beschied sie Christoph Schober mit glasklaren Worten: »Ich bleibe hier – und zwar so lange, wie mich die Kinder brauchen! Glaube bloß nicht, es sei deinetwegen. Ich bin nur wegen meinen Geschwistern und wegen der Wilhelmina gekommen. Freiwillig gehe ich auf gar keinen Fall! «

*

Ein gutes Jahr später, im November 1856 trat ein, was Johanna schon kurz nach dem Tod ihrer Mutter gemutmaßt hatte: ihr Stiefvater heiratete wieder. Immerhin, das musste sie ihm zugestehen, hatte er wenigstens das Trauerjahr eingehalten. Dass die Verbindung des immerhin schon 49 Jahre alten Christoph Schober mit der 34-jährigen Rosina Bild keine Liebesheirat war, das lag auf der Hand. Und man konnte es ja auch überdeutlich sehen: diese kleingewachsene Frau, die ihren linken Fuß ständig hinter sich her zog und folglich mehr humpelte, als richtig zu gehen, war alles andere als eine attraktive Braut.

Es war kein sonderlich gutes Verhältnis, das Johanna und ihre Stiefmutter verband. Zunächst war sie auch nur deswegen im Haus geblieben, weil Rosina mit der Arbeit ganz offenkundig überfordert schien – und natürlich wegen Margret und Wilhelmina. Vor allem die wenigen unbeschwerten Stunden, die sie bei fröhlichen Spaziergängen mit Margret erleben durfte, waren es, die mehr und mehr in ihr die Überzeugung reifen ließen, später nicht mehr nach Frankfurt zu gehen, sondern hier in der Nähe, am Besten wie sie sich das schon einmal ausgemalt hatte, in Rappenau eine Arbeit zu suchen. In der Nähe von Margret und Wilhelmina. Aber bis das soweit war, durfte ruhig noch einige Zeit ins Land gehen. Sie hatte es absolut nicht eilig – und nahm dafür selbst das mürrische Gesicht von Christoph Schober in Kauf, der ihr allein durch seine Miene überdeutlich zu verstehen gab, wie wenig er ihre Anwesenheit schätzte. Andererseits: er brauchte sie hier im Haus. Auch wenn er das natürlich niemals zugeben würde. Aber es war so. Denn kaum, dass Rosina allmählich so weit war, den Haushalt selbständig zu führen, war sie schwanger geworden. Die Schwangerschaft verlief nicht gut, so dass Rosina wochenlang ans Bett gefesselt war. Als umso wertvoller erwies sich nun die Anwesenheit der ungeliebten Johanna, die zusätzlich auch noch die Stiefmutter zu versorgen hatte. Die Schwangerschaft endete in einer sich quälenden, über zwei Tage hinziehenden Fehlgeburt, die Rosina derart schwächte, dass sie weiterhin wochenlang das Bett hüten musste. Und kaum dass sie wieder einigermaßen bei Kräften war, da wurde sie zum zweiten Mal schwanger. Das ganze Elend begann also von vorne! »Dass ihr Männer euch aber auch niemals beherrschen könnt!« entfuhr es Johanna zornig, als sie von der neuerlichen Schwangerschaft erfuhr, die Rosina bereits wieder auf das Krankenbett gezwungen hatte. »Ist dir eigentlich klar, was du damit angerichtet hast?« stellte sie Schober lautstark zur Rede. Der freilich ließ sich von dem Wutausbruch nicht im Geringsten beeindrucken, sondern musterte sie lediglich mit einem spöttischen Blick. »Das geht dich einen Scheißdreck an! Kümmere dich lieber um deinen eigenen Bankert!« Damit wandte er sich um und verließ die Stube ohne ein weiteres Wort und ohne nach seiner leise wimmernden Frau zu sehen.

Im Nachhinein war Johanna über ihren impulsiven Ausbruch selbst erschrocken und wunderte sich darüber, dass die Antwort ihres Stiefvater nicht schärfer ausgefallen war oder er sie sogar aus dem Haus geworfen hatte. Das war ihm ja durchaus zuzutrauen. Der einzige Grund, weshalb es nicht so gekommen war, dürfte der Erkenntnis zu verdanken sein, dass er jemanden brauchte, der, beziehungsweise die sich um die bettlägerige Rosina kümmerte – und um all die anderen im Haus. Die Geburt des Kindes von Christoph und Rosina Schober würde in den Tagen um Weihnachten 1857 erfolgen, schätzte die in solchen Fragen äußerst erfahrene Barbara Stunz, die von Johanna um Rat gebeten worden war, nach einer gründlichen Untersuchung der Schwangeren. »Ausgerechnet an Weihnachten! Noch eine Totgeburt«, kommentierte Johanna schaudernd.

»Das muss nicht unbedingt sein«, widersprach die Stunzin. »Denn obwohl sie ja relativ schwach ist, kann es dieses Mal auch gut gehen. Mit dem Kind scheint bislang jedenfalls alles in Ordnung zu sein, soweit ich das habe feststellen können. Und wenn du sie weiterhin gut pflegst, dann kann es durchaus sein, dass sie ein lebensfähiges Kind zur Welt bringt. Es kommt jetzt halt auf eine gute Pflege an – und deshalb bist du jetzt ganz besonders wichtig hier im Haus.«

»Sag das mal meinem Stiefvater«, seufzte Johanna und wechselte mit der Stunzin einen vielsagenden Blick.

Barbara Stunz nickte ernst. »Ich weiß ja, wie er ist. Aber ich werde mit ihm reden und ihn dementsprechend ins Gebet nehmen. Das verspreche ich dir. Es ist ja schließlich auch in seinem Interesse, dass du hier bist. Das werde ich ihm ganz deutlich sagen. Und er wird sich daran halten. Verlass dich drauf!

Johanna blieb also weiter im Haus: sie wurde hier schlichtweg gebraucht. Dankbarkeit oder gar Zuneigung von Seiten ihres Stiefvaters brauchte sie allerdings nicht zu erwarten. Aber das war auch gar nicht so wichtig. Natürlich war ihr bewusst, dass die Zeit ihrer Anwesenheit in Treschklingen eines nicht allzu fernen Tages enden würde. Sobald Rosina die Geburt hinter sich gebracht hatte und wieder einigermaßen bei Kräften war. Also spätestens im Frühjahr 1858 dürfte das der Fall sein. Doch wozu sich jetzt schon Gedanken darüber machen? Jetzt hieß es arbeiten, die Kinder versorgen, sich um Rosina kümmern und die Nähe zu Margret und Wilhelmina zu genießen. So ging das Leben seinen ganz alltäglichen Gang. Bis ein gewaltiger Paukenschlag den friedlichen Lauf der Dinge jäh beendete.

An einem Abend Mitte September war unvermittelt Karl Bender in Treschklingen aufgetaucht! Der Sohn der Herrschaften aus Frankfurt!

Gerade eben war die ahnungslose Johanna aus der Tür in die Abenddämmerung getreten, um die Küchenabfälle auf den Misthaufen neben dem Haus zu bringen, da legten sich plötzlich zwei Arme von hinten eisenhart um ihren Oberkörper und schnürten ihr die Luft ab. »In diesem Drecksloch steckst du also. Habe ich dich endlich gefunden!« zischte es leise an ihr Ohr.
Karl! Eindeutig! Das war die Stimme ihres monatelangen Peinigers! Unverkennbar! Diesen gefährlichen Klang hatte sie schon viel zu oft gehört. Hören müssen! Und jetzt hier. Ausgerechnet hier! Das Blut schien in ihren Adern zu gefrieren. »Wehe wenn du schreist!« warnte die Stimme, bevor sich der Griff etwas lockerte und er sie grob in seine Richtung drehte.
Karl! Es war tatsächlich Karl, der sie mit diesem lüsternen Blick beäugte, der ihr sofort durch Mark und Bein schoss. »Wie… wie kommen sie hierher?« Die junge Frau schluckte den angstvollen Kloß in ihrer Kehle mühsam hinunter. »Und… Was… was wollen sie hier?«
Karl stieß ein trockenes Lachen aus. »Ich will dich! Was denn sonst?«
»Aber… aber sie sind doch verheiratet!«
»Verheiratet!« Belustigt rollte er mit den Augen. »Verheiratet sind viele. Aber dich habe ich gesucht. Und habe dich tatsächlich gefunden! Weißt du noch, wie schön es mit uns in Frankfurt gewesen ist? Die ganze Zeit in Weimar musste ich immer wieder daran denken. An dich und deine wunderschönen blauen Augen!« Er schürzte die Lippen und beugte seien Kopf zu ihr herunter. Kam ihr nahe und näher. Schon konnte sie seinen Atem auf ihrer Gesichtshaut spüren. »Komm! Gib mir einen Kuss!« Sie schüttelte heftig den Kopf. »Lassen sie mich! Bitte! Lassen sie mich los!« Verzweifelt versuchte sie, sich aus der Umklammerung zu winden. Doch Karl verstärkte seinen Griff.
»Was bist du nur für ein widerspenstiges kleines Ding! Komm her jetzt!« Wieder näherten sich seine Lippen ih-

rem Mund. Was sollte sie nur tun? Es war … auswegslos! Aber nein: das durfte nicht sein! Nie wieder würde sie das zulassen! Das hatte sie geschworen! Nie wieder! Johanna hob das Kinn in Karls Richtung und spuckte ihm direkt ins Gesicht. »Sie sollen mich in Ruhe lassen! Bitte!«
Karls Miene verzog sich zu einer zornigen Fratze. Langsam wischte er sich mit der linken Hand den Speichel von Nase und Wange, dann klatschte eine fürchterliche Ohrfeige an Johannas Wange. Der Hieb war so stark gewesen, dass ihr kurzzeitig das Bewusstsein schwand. Es konnten nur Sekunden vergangen sein, doch Karl hatte sie inzwischen bereits in den Stall gezogen, in dem die Hühner aufgeregt gackernd durcheinander stoben. Da die Schobers momentan weder eine Ziege noch ein Schwein besaßen, brauchte er nicht zu befürchten, durch jemanden, der die Stallarbeit verrichten wollte, gestört zu werden.
»Lassen sie mich gehen«, stöhnte Johanna schwach. »Ich … ich möchte nicht, dass …«
»Still jetzt!« Brutal drückte Karl seine Hand auf ihren Mund. »Genug der Albernheiten!«
Noch einmal versuchte sie sich aus seinem Griff zu winden, da verstärkte Karl bereits den Druck. So sehr, dass sie keine Luft mehr bekam. Atemnot, der Schrecken des Überfalls, die Angst, ihre Verzweiflung: es war zu viel. Nur ein letzter verzweifelter, halb erstickter Schrei drang noch aus ihrer Kehle, dann umgab sie finstere Nacht.

Der kaum hörbare Schrei hatte ihren Onkel Georg alarmiert, der zu dieser Zeit gerade im Nachbarstall mit dem Ausmisten beschäftigt war. Augenblicklich kam er herbei gerannt und begriff sofort, was sich hier ereignen sollte …

Bei Tagesanbruch am nächsten Morgen fanden die Tagelöhner des nahen Gutshofs, als sie das Tor der großen Scheune öffneten, auf dem Boden einen übel zusammen geschlagenen, blutverkrusteten jungen Burschen, der sich

stöhnend auf dem dreckigen Stroh wälzte. Am ganzen Körper wies er dunkelblaue Flecken und aufgeplatzte Wunden auf, einen Knochen schien er sich allem Anschein nach jedoch nicht gebrochen zu haben. Was hier in der vergangenen Nacht vorgefallen war und wer ihm diese Prügel verabreicht hatte, das mochte ihnen der Bursche entweder nicht sagen oder aber er konnte sich wirklich nicht mehr daran erinnern. Möglicherweise war er sturzbetrunken gewesen. Es wäre nicht der Erste, der in alkoholisiertem Zustand eine Schlägerei begangen hätte und sich später an nichts mehr erinnern konnte. Jedenfalls musste es sich, seiner Kleidung nach zu urteilen, um einen jungen Mann aus »besseren Kreisen« handeln. Vielleicht war er ausgeraubt worden. Eigentlich unwahrscheinlich. Direkt hier, mitten im Ort. Aber wer konnte das schon wissen. Unter sichtlichen Schmerzen fingerte der malträtierte Kerl eine Münze aus seiner Westentasche und präsentierte sie den Arbeitern mit zitternden Fingern. »Da, nehmt das Geld und bringt mich irgendwo hin, wo ich mich zwei Tage ausruhen kann«, keuchte er erschöpft. »Und fragt mich bitte nichts mehr …«
Am dritten Tag hatte er zwei weitere Münzen auf den Tisch gelegt, mit denen sie ihm eine Kutsche besorgten, die ihn von Treschklingen direkt zum Bahnhof nach Mannheim bringen sollte. Um wen es sich bei dem seltsamen Menschen handelte, das konnten sie nicht in Erfahrung bringen, nur so viel stand fest: es musste sich wohl tatsächlich um einen Burschen aus einem reichen Haus gehandelt haben, denn mit dem Geld, das er ihnen aus freien Stücken offerierte, hätten sie ihn hier im Dorf mindestens ein halbes Jahr lang durchfüttern können – und noch immer wäre ein gutes Trinkgeld übrig geblieben. Genau so, wie mit dem Fahrtgeld für die Kutsche. Mit dem üppigen Restgeld konnten sie sich demnächst an der Kirchweih einen besonders schönen Tag machen, wie es ihnen schon lange nicht mehr vergönnt gewesen war. Alles andere spielte für die herrschaftlichen Tagelöhner

keine Rolle. Weshalb auch? Und ob er tatsächlich vorher zusammen mit der Johanna gesehen worden war, wie eines der allwissenden Tratschweiber behauptete, ob der Kerl der Stieftochter des mürrischen Christoph Schober also womöglich nachgestellt hatte … Was kümmerte sie es? Sollte es sein, wie es wolle. Sie jedenfalls würden an der Kirchweih ihren Spaß haben. Und so schnell, wie das Trinkgeld in Form von einem kühlen Bier nach dem anderen durch ihre durstigen Kehlen rann, so schnell war der eigenartige Vorfall wieder aus ihrer Erinnerung verschwunden.

*

Kurz vor Weihnachten 1857, nach einem langen und qualvollen Kampf für Mutter und Kind, war am Morgen des 17. Dezember Georg Schober auf die Welt gekommen. Ein Sohn! Und allem Anschein nach lebensfähig. Christoph Schober strahlte über das ganze Gesicht, als ihm die schweißüberströmte Barbara Stunz die gute Nachricht überbrachte: »Da war einiges an Glück im Spiel Christoph, du kannst dem lieben Gott dankbar sein, dass alles gut gegangen ist. Dem lieben Gott – und der Tatsache, dass ich eine Helferin gehabt habe, ohne die wir es nicht geschafft hätten.« Sie deutete hinter sich, wo Johanna zusammen mit Margret in der Schlafstube stand, die ihrer erschöpft auf der strohgepolsterten Bettstatt liegenden Mutter mit einem feuchten Lappen behutsam die Stirn abtupfte. »Du kannst dich ruhig auch bei ihr bedanken, Christoph«, setzte sie mit Nachdruck in der Stimme noch hinzu.

Christoph Schobers Antwort bestand freilich nur aus einem undefinierbaren Räuspern, dem ein verlegen in den Raum geworfener Halbsatz folgte. »Dass es aber auch immer so schlimm kommen muss …«

»Das muss es nicht unbedingt. Aber das Kind ist falsch herum gelegen, das war der Grund. Ich hätte nicht geglaubt, dass wir es schaffen würden, es doch noch in die richtige Lage zu bringen. Aber dass eines klar ist Christoph: so schnell sollte die Rosina jetzt kein Kind mehr bekommen.« Sie fing seinen überraschten Blick ein und hielt ihm mit ernsten Augen Stand: »Ja, du hast schon richtig gehört. Es sollte so schnell zu keiner Schwangerschaft bei der Rosina mehr kommen. Mit anderen Worten: du solltest dich eine Zeitlang zurückhalten, Christoph. Ich denke, du verstehst, was ich meine … Und außerdem gibt es im kommenden Jahr ja ohnehin das

nächste freudige Ereignis bei euch. Wann genau ist es denn bei dir soweit, Johanna?«
Während Schober die Stunzin verständnislos anstarrte, war Johanna erschrocken zusammengezuckt.
»Ich … ich … weiß nicht was du meinst«, stammelte sie verlegen. »Was … worauf willst du denn hinaus?«
»Ach Johanna!«, entrüstete sich Barbara Stunz. »Ich habe schließlich Augen im Kopf und außerdem bist du nicht die erste Schwangere, die ich sehe. Auch wenn da am Bauch noch nichts zu sehen ist: ich würde mich sehr wundern, wenn ich Unrecht hätte. Also? Stimmt es oder stimmt es nicht?«
»Aber …« hilflos wrang Johanna ihre Hände. »Aber ich …« Von einem Moment auf den anderen war ihre Kehle wie zugeschnürt. Tränen schossen in ihre Augen, während sie rasch den Kopf abwandte.
»Also doch!« Die erfahrene Geburtshelferin nickte zufrieden.
»Juhu! Die Johanna bekommt ein Kind!« jubelte Margret. Sie schien die Einzige im Haus, die sich über die neue Erkenntnis freute. Im krassen Gegensatz zu ihrem Vater, der Johanna mit versteinerter Miene musterte.
»Schwanger! Das ist nicht wahr! Sag mir, dass das nicht wahr ist, Johanna! Auf der Stelle! Sag mir, dass es nicht stimmt!«
Johanna, die ihren Kopf zwischen den Händen vergraben hielt, zuckte unglücklich mit den Schultern. »Das … das kann ich nicht sagen«, flüsterte sie kaum hörbar.
»Was kannst du nicht sagen?« zischte ihr Stiefvater.
» … dass es nicht stimmt. Dass ich nicht schwanger bin!« Die junge Frau schluchzte laut auf.
» … dass du nicht schwanger bist! Ich fasse es nicht! Schon wieder!« Er atmete tief durch. »Und im wievielten Monat bist du?«
»Fast schon im vierten!«
»Im vierten Monat schon! Das wird ja immer besser!« schnaubte Schober. »Und von wem ist das Kind?«

»… das kann ich nicht sagen«, wiederholte Johanna leise.
»Wieso kannst du das nicht sagen? Du weißt aber doch hoffentlich, wer der Vater ist?«
Johanna zuckte unglücklich mit den Schultern.
»Was soll jetzt das schon wieder heißen. Weißt du es, oder weißt du es nicht? Ich erwarte von dir auf der Stelle eine klare Antwort. Wer ist es, und vor allem: wann habt ihr vor, zu heiraten. Auf geht's! Lass dir nicht jedes Wort einzeln aus der Nase ziehen! Wer ist es?«
»Ich kann es nicht sagen. Nur so viel: eine Heirat wird es nicht geben…«
»… eine Heirat wird es nicht geben! Das wird ja immer besser!« Fassungslos schüttelte er seinen Kopf, während Margret sorgenvoll beobachtete, wie sich die Stirn ihres Vaters in zornige Falten legte. Aus seinen Augen schienen Blitze zu sprühen, als er unvermittelt mit der Faust so heftig auf den Tisch hieb, dass die Holzbecher auf der Tischplatte wackelten. »Ich möchte jetzt auf der Stelle von dir wissen, wer der Vater ist und wann du zu heiraten gedenkst! Glaube bloß nicht, dass ich noch einmal so ein uneheliches Balg in meinem Haushalt aufnehme. Also: wer ist es?! Wer ist der Kerl, der dir das Kind angehängt hat?« donnerte er der verzweifelten Johanna wütend entgegen.
Doch die junge Frau schüttelte nur verzweifelt den Kopf.
»Du willst es also nicht sagen?!«
Johannas Geste war eindeutig. »Ich kann es nicht…« krächzte sie rau.
»Aber mir das Kind ins Haus bringen, wie schon einmal, das kannst du schon!« Mehr und mehr redete sich der aufgebrachte Mann in Rage. »Ich werde dir schon zeigen, was du kannst und was du nicht kannst!« Und ehe sie schützend die Arme vor das Gesicht halten konnte, klatschte die rechte Hand ihres Stiefvaters hart gegen ihre Wange. Danach die Linke. Und noch einmal die Rechte. »Ich werde dir das Kind aus dem Bauch prügeln! Dann ist Ruhe!«

Schon stand er im Begriff, sich mit geballten Fäusten auf Johanna zu stürzen, als sich Margret und Barbara Stunz, die wie versteinert daneben gestanden hatten, endlich dazwischen warfen. »Vater! Bitte! Lass doch die Johanna in Ruhe. Bitte!«
»Hör jetzt auf Schober! Das reicht!« Aus den Augen der Stunzin sprühten zornige Blitze, während sie sich direkt vor den Bauern schob und Johanna damit mit ihrem Körper verdeckte. »Was bildet ihr Männer euch eigentlich immer ein? Uns Frauen erst die Kinder machen und dann hinterher den wilden Kerl spielen, wenn es tatsächlich zu einer Schwangerschaft kommt. Du lässt jetzt die Johanna sofort in Ruhe, sonst gehe ich auf das Rathaus und zeige dich an!«
Zunächst schien es so, als wolle sich Schober in seiner zügellosen Wut auf die Stunzin stürzen. Schon hatte er impulsiv den Arm gehoben, doch dann verharrte er plötzlich mitten in der Bewegung und schnaufte tief durch. Langsam ließ er den Arm wieder sinken. »Was erlaubst du dir für Reden in meinem Haus?!«
»Ich erlaube mir gar nichts! Entweder du benimmst dich wie ein anständiger Mensch oder du wirst dich für die Folgen deiner Raserei rechtfertigen müssen.« Sie hielt seinem finsteren Blick tapfer stand.
»Das werden wir dann schon sehen, wer sich wofür rechtfertigen muss.« Die mutige Gegenrede zeigte dennoch Wirkung. Schober wandte sich langsam um und schien zu überlegen.

Es mochten mehrere Minuten vergangen sein, als er den Kopf hob und seine Stieftochter eiskalt fixierte. »Ich habe dich genau verstanden. Und du mich ebenfalls. In diesem Haus wird jedenfalls kein weiteres uneheliches Kind geboren werden. Und es wird hier auch nicht durchgefüttert. Genauso wenig wie du. Du willst nicht auf mich hören und willst dich nicht fügen. Nun gut. Dann musst du eben auch die Folgen tragen. Wir brauchen dich hier nicht mehr. Das habe ich dir schon damals gesagt, als du gegen meinen Willen aus Frankfurt zurückgekommen bist. Und das sage ich dir auch heute. Aber jetzt ist es endgültig. Pack deine Sachen und geh!«

»Aber Vater!« Voller Entsetzen schlug Margret die Hände vor den Mund. »Das darfst du nicht machen! Du kannst die Johanna doch nicht einfach wegschicken! Und das an einem solchen Tag. Freu dich doch, dass wir ein Brüderchen bekommen haben.«

»Freuen!« Der Tagelöhner lachte bitter auf. »Jetzt ist Schluss. Ein Bankert in diesem Haus ist schon mehr als genug. Am besten, die nimmt sie auch gleich mit! Dann ist endlich Ruhe! Ein für allemal!«

»Aber Vater, das darfst du nicht!«

»Doch, das darf ich«, erwiderte er hart. »Bis morgen Mittag ist sie weg. Wenn ich morgen Abend nach Hause komme, möchte ich sie und ihren Bankert nicht mehr hier sehen!«

»Vater!« Die Verzweiflung stand Margret ins Gesicht geschrieben. Noch nie hatte sie es gewagt, sich gegen ihren Vater aufzulehnen. Aber jetzt ... »So kurz vor Weihnachten kannst du die Johanna doch nicht fortschicken! Es ist kalt draußen, es liegt Schnee. Und die Johanna ist schwanger. Das kannst du doch nicht machen, Vater!«

»Doch, und ob ich das kann! Es hat ihr ja in Frankfurt so gut gefallen. Dann soll sie schauen, dass sie dort in Frankfurt glücklich wird. Da scheint es Herrschaften zu geben, die sogar eine gute Meinung von ihr haben. Hat sie ja zumindest immer behauptet!«

»Das ist auch so«, schleuderte ihm Johanna trotzig ins Gesicht. »Ich gehe. Das musst du mir nicht zweimal sagen. Und glaube bloß nicht, dass ich dieses Haus noch ein einziges Mal betreten werde!«

Es gab nur noch eine Chance: »Hat jemand von euch dabei auch an Rosina und das kleine Kind gedacht?« Mit weit ausgestrecktem Arm deutete Margret zur Schlafstube, wo ihre Stiefmutter vor gerade einmal einer Stunde ein

Kind zur Welt gebracht hatte. »Wer soll die beiden denn versorgen, wenn du die Johanna aus dem Haus wirfst, Vater?«
»Mit deinen 13 Jahren bist du ja wohl alt genug dafür, dich um den Haushalt zu kümmern«, konterte ihr Vater ungerührt.
Es war nichts zu machen! Jetzt konnte es nur noch darum gehen, wenigstens ihre kleine Halbschwester hier behalten zu können.
»Vater. Bitte. Dann lass aber die Wilhelmina da bleiben, die ist doch erst sechs Jahre alt. Wie soll sie bei Eis und Schnee zurechtkommen?! Zu Fuß!«
Die flehenden Augen seiner Tochter ließen Christoph Schober zumindest in diesem Punkt nachgiebig werden.
»Meinetwegen kann die da bleiben. Wir füttern sie in Gottes Namen eben durch, bis sie groß ist.«

Und so waren die Entscheidungen gefallen. Gleich am nächsten Morgen hatte Johanna ihre wenigen Habseligkeiten wieder in den kleinen Holzkoffer gepackt, sich von ihrer Tochter und den Halbgeschwistern verabschiedet und war über die Türschwelle in den eisigen Wintertag hinaus gegangen.

Spät am gestrigen Abend, als weder Margret noch Johanna nach den aufwühlenden Ereignissen in den Schlaf finden konnten, hatte Johanna erklärt, dass sie tatsächlich zurück nach Frankfurt gehen wolle, um wenn möglich bei den Herrschaften wieder eine Anstellung zu bekommen. Und sie hatte dem entsetzten Mädchen sogar von dem Vorfall berichtet, der sich vor zweieinhalb Monaten im Stall nebenan ereignet hatte. Margret war völlig ahnungslos, denn sie war zu dieser Zeit aushilfsweise als Küchenmagd in der Rappenauer »Krone« tätig gewesen und hatte lediglich von ihrem Bruder Martin erfahren, dass Johanna eines Nachts verwirrt und mit blauen Flecken an den Oberarmen vom Onkel Georg ins Haus gebracht worden sei. Von Johanna sei nie ein Wort darüber gesprochen worden, was in dieser Nacht geschehen war. Martin selbst war das egal gewesen, denn er pflegte zu seiner Halbschwester genau dasselbe distanzierte Verhältnis wie sein Vater.

Nun aber musste es heraus: zumindest Margret sollte Bescheid wissen! Und so berichtete Johanna, wie Karl Bender aus Frankfurt ihr aufgelauert und sie gewürgt habe. Ob er sie tatsächlich vergewaltigt hatte, oder ob es eventuell ein anderer Mann gewesen war, das könne sie aber nicht mit Bestimmtheit sagen, denn sie sei unter dem Würgegriff ja ohnmächtig geworden.

»Ein anderer? Wie soll das denn gehen?« schüttelte Margret verblüfft den Kopf.

Johanna hob unglücklich die Achseln. »Ich weiß es nicht … ich weiß nur, dass es geschehen ist.«

»Ja – und dass es dieser Karl war.«

»Da bin ich mir nicht so sicher. Darauf angelegt hat er es. Ganz klar. Aber wie gesagt, ich war sicherlich mehr als eine halbe Stunde lang ohne Bewusstsein. Und alles, was in dieser Zeit passiert ist, weiß ich nur vom Georg. Der sagt, er habe meinen Schrei gehört, sei sofort in den Stall gerannt und habe den Karl dann so verprügelt, dass er nicht mehr auf die Beine gekommen ist. Ich selbst bin erst wieder zu mir gekommen, als er mich vor der Haustür abgeliefert hat.«

»Dann ist aber doch alles klar«, fand Margret. »Was gibt es also noch dran zu zweifeln, dass dieser Karl dir das Kind gemacht hat?«

»Nichts«, murmelte Johanna versonnen. »Gar nichts. Du hast ja Recht …«

»Siehst du. Und es ist gut, dass ich Bescheid weiß.« Sie machte eine kurze Pause, bevor sie sich vorsichtig an ihre nächste Frage heran tastete. »Und wo wir schon beim Thema sind … Eigentlich könntest du mir doch auch sagen, wer eigentlich der Vater von Wilhelmina ist. Das wäre jetzt der richtige Moment, Johanna. Ich verspreche dir auch, dass ich es nicht weitersagen werde. Nicht, solange du das nicht willst.«

»Nein!« Johanna schüttelte heftig den Kopf, während sich ihre Miene schlagartig versteinerte. »Das geht nicht. Auf gar keinen Fall!«

»Aber warum denn nicht?«

»Weil es halt nicht geht! Punkt! Aus! Fertig!«

»Dann halt nicht«, seufzte Margret enttäuscht. »Auch wenn ich das überhaupt nicht verstehe. Wie kann eine Frau so ein Geheimnis darum machen und sich die ganze Last mit dem Kind alleine aufbürden, anstatt dass sie den Vater an den Kosten beteiligt und – das finde ich besonders wichtig – ihrem Kind die Möglichkeit gibt, zu wissen, wer sein Vater ist. Es ist doch wichtig, dass man einen Vater hat.«

»Das verstehst du nicht«, gab Johanna knapp zurück.

»… und ich werde es auch nie verstehen!« Margret sollte sich irren. Nur wenige Jahre später würde sie sich genauso verhalten, wie Johanna. Keine ihrer drei unehelich geborenen Töchter hat jemals erfahren, wer ihr Vater war …

Damit war die Unterhaltung beendet. Margret hat diesen Abend nie vergessen. Wieder und wieder hat sie sich gefragt, was ihre Schwester ihr eigentlich hatte sagen wollen. Denn im Grunde genommen lag die Sache mit der Vaterschaft doch klar auf der Hand. Aber Johannas Verhalten deutete in eine ganz andere Richtung. Wer außer dem Onkel Georg war noch in diesen Vorfall eingebunden? Es konnte sonst niemanden mehr geben. Nur dieser Karl und Georg. Georg? Ach was! Sie wischte den Gedanken rasch beiseite. Und dennoch kam immer wieder dieser Name ins Spiel, wenn sie über den Ereignissen von damals grübelte. Das Undenkbare denken? Nein! Niemals!

Am nächsten Morgen war Johanna also gegangen. Es würde ein unfreundlicher, dunkler Tag werden, voller Schneegestöber und eisigen Ostwinden. Während Chris-

toph Schober gleich bei Morgengrauen das Haus verlassen hatte, ohne seiner Stieftochter noch einmal die Hand zum Abschied zu reichen, war Wilhelmina bei Johannas Aufbruch längst auf den Beinen. Das Mädchen machte sich gerade voller Eifer für den Schulbesuch zurecht, ohne dabei eine traurige Miene zur Schau zu stellen. Weshalb auch. Denn für Wilhelmina bedeutete die neuerliche Trennung von ihrer Mutter keine Tragödie, schließlich war sie ja zusammen mit Margret hier in Treschklingen aufgewachsen und nicht wie ihre Mutter nach Frankfurt gegangen. So betrachtete das sechseinhalb Jahre alte Mädchen folgerichtig die Schobers als ihre »richtige« Familie, auch wenn sie vom Schulmeister im Klassenbuch zu ihrem großen Verdruss als Wilhelmina Friedrich geführt wurde. Aber alle anderen im Dorf nannten sie grundsätzlich die Schobers Wilhelmina. Und so galt ihre leibliche Mutter dem Mädchen fortan eher als eine Art entfernter Tante. Immerhin fiel Johanna der Abschied aus Treschklingen dank dieser Tatsache leichter, als sie es befürchtet hatte. Gerade erst war sie aus der Tür hinaus ins Schneetreiben getreten, da stürmte schon ihre Tante Maria aus der Tür der anderen Haushälfte.
»Johanna! Sag bloß, du willst bei diesem Wetter wirklich losmarschieren! Das ist doch unmenschlich! Du wirst dir Erfrierungen holen! Komm – wenn mein Schwager schon nicht weiß, was sich gehört, dann bleib so lang bei uns, bis das Wetter besser wird.«
»Bei euch?! Auf keinen Fall!« Ihre Ablehnung war heftiger ausgefallen, als sie das beabsichtigt hatte. Dementsprechend verblüfft fiel die Reaktion ihrer Tante aus. Verwundert breitete sie die Hände aus. »Ja aber wieso denn nicht?«
»Es geht nicht!«
Was für ein merkwürdiges Verhalten! Auch Margret, die ihrer Schwester von der Türschwelle aus hinterher blickte, konnte sich keinen Reim darauf machen. Für den Bruchteil einer Sekunde dämmerte ein ungeheurer Verdacht …

Blödsinn! So etwas auch nur ansatzweise zu denken! Es musste einen anderen Grund geben. Klar! Die innere Anspannung! Es war ganz sicher ein alles andere als schönes Gefühl, aus dem Haus vertrieben zu werden, in dem man einen Großteil seiner Kindheit verlebt hatte. Dazu noch kurz vor Weihnachten. Bei Eis und Schnee. Und schwanger noch dazu!
Maria schien die Sache auf sich beruhen lassen zu wollen. Wahrscheinlich war sie zum selben Schluss gekommen, wie Margret. Sie hob ihre rechte Hand: »Warte kurz. Wenn es also unbedingt sein muss mit deinem Aufbruch heute… Ich habe nämlich noch etwas für dich.« Kurz danach eilte sie mit einer Geldmünze und einem halben Brotlaib wieder aus dem Haus und drückte beides in Johanns Hand. »Da! Das ist für dich! Pass bitte gut auf dich auf und mach es gut. Auf Wiedersehen, Johanna!« Sie drückte einen flüchtigen Kuss auf Johannas kalte Wange. »Und schreibe uns bitte, ob du gut in Frankfurt angekommen bist.«
Johanna nickte stumm, während sie den Brotlaib in ihrem Bündel verstaute. Dann nahm sie den kleinen Holzkoffer wieder auf und schritt davon. Ihr Weg war derselbe, wie vor einigen Jahren. Damals bei Matsch und Regen. Jetzt war es nicht besser. Ganz im Gegenteil sogar. Aber irgendwie würde sie es auch dieses Mal schaffen. Über Hüffenhardt weiter in Richtung Neckar bis nach Haßmersheim und dort hoffentlich einen Schiffer finden, der sie bis Mannheim mitnehmen würde. Der Rest würde sich finden.

Lange blickten die beiden der einsamen Gestalt im Schneetreiben nach, bis sie hinter der Straßenbiegung verschwunden war. Sie würden Johanna nie mehr wiedersehen. Aber das konnten sie zu diesem Zeitpunkt natürlich nicht ahnen.
Margret konnte nur hoffen, dass sich ihre Schwester ein Herz fasste, und Karls Eltern erzählen würde, was sich im

September ereignet hatte und weshalb sie schwanger geworden war. So wie sie die Leute geschildert hatte, würden die zur Verantwortung ihrer Familie und ihres Sohnes stehen. Und sie würden sicherlich eine Lösung wissen. Hoffentlich! Hoffentlich würden sie ihr nicht die Tür weisen.

Die Hoffnung trog – in mehrfacher Hinsicht. Denn es war nicht Johanna gewesen, die den entgeisterten Benders ihren Zustand offenbarte, es war Karl. Ausgerechnet Karl! Zunächst hatte Johanna großes Glück gehabt. Die Herrschaften hatten sich richtig gefreut, als sie plötzlich, drei Tage vor Weihnachten, vor der Tür gestanden war. Ihre alte Stelle war natürlich längst an ein anderes Mädchen vergeben, aber es war ja auch nicht ihre Absicht, wieder bei der Familie Bender zu arbeiten. Das ging schon wegen Karl nicht, auch wenn der bekanntlich längst in Weimar lebte. Sie hatte nur gehofft, dass die Benders ihr eine Adresse nennen könnten, bei der sie eventuell wegen einer Arbeit vorstellig werden konnte. Wohin hätte sie sich sonst auch wenden können? Es ging ihr lediglich um eine Empfehlung. Genau das versprachen ihr die Leute – und nicht nur das: man wolle sich sehr gerne in der Nachbarschaft umhören, ob eine der anderen Familien eine Dienstbotin brauchen könne. Noch dazu eine, die man wärmstens empfehlen konnte. In der Zwischenzeit dürfe sie natürlich hier bleiben und in der Kammer bei den anderen Mädchen die Nacht verbringen. Sie müssten dort halt ein bisschen enger zusammenrücken, aber es sei ja nur für ein paar wenige Nächte. Denn ganz sicher würde sie schon bald eine neue Anstellung bekommen. Johanna war es bei der herzlichen Aufnahme ganz warm ums Herz geworden. Das war mehr, als sie sich erhofft hatte. Sogar für einige Tage hierbleiben zu können, mit einem Dach über dem Kopf und mit der Aussicht auf eine baldige Anstellung! Wesentlich mehr. Wie es dann im fortgeschrittenen Stadium der

Schwangerschaft weitergehen würde? Keine Ahnung. Das würde sich dann hoffentlich finden. Vielleicht kam es aber vorher zu einer Fehlgeburt. Das war ja auch möglich. Wieso also jetzt schon die Pferde scheu machen? Keinesfalls hatte sie vorgehabt, die Familie über ihre Schwangerschaft zu informieren, genauso wenig wie über die Vorkommnisse vom September. Aber alles kam anders.

Am Tag nach ihrer Ankunft war nämlich ganz überraschend Karl bei seinen Eltern erschienen, um hier die Weihnachtstage zu verbringen. Ohne seine Ehefrau, die er in Weimar zurückgelassen hatte. Und nicht einmal eine Stunde nach seiner Ankunft war im Haus der Familie Bender nichts mehr so, wie zuvor. Natürlich hatten sich die Leute gewundert, dass Karl ohne seine Frau gekommen war. Und die Verwunderung wandelte sich in helles Entsetzen, als Karl die verängstigte Johanna bemerkte, die sich gerade am Salon vorbei in die Dienstbotenkammer schleichen wollte, um Karl erst gar nicht begegnen zu müssen. Den hatte sie doch in Weimar vermutet! Nie wieder wollte sie diesem Menschen begegnen müssen! Auf gar keinen Fall wäre sie zu der Familie Bender gegangen, wenn sie geahnt hätte, dass Karl hier auftauchen würde. Was sollte sie jetzt nur tun? Doch es war bereits zu spät. Karl hatte sie längst entdeckt. War aufgesprungen, hatte mit dem ausgestreckten Arm auf sie gedeutet! Und dann war es aus ihm heraus gesprudelt. »Die da! Die ist es! Wegen der werde ich mich scheiden lassen! Die hier, die werde ich heiraten!«

Eine Zeitlang herrschte entsetztes Schweigen im Salon. Dann hob Karls Vater langsam seine rechte Hand und winkte Johanna, die schreckensstarr im Flur verharrte, zu sich. »Setz dich hin. Hier hin!« befahl er sie auf einen Sessel ihm direkt gegenüber. »Und jetzt will ich ganz genau wissen, was hier eigentlich vor sich geht. Und vor

allem: seit wann da hinter unserem Rücken ein heimliches Spiel gespielt wird.«
Während Karl zunächst nur höhnisch in sich hineingrinste, sprudelte es mit einem Mal nur so aus der schluchzenden Johanna heraus: von seinen ersten durchdringenden Blicken über die Nachstellungen und Handgreiflichkeiten bis hin zu den mehrfachen Vergewaltigungen vor seiner Abreise nach Weimar. »Vergewaltigungen!« empörte sich Karl in diesem Moment. »Das waren nette Schäferstündchen mit uns beiden. Nichts anderes.«
Aber jetzt war Johanna nicht mehr zu bremsen. »Sie wissen genau, dass das nicht wahr ist. Es war immer gegen meinen Willen! Und deshalb war ich ja so froh, als sie endlich nach Weimar gegangen sind!«
Schließlich war sie bei Karls unvermutetem Auftauchen in Treschklingen angelangt. Sie berichtete, wie sie im brutalen Würgegriff des jungen Mannes ohnmächtig geworden war, wie ihr Onkel sie ins Haus zurückgebracht hatte und was man sich in ihrem Dorf über einen geheimnisvollen jungen Mann erzählte, der in dieser Nacht von einem der Bauern eine kräftige Abreibung verpasst bekommen hatte.
Und jetzt … jetzt musste es heraus. »Es ist dieselbe Nacht, in der ich schwanger geworden bin!«
Schwanger!
Eine eisige Stille senkte sich über den Salon.
Es schien Johanna, als sei eine halbe Ewigkeit vergangen, als der alte Herr Bender endlich tief durchatmete und dann seinen Sohn mit einem durchdringenden Blick fixierte. Ein Blick, in dem sich Abscheu, Scham und wütende Entschlossenheit mischten. »Schau mir gefälligst ins Gesicht, wenn ich mit dir rede!« donnerte er Karl entgegen. In einer solchen Lautstärke hatte sie den gnädigen Herrn nie reden gehört. Die Worte zischten wie Peitschenhiebe aus seinem Mund. Von der Schande, die sein einziger Sohn über sie brachte, war die Rede, von der stolzen Tradition und dem untadeligen Ruf der Familie,

die er mit seinem unzüchtigen, ja skandalösen Verhalten aufs Spiel setze, von seinem unsteten Lebenswandel, von den Hoffnungen, die man auf ihn gesetzt habe. Er ließ nichts aus – und schien dennoch mit seinen Vorhaltungen bei Karl auf keinen fruchtbaren Boden zu fallen.
»Ihr könnt machen was ihr wollt: ich werde mich demnächst scheiden lassen. Keinesfalls werde ich noch länger bei dieser langweiligen Frau in Weimar bleiben, die ihr für mich ausgesucht habt. Und wenn ich geschieden bin, dann werde ich die da heiraten!« deutete Karl mit weit ausgestrecktem Arm auf die zusammen zuckenden Johanna.
Er hatte jedoch nicht mit dem alles entscheidenden Argument seines Vaters gerechnet, das sich dieser absichtlich bis zum Schluss aufgespart hatte. »Wenn du das wirklich machst…« Benders Augen sprühten Blitze, »dann werden wir dich enterben. Und zwar schneller, als du denken kannst.« Damit war der Zahn gezogen. Von Karls gerade eben noch so unverschämt-selbstbewusstem Auftreten blieb nicht das Geringste übrig.
»Das… das werdet ihr doch nicht tatsächlich tun wollen«, murmelte er fassungslos. »Euren… euren einzigen Sohn. Das… das wäre ja das Ende unserer Familie und der ganzen Tradition, die du gerade eben noch beschrieben hast.«
»Ja, das wäre es«, gab Bender trocken zurück. »Aber das ist mir lieber, als auf Dauer das Gespött von ganz Frankfurt sein zu müssen. Eine offen ausgelebte Affäre mit einer Dienstbotin! Die ganze Familie ist damit kompromitiert. Also: entweder du besinnst dich eines Besseren und kehrst auf der Stelle zu deiner Frau zurück, oder wir sind geschiedene Leute. Und zwar für alle Zeiten!«
Damit war Karls Widerstand endgültig in sich zusammengebrochen. Mit ausdruckslosem Blick starrte er vor sich auf die Tischplatte.
Aber sein Vater ließ nicht locker. »Hast du dich entschieden?! Ich möchte eine Antwort von dir. Jetzt! Sofort!«

Karl nickte schwach.
»Eine richtige Antwort! Wirst du meinem Ratschlag Folge leisten oder wirst du es nicht tun? Rede!«
»Ich werde es tun«, murmelte der junge Mann.
»Lauter! Ich habe das nicht richtig verstanden! Was wirst du tun?«
»Ich werde deinen Rat befolgen und zurück nach Weimar gehen …«
Ein zufriedenes Lächeln huschte kurz über Benders strenge Miene. »Dann ist es gut. Du kannst jetzt in dein Zimmer gehen. Wir werden später noch einmal miteinander zu sprechen haben.«
Augenblicklich kam Karl der Aufforderung nach und verließ den Salon mit hängendem Kopf. Die Sache war entschieden.
»Und nun zu dir«, wandte sich Bender an Johanna, die ihre Hände vor Anspannung fest ineinander verkrampft hielt. »Das Kind, das du noch unter deinem Herzen trägst …« er tauschte einen flüchtigen Blick mit seiner Frau, »also dieses Kind würden wir – als Zeichen unserer Güte – später versorgen, wenn du es zur Welt gebracht hast. Unsere Bedingung lautet: du verlässt sofort unser Haus, wirst es nie wieder betreten und du händigst uns das Kind sofort nach der Geburt aus!«
»Aber das Kind muss doch gestillt werden«, wagte Johanna einen zaghaften Einwand.
Karls Mutter, die bislang stumm und mit leichenblasser Miene auf der Chaiselongue gesessen hatte, schnaufte unwillig auf, während sie eine ungeduldige Handbewegung beschrieb: »Wir werden eine Amme für das Kind engagieren.«

Kurz darauf waren die Dinge geregelt. Nur wenige Stunden später fand sich Johanna bereits in einer Kammer im Süden von Frankfurt, die ihr dort von den Benders, denen ohnehin das ganze Haus gehörte, kostenlos zur Verfügung gestellt wurde.

Die Bedingungen, die sie dafür zu akzeptieren hatte, waren glasklar: kein Wort zu niemandem! Niemand durfte erfahren, wieso sie in dieses Haus gekommen war und niemandem durfte sie erzählen, was es mit der Schwangerschaft auf sich hatte. »Im Gegenzug für dein Schweigen werden wir für deine kostenlose Verpflegung sorgen, es wird dir an nichts fehlen. Nach der Geburt, wenn du uns das Kind ausgehändigt hast, wirst du eine angemessene Zeitlang weiter in der Kammer bleiben können. Auch dann wird für dich gesorgt sein. Nach diesem Gespräch heute werden wir uns nicht mehr sehen – die Dinge, die mit dir zu regeln sein werden, übernimmt eine Vertrauensperson von uns. Auch Karl wirst du nie mehr sehen! Hast du alles verstanden? Bist du damit einig? Wenn ja, dann sag es jetzt.«

Trotz der eisigen Atmosphäre im Salon und trotz des Wirbelsturms an Gefühlen, der in ihrer Seele wütete, regte sich in Johanna ein heftiger Unmut. Denn so sehr ihr das Angebot der Familie Bender auch über die Zeit der Schwangerschaft helfen mochte, so unverschämt war die Art und Weise, wie sie der gnädige Herr da an den Pranger stellte.

»Jetzt soll also ich an allem schuld sein?« presste sie hervor, während ihr Herz vor Anspannung zu rasen begann.

Bender runzelte irritiert die Stirn. Hatte er gerade eben richtig gehört? Dass es diese Dienstmagd tatsächlich wagte, gegen ihn aufzubegehren.

»Natürlich bist du die Verursacherin des ganzen Übels! Wer denn sonst? Hättest du unserem Sohn nicht schöne Augen gemacht und ihn schließlich verführt, wäre es doch gar nicht so weit gekommen. Du allein bist der Grund für diese ungeheuerliche Malaise, in die unser Sohn hineingeraten ist und in der er um ein Haar versunken wäre!«

Johanna krampfte die Hände ineinander. »Das… das ist… das ist ungeheuerlich, was sie da sagen. Genau anders herum ist es gewesen: Ich habe überhaupt nichts

Unzüchtiges gemacht. Ich … ich habe ihn immer zurückgewiesen und mich sogar vor ihm versteckt. Aber er hat mich nicht in Ruhe gelassen. Er hat mir aufgelauert. So ist es gewesen. Wie können sie nur etwas anderes behaupten?«

»Das ist ja die Höhe!« Impulsiv schoss die gnädige Frau in die Höhe und baute sich wie ein Racheengel vor ihrem Dienstmädchen auf. »Unserem Sohn erst schöne Augen zu machen und ihn dann beschuldigen, dass er dir nachgestellt habe. Was erlaubst du dir?! Was glaubst du eigentlich, wer du bist?!«

Doch je heftiger die Vorhaltungen auf sie einprasselten, desto mehr kochte die Wut in Johanna auf. Das würde sie keinesfalls auf sich sitzen lassen. Mochten sie anschließend machen, was sie wollten. Aber so ließ sie sich nicht behandeln. So nicht! »Ich weiß ganz genau, wer ich bin und woher ich komme. Ich bin ein armes Bauernmädchen vom Land, das froh und dankbar sein muss, bei so vornehmen Leuten wie Ihnen eine Arbeit gefunden zu haben. So ein Dienstmädchen wie ich, das hat gefälligst zu arbeiten und jeden Wunsch seiner Herrschaften unverzüglich zu erfüllen. Zu sagen hat so eine wie ich jedenfalls nichts. Und dieselben Rechte, wie ihr hochwohlgeborener Herr Sohn hat so eine wie ich natürlich auch nicht. Im Recht sind immer nur die reichen Herrschaften, niemals die armen Leute. Wo das Geld ist, da ist das Recht. Ich habe zu arbeiten und dankbar zu sein. Wahrscheinlich habe ich mit meinen 28 Lebensjahren schon mehr gearbeitet, als das der gnädige junge Herr in seinem ganzen Leben tun wird. Und weshalb? Weshalb ist das so?« Sie hatte sich in der Zwischenzeit langsam erhoben und stand nun direkt auf Augenhöhe mit Karls Mutter, deren zornigem Blick sie entschlossen standhielt. »Ich kann es ihnen sagen, weshalb das so ist: weil ich in einen ärmlichen Bauernhaushalt hinein geboren worden bin, während sich ihr Sohn seit Anfang seines Lebens im gemachten Nest befunden hat. So ist das. Ich habe mir meine Herkunft nicht aussuchen können – er auch nicht. Und was hat ihr Sohn in seinem bisherigen Leben geleistet? Hat er gearbeitet? Hat er sich irgendetwas von dem Luxus, der ihn ganz selbstverständlich umgibt, tatsächlich mit seinen eigenen Händen erarbeitet? Nur eine winzige Kleinigkeit? Nein, das hat er nicht!« Sie schüttelte energisch ihren Kopf. »Im Gegensatz zu mir. Ich habe schon vor meinem 14. Lebensjahr mit anpacken müssen, damit meine Familie durchkommt. Und was bin ich? Dennoch nicht mehr, als ein armes Dienstmädchen, das niemals im Leben auf einen grünen Zweig kommen wird. Da kann ich arbeiten, soviel ich kann und will: es wird trotzdem nicht weiter nach oben gehen für mich. Und das alles nur, weil ich in die falsche Familie hinein geboren worden bin. Einmal arm – immer arm. Und dann soll unsereins auch noch dankbar sein müssen. Dankbar dafür, dass wir eine Arbeit von ihnen bekommen haben, ein warmes Essen, eine Kammer zum Schlafen. Alles Dinge, die für uns keine Selbstverständlichkeit sind – im Gegensatz zu ihrem Herrn Sohn. Und zu allem Überfluss soll ich jetzt auch noch daran schuld sein, dass er mich vergewaltigt hat. Nein«, wieder schüttelte sie wild den Kopf, während aus ihren Augen Blitze sprühten, »nein, das lasse ich nicht zu. Das ist zu viel. Mit allem anderen bin ich einverstanden – was hätte ich auch für eine andere Wahl. Aber dass ich auch noch an allem schuld sein soll: nein, das dürfen sie nicht sagen. Das verlange ich von ihnen!« Schwer atmend hielt sie inne.

Fassungslos und mit offenem Mund starrte Karls Mutter in Johnnas Gesicht. Noch nicht einmal im Ansatz hatte sie jemals eine solche Widerrede von einer Dienstbotin erlebt. Erleben müssen. »Was… was… fällt dir ein?« krächzte sie heiser. »Was… was erlaubst du dir eigentlich?!«

Gerade noch rechtzeitig bevor die Situation weiter eskalierte, ergriff der alte Bender wieder die Initiative. Auch er erhob sich und schob sich direkt zwischen Johanna

und seine Frau. »Es ist genug jetzt. Alles, was gesagt werden musste, ist gesagt worden – und überdies noch manches darüber hinaus...« Sein im Vergleich zu vorher völlig veränderter, viel weicherer Tonfall, sollte wohl signalisieren, dass ihm nicht daran gelegen war, die Auseinandersetzung auf die Spitze zu treiben. Irgendwann schien ihm klar geworden zu sein, dass sie Johanna mit ihren Vorhaltungen nicht weiter in die Enge treiben durften. Denn das hätte am Ende womöglich noch bedeutet, dass sie sich ihren Maßnahmen widersetzte und womöglich überall herumposaunte, wer der Vater ihres Kindes war, und wie es zu der Schwangerschaft gekommen war. Zwar würde einer dahergelaufenen Dienstmagd vom Land niemand Glauben schenken, erst recht kein Gendarm, aber der Ruf der Familie Bender in Frankfurt wäre in diesem Fall dennoch schwer beschädigt. Das musste aber nicht sein. Besser also, die impertinente Person zu besänftigen, damit sie endlich Ruhe gab und aus ihrem Blickfeld verschwand. Für immer und ewig. »Ich halte also fest, dass du auf unsere Großzügigkeit bauen kannst. Du wirst in deiner neuen Kammer gut versorgt werden und du hast auch mein Wort, dass wir uns sogar um eine Hilfe kümmern, wenn das Kind auf die Welt kommt. Danach werden wir dich von dem Kind befreien und es zu uns nehmen, womit du eine neue Zukunft hast. Karl wird dich nie mehr sehen. Und wir alle werden schweigen. Damit ist alles gesagt, was gesagt werden musste. Und nun Adieu.«
Im selben Moment war vor dem Haus schon eine Kutsche vorgefahren, die Johanna zu ihrer neuen Kammer brachte, in der sie bis zur Geburt des Kindes ihre nächsten Lebensmonate verbringen sollte.

Die ersten Tage verliefen fürchterlich. Viel zu sehr war sie aufgewühlt von den turbulenten Geschehnissen der vergangenen Tage – und von dem bedrückenden Gefühl, in einem Alptraum festzustecken, in dem sie ohnmächtig

die Brosamen aufzulesen hatte, die ihr die Benders zugeworfen hatten. Und überdies auch noch dankbar dafür sein zu müssen! Aber wie man es auch drehte und wendete: Zorn und Wut brachten sie nicht weiter. Ganz im Gegenteil sogar. So waren die Verhältnisse nun einmal – und sie würden sich nicht ändern. Im Lauf der Zeit gewann schließlich die Erkenntnis in Johanna die Oberhand, dass es trotz aller Ungerechtigkeit, die ihr widerfahren war, der Weg, den ihr die Benders wiesen, die denkbar beste Lösung darstellte. Schon bald nach der Geburt konnte sie sich wegen einer neuen Arbeitsstelle umschauen – wenn sie das Kind hätte behalten müssen, wäre das unmöglich gewesen. Das Kind selbst würde es bei der Familie Bender gut haben, viel besser, als das jemals bei ihr der Fall gewesen wäre. Nun denn! Immerhin konnte sie damit noch einmal ganz von Vorne beginnen. Hoffentlich. Wenn mit der Geburt alles gut ging.
Vielleicht würde die Schwangerschaft ja auch ein vorzeitiges Ende finden. Im Grunde genommen wäre es das Beste, was ihr widerfahren konnte. Denn im diesem Fall wären keine Gefühle im Spiel. Diese Aufgabe, die sie in den kommenden Wochen und Monaten zu bewältigen hatte, war klar umrissen. Sie lautete nämlich: sich nur ja nicht auf das Kind freuen, das in ihrem Leib heranwuchs. Auf gar keinen Fall. Natürlich: im Grund genommen gab es für sie ohnehin keinerlei Veranlassung, sich auf das Kind zu freuen. Nach alldem, was geschehen war. Aber andererseits war sich Johanna nur allzu deutlich bewusst, dass es nicht so einfach werden würde, wie man das daher sagte. Denn schon bei der Schwangerschaft mit Wilhelmina hatte sie gespürt, was es bedeutete, neun Monate lang ein Kind unter dem Herzen zu tragen, seine ersten Bewegungen im Leib zu spüren, es unter Schmerzen zur Welt zu bringen, seinen ersten Schrei ins neue Leben zu hören – und gleichzeitig jedes Muttergefühl im Keim zu ersticken. Nein, das würde nicht einfach werden.

*

Die Monate zogen sich quälend dahin. Immerhin hielt sich die Familie Bender an sämtliche Versprechungen. Von dieser Warte aus betrachtet war es Johanna noch nie im Leben so gut gegangen. Ohne eine Arbeit verrichten zu müssen, konnte sie hier wohnen und sich mit den Nahrungsmitteln, die ein Bote zweimal in der Woche bei ihr vorbei brachte, jeden Tag ein warmes Essen zubereiten. Und dennoch fühlte sie sich einsam und den Umständen ausgeliefert. Ohne größeren Kontakt zu anderen Menschen, ohne Kolleginnen, mit denen man sich bei der Arbeit unterhalten, auch einmal lachen oder ärgern konnte. Wenn sie wenigstens ihre liebe Margret ab und zu einmal treffen könnte. Aber die war weit weg in Treschklingen. Unmöglich, sie zu besuchen. Weder hier noch dort. Das Allerschlimmste an der Situation aber war die Tatsache, dass da niemand war, dem sie ihr Herz ausschütten konnte. Sich die Last von der Seele reden, diese ganzen Ungerechtigkeiten, die nach wie vor schwer auf ihrem Gemüt lasteten, auszusprechen. Darüber zu reden. Doch das war schlichtweg nicht möglich. Damit hätte sie alles aufs Spiel gesetzt. Auch ihre eigene Zukunft. Es war zum Verzweifeln. Wenn nur endlich Mitte Juni wäre. Der Tag, am dem die Niederkunft stattfinden würde. Um den 20. Juni herum musste es soweit sein. Zeitgleich mit dem Sommerbeginn. Dann würde ihr neues Leben beginnen. Endlich.

Es begann viel früher, als erwartet.

Bereits am späten Nachmittag des 3. Juni hatten plötzlich die Wehen eingesetzt, über zwei Wochen zu früh! Zufällig war gerade der Bote mit einer neuen Lieferung Kartoffeln und Kraut bei ihr vorbeigekommen, als die erste Wehe sie ohne Vorwarnung heimsuchte. Johanna stieß

einen lauten Schmerzensschrei aus, der den Boten erschrocken zusammenzucken ließ und fasste sich mit beiden Händen an den Bauch. »Was ist denn? Was hast du?« stammelte der Mann und betrachtete sie verstört.
»Ach, es ist eigentlich nichts«, presste Johanna zwischen den zusammengebissenen Zähnen hervor, während die Schmerzwelle langsam abebbte.
»Und wieso schreist du dann einfach so herum und hältst dir den Bauch?«
»Hast du denn noch nie Bauchschmerzen gehabt?« Mit dem Handrücken wischte sie sich die Schweißperlen von der Stirn und atmete tief durch. »Jetzt ist es wieder gut. Es war nur so ein plötzlicher Krampf – wahrscheinlich habe ich nur etwas Falsches gegessen«, rang sich Johanna die Andeutung eines Lächelns ab. Doch natürlich war es nicht das Essen gewesen. Ihre Niederkunft kündigte sich an! Das war ihr sofort klar geworden. Für die Geburt war es zwar noch viel zu früh, doch die Signale waren eindeutig. Es blieb nicht mehr viel Zeit. Hoffentlich hatten die Benders alles in die Wege geleitet und bereits eine Frau ausgesucht, die sich mit der Geburtshilfe auskannte und die ihr jetzt zur Seite stehen konnte. Das war das Wichtigste: dass der Bote jetzt sofort die Familie Bender in Kenntnis setzte, die dann alles Weitere veranlassen würden. Aber Vorsicht! Sie durfte sich jetzt nicht verplappern und ihm etwas über ihre Schwangerschaft verraten. »Tu mir bitte einen Gefallen und sage den Herrschaften einen schönen Gruß von mir. Mach das bitte gleich.«
»Einen schönen Gruß von dir?« Die Miene des Mannes sprach Bände. »Wieso soll ich denen einen Gruß ausrichten? Von einer wie dir? Wie kommst du denn dazu«
»Tu einfach, was ich sage.«
»Ja, also… ich weiß nicht so recht…« wand sich der Mann voller Unbehagen.
»Du sollst einfach tun, worum ich dich gebeten habe!« zischte Johanna ungehalten. Und dies aus guten Gründen, denn die nächste Wehe durchflutete gerade ihren

Unterleib. So kurz nach der ersten Wehe! Eile war geboten! »Die Herrschaften wissen dann schon Bescheid! Und jetzt mach endlich, dass du fortkommst!«
Der Bote zuckte verdattert mit den Schultern, dann erhielt er von Johanna einen groben Schubs, der ihn ins Taumeln brachte. »Du sollst dich beeilen. Los! Lauf!«
Abwehrend hob er die Hände. »Schon gut, schon gut. Ich bin ja schon weg.« Kopfschüttelnd eilte er aus der Kammer, während Johanna rasch die Tür hinter sich zuzog und für einen Moment erleichtert ihre Augen schloss. Offenbar konnte er sich wirklich keinen Reim auf ihr sonderbares Verhalten machen. Selbst jetzt, im neunten Monat, war es ihr dank des weit geschnittenen Kleides und der großen Schürze gelungen, die Schwangerschaft zu verdecken. Ihren Teil der Abmachung hatte sie eingehalten. Nach wie vor wusste niemand über ihren Zustand Bescheid.

Jetzt war es an den Benders, den letzten Teil einzulösen. Auch die Benders hielten ihr Versprechen und schickten nach dem ominösen Gruß des Boten sofort eine Hebamme zu Johanna. Zum guten Glück handelte es sich nicht nur um eine Frau, die sich als Helferin in Geburtsdingen auskannte, sondern um eine erfahrene Hebamme. Das war die richtige Entscheidung gewesen, denn die Geburt verlief alles andere als reibungslos. Von wegen die alte Weisheit, dass beim zweiten Kind alles viel schneller ginge. Nicht so bei Johanna. Es war ein schwerer Kampf, den sie durch die ganze Nacht hindurch zu bestehen hatte. Qualvoll zerrannen die Minuten, bis dann am späten Vormittag des 4. Juni 1858 endlich ein winzig kleines Mädchen das Licht der Welt erblickte. Wie es heißen solle, fragte die Hebamme, die das Würmchen in ihren Händen sorgenvoll beäugte? Eigentlich … eigentlich war das doch schon nicht mehr Johannas Angelegenheit, sondern die der Benders und außerdem … außerdem fühlte sie sich viel zu ausgelaugt von den Strapazen der zurück-

liegenden Stunden, als dass sie sich jetzt auch noch Gedanken über einen Kindsnamen hätte machen mögen. Doch plötzlich durchzuckte ein Name ihren Kopf. »Marie«, keuchte sie matt. »Marie Fanny, das ist ein schöner Name«. Während sie noch darüber rätselte, wieso ihr ausgerechnet dieser Name eingefallen war, zuckte schon wieder ein heftiger Schmerz durch ihren abgekämpften Körper. »Oh Gott!« hörte sie die Hebamme einen erschrockenen Ruf ausstoßen. »Es ist noch nicht zu Ende! Da kommt noch ein zweites Kind! Johanna, du bekommst Zwillinge! Du musst dich noch einmal konzentrieren!«
Nach einer weiteren halben Stunde, einer einzigen Tortur, war auch das zweite Kind geboren: ein Junge. »Er soll Ferdinand heißen«, murmelte sie, noch bevor die Hebamme ihre Frage stellen konnte.
»Er ist genauso schwach, wie das Mädchen«, konstatierte die Geburtshelferin ernst. »Ich fürchte, die beiden werden kaum am Leben bleiben. Ich bin jedenfalls mit meinem Latein am Ende. Alles Weitere liegt jetzt in Gottes Hand.«
Wie durch einen immer dichter werdenden Nebel drangen diese Worte an Johannas Ohr, ohne ihr Bewusstsein noch ganz zu erreichen. Dann war sie in einen erschöpften Schlaf gesunken.

Als Johanna wieder erwachte, saß die Hebamme neben ihr auf der Bettkante und strich ihr mit einem feuchten Lappen behutsam über das Gesicht. Wie gut das tat! Erst allmählich kam die Erinnerung zurück. »Was ist mit den Kindern?«
Die Frau schüttelte traurig den Kopf. »Sie sind zu schwach gewesen. Ich habe ihnen nicht helfen können. Niemand hätte das gekonnt, noch nicht einmal ein Arzt. So sind die armen Würmchen gestorben. Ungetauft gestorben. Noch bevor es 12 Uhr geschlagen hat, war ihr Leben bereits wieder zu Ende.«

»Beide gestorben!« Ruckartig setzte sich Johanna auf. Eine Bewegung, die sie augenblicklich bereute, denn ein stechender Schmerz schoss zwischen ihre Beine.
»Bleib bitte liegen!« drückte die Hebamme sie sachte wieder auf das Kopfkissen. »Die Geburt war hart, du musst dich jetzt unbedingt schonen. Du brauchst auf alle Fälle eine Woche strenge Bettruhe. Ich werde das Nötige veranlassen.«
»Und die Kinder? Was … was ist mit denen?«
»Auch das werde ich regeln. Du brauchst dich um nichts zu kümmern. Ich werde sie nachher abholen lassen. Mach dir deswegen keine Sorgen«, sie schenkte Johanna ein wissendes Lächeln, als sie bemerkte, wie Johanna bei diesen Worten zusammengezuckt war. »Ich weiß über alles Bescheid. Aber ich kenne jemanden, der das diskret erledigen kann. Du musst dir keine Gedanken machen.« Sie unterbrach sich kurz, um Johanna mit einem nachdenklichen Blick zu mustern. »Willst du sie noch einmal sehen?«
Anstelle einer Antwort schüttelte Johanna nur traurig ihren Kopf.
Die Hebamme nickte zustimmend. »Du hast Recht. Es ist besser so. Ich werde jetzt gehen und den Benders Bescheid sagen. Später werde ich dann wiederkommen und nach dir schauen. Und jetzt versuche am besten, noch einmal, zu schlafen.«
Noch bevor die Sonne an diesem Tag untergegangen war, hatte ein diskreter Herr in Begleitung der Hebamme die beiden toten Kinder abgeholt. Es war zu Ende.

Über zwei Wochen gingen ins Land, bevor Johanna wieder so weit bei Kräften war, dass sie ihr Krankenlager verlassen durfte. Ein letztes Mal war an diesem Tag die Hebamme vorbei gekommen, um sich persönlich zu vergewissern, dass die extra für die Wöchnerin abgestellte Pflegekraft ihre Sache gut gemacht hatte. »Du musst dich halt in den nächsten Wochen noch ein bisschen schonen, aber ansonsten hast du die Geburt gut überstanden. Deine Pflegerin brauchst du jetzt nicht mehr, das kannst du jetzt alles selber übernehmen. Von der Familie Bender soll ich dir ausrichten, dass sie noch bereit sind, dich weitere vier Wochen in der Kammer wohnen zu lassen. Auch für ausreichend Nahrungsmittel wird so lange gesorgt sein, genau wie vor deiner Niederkunft. Danach freilich bitten sie dich …«

»Ich weiß, ich weiß«, winkte Johanna müde ab. »Sag ihnen, sie brauchen sich wegen mir keine Sorgen zu machen. Ich werde von hier weggehen. Weg aus Frankfurt. Weit weg. Und ich werde auch weiterhin mein Versprechen halten und niemandem sagen, was gewesen ist.«

»Dann ist es gut«, die Hebamme schürzte die Lippen und schenkte der blassen jungen Frau einen mitfühlenden Blick. »Weißt du schon genau, wohin du gehen willst? Wie weit ist denn weit weg für dich?«

»Weit weg ist ganz weit weg. Ich habe in den letzten Tagen genug Zeit gehabt, es mir lange und ganz genau zu überlegen.« Mehr wollte sie der Frau nicht preisgeben. Ein neuer Anfang war nun einmal ein neuer Anfang. Alle Brücken zur Vergangenheit sollten dafür abgebrochen sein.

»Ich verstehe«, nickte die Frau wissend. »Du willst es mir nicht sagen und hast sicherlich auch deine guten Gründe dafür. Wir werden uns jedenfalls nie mehr wiedersehen. So bleibt mir also nur noch, dir alles Gute in deinem neuen Leben zu wünschen. Ich drücke dir fest die Daumen, dass du dabei genau das finden wirst, was du suchst.« Sie griff zu ihrem Hut und zog leise die Tür hinter sich ins Schloss.

In den nächsten Tagen war es Johanna, als müsse sie in einem Meer von Traurigkeit versinken. So allein wie sie sich fühlte. Mutterseelenallein. Und das in einer dermaßen großen Stadt mit so vielen Menschen. Doch mit wem hätte sie sprechen sollen? Und vor allem: worüber?

Sie musste es mit sich selbst ausmachen. Was vermutlich sowieso das Gescheiteste war. Musste endlich für sich die Frage klären, die ihr seit der Geburt nicht mehr aus dem Kopf gehen wollte: War sie wirklich an allem schuld? So, wie es die Benders ja behauptet hatten. Die Benders, ebenso deren Sohn Karl, und auch ihr Stiefvater in Treschklingen. Lag es wirklich an ihr? Zog sie das Unglück magisch an? Ein Unglück, das sie auch über andere Menschen brachte? Das … das konnte doch nicht sein. Das wollte sie doch keinesfalls. Wollte doch nur ein einfaches, zufriedenes Leben führen. Das war alles, wonach sie sich sehnte. Nach einem kleinen bisschen Glück und Zufriedenheit. War das denn schon zu viel verlangt?

Noch einmal neu beginnen. Ein neuer Anfang. Ganz von vorne. Alles was bisher war, hinter sich lassen und vergessen. So, wie es Christian damals gemacht hatte. Ja, doch: nur so konnte es gehen. Allen Mut zusammen nehmen und ganz von vorne beginnen.

Ein neuer Anfang! Wie schön das wäre!

*

Mehr als sechs Wochen nach Johannas Niederkunft erreichte Margret Schober ein Brief aus Frankfurt, in dem ihre Halbschwester sie in einer ungelenken, seltsam zitterig wirkenden Handschrift darüber informierte, dass sie ein Mädchen und einen Jungen zur Welt gebracht habe. Beide Kinder seien jedoch bereits am Tag ihrer Geburt gestorben. Sie habe ihnen die Namen Marie Fanny und Ferdinand gegeben, freilich, ohne dass die Kinder noch hätten getauft werden können. Beide nicht mehr am Leben. Die Frage nach dem Kindsvater erübrige sich somit endgültig. Es sei eine schwere Zeit gewesen, die sie vor und nach der Geburt habe durchleben müssen. Oft habe sie dabei Margret und Wilhelmina bitter vermisst, die sie so gerne wiedersehen würde. Doch ein Zurück nach Treschklingen könne es für sie nicht mehr geben. Aus vielerlei Gründen nicht. Und deshalb habe sie nunmehr beschlossen, die Flucht nach vorne anzutreten. Nichts halte sie mehr in diesem Land mit all seinen Zwängen. Mit der ganzen Hoffnungslosigkeit einer Existenz als Dienstbotin und Tochter armer Schlucker. Einem Leben ohne Zukunft, denn sogar in Frankfurt sei das für Ihresgleichen die traurige Wahrheit. Selbst in dieser Stadt mit ihren angeblich so vielen Möglichkeiten. »Aber du kannst arbeiten, soviel du willst, und wirst es dennoch nie schaffen. Sie brauchen dich zum Arbeiten – doch sie lassen es nicht zu, dass du im Leben weiterkommst. Einmal Dienstbotin – immer Dienstbotin. Deshalb werde ich auswandern. Und zwar nach Amerika. Ich gehe in ein Land, von dem ich gehört habe, es sei das Land der unbegrenzten Möglichkeiten. Das Geld für die Überfahrt habe ich mir in den vergangenen Jahren zusammensparen können, es reicht gerade für eine Schiffspassage in der untersten Klasse. Aber egal, wie eng es dort auch zugehen wird, es kann mir in Amerika nur besser gehen als hier.

Dort habe ich eine Zukunft. Dort fragt dich niemand nach deinem Stand und deiner Herkunft, habe ich gehört. Wenn du diesen Brief hier in deinen Händen hältst, ist das Schiff mit mir vielleicht schon in See gestochen. Ich werde womöglich bereits mitten auf dem Ozean sein, wenn du diese Zeilen liest. Sei also nicht traurig über unsere Trennung, sondern freue dich mit mir, dass ich ein neues Ziel vor Augen habe. Und drücke mir bitte fest die Daumen, dass es wirklich die richtige Entscheidung gewesen ist. Ich grüße Dich von ganzem Herzen, meine liebe Margret. Und sage bitte auch meiner Wilhelmina, wie lieb ich sie habe. Ich werde euch immer in meinem Herzen bewahren – und so Gott will, werden wir uns eines Tages vielleicht wiedersehen. In Liebe: Eure Johanna!«

Der Abschiedsbrief ihrer Schwester! Es war die letzte Nachricht, die sie von Johanna erhalten sollte. Nie mehr würden sie sich wiedersehen. Und dennoch, bei allen Turbulenzen, mit denen das Leben in den folgenden Jahren auf Margret einstürmte, niemals erlosch die Sehnsucht in ihr. Wie gerne würde sie Johanna noch einmal in die Arme schließen! Sie faltete den Brief sorgfältig zusammen und steckte ihn in ein kleines Holzkästchen, das sie bei ihrer wenigen Habe aufbewahrte. Auf allen Stationen ihres weiteren Lebens würde sie diese letzte Nachricht ihrer Schwester begleiten. Wieder und wieder nahm Margret das Schreiben aus dem Kästchen und las es sorgfältig durch, Zeile um Zeile. Natürlich kannte sie den Inhalt längst auswendig, doch es war natürlich ein ganz besonders bewegendes Gefühl, sanft über dieses zerknitterte Stück Papier streichen zu können, das auch Johanna in ihren Händen gehalten hatte. Bis zu ihrem Tod ließ Margret die Hoffnung niemals fahren, Johanna eines Tages doch noch wiedersehen zu können! Wie mochte es ihr in den ersten Wochen ergangen sein? Hatte sie es überhaupt geschafft, die Reise tatsächlich anzutreten. Dass Johanna trotz ihrer optimistisch klingenden Worte beim Aufbruch aus Frankfurt nicht in der allerbesten Verfassung gewesen war, das konnte man sich ja denken. Allein die zitterige Handschrift, mit der sie den Brief geschrieben hatte, sprach eine deutliche Sprache. Es war die Handschrift einer schwachen alten Frau am Ende ihres Lebens, keineswegs diejenige einer gerade 29 jährigen. Auch wenn Johanna schon immer deutlich älter gewirkt hatte, waren diese wenigen Zeilen ein klarer Hinweis darauf, wie sehr ihre Schwester nicht nur äußerlich, sondern auch innerlich bereits vom Leben gezeichnet war. Von ganzem Herzen wünschte sie ihrer Schwester alles Gute. Mochte sie in Amerika endlich das kleine Glück finden, das ihr hier im Land verwehrt geblieben war!

So schnell, wie Johanna es in ihrem Brief beschrieben hatte, ging es mit ihrer Ausreise jedoch nicht vonstatten. Es war schon mühsam genug gewesen, überhaupt bis nach Bremen zu gelangen. Denn da sie das wenige Geld, das sie in den vergangenen Jahren gespart hatte, für die teure Schiffspassage benötigte, war sie zu Fuß aufgebrochen. Und das in ihrem Zustand: nach wie vor stark geschwächt von den Strapazen der schweren Geburt, in der Sommerhitze des Jahres 1858! Nicht immer war es ihr gelungen, von einem gnädigen Fuhrmann kostenlos mitgenommen zu werden und für eine Arbeit beim Beladen der Fuhrwerke fühlte sie sich noch viel zu kraftlos. Aus diesem Grund blieb ihr nichts anderes übrig, als den größten Teil der Wegstrecke auf Schusters Rappen zurückzulegen. Meist war sie allein auf der Strecke. Das war zwar wesentlich gefährlicher, zumal als junge Frau, aber erstens hatte sie sich mit einem starken Stock versorgt, mit dem sie sich zu wehren wissen würde und zweitens fühlte sie sich auch seelisch noch lange nicht in der Lage, die Gesellschaft von Menschen zu ertragen. Auf sich allein gestellt war es besser. Nach einigen Tagen hatte Johanna sich entschieden, nicht von Hamburg aus aufzubrechen, sondern in Bremen eine Schiffspassage zu buchen. Nach Bremen war es der kürzere Weg. Das würde ihr mindestens eine Woche Fußmarsch ersparen. Und wenn es ihr in Bremen nicht gelingen sollte, ein Schiff zu besteigen, dann konnte sie immer noch nach Hamburg gehen.

Mehr als einmal war sie unterwegs in ein heftiges Gewitter geraten. Völlig durchnässt hatte sie sich dann zur nächsten Hütte geschleppt und unter deren Dach Schutz gesucht. Bald schon begannen ihre nassen Kleider modrig zu riechen, ein eigenartig dumpfer Geruch, der sich mit dem getrockneten Schweiß an ihrem Körper zu einem fürchterlichen Gestank vermischte. Dazu gesellten sich Heerscharen von Mücken, die auf den sumpfigen Wegetappen über sie herfielen und zahlreiche schmerzhaft juckende Einstiche zurückließen, die sich überdies in Windeseile eitrig entzündeten. Dennoch konnte sie von Glück sagen, dass sie während der vielen Wochen ihrer Reise weder vom Blitz getroffen worden war, noch ein ernsteres Problem, wie beispielsweise offene Blasen an den Füssen, davon getragen hatte.

Mitte August war sie endlich in Bremen eingetroffen – und erlebte hier ihre erste große Ernüchterung: die ganze Stadt war voller Auswanderer! Zwar war die Wegstrecke schon in den vergangenen Tagen deutlich dichter bevölkert gewesen, als zuvor – je näher sie der Stadt Bremen kam, desto mehr Menschen teilten ihren Weg. Die meisten trugen einen abgewetzten Koffer in der einen Hand, während sie über die andere Schulter ein zusammen geknotetes Leinenbündel mit ihren restlichen Habseligkeiten geworfen hatten. Das waren die ganz Armen, die Hungerleider, die es sich – genau wie Johanna – nicht leisten konnten, die Fahrt mit der Kutsche oder gar mit der Eisenbahn nach Bremen zu bezahlen. Mit Sack und Pack waren sie unterwegs: junge Menschen, Alte, Kinder, Frauen mit jämmerlich weinenden Wickelkindern an der

Brust: ein elender Haufen, der sich mühselig seinem Ziel entgegenschleppte. Den Schiffen, die sie in eine verheißungsvolle Zukunft befördern sollten. Mehr als einmal hatte sie auf den letzten Kilometern erleben müssen, wie einer der völlig erschöpften Menschen mitten auf dem Weg einfach zusammen gebrochen war, umringt von seinen verzweifelten Begleitern, die mühsam versuchten, die entkräfteten Gestalten wieder auf die Füße zu stellen, während die Masse mit teilnahmslosen Mienen und starren Augen an ihnen vorbei weiter auf das Ziel zustrebte.

Von dieser Warte aus betrachtet, war sie einigermaßen darauf vorbereitet gewesen, in Bremen auf eine große Zahl von Auswanderern zu treffen. Aber die Zustände in der Stadt sprengten ihre Vorstellungskraft dann doch bei weitem. Zu Johannas Erschrecken bevölkerten nämlich nicht hunderte, sondern weit mehr als tausend Hoffnungslose die Straßen. Tausend? Es dürfte eher in die Zehntausend gehen, die in Bremen gestrandet waren. Und der Zustrom riss nicht ab – ganz im Gegenteil: tagtäglich kamen weitere hundert, wenn nicht tausend Auswanderungswillige an. War es um die Verhältnisse in ganz Deutschland tatsächlich so schlecht bestellt? Die schiere Masse der Neuankömmlinge gab auf diese Frage eine überdeutliche Antwort: Zehntausende, die nichts anderes im Sinn hatten, als möglichst rasch ihre Heimat zu verlassen. Es war ein riesiger Exodus, den sie sich in ihren kühnsten Träumen nicht hätte ausmalen können. Aber das hier, das war kein Traum, das war die Wirklichkeit! Alle hier wollten aufbrechen in die neue Welt, in das verheißungsvolle Amerika!
Wollen? Was für ein unpassender Begriff! Denn von Wollen konnte im Grunde genommen keine Rede sein, das hörte sich ja gerade so an, als würden diese Menschen freiwillig ihrer Heimat den Rücken kehren. Von wegen freiwillig! Denn welcher Mensch verlässt schon gerne

seine Heimat, wenn er oder sie nicht von der Not dazu gezwungen wird?

Von Tag zu Tag wurden die Zustände in der übervölkerten Stadt chaotischer: Essen, Trinken, die Unterkünfte – an allem und jedem herrschte Mangel. Dazu die hygienischen Verhältnisse! Dieser unerträgliche Gestank in jenen Vierteln, in denen die Auswanderer von der Bremer Gendarmerie gewiesen wurden. Es war unbeschreiblich. Kein Wunder, dass so viele Menschen an Durchfall und Fieber erkrankt waren. Aber als Kranker durfte man nicht auf die Schiffe! Deshalb konnte es für Johanna nur eine Devise geben: sich jetzt keinesfalls ausruhen, so sehr ihr erschöpfter Körper auch nach einer Erholungspause lechzte. Bloß nicht krank werden, sondern so schnell wie möglich an den Hafen gelangen – und endlich auf ein Schiff kommen! Doch noch war sie nicht am Ziel.
Zu ihrer großen Überraschung legten die Schiffe nach Amerika nämlich gar nicht in Bremen ab, sondern in Bremerhaven. Bremerhaven? Von diesem Ort hatte sie vorher noch nie etwas gehört. Die Zeit von Bremen als Anlegestelle für große Ozeanschiffe sei jedoch schon viele Jahre vorbei, war sie von einem Einheimischen belehrt worden.
»Aber wieso denn? Ich habe doch in der Schule gelernt, dass die Schiffe nach Amerika von Bremen und von Hamburg aus in See stechen.«
»Manchmal entwickeln sich die Dinge eben weiter. Anscheinend hat sich jedoch bis zu euch süddeutschen Landratten noch immer nicht herum gesprochen, dass das mit Bremen und dem Hafen schon lange nicht mehr aktuell ist«, lachte der Mann. »Die Weser im Bereich von Bremen ist in den vergangenen Jahren mehr und mehr versandet, so dass wir schließlich beschlossen haben, einen neuen Hafen für Bremen zu bauen. Direkt an der Nordsee. Bremerhaven eben – wie schon der Name sagt.«
»Und wo genau ist dieses Bremenhafen?«

»Bremerhaven heißt es«, korrigierte der Mann. »Das liegt knapp 60 Kilometer nördlich von Bremen.«
»60 Kilometer!« entfuhr es Johanna. »Das sind dann ja nochmal drei Tage Fußmarsch!«
»Von wegen Fußmarsch!« schüttelte der andere entschieden seinen Kopf. »Ein Fußmarsch an der Weser entlang, das kannst du vergessen. Der Uferbereich ist dafür viel zu schlammig.«
»Ich habe auch schon andere schwierige Wegstrecken bis hierher gut gemeistert, da werde ich dieses letzte Stück schon schaffen.«
Wieder schüttelte der Mann seinen Kopf. »Das wird keinesfalls klappen. Mir als altem Klabautermann kannst du ruhig glauben: du wirst im Morast stecken bleiben, wenn du versuchst, zu laufen.«
»Und wie komme ich dann in dieses Bremerhaven?«
»Ganz einfach. Du musst hier auf einen Weserkahn steigen, der dich die Weser hinunter nach Bremerhaven bringt – das dauert tatsächlich auch gute drei Tage lang, aber es ist die einzige Möglichkeit für so eine wie dich.«
»Nochmal drei Tage!« entfuhr es der enttäuschten Johanna. »Jetzt habe ich gedacht, ich sei endlich am Ziel … noch einmal drei Tage!«
»Du kannst es natürlich auch so machen, wie die etwas betuchteren Herrschaften. Die fahren mit Dampfbooten nach Bremerhaven runter, das dauert dann nur ein paar Stunden – ist aber dementsprechend teuer. Das können sich nur die reichen Leute leisten. Für so eine wie dich wird das wohl keinesfalls in Frage kommen«, musterte er die junge Frau in ihren abgerissenen Kleidern mit einem wissenden Blick.
»Und der Kahn? Der wird ja sicherlich auch nicht umsonst sein?«
»Natürlich nicht, da kostet die Fahrt natürlich auch etwas – aber längst nicht so viel wie mit dem Dampfer. Mir ist schon klar: für dich ist jeder noch so kleine Geldbetrag, den du ausgeben musst, schon schmerzlich genug. Aber

es geht halt nicht anders, wenn du auf ein Schiff nach Amerika kommen willst.«
Während Johanna langsam nickte und in Gedanken wieder einmal durchrechnete, welchen Anteil ihrer ohnehin nicht üppigen Barschaft sie bereits auf dem Weg bis hierher nach Bremen eingebüßt hatte, tippte sich der Mann mit der Spitze seines Zeigefingers an die Nase. »Und wenn ich dir noch einen Rat geben darf: decke dich möglichst schon in Bremen mit dem gesamten Auswandererbedarf ein – hier ist das deutlich billiger, als in Bremerhaven, wo sie dir nur das Fell über die Ohren ziehen, weil sie ganz genau wissen, dass du keine andere Möglichkeit mehr hast, als bei ihnen zu kaufen.«
»Auswandererbedarf!« Was sollte das schon wieder heißen? »Ich denke, das ist alles auf dem Schiff. Wenn ich die Passage bezahlt habe, dann habe ich damit doch das Anrecht auf Verpflegung erworben und auf ein Lager für die Überfahrt erworben.«
»Von wegen! Du scheinst ja gar keine Ahnung zu haben, Mädchen. So einfach ist das alles nicht. Besser, du hättest dich vorher genauer erkundigt, als jetzt in Bremen zu stehen und ein ratloses Gesicht zu machen.«
In Johanna stieg der Ärger hoch. »Auf so etwas kommt doch kein vernünftiger Mensch! Es ist doch klar, dass ich ein Lager bekomme, wenn ich die Passage bezahlt habe. Was soll denn da noch dazu kommen?«
»Eine Matratze beispielsweise«, konterte der Mann. »Du hast zwar in der Tat Anspruch auf eine Koje, mehr aber auch nicht in den billigen Decks. Wenn du freilich die Nächte so verbringen willst, dass dir am nächsten Morgen nicht alle Knochen einzeln weh tun, dann empfehle ich dir, dass du dir hier in Bremen eine Seegrasmatratze zum draufliegen besorgst, dazu noch eine oder besser zwei Wolldecken. In Bremerhaven verlangen sie dafür manchmal das Doppelte.«
Damit hatte Johanna nun wirklich nicht gerechnet! Die Kosten für die Fahrt auf einem Weserkahn, eine Mat-

ratze, Wolldecken – all das vermengte sich in ihren Gedanken zu einem unentwirrbaren Strudel von Problemen. Und vor allen Dingen zu einer scheinbar unüberwindbar hohen Hürde. Wie in Trance bedankte sie sich bei dem Mann für dessen Ratschläge und schleppte sich zu einem der Häuser, an deren Portalen in großen Lettern für die sichersten und preisgünstigen Überfahrten nach Amerika geworben wurde. Wo sollte sie nur das ganze Geld hernehmen, um sich diese zusätzlichen Dinge zu besorgen? Daran hatte sie wirklich nicht gedacht! Wo sie auf ihrem Weg nach Bremen doch jeden noch so kleinen Geldbetrag versucht hatte, zu sparen! Hatte sie denn deshalb in zugigen Scheunen übernachtet, in modrigen, halb zerfallenen Waldhütten, in Bauernhöfen um ein bisschen Essen gebettelt und sich durch den Hund vom Hof jagen lassen – nur um jetzt feststellen zu müssen, dass sie es am Ende wohl doch nicht schaffte, eine Fahrkarte für sich zu finanzieren?

Erschöpft lehnte sie sich an eine Hauswand, schloss die Augen und atmete langsam ein und aus. Zur Ruhe kommen. Überlegen. Irgendeinen Weg würde es schon geben. Sie musste ihn nur suchen und finden. Panik und Verzweiflung halfen ihr dabei nicht weiter. Ganz allmählich kam die Zuversicht zurück. Sie würde es schon schaffen. So kurz vor dem Ziel, wie sie schon war. Sie würde jetzt nicht aufgeben. Auf gar keinen Fall. Die Matratze und die Decken würde sie vorerst nicht besorgen. Wenn das wirklich notwendig war, dann würde man später weitersehen. Jetzt galt es erst einmal, das eigentliche Ziel nicht aus den Augen zu verlieren. Fest entschlossen ballte sie beide Hände zu Fäusten. »Ich werde nach Amerika gehen. Ja, das werde ich! Und nichts auf der Welt wird mich daran hindern!« Und noch einmal. Mit ganz besonders fester Stimme: »Ich werde es schaffen! Amerika: ich komme!«
Sie ignorierte die irritierten Blicke, die ihr die vorüberhastenden Menschen zuwarfen und bückte sich, erfüllt

mit neuem Elan, nach ihrem kleinen Holzkoffer. Im Büro dort drüben, das mit einem angeblich besonders preisgünstigen Billett für die Überfahrt warb, würde sie sich jetzt ganz genau erkundigen, mit welchem Betrag sie zu rechnen hatte.
Doch schon beim Betreten des Raumes war ihre ganze Energie schlagartig verpufft. Allein der verächtliche Blick, mit dem der Angestellte im Kontor sie betrachtete! Und wie er dabei die Nase rümpfte!
»Was willst du, Mädchen?«
Dieser unverschämte Kerl!
Sie schluckte den Kloß in ihrer Kehle tapfer hinunter und versuchte, ihrem Gegenüber fest in die Augen zu sehen: »Ich … ich möchte mich erkundigen, was … was eine Schiffspassage nach Amerika kosten kann.«
»Eine Schiffspassage nach Amerika«, höhnte der Verkäufer. »Was darfs denn sein für die gnädige Frau? Die Passage mit einem Dampfschiff oder einem Segler? Das Dampfschiff wird sie flott an das Ziel ihrer Träume bringen, während es mit dem Segelschiff schon ein bisschen länger dauern kann – dafür ist es auch nur halb so teuer, wie mit dem Dampfer.«
Natürlich kam für Johanna nur die Überfahrt mit einem der wesentlich billigeren Segelschiffe in Frage, aber selbst dieser Preis, der ihr für die Segler genannt wurde, ließ sie erstarren. Das war ja unbezahlbar! So viel Geld hatte sie keinesfalls zur Verfügung, noch nicht einmal jetzt, bevor sie sich mit diesem so genannten »Auswandererbedarf« eindeckte.
Abrupt wandte sich um und verließ grußlos das Kontor. Dann musste sie es eben bei den anderen Büros versuchen. Sicherlich würde es auch Schiffsmakler geben, die ein Billett günstiger anboten, wenn man beispielsweise auf eine eigene Koje verzichtete oder sich in der Kombüse nützlich machte. Doch am Abend waren all ihre Hoffnungen zerstoben. Mehr oder minder verlangten die verschiedenen Makler dieselben Preise, und selbst auf ihr

Angebot, auf eine eigene Koje zu verzichten, waren sie genauso wenig eingegangen, wie auf das ihrer Mithilfe während der Überfahrt. Alle hatten ihr rasch die kalte Schulter gezeigt und sie aus dem Kontor gewiesen, als sich offenbarte, wie wenig Geld sie auf den Tisch legen konnte. Der letzte, bei dem sie es probiert hatte, zeigte wenigstens ein kleines bisschen Mitgefühl für ihre Lage und nahm sich Zeit für ein kurzes Gespräch. »Wie heißt du denn, Mädchen?«
»Ich heiße Johanna und ich will nach Amerika!«
»Das kann ich mir denken«, schmunzelte der Mann. »So wie du ausschaust, hast du bisher nicht unbedingt in Saus und Braus gelebt. Und wohin genau willst du in Amerika?«
»Nach New York«.
»Und dann?«
Johanna zuckte mit den Schultern. »Das habe ich mir noch nicht überlegt. Das kommt dann darauf an, wie es dort zugeht. Aber zunächst einmal ist es wichtig, dass ich nach New York komme.«
»Schade …«
»Wieso schade?«
»Weil ich etwa anderes für dich hätte …«
»Etwas anderes?«
»Ja – und das ist sogar billiger, als wenn du nach New York gehst.«
Johanna winkte ab. »Aber ich will nach Amerika. Nirgendwohin sonst.«
»Das ist auch Amerika, was ich dir anbieten kann.«
Neue Hoffnung keimte in ihr auf. »Und es ist billiger als New York?«
»Allerdings.«
»Und was ist es genau?«
»ich habe da noch ein paar Plätze auf einem Schiff, das demnächst nach Buenos Aires segelt.«
»Buenos Aires. Wo soll das sein?«
»Das liegt in Argentinien – in Südamerika.«

»Südamerika!« Augenblicklich war das Fünkchen Hoffnung schon wieder zerstoben. »Was soll ich denn da? Ich will ins richtige Amerika.«
»Südamerika ist auch Amerika«, betonte der Makler nachdrücklich. »Und wenn du weg von hier willst, um anderswo dein Glück zu machen, dann eignet sich Buenos Aires genauso dafür, wie New York. Das kannst du mir glauben.«
Johanna schüttelte energisch ihren Kopf. »Das mag ja sein. Aber alle, mit denen ich gesprochen habe, die wollen nach Nordamerika. Das wird ja seinen Grund haben.«
»Auf alle Fälle ist es teurer, als nach Südamerika. Schade, ich hätte dir dieses Billett ermöglichen können«, hob der Mann bedauernd die Hände. »Aber wenn du unbedingt nach Nordamerika willst…«
Immerhin hatte er ihr noch einen Tipp gegeben, wo sie den vermutlich besten Preis für die Kette erlösen würde, die sie vor langer Zeit, noch in glücklichen Tagen, von ihrer Mutter geschenkt bekommen hatte. Schweren Herzens hatte sie dieses letzte Erinnerungsstück bei einem jüdischem Pfandleiher versetzt – und sich damit nicht nur mit dem Geld für die Fahrt nach Bremerhaven versorgen können, sondern es war danach sogar noch ein bisschen etwas übrig geblieben. Alles zusammen würde zwar immer noch nicht für das Billett nach Nordamerika reichen, aber wenn sie erst einmal in Bremerhaven angelangt wäre, würde sich der Rest schon finden. Daran musste sie ganz einfach glauben. Irgendwo gab es schließlich immer ein Türchen, das sich unverhofft auftat. Sicher auch in ihrem Fall.

An der so genannten Schlachte, dem von vornehmen Bürgerhäusern gesäumten Anlegeplatz für die Weserkähne in Bremen, war Johanna dann in das unangenehm schaukelnde, offene Boot gestiegen – dicht an dicht gedrängt mit anderen Auswanderern. Allein das war schon unangenehm genug, dieser enge Körperkontakt mit wildfremden Menschen, von denen man nie wissen konnte, ob es ehrliche Leute waren, oder ob sich nicht auch der eine oder andere Taschendieb unter ihnen befand. Dazu die unbeschreiblichen Körperausdünstungen, der einen nur mit Mühe unterdrückten Brechreiz in ihr hochsteigen ließ. Das war aber noch längst nicht alles an Zumutungen, denen sie sich ausgeliefert sah. Denn kaum hatte der Kahn abgelegt, waren dunkle Wolken aufgezogen und kurz danach öffnete der Himmel seine Schleusen: ein starker Regenschauer ergoss sich über die hilflosen Insassen, die bereits nach wenigen Minuten bis auf die Haut durchnässt waren. Alle waren patschnass: Selbst diejenigen, die versucht hatten, unter den beiden Segelmasten Schutz zu suchen. Wie sehr bereute die frierende Johanna jetzt ihren Entschluss, keine Wolldecke gekauft zu haben. Allerdings war sie bei weitem nicht die Einzige. Eine entwürdigende Situation, wie sie da, aneinander gestapelt wie Heringe, auf dem Boden des schmutzigen Kahns kauern mussten, neben sich schreiende Kinder, in ihren nassen Kleidern schlotternde Frauen, ungehobelt fluchende Männer – und zu allem Übel diese hygienischen Bedingungen, die jeder Beschreibung spotteten! Ein extra eingerichteter Ort, um seine Notdurft verrichten zu können? Den gab es nicht. Man könne sich doch genauso gut über der Wasserkante hängend erleichtern, wurden sie belehrt. Dass dies völlig ungeschützt vor den spöttischen Blicken der anderen vonstatten ging, trug verständlicherweise kaum dazu bei, die Stimmung unter den Passagieren zu verbessern. Das alles sei doch nur eine kleine Vorübung auf die kommenden Herausforderungen während der Überfahrt nach Amerika, hatte der Steuermann unwirsch geknurrt, als sich ein Auswanderer über die unzumutbaren Zustände auf dem Kahn beschwerte. »Ihr werdet euch noch wundern, was noch alles auf euch zukommt! Voller Sehnsucht werdet ihr noch an den Komfort zurück denken, den wir euch hier beschert haben!« Es hätte nicht viel gefehlt und einer der Männer hätte dem unverschämten Kerl in seinem plötzlich aufwallenden Zorn die Faust direkt ins Gesicht gedrückt. Nur der Geistesgegenwart der Umstehenden war es zu verdanken, dass es zu keiner Schlägerei gekommen war. Zum guten Glück, denn an der Situation als solcher hätte es nicht das Mindeste verbessert. Ganz im Gegenteil sogar.

Nach drei quälend langen Tagen und Nächten waren sie früh am Morgen endlich in Bremerhaven angekommen. Die noch recht neue Stadt, deren riesiger Hafen erst vor wenigen Jahren erbaut worden war, machte einen gewaltigen Eindruck auf Johanna. Vor allem das gute Dutzend imposanter Segelschiffe, die hier vor Anker lagen, genauso wie zwei große Dampfschiffe, aus deren hohen Schornsteinen dicke schwarze Rauchwolken quollen. Bremerhaven! Das also war das Ende der Alten Welt. Endlich war sie am Ausgangspunkt ihrer neuen Zukunft angelangt. Und alles hier drehte sich ganz offenkundig nur um ein einziges Thema: die Auswanderung in die Neue Welt. Der Hafen und die Stadt schienen unaufhörlich zu wachsen. So weit das Auge reichte, waren Baukräne, zu großen Haufen aufgeschüttetes Baumaterial und halbfertige Lagerhallen zu erkennen, an denen zahllose Arbeiter hämmerten, sägten und mauerten.

Die Stadt schien regelrecht zu explodieren. Die Zahl der Auswanderer, die sich momentan in Bremerhaven befanden, dürfte einige tausend Seelen umfassen und damit die Zahl der regulären Einwohner womöglich noch übersteigen. In allen Straßen und Gassen herrschte ein babylonisches Sprachengewirr, denn nicht nur aus den deutschen Ländern mit seinen unterschiedlichen Dialekten waren die Leute hierher gekommen, sondern auch aus der Schweiz, Österreich aus dem Elsass und vielen anderen, vor allem südlich gelegenen Regionen.

Menschen, wie Johanna sie noch nie im Leben gesehen hatte: mit gelblicher Hautfarbe, Dunkelbraune, Schwarze, Inder mit Turbanen, Juden, Muslime, ein buntes Gewimmel, das um die viel zu wenigen Plätze in den Gasthäusern konkurrierte. Naturgemäß gab es mehr als genug Zeitgenossen, die diese Notlage bestens für sich in klingende Münze umzuwandeln verstanden, mit stark überteuerten Essens- und Übernachtungspreisen in den zumeist ohnehin fürchterlichen Quartieren. Zwar hatte die Stadtverwaltung schon vor einiger Zeit gehandelt und eine Verordnung erlassen, dass für jeweils vier Auswanderer mindestens eine Liegefläche von zwei mal zwei Metern vorhanden sein müsse – eigentlich schon wenig genug, aber die Wahrheit sprach noch eine ganz andere Sprache, denn kaum einer der skrupellosen Geschäftemacher hielt sich an diese Vorschrift. Und wer wollte deren Einhaltung in dem unglaublichen Gedränge schon kontrollieren?

Sicherlich, als erste Anlaufstelle hatte ein geschäftstüchtiger Kaufmann in Bremerhaven vor wenigen Jahren das gewaltige Auswandererhaus erbauen lassen, um die Menschenmassen einigermaßen zu kanalisieren (und natürlich, um gute Geschäfte mit ihnen zu machen), doch selbst dieses Gebäude, geplant für die Unterbringung von 2000 Menschen, stieß längst an seine Grenzen. Noch nicht einmal mit Bestechung war es an manchen Tagen möglich, Platz in einem der überfüllten Schlafsäle zu bekommen – und bei der Essenausgabe, die sogar für über 3500 Leute gebaut worden war, sah es keinen Deut besser aus. Kein Wunder, dass es in dem hoffnungslos überfüllten Massenquartier kürzlich zu einer Choleraepidemie gekommen war, der zahlreiche Auswanderer zum Opfer gefallen waren. Für viele von ihnen endete der Aufbruch in die Neue Welt damit bereits auf dem Friedhof von Bremerhaven.

Geld ausgeben für eine solche Schlafgelegenheit und sich dort womöglich noch mit einer schlimmen Krankheit anstecken? Nein, auf gar keinen Fall! Aber was blieb Johanna als Alternative? Es würde sicherlich mehrere Tage dauern, bis sie einen Platz auf einem der Schiffe ergattern konnte – wenn überhaupt … Dazu brauchte sie noch eine gehörige Portion Glück. Nun gut, sie konnte, wie das manche der Passagiere auf dem Weserkahn getan hatten, in eine der billigen Spelunken am Hafen ausweichen, aber nachdem sie inzwischen mitbekommen hatte, dass viele dieser Etablissements gleichzeitig als Bordelle betrieben wurden, kam auch eine solche Unterkunft überhaupt nicht in Frage.

Am besten, sie hielt sich die Nacht über im Freien auf. Da brauchte man keine Ansteckung zu befürchten, sondern musste nur ein wachsames Auge auf die herumstreunenden Hunde haben und auf die Diebe natürlich auch. Ja, doch. So war es sicherlich das Beste und sie war durch ihren langen Marsch hierher auch längst gewohnt, unter dem weiten Himmelszelt zu schlafen. Sie musste sich nur einen einigermaßen geschützten Platz suchen – idealerweise ein Stück weg vom Hafen und vom Zentrum der Stadt. Irgendwo, in einer ruhigen Seitengasse. Sonderlich bequem brauchte das gar nicht zu sein. Denn sie wollte sich dort nicht auf längere Dauer einrichten, sondern rasch danach schauen, dass sie so schnell wie möglich von hier weg kam. Denn selbst bei äußerster Sparsamkeit nahm das bisschen Geld, das sie in ihrem Schurz versteckt hatte, mehr und mehr ab. Ein Essen zu erbetteln brauchte sie erst gar nicht zu versuchen, da stieß man hier in Bremerhaven auf härtesten Granit. Kein Wunder, bei dem ganzen Chaos, das hier herrschte.
So schnell wie möglich diesen Vorhof zur Hölle verlassen und sich gar nicht erst auf die gnadenlosen Schiffsmakler und Billettverkäufer verlassen, auf deren verächtlichen Blick sie gerne verzichten konnte, wenn sie das Geld auf

den Tresen legte, das ihr für die Passage zur Verfügung stand. Nein – am sinnvollsten schien es Johanna, all die Schiffe, die gerade im Hafen lagen, der Reihe nach abzuklappern. Bei einem Dutzend Segelschiffe und zwei Dampfern musste ihr das Glück doch irgendwo hold sein, wenn sie sich im Gegenzug für eine kostenlose oder zumindest stark verbilligte Überfahrt als Hilfskraft andiente. Natürlich war sie nicht die Einzige, die das versuchte und sie war auch klar darüber im Bilde, dass es den Kapitänen der Überseeschiffe von ihren Reedern strikt verboten war, sich auf einen solchen Handel einzulassen, aber einen Versuch war es wert. Beziehungsweise waren es momentan sogar vierzehn Versuche, die sie unternehmen konnte. Und es waren doch allesamt Menschen, Menschen, die vielleicht doch mit sich reden ließen …

Gleich ihr erster Versuch endete ernüchternd. Sie hatte es noch nicht einmal geschafft, die schmale Strickleiter, die von der Mitte des Schiffs zur Kaimauer herunterbaumelte, fest mit beiden Hände zu packen und einen ersten Schritt nach oben zu wagen, als sich bereits der Inhalt eines Wassereimers über ihren Kopf ergoss. Vor lauter Schreck lockerte Johanna ihren Griff, geriet dabei ins Übergewicht und stürzte rücklings hart auf den Boden, während ein scharfer Befehl an ihre Ohren drang. »Lass sofort die Leiter los!« donnerte der Matrose (oder handelte es sich bei dem wütenden Gesellen gar um den Steuermann?) von der Bordkante herunter. »Du hast hier nichts zu suchen! Hau ab!«
Mühsam rappelte sie sich wieder auf und strich sich das klatschnasse Haar aus dem Gesicht. Ihr rechter Oberarm schmerzte höllisch – sie musste sich bei dem Sturz eine starke Prellung zugezogen haben. Auch das rechte Knie schien etwas abbekommen zu haben. Hoffentlich war nichts gebrochen! Das hätte ihr grade noch gefehlt! Aber den Schmerzen konnte sie später nachspüren. Jetzt ging es erst einmal darum, mit dem Mann dort oben ins Ge-

spräch zu kommen. Sie legte die Hände trichterförmig um den Mund: »Aber ich will doch nur mit dem Kapitän sprechen!«
»Sonst noch etwas! Der Kapitän hat mit Sicherheit ganz andere Sorgen, als mit einer Herumtreiberin zu sprechen. Sieh zu, dass du Land gewinnst!«
»Aber … aber ich will ihm doch ein Angebot machen! Ich kann gut arbeiten. Ihr braucht doch sicher tüchtige Leute!«
»Wir sind Leute genug. Wir brauchen niemand. Und dich schon gleich gar nicht! Ich sage es dir jetzt zum letzten Mal: zieh Leine und lass dich hier nicht wieder blicken!«
»Aber wieso denn? Ich will doch nichts Unrechtes!«
In diesem Moment passierte es wieder: ein zweiter Wasserschwall ergoss sich vom Schiff herab – nur, dass Johanna dieses Mal auf der Hut gewesen war und lediglich ein paar Spritzer abbekam. »Und jetzt geh, sonst kommen wir herunter und klopfen dir die Schwarte weich!«

Da war jedes weitere Bemühen vergebens. In einer hilflosen Geste breitete sie die Arme aus, dann wandte sie sie um und humpelte langsam davon. Sie musste es schlauer anstellen. Musste behutsamer zu Werke gehen. Nicht gleich mit der Tür ins Haus fallen, Erst einmal aus der Distanz die Besatzungen beobachten, die verantwortlichen Leute auf dem Schiff; den Steuermann, den Kapitän. So würde sie vielleicht herausfiltern können, wer von denen ein umgänglicher Mensch war, der möglicherweise mit sich reden ließ – und wer nicht. Dabei würden zwar einige Tage ins Land gehen, aber es war mit dem wenigen Geld, das sie besaß, ihre einzige Möglichkeit, wenn sie nicht am Ende in Bremerhaven stranden wollte. Wie so viele andere. Mehr als genug von diesen Elendsgestalten hatte sie inzwischen sehen müssen. Vor allem die Frauen, die in den Spelunken ihre Liebesdienste anboten, nur um wenige Wochen später endgültig in der Gosse zu landen.

Befallen von einer Geschlechtskrankheit. Schwanger. Hoffnungslos. Zerbrochen.
Das würde ihr nicht widerfahren. Sie würde es schaffen. Nicht heute und nicht morgen. Aber vielleicht übermorgen. Noch reichte ihr das Geld für einige Wochen Aufenthalt hier. Wenn sie sparsam war. Bis Ende Herbst. Aber bis dahin musste sie auf alle Fälle weg sein. Denn kein Dach über dem Kopf und dann die eiskalten Herbstnebel, das würde sie nicht überleben. Aber noch war Zeit genug vorhanden. Auch ihre Kräfte musste sie schonen – und deshalb würde sie sich heute ein Essen im Auswandererhaus leisten. Morgen würde es weitergehen. Gott sei Dank hatte sie sich beim Sturz von der Strickleiter wohl wirklich nichts gebrochen. Einige starke Prellungen. Das war schmerzhaft genug. Aber immerhin waren alle Knochen heil geblieben!
Der Wind stünde momentan ungünstig, dieses Thema beherrschte heute die Gespräche im Speisesaal. Mehr als drei Monate könne eine Überfahrt in diesem Fall dauern.
»Eine elend lange Zeit, in der dann die Essensvorräte knapp werden und das Wasser faulig! Was hat man nicht schon alles gehört in dieser Hinsicht!«
»Und erst kürzlich wieder sind während so einer grauenvollen Überfahrt auf einem Schiff, auf dem ein besonders übler Menschenhasser von Kapitän das Sagen hat, von 250 offiziellen Passagieren sage und schreibe 150 an der Cholera gestorben!«
»Es ist halt ein Elend mit diesen Segelschiffen. Wenn ich das Geld hätte, dann würde ich mir ein Billett für eines von den Dampfschiffen kaufen. Da bist du unabhängig vom Wind und viel schneller am Ziel, als mit diesen altmodischen Seglern. Aber das kostet ja mehr als das Doppelte!«
»Ob das unbedingt ein Vorteil ist, wage ich zu bezweifeln. Hast du denn nicht mitbekommen, dass bei einem Feuer auf dem Dampfschiff Austria mehr als 450 Menschen gestorben sind? Sie haben beim Ausräuchern der Decks

nicht aufgepasst – und dann ist das Schiff in Brand geraten und vor Neufundland gesunken. Mit Mann und Maus!«

Johanna hielt es nicht länger aus inmitten dieser Weltuntergangsgeschichten, die unter den Auswanderern offenbar nur allzu gerne weitererzählt wurden. Von Tisch zu Tisch. Und jeder schaffte es, der gruseligen Geschichte noch ein weiteres abschreckendes Detail hinzu zu fügen. Nein, das konnte und wollte sie sich nicht länger anhören. Viel lieber wollte sie sich jetzt in das winzige überdachte Versteck an der Straßenecke zurückziehen, das sie gestern Abend für sich gefunden hatte. Dort würde sie sich für die Herausforderungen des kommenden Tages ausruhen können. Hoffentlich hatte in der Zwischenzeit niemand anderer ihr Versteck gefunden und belegt.

Der Tag darauf endete wie der vorherige: mit einem Fehlschlag. Und so ging es die ganze Woche über weiter. Obwohl Johanna äußerst vorsichtig mit dem wenigen Geld umging, das ihr zum Leben blieb: das Gewicht der Münzen in ihrem Beutel nahm deutlich ab. Irgendwann würde das Geld aufgebraucht sein. Ganz allmählich kroch die Angst in ihre Seele. Und die Enttäuschung. Was für ernüchternde Erfahrungen das doch waren, wenn sie sich wieder einmal eine Abfuhr holte! All die demütigenden Beleidigungen, die man ihr dabei ins Gesicht schleuderte. Nein, lange würde sie das alles nicht mehr ertragen können. Irgendwann war es einfach zu viel. Aber was dann?! Wo war der Ausweg? Tausend bittere Gedanken jagten durch ihren Kopf. Tausend Fragen, aber keine einzige Antwort! Es war schon lange nach dem Schlag der Mitternachtsglocke, als ein gnädiger Schlummer sie von ihrer seelischen Pein erlöste. Zumindest für diese Nacht.

Am heutigen Morgen würde sie ihr Glück bei einem Kapitän versuchen, von dem sie schon von verschiedenen Leuten hatte sagen hören, dieser Mann sei nicht nur ein ausgezeichneter Schiffslenker, sondern auch ein fürsorglicher Mensch und benehme sich den Auswanderern gegenüber nicht so ekelhaft-herablassend, wie das bei den meisten anderen Kapitänen der Fall war. Heinrich Wieting hieß der Mann und er war der Kapitän des Segelschiffs »Gauss«. Ein erfahrener Seebär, der schon viele Dutzende Mal den Atlantik überquert hatte, ohne dass es bei seinen Passagen zu nennenswerten Zwischenfällen gekommen war. Bei dem musste es doch einfach klappen! Sie durfte bloß nicht müde und abgeschlagen wirken, wenn sie dem Mann begegnete, sondern es musste ihr gelingen, eine optimistische Miene an den Tag zu legen, ihm das Gefühl zu vermitteln, da stehe eine junge Frau vor ihm, die vor Tatkraft und Zuversicht förmlich sprühte. Wie es tief in ihrer Seele wirklich aussah, das ging niemanden etwas an.

Tatsächlich war es ihr gelungen, mit dem Kapitän ins Gespräch zu kommen. Heinrich Wieting war gerade eben aus einer Kutsche gestiegen, die ihn zum Hafen gebracht hatte und inspizierte nun Meter für Meter ganz genau die Außenwand des riesigen Segelschiffs, das unter seinem Kommando stand, auf etwaige Beschädigungen. Der etwa 45 Jahre alte Mann in der eleganten, dunklen Kapitänsuniform mit seinem schwarzen Kinnbart in dem erstaunlich blassen Gesicht machte auf Johanna einen vertrauenerweckenden Eindruck. Auch der Umgangston, mit dem er seinen Matrosen einige Anweisungen hinüber rief, war verbindlich und keinesfalls so barsch, wie das üblicherweise der Fall war. Dieser Mann würde sie sicherlich nicht sofort wegscheuchen, wenn sie ihr Anliegen vorbringen wollte. Dennoch würde sie behutsam vorgehen und nicht gleich mit der Tür ins Haus fallen.
»Entschuldigung, Herr Kapitän …«, begann sie schüchtern.
Wieting, der so intensiv mit der Inaugenscheinnahme seines Schiffes beschäftigt gewesen war, dass er die näher-

kommende Johanna bislang noch gar nicht bemerkt hatte, wandte sich um und beäugte die Fragestellerin irritiert.

»Was gibt es denn, Mädchen?«

»Ich … ich wollte nur fragen, ob das ihr Schiff ist, Herr Kapitän?«

Ein Schmunzeln huschte über seine freundliche Miene.

»Nicht ganz. Das gehört meinem Reeder. Ich bin nur der Kapitän.«

»Nur der Kapitän«, wiederholte Johanna respektvoll.

»Das heißt … das habe ich ja eigentlich auch gemeint: das ganze große Schiff steht also unter ihrem Kommando.«

»Ja, sicherlich. Die »Gauss«, so heißt das Schiff, da drüben am Bug kannst du den Namen lesen«, deutete er mit weit ausgestrecktem Arm nach vorne. »Du kannst doch lesen, oder?«

Johanna nickte eifrig. »Ja, das kann ich. Ich bin bei uns in Treschklingen nämlich sechs Jahre in die Schule gegangen.«

»Treschklingen? Diesen Namen habe ich ja noch nie gehört. Wo liegt denn diese Stadt?«

»Es ist keine Stadt, sondern nur ein kleines Dorf. Und das liegt in der Nähe von Rappenau … im Großherzogtum Baden«, beeilte sie sich, noch hinzuzufügen, nachdem sich Wieting auch bei der Erwähnung von Rappenau nachdenklich am Hals gekratzt hatte.

»Du kommst also aus Süddeutschland«, nickte er. »Dumme Frage von mir: man hört es ja deutlich an deiner Aussprache.« Er musterte sie eingehend. »Aber du bist doch sicher nicht hierher gekommen, um dich mit mir über Wind und Wetter und über meine Schiff zu unterhalten, oder?«

»Nicht direkt …« druckste Johanna herum.

»Und indirekt?« lächelte Wieting amüsiert.

»Indirekt … wollte ich Sie fragen, ob das Schiff da demnächst wohl nach Amerika auslaufen wird.«

»Allerdings. Das wird es. Demnächst werden wir die notwendige Anzahl an Billetts verkauft haben und dann werden wir so rasch wie möglich in See stechen. Vorausgesetzt, das Wetter spielt uns keinen Streich.«

Der Mann hatte sich tatsächlich auf ein Gespräch mit ihr eingelassen. Und benahm sich ihr gegenüber nach wie vor freundlich, ja beinahe zuvorkommend! Wann hatte sie das letzte Mal einen solchen Umgangston erleben dürfen?! Jetzt nur keinen Fehler machen! Mit klopfendem Herzen wagte sie sich an den entscheidenden Teil ihrer Unterhaltung. Gut, dass sich sonst niemand in Hörweite befand – die Matrosen oben auf dem Schiffsdeck waren weit genug entfernt.

»Und was kostet so eine Passage nach Amerika?«

Wieting hob wissend eine Augenbraue. Er schien bereits verstanden zu haben, worauf die junge Frau in den abgerissenen Kleidern hinaus wollte. Abschätzend wiegte er seinen Kopf.

»Diese Frage musst du eigentlich dem Makler stellen. Denn jetzt, so kurz vor der Abfahrt, ändert sich das von Tag zu Tag. Je nachdem, wie voll wir schon sind und was die Konkurrenz verlangt. Mein Schiffsmakler will natürlich nicht nur die billigen Decks belegen, sondern vor allem auch die teuren Kabinen in der 1. Klasse. Aber das können natürlich nur die wenigsten bezahlen. Du sicher nicht, oder?«

»Ich weiß ja noch nicht einmal, ob ich die 3. Klasse bezahlen könnte«, murmelte Johanna leise.

»Also in der billigsten Kategorie müsstest du mit zirka 45 Reichstalern rechnen – na ja: eventuell auch nur mit 40 Reichstalern«, setzte Wieting noch schnell hinzu, nachdem er bemerkt hatte, wie Johanna bei diesem Betrag erschrocken zusammen gezuckt war.

»40 Reichstaler! Das … das sind ja … wenn ich davon ausgehe, dass ein Reichstaler den Wert von 30 Silbergroschen hat, dann … dann komme ich ja auf weit über 1000 Silbergroschen! In der billigsten Klasse! Wer kann sich

das denn leisten?! Das ist ja viel teurer, als man in Frankfurt immer gesagt hat!«
Wieting breitete die Arme aus. »So ist das nun einmal: Angebot und Nachfrage bestimmen den Preis. Und die Nachfrage ist gerade enorm. Das nutzen die Reeder natürlich gerne aus, um ihre Gewinne zu steigern. Da kann man nichts machen.«
Johanna starrte enttäuscht zu Boden. Eigentlich hatte sie auf eine andere Antwort gehofft. Nachdem Wieting doch vorher dieses Wort »eigentlich« verwendet hatte, was die Preisgestaltung betraf. Doch während dieses Wort bei ihr die Hoffnung genährt hatte, es könne mit ein bisschen Verhandlungsgeschick auch billiger werden und es sei wohl doch möglich, das direkt mit dem Kapitän auszuhandeln, war seine Argumentation wohl eher in die gegenteilige Richtung gegangen. Wieder eine zerstobene Hoffnung mehr!
»Dann werde ich wohl nie nach New York kommen«, stieß sie bitter hervor, während sich ihre Augen allmählich mit Tränen füllten.
Dem Kapitän blieb ihr Kummer natürlich nicht verborgen. Er musterte sie mitleidsvoll. »New York? Du willst also nach New York?«
Johanna nickte stumm.
»Tja, dann wären wir ohnehin nicht ins Geschäft gekommen. Wir fahren mit der »Gauss« nämlich nicht nach New York, sondern nach Charleston.«
Johanna stutzte. Charleston? Diesen Namen kannte sie nicht. »Wo liegt denn dieses Charleston?« Den zweiten Teil ihrer Frage verkniff sie sich. Gut möglich, dass sie es sich nur einbildete. Oder hatte Wieting mit seiner Formulierung, dass man wegen des Reiseziels nicht ins Geschäft gekommen wäre, eine Andeutung machen wollen? Dass man über den Fahrpreis durchaus noch hätte reden können?
»Charleston. Das liegt im Süden von Nordamerika.«
»Ist das weit weg von New York?«

»Nun ja, wenn man unsere deutschen Entfernungen zum Maßstab nimmt, dann schon. Es dürften ungefähr 800 Kilometer dazwischen liegen. Für amerikanische Verhältnisse ist das freilich nur ein Klacks. Beinahe so etwas wie die Nachbarstadt«, lachte der Kapitän.
»800 Kilometer! Das ist viel!«
»Und was willst du in New York?«
Erstaunt sah sie hoch. »Auswandern natürlich.«
»Aber wieso muss es unbedingt New York sein?«
»Weil alle nach New York gehen!«
»Also: erstens stimmt das nicht, denn sonst wären unsere Schiffe nach Charleston niemals voll. Und sie sind immer bis zum Bersten voll. In günstigen Jahren schaffe ich die Passage zweieinhalb Mal. Und immer sind alle Plätze belegt. Und zweitens: schon in Charleston ist das Gedränge unter den Auswanderern bei der Ankunft groß genug. Aber in New York – da herrscht oft das schiere Chaos. Ab und zu waren wir in den zurückliegenden Jahren nämlich schon gezwungen, in New York anzulegen. Von daher weiß ich, was ich sage. Weshalb also muss es unbedingt New York sein? Falls du jemals das Geld für die Überfahrt zusammen bekommst, dann kann ich dir nur raten, darüber noch einmal genau nachzudenken. Aber das ist natürlich ganz allein deine Entscheidung.«
Im Grunde genommen hatte der Mann ja Recht. Wieso New York? Eigentlich hatte sie sich darüber gar keine Gedanken gemacht. Alle hatte immer nur von New York gesprochen. Dass es auch noch andere Häfen in der neuen Welt gab, die von den Auswandererschiffen angesteuert wurden, das war ihr gar nicht bewusst gewesen. Bis jetzt zumindest nicht. Charleston …
New York …
Charleston …
Weshalb eigentlich nicht? Im Grunde genommen war es doch einerlei. Sie wollte nur weg von hier. Auswandern nach Amerika. Ob sie dort in der einen oder in der ande-

ren Stadt ankommen würde: was machte es für einen Unterschied? Hauptsache, sie schaffte die Überfahrt.
»Sie haben Recht, Herr Kapitän. Eigentlich ist es ganz egal, wo ich ankomme. So gesehen könnte auch Charleston für mich in Frage kommen. Ja, doch: das wäre genauso gut. Charleston …«
Wieder musterte Wieting sie lange und nachdenklich. »Aber du hast kein Geld für die Überfahrt, stimmts?«
Johanna nickte unglücklich. »Ja, leider. Ich habe zwar gespart, so gut ich konnte. Aber es scheint nicht zu reichen. Die Leute in Frankfurt haben mir viel niedrigere Preise genannt. Dabei könnte ich mich doch auf so einem Schiff auch nützlich machen und mir einen Teil der Überfahrt so erarbeiten. Das Schaffen bin ich nämlich gewöhnt. Mir wäre keine Arbeit zu schwer – ich würde alles nehmen …« Hoffnungsvoll sah sie zu ihm auf.
Der Kapitän wiegte bedächtig seinen Kopf. »Nun ja. Schön und gut. Das könnte eventuell eine Lösung sein – natürlich keine ganz legale, aber es wäre machbar. Viel entscheidender aber ist, ob du genügend Geld für die Bürgschaft hast.«
»Die Bürgschaft? Was für eine Bürgschaft?« Verständnislos zuckte Johanna mit den Schultern.
»Das ist der Geldnachweis, den die Amerikaner verlangen bei der Ankunft. Anders kommst du dort nicht an Land. Das dient denen als Sicherheit dafür, dass du nicht mittellos bist und den Amerikanern hinterher auf der Tasche liegst. Da muss ich darauf bestehen, denn wenn sie mich erwischen, wie ich dir bei einer nicht genehmigten Einreise helfe, dann muss ich sogar noch das Armengeld für dich zahlen und stehe bei denen für immer und ewig auf dem Index.«
»Diese Bürgschaft … also wenn ich mein Geld dafür behalten muss, dann kann ich für die Überfahrt ja gar nichts bezahlen. Wie soll ich das alles denn nur machen?«
Ihr verzweifelter Blick verfehlte seine Wirkung nicht. Mitfühlend legte Wieting seine rechte Hand auf ihre

Schulter und drückte sachte. »Wo ein Wille ist, da findet sich auch ein Weg. Das werden wir schon schaffen. Du wirst dich auf der »Gauss« in der Kombüse und auf dem Unterdeck nützlich machen, indem du alle Arbeiten erledigst, die gerade anfallen. Einen Teil von dem Geld für die Überfahrt gibst du mir, damit ich zumindest deine Verpflegung bezahlen kann – und den Rest behältst du für den Geldnachweis. Aber eines hast du unbedingt zu beherzigen: zu niemandem ein Sterbenswort darüber, dass du auf diesem Weg aufs Schiff gekommen bist. Schon gar nicht zu den Auswanderern. Ist das klar? Denn sonst komme ich in Teufels Küche. Ich weiß ja im Grunde genommen selber nicht, weshalb ich das alles auf mich nehme, ohne dass ich dich und deinen Charakter näher kenne. Wahrscheinlich deshalb, weil du mich an meine verstorbene erste Frau erinnerst…« Es glitzerte verdächtig in den Augen des Kapitäns, als er kurz innehielt. »Oder ich werde allmählich alt. Ein alter und sentimentaler Seebär. Nun denn… Aber halt: Eine Frage habe ich doch noch: du leidest hoffentlich unter keiner Krankheit, oder? Bitte sei ehrlich.«
»Nein, ich bin eigentlich ganz gesund. Der Weg bis hierher hat mich zwar ziemlich geschlaucht, aber an einer bestimmten Krankheit leide ich nicht. Ganz sicher nicht. Wieso fragen sie?«
»Weil dich die Amerikaner sofort zurück schicken würden, wenn sie irgendeine Krankheit an dir feststellen. Und dann müssten wir dich auf eigene Kosten wieder nach Bremerhaven zurück bringen. Du bist also ganz gesund?«
»Ja, wirklich. Ich habe keine Krankheiten.«
Wieting nickte bedeutungsvoll. »Dann ist alles gut. Ich denke, dass du ehrlich zu mir bist. Dann werde ich dir jetzt den Frieder vorstellen, das ist einer von meinen Matrosen. Auf den Frieder ist Verlass. Der wird dich dann rechtzeitig heimlich aufs Schiff bringen, wenn es soweit ist. Das wird erst kurz vor dem Ablegen der Fall sein,

deshalb solltest du ab jetzt in der Nähe bleiben, in einem der großen Schuppen, in dem viele übernachten. Das kostet nicht viel Geld. Du musst halt schauen, dass du dir keine Läuse oder Flöhe einhandelst. Alles weitere wird der Frieder mit dir regeln. Und klar ist: wenn du auf das Schiff kommst, dann kennst du mich natürlich nicht. Wir haben noch nie miteinander gesprochen. Verstanden?«
»Verstanden!«
Der Kapitän presste die Kuppen Daumen und Zeigefinger seiner linken Hand aufeinander und steckte sie in den Mund. Ein lauter, langgezogener Pfiff ertönte. Kurze Zeit später erschien ein kleiner, glatzköpfiger Mann mit grauem Vollbart und einer dunklen Augenklappe über dem rechten Auge an der Bordkante, der aufmerksam nach unten spähte. Sobald er seinen Kapitän erkannte, der ihn zu sich herunter winkte, kletterte der Matrose eilig die Strickleiter herunter. »Das also ist der Frieder. Der wird sich jetzt um alles Weitere kümmern. Dem Frieder kannst du trauen. Und damit Adieu. Ich muss mich jetzt wieder meiner Arbeit widmen.« Wieting tippte sich grüßend an die Mütze und verließ die beiden mit raschen Schritten.
»Na dann herzlich willkommen, die Dame!« Lächelnd streckte der Matrose Johanna seine schwielige Hand entgegen und drückte die ihre kraftvoll. »Ich bin der Frieder.«
»… und ich die Johanna. Und bis auf die Tatsache, dass du gerade dabei bist, mir die Hand zu zerquetschen, bin ich eigentlich kerngesund.«
Blitzschnell zog Frieder die Hand zurück und grinste verlegen. »Das war nicht meine Absicht. Schließlich brauchen wir dich auf dem Schiff doch zum Arbeiten, nicht zum faulenzen. Also pass auf: ich werde dir jetzt ganz genau sagen, wie es weitergeht.«

*

Einige Stunden später hatte die überglückliche Johanna einen Platz in einem der überbelegten Schuppen am Hafen gefunden. Doch so eng und unangenehm es dort auch zugehen mochte: es war ihr einerlei. Denn endlich einmal war ihr das Glück hold gewesen. In Kapitän Heinrich Wieting hatte sie einen verständnisvollen Menschen gefunden, der das beinahe Unmögliche möglich machte und ihr die Mitreise auf seinem Schiff gestattete. Und der einäugige Matrose Frieder war ein seelenguter Kerl, dem sie von der ersten Minute ihrer Begegnung an vollkommen vertraute. Ausführlich hatte er ihr erklärt, wie sie sich in den nächsten Tagen würde verhalten müssen und was es vor dem Ablegen des Schiffs noch zu beachten galt. Ende September sollte die »Gauss« von Bremerhaven ablegen – je nach Wetterlage könne es aber auch ein paar Tage später der Fall sein. Eine gewisse Verspätung sei nicht ganz unwahrscheinlich, denn bald werde das Wetter umschlagen, hatte der Frieder noch gemeint. Er könne das an seinem kaputten linken Bein spüren, das er immer leicht hinter sich herzog. Johanna hatte auf diese Ankündigung nur belustigt das Gesicht verzogen, worauf ihr Frieder prophezeite: »Du wirst schon sehen, dass ich Recht behalte. Und dann darfst du mir Abbitte leisten. Versprochen?«
»Versprochen!«

Frieders Vorhersage traf tatsächlich ein. Kurz vor dem geplanten Ablegetermin verschlechterte sich die Wetterlage derart drastisch, dass sich Kapitän Wieting wegen der an der Wesermündung besonders stürmisch wehenden Winde entschloss, als neues Datum den 10. Oktober 1858 zu benennen. Sehr zum Verdruss seiner Passagiere, die diese Ankündigung mit erheblichem Murren zur Kenntnis nahmen. Noch weitere Tage in diesen verlausten, überfüllten Schuppen, durch die der Herbstwind ungehindert hindurch pfiff! Immerhin mussten sie seit dem verschobenen Abreisedatum nicht mehr selbst für ihre Ernährung aufkommen, denn diese Kosten musste nun der Reeder übernehmen, so war es im Vertrag für die Passage beschrieben. Aber natürlich hatten sie dabei die Rechnung ohne den Wirt gemacht: denn was war das nur für ein entsetzlicher Fraß! Der reinste Schlangenfraß! Doch alle Proteste verhallten wirkungslos und der extra herbeizitierte Schiffsmakler ließ sie klar und eindeutig wissen, dass der Reeder lediglich die Verpflichtung für die Verköstigung seiner Passagiere übernommen habe, dass aber nirgendwo geschrieben stehe, dass es sich dabei um eine Luxusmahlzeit zu handeln habe. Während ihre Lagernachbarn vor lauter Wut nach dieser unverschämten Antwort beinahe auf die Barrikaden gingen, vermied es Johanna tunlichst, in den Chor der Unzufriedenen einzustimmen. Hauptsache, sie kam tatsächlich weg von hier. So wie Wieting es ihr fest versprochen hatte. Da konnte sie, nach all den Strapazen, die sie schon hinter sich gebracht hatte, jetzt eben auch noch dieses ekelhafte Essen ertragen, obwohl es sie einige Überwindung kostete, dieses eigentlich ungenießbare Zeug herunter zu schlingen. Aber mit irgend etwas musste sie schließlich ihren Magen füllen, um das bohrende Hungergefühl zu unterdrücken. Immerhin dürfte auch diese Zumutung schon bald Geschichte sein. Und das war schließlich die Hauptsache!

Einen unverhofften Vorteil bescherte ihr das tagelange Warten in den verlausten Schuppen dann aber doch noch: in ihrer unmittelbaren Nähe lagerte eine ältere Frau, die die englische Sprache beherrschte und die ihren Nachbarinnen anbot, bis zur Abreise Englisch zu lernen. »Zumindest so viel, dass ihr euch über die einfachsten Dinge des Lebens einigermaßen verständigen könnt.« Das war ein Geschenk des Himmels! Denn in ihrer Konzentration auf das Erreichen des Ziels Bremerhaven hatte Johanna tatsächlich noch keinen Gedanken daran verschwendet, wie es nach ihrer Ankunft in Amerika weitergehen würde. In einem Land, dessen Sprache sie nicht beherrschte! Sicherlich: in der Hafengegend von Charleston dürfte es noch keine allzu großen Probleme geben, nachdem dort schon zigtausende von deutschen Auswanderern eingetroffen waren, aber danach! Und selbstverständlich war es immer von Vorteil, keinen Übersetzer zu brauchen. Mit den auf Englisch verfassten Schriftstücken, die sie würde unterschreiben müssen, war es problematisch genug.

Nach einigen Tagen war das erste Etappenziel erreicht: Johanna fühlte sich mittlerweile in der Lage, auf englisch zu fragen, wo es eine preiswerte Unterkunft geben würde, wo sie etwas zu essen und zu trinken bekommen könne und wo sie sich nach Arbeitsangeboten für Auswanderer erkundigen könne. Immerhin.

»Ganz so einfach wird es trotzdem nicht sein«, warnte ihre Lehrerin. »Denn die Leute in Amerika sprechen anscheinend einen ganz eigenen Dialekt – und der ist dann oft noch vermischt mit französischen, spanischen und holländischen Worten, denn viele von ihnen sind ja selber erst vor ein paar Jahren nach Amerika eingewandert oder sind die Kinder von Auswanderern. Da müsst ihr also eure Ohren immer kräftig spitzen, um zu verstehen, was die euch wohl sagen wollen.«

»Denen wird es mit uns nicht anders gehen«, gab Johanna schmunzelnd zurück. »Ich weiß wohl, dass mein Englisch mit diesem badischen Zungenschlag auch noch einige Zeit brauchen wird, bis man mir nicht mehr anhört, woher ich ursprünglich komme.«

»Das wirst du nie schaffen, das zu verleugnen!« lachte eine andere. »Mit solch einer komischen Aussprache, wie ihr Süddeutschen daher kommt … Ich frage mich wirklich, wer dieses Kauderwelsch eigentlich verstehen soll.«

»Wir verstehen einander – das langt. Ganz gut, wenn ihr Nordlichter nicht alles mitbekommt, was wir aus dem Süden so alles an Geheimnissen mit uns herum tragen.«
Ach, es war ein herrliches Gefühl, endlich einmal eine unbeschwerte Unterhaltung führen zu können, ohne sich große Gedanken machen zu müssen. Und ohne diese ständige Sorge, wie es am nächsten Tag weitergehen würde. Denn alle Hürden waren gemeistert. Bald würde die »Gauss« mit Johanna an Bord ablegen.
»Ach, wenn wir schon bei den Geheimnissen sind: du hast uns noch gar nicht gesagt, auf welchem Schiff du die Überfahrt machen wirst.«
Augenblicklich schoss Johanna die Röte ins Gesicht. »Das … das weiß ich noch nicht.«
»Wie … das weißt du noch nicht? Du bist doch schon hier, direkt am Hafen, da musst du doch wissen, für welches Schiff dein Billett ausgestellt ist. Oder kannst du vielleicht nicht lesen? Komm, du brauchst dich nicht zu schämen: lass es mich einmal sehen.«
Johanna hob abwehrend die Hände. »Nein, nein. Das ist es nicht. Ich … ich habe schon ein Billett, aber das, das hat im Moment noch jemand anderer in Verwahrung … Das … der … hat zu mir gesagt, ich solle hier auf ihn warten … er … er komme demnächst dann auch hierher, wenn er alles besorgt hat, was wir für die Überfahrt brauchen.« Keinesfalls durfte sie das Versprechen brechen, das sie Wieting gegeben hatte. Niemand durfte erfahren, auf welchen Umwegen sie nach Amerika gelangen würde. Nicht, dass der Kapitän ihretwegen noch in Teufels Küche kam, nur weil sie sich verplapperte!
»Aha«, nickte ihr Gegenüber wenig überzeugt. »Das ist also der Grund dafür, wieso du keine Matratze und keine Decken dabei hast, sondern dich einfach so ins Stroh legst. Und wann kommt er, dein Mitfahrer.«
»Demnächst«, antwortete Johanna knapp. »Aber lasst uns jetzt lieber weitermachen«, wandte sie sich rasch ihrer

Englischlehrerin zu. »Was heißt auf Englisch eigentlich: Ich suche eine Anstellung als Küchenhilfe?«
Die misstrauischen Blicke der anderen Frauen ignorierte sie geflissentlich, aber mit Erfolg. Und so war die Frage nach dem Schiffsnamen schon bald in den Hintergrund gerückt. Das Auswendiglernen der englischen Begriffe beanspruchte nun wieder ihre ganze Konzentration.

Zwei Tage später sah sie den Matrosen Frieder am Eingangstor des Schuppens stehen, der mit seinem gesunden Auge angestrengt in den dunklen Innenraum spähte. Sofort eilte sie zu ihm und zupfte ihn am Ärmel. »Frieder! Suchst du mich?«
»Ja, genau«, nickte der. Mit dem Kopf machte er eine Bewegung nach rechts. »Komm, lass uns dort um die Ecke gehen. Es muss uns ja niemand beobachten«.
Kurz darauf waren sie hinter der Schuppenwand angelangt. »Also, Mädchen: es geht los. Du solltest heute Abend, wenn es dämmert, alle deine Sachen bereit haben. Dann hole ich dich ab.«
Ihr Herz pochte bis zum Hals. Die Abfahrt! Endlich würde es losgehen!
»Das kann ich auch gleich jetzt erledigen. Es ist ja wenig genug, was ich dabei habe. Dann musst du nicht zweimal kommen.«
Doch Frieder wehrte ab. »Nein, nein. Das machen wir heute Abend im Schutz der Dunkelheit. Das ist besser so.«
»Gut, auch recht. Das heißt also, dass es morgen früh dann los geht?«
Der alte Matrose wiegte den Kopf. »Nein, noch nicht ganz. Der Kapitän hat mich nur angewiesen, schon jetzt nach dir zu schauen. Es wird noch drei Tage dauern, aber dann legen wir ab. Er hat aber gemeint, dass wir dich jetzt schon ganz gut gebrauchen können. Du kannst mir nämlich beim Ausräuchern der Decks helfen. Wir haben dort mehr Ratten, als uns lieb ist. Irgendwie müssen sich die Viecher nach dem letzten Ausräuchern aufs Schiff ge-

schlichen haben, oder aber es ist damals nicht gründlich genug gemacht worden. Und der Vorteil ist: der Großteil der Mannschaft verlässt während dieser Zeit das Schiff. Niemand wird bemerken, dass du heimlich an Bord kommst. Und danach … danach bist du halt einfach da. Also: Heute Nacht, sobald es ganz dunkel ist, werde ich wieder hier sein und dich aufs Schiff holen. Das macht dir doch hoffentlich nichts aus, mir bei den Ratten zu helfen?«, fügte er mit hörbarer Skepsis in der Stimme noch hinzu.

Johanna verzog ihren Mund zu einem schiefen Grinsen. »Nein, natürlich nicht. Nichts lieber als das! Aber darüber brauchen wir uns gar nicht groß zu unterhalten. Ich bin froh und dankbar, dass der Kapitän mich mitnimmt. Und ich habe ihm ja versprochen, dass ich jede Arbeit annehmen werde, die er mir zuweist. Also helfe ich dir jetzt bei den Ratten. Ehrensache!« Sie gab Frieder einen leichten Klaps auf die Schulter, was der mit einem undefinierbaren Grunzen quittierte. »Also gut: bis heute Abend dann. Genau hier, an derselben Stelle wie jetzt, werde ich auf dich warten.«

Das Manöver verlief erfolgreich. Noch nicht einmal der wachhabende Matrose auf dem großen Schiff schien bemerkt zu haben, dass der alte Frieder nicht allein die Strickleiter hochgeklettert war. Mehr als ein erstauntes: »Wo kommst du zu dieser späten Stunde denn noch her, du alter Klabautermann? Haben die Mädchen in der Lola-Bar heute extra noch Überstunden für dich gemacht?« hatte er vor sich hin gebrummelt und sich dann abgewandt, um seinen gemächlichen Kontrollgang über das Deck wieder aufzunehmen. Als der Mann endlich weit genug entfernt war, hatte sich die bereits knapp unterhalb der Bordkante kauernde Johanna auf ein Zeichen von Frieder über die Brüstung geschoben und war von ihm rasch in eine der Kammern tief im Rumpf des Schiffes gebracht worden.

*

Endlich an Bord!

Mit dem Ausräuchern ging es am folgenden Tag erfolgreich voran: so unangenehm die Arbeit auch sein mochte – am Ende waren mehr als drei Dutzend Ratten zur Strecke gebracht. Allein der Anblick der toten Nagetiere, denen Frieder gerade die Schwänze abschnitt, um sie dem Kapitän als Beweis für seine erfolgreiche Jagd zu präsentieren, während er die toten Leiber in weitem Bogen ins Hafenwasser warf, ließ Johanna erschaudern: »Was für ekelhafte Viecher! Hier auf dem Schiff scheinen sie mir besonders groß zu sein – und dann noch diese riesigen Zähne, die sie haben: das sind ja richtige Raubtiere!«
»… die auf so einem Schiff immer gute Nahrung finden«, ergänzte Frieder lächelnd. »Aber was meinst du, wie ekelhaft es erst wäre, wenn die alle am Leben geblieben wären und dich in der Nacht angeknabbert hätten. Doch«, setzte er mit Nachdruck hinzu, als er Johannas zweifelnde Miene bemerkte, »ich habe das alles schon erlebt, dass diese Biester kleinen Kindern im Schlaf die Zehen abgebissen haben, genauso die von Kranken, die sich nicht wehren konnten. Seien wir also froh, dass wir sie zur Strecke gebracht haben.«
»Hoffentlich haben wir auch wirklich alle erwischt«, gab Johanna fröstelnd zurück und schluckte den Würgereiz in ihrer Kehle tapfer hinunter, als sie sich jetzt ebenfalls zu den Kadavern mit den abgeschnittenen Schwänzen hinunter beugte und einen nach dem anderen ins Wasser warf.
»Alle werden wir nie erwischen – dazu sind diese Biester viel zu schlau und viel zu zäh. Aber immerhin ist jetzt gewährleistet, dass sie unseren Proviant nicht entscheidend dezimieren können. Auch das habe ich nämlich schon erlebt. Und auf einem anderen Schiff, habe ich ge-

hört, war es sogar einmal so schlimm, dass sie am Schluss sogar die Ratten essen mussten, weil alles andere verdorben war. Aber genug jetzt mit diesen Horrorgeschichten. Ich möchte dir nämlich noch einen Vorschlag machen, nachdem du mir heute so gut geholfen hast. Du bist ein tüchtiges Mädchen, das habe ich gleich bemerkt, du wirst mir also noch bei so mancher Arbeit nützlich sein. Deshalb möchte ich dir im Gegenzug anbieten, dass ich mit dir ab und zu die englische Sprache übe. Darin bin ich nämlich ganz gut bewandert, so oft, wie ich schon in Charleston und in New York gewesen bin. Da hängt man ja manchmal wochenlang im Hafen herum und langweilt sich zu Tode, wenn es ungünstig läuft und der Kapitän wieder mal nicht genügend Fracht für die Rückfahrt bekommen hat.«

»Natürlich, gerne!« Johanna nickte freudig. »Das wäre eine große Hilfe für mich, vorausgesetzt, ich habe Zeit dafür. Was meinst du denn eigentlich, was mir der Kapitän wohl für Aufgaben geben wird?«

»Das kann ich dir genau sagen: dass du mir helfen sollst beim Sauberhalten der Decks und bei der einen oder anderen Reparaturarbeit. Zu viel mehr bin ich mit meinem Hinkefuß ja nicht mehr zu gebrauchen. Es ist sowieso ein großes Entgegenkommen von Wieting, dass er mir nicht schon längst die Papiere ausgehändigt hat. Denn seit dem Unfall mit dem Wasserfass, das mir mein Bein zerquetscht hat, tauge ich eigentlich nicht mehr zum Matrosen – und trotzdem hat er mich damals nicht von Bord geschickt. Mit dem einen Auge ist das kein größeres Problem, aber ein Matrose, der nicht mehr richtig laufen kann, das geht nicht zusammen. Doch der Wieting hat zu mir gesagt, ich sei jetzt schon mehr als ein Dutzend Jahre mit ihm auf See gewesen und hätte immer zu seiner Zufriedenheit gearbeitet, da wolle er mich jetzt nicht einfach im Stich lassen. Deshalb hat er mir diese Hilfsarbeiten übertragen – und das sogar zu derselben Heuer, als wenn ich nach wie vor Matrose wäre. Dem Reeder hat er natürlich nichts davon gesagt.«

»Das ist aber sehr anständig von dem Kapitän.«

»Ja, das ist es. Er ist wirklich ein guter Mann. Einer der wenigen anständigen Menschen, die ich in diesem Gewerbe kennengelernt habe. Viele Kapitäne, speziell die auf den Auswandererschiffen sind nämlich richtige Scheusale, bei denen es die Passagiere, die ihnen ja auf Gedeih und Verderb ausgeliefert sind, gar nicht gut haben. Oft kommt es vor, dass diese Kapitäne im Zusammenspiel mit ihren nicht minder skrupellosen Reedern von vornherein die doppelte Anzahl von Menschen in den Decks zusammenpferchen, als das vom Gesetz her erlaubt ist. Und die Verpflegung, die sie schriftlich zugesagt bekommen und bezahlt haben, bekommen die Leute dann auch nicht. Jeder von diesen Verbrechern hat hunderte, wenn nicht sogar tausende von armen Seelen auf dem Gewissen.«

»Dass es so schlimm ist, habe ich nicht gewusst. Ich dachte, viel schlimmer als in den überfüllten Schuppen am Hafen könne es nicht mehr werden.«

Frieder lachte trocken auf. »Hast du eine Ahnung, Mädchen! Das, was du dort erlebt hast, ist höchstens der erste Vorhof zur Hölle. Aber die wahre Hölle, die erlebst du dann auf diesen Schiffen! Da sterben die Menschen wie die Fliegen – und das Schlimmste dabei ist, sie haben keine Möglichkeit, sich zu wehren, sondern sie sind diesen Aasgeiern auf Gedeih und Verderb ausgeliefert.«

»Und die Mannschaft? Da müssten doch Leute wie der Steuermann oder andere, die auf so einem Schiff etwas zu sagen haben, eingreifen. Schon um der Menschlichkeit willen!«

»Um der Menschlichkeit willen!« Wieder ließ der alte Frieder sein meckerndes Lachen ertönen. »Du redest grade so, als seist du die Unschuld vom Lande, die vom richtigen Leben noch gar nichts mitbekommen hat. Von wegen Menschlichkeit! Der Steuermann steckt auf so einem Schiff immer mit dem Kapitän unter einer Decke. Und der Bootsmann genauso. Die bekommen dann nämlich einen üppigen Anteil aus den Hinterlassenschaften der verstorbenen Auswanderer und halten schon deshalb gerne den Mund.«

»Einen Anteil aus den Hinterlassenschaften der Verstorbenen!« Johanna vermeinte, nicht richtig gehört zu haben und schlug erschrocken die Hände vor den Mund. »Du meinst, die vergreifen sich zu allem Übel dann auch noch an der Habe von diesen armen Menschen?«

»Ja sicher tun sie das«, nickte Frieder grimmig. »Und keiner kann sie daran hindern, denn sie haben die armen Teufel auf dem Schiff ja völlig in der Hand. Und wehe, einer von den Auswanderern wagt es dennoch, aufzumucken! Du glaubst nicht, was es da schon alles gegeben hat.« Der alte Seebär atmete tief durch und wischte sich mit der Hand müde über die Augen, bevor er fortfuhr.

»Ein besonders schlimmes Ungeheuer von einem Kapitän ist der Holländer Stedtmann gewesen, den sie alle nur den »Deutschenhändler« genannt haben. Dieser Kerl hatte 300 Passagiere an Bord zusammengepfercht, von denen 250 an Typhus gestorben sind. Kein Wunder, bei der Enge auf seinem Schiff, wo sie die Menschen wie die Heringe aufeinander geschoben haben: es gab zu wenig Wasser und Essen, es herrschten unbeschreibliche Zustände und natürlich ein fürchterlicher Gestank. So wird es überall berichtet. Und obwohl dieses Scheusal eindeutig verantwortlich war für den Tod dieser vielen armen Leute, hat ihn keinerlei Schuldgefühl geplagt. Ganz im Gegenteil: er hat sogar ihr ganzes Hab und Gut an sich gerissen. Einen kleineren Teil davon hat er an seine Helfershelfer an Bord abgegeben und denen damit das Maul gestopft.«

»Aber wenn das bekannt geworden ist, dann hat man ihn doch sicherlich verhaftet und ins Zuchthaus geworfen!«

»Ins Zuchthaus geworfen! Dass ich nicht lache«, knurrte Frieder. »Nichts ist ihm passiert! Gar nichts! Denn er hatte ja offiziell gegen kein Gesetz verstoßen. Höchstens gegen das Gesetz der Menschlichkeit – aber deswegen kommt niemand ins Gefängnis. Immerhin haben sie nach diesem Drama endlich ein Gesetz gemacht, das die Höchstzahl der Personen auf einem Schiff genau regelt – nur halten sich leider längst nicht alle daran.«

»Unfassbar …«

» … aber leider wahr«, ergänzte Frieder bitter. »Seien wir also froh und dankbar dafür, unter dem Kommando von Kapitän Wieting fahren zu dürfen. Der ist in dieser Hinsicht ganz anders gestrickt. Streng, aber gerecht. Man nennt ihn in der deutschen Kolonie in Charleston deshalb mittlerweile auch den Vater der Auswanderer. Aber jetzt genug mit diesen Schauergeschichten. Sag mir lieber einmal was das eigentlich für ein feuerrotes Andenken ist, das du mit dir herum trägst«, deutete er mit dem Zeigefinger auf die Narbe an Johannas Stirn.

Die junge Frau zuckte zusammen und fuhr sich unwillkürlich über die hässlich vernarbte Stelle oberhalb ihrer rechten Augenbraue. »Das … das ist schon lange her …«, murmelte sie rau. »Das war in einem anderen Leben …«

»Aha …« Frieder streifte sie mit einem nachdenklichen Blick. »Du willst also nicht darüber sprechen? Habe ich das richtig verstanden?«

Johanna senkte den Kopf und nickte traurig.

»Dann ist das akzeptiert!« Frieder klatschte unternehmungslustig in die Hände, griff nach zwei Holzkisten und stellte sie einander gegenüber auf den Boden. »Dann werden wir jetzt ein bisschen Englisch lernen – oder vielmehr das, was die dort in Charleston als Englisch bezeichnen. Du setzt dich hier hin und ich setze mich auf die andere Kiste. Eine gute halbe Stunde haben wir nämlich Zeit, bis es an die nächste Arbeit geht.«

Drei Tage später war es endlich so weit. Johanna, die zusammen mit dem fürchterlich fluchenden Frieder gerade damit beschäftigt war, die hölzernen Aborte im oberen Deck zu reinigen, also im einigermaßen komfortablen

Teil des Schiffs, dort, wo die zahlungskräftigeren Auswanderer untergebracht waren, hörte von draußen einen lautes Kommando erschallen: »Die Leinen los!«
Postwendend ertönte ein vielstimmiges »Aye, aye!«, begleitet vom eiligen Getrampel zahlreicher Füße.
Mit einem knarzigen Geräusch löste sich die Schiffswand von der Hafenmauer. Es ging los! Endlich!
»Na dann mal Mast- und Schotbruch!« kommentierte Frieder das Ablegemanöver trocken.
Ächzend drückte er seinen Rücken durch und beäugte Johanna, die unsicher schwankte, als sich das Schiff leicht zur Seite neigte, genau. »Du musst dich breitbeiniger hinstellen. So kannst du die Bewegungen vom Schiffsrumpf besser ausgleichen. Und immer schön geradeaus schauen. Niemals nach unten. Zumindest so lange nicht, bis du dich an das Schaukeln gewöhnt hast. Das kann schon ein paar Tage dauern.«
Johanna nickte beklommen. Was für ein unheimliches Gefühl, auf einem schwankenden Boden zu stehen. Darauf war sie nicht vorbereitet gewesen. Das sollte sie nun also wochenlang aushalten, ohne seekrank zu werden? Ach was! Energisch wischte sie sich eine Haarsträhne aus der Stirn: auch diese Herausforderung würde sie bestehen. Hauptsache, sie befand sich an Bord des Schiffes, das sie in die Neue Welt bringen würde. »Du sollst den Kopf nicht nach unten richten«, unterbrach Frieders tadelnde Stimme ihre Gedanken. »Oder willst du bereits jetzt beim Ablegen die Fische im Hafenwasser füttern?«

Der Wind war günstig, so dass die »Gauss« schon bald das offene Meer erreichte. »Jetzt wird gleich der Lotse von Bord gehen – und von da an geht es dann richtig los. Du wirst staunen, was das für ein erhabenes Gefühl ist, wenn wir alle Segel setzen, was der Kapitän bei diesen Windverhältnissen sicherlich veranlassen wird, sobald der Lotse in das andere Boot geklettert ist. Da geht dann die Post ab, das sage ich dir!«

Wie alle anderen Auswanderer, insgesamt befanden sich auf der »Gauss« bei dieser Überfahrt 197 Passagiere an Bord, war auch Johanna beim Abgang des Lotsen auf das Deck gekommen, um noch einmal einen letzten Blick auf das nun langsam am Horizont verschwindende Land zu werfen. »Adieu altes Europa«, murmelte sie versonnen. Mit dem heutigen Tag begann ihr neues Leben. Welche Zukunft würde diese Neue Welt wohl für sie bereit halten?
Ob sie in Amerika wohl den Christian wiedersehen würde? Vielleicht. Vielleicht auch nicht. Denn die Leute sagten ja, dieses Amerika sei unbeschreiblich groß. Nicht im Entferntesten zu vergleichen mit der Alten Welt. Das Land der unbegrenzten Möglichkeiten eben. Hoffentlich!

Am folgenden Tag, sie befanden sich längst mitten im Ärmelkanal, hörte Johanna laute, eindeutig aufgeregte Rufe. »Was ist los, Frieder? Wieso sind die Leute so durcheinander?«
Frieder zuckte ratlos mit den Schultern. »Ich weiß es auch nicht. Komm, wir gehen hinauf und schauen mal nach, worum es geht.«
Oben auf dem Verdeck hatten sich schon zahlreiche Auswanderer versammelt, die mit betroffenen Mienen auf die schmutzig-braunen Wellen deuteten. »Schaut euch das nur an: das da drüben, das ist ein Koffer!«
»Und dort drüben: da schwimmen Kleider im Wasser!«
»Hier sind Kisten und das da: das könnten Schiffsplanken sein!«
»Um Gottes Willen! Da muss ein Unglück passiert sein!«
Überall auf der Backbordseite ihres Schiffes waren mittlerweile im Wasser treibende Gegenstände zu erkennen, die dort eindeutig nicht hingehörten. Aber woher konnten sie stammen? »Frieder: Hast du eine Ahnung, was da passiert sein kann?«
Der Mann kratzte sich nachdenklich am Hinterkopf, bevor er antwortete. »Ich fürchte, ja. Ich denke, da ist ein

Unglück passiert und ich kann mir auch beinahe denken, um welches Schiff es sich handelt. Erinnerst du dich an das Schiff, das im Hafen neben uns gelegen hat und gleich nach deiner Ankunft in See gestochen ist?«

»Ja, sicher. Du hast damals noch zu mir gesagt, du würdest das für viel zu früh halten. Die Winde seien gefährlich.«

»Genauso ist es. Und offenbar habe ich leider Recht behalten. Sie müssen in einen fürchterlichen Sturm geraten sein.«

»Und das Schiff ist deiner Meinung nach untergegangen?«

»Eindeutig!«

»Könnte es vielleicht noch Überlebende geben? Müsste man nicht die Segel reffen und nach ihnen suchen?«

»Das ist hoffnungslos. Das Wasser hier hat höchstens 12 Grad – dazu die hohen Wellen. Das hält kein Mensch länger als eine Stunde aus.«

»Und du bist dir ganz sicher, dass es sich um das Schiff handelt, das neben uns im Hafen gelegen hat?«

Anstelle einer Antwort presste Frieder seine Lippen zu einem schmalen Strich zusammen und deutete wortlos auf die hölzernen Planken, die gerade im Wasser unter ihnen vorbei trieben. Dann nahm er seine Mütze vom Kopf und verharrte regungslos.

»Die armen Menschen!« Johanna faltete die Hände und sprach leise ein trauriges Gebet. Wie viele mochten es wohl sein, die nun auf dem Meeresgrund ihr Grab gefunden hatten? Wie viele Hoffnungen, Wünsche und Sehnsüchte waren vor wenigen Stunden an dieser Stelle im Meer versunken? Menschen wie sie. Auswanderer, die ihren letzten Groschen zusammen gespart hatten, um mit diesem Schiff in eine bessere Zukunft aufzubrechen. Voller Zuversicht hatten sie dem Kapitän ihr Leben anvertraut. So kurz vor dem Ziel hatten sie es verloren.

Von Stunde zu Stunde verschlechterte sich das Wetter. Auf den immer höher werdenden Wellen zeigten sich mittlerweile die ersten Schaumkronen. »Das sind die Ausläufer des Sturms, in den das andere Schiff geraten ist. Offenbar war er sogar noch wesentlich stärker, als das Wieting und der Steuermann vermutet haben«, kommentierte Frieder trocken, als Johanna mit einem erschrockenen Aufschrei gegen die Kabinenwand des Oberdecks knallte, nachdem sich die »Gauss« plötzlich scharf zur Seite geneigt hatte. An den Schreien, die von allen Teilen des Schiffs zu ihnen hinauf drangen, war unschwer herauszuhören, dass es den meisten Landratten nicht anders ergangen war, als Johanna. Der alte Matrose schob sich ein weiteres Stück Kautabak in den Mund und nahm die junge Frau, die sich vorsichtig den schmerzenden Oberarm rieb, missbilligend in sein Visier. »Ich habe dir doch schon fünfmal gesagt, dass du breitbeiniger auf deinen Füßen stehen sollst. Denk bitte dran. Denn die nächsten Stunden könnten ein bisschen ungemütlich werden. Keine Angst, wir werden nicht untergehen«, fügte er rasch hinzu, als er bemerkte, wie Johanna bei seinen Worten erschrocken zusammen zuckte, »aber es könnte schon noch ein wenig mehr schaukeln, als bisher. Jetzt wirst du erleben, was es heißt, auf hoher See zu sein: Zähne zusammenbeißen und das Essen im Magen behalten!«

Es dauerte nur wenige Minuten, bis unter den Auswanderern nahezu niemand mehr auszumachen war, den die Seekrankheit nicht gnadenlos in ihre Fänge gepresst hätte. »Ein Festtag für die Fische«, kommentierte Frieder das Leidensszenario, das sich ihm auf dem schwankenden Deck präsentierte, schmunzelnd. Auch Johanna machte dabei keine Ausnahme.

Tagelang blieb das Wetter schlecht und die See entsprechend rau. Auch wenn sich einige inzwischen an die unaufhörlich rollenden und stampfenden Bewegungen des Schiffsrumpfs gewöhnt hatten, der sich mühsam durch die haushohen Wellen kämpfte: die Laune der Passagiere in den stickigen, dunklen Decks näherte sich allmählich

dem Tiefpunkt. Zumal es nahezu unmöglich war, an Deck zu gehen und frische Luft zu schnappen. All diejenigen, die es versucht hatten, waren kurz danach klatschnass und fluchend die Bordtreppen wieder heruntergepoltert. Man musste nicht lange warten, bis die ersten Streitereien unter den eng aneinandergepferchten Menschen ausbrachen.
»Wer hat die Läuse auf das Schiff geschleppt?«
»Der da hat mir eine Münze aus dem Koffer gestohlen, als ich geschlafen habe!«
»Was glotzt du mich die ganze Zeit so blöde an?«

Die verbalen Auseinandersetzungen wurden, wie nicht anders zu erwarten, schon bald darauf durch den Austausch handgreiflicher Argumente ersetzt. Nachdem es zu ersten schweren Schlägereien gekommen war, bei denen es Knochenbrüche, Platzwunden und weitere gravierende Verletzungen gegeben hatte, trat Kapitän Wieting auf den Plan. Ohne danach zu fragen, wer die Schlägerei begonnen hatte, ließ er sämtliche Kontrahenten von seinen Seeleuten ergreifen und in Ketten legen. »Das soll euch anderen eine Lehre sein!« donnerte der Kapitän in die Menge. »Wer auf meinem Schiff die Ordnung stört, bekommt es mit mir zu tun! Und wer nicht hören will, der muss eben fühlen. Bringt sie in die Arrestzellen! Dort können sie sich in aller Ruhe überlegen, wie sie wieder zur Vernunft kommen!« Der erfahrene Wieting wusste, wovon er sprach. Wer mehrere Tage und Nächte in den stinkenden, engen Holzverschlägen bei Wasser und Brot verbracht hatte, dem stand anschließend nicht mehr der Sinn nach einer Rauferei. Im Zweifelsfall durfte der Aufenthalt in der Zelle ruhig einen Tag länger dauern, als einen zu wenig. Da konnten ihn die Angehörigen der Schläger anflehen und beknien, soviel sie mochten. »Auf diesem Schiff habe ich die Befehlsgewalt und sonst niemand. Und die Störenfriede bleiben so lange in Haft, wie ich das anordne. Ende der Diskussion!«

War Johanna der Meinung gewesen, der Tiefpunkt sei damit nun erreicht, so hatte sie sich schwer getäuscht. Ein gotteslästerlicher Fluch donnerte am folgenden Morgen aus der Kombüse. »Was ist denn das für eine Sauerei?! Wer hat denn da beim Verladen nicht aufgepasst?« Es war die Stimme von Frieder, der kopfschüttelnd in der Kombüse stand und sich gerade daran gemacht hatte, in der Vorratskammer nach dem Rechten zu sehen. »Was ist denn, Frieder? Was hast du?«

»Komm her und schau selber«, knurrte der alte Seebär verdrossen und winkte Johanna zu sich in die Kammer. »Da! Sie sind überall!«

Zunächst begriff sie nicht, worauf Frieder abzielte. Nur langsam gewöhnten sich ihre Augen an die beinahe völlige Dunkelheit der Vorratskammer. Johanna blinzelte angestrengt. »Was meinst du? Ich sehe nichts!«

»Da drüben! Und da und da und dort auch. Komm näher ran und schau auf das Regalbrett!«

Dann plötzlich sah sie es – und prallte angeekelt zurück. »Das ist ja widerlich! Schwarze Käfer! Überall sind schwarze Käfer!«

In der Tat wimmelte es in der Kammer nur so von kleinen schwarzen Käfern, die an den Regalen, den Holzwänden, den Fässern mit Nahrungsmitteln und auf dem Fußboden emsig herum krabbelten. »Wo kommen die denn alle her?«

»Von dort hinten – aus dem Fass mit der Scheldegerste«, deutete Frieder verdrießlich in eine Ecke, in der dicht an dicht große Holzfässer mit der Aufschrift »Mehl« nebeneinander standen. »Die kommen alle aus der Scheldegerste heraus! Da – schau selbst. Da kommen sie raus – und es hat kein Ende.«

Johanna gab sich einen Ruck und schluckte den Würgereiz tapfer hinunter.

»Es stimmt, du hast Recht. Die kommen alle von dort – und über die Brotfässer krabbeln sie auch schon! Das ist jetzt alles verdorben. Wie hat das bloß passieren können?«

»Weil irgendeiner von unseren Lieferanten nicht aufgepasst hat und uns mit verunreinigtem Proviant versorgt hat. Und unserem Lademeister ist das anscheinend auch durch die Lappen gegangen, dem nichtsnutzigen Kerl, dem!«
»Das ist ja eine schöne Bescherung. Was machen wir jetzt nur? Die ganzen schönen Graupen: alles verdorben!«
»Was heißt hier verdorben?!« schnaubte Frieder unwirsch. »Da hilft jetzt nur noch Ausräuchern, um den Viechern Herr zu werden. Komm mit: je eher wir das geschafft haben, desto besser, bevor die auch noch über alle anderen Fässer herfallen.«
»Und was machen wir mit den Graupen? Am besten gleich über Bord kippen, oder?«
»Von wegen! Das schmeißt man doch nicht weg! Nach dem Ausräuchern sind die Viecher ja erledigt.«
»Aber die Käfer sind doch immer noch drin.«
»Na und?«
»Die Graupen sind verdorben. Das kann man doch nicht mehr verwenden.«
Frieder stemmte die Arme in die Hüften und musterte sie kopfschüttelnd. »Ich denke, du kommst vom Land. Dort bei euch, da ist man doch sicher auch nicht so pingelig. Natürlich kann man die Scheldegerste noch verwenden!«
»Und wozu um alles in der Welt?«
»Na, wozu wohl? Was man halt mit der Scheldegerste so macht: eine Graupensuppe eben.«
»Und die Käfer?«
»… die sind dann längst erledigt! Wenn du unbedingt willst, dann kannst du sie ja einzeln herausklauben – falls man nach dem Kochen überhaupt noch etwas von ihnen findet. Und jetzt Beeilung: es muss ja nicht sein, dass sie auch noch in alle Brotfässer kriechen.«
»Oh je!«, schlug Johanna in diesem Moment erschrocken die Hand vor den Mund: »Da schau doch mal, Frieder. Hier ist es ja noch viel schlimmer!«, deutete sie auf ein Fass mit eingelegtem Fleisch, dessen Deckel sie gerade

vorsichtig angehoben hatte. »Da sind überall Maden im Fleisch!«
Auf der Oberfläche des Fasses wimmelte es geradezu von weißen Maden. Wütend schüttelte Frieder seinen Kopf.
»So eine elende Sauerei! Wenn der Kerl mir über den Weg läuft! Wie kann man sich nur dermaßen übers Ohr hauen lassen!«
»Also das Fleisch, das ist aber eindeutig verdorben. Das muss ganz schnell weg.«
»Quatsch! Wir räuchern das alles miteinander aus und dann ist Ruhe.«
»Du willst das allen Ernstes danach noch essen?«
»Natürlich«, nickte Frieder grimmig. »Man muss es nur anbraten, dann geht das schon.«
»Das ist ja noch ekelhafter, als bei der Graupensuppe. Ich esse das da auf keinen Fall«, verschränkte Johanna entschlossen die Hände vor dem Oberkörper.
»Mach was du willst«, gab Frieder achselzuckend zurück. »Es ist allemal besser, als hungern zu müssen. Und jetzt: an die Arbeit. Jetzt wird ausgeräuchert, und zwar so lange, bis hier nichts mehr kriecht und krabbelt! Ach ja«, wandte er sich lächelnd um. »Und bei dieser Gelegenheit können wir auch gleich weiter ein bisschen Englisch lernen. Was heißt nochmal Brot auf Englisch?«
Johanna überlegte, doch die richtige Vokabel wollte ihr nicht einfallen.
»Na, sag schon«, drängelte Frieder.
»Ich komme nicht drauf.«
»Versuchs doch mal mit dem Buchstaben B …«
»B …«, sinnierte die junge Frau. »Ja, doch … B … es liegt mir fast schon auf der Zunge … B … B …, ja: bread. Ich glaube, es heißt bread.«
»Glaube ich oder weiß ich?«
»Ich weiß es. Brot heißt bread auf amerikanisch.«
»Sehr gut«, nickte Frieder zufrieden. »Du lernst schnell. Bist anscheinend schon ein helles Köpfchen. Wenn du es nun auch noch so aussprechen würdest, dass man dich

verstehen kann! Versuchs noch mal: bread – mit ganz langem E.«

»Breed«, dehnte Johanna die Buchstaben in die Länge. »Ist es so richtig? Würden mich die Amerikaner so verstehen?«

»Na ja…« brummelte ihr Lehrer wenig überzeugt. »So ungefähr halt. Aber es wird noch einiges Wasser den Mississippi hinunter fließen, bis du es schaffst, dich wirklich so auszudrücken, dass du in Amerika nicht mehr verhungern wirst. Nun gut: Hauptsache du verstehst, was die Amerikaner zu dir sagen, das ist in der Tat viel wichtiger. Also weiter jetzt: Fleisch. Was heißt Fleisch in Amerika?«

Am Morgen des fünfzehnten Tages ihrer Überfahrt war ein kleines Kind von acht Monaten plötzlich an hohem Fieber erkrankt. Dazu kamen Erbrechen und ein wässriger Durchfall. Einer der Auswanderer, der erzählte, dass er früher in seinem Dorf öfter dem Bader assistiert habe, nahm das wimmernde kleine Bündel in einen genauen Augenschein. Dann wandte er sich um und schüttelte besorgt den Kopf. »Ich kann deinem Kind nicht helfen, wir müssen sofort den Schiffsarzt holen, aber ich glaube nicht, dass der noch viel ausrichten kann. Du solltest dich auf das Schlimmste gefasst machen«, erklärte er der zu Tode erschrockenen Mutter.

»Das… das glaube ich nicht. Das… das darfst du nicht sagen. Hilfe! Wer kann meinem kleinen Mädchen helfen?« Mit wachsender Verzweiflung blickte sie um sich. »Wo ist denn der Arzt? Hilfe! Warum hilft uns keiner?! Wann ist der Doktor endlich da?!«

Doch jede Hilfe für das inzwischen bewusstlose Kind kam zu spät – auch der rasch herbei gerufene Bootsmann, der auf der »Gauss« als eine Art Schiffsarzt fungierte, hatte nicht das Geringste gegen das Fieber ausrichten können. Noch bevor die Schiffsglocke zu Mittag geschlagen hatte, war das kranke Mädchen in den Armen seiner

Mutter gestorben. Wie ein finsteres Menetekel hallten die Klagelaute der Frau durch das untere Deck. Fest presste die Verzweifelte ihr totes Kind an ihre Brust, während sie mit stierem Blick den Oberkörper beständig vor und zurück wiegte. Betroffen standen die Leute um sie herum. Keiner fühlte sich dazu in der Lage, der Mutter den kleinen Leichnam aus den Händen zu winden.
Ein lautes Poltern, das von mehreren Füßen herrühren musste, durchbrach plötzlich die gespenstische Szenerie. Es war der Kapitän, der in Begleitung des Bootsmanns und zweier Matrosen eilig die Treppe herunter stürmte, um seinen Pflichten als Verantwortlicher für das Schiff und die Gesundheit seiner Besatzung nachzukommen.
»Wo ist das tote Mädchen? Ich muss es sehen!«
Der Bootsmann deutete wortlos auf den Kreis der Auswanderer, in deren Mitte die Mutter apathisch auf dem Boden hockte und ihr leises Klagelied anstimmte. Eine kurze gebieterische Handbewegung von Wieting genügte, um die Leute einen vorsichtigen Schritt zur Seite machen zu lassen. Der Kapitän kniff die Augen zusammen und verharrte einen Augenblick regungslos, während er die Frau mit dem leblosen Bündel in ihren Armen intensiv musterte. Dann nickte er ernst und ging langsam vor ihr in die Hocke. »Zeig mir dein Kind. Bitte.«
Von der Frau kam keine Antwort.
»Zeig mir dein Mädchen. Ich muss es sehen. Bitte«, wiederholte er mit ruhiger Stimme. »Es gehört zu meinen Kapitänspflichten, mir ein eigenes Bild von den Gegebenheiten zu machen.«
Wieder keine Reaktion. Immer noch wiegte sie den Oberkörper vor und zurück, ohne dass sie durch die Klagelaute hindurch irgend jemanden wahrzunehmen schien.
Wieting runzelte die Stirn und biss sich nachdenklich auf die Lippen, bevor er sich zum Bootsmann umwandte und den Mann zu sich her winkte.
Vorsichtig beugte sich dieser neben den Kapitän herunter, hielt aber sichtlich Distanz zu der Mutter mit ihrem Kind.

»Nun, was sagen sie?« murmelte Wieting. »Sind sie wirklich der Meinung, dass es sich um Cholera handeln könnte?«
Der Mann wiegte unsicher den Kopf. »Also, ich bin ja kein richtiger Arzt… aber andererseits habe ich in meinem Leben schon genug Choleratote sehen müssen. Da, schauen sie einmal hier auf den Hautausschlag«, deutete er vorsichtig auf die Stirn des toten Kindes. »Ich bin der Meinung, das könnte durchaus durch die Cholera hervorgerufen sein. Aber wie gesagt: hundertprozentig sicher bin ich mir nicht…«
Bei Stichwort Cholera waren die Menschen ringsum schlagartig aschfahl geworden und wie auf ein Kommando zwei Schritte zurück gewichen.
Auch Wieting hatte genug gehört: mit einem energischen Ruck richtete er sich wieder auf und nahm Blickkontakt mit den beiden Matrosen auf, die ihn in das Unterdeck begleitet hatten. »Wir müssen das Kind sofort in ein Segeltuch wickeln und in die Totenkammer legen – so erfordert es die Hygiene.«
Die Matrosen hatten die Anweisung mit sichtlich geringer Begeisterung vernommen. Mit verkniffenen Mienen standen sie hinter dem Kreis der Auswanderer und machten keinerlei Anstalten, sofort tätig zu werden.
»Was ist jetzt?« herrschte ihr Kapitän sie an. »Wenn ich sage sofort, dann meine ich auch sofort. Los, los: sie helfen den beiden«, nahm er den Bootsmann streng in sein Visier und riss einem der Matrosen das Segeltuch aus den Händen, das der Mann vorher mit nach unten gebracht hatte. »Macht Platz!« schubste er gleichzeitig die schockierten Auswanderer beiseite und warf den dicken, schmutzigweißen Stoff vor der trauernden Mutter auf den Boden.
»Und jetzt los. Breitet das Tuch aus und legt das Kind hinein.«
Der Bootsmann fasste sich ein Herz und streckte die Hände nach dem toten Kind aus.

»Gib es mir!«
Es schien, als würde sie die Stimme gar nicht wahrnehmen.
»Du sollst mir das Kind jetzt geben. Bitte!«
Wieder keine Reaktion.
Ratlos wandte der Mann sich um. »Sie will es mir nicht hergeben.«
»Dann müssen wir halt etwas energischer vorgehen. Du da«, deutete er gebieterisch auf einen der nach wie vor tatenlos zuschauenden Matrosen. »Du hilfst ihm. Nehmt ihr das Kind weg – und zwar auf der Stelle, bevor sich das noch zum unendlichen Drama auswächst!«
Ängstlich näherte sich der Matrose und griff mit beiden Händen nach dem kleinen Körper. Mit einem Aufschrei wich die Frau urplötzlich zurück und versetzte dem zu Tode erschrockenen Mann einen derben Fußtritt ans Schienbein.
Es bedurfte schließlich der ganzen Kraftanstrengung aller drei Männer, um die wild um sich schlagende Frau zu bändigen. Sie kratzte, biss und spuckte, während ihre lauten Schreie durch das gesamte Unterdeck hallten und die Menschen fröstelnd zusammen zucken ließen.
Als man ihr das tote Kind endlich entrissen und in das Segeltuch gepackt hatte, wich schlagartig alle Kraft aus ihrem Leib und sie brach bewusstlos zusammen. »Gehen sie und bringen aus der Schiffsapotheke sofort das Morphium«, wies Wieting den Bootsmann an. »Das sollten wir ihr verabreichen, damit die arme Frau zur Ruhe kommen kann.«
Die sorgenvolle Miene des Kapitäns, als ihn der Bootsmann mit der möglichen Diagnose konfrontierte, hatte ihren berechtigen Grund: denn Cholera war mittlerweile auf den Auswandererschiffen zu einem ernsten Problem geworden – auch in Bremerhaven, wo man diese Krankheit bis vor einigen Jahren noch gar nicht gekannt hatte. Das hatte seine Ursache ganz klar an der massenhaften Unterbringung von so vielen Menschen auf engstem

Raum. Und daran mussten noch nicht einmal die Verhältnisse auf den Schiffen schuld sein, sondern die teilweise unbeschreiblichen Zustände in den Quartieren, in denen die Auswanderer beinahe wie eine Viehherde aneinander gepfercht ausharren mussten. Gerade auch das eigentlich so fortschrittlich geplante Auswandererhaus, das ja längst aus allen Nähten platzte, hatte sich unversehens als wahre Brutstätte für die Cholera erwiesen. Scheinbar im besten Gesundheitszustand kamen die Menschen auf die Schiffe, ohne zu ahnen, dass sie den Keim dieser heimtückischen Krankheit längst in sich trugen.

»Ihr müsst jetzt gleich das gesamte Unterdeck ausräuchern, wo sich die Frau mit dem Kind aufgehalten hat«, gab Wieting weitere Anweisungen an Frieder und Johanna. »Wir müssen unbedingt Sorge dafür tragen, dass sich nicht weitere Leute anstecken. Am besten, ihr nehmt ein paar Matrosen zu Hilfe, die euch helfen, das Deck zu räumen. Alle müssen raus hier.«

Die Räumung ging nicht ohne größere Unmutsbekundungen von Seiten der Auswanderer vonstatten. »Ihr könnt uns doch nicht bei Wind und Wetter auf das Oberdeck jagen! Dort ist es eiskalt, es stürmt und der Regen peitscht einem beinahe waagrecht ins Gesicht. Das könnt ihr doch von uns nicht verlangen!«

»Da holt man sich ja den Tod, dort oben!«

»Eine Sauerei ist das! Und dafür haben wir so viel Geld bezahlt!«

Der alte Frieder hatte die Proteste eine Zeitlang stumm über sich ergehen lassen, dann hob er endlich die Hand, um den empörten Leuten zu signalisieren, dass sie kurz innehalten und ihm zuhören sollten. »Also gut«, begann er vorsichtig und strich sich dabei nachdenklich über seinen dunkelgrauen Bart. »Dann habt ihr also die Wahl – und zwar im wahrsten Sinn des Wortes: die Wahl zwischen Pest und Cholera sozusagen. Denn wenn ihr unter Deck bleibt, ist die Gefahr gegeben, auch an der Cholera zu erkranken. Also ich an eurer Stelle würde mich freiwillig erst wieder dort runter begeben, wenn alle Winkel und Ecken sorgfältig ausgeräuchert worden sind. Also lieber oben ein bisschen nass werden, als sich unten den Tod holen.« Er breitete beide Arme weit aus und schaute streng in die Runde. »Aber bitte:

Wenn ihr lieber die Cholera haben wollt…«

Schlagartig waren die Proteste verstummt und Frieder konnte mit Johanna endlich seiner Aufgabe nachgehen.

Früh am nächsten Morgen, eine Stunde nach Sonnenaufgang, wurde das tote Mädchen im Meer bestattet. Der Schiffstischler hatte in Wietings Auftrag sogar extra einen kleinen Holzsarg gezimmert, in den sie zusätzlich Steine legten. Es war eine genauso kurze wie bedrückende Zeremonie, an der neben nahezu der gesamten Mannschaft auch Johanna und Frieder teilnahmen. Einige der Auswanderer stimmten zunächst zaghaft, dann mit immer festerer Stimme ein altes Kirchenlied an, anschließend hielt Kapitän Wieting eine knappe Trauerrede, in dem er aus der Bibel die Offenbarung des Johannes zitierte: »Und ich sah einen neuen Himmel und eine neue Erde…«

Die aschfahle Mutter, die von zwei Frauen gestützt werden musste, schien die Zeremonie und Wietings Worte gar nicht wahrzunehmen, erst nachdem der Kapitän seine Ansprache mit dem letzten Satz der Offenbarung beendet hatte: » Es spricht, der solches bezeugt: Ja, ich komme bald. Amen, ja komm Herr Jesus! Die Gnade des Herrn Jesus sei mit allen! Amen« und auf seinen kurze Wink der Sarg mit ihrem toten Kind den dunklen Fluten des Ozeans übergeben wurde, brach sie unvermittelt zusammen und versank in einer gnädigen Ohnmacht.

Sie sollte sich auch während der nächsten Tage nicht mehr erholen, sondern blieb leise wimmernd in ihrer Koje, wo sie strikt jede Nahrungsaufnahme verweigerte und von Tag zu Tag schwächer wurde. Immer wieder warf Frieder einen sorgenvollen Blick auf ihr Lager, wenn er in diesem Teil des Schiffes zu tun hatte, doch ihr Zustand besserte sich nicht. Ganz im Gegenteil sogar.

»Wenn das so weiter geht, dann haben wir bald die nächste Tote zu beklagen«, murmelte der alte Seebär kopfschüttelnd. Und er sollte tatsächlich Recht behalten. Nur fünf Tage nach dem Tod ihres Mädchens hatte auch die Mutter ihren letzten Atemzug getan und genauso wie das Kind fand sie ihre letzte Ruhe im weiten Meer.

Was für eine fürchterliche Tragödie! Schwer lasteten die Ereignisse dieser Tage auf Johannas Seele. So hatte sie sich den Aufbruch in eine bessere Zukunft nun wirklich nicht vorgestellt! Was würde noch alles geschehen müssen, bevor sie Amerika erreichten? Würden sie es überhaupt schaffen? Und was wartete dort in dem fremden Land auf sie? So einfach, wie sie sich das in ihren naiven Träumen ausgemalt hatte, würde es sicherlich nicht werden. Das wurde ihr von Stunde zu Stunde klarer. Ach, wenn sie dort drüben nur einen Menschen wüsste, an den sie sich wenden könnte. Christian beispielsweise. Wenn sie doch nur wüsste, wo sie ihn finden konnte. Wenn er überhaupt noch am Leben war… Durchaus möglich, dass sie mit dieser Überfahrt einen schweren Fehler begangen hatte. Aber daran war jetzt nichts mehr zu ändern. Denn die Zukunft lag schon längst nicht mehr in ihrer Hand!

Natürlich war es das Drama der unglücklichen Mutter und ihrem Kind, das so sehr schwer auf ihr Gemüt drückte. Dieses Gefühl würde sicherlich im Lauf der Zeit ablaufen. Denn die Zeit heilt ja bekanntlich alle Wunden. Obwohl… Die Zweifel bohrten sich tief und tiefer in ihre Gedanken. Vielleicht wäre sie doch besser zuhause geblieben. Zuhause…

Was für ein Blödsinn! Unwirsch blies sie sich eine Haarsträhne aus der Stirn und lachte bitter auf. Zuhause! Wo sollte dieses Zuhause denn zu finden sein? Es gab kein

Zuhause für eine Person wie Johanna Magdalena Friedrich.
Natürlich hatte Frieder ihren Seelenzustand längst bemerkt. Vorsichtig legte er seine schwielige Hand auf ihre Schulter und blickte ihr forschend ins Gesicht. »Na? Mit einem Mal ein bisschen Angst vor der Zukunft bekommen?«
Rasch wand sich Johanna aus Frieders Griff und senkte den Kopf. »Lass mich einfach in Ruhe«.
»Nix da!« So einfach ließ sich der alte Matrose freilich nicht abschütteln. »Es hat überhaupt keinen Sinn, da zu hocken und Trübsal zu blasen. Glaub mir, ich weiß, wovon ich spreche. Du bist schließlich beileibe nicht die Einzige, die sich so ihre Gedanken macht. Oder denkst du etwa, mir wäre es früher nicht ähnlich gegangen, als ich jung war. Ja, da musst du jetzt gar nicht so ungläubig schauen: auch ich war nämlich einmal ein junger Bursche. Und du kannst dir kaum vorstellen, was für ein toller Hecht ich gewesen bin.«
Trotz ihrer düsteren Stimmung musste Johanna unwillkürlich lachen.
»Du lachst? Was gibt es denn da zu lachen?« entrüstete sich ihr Gesprächspartner und klopfte sich in gespielter Empörung mit der Faust an die Brust. »Du hättest mich früher nur mal sehen müssen. Die Weiber sind mir reihenweise nachgelaufen. Und du wärst froh und dankbar gewesen, wenn ich dir nur einen Blick zugeworfen hätte. Ja, so war das. Das kannst du dir getrost hinter die Ohren schreiben!«
Wieder konnte sie gar nicht anders, als amüsiert zu schmunzeln. »Ach Frieder! Entschuldige bitte. So war das wirklich nicht gemeint.« Ehe er sich versah, drückte sie ihm einen Kuss auf die stoppelige Wange. »Und das ist mein Dank dafür, dass du mich zum Lachen gebracht hast.«
Wie von einer Tarantel gestochen fuhr Frieder zurück, betastete vorsichtig die Stelle an seiner Wange und senkte

verlegen den Kopf. »Das ist mir altem Seebären jetzt wirklich schon seit Jahren nicht mehr passiert«, brummelte er leise.

»Was denn?«

»Na, dass ich einen Kuss von einem wunderschönen Mädchen bekommen habe.« Und dann blitzte schon wieder der Schalk in seinen Augen auf. »Und noch dazu freiwillig!« Er lächelte selig, während er sich ein weiteres Mal vorsichtig über die Wange strich. »Da werde ich mich jetzt wochenlang nicht mehr waschen können.«

»Als wenn das dein größtes Problem wäre, die Sache mit dem Waschen«, kicherte Johanna keck.

»Schau an, schau an! Kaum hat man sie aus ihren trüben Gedanken gerettet, da macht sie sich schon wieder lustig über unsereinen. Ich sags ja: Weiber! So!«, energisch klatschte er in die Hände. »Und bevor du meinst, nun gleich wieder Trübsal blasen zu können, werden wir jetzt unsere Englischstunde von gestern Abend fortsetzen. Du hast nämlich noch gewaltig viel zu lernen. Wenn das mit deinen Fortschritten so langsam weiter geht, wie bisher, sehe ich schwarz für dich und deine Zukunft in Amerika!«

»Aber gestern Abend, da hast du mich doch noch gelobt dafür, wie gut ich …«

»Papperlapapp«, schnitt Frieder ihr barsch das Wort ab. »Gestern Abend war gestern Abend. Und heute ist heute. Also, du Englischkanone, dann sag mir doch einmal, was Kutsche auf Englisch heißt?«

»Kutsche?« Nachdenklich kratzte sich Johanna am Hinterkopf. »Kutsche … ich glaube nicht, dass du mir das schon einmal gesagt hast, oder?«

»Da haben wir es schon! Sie weiß es nimmer! Und flugs erfindet man eine Ausrede und behauptet, ich hätte es dir noch gar nie gesagt.«

»Das hast du auch noch nicht. Da bin ich mir mittlerweile ganz sicher.«

»Ende der Diskussion. Du sollst hier englisch lernen und nicht mit mir herumstreiten. Also, sprich mir nach: Coach. Das musst du aussprechen so wie Sofa.«
Postwendend erntete der Englischlehrer einen verwirrten Blick seiner Schülerin. »So wie Sofa? Aber Sofa klingt doch ganz anders wie das Wort, das du grade eben gebraucht hast.«
»Mädchen! Wenn ich sage Sofa, dann meine ich natürlich kein Sofa. Du sollst es doch nur so aussprechen wie den deutschen Begriff für Sofa, wie Couch. Verstehst du?«
»Nicht ganz«, murmelte Johanna ratlos. »Wie soll man schon verstehen können, was eine Couch mit einer Kutsche zu tun hat. Komisches Volk diese Amerikaner..«
Frieder rollte heftig mit den Augen. »Das sollte doch nur eine Hilfestellung für dich sein. Aber lassen wir das lieber. Das englische Wort für Kutsche heißt Coach. Und so musst du das dann aussprechen: Couch. Verstehst du? Ist doch gar nicht so schwierig.«
»Obwohl es im Deutschen Sofa heißen würde«, grinste Johanna schelmisch. »Couch. Couch wie Sofa, ist aber eine Kutsche, Couch, Couch, Couch gleich Kutsche!«
»Oh heiliger Klabautermann! Das kann ja lustig werden«, stöhnte Frieder in scheinbarer Verzweiflung. »Worauf habe ich mich da nur eingelassen?«
Insgeheim konnte er sich freilich nur gratulieren. Wie er es geschafft hatte, Johanna aus ihrer trüben Stimmung zu befreien, das war phänomenal gewesen. Niemals hätte er für möglich gehalten, dass sogar psychologische Talente in ihm schlummerten. Was man auf seine alten Tage so alles aus dem tiefsten Inneren hervorzaubern konnte! Das war wunderbar! Endlich hatte er wieder eine Aufgabe in seinem Leben – und einen Menschen, um den er sich kümmern konnte. Ein armes Mädchen, das es verdiente, hoffentlich einmal die schöneren Seiten des Lebens kennenlernen zu dürfen, eine liebe junge Frau, die ihm von Stunde zu Stunde mehr ans Herz wuchs. Das Schicksal hatte es gut mit ihnen gemeint, als es sie zusammenge-

führt hatte – und sei es auch nur für die kurze Zeit der Überfahrt, die, wenn es nach ihm ginge, dieses Mal getrost mehrere Monate in Anspruch nehmen durfte …

*

Einige Tage später, inzwischen befand sich die »Gauss« auf der Höhe von Neufundland, war es im Unterdeck zu ernsten Streitigkeiten gekommen. Den Anlass bildete wieder einmal ein vermeintlich begangener Diebstahl. Nichts Ungewöhnliches eigentlich. Die eine oder andere Meinungsverschiedenheit unter so eng zusammen gepferchten Menschen konnte einfach nicht ausbleiben. Auch nicht, dass es ab und zu ziemlich handfest zuging. An diesem Nachmittag mündete die Auseinandersetzung jedoch in einer derart heftigen Schlägerei, dass sich die beiden Kontrahenten gegenseitig beinahe halbtot geschlagen hatten, bevor es den herbei gerufenen Matrosen mit Mühe und vielen Flüchen endlich gelang, die Streithähne zu bändigen.

Mit zorniger Miene kam Kapitän Wieting die Treppe herunter gepoltert und baute sich wie ein Racheengel vor den blutüberströmten Streithähnen auf: »Wenn das noch einmal vorkommt, dann lasse ich Euch in Ketten legen, bis wir in Charleston angekommen sind. Ich dulde auf meinem Schiff keine Prügeleien und ich habe auch weder Zeit noch Lust, mich darum zu kümmern. Damit ihr einen kleinen Vorgeschmack darauf bekommt, was es heißt, sich noch einmal so ungebührlich zu benehmen, werdet ihr die nächsten drei Tage und Nächte schon einmal probeweise in der Arrestzelle zubringen. Legt ihnen die Ketten an!« wandte Wieting sich nun an seine Matrosen. Nur wenige Sekunden später fanden sich die zwei Männer bereits in Ketten liegend auf den Schiffsplanken wieder. »Das könnt ihr doch nicht machen, Kapitän«, fasste sich einer der Auswanderer, ein hochgewachsener Mann von vielleicht 40 Jahren, der die Szene bislang schweigend verfolgt hatte, ein Herz. »Schließlich haben sie für ihre Überfahrt bezahlt, wie wir alle anderen auch.

Man kann sie doch nicht einfach in Ketten legen wie die Tiere.«

»Und ob ich das kann«, herrschte Wieting sein Gegenüber wütend an. »Ich dulde auf meinem Schiff keinerlei Insubordination und keine Disziplinlosigkeit. Ich alleine habe hier die Befehlsgewalt – über die Mannschaft genauso, wie über die Passagiere. Und wem es nicht passt …« mit einer unwirschen Handbewegung erstickte er den Widerspruch, zu dem der Mann offenbar anheben wollte, im Keim, »und wem es nicht passt, der kann sich gerne die Arrestzelle ebenfalls von innen anschauen. Ihr hättet Zeit genug gehabt, die Streiterei mit Hilfe eurer Kollegen selbst zu beenden. Das habt ihr nicht getan. Es wird euch eine Lehre sein. Bringt sie weg!« deutete er jetzt mit dem weit ausgestreckten rechten Arm auf die nahezu bewegungsunfähigen Gefangenen, die von den Matrosen daraufhin sofort in einen eisenharten Griff genommen und mit groben Stößen in den entlegensten und finstersten Teil des Schiffes gezerrt wurden.

»Ich denke, bis spätestens übermorgen steht denen der Sinn nicht mehr nach Rauferei«, kommentierte Frieder grinsend den Abtransport der Arrestanten.

»Das hätte aber nicht unbedingt sein müssen, dass man sie auch noch in Ketten legt«, wandte Johanna ein. »Der Kapitän behandelt sie ja wirklich wie die Tiere!«

Der alte Matrose schüttelte energisch seinen Kopf. »So einfach, wie du meinst, ist das nicht. In der christlichen Seefahrt herrschen strenge Regeln und das völlig zu Recht. Wehe dem Kapitän und wehe dem Schiff, wenn die Autorität des Kapitäns verloren geht. Es gibt Beispiele in Hülle und Fülle, was das für katastrophale Folgen nach sich ziehen kann.«

Wenig überzeugt zuckte Johanna mit den Achseln. »Also, ich weiß nicht …«

In diesem Moment hallte ein lauter Ruf von draußen durch das ganze Schiff. »Eisscholle voraus!«

»Aha! Da haben wir es schon!« Frieder nickte wissend und griff in die Tasche seiner grob gewebten Leinenhose, aus der er eine Packung Kautabak hervorholte, von dem er ein Stück umständlich aus der Papierhülle fingerte und es sich schließlich in die Backe steckte. Voller Ungeduld verfolgte Johanna die Prozedur. »Was soll das heißen mit der Eisscholle? Was ist so besonders daran, dass der Ausguck das extra meldet. Und wieso sagst du dann: da haben wir es schon?«
Frieder bedachte sie mit einem langen, ruhigen Blick, während er den Kautabak mithilfe seiner Zunge in die richtige Position hinter den Zähnen bugsierte. »Das soll heißen«, begann er schmatzend, »dass wir ab jetzt höllisch aufpassen müssen und dass der Kapitän einen zweiten Mann in den Ausguck beordern wird. Er hat jetzt weiß Gott keine Zeit mehr für Streitereien unter den Passagieren. Jetzt herrscht Alarmstufe eins!«
»Und das alles wegen ein paar Eisschollen?«
»Wo Eisschollen im Wasser treiben, da sind dann auch Eisberge nicht mehr weit. Auf der Höhe von Neufundland ist das um diese Jahreszeit durchaus möglich. Das tückische an diesen Eisbergen ist, dass sie unter Wasser viel größer sind als über Wasser. Viel größer und schwerer als ein Schiff wie unsere »Gauss«. Und das bedeutet allerhöchste Gefahr. Denn wenn wir gegen so einen Eisberg knallen, dann ist es um das Schiff und um uns geschehen. Gegen einen Eisberg haben wir keine Chance. Und deshalb müssen die Männer im Ausguck jetzt mit höchster Konzentration die Wasserfläche vor uns beobachten. Wenn dazu, wie ich es befürchte, heute Abend dann auch noch Nebel aufzieht, dann wird die Sache noch viel brenzliger.«
»Und was, wenn in der Nacht so ein Eisberg auf uns zutreibt?«
»Dann hilft nur noch beten! Nein, so schlimm ist es jetzt auch wieder nicht«, beeilte sich Frieder hinzuzufügen, als er bemerkte, wie Johanna bei diesen Worten erschrocken

zusammen gezuckt war. »Keine Sorge, ich habe das schon oft genug erlebt. Der Kapitän und unser Steuermann müssen sich jetzt halt so langsam wie möglich durch das Eiswasser navigieren und darauf schauen, dass wir möglichst vom Rand der Eisbergzone hinwegdriften. Deshalb muss jetzt auch ein besonders scharfes Auge auf die Strömung gerichtet werden – und heute Nacht, das garantiere ich dir, macht auf der Brücke keiner von denen die Augen zu.«

»Hast du so einen Eisberg schon einmal aus der Nähe gesehen?«

»Nicht nur das. Ich habe sogar schon einmal eine Kollision mit einem Eisberg erlebt. Das war vielleicht eine gespenstische Angelegenheit! Wie es plötzlich vorne seitlich an der linken Schiffswand gekracht hat und ein brutaler Ruck durch das Schiff gegangen ist, während die Holzplanken wie Streichhölzer zersplittert sind. Zum gutem Glück hat uns der Eisberg nur seitlich gestreift und nicht frontal, so dass wir schließlich mit knapper Not davongekommen sind.«

»Das klingt ja entsetzlich!« Fröstelnd rieb sich Johanna die Oberarme.

»Das war es auch. Aber wie du siehst: ich lebe noch. Kein Grund also, sich schon zur Unzeit Sorgen zu machen. Und bevor du an nichts anderes mehr denkst, wollen wir lieber dafür Sorge tragen, dass dein Oberstübchen ein bisschen in Schwung kommt. Was heißt wohl
Eisberg auf Englisch?«

Die junge Frau schnitt eine missbilligende Grimasse. »Muss das jetzt wirklich sein?«

»Ja, das muss es. Also: was heißt deiner Meinung nach Eisberg auf Englisch. Ist gar nicht so schwer, wie du denkst.«

»Dann sags mir halt!«

»Von wegen! Ein bisschen anstrengen wirst du dich schon können. Wer will hier Englisch lernen, um in Amerika nicht zu verhungern. Du oder ich?«

»Also wenn ich nicht weiß, wie Eisberg heißt: deswegen werde ich ganz sicher nicht verhungern.«
»Die Antwort!«
»Schon gut, schon gut. Ich überlege ja schon. Also Eis… Eis das heißt ice auf Englisch.«
»Na also. Und wie weiter?«
»Berg. Was heißt gleich wieder Berg?«
»Das haben wir schon hundertmal gehabt«, murrte Frieder. »Berg. Was heißt Berg?«
Johanna überlegte angestrengt, das passende Wort wollte ihr aber partout nicht einfallen. »Ich weiß es nicht. Tut mir leid.«
»Ich sags ja: du wirst mir verhungern, wenn das mit dir so weitergeht!«
»Also, wie jetzt. Wie heißt es?«
»Was meinst du? Eisberg oder Berg?«
In ihrer momentanen Gereiztheit bemerkte Johanna das schelmische Funkeln in Frieders Augen nicht. »Ich meine natürlich beides. Eisberg eben. Ice… und was dann? Sag schon!«
»Iceberg!«
Irritiert kniff sie die Augen zusammen. »Also auf den Arm nehmen kann ich mich selber. Iceberg! Dass ich nicht lache!«
»Es heißt aber wirklich so. Frag mich nicht, warum. Aber Eisberg heißt auf Englisch – und genauso auf Amerikanisch – Iceberg. Halb Englisch, halb Deutsch. So ist das nun mal.«
»Iceberg. Seltsames Wort. Und was heißt nun Berg auf Englisch? Das Wort, das ich dafür eigentlich gar nicht gebraucht hätte?«
»Das sage ich dir heute nicht mehr«, zwinkerte Frieder ihr fröhlich zu. »Wer weiß: vielleicht fällt es dir heute Nacht ja ein. Ein bisschen Nachdenken wäre sicher nicht verkehrt. Und damit: Gute Nacht und schlaf gut!« Eilig hinkte er davon und hob zum Abschied grüßend die rechte Hand in die Höhe.

»Gute Nacht, alter Seebär«, murmelte Johanna, »und danke dafür, dass du mich zum Lachen gebracht hast.«

Am nächsten Morgen war es um Johannas Gemütszustand alles andere als gut bestellt. Erschrocken war der ahnungslose Frieder zurück geprallt, nachdem er sich zunächst polternd vor ihrer Koje aufgebaut hatte: »Wo steckst du faule Göre denn nur? Hast heute wohl keine Lust zu arbeiten oder…« Der Rest des Satzes blieb in Frieders Kehle stecken, als er die junge Frau erblickte, die zusammen gekauert in der hintersten Ecke ihrer Koje hockte, während ihr aus rotgeweinten Augen bittere Tränen über die Wangen rannen. Verstört blinzelte er in das Halbdunkel hinein.

»Um Gottes Willen, Mädchen! Was ist denn mit dir? Geht es dir nicht gut? Bist du krank? Soll ich den Bootsmann holen?«

Anstelle einer Antwort schüttelte Johanna nur apathisch ihren Kopf.

»Nicht krank? Nicht den Bootsmann holen?«

Sollte diese zaghafte Bewegung ein Nicken gewesen sein? Frieder konnte sich das seltsame Verhalten der ansonsten doch so robust wirkenden Johanna nicht erklären.

»Also was jetzt? Ja oder nein. Habe ich das richtig verstanden? Ich soll den Bootsmann also nicht holen?«

Jetzt wieder die Andeutung eines Kopfschüttelns.

Frieder schnaufte tief durch und betrachtete das Häufchen Elend eine Weile lang nachdenklich. Dann beugte er sich langsam nieder und nahm Johanna, die ihren Blick weiterhin starr auf den Boden geheftet hielt, ernst in sein Visier. Irgendetwas musste in der vergangenen Nacht passiert sein. Aber was? Vorsichtig setzte er sich zu ihr auf die Koje und legte behutsam seinen rechten Arm um ihre Schulter.

Wie von einer spitzen Nadel gestochen, zuckte Johanna bei dieser Berührung zusammen. Ein qualvoller Laut entrang sich ihrer Kehle, während sie gleichzeitig mit einer impulsiven Bewegung versuchte, Frieders Hand abzuschütteln. Doch Frieder ließ nicht locker, sondern verstärkte den Griff und zog die vor innerer Anspannung zitternde Johanna langsam an sich. Ganz eng drückte er sie nun an seinen Oberkörper und streichelte mit der Linken zärtlich über ihr Haar. »Ganz ruhig. Sei ganz ruhig.«, murmelte er leise. »Alles wird gut. Ich bin bei dir. Niemand darf dir etwas tun.« Das Schluchzen verstärkte sich wieder. »Ruhig. Ganz ruhig …«

Es mochte beinahe eine halbe Stunde vergangen sein, als Frieder bemerkte, wie sich Johannas Körper allmählich entkrampfte. Auch das Schluchzen war inzwischen verstummt.
»Gut. So ist es gut«, flüsterte er und strich ihr weiter beruhigend über den Kopf. Nur ja keine Fragen stellen. Noch war sie nicht so weit zur Ruhe gekommen. Ihr Zeit lassen. Egal, wie lange es auch dauern mochte und welche Arbeiten ihm der Bootsmaat heute Morgen eigentlich zugedachte hatte. Das hier war jetzt wichtiger. Eindeutig wichtiger. Für Johannas Wohlergehen würde er getrost auch eine Standpauke riskieren. Hauptsache sie, beruhigte sich wieder. Und erzählte ihm dann endlich, was eigentlich geschehen war.

Das freilich dauerte noch geraume Zeit – und als er es hörte, schoss dem alten Frieder ein Zorn durch den Körper, wie er ihn in seinem ganzen Leben noch niemals verspürt hatte. Das war ja ungeheuerlich! Und derart beschämend für die eine Hälfte der Menschheit, dass er sich am liebsten jeden männlichen Passagier gegriffen und verprügelt hätte, dem er begegnet wäre. Aber das war natürlich idiotisch. Doch wehe, er würde herausfinden, wer der Kerl gewesen war, der sich mitten in der Nacht in Johannas Koje geschlichen und der tief schlafenden Frau plötzlich brutal die Hand auf den Mund gedrückt hatte. Kaum war sie aufgeschreckt, da hatte er ihr mit der anderen Hand bereits die Beine auseinandergerissen und sein steifes Glied hart gegen ihren Unterleib gepresst. Von Ekel und panischer Angst erfüllt, war es ihr irgendwie gelungen, ruckartig den Kopf zu drehen und den Angreifer fest in die Hand zu beißen. Mit einem erstickten Aufschrei war dessen Hand zurückgeschnellt, während sich gleichzeitig der Druck seines massigen Körpers auf Johanna verringerte. Das alles vollzog sich im Bruchteil einer Sekunde. Gleich würde er wieder zupacken. Schon hatte sie sich ruckartig aufgerichtet und den Mund geöffnet, um einen lauten Hilfeschrei auszustoßen, da knallte etwas Hartes gegen die Narbe an ihrer Schläfe. Wie ein Pendel prallte ihr Kopf zurück und schon im Niedersinken hatte sie das Bewusstsein verloren.

Wie versteinert saß Frieder auf der Koje, als Johanna ihre Schilderung beendet hatte. Lange Zeit sprach er kein einziges Wort, dann schließlich räusperte er sich rau. »Und?«, krächzte er leise, während sein Blick unsicher flackerte. »Hat … hat er dann … ich meine … als du ohnmächtig gewesen bist … hat er dich dann …«
Johanna atmete tief, wobei ein Schauder durch ihren Körper wogte.
»Nein«, flüsterte sie kaum hörbar. »Gott sei Dank nicht. Er hat es wohl mit der Angst zu tun bekommen, als ich ohnmächtig geworden bin. Vielleicht hat er auch gedacht, er hätte mich umgebracht. Als ich wieder zu mir gekommen bin, war er jedenfalls weg.«
»Und er hat dir wirklich nichts angetan? Bist du sicher?«
Wieder atmete sie tief durch. »Ja das bin ich, Frieder.«
Er spürte, wie sich ihre Muskeln allmählich wieder spannten. Langsam richtete sie ihren Oberkörper auf und rückte ein Stück von Frieder ab. Dann sah sie ihm ernst ins Gesicht. Die Narbe an ihrer rechten Schläfe, wo sie der Vergewaltiger hart mit der Faust getroffen hatte, glühte purpurrot.

»Frieder, warum nur immer ich? Was um alles in der Welt habe ich denn getan, dass es immer wieder mich treffen muss? Ich … ich möchte doch niemandem etwas Böses. Ich möchte doch nur in Ruhe gelassen werden und mein Leben leben. Was ist denn daran falsch? Warum muss es nur immer mich treffen? Habe ich denn nicht das Recht auf ein ganz normales Leben? Was mache ich falsch? Was ist mit mir, dass ich immer wieder in solche Situationen gerate?! Sag es mir, Frieder! Was ist es!«

Frieders Zorn steigerte sich ins Unermessliche. Er ballte die Fäuste beider Hände so fest, dass die Fingerknöchel weiß hervortraten. »Das ist das Allerschlimmste! Dass diese elenden Drecksäcke es dann auch noch schaffen, dass du dich fragst, was du falsch gemacht hast. Ausgerechnet du: das Opfer! Das ist unerträglich! Wehe, wenn ich diesen Kerl erwische. Ich drehe ihm auf der Stelle den Kragen um!«

»Das darfst du nicht. Damit würdest du dich versündigen. Außerdem wirst du ihn ohnehin nicht finden. Da sind über hundert männliche Auswanderer an Bord, vielleicht ist es ja auch einer von den Matrosen gewesen, und sicherlich hat mehr als einer davon eine Schramme an den Händen. Das wird nichts bringen und du würdest nur auch noch eine schwere Schuld auf deine Seele laden. Und wieder wäre ich die Ursache dafür. Es ist fürchterlich … Wieder und wieder ich.«

»Du darfst so etwas nicht denken. Es ist nicht so – und ich lasse auch nicht zu, dass du so etwas sagst. Du bist müde, du stehst unter Schock nach dem, was dir heute Nacht widerfahren ist und du hast in deinem jungen Leben offenbar schon so viel erleben und erleiden müssen, dass du jetzt alles in den dunkelsten Farben siehst. Du glaubst, du bist die Einzige, der bislang das Pech an den Füßen geklebt ist. Das ist nicht wahr. Lass mich bitte ausreden …« machte er eine abweisende Handbewegung, als er bemerkte, wie sie den Mund zum Widerspruch öffnete. »Nein, du bist beileibe nicht die Einzige. Du bist eine

unter vielen. Schau dich doch nur um hier, auf diesem Schiff. Beinahe 200 Menschen, die alle auswandern. Die es im alten Europa so schwer gehabt haben, dass sie ihrer Heimat den Rücken gekehrt haben und nun darauf hoffen, in der Neuen Welt ihr Glück zu finden. Allein 200 hier auf diesem Schiff. Wie viele Schiffe hast du im Hafen liegen sehen? Und wie viele Auswanderer in den Quartieren in Bremen und in Bremerhaven? Alles Leute wie dich. Die ein ähnliches Schicksal und ein ähnliches Leben zum Aufbruch nach Amerika bewegt hat. Die ihrem Leben eine neue Hoffnung geben wollen. Die alles, was gewesen ist, hinter sich gelassen haben. Menschen, die wissen, dass das Leben niemals nur dunkel sein kann. Das Leben ist bunt. Es ist hell und farbig. Auch du wirst das schon noch erfahren.« Frieder hatte sich in einen heiligen Eifer geredet. Aus seinen Augen sprühten Blitze. »Wenn du einem alten Fahrensmann etwas glauben kannst, dann das: egal, wie dunkel es um dich herum auch immer sein mag. Irgendwo geht immer ein Lichtlein an, das dich wieder ins Helle führt. Und nun hör endlich auf, hier vor dich hin zu starren und an dir zu zweifeln. Du warst doch so voller Zuversicht und Begeisterung, als du auf das Schiff gekommen bist. Wohin ist denn dein ganzer Lebensmut plötzlich verschwunden? Ausgerechnet jetzt, wo das längste Wegstück bereits hinter dir liegt. Wo du es doch beinahe schon geschafft hast!«
Johanna hob den Kopf und sah ihm direkt ins Gesicht. An ihrem unsicher flackernden Blick war deutlich abzulesen, dass es ihm immerhin gelungen war, sie aus der ärgsten Depression zu befreien. »Ach Frieder … Du sagst das alles so schön. Das klingt so leicht und einfach …«
»Das ist es auch!« knurrte der. »Man muss es nur wollen, dann wird es auch gelingen! Punktum! Dass dich das Heimweh plagt, das ist ja nur all zu verständlich. Egal, was dir dort alles widerfahren ist. So ein Gefühl beschleicht jeden. Den einen früher, den anderen später. Auch das kannst du mir getrost glauben. Das ist mir sel-

ber so gegangen, wie auch all den Tausenden, die ich auf unserer »Gauss« schon habe kommen und gehen sehen. Das ist ganz normal. Keiner von euch ist es gewohnt, so lange auf engstem Raum zusammen zu verbringen, auf einer winzigen Nußschale irgendwo im riesigen Ozean. Umgeben von Wasser, nichts als Wasser, wohin das Auge reicht!«

»Das ist wirklich so, woher weißt du das?«, nickte Johanna. »Ich dachte, es würde besser, je mehr ich mich an das Wasser gewöhnen würde. Aber es wird eher von Tag zu Tag schlimmer und irgendwie bedrückender. Man fühlt sich so … so ausgeliefert … so allein und so klein auf dieser unheimlichen grauen Wasserfläche.«

»Sage ich doch«, brummte Frieder. »Das ist ganz normal und kein Grund, an sich und an seiner Entscheidung zu zweifeln. Es ist schlichtweg das Heimweh. Dieses Gefühl des Loslassens und es ist die Furcht vor dem, was kommen wird, die Angst vor dem Unbekannten. Was auch immer gewesen ist. Das eine Ufer hat man bereits hinter sich gelassen, das andere noch nicht erreicht. Und mitten auf dem Ozean meldet sich dann plötzlich das Heimweh.«

»Ausgerechnet bei mir!« tippte sich Johanna verwundert mit dem Zeigefinger gegen die Stirn.

»Wie gesagt: das ist nur natürlich.«

»Das hätte ich im Leben nie für möglich gehalten. Ich und Heimweh! Ausgerechnet ich! Nach all dem, was gewesen ist!«

»Weshalb sollte es ausgerechnet bei dir anders sein?« Frieder musterte sie nachdenklich. »Es ist eine bestimmte Person, über die du dir deine Gedanken machst, nicht wahr.«

Überrascht sah Johanna auf. »Woher weiß du das?«

»Ich sehe es dir an der Nasenspitze an!« schmunzelte der alte Matrose und machte eine kurze Pause, um dann mit tieferer Stimme fortzufahren. »Du musst es mir nicht sagen – aber manchmal tut es gut …«

Eine knappe Stunde später hatte Johanna ihm ihr ganzes Herz ausgeschüttet. Mit den Worten: »Jetzt ist es endlich einmal ausgesprochen und ich fühle mich wie befreit!« beendete sie die Beschreibung ihres bisherigen Lebens.
»Ich sage es ja: manchmal tut es gut, sich die Dinge von der Seele zu reden!«
»Es ist wie eine Zentnerlast, die mit einem Mal nicht mehr um meinen Hals hängt und mich nicht mehr niederdrückt!« wunderte sich Johanna über dieses völlig neue Gefühl.
»So ist es gut und so soll es von nun an auch bleiben. Und weißt du was?« unternehmungslustig schnalzte Frieder mit der Zunge, »ich habe da grade eine gute Idee gehabt: du schreibst jetzt am Besten gleich eine Nachricht an deine Margret.«
»Eine Nachricht? An die Margret? Wie soll das denn gehen?«
Frieder lächelte listig. »Du schreibst eine Flaschenpost. Ich besorge dir gleich eine leere Flasche, ein Stück Papier, Feder und Tinte. Das Ganze werden wir dann versiegeln und ins Wasser werfen, wo es von der Strömung an die deutsche Küste getrieben wird. Wie das mit einer Flaschenpost eben so geschieht. Und darin schreibst du ihr alles: wie es dir ergangen ist bis Bremerhaven, wie die Zustände dort gewesen sind, was du auf der Überfahrt so alles erlebst, und wie du mit einem besonders netten alten Seebären zusammen getroffen bist, der gut auf dich aufpasst und schaut, dass du keine Dummheiten machst. Einem ganz besonders guten, liebenswerten Menschen …«
»Schon gut, schon gut«, streckte Johanna laut lachend die Hände von sich. »Ich habe schon verstanden. Ich soll also schreiben, dass du der beste, gütigste und liebenswerteste Mensch von allen bist, nicht wahr?«
»Ja was denn sonst«, legte Frieder eine gespielt beleidigte Miene an den Tag. »Oder denkst du etwa heimlich, ich sei ein altes Scheusal oder was? Die Wahrheit sollst du schreiben, nichts als die Wahrheit!«

»Einverstanden! Ich verspreche es dir. Und die Wahrheit, die wird lauten, dass mein alter Seebär Frieder tatsächlich der liebste Mensch ist, dem ich jemals im Leben begegnet bin – bis auf meine liebe Margret natürlich.«

»Das will ich auch gehofft haben. So – und nun gehe ich, um die Flasche und das Schreibzeug zu holen. Und du kannst dir schon mal überlegen, was du alles schreiben wirst. Ich bin gleich wieder da.« Mit einem guten Gefühl der Erleichterung hinkte Frieder eilig davon. Zum guten Glück war es ihm gerade noch rechtzeitig gelungen, Johanna aus ihrer Depression zu reißen, in die sie der üble Kerl gestürzt hatte. Wehe, er würde doch noch heraus bekommen, um wen es sich gehandelt hatte. Dann Gnade ihm Gott! Aber jetzt musste er erst einmal das Schreibzeug besorgen. Damit sich Johanna das ganze Geschehen vollends von der Seele schreiben konnte. Und ihrer geliebten Schwester, die sie offenkundig schmerzlich vermisste, ein neues Lebenszeichen von sich übermitteln konnte. Ob diese Nachricht jemals ihr Ziel erreichen würde, das war natürlich mehr als fraglich. Aber den Versuch war es wert. Und es diente ja schließlich auch einem guten Zweck.

So also schrieb Johanna mitten auf dem riesigen Ozean ihren Brief, der es vielleicht eines Tages schaffen würde, in dem winzigen Örtchen Treschklingen irgendwo im Großherzogtum Baden anzukommen. Berichtete darin von ihrer Hoffnung, alles möge sich zum Guten fügen. Von der schweren Zeit, die sie nach dem Tod ihrer Zwillinge durchgestanden hatte, von ihren Gedanken an ihre glücklichen frühen Tage in Treschklingen, an die Tage und Wochen nach Margrets Geburt, warme Gedanken, die ihr über viele dunkle Stunden hinweg geholfen hatten. Wie es ihr beinahe das Herz gebrochen hatte, als sie von zuhause fortgehen musste. Getrennt von ihrer liebsten Schwester, was ihr seltsamerweise viel stärker zu schaffen gemacht hatte, als die Trennung von Wilhelmina, ihrer eigenen Tochter. Wie sie in Frankfurt erst eine gute Zeit verlebte, bis sich dann der Sohn der Herrschaften an sie herangemacht hatte – und die ganze Tragödie, die er damit ins Rollen gebracht hatte. Alles sollte sie erfahren, wirklich alles. Seltsam nur, dass sie es nicht gleich in ihrem Abschiedsbrief in Frankfurt aufgeschrieben hatte, sondern erst jetzt. Was mochte der Grund dafür sein? Es konnte wohl nur daran liegen, dass sie damals vermutlich noch viel zu stark unter dem Eindruck des fürchterlichen Geschehens gestanden hatte, dem sie hilflos ausgeliefert gewesen war. Umso wichtiger erschien es ihr, dass Margret nun die Wahrheit erfahren würde. Die ganze Geschichte. Aber jetzt war der Platz auf dem beidseitig eng beschriebenen Papier endgültig zu Ende. Sie musste zum Ende kommen. »Ich hoffe, es geht dir gut und diese Post wird dich eines Tages wohlbehalten erreichen. Ich grüße dich herzlich in Sehnsucht und Liebe! Deine Schwester Johanna!«

Seltsam, den ganzen Tag über war Johanna während des Schreibens, so wohltuend sie das auch empfunden hatte, ein eigenartiges, bedrückendes Gefühl nicht losgeworden. Was das wohl bedeuten mochte? Aber so sehr sie auch darüber nachgrübelte: Sie fand es nicht heraus.
Es war der 28. Oktober 1858, der Tag, an dem in Treschklingen ihre Tante Maria starb, die jüngere Schwester ihrer Mutter – aber das sollte Johanna nie erfahren.

Am späten Nachmittag waren sie dann auf die der untergehenden Sonne gegenüberliegende Seite des Schiffes gegangen (»denn da ist Osten, dorthin geht es nach Europa«, hatte ihr Frieder knapp erklärt), von der aus Johanna die versiegelte Flasche mit ihrem Brief an Margret in hohem Bogen über Bord warf. Wenige Minuten später war sie in den dunklen Wellen verschwunden.
Ob die Flaschenpost wohl jemals ihr Ziel erreichen würde? »Das kann man nie wissen«, wiegte Frieder nach-

denklich den Kopf. »Mal ist es so, dann wieder so. Die eine Flasche wird schon nach wenigen Wochen unversehrt ans Ufer gespült, die andere zerschellt an irgendwelchen Klippen, wieder andere werden niemals gefunden – und manche… manche erst nach einhundert oder mehr Jahren.«
Ein kühler Schauder wogte über Johannas Rücken. In einhundert oder noch mehr Jahren! Aber wer sollte ihre Post dann noch lesen? Der Inhalt würde keinen mehr interessieren. Niemand würde sich so viele Jahre später noch an sie erinnern. An eine junge Frau, die Mitte des 19. Jahrhunderts aufgebrochen war, um in Amerika ihr Glück zu finden. Nie wieder hatten sie etwas von ihr gehört, so sehnsüchtig ihre Schwester auch jahrelang auf ein Lebenszeichen gehofft haben mochte. Es war keine Nachricht angekommen. In Treschklingen musste sie irgendwann als endgültig verschollen gelten – aufgesogen von den unendlichen Weiten der neuen Welt.
»Ja, das wäre beileibe nicht das erste Mal«, schreckte Frieders tiefer Bass Johanna aus ihren Gedanken. »Aber dann wird längst niemand mehr wissen, wer wir gewesen sind.«

*

Die Tage der Überfahrt zogen sich endlos in die Länge. Ein Tag wie der andere. Nichts als das schwarzgraue Wasser um sie herum, kein Vogel am Himmel, kein Land in Sicht, kein Schiff, das ihre Route kreuzte. Nichts. Nur Wasser und der endlos weite Horizont. »Wie hälst du das nur aus, Frieder? Ein ums andere Mal? Diese fürchterliche Langeweile. Wie oft bist du schon zwischen Amerika und Bremerhaven hin- und hergefahren?«

»Es ist mein Beruf« zuckte der alte Matrose verständnislos mit den Schultern. »Davon lebe ich. Und ich kann dir sagen, mir ist diese Langeweile zehnmal lieber, als irgend etwas anderes. Ich habe da schon Dinge auf den Überfahrten erlebt… also ich sage dir: sei froh und dankbar, dass diese Passage so eintönig verläuft.«

Als hätte es Johanna mit ihrem Seufzer geradezu heraufbeschworen, war Frieder am nächsten Morgen mit sorgenvoller Miene zu ihr gekommen. »Jetzt haben wir den Salat! Jetzt sind bei der Mannschaft die Blattern ausgebrochen!«

»Die Blattern? Du meinst die Pocken? Aber das ist doch eine Kinderkrankheit, oder etwa nicht?«

»Eine Kinderkrankheit!« schnaubte Frieder. »Von wegen! Ganze Indianerstämme sind schon daran gestorben und auf so einem Schiff, wie dem unseren, ist es durchaus möglich, dass es auch einige Tote geben wird. Das erlebe ich leider nicht zum ersten Mal. Da kannst du nur hoffen und beten, dass es dich nicht erwischt. Schau zu, dass du mit möglichst wenig Menschen in Berührung kommst.«

»Ich habe gedacht, nur die Matrosen seien krank geworden.«

»Das kann sich ruck-zuck in eine andere Richtung entwickeln. Wer weiß, wen sie unwissentlich bereits angesteckt haben, bevor die Krankheit dann bei ihnen ausgebrochen ist. Also: sei vorsichtig und halte Abstand.«

Bis Mittag war die Zahl der Erkrankten von vier auf acht angestiegen – und Frieders Miene verhieß nichts Gutes.
»Der Bootsmaat hat gesagt, wir müssten sie völlig isolieren. Sie müssen sich vorne auf dem Deck aufhalten und dürfen auf gar keinen Fall mit uns anderen in Berührung kommen. Sonst Gnade uns Gott!«
»Ja, aber wer soll ihnen dann helfen? Dazu noch auf dem offenen Deck! Bei dieser Kälte, bei Wind und Regen! Sie werden sich den Tod holen!«
»Es ist leider so, wie es ist. Sie müssen sich selber helfen – und wir können nur hoffen, dass sie es schaffen. Unter dem Segeltuch können sie sich vor der Nässe schützen und mit den Decken, die ihnen der Kapitän hat bereitstellen lassen, werden sie es einigermaßen warm haben. Ich weiß, ich weiß«, winkte er müde ab. »Es ist keine angenehme Vorstellung, sie dort draußen ihrem Schicksal zu überlassen. Aber es ist im Interesse der Mehrheit. Wenn wir sie unter Deck lassen, könnte sich die Krankheit rasend schnell verbreiten. Und damit ist niemand geholfen, wenn das ganze Schiff angesteckt wird. Falls es nicht ohnehin schon der Fall ist …«

Drei Tage später zog ein langgestreckter Klagelaut über das ganze Deck, so jammervoll und hoffnungslos, dass auf der »Gauss« niemanden unberührt ließ. Er kam aus dem Mund eines Kranken, dessen Körper über und über mit eitrigen Blasen bedeckt war. »Ich kann nichts mehr sehen! Und überall tut es weh! Helft mir doch bitte: helft mir!«
»Das ist ja fürchterlich. Kann man denn wirklich gar nichts tun und dem armen Teufel helfen?«
Frieder schüttelte betrübt den Kopf. »Ich habe gesehen, dass der Maat Bilsenkraut für ihn vorne an der Absperrung bereit gelegt hat, das lindert zumindest die ärgsten Schmerzen.«
»Bilsenkraut! Das ist doch giftig! Bei uns im Dorf, da haben sie erzählt, dass jemand vom Bilsenkraut wahnsinnig geworden ist!«

»Man muss aufpassen, wieviel man davon nimmt. Aber wenn es richtig dosiert ist, dann wird er wenigstens keine schlimmen Schmerzen mehr verspüren.«

»Aber vor dem Erblinden wird das ihn nicht retten, oder?«

»Ich fürchte nein. Wahrscheinlich wird er blind werden.«

Plötzlich ertönte vorne von der Luvseite ein markerschütternder Schrei, dem Sekundenbruchteile später ein lautes Platschen folgte.

»Mann über Bord!« schrie der Ausguck von seinem Korb am Vordermasten herunter. »Mann über Bord!«

Alle waren sofort an die Reling geeilt und starrten angestrengt auf die unruhige Wasserfläche. Doch von dem Mann war nichts mehr zu sehen. »Vermutlich ist er unter den Kiel geraten! Schaut auch auf der anderen Seite, ob ihr etwas erkennen könnt.« Der Mann blieb verschwunden.

»Er hat seinem Leiden selbst ein Ende gesetzt – solange er dazu noch in der Lage war. Das Beste, was er machen konnte.«

Johanna nickte betroffen. »Wahrscheinlich hast du Recht. Aber es ist trotzdem ein schreckliches Gefühl, wenn ich daran denke, dass er nun irgendwo auf dem Meeresgrund begraben ist. Und keiner seiner Angehörigen kann an sein Grab, um ihn zu trauern. Der arme Kerl.«

»Seemannslos«, murmelte Frieder achselzuckend. »Lass uns für seine arme Seele beten und für die anderen Kranken, dass sie mit dem Leben davon kommen.«

Zumindest diese Hoffnung ging in Erfüllung. Kein weiterer Mensch auf dem Schiff erkrankte mehr an den Pocken und die Erkrankten schienen sich allmählich auf dem Weg der Besserung zu befinden. Auch nach Meinung des Bootsmaats bestand eindeutig Grund zur Zuversicht.

Am 15. November spielte ein zufriedenes Lächeln um Frieders Lippen, während er an der Reling stand und mit seiner Nase genussvoll in den Wind schnupperte.

»Was ist denn mit dir los? Was findest du gerade so lustig?« schob sich Johanna neugierig neben ihn.
»Ich genieße die Landluft.«
»Die Landluft? Du meinst die Meeresbrise.«
»Nein, nein. Ich meine die Landluft. Wir müssten nämlich bald da sein. Charleston ist nicht mehr weit.«
Überrascht riss Johanna die Augen auf. »Woran willst du das gemerkt haben? Ich sehe überall nur Wasser und kein Land weit und breit – und riechen tue ich gleich zweimal nichts?«
»Das merkt man halt als alter Klabautermann«, gab Frieder grinsend zurück.
Johanna knuffte ihn in die Seite. »Ach komm! Veräppeln kann ich mich selber!«
»Ich veräppele dich nicht! Ganz im Ernst: spürst du nicht, dass es wärmer geworden ist? Und schau, dort oben, der kleine schwarze Punkt da am Himmel! Das ist ein Vogel!«
»Ich sehe nichts.«
»Doch, doch. Du musst nur ganz genau hinschauen. Das ist sogar nicht nur einer, da sind gleich ein halbes Dutzend. Möwen vermutlich.«
Doch so angestrengt Johanna auch ihre Augen zusammen kniff und an den Himmel starrte: sie konnte weder die Vögel, noch irgendwelche schwarzen Punkte dort oben entdecken. »Beim besten Willen: ich sehe nichts. Das ist mir völlig schleierhaft, wie du da irgend einen angeblichen Punkt zu erkennen glaubst.««
»Wenn du so lange zur See gefahren wärst, wie ich, dann hättest du auch solche Adleraugen. Heinrich!« formte Frieder seine Hände zu einem Trichter und rief laut zu dem Mann im Ausguck hinauf. »Siehst du es auch?«
»Du meinst die Möwen?« schallte es augenblicklich zurück. »Natürlich sehe ich die. Glaubst du denn, der Kapitän hat einen Blinden ins Krähennest gesetzt?«
»Da hast du die Antwort«, schmunzelte Frieder. »Glaubst du mir jetzt endlich?«

»Entschuldige bitte!« Johanna setzte eine zerknirschte Miene auf. »Ich sehe trotzdem immer noch nichts. Zumindest nicht am Himmel – im Gegensatz zu diesen riesigen Fischen da im Wasser. Die sehen ja vielleicht seltsam aus, mit dieser gezackten Flosse auf dem Rücken!«
»So was hast du noch nicht gesehen, nicht wahr? Das sind andere Kaliber als diese mickrigen Karpfen, die bei euch in den Teichen herumdümpeln. Und gefährlich sind sie auch. Das sind richtige Raubtiere. Also: ich an deiner Stelle würde da lieber nicht ins Wasser springen.«
»Das habe ich sowieso nicht vor. Dazu müsste ich nämlich erst einmal schwimmen lernen.«
»Eine Sorge weniger also. Da, das müsste jetzt aber auch so eine Landratte wie du erkennen können: dort vorne am Horizont!« Frieder streckte den Arm weit aus. »Siehst du es: die beiden dunklen Punkte? Das sind gleich zwei Segelschiffe hintereinander. Und so schnell, wie sie uns näher kommen, haben sie einen guten Wind im Rücken.«
»Ja, jetzt kann ich etwas erkennen. Da ist eins – und richtig, daneben gleich nochmal eins«, bestätigte Johanna aufgeregt.
»Und das ist noch so ein Zeichen, dass bald Land in Sicht kommen wird. Mit anderen Worten: es wird nicht mehr allzu lange dauern, bis wir die Hafeneinfahrt von Charleston passieren werden.«
»Juhu! Endlich! Ich kann es kaum noch erwarten!«
Seltsamerweise machte Frieder aber keinerlei Anstalten, in Johannas Jubel einzustimmen. Eher im Gegenteil. »Schade!«
Johanna runzelte irritiert die Stirn. »Wieso schade?«
»Na ja … du kannst es wohl kaum erwarten, mich loszuwerden.«
»Ach Frieder, wie kommst du denn auf so etwas? Ich bin nur froh, dass ich bald wieder festen Boden unter die Füße bekomme.«

Der alte Fahrensmann maß sie mit einem traurigen Blick. »Und ich alter Trottel – ich hätte mich beinahe an dich gewöhnt. Nun ja …«

»Dann komm halt mit!«

Abwehrend hob Frieder die Hände. »Nein, nein. Dauernd an Land zu sein, das ist nichts für so einen Seebären wie mich. Ich gehöre aufs Wasser und da werde ich auch bleiben, bis ich eines Tages im Meer mein Grab finde. Im Meer, dort, wo ich hin gehöre.«

»Frieder! Hör sofort auf, so einen Unsinn zu reden!«

»Das ist kein Unsinn. Das ist die Realität. Und der Wahrheit kann man getrost ins Auge sehen. Apropos: weißt du eigentlich, was Grab auf Englisch heißt?«

»Das will ich gar nicht wissen!« brach es impulsiv aus der verstörten Johanna heraus, die grußlos davon stürmte und einen verdatterten Frieder zurück ließ, der sich nachdenklich mit der schwieligen rechten Hand über seinen Vollbart strich. »Mein armes Mädchen, wieso um alles in der Welt hast du es denn nicht geschafft, dir ein dickeres Fell zuzulegen? Du wirst es schwer haben, mit deinem empfindsamen Gemüt in diesem merkwürdigen Land. Hoffentlich lernst du die richtigen Leute kennen. Ich wünsche es dir jedenfalls von ganzem Herzen!« Verstohlen wischte er sich mit dem Zeigefinger eine Träne aus dem Augenwinkel und atmete tief durch.

Am 18. November 1858 schoben sich die Befestigungsanlagen von Sullivan Island in ihr Blickfeld. Die Bucht von Charleston war erreicht!

»Fort Moultrie! Wie ich mich freue jedes Mal, wenn ich es wiedersehe! Das war eine der schnellsten Fahrten, die ich auf der alten »Gauss« jemals mitgemacht habe«, schürzte Frieder anerkennend die Lippen, »Ganze 39 Tage haben wir nur gebraucht! Donnerwetter! Und die Zeit ist wie im Flug vergangen.«

»Na ja« verzog Johanna das Gesicht. »So schnell ist es mir nun auch wieder nicht vorgekommen. Ich möchte mir gar nicht ausmalen wie es ist, wenn die Überfahrt doppelt oder gar dreimal so lange dauert ...«

»... was absolut im Bereich des Möglichen liegt. Vergiss nicht: wir sind immerhin von einem Kontinent zum anderen gesegelt – das sind viele tausend Seemeilen, die wir dabei hinter uns gebracht haben.«

»Jaja, du hast ja Recht. Wenn ich mir diese Entfernungen vorstelle, dann wird mir gleich ganz schummerig. Aber sag einmal, was ist das da drüben für eine Burg?«, deutete sie auf die gegenüberliegende Seite der großen Bucht, die von einem mächtigen Bauwerk dominiert wurde.

»Das heißt in Amerika Fort. Das dort ist das Fort Sumter. Mit diesen beiden Verteidigungsanlagen können sie ihren Hafen perfekt schützen. An den Kanonen von Fort Moultrie und Fort Sumter kommt keine Maus vorbei, wenn sie das nicht wollen. Und ein Piratenschiff genauso wenig. So!«, unternehmungslustig spuckte Frieder in die Hände. »Bevor wir jetzt aber endgültig im Hafen anlanden, ist es höchste Zeit, allen unnützen Ballast über Bord zu werfen!«

»Über Bord werfen?« wiederholte Johanna verständnislos.

»Ja klar. Alles, was nicht mehr gebraucht wird. Also: alte Strohsäcke, Kleider, Geschirr, alles. Der Kapitän möchte das schließlich auf der Heimfahrt nicht dabei haben müssen.«

»Aber ins Meer? Alles einfach ins Meer?!«

»Ja, wohin denn sonst? Einfach ins Meer!« gab Frieder genauso verständnislos zurück. Seltsam, es war immer wieder dasselbe: jedes Mal diese verwunderte Frage, ob man den Ballast tatsächlich einfach ins Meer werfen solle. Als wenn irgend jemand von ihnen das verschmutzte alte Zeug noch gebrauchen könnte. Weg damit. Das Meer war schließlich groß genug.

Nachdem diese Arbeit endlich erledigt und das Schiff von einer wahren Tonnenlast befreit war (man konnte es unschwer an der Wasserlinie ablesen, die jetzt deutlich höher lag, als noch vor wenigen Stunden), versammelte der Kapitän alle Auswanderer auf Deck, um ihnen wichtige Instruktionen für die ersten Schritte in Amerika zu erteilen. »Das macht er immer so – im Gegensatz zu den meisten anderen Kapitänen, die es nicht im Geringsten schert, was mit den Leuten wird, wenn sie an Land gegangen sind. Der Wieting dagegen, das ist einer, der sich wirklich um die Menschen kümmert, die sich ihm und seinem Schiff anvertraut haben. Der betrachtet sie nicht nur als Transportmaterial, mit denen sich viel Geld verdienen läßt«, bemerkte Frieder respektvoll.

Und in der Tat versorgte der Kapitän seine Passagiere mit einer ganzen Litanei von wichtigen Hinweisen und Warnungen, bei deren Nichtbefolgen das Kapitel Auswanderung schneller in einer Tragödie enden würde, als das vielen der hoffnungsvoll-naiven Neuankömmlingen jemals in den Sinn gekommen wäre.

»Nehmt euch in Acht vor den vielen Betrügern, die hier an jeder Straßenecke lauern. Sie alle haben es auf Auswanderer wie euch abgesehen, auf Leute, die sich in Amerika nicht auskennen. Das beginnt schon bei den Fuhrmännern, die sich anbieten, euer Gepäck zu transportieren. Nehmt dafür um Gottes Willen nicht jeden, der euch ein angeblich ganz besonders günstiges Angebot macht. Ihr könnt nur solchen trauen, die mit einer Nummer versehen sind. Die sind bei den Behörden registriert, sodass man sie wiederfinden kann, wenn irgend etwas falsch gelaufen ist. Aber ihr müsst euch diese Nummer dann natürlich auch merken – sonst ist das Gepäck weg! Und zwar auf Nimmerwiedersehen! Also, noch einmal: nur Kutschen mit Nummern auswählen und sich diese Nummern merken. Das ist Schritt eins …«

»Hält der uns für blöd oder wieso wiederholt der alles, als wären wir kleine Kinder?« zischelte ein stämmiger dunkelhaariger Bursche neben Frieder und tippte sich dabei vielsagend an die Stirn.

»Der weiß schon, weshalb er das tut«, gab Frieder scharf zurück. »Die meisten von euch hören nämlich trotzdem nicht richtig zu. Du kannst es gar nicht oft genug sagen. Ich selber habe das schon zigmal erlebt: die Leute sind noch nicht einmal richtig von Bord, da ist das Unglück schon passiert. Die Koffer weg, das ganze Geld dazu. Vor lauter Freude, endlich da zu sein, lassen sie alle Vorsicht fahren.«

»Na ja, so blöd bin ich aber nicht. Ich habe mein ganzes G…«

»Ruhe dort drüben!« donnerte der Kapitän in Richtung der beiden. »Hört jetzt gefälligst zu, was ich euch zu sagen habe! Komme mir hinterher nur keiner und behaupte, ich hätte ihn nicht gewarnt. Also, wo war ich stehen geblieben? Dass ihr genau aufpassen sollt bei den Kutschen, die euer Gepäck aufladen. Nur Kutschen mit Nummern nehmen und sich die Nummern gut merken.«

In gespielter Verzweiflung rollte der Bursche neben Frieder mit den Augen, was der alte Matrose mit einem unsanften Ellbogenstoß in dessen Seite quittierte.

»Dann zur Weiterrcise. Egal, in welche Richtung ihr auch wollt: die Billetts für die Kutschfahrt bitte nur bei den offiziellen Stellen kaufen, auf gar keinen Fall bei irgendwelchen Straßenhändlern. Es gibt für die Billetts amtlich zugelassene Verkaufsstellen und nur die Fahrkarten, die ihr dort kauft, werden anerkannt. Wenn man euch auf der Straße solche Fahrkarten anbietet, womöglich gar zu einem besonders guten Preis, dann sind das grundsätzlich Fälschungen. Und das bedeutet: das Geld für das angebliche Billett ist weg und trotzdem gibt es keine Weiterreise. Also bitte: nur in die offiziellen Verkaufsstellen gehen. Dann noch etwas: nehmt bitte grundsätzlich kein Papiergeld an, sondern nur amerikanisches Silbergeld. Das Papiergeld wird oft gefälscht, das Silbergeld dagegen ist echt. Alles verstanden?«

Alle Passagiere nickten eifrig mit den Köpfen: Die Freude, endlich am Ziel angelangt zu sein, spiegelte sich überdeutlich auf ihren Mienen wider. Am Ziel ihrer Träume – nur ein paar Schritte trennten sie noch von einer besseren Zukunft.

Es schien so, als sei es ausschließlich Johanna, die nicht gar so optimistisch dreinschaute. »Was hast du?« blickte ihr Frieder forschend in die Augen. »Ist irgendwas mit dir? Angst vor dem, was nun kommen wird?«

Johanna zuckte zögernd mit den Schultern. »Ich weiß nicht. Ich habe mich nur grade darüber gewundert, wovor uns der Kapitän gewarnt hat. Damit hatte ich ehrlich gesagt gar nicht gerechnet …«

»Dass man vorsichtig sein muss?«

»Ja …«. Verlegen biss sich die junge Frau auf die Lippen. »Weißt du, Frieder: Irgendwie habe ich an so etwas gar nicht gedacht. Ich war der Meinung, dass in Amerika alles gut ist. Dass es da keine Betrüger gibt, keine Diebe, keine schlechten Menschen …«

»Keine schlechten Menschen! Schlechte Menschen gibt es überall. Auch in Amerika. Wieso soll es denn ausgerechnet hier anders sein?«

»Weil … weil …« Johanna wrang unsicher die Hände. » … weil doch alle hierher kommen, um ein besseres Leben zu finden. Weil sie das Alte zurückgelassen haben. Die Sorgen, die Not, das Elend. Wir alle sind doch in der Hoffnung weggegangen, dass hier alles gut werden wird. Und dann so etwas: Diebe, Gauner und Betrüger, kaum dass du deinen Fuß in dieses Land gesetzt hast.«

Nachdenklich kratzte sich Frieder am Hals, dann musterte er sie sorgenvoll. »Kann man denn tatsächlich so einfältig sein? Hast du das wirklich geglaubt?«

Johanna nickte, während sich ihre Augen langsam mit Tränen füllten. Bekümmert schüttelte Frieder den Kopf und nahm sie sanft in die Arme. »Dann musst du aber ganz schnell noch ganz viel lernen«, flüsterte er leise. »Vorher lasse ich dich nicht von Bord. Auf gar keinen Fall!«

Am Nachmittag war die Euphorie der Passagiere verschwunden. Seit Stunden dümpelte die »Gauss« bereits vor der Bucht von Charleston und wartete auf die Ankunft des Lotsen, der das Schiff in den Hafen steuern sollte. Doch nichts geschah. »Jetzt haben wir in aller Eile alles zusammengepackt und den ganzen Ballast über Bord geworfen. Es konnte ja gar nicht schnell genug gehen. Und kaum ist das geschehen, tut sich rein gar nichts mehr. Woran liegt es denn?«
»Keine Ahnung.«
»Wahrscheinlich macht der Lotse sein Mittagsschläfchen.«
»Sonst noch was: der soll jetzt gefälligst erscheinen. Das ist ja die reine Folter: da sind wir nur noch einen Steinwurf weit weg von Amerika, und ausgerechnet jetzt geht nichts mehr weiter.«
»Kann man denn nicht eine Flagge hissen oder einen Schuss abfeuern, dass diese Siebenschläfer dort im Hafen aufwachen und uns hineinlassen?«
»Eine Flagge hat der Kapitän ja schon gehisst.«
»Wo denn?«
»Na, dort, am Vordermast: die gelbe!«
»Was die wohl bedeuten soll?«
»Ist doch klar: dass wir in den Hafen einfahren wollen. Dass endlich der Lotse kommen soll.«
»Das scheint denen aber schnurzegal zu sein. Vielleicht wäre so ein Schuss doch besser, um sie aufzuwecken.«
Die Zeit verging…

Dann endlich, die Sonne stand nur noch knapp über dem Horizont, näherte sich der »Gauss« ein Boot. Rasch kam Bewegung in die Auswanderer.
»Na endlich!«
»Der Lotse kommt!«
»Es geht weiter«
Doch sie hatten sich zu früh gefreut. In deutlichem Abstand vor der »Gauss« stoppte das Boot ab.

»Was soll denn das?«
»Wieso kommt der Lotse nicht rüber?«
»Und was soll diese gelb-schwarze Flagge, die sie jetzt hissen?«
»Seid mal ruhig. Da wird etwas gerufen!«
Am Vorderdeck des vermeintlichen Lotsenbootes, von dessen Mast eine Flagge mit zwei schwarzen und zwei gelben Quadraten wehte, hatte sich ein dunkel gekleideter Mann aufgebaut, der eine Flüstertüte an den Mund hielt und dem Kapitän der »Gauss« knappe Anweisungen hinüber rief.
»Wieso kommt denn der nicht näher? Man versteht ja kaum etwas!«
»Sei ruhig, sonst verstehe ich gar nichts mehr!«

Keine Minute später sahen sie Kapitän Wieting knapp mit dem Kopf nicken und dem Mann mit der Flüstertüte zur Bestätigung die rechte Faust mit dem emporgereckten Daumen entgegen strecken. Dann folgten einige kurze Befehle an den Steuermann, der freilich bereits aktiv geworden war, nachdem er die Botschaft ebenfalls vernommen hatte, während das andere Boot wieder auf den Hafen von Charleston zusteuerte.
»Habe ich das jetzt richtig verstanden? Da war gar kein Lotse an Bord?«
»Richtig! Und die gelbe Flagge an unserem Vordermast bedeutet nichts anderes, als dass wir eine ansteckende Krankheit an Bord haben.«
»Die Pocken! Das ist wegen der Pocken!«
»Aber die sind doch längst wieder gesund – zumindest beinahe.«
»Trotzdem muss er diese Flagge hissen – sonst kommt er in Teufels Küche.«
»Und was jetzt?« Auch Johanna blickte dem sich rasch entfernenden Boot ratlos hinterher. »Wie geht es jetzt weiter, Frieder?«

»Das ist ganz einfach. Auch das habe ich schon tausendmal erlebt. Da braucht man gar keinen solchen Aufstand zu machen. Die haben uns nur die Anweisung gegeben, zur anderen Seite der Bucht zu fahren und da Anker zu werfen. Die Hafenbehörden verweigern wegen der Pockenkranken unsere Einfahrt. Deshalb müssen wir auf eine so genannte Quarantäneposition gehen. Dort sollen wir weitere Anordnungen abwarten.«
»Und wie lange kann das dauern?«
»Schwer zu sagen«, hob Frieder die Hände in die Höhe. »Abwarten …«
»Aber wie gesagt: die Patienten sind doch fast schon ganz gesund!«
»Das kannst du denen in Charleston hundertmal sagen: die gehen lieber auf Nummer sicher. Und das verstehe ich auch.«
»Aber irgendwann müssen sie doch jemanden schicken und sich davon überzeugen, dass alle gesund sind.«
»Das wird schon kommen. Jetzt bloß nicht ungeduldig werden. Nimm dir ein Beispiel an unserem Kapitän. Was glaubst du denn, wie es den Wieting umtreibt! Denn die Quarantäne kostet den Reeder jeden Tag bares Geld, Geld, für das ihm der Kapitän direkt verantwortlich ist. Jeder Tag, den wir hier herum dümpeln, ist ein verlorener Tag. Gut möglich, dass uns damit auch die Rückfahrt mit der Baumwolleladung durch die Lappen geht, weil sich ein anderes Schiff den Frachtauftrag geschnappt hat. Und wir … wir müssen dann nach einer neuen Fracht Ausschau halten – das kann dann wieder Tage dauern. Aber das interessiert dich dann ja nicht mehr, weil du dann längst an Land gekommen bist. Nur wir alten Seebären können dann weiter auf dem Wasser verfaulen. Von dieser Warte aus betrachtet werden wir die paar Tage hier jetzt auch noch überstehen – und in der Zwischenzeit …« ein schelmisches Lächeln blitzte durch seinen Vollbart, » … in der Zwischenzeit können wir noch ein bisschen an deinem Amerikanisch feilen. Die Fortschritte, die du ge-

macht hast, sind ja wirklich staunenswert. Jetzt werden wir den Feinschliff üben – und dabei vor allen Dingen deine nach wie vor grässliche Aussprache.«

Beinahe eine Woche lang befanden sie sich nun schon auf der Quarantäneposition. Träge dümpelte die »Gauss« auf dem Wasser, während die Sonne aus einem wolkenlosen Himmel gnadenlos herunter brannte. Kaum ein Windhauch war zu spüren. Vor allem in den Zwischendecks war es unerträglich heiß und stickig – auch in der Nacht wurde es kaum besser. Nur zäh zerflossen die ereignislosen Stunden, kein Wunder, dass der Geduldsfaden von Passagieren und Mannschaft auf das Äußerste gespannt war. Schon beim geringsten Anlass kam es immer wieder zu Handgreiflichkeiten – auch die Euphorie des Ankunftstages war längst verflogen. Mit finsteren Mienen hockten die Leute an Deck und starrten dumpf vor sich auf die Planken.

Auch in Johannas Seele regten sich neuerlich Zweifel an einer guten Zukunft in ihrer neuen Heimat Amerika. Nach diesen ganzen Warnhinweisen des Kapitäns vor Dieben und Betrügern, die sie so sehr erschreckt hatten und die sie nun nicht mehr aus dem Kopf bekam. Dazu begann ihre Narbe an der Schläfe wieder schmerzhaft zu pochen. Kein Wunder, bei der unerträglichen Hitze. Wenn das so weiter ging … dann würde es nicht lange dauern, bis es weitere Erkrankungen geben würde. Womöglich würde es sogar weitere Tote geben. Und dann … dauerte die Quarantäne noch länger!
Dabei waren die Pocken mittlerweile doch eindeutig überstanden: alle drei Kranken waren tatsächlich wieder gesund geworden. Zwar noch ziemlich schwach, aber am Leben geblieben, wobei der dritte freilich sein Augenlicht für immer verloren hatte. Der arme Kerl. Auf ihre Frage, was wohl aus ihm werden würde, einem Matrosen, der nichts mehr sehen konnte, hatte Frieder nur traurig mit

der Schulter gezuckt und gemeint, das würde sich dann relativ bald zeigen, wenn man wieder zurück in Bremerhaven sei. »Ich fürchte, der arme Teufel wird seine Tage wohl auf der Straße fristen müssen, er hat ja keine Angehörigen. Vielleicht hilft ihm die Armenfürsorge und vielleicht kann Wieting unseren Reeder dazu bringen, dass er ihm eine kleine Barschaft zur Verfügung stellt. Aber ansonsten …« Frieder brauchte gar nicht weiter zu sprechen.

Kurz nach Morgengrauen wurden sie vom metallischen Geräusch rasselnder Ketten geweckt. »Der Kapitän lässt den Anker lichten! Es geht los!«
Ächzend setzte sich der riesige Schiffskörper in Bewegung, während Frieder der erstaunten Johanna leise erklärte, wem diese neue Entwicklung zu verdanken war. »Ich habe gestern Abend gesehen, wie sich Wieting im Schutz der Dunkelheit hat an Land bringen lassen. Dort hat er offenbar den Hafenmeister und den zuständigen Arzt bestochen, das ist allemal billiger, als ewig auf die offizielle Freigabe der Quarantäne zu warten und noch mehr Zeit zu vertrödeln.«
»Meinst du wirklich, dass er das getan hat?«
»Das meine ich nicht nur, das weiß ich. Auch das ist nicht das erste Mal, dass ich das erlebe. Du siehst also: auch in dieser Hinsicht geht es in der viel gelobten Neuen Welt kein bisschen anders zu, als im alten Europa. Wo Menschen sind, da gibt es immer solche und andere. Merk dir, was ein alter Seebär wie ich dazu sagt!«
Johanna spürte ihr Herz heftig klopfen. Jetzt also waren es höchstens noch einige wenige Stunden, die sie von der Ankunft in Amerika trennten.
»Du musst aber höllisch aufpassen – denn du stehst ja schließlich auf keiner Passagierliste – und wenn sie dich erwischen, dann werden sie dich als »blinden« Passagier sofort zurück schicken. In einem Hafen wie in Charleston gibt es Leute, die sich auf solche wie dich regelrecht spe-

zialisiert haben: die bekommen nämlich ein Kopfgeld für jeden illegalen Einwandere, den sie entdecken. Und der Kapitän muss dich nicht nur zurück aufs Schiff nehmen, sondern er bekommt obendrein auch noch eine saftige Strafe aufgebrummt. Deshalb soll ich dir von Wieting ausrichten, dass du dich noch ein bisschen gedulden sollst mit dem von Bord Gehen. Und dass eines klar ist: du darfst dich natürlich auch nicht bei der Aufnahmebehörde zeigen, denn dort merken die sofort, dass kein Geldnachweis für dich ausgestellt ist. Sollte dich anfangs in den ersten Stunden in Charleston doch jemand mit merkwürdigen Fragen behelligen, sollst du, so hat es Wieting entschieden, zur Not sagen, du gehörst zu seiner Mannschaft. Du seist nur eine Kombüsenhelferin – und selbstverständlich würdest du wieder auf der »Gauss« zurück segeln. Etwas anderes sei gar nie geplant gewesen. Das ist wichtig, dass du dieses Stichwort nennst, denn sie werden dich und Wieting in diesem Fall einzeln verhören. Und ihr müsst unbedingt dasselbe sagen.«
»Sicher. Danke! Das ist aber nett von dem Kapitän!«
»Ich sage es ja: der Wieting ist keiner von diesen Geiern, wie die meisten anderen. Aber in diesem Fall ist es auch Selbstschutz. Denn wenn sie ihn drankriegen und entdecken, dass er eine illegale Einwandererin einschleust, dann hat er nichts zu lachen – hier nicht und bei seinem Reeder gleich zweimal nicht!«
»Das ist klar«, nickte Johanna ernst. »Sag ihm bitte, dass ich ihm ganz herzlich danke, dass er das für mich gemacht hat.«
»Das kannst du nachher selber tun. Er hat nämlich gesagt, ich soll dich bei ihm vorbei führen, damit er sich von dir verabschieden kann, wenn ich dich vom Schiff bringe.«

Als sich nach diesem langen Tag, an dem die Auswanderer mit hoffnungsvollen Mienen das Schiff verlassen hatten, endlich die Dunkelheit über den Hafen senkte, war

die unter einer großen Segeltuchplane versteckte Johanna von Frieder auf einem kleinen Kahn an eine abseits gelegene Stelle des Hafens gerudert worden, wo sie lautlos an Land glitten.
»Du kannst kommen«, flüsterte Frieder. »Keiner hat uns gesehen. Jetzt! Rasch! Da rüber – zum Gebüsch dort!«

Hastig kroch Johanna unter dem Segeltuch hervor und kletterte aus dem Boot. Es war ein seltsames Gefühl, wieder auf dem festen Erdboden zu stehen und nicht auf den Planken eines schwankenden Schiffs. Auch wenn der Erdboden aus Sand und Steinen bestand. Unsicher stolperte sie zu dem großen Busch hinüber, der ihnen Deckung bot. Frieder hatte ihr Schwanken mit einem amüsierten Lächeln beobachtet. »Das gibt sich schnell. Nach fünf Minuten Fußmarsch bist du den Seemannsgang wieder los.«
»Und was machen wir jetzt?«
»Wir gehen jetzt noch ein kleines Stück weiter. Ich weiß in der Nähe vom Hafen eine gute Stelle, wo wir bis morgen früh bleiben können. Da entdeckt uns keiner. Und sobald die Sonne aufgeht, werden wir uns unter die Leute mischen und zwar genau so, als würden wir schon seit Jahren ganz selbstverständlich dazu gehören.«
»Aha …« Johanna wiegte zweifelnd den Kopf. »Und du meinst, das werden sie uns so einfach abnehmen?«
»Warum denn nicht. Charleston ist schließlich eine große Stadt und unter den vielen Menschen hier fallen wir deshalb auch nicht weiter auf. Wichtig war es, dass ich dich habe hier an Land bringen können, ohne dass uns jemand bemerkt hat. Alles andere kommt jetzt von ganz allein. Wenn morgen früh das Leben in der Stadt erwacht, dann werden wir ganz selbstverständlich im Strom der Leute mitschwimmen.«
In der Zwischenzeit waren sie unbehelligt an dem Ort angelangt, den Frieder zu ihrem Nachtlager auserkoren

hatte, einem kleinen Park in Hafennähe: »Schau, hier können wir bleiben.«
»Wir? Du willst also wirklich bei mir bleiben? Musst du denn nicht zurück auf das Schiff?«
»Das hat Zeit. Wir werden mindestens eine Woche, wenn nicht länger, im Hafen liegen. Denn der Kapitän muss sich ja um die Ladung für die Rückfahrt kümmern – ich bin mal gespannt, ob er die Baumwolle nun doch noch transportieren kann, oder ob er auf einen anderen Auftrag warten muss. Das dauert. Wichtig ist jetzt auf alle Fälle, dass ich dich an eine Stelle bringe, von der aus du gefahrlos weiter reisen kannst. Du solltest auf alle Fälle ein Stück weiter ins Landesinnere gehen.«
»Und wohin genau? Was ist das für eine Stelle, zu der du mich bringen willst?«
»Das erzähle ich dir alles morgen früh. Jetzt mach die Augen zu und versuche zu schlafen. Der morgige Tag wird anstrengend genug für dich werden!«

*

Gleich bei den ersten Strahlen der Morgensonne war Johanna aus ihrem unruhigen Schlaf erwacht. Müde richtete sie sich auf und rieb sich die Augen. Dann sah sie sich mit wachsendem Erstaunen um. »Grün! Das ist alles so herrlich grün hier! Und wie die Vögel zwitschern! Das ist ein Gesang, den ich noch nie gehört habe! Ganz anders als zuhause bei uns.«

»Du bist ja hier auch auf einem anderen Kontinent«, knurrte es schläfrig aus Frieders Richtung. »Guten Morgen übrigens. Willkommen in der Neuen Welt!«

»Guten Morgen. Entschuldige Frieder. Aber all das hier… die Pflanzen, die Vögel, diese wunderschönen prächtigen Häuser dort drüben – mir kommt es vor, als sei das alles ein Märchen. Als befände ich mich mitten in einem wunderschönen Traum…«

»Das ist kein Traum. Das ist Charleston«, konterte Frieder trocken.

»Dass es hier so schön ist, das hätte ich nie gedacht. Und was sind das für eigenartige Bäume, unter denen wir geschlafen haben. Solche Bäume gibt es in Deutschland auch nicht.«

»Das sind Palmen. Die wachsen nur in Ländern, in denen es warm ist. Und in South Carolina ist es warm. Da wachsen noch ganz andere Pflanzen, über die du staunen wirst.«

»Dann war es ja wohl doch nicht ganz so falsch, dass ich auf die »Gauss« gegangen bin und nicht nach New York, wie ich das ja eigentlich geplant hatte. So schön, wie es hier ist. So grün und so viele Wasserläufe überall. Ich glaube, das ist eine wunderbare Stadt. Hier kann ich mir eine gute Zukunft vorstellen. Doch, ja. Ich glaube, das wird mir hier gelingen.«

»Jetzt mal ganz langsam mit den jungen Pferden«, versuchte Frieder die Euphorie seiner Begleiterin zu dämpfen. »Wo Licht ist, da ist bekanntlich immer auch Schatten. Bevor du nicht hinter die prachtvolle Kulisse geschaut hast, solltest du dich in deiner Begeisterung noch ein bisschen zügeln. Selbst das Venedig der Neuen Welt hat nämlich seine Schattenseiten …«

»Venedig?«

»Ja, wegen der vielen Kanäle, die sich durch die Stadt ziehen, nennen sie Charleston das Venedig der Neuen Welt – nach dem Venedig in Italien.«

»In Venedig war ich noch nie – aber ich kann mir kaum vorstellbar, dass es dort noch schöner ist als hier.«

»Das weiß ich auch nicht«, gab Frieder lakonisch zurück. »Ich war dort auch noch nie. Aber wie gesagt: es ist nicht alles Gold, was glänzt. Und in Charleston kenne ich mich einigermaßen aus, so oft, wie wir mit der »Gauss« schon hier gewesen sind.« Der alte Matrose spuckte ein Stück Kautabak aus dem Mund, um sich gleich darauf einen neuen Brocken hinter die Zähne zu schieben. »Auf jeden Fall hat die Stadt hier den großen Vorteil, dass viele Deutsche da sind. Und Arbeit gibt es in Hülle und Fülle. Auch dank des Hafens.«

»Wie groß ist Charleston eigentlich?«

»So einige zehntausend Menschen dürften es schon sein – knapp die Hälfte davon sind allerdings Sklaven. Ich weiß nicht, wie die gezählt werden, ob sie die auch zur offiziellen Statistik der Einwohner dazu rechnen oder nicht. Wobei: in Charleston ist es noch einigermaßen gut, wie sie mit den Sklaven umgehen …«

»Was willst du damit sagen?«

Frieder beschrieb eine Grimasse und schnippte gleichzeitig einen imaginären Krümel von der Hand. »Na ja«, begann er zögernd. »Also, das mit der Sklaverei, das ist so eine Sache, die mir ganz und gar nicht gefallen will. Mit welchem Recht darf sich der eine über den anderen erheben und behaupten, dieser andere Mensch sei nun sein Eigentum. Nicht mehr, als irgendein Gegenstand in seinem Besitz, mit dem er machen kann, was er will. Also das habe ich noch nie verstanden, wie man in einem angeblich zivilisierten Land so etwas zulassen kann. Im Land der angeblich grenzenlosen Freiheit. Und es sind Zehntausende, ach was: Hunderttausende, die als Sklaven gehalten werden. Gerade hier, in South Carolina. Allein in diesem Staat sind beinahe zwei Drittel der Bevölkerung Sklaven. Und mit denen darf ihr Master machen, was er will. Nur, weil sie eine andere Hautfarbe haben. Wieso einer deswegen meint, etwas Besseres zu sein, bloß weil seine Haut weiß anstatt schwarz ist, das erkläre mir mal. Ich für meinen Teil begreife das jedenfalls nicht! Und in der Bibel finde ich auch keine Stelle, die das rechtfertigt. Und dabei wollen hier alle so gute Christen sein. Christen! Von wegen! Pah!«

Der ansonsten so ruhige und besonnene Frieder hatte sich richtiggehend in Rage geredet. Aufgewühlt spuckte er ein weiteres Stück Kautabak vor sich auf den Boden. Johanna beäugte ihren Gefährten erstaunt und ließ vorsichtshalber eine gewisse Zeit verstreichen, bevor sie ihm zaghaft die nächste Frage stellte.

»Und das geht gut? Gibt es in Amerika denn nicht auch Menschen, weiße Menschen meine ich, die das mit der Sklaverei anders sehen?«

»Doch die gibt es. Und so allmählich kann man sogar so etwas wie eine Trennungslinie erkennen, die sich mitten durch Amerika zieht. Die weiter nördlich gelegenen Staaten sind gegen die Sklaverei, die südlichen dafür. Offiziell ist die Beschaffung von neuen Sklaven sogar illegal – seit vielen Jahren schon verboten. Das Gesetz schreibt vor, dass man nur noch diejenigen als Sklaven halt darf, die als Sklaven in Amerika geboren wurden, die also von Sklaven abstammen oder selber welche sind. Was für ein Irrsinn! Aber immerhin: es war ein erster Fortschritt im Kampf gegen die Sklaverei, dass der Handel mit neuen Sklaven verboten ist. Aber das schert die Farmer im Süden überhaupt nicht – deshalb sind die Auseinandersetzungen zwischen den so genannten Nordstaaten und den

Südstaaten in der letzten Zeit immer heftiger geworden. Vor allem seit den Vorfällen, die noch gar nicht lange her sind, als hier im Fort Sumter 300 Sklaven untergebracht gewesen sind, die von einem Schiff namens Echo herunter kamen, das diese Menschen in Afrika eingefangen hatte. Damals ist auf Befehl der Regierung das Schiff geentert worden, die Sklaven wurden befreit und zurück nach Afrika gebracht, während man den Kapitän verhaftet, als Piraten angeklagt und vor Gericht gestellt hat. Das hat natürlich mächtig Wellen geschlagen, auf der einen wie auf der anderen Seite – und seitdem ist böses Blut in der Stadt. Hinter den prächtigen Fassaden brodelt es hier ganz gewaltig.«

Johanna konnte sich auf all diese verwirrenden Begriffen keinen richtigen Reim machen. »Sklaven, Piraten, Menschenhandel … aber im Grunde genommen ging sie das ja auch gar nichts an. Hauptsache, sie war endlich angekommen in der Neuen Welt. Jetzt galt es, zuversichtlich nach vorne zu schauen und ein neues Leben zu beginnen. Auch wenn sie an manchen Tagen einen schmerzhaften Stich in der Magengegend verspürte, wenn sich das Heimweh unvermittelt aus ihrer Erinnerung meldete, Margret … Wilhelmina … das alles galt es nun, endgültig hinter sich zu lassen. Nach vorne schauen. Die Chance auf eine gute Zukunft erkennen und sie dann auch rasch ergreifen, wenn sie sich ihr zeigte. Darum ging es jetzt. Nur darum.

»Diese Hitze! Das ist ja noch schlimmer, als auf dem Schiff«, wischte sie sich stöhnend mit dem Handrücken über das schweißnasse Gesicht.

»Ja – an Land ist es meistens noch schlimmer, als auf dem Wasser. Aber daran wirst du dich wohl gewöhnen müssen, falls du in South Carolina bleiben möchtest, wo hier doch die Vögel so schön singen«, setzte Frieder lächelnd hinzu. »Du hast immerhin das Glück, dass ich im Auftrag unseres Kapitäns einige Kontakte in deinem Sinn spielen lassen kann. Wenn du willst, dann kann ich dich jetzt zu einem Kutscher bringen. Er heißt Jack. Das ist der Angestellte eines Plantagenbesitzers namens Scott, den unser Kapitän gut kennt. Der wird nämlich mit seiner Kutsche gleich am Hafen vorbeikommen, um einige Waren abzuholen, die wir dem Scott aus Deutschland mitgebracht haben. Den kann ich mal fragen, ob sie eventuell Bedarf für eine tüchtige junge Frau wie dich haben.«

Bald darauf war die Kutsche tatsächlich eingetroffen und während der Mann namens Jack gelangweilt neben seinem Gefährt kauerte, bis er die bestellte Ladung entgegennehmen konnte, hatte Frieder ihm die besten Empfehlungen des Kapitäns für seinen Arbeitgeber überbracht und sich gleichzeitig danach erkundigt, ob sich im Herrenhaus wohl eine Arbeit für Johanna finden ließe. Zu ihrer großen Freude hatte Jack eifrig genickt und gemeint, die Herrschaften suchten momentan dringend eine weiße Haushaltshilfe. Insofern käme so eine kräftige junge Frau wie Johanna – zumal auf ausdrücklichen Vorschlag des sehr geehrten Herrn Kapitäns – da gerade richtig. Sie hatte es also tatsächlich geschafft! Schon am Tag nach ihrer Ankunft hatte sie eine Arbeitsstelle gefunden! Das war ja phantastisch! »Frieder, kannst du ihn nur noch kurz fragen, was das für eine Plantage ist, auf der ich arbeiten kann?«

»Das kannst du genauso gut selber fragen, du maulfaule Person, du«, grinste Frieder. »Wozu habe ich dir denn wochenlang in mühevoller Arbeit diese Sprache beigebracht?! Aber gut«, er machte eine wegwerfende Handbewegung, »ich weiß es ja ohnehin. Sie bauen auf der Farm Tabak und Baumwolle an, also das, was eben üblicherweise in diesem Landstrich angebaut wird.«

Johanna klatschte freudig in die Hände. »Tabak! Das ist ja wunderbar. Das kenne ich, das haben wir zuhause in Treschklingen auch angebaut – ich habe da immer beim Trocknen und beim Sortieren geholfen.«

»Na also«, brummte Frieder. »Dann passt es ja. Aber glaube bloß nicht«, hob er warnend den Zeigefinger, »dass du etwas mit der Tabakernte zu tun haben wirst. Das ist Sklavenarbeit. Keine Arbeit für Weiße. Dir werden sie im Herrenhaus eine Arbeit geben. Eine Weiße darf keine Sklavenarbeit machen. So ist das hierzulande – aber das wirst du ja bald selber erleben.«

Keine zwei Stunden später war die Kutsche mit der Ware aus Bremerhaven beladen und nach einer kurzen, innigen Umarmung mit Frieder kletterte Johanna hastig auf den Kutschbock, um dort neben dem Kutscher Platz zu nehmen. Zum Abschied hob sie die rechte Hand, um ihrem treuen Gefährten, der sie in den vergangenen Wochen so fürsorglich begleitet hatte, ein letztes Lebewohl zuzuwinken. Doch der war bereits im emsigen Gewimmel der Menschen am Hafen verschwunden, gerade so, als habe ihn der Erdboden verschluckt. Vermutlich war es das Beste so. Auch in Frieders Augen hatte es nämlich bereits verdächtig geglitzert, als sie sich aus der Umarmung gelöst hatten. So gesehen war ein schneller Abschied allemal die bessere Lösung. Auch in dieser Hinsicht hatte ihr alter Seebär wieder einmal die richtige Entscheidung getroffen. Sie würde noch lange an ihn denken. »Machs gut, mein lieber alter Klabautermann«, murmelte sie leise. Dann ließ der Kutscher die Peitsche knallen und gab die Zügel frei: Johannas Reise in ein neues Leben ging weiter. Und die nächste Station lag bereits unmittelbar vor ihr. Vielleicht war es sogar bereits die endgültige. Das Ziel ihrer langen Reise, die sie bis nach Amerika geführt hatte. Die Zukunft!

Überwältigt von der Wucht ihrer Gefühle und Gedanken, die in diesem Moment auf sie eingestürmt waren, bemerkte sie zunächst gar nicht, wie ihr dicke Tränen über die Wangen rannen. Erst als Jack sie plötzlich erschrocken anstarrte und mit sorgenvoller Stimme fragte:

»Was hast du denn, Mädchen. Geht es dir nicht gut?« bemerkte Johanna ihre Tränen.
»Nein, nein. Es ist alles in Ordnung. Es ist nur ein bisschen … wie sagt man das bei euch …? Heimweh … Heimweh heißt es bei mir zuhause. Keine Krankheit.«
»You are not really sick? It is homesickness, isn't it?«
»Wie?« Sie hatte nichts verstanden. Gar nichts. Kein einziges Wort! Das konnte ja heiter werden! Hätte sie doch nur auf Frieder gehört und ein bisschen fleißiger diese Sprache und vor allen Dingen deren Aussprache gelernt. Vielleicht, wenn der Mann nicht ganz so schnell reden würde und sie sich gleichzeitig mehr auf diesen eigenartigen Slang konzentrieren könnte, mit dem er seine Worte über die Zunge rollen ließ. Aber eigentlich war ja klar was Jack meinte. »Homesickness: Heimweh. Wenn du ein bisschen langsamer redest, dann werden wir es vielleicht doch noch schaffen.«
Der Kutscher schenkte ihr ein warmes Lächeln. Auch er hatte nur die Hälfte von dem verstanden, was Johanna in ihrer Art von badisch gefärbtem Amerikanisch hatte sagen wollen. Dann zuckte er unbekümmert mit den Schultern und plapperte munter drauflos. Immerhin, so hatte es den Anschein, etwas langsamer, als zuvor. Auch wenn das alles für Johanna weiterhin eher wie chinesisch klang. Obwohl … da war gerade ein Wort gefallen, das sie kannte. Und jetzt noch eines. Man musste sich tatsächlich nur ein wenig in den ungewohnten Sprachklang hineinhören. Aber schon bald würde es besser gehen mit der Verständigung. Ganz sicher. Sie nickte ihm aufmunternd zu. »Rede ruhig weiter. Wir schaffen das. Einfach reden. Schön klingen tut es jedenfalls in meinen Ohren.«
Offenbar.

Mittlerweile waren sie zu einem großen Platz mitten in der Stadt gekommen, wo Jack seine Pferde behutsam zügelte. »Jetzt zeige ich dir etwas, was du ganz sicher noch

nie gesehen hast.« So oder zumindest so ähnlich sollte das wohl heißen.
Und in der Tat hatte sie so etwas noch nie zuvor in ihrem Leben zu Gesicht bekommen: in der glühenden Mittagssonne standen auf dem staubigen, großen Platz dort schwarze Menschen in langer Schlange aufgereiht, bewacht von einigen grimmig dreinschauenden Weißen, die lange Peitschen in den Händen hielten, während die zumeist apathisch vor sich hin starrenden Schwarzen von elegant gekleideten weißen Männern ausgiebig gemustert wurden.
Irritiert runzelte Johanna ihre Stirn. »Was um alles in der Welt ist das denn?«
»Das ist unser Sklavenmarkt. Hör mal, wie es da zugeht. Das verstehst du auch ohne große Sprachkenntnisse, was hier los ist.«
»Machs Maul auf, Nigger!« herrschte einer der Peitschenmänner einen groß gewachsenen Schwarzen an und riss ihn gleichzeitig grob an den Haaren. »Maul auf, habe ich gesagt!«
Doch der weiße Mann, der sich für den Sklaven interessiert zu haben schien, winkte bereits ungeduldig ab. »Diesen Nigger, den nehme ich auf keinen Fall. Der hat viel zu schlechte Zähne!«
»Dann bekommst du ihn eben billiger«, schob sich ein zweiter Weißer neben ihn.
»So billig kann der gar nicht sein, dass ich ihn dir abnehme!«
»Nur 200 Dollar. Das ist ja wirklich ein Sonderangebot!«
»200 Dollar! Dass ich nicht lache! Das ist viel zu viel! Nein, bedauere: kein Interesse!«
»150!«
»Niemals! Allerhöchstens 100.«
»Mein letztes Angebot: 120! Komm, schlag ein!«
»Nun denn! 120 Dollar und kein Cent mehr!«
Ein kräftiger Handschlag der beiden Männer – und das Feilschen um die Zukunft des Sklaven war beendet.

Tief erschüttert starrte Johanna zum Sklavenmarkt hinüber. »Habe ich das alles also wirklich richtig verstanden: der hat gerade eben 120 Dollar für einen Menschen bezahlt? Ein Menschenleben für 120 Dollar? Und jetzt gehört er ihm? Wie ein Stück Holz, ein Pferd oder ein Werkzeug? Kann das wirklich wahr sein?«

Der Kutscher schnalzte mit der Zunge, um die Pferde wieder in Bewegung zu setzen. »So ist das eben bei uns«, antwortete er gleichmütig. »Ich wollte dir nur mal einen Einblick geben, wie es hier zugeht, nachdem wir genau zur richtigen Zeit am Sklavenmarkt vorbei gekommen sind.«

»Ich kann das nicht verstehen: Menschen kaufen und Menschen verkaufen, als ob sie eine Ware wären.«

»Du wirst es schon auch noch begreifen. Außerdem: eines solltest du nicht vergessen: wenn er seine Arbeit gut macht, dann wird er es bei seinem neuen Master auch gut haben. Er bekommt jeden Tag sein Essen und hat ein Dach über dem Kopf. Das ist dort, wo er herkommt, aus dem Urwald in Afrika, nicht unbedingt so.«

»Na ja«, ließ sich Johanna nicht so leicht überzeugen. »Wenn er es selbst entscheiden könnte, was ihm lieber ist, dann wäre es etwas anderes. Aber so …« Doch wozu sich an diesem ganz besonderen Tag heute trübe Gedanken machen? Gut möglich, dass sie doch nicht alles richtig verstanden hatte, was da gerade eben ausgehandelt worden war und was ihr Jack versucht hatte, zu erklären. Eigentlich … nein: eigentlich konnte sich überhaupt nicht vorstellen, dass es ausgerechnet in diesem Land der unbegrenzten Möglichkeiten tatsächlich so gnadenlos zuging, wie sie gemeint hatte, übersetzt zu haben. Nun gut: sie hatte es ja auch mit eigenen Augen gesehen … Aber für den Sklaven gab es sicherlich eine Möglichkeit, sein Leben selbst in die Hand zu nehmen. Es konnte gar nicht anders sein. Nicht hier, nicht in diesem Land! Schluss also mit den seltsamen Überlegungen. Heute war der erste Tag in ihrem neuen Leben! Und dieses Leben sollte von Anfang an gut verlaufen. Nach vorne schauen. Nicht zurück. Niemals mehr!

Wieder ließ der Kutscher seine Peitsche scharf durch die Luft knallen, worauf die beiden Zugpferde in eine schnellere Gangart fielen. Schon bald würde sie ihr neues Zuhause erreicht haben. Und bis dahin galt es, all diese neuen Eindrücke in sich aufzunehmen, die während der Fahrt pausenlos auf sie einstürmten. Die überbordende Pracht dieser eleganten, grünen Stadt am anderen Ende der Welt. So etwas hatte sie niemals zuvor gesehen. Selbst eine Stadt wie Frankfurt musste dagegen kläglich verblassen, erst recht Mannheim, ganz zu schweigen von Rappenau oder gar Treschklingen. Und jetzt, nachdem sie Charleston hinter sich gelassen hatten, führte sie ihr Weg kilometerweit durch das flache Küstenland von South Carolina mitten hinein in die üppige Vegetation dieses paradiesischen Landstrichs! Nicht den Hauch einer Ahnung besaßen sie zuhause, wie es in den anderen Teilen dieser Welt ausschaute! Ja, sie hatte richtig gehandelt mit ihrer Entscheidung, dem alten Kontinent für immer den Rücken zu kehren: Alles würde sich zum Guten entwickeln.

Johanna legte den Kopf in den Nacken und schloss für einen Moment die Augen. Dankbar genoss sie den kühlenden Fahrtwind. Es war tatsächlich eine Lust zu leben. Was für ein beglückender Gedanke, der ihr niemals zuvor in den Sinn gekommen war!
Doch ihr Glücksgefühl war nicht von langer Dauer.
»Aua!«
Ein schmerzhafter Stich in ihre Wange ließ sie zusammen zucken. Und noch einer! Während die junge Frau den Zeigefinger befeuchtete, um die heftig juckenden Stellen mit Speichel zu bedecken, wurden es immer mehr Mücken, die plötzlich um sie herum schwirrten.
Myriaden von Stechmücken!

Man konnte sie gar nicht so schnell vertreiben, wie sie zustachen.
Es sei das Gebiet, in dem es viele Sümpfe gäbe, das sie momentan durchquerten, schien ihr Jack, vorausgesetzt, sie hatte ihn richtig verstanden, erklären zu wollen. »Und wo es viele Sümpfe gibt, da gibt es auch viele Mücken.«
»Das ist bei uns in Deutschland auch nicht anders«, gab Johanna zurück, während sie sich gegen den nächsten Ansturm zur Wehr setzte. »Nur, dass es bei uns nicht so weh tut. Was sind denn das nur für Viecher?!« Überall, so schien es ihr, hatten die Mücken inzwischen zugestochen.
»Das dauert jetzt noch eine gute Stunde lang, dann haben wir die Sümpfe hinter uns gelassen und es geht ein Stück weit höher«, erklärte der Kutscher. »Du kannst dich dagegen nur schützen, in dem du alle Körperstellen mit Kleidung bedeckst. Nur keine Haut zeigen. Es ist unangenehm, ich weiß. Aber schneller können die Pferde nicht laufen! Denen ist ja selber dran gelegen, den Mücken zu entkommen.«
In der Tat brauchte der Mann auf dem Kutschbock gar nicht erst mit der Peitsche zu knallen. Die von Abertausenden von Mücken umschwärmten Pferde gaben von ganz alleine ihr Bestes, um den Plagegeistern zu entkommen.
»Das schlimme an diesen Sümpfen ist, dass man nie weiß, welche Mücken darin brüten, die Gelbfieber oder Malaria übertragen. Das kommt immer wieder vor. Erst vor einigen Monaten ist daran die kleine Tochter unserer gnädigen Frau gestorben – und deshalb baut ihr Mann jetzt für sich und seine Familie ein zweites Haus in den Bergen, weit weg von den Fiebersümpfen. Dort wollen die Scotts dann künftig die Sommermonate verbringen. Zum guten Glück gehören wir zum Personal und dürfen dann auch mitgehen, während die Sklaven natürlich da bleiben und die Plantage bearbeiten müssen.«
Johanna nahm Jacks Worte nur bruchstückhaft zur Kenntnis. Viel zu sehr war sie momentan mit der Mü-

ckenabwehr beschäftigt. Wenn sie diese elenden Sümpfe nur bald hinter sich gelassen hätten!

Jetzt endlich begann der Weg leicht anzusteigen, die Mücken wurden weniger und weniger, so dass es der Kutscher seinen schweißtriefenden Pferden gestatten konnte, in eine langsamere Gangart zu fallen. Im Gegensatz zur Küstenebene präsentierte sich das Land links und rechts vom Weg jetzt durchgehend kultiviert: in der Hauptsache handelte es sich um riesige Tabakfelder, die sich mit endlos dahinziehenden Baumwollplantagen abwechselten. Auch der Fahrweg selbst war penibel gepflegt und von stattlichen hoch aufragenden Zypressen gesäumt, dann schließlich schoben sich Apfel- und Birnbäume in ihr Blickfeld, die sich bald mit weiß blühenden, wundervoll duftenden, strauchartigen Bäumen abwechselten, deren leuchtend gelbe und orangene Früchte einen herrlichen Kontrast zu den grünen Blättern bildeten. »Früchte und Blüten gleichzeitig an einem Baum! Das habe ich ja noch nie gesehen! Was ist das denn?«
»Du kennst das nicht?«
»Nein. Ich sehe nur, dass es keine Äpfel sind, die habe ich weiter unten gesehen. Diese länglichen gelben Früchte … hm … das könnten wohl Zitronen sein. Aber diese orangen Kugeln dort: so etwas habe ich noch nie gesehen.«
Jack grinste belustigt. »Ich fürchte, da gibt es für dich noch ganz schön viel zu lernen bei uns. Aber du hast recht: das eine, das sind tatsächlich Zitronenbäume. Und das andere, das sind Orangen.«
»Und die blühen noch, obwohl sie auch schon Früchte tragen?«
»Du siehst es ja.«
»Und wie schmeckt so eine Orange? Meinst du, du könntest kurz anhalten, dass ich mir so eine Frucht pflücken kann?«
Jack zuckte andeutungsweise mit den Schultern und zog langsam die Zügel an. »Warum eigentlich nicht. Brrr.«

Kurz darauf kam das Fuhrwerk vor einem Orangenbaum zum Stehen.
»Du muss eine nehmen, die besonders schön orange gefärbt ist. Nur die sind reif.«
Johanna nickte dankbar und nahm die Früchte konzentriert in Augenschein. Schließlich hatte sie diejenige mit der schönsten Färbung entdeckt. »Die da«, rief sie und griff vorsichtig nach der Orange.
»Du musst stärker ziehen. Und richtig anfassen. Die hängen nämlich ziemlich fest am Baum!«
Ein energischer Ruck – und die Orange löste sich vom Ast. Neugierig strich Johanna mit der linken Hand über die weiche, orangefarbene Außenhaut der wunderschönen Frucht. Dann führte sie die Orange zum Mund und biss herzhaft hinein – um die Fruchtstücke nur Sekundenbruchteile später mit einem erschrockenen Aufschrei wieder auszuspucken. »Pfui Teufel! Das schmeckt ja ekelhaft! Die ist ja noch ganz roh. Angeekelt wischte sie sich über den Mund und maßregelte den Kutscher mit einem vorwurfsvollen Blick. »Das hättest du mir ja ruhig sagen können, du Lump, dass man diese Orangen vorher kochen muss, bevor man sie isst!«
Jack hieb sich lachend auf die Oberschenkel. »Wie kann man denn nur so blöd sein und einfach so in eine Orange hinein beißen«, gluckste er amüsiert. »Und dann soll ausgerechnet ich schuld an allem sein. Nein: die Orange ist nicht roh, man muss sie nicht vorher kochen, sondern man muss sie schälen. Das ist alles. Das hätte ich dir auch gern erklärt, wenn du nicht so gierig hineingebissen hättest. Die Schale, die kann man tatsächlich nicht essen. Aber das Innere. Komm wieder rauf zu mir. Ich zeige dir, wie man das macht.« Er streckte seinen Arm weit aus und zog Johanna neben sich auf den Kutschbock. Kurze Zeit später streichelte zum ersten Mal in ihrem Leben der herrliche Geschmack einer reifen Orange ihren Gaumen.
»Das schmeckt ja wunderbar. So etwas Gutes habe ich noch nie gegessen.«

»Man muss sich manchmal halt nur ein bisschen Zeit lassen, um zum Gipfel des Genusses zu kommen«, gab der immer noch grinsende Jack zurück. »Da, schau mal, dort drüben: weißt du, was das ist?« deutete er nun auf ein kleines Feld mit Weinstöcken.
»Natürlich. Das gibt es bei uns in Treschklingen auch. Das sind Trauben, daraus wird Wein gemacht.«
»Richtig. Ein bisschen Ahnung scheinst du ja also doch zu haben. Jetzt sind wir übrigens gleich da. Das kannst du dir leicht merken. Immer dann, wenn wir aus Richtung Charleston kommen und den kleinen Weinberg sehen, dann dauert es nicht mehr lange. Eine Viertelstunde noch. Mehr nicht.«

Immer prächtiger und gepflegter wirkte nun das Land neben dem Fahrweg. Tausende von roten und gelben Rosen mit den unterschiedlichsten Blütenblättern begleiteten die letzten hundert Meter ihrer Strecke, die Orangen- und Zitronensträucher waren einer grünen Wiese gewichen, so grün, wie Johanna das noch niemals gesehen hatte. Genau in der Mitte der Wiese stand ein herrlich gearbeiteter, fröhlich über drei Etagen plätschernder Springbrunnen, um den der Fahrweg in einem eleganten Bogen weit herumführte – hinter dem Springbrunnen dann auf einer kleinen Anhöhe das blendendweiße Herrenhaus, das mächtig und beeindruckend in den blauen Himmel ragte und dessen imposante Säulen Johanna an die Beschreibung eines griechischen Tempels erinnerte, die sie vor vielen Jahren einmal in der Schule gehört hatte.
»So eine wunderschöne grüne Wiese – und so ein gewaltiges Haus!« kam sie aus dem Staunen kaum heraus. »So etwas Prachtvolles habe ich in meinem ganzen Leben noch nicht gesehen. Da kommen noch nicht einmal die Kaufmannshäuser in Bremen mehr mit!«
»Diese schöne grüne Wiese nennt man bei uns Rasen«, klärte Jack sie auf. »Der gnädige Mister Scott legt großen Wert darauf, dass sie immer so akurat gepflegt wirkt, wie

heute. Er beschäftigt extra zwei Sklaven nur zur Rasenpflege. Und die sind tatsächlich den ganzen Tag damit beschäftigt, irgendwelche Unkräuter zu entfernen – das ist nämlich der Unterschied zu einer Wiese, dass es in so einem Rasen nur eine Sorte Gras gibt – dann müssen sie jeden Morgen und jeden Abend den Rasen gießen und tagsüber dafür sorgen, dass die Halme möglichst kurz geschnitten sind. Das ist eine Heidenarbeit – aber dafür hat man ja seine Sklaven«, zog Jack die Mundwinkel für einen kurzen Moment nach unten.
Johanna hatte höchstens die Hälfte der Erklärung verstanden, aber auch das reichte noch völlig aus, um sich darüber klar zu werden, welch unglaublicher Reichtum auf dieser Plantage zu Hause sein musste.
Überhaupt das Herrenhaus! Beim näheren Hinsehen konnte sie zwar feststellen, dass es nicht aus Stein gebaut war, nicht so, wie die Häuser in ihrer Heimat, sondern aus Holz, aber dennoch wirkten die Dimensionen wirklich und wahrhaftig imposant. Nein, nicht imposant, sondern riesig. Genau! Riesig! Es schien gerade so, als würden Riesen in dem unfassbar großen Gebäude hausen, das gebieterisch über den anderen Gebäuden unterhalb des Hügels thronte.

Ganz allmählich gelang es Johanna, die aus dem Staunen nicht heraus kam, sich einen ersten Überblick über das Gelände zu verschaffen. Alle anderen Gebäude, die sich samt und sonders in deutlichem Abstand hinter der Rückseite des Herrenhauses befanden, lagen deutlich tiefer als das Hauptgebäude – das war natürlich kein Zufall, es sollte vielmehr von vornherein deutlich machen, wer hier das Sagen hatte und wer nicht.

Anschließend an das Herrenhaus breitete sich eine große, von strahlend weiß gestrichenen Holzzäunen eingefasste Pferdekoppel aus, auf der sich – das konnte man schon von weitem mühelos erkennen – erstklassige Vollblutpferde tummelten. Weiter hinten dann eine ganze Reihe von größeren Häusern, die aufs erste Hinsehen ebenfalls einen bestens gepflegten Eindruck machten. Alles in allem ein perfektes Bild von einem Anwesen: so, wie sie es sich eigentlich nur im Märchen hatte vorstellen können. Und selbst da niemals in dieser gewaltigen Dimension! Was für eine unfassbare Prachtentfaltung! Was für ein Land! Hier konnte sie es mit eigenen Augen sehen und bestaunen: ein Land der unbegrenzten Möglichkeiten!

»Wer wohnt denn dort hinten, Jack?«, wandte sich Johanna wieder dem Kutscher zu, der inzwischen bereits vom Kutschbock herunter geklettert war und nun die Hand ausstreckte, um auch ihr herunter zu helfen.

»Du meinst die großen Gebäude dort? Da wohnen die Sklaven.«

»In so großen Häusern?« Johanna staunte nicht schlecht. »Und die Häuser scheinen auch absolut gut in Schuss zu sein: also, dass da Sklaven drin wohnen, das hätte ich nicht gedacht. Zumindest von weitem sehen diese Häuser nämlich viel besser und gepflegter aus als alle, die ich von meinem Dorf her kenne – mit Ausnahme des Gutshofs natürlich.«

»Nun ja, der Mister Scott ist kein Unmensch, der möchte schon, dass es seinen Sklaven gut geht. Andererseits: seine Rechnung ist ganz einfach: so ein Sklave kostet ja eine ganz schöne Stange Geld und deshalb hat er natürlich auch ein gewisses Interesse daran, dass der möglichst gesund bleibt und viele Jahre für ihn arbeiten kann. So einen Besitz hegt und pflegt man sorgfältig, das ist sonnenklar.«

Johanna, die von Jacks Erklärung wiederum nur Bruchstücke verstanden hatte, aber sich den Rest ganz gut zusammenreimen konnte, fröstelte trotz der warmen Nachmittagssonne. Allein der Gedanke, dass ein Mensch von einem anderen als sein persönliches Eigentum betrachtet wurde, ließ sie erschaudern. Daran würde sie sich wahrscheinlich nie gewöhnen können. Andererseits … ganz plötzlich durchzuckte sie diese Erkenntnis … andererseits war es ihr in Treschklingen und vor allem in Frankfurt in Wahrheit ja auch nicht so viel anders ergangen. Auch die vorgeblich so gut situierte Familie Bender hatte in ihr nur die armselige Haushaltshilfe gesehen, die man nach Belieben arbeiten lassen konnte und die niemals auf einen grünen Zweig kommen würde. Und wenn sie sich vor Augen hielt, wie sie mit den anderen Dienstboten in einer winzigen Kammer hatte hausen müssen – wo war denn da der gravierende Unterschied zu dem Leben, das die Sklaven hier führten? Zumal in diesen gepflegten Unterkünften, die offensichtlich sogar ausreichend Platz boten.

Während sie sich ihre Gedanken machte, fuhr Jack in seinen Erläuterungen unbekümmert fort: »Der Mister Scott hat über 200 Sklaven, die für ihn arbeiten, das musst du dir einmal vorstellen. Er ist ein schwerreicher Mann, denn seine Plantagen werfen hohe Gewinne für ihn ab. So hohe, dass er es sich leisten kann, ganz besondere Leidenschaften zu pflegen. Sein absolut liebster Zeitvertreib sind Pferderennen – und er möchte natürlich, dass seine Pferde nicht nur die edelsten, sondern auch die schnellsten von allen sind. Damit kann er dann wieder vor den anderen Plantagenbesitzern den großen Mann spielen. So geht das hier zu auf den Plantagen rund um Charleston: einer versucht, den anderen zu übertreffen. Geld spielt dabei keine Rolle – absolut gar keine. Hauptsache, es gelingt einem, dass er die neidvollen Blicke der anderen auf sich zieht. Denn das ist auch so eine Erkenntnis, die du dir gut merken kannst: Neid ist etwas, das man sich hart erarbeiten muss – Mitleid gibt es dagegen geschenkt. Hast du mich verstanden, Johanna? Johanna …« Jack blinzelte forschend zu Johanna hinüber, die eine rätselhafte Miene an den Tag gelegt hatte.
Eine verlegene Röte überzog in Windeseile ihr Gesicht. »Nicht ganz, Jack. Aber ich glaube, ich weiß, was du gemeint hast.«

» … weiß, was ich gemeint habe«, echote Jack und schlug in gespielter Verzweiflung die Hände über dem Kopf zusammen. »also: jedenfalls bekommen seine besten Pferde jeden Morgen vor dem Training 20 Eier zum Frühstück …«
»Eier??? Habe ich das richtig verstanden?«
»Ja, sicher: Eier. Eggs!«
»Eier für die Pferde?!«
»Eier für die Pferde«, nickte Jack.
»Das ist ja unglaublich! Bei uns zuhause verhungern die Menschen, weil sie nichts zu essen haben – und hier bekommen die Pferde Eier zum Frühstück!«
»So ist das eben bei uns.«
»Die Pferde von dem Mister Scott haben es besser, als mancher Mensch. Ich kanns noch immer nicht glauben.«
»Dann schau morgen früh zu, wenn sie gefüttert werden. Aber das ist noch längst nicht alles – da schau, siehst du den Schwarzen dort drüben, wie er mit den weißen Handschuhen das Pferd streichelt? Und wie ganz besonders sorgfältig er das macht? Diese Sorgfalt hat ihren guten Grund, denn wehe da ist nachher noch irgendein Körnchen Dreck auf dem Fell, wenn der Master Scott kommt, um seinen Vollbluthengst zu inspizieren, dann wird es ihm übel ergehen.«
Der Pferdepfleger mit den weißen Handschuhen, ein hochgewachsener junger Bursche, dem nicht entgangen war, dass er von den beiden beobachtet wurde, zwinkerte ihnen freundlich zu.
Johanna winkte ihm lächelnd zurück – und erntete dafür ein missbilligendes Schnauben des Kutschers: »Das kannst du gleich bleiben lassen!«
»Was denn?«
»Dieses Lächeln da.«
»Aber warum denn? Ich wollte doch nur nett sein.«
»Gut und schön. Aber ich sags dir lieber gleich: Lass dich bloß nicht mit einem Nigger ein. Das führt zu nichts Gutem.«

»Wie kommst du nur auf solche Gedanken«, schüttelte Johanna verwundert ihren Kopf. »Ich wollte wie gesagt nur nett sein. Mehr nicht. Aber sag einmal: diese Schwarzen da … sind die tatsächlich am ganzen Körper schwarz? Also auch unter dem Hemd?«
Jack lachte laut auf: »Natürlich! Was denkst du denn? Das ist ja auch der Grund dafür, weshalb sie keine Menschen sind, wie wir. Sklaven halt.«
»Nur weil sie eine andere Hautfarbe haben? Die sehen doch genauso aus, wie wir. Sie sind halt schwarz und nicht weiß. Aber doch trotzdem Menschen.«
Jack beschrieb eine unwirsche Handbewegung. »Papperlapapp. Du solltest nicht über Dinge reden, von denen du keine Ahnung hast. Das sind Schwarze. Nigger halt. Keine Menschen wie wir. Ende der Diskussion. Und jetzt komm mit. Ich werde dich den Herrschaften vorstellen. Die werden staunen, wenn sie sehen, dass ich ihnen eine Haushaltshilfe mitgebracht habe. Noch dazu mit einer Empfehlung vom Kapitän Wieting persönlich.«
»Aber sollten wir nicht erst die Kutsche abladen?«
»Die Kutsche abladen! Das wäre ja nochmal schöner! Das ist Sklavenarbeit. Dafür gibt es hier einen eigenen Nigger, der das erledigt. Das ist keine Arbeit für uns Weiße! Wo steckt der Kerl eigentlich? Dem werde ich etwas husten, wenn er mir über den Weg läuft, dieser Faulpelz! Wenn man sie nicht ständig antreibt …«

Verwundert registrierte Johanna die Veränderung, die mit dem freundlichen Kutscher vorging, sobald die Rede auf die Sklaven kam. Es war tatsächlich so, wie er sagte: Jack und Seinesgleichen betrachteten die Schwarzen nicht als Menschen, sondern als eine niedrig stehende Rasse. Sklaven eben. Ob sie sich jemals daran gewöhnen würde? Oder ob Jack vielleicht doch Recht hatte und die Nigger, wie er sie nannte, wirklich keine Menschen waren? Obwohl Johanna bisher keine Unterschiede hatte bemerken können – bis auf die Hautfarbe eben.

Jacks Stimme unterbrach ihre Gedanken. »Also, wenn ich dich jetzt den Herrschaften vorstelle, solltest du einige Regeln beachten, die in diesem Haus herrschen. Du selber sagst am besten gar nichts und versuchst bitte auch gar nicht erst, dem Mister oder gar der Missis die Hand zu geben. Du hälst deinen Blick bitte nach unten gesenkt, wenn du eintrittst und machst nur einen Knicks.«
»Und wenn sie mich etwas fragen?«
»Das werden sie nicht tun, da bin ich mir sicher. Es reicht, wenn ich ihnen sage, dass ich dich auf Empfehlung von Kapitän Wieting hierher gebracht habe, den kennen sie nämlich schon lange und ihm vertrauen sie auch. Die Herrschaften werden dich nur kurz begutachten wollen und dann sagen sie mir, ob sie dich behalten wollen oder nicht.«
»Aha …«
»Jetzt tu nicht so sprachlos! Als ob es bei euch in Europa anders wäre: hast du dort jemals gehört, dass sich die Adligen mit ihren Dienstboten unterhalten? Das ist hier wie dort dasselbe: die Herrschaften auf den Plantagen hier fühlen sich genauso als besondere Menschen, wie das bei euren Adeligen der Fall ist – und mit ihren Angestellten geben sie sich normalerweise nicht ab.«
Johanna schluckte trocken, vermied aber eine Entgegnung. Amerika, das Land der unbegrenzten Möglichkeiten. Der Freiheit. Der gleichen Chancen für alle Menschen. Was hatte sie sich nur alles vorgaukeln lassen an solchen rosaroten Zukunftsversprechen? Und nun, kaum dass sie in Amerika angekommen war, musste sie feststellen, dass die Verhältnisse hier von denen zuhause kaum zu unterscheiden waren. Ungerechtigkeiten und Standesunterschiede gab es hier in diesem Land ganz genauso wie zuhause. All das, was sie gehofft hatte, für immer hinter sich lassen zu können. Und jetzt? Musste sie zu ihrem Erschrecken feststellen, dass sich an ihrer Ausgangslage nichts geändert hatte. Dort war sie die einfache Hausangestellte gewesen, auf die man verächtlich herun-

tersehen konnte und hier: hier war es kein bisschen besser. Bis auf die Sklavenhaltung! Das auch noch!
Jack knuffte sie mit dem Ellbogen hart in die Seite. »Jetzt hör bloß auf, dir solche trüben Gedanken zu machen. Wie sieht denn das aus, wenn du mit hängendem Kopf vor die Herrschaft trittst?! Und glaube mir: so schlimm, wie du grade denkst, ist es dann auch wieder nicht. Es gibt bei uns trotz allem eine Art von Freiheit, von der kannst du in Europa noch nicht einmal träumen!«
»Die Sklaverei beispielsweise …« entfuhr es Johanna unwillkürlich.
»Die Sklaverei! Natürlich! Habe ich dir nicht vorhin gesagt, dass du nicht über Dinge urteilen sollst, von denen du keine Ahnung hast?!« schnappte der Kutscher zornig zurück. »Und jetzt den Rücken durchgedrückt und kein Wort mehr! Oder willst du gleich wieder umkehren und dir anderswo eine Arbeit suchen?«
Das wollte Johanna natürlich keinesfalls. Zumindest so lange würde sie hierbleiben, bis sie sich einigermaßen einen Überblick über die Sitten und Gebräuche hierzulande verschafft hatte. Und bis sie diesen seltsamen Südstaatenslang besser verstand, in dem die Leute hier redeten. Danach würde sie weiter sehen.

Mittlerweile waren sie in der riesigen Eingangshalle angekommen, von der ihr Blick durch die weit geöffneten Flügeltüren in den Speisesaal weiter wanderte, dessen Mittelpunkt ein gewaltiger Tisch bildete, an dem gut und gerne 40 Personen Platz finden konnten. Und weiter hinten, an der prachtvollen Fensterwand, entdeckte sie sogar ein weißlackiertes Klavier, das mit dem spiegelblanken Parkettfußboden um die Wette glänzte.
»Was für ein Reichtum!« entfuhr es der jungen Frau. »Das ist ja unglaublich. So etwas habe ich noch nie gesehen. Noch nicht einmal bei uns daheim auf dem Gutshof!«
»Still jetzt, habe ich gesagt«, zischelte Jack und deutete mit dem Kinn zu der ausladenden, mit rotem Samt be-

schlagenen Treppe hinüber, auf der zwei elegante, schwarz gekleidete Personen langsam nach unten schritten. »Sie sind noch immer in Trauer wegen dem Kind, das ihnen vor einigen Wochen gestorben ist. Vor allem die Missis ist noch untröstlich. Aber jetzt: Psst!«

Wenige Minuten später hatte Johanna ihre Anstellung bekommen – als eines von insgesamt fünf Hausmädchen im Haushalt der Pflanzerfamilie Scott aus South Carolina. Na bitte! Ihr Anfang in Amerika war damit geschafft! Alles weitere würde sich nun finden. Und es war ganz sicher keine schlechte Arbeit, die sie hier gefunden hatte, das war sonnenklar: Es begann schon bei ihrer Kleidung, die aus einem langen schwarzen Baumwollkleid bestand (so einen guten Stoff hatte sie noch nie am Leib getragen!), dazu eine blütenweiße Spitzenschürze. Eleganter ging es nimmer. Dazu noch – im wahrsten Sinn des Wortes – die Krönung, die aus der Anweisung der Herrschaften bestand, auf ihr Haar ein weißes Häubchen zu setzen!

Auch die ihr zugewiesenen Aufgaben ließen sich ohne sonderliche Mühe bewältigen, zumal die schwereren, die »niedrigen« Arbeiten ohnehin den Sklaven vorbehalten waren. Keiner weißen Frau konnte man nämlich zumuten, den Abtritt zu säubern, die Reitstiefel zu putzen, die Betten zu machen oder die Veranda von Staub und Schmutz zu befreien. Das war ausschließlich Sache der Sklaven, »dafür hat man sie ja!«, erläuterte Jack der ungläubig dreinschauenden Johanna.

Der morgige Abend sollte dann bereits die Bewährungsprobe für das neue Hausmädchen darstellen, denn die Scotts hatten die Plantagenbesitzer aus ihrer Nachbarschaft zu einem großen Empfang eingeladen – und das trotz der Trauerzeit, wie Johanna erstaunt konstatierte.

»Ja, schon – aber das Leben muss halt auch weitergehen«, machte Jack eine wegwerfende Handbewegung. »Und außerdem ist es die Zeit, in der sie immer besprechen, wann genau sie sich in der kommenden Saison zur Sommerfrische treffen wollen und wohin die Reise gehen wird. Das ist Tradition, und auf Tradition legt man hierzulande und in diesen Kreisen einen besonders großen Wert. Im Übrigen ist es nicht deine Sache als Hausmädchen, dir darüber den Kopf zu zerbrechen. So, genug mit diesen unnützen Reden: ich muss mich jetzt darum kümmern, dass morgen alles da sein wird, was die Herrschaften bestellt haben.« Damit machte er kehrt und verließ die Eingangshalle des Herrenhauses mit eiligen Schritten.

Lucy, das schwarze Zimmermädchen, das neben Johanna gestanden hatte, rollte vielsagend mit den Augen. »Mach dir nichts daraus: wenn es um die hohen Herrschaften geht, versteht unser Jack überhaupt keinen Spaß. Das sind eine Art Halbgötter für ihn. Sonst ist er ja ganz in Ordnung, aber sobald der Name Scott fällt, ist mit ihm nicht mehr vernünftig zu reden. Das kommt daher, weil ihm der Master damals noch eine Chance gegeben und ihn als Kutscher eingestellt hat, obwohl er bei einem anderen Plantagenbesitzer hinaus geworfen worden ist. Üblicherweise bekommt man dann im weiten Umkreis keine andere Anstellung mehr, da halten alle zusammen wie Pech und Schwefel. Jack hatte insofern Glück, als der Master Scott den anderen Master nicht ausstehen kann – und der Jack hat seine Chance beim Schopf gepackt. Deshalb vergöttert er den Master regelrecht und deshalb ist der grade zu dir auch so biestig gewesen.«
»Na ja, halb so schlimm«, zuckte Johanna mit den Schultern. »Was mich viel mehr interessieren würde: was ist das nun genau für ein Empfang morgen Abend und weißt du schon, wie es ablaufen wird?«

Natürlich wusste Lucy Bescheid – immerhin war sie schon seit ihrem sechsten Lebensjahr auf der Plantage und hatte bereits zahlreiche solcher Abende erlebt.
»Seit deinem sechsten Lebensjahr?« staunte Johanna. »Und deine Eltern?«
»Die arbeiten auf einer anderen Plantage weiter oben im Norden«, gab Lucy zurück. »Der Master dort hat mich damals an den Master Scott verkauft, weil er gesagt hat, er könne mich als Arbeiterin bei sich nicht gebrauchen. Und deshalb bin ich seitdem hier.«
»Verkauft?! Von deinen Eltern getrennt?! Mit sechs Jahren? Das ist ja schlimm!«
»Ach was. Viel schlimmer wäre es, wenn meine Eltern gestorben wären oder nicht mehr arbeiten könnten. So ist das eben, wenn du eine schwarze Hautfarbe hast.«
»Das glaube ich dir nicht, dass dir das nichts ausgemacht hat!«
»Na ja …« Nun verzog Lucy ihre Miene zu einer traurigen Grimasse. »In den ersten paar Wochen schon, aber das ist nur eine Frage der Zeit gewesen. Irgendwann hat es mir dann nichts mehr ausgemacht. Und überhaupt: was hätte ich denn tun sollen …«
»Unglaublich!« schüttelte Johanna fassungslos ihren Kopf. »Ich glaube, daran werde ich mich nie gewöhnen! Dass die einen Menschen die anderen …«
»Darüber möchte ich eigentlich lieber nicht reden«, unterbrach Lucy sie hastig. »Das führt zu nichts Gutem – und ändern tut sich an unserem Leben deshalb auch nichts. Es ist besser, man nimmt die Dinge so an, wie sie sind. So – und jetzt willst du doch eigentlich, dass ich dir erzähle, wie so ein Abend abläuft und was es alles zu essen gibt? Also …«
Die nun folgende Aufzählung machte Johanna sprachlos. Nicht in ihren phantasievollsten Träumen hätte sie es für möglich gehalten, dass es Menschen gab, die in einem derartigen Luxus lebten. Dagegen war das Leben des vornehmen Freiherrn von Gemmingen, dem der stattliche

Gutshof in Treschklingen gehörte, ja geradezu ärmlich und bescheiden. Dabei hatte Johanna als Kind immer geglaubt, der Baron sei der reichste Mann auf der ganzen Welt… nach dem Großherzog zumindest.

Allein die Aufzählung der Köstlichkeiten, die morgen Abend aufgetischt werden würden, sprengte jegliche Vorstellungskraft – ganz abgesehen davon, dass Johanna von vielen Speisen noch nie im Leben etwas gehört hatte: Truthahn, Süßkartoffeln, Reis, Wildente, Forellen aus dem Bach hinter dem Haus, Reh aus eigenen Wäldern, Souflee, Plumpudding und Desserts mit Honig aus der eigenen Imkerei versüßt, (für den Bienenstand beschäftigten die Scotts einen extra Honigsklaven), zum Trinken würde man Brombeerwein servieren, Ananas-Champagner, mit Orangenschalen verfeinerter Whiskey, Gin, Portwein und viele weitere teure Getränke mehr.
Bei der Vorbesprechung für die Sommerfrische würde es um den Aufenthalt an den Virginia Springs gehen, wo sich die Herrschaften wie von Jack bereits angedeutet regelmäßig zur Sommerfrische einfanden. »Dafür wird die Missus wieder 60 Kleider mitnehmen wollen, um ihre Garderobe fünfmal täglich wechseln zu können!«
»60 Kleider?! Jetzt übertreibst du aber!«
»Ich?! Übertreiben?!« Lucy bedachte Johanna mit einem vorwurfsvollen Blick. »Du hast ja keine Ahnung, was unsere Südstaatenschönheiten für einen Aufwand betreiben, um ihre lästigen Konkurrentinnen blass aussehen zu lassen. Wenn es sein muss, nimmt die Missus auch 70 Kleider mit.«
»Entschuldige, ich wollte dich nicht beleidigen. Aber 60 oder gar 70 Kleider! Das ist ja Wahnsinn!«
»Allerdings! Und dieser ganze Aufwand für fünf oder sechs Tage! Nun ja: die Missus muss sich auch nicht mit den Kleidern abschleppen, das ist dann meine Aufgabe. Und wehe, mir rutscht versehentlich ein falsches Wort über die Kleider heraus…«

»Was ist dann?«
»Dann bekomme ich wieder drei Peitschenhiebe – wie beim letzten Mal.«
»Peitschenhiebe?!« Johanna zuckte betroffen zusammen. »Du hast Peitschenhiebe bekommen?!«
»Ja – aber zum guten Glück nur drei. Und nicht allzu scharfe«, lächelte Lucy verlegen und deutete dabei mit der Hand über ihre Schulter. »Dorthin: auf den Rücken.«– und
»Leicht oder nicht leicht! Peitschenhiebe! Das ... das ist ja kaum zu fassen. Entschuldige Lucy: Ist das wirklich wahr?«
Das Zimmermädchen nickte heftig. »Natürlich ist es wahr. So ist das eben. Der eine oder andere Peitschenhieb als Bestrafung ist bei uns Sklaven üblich. Da hast du es als Weiße schon ein bisschen besser, denn bevor sie eine wie dich auspeitschen, da musst du dir schon etwas ganz Schlimmes zuschulden kommen lassen!«
Johanna schüttelte langsam ihren Kopf. »Peitschenhiebe. Und das in so einem Land. Ein Land, von dem man mir immer nur erzählt hat, hier seien Freiheit und Gerechtigkeit zuhause!«
»Das ist auch so«, gab Lucy leise zurück. »Nur eben nicht für alle ...«

Johannas erste Tage auf der Plantage vergingen wie im Flug. All diese neuen Eindrücke, die fremden Gesichter, der prachtvolle Abendempfang, die permanente Anspannung, nur ja keinen Fehler bei den ungewohnten Arbeiten zu machen – Zeit, um dem einen oder anderen Gedanken nachzuhängen war ihr da genauso wenig geblieben, wie sie keine Sekunde unter Langeweile gelitten hatte. Und so waren, wie Johanna zu ihrem Erstaunen feststellte, nun schon beinahe zwei Wochen ins Land gegangen, seit sie im Haushalt der Scotts angekommen war. Und ganz allmählich fühlte sie sich bei ihren Tätigkeiten auch sicherer, beinahe schon so, als habe sie all das schon seit Jahren gemacht. Routine eben.

Höchste Zeit, sich in ihren freien Stunden nun einmal näher mit den übrigen Bewohnern der Plantage bekannt zu machen – gerade auch mit den dunkelhäutigen, die in einer Art Nebenwelt zu leben schienen – deutlich getrennt von den weißen Bediensteten, die ein eigenes kleines Holzhäuschen bewohnten, das etwa hundert Meter vom Herrenhaus entfernt errichtet worden war und dessen Abstand zu den Behausungen der Sklaven noch einmal gut und gerne dreihundert Meter betrug. Bislang hatte sie das Leben dort nur aus der Ferne betrachtet und war nach der anstrengenden Arbeit ohnehin viel zu müde gewesen, sich noch für andere Leute zu interessieren. Aber jetzt, wo sie allmählich ein bisschen fester auf dem Boden stand, als zu Beginn, jetzt war es eigentlich an der Zeit, sich auch dort drüben als neue Nachbarin vorzustellen. Die Herrschaften würden solche Kontakte zwischen ihren weißen Angestellten und den Sklaven zwar nicht unbedingt begrüßen, hatte sie von Jack und einigen anderen gehört, aber es war doch nur eine Geste der Höflichkeit, die sie damit zum Ausdruck bringen wollte. Eine gute halbe Stunde hatte Johanna mit sich gekämpft, dann erst hatte sie sich ein Herz gefasst und war zu den großen Sklavenhütten hinüber gegangen.

Zu ihrem Erstaunen traf sie dort ganze Familien an, die in den Hütten hausten. Es waren zumeist drei bis vier Familien, die sich eine der großen Hütten teilten. Kinder, Erwachsene, Alte, beinahe so, wie auf einem großen Gutshof.

»Hallo, wen sehe ich denn da?« ertönte plötzlich eine Stimme hinter ihr. Überrascht fuhr sie herum und blickte in das freundliche Gesicht des jungen Pferdepflegers, den sie damals bei ihrer Ankunft beobachtet hatte. »Entschul-

digung. Habe ich dich erschreckt?« erkundigte er sich besorgt.
»Nein, nein, ist schon in Ordnung«, lächelte Johanna verlegen. »Ich war nur ganz in Gedanken versunken. Wo hast du denn deine weißen Handschuhe gelassen, mit denen du die Pferde sauber gemacht hast?«
»Jetzt ist Feierabend«, grinste der nette Bursche, der vielleicht fünf Jahre jünger sein mochte als die mittlerweile 29 Jahre alte Johanna, »da brauche ich keine Handschuhe mehr. Ich heiße übrigens Jimmy.«
»Und ich Johanna.«
»Hallo Johanna«, streckte Jimmy ihr die rechte Hand entgegen, die Johanna kräftig drückte.
»Hallo Jimmy.«
»Suchst du hier bei uns etwas Bestimmtes?«
»Nein, ich dachte nur, es wäre allmählich an der Zeit, dass ich mich ein bisschen auf der Plantage umschaue. Wer hier alles so wohnt, beispielsweise. Und wie ihr hier wohnt. Das auch.«
»Donnerwetter«, nickte Jimmy anerkennend. »Das kommt nicht so oft vor, dass sich eine weiße Frau für das Leben von uns Schwarzen interessiert. Aber wenn du willst: ich führe dich gerne herum und zeige dir alles – natürlich nur, wenn dir das recht ist«, fügte er rasch noch hinzu.
»Ja, bitte. Natürlich ist mir das recht!«, gab Johanna genauso rasch zurück, als sie das besorgte Aufflackern in Jimmys Blick bemerkte, nachdem er ihr das Angebot gemacht hatte. Wie schon bei ihrer Ankunft war ihr der junge Mann mit seinem freundlichen Lächeln auf Anhieb sympathisch. Und was war denn schon dabei, wenn sie sich von ihm die Arbeitsteilung auf der Plantage erklären ließ? Konnte jemand etwas dagegen haben? Nur weil er ein Schwarzer war? Ein Sklave? Auf keinen Fall. Weshalb auch?
Johanna spürte ein warmes Gefühl des Vertrauens in sich aufsteigen, als Jimmy jetzt unternehmungslustig in die

Hände klatschte, um mit seiner Erläuterung zu beginnen. Verstohlen musterte sie den netten Burschen von der Seite. Bildete sie sich das nur ein oder war da in seinem Profil eine gewisse Ähnlichkeit mit Christian zu erkennen, dem Schustersohn aus Treschklingen, den sie an manchen Tagen so schmerzlich vermisste? Ja, doch! Es war verblüffend. Der Jimmy sah beinahe so aus wie ihr Christian. Nur halt in Schwarz. Christian in Schwarz! Unwillkürlich musste sie lachen, was Jimmy irritiert innehalten ließ. »Wieso lachst du? Habe ich etwas Falsches gesagt?«
»Nein, nein! Es ist nichts. Ich habe nur gerade an etwas Lustiges denken müssen.«
Christian in Schwarz! Was für eine lustige Vorstellung!

Eine gute Stunde dauerte ihr Rundgang durch die Reihen der erstaunlich gut gepflegten Baracken, die sich zum Großteil in einem wesentlich besseren Zustand präsentierten, als die Häuser der Tagelöhner in Treschklingen. Auch wenn sie hier aus Holz gebaut waren – aber in diesem milden Klima brauchte es schließlich keine Steinhäuser. Wo ja noch nicht einmal das Herrenhaus der Plantage aus Stein gebaut war.

Es war faszinierend für Johanna, von dem jungen Mann so ausführlich erklärt zu bekommen, wie das Leben auf dieser großen Plantage funktionierte, wie jeder der gut 200 Sklaven seine ganz spezielle Aufgabe hatte, ob es sich um die Gärtner handelte, die Baumwollpflücker, die Köchinnen, Zimmermädchen, Pferdepfleger, Honigsklaven und viele andere mehr. »Jeder und jede weiß um seine Aufgabe und erfüllt sie nach besten Kräften«, erläuterte Jimmy. »Eigentlich unterscheidet sich das Leben hier kaum von dem in einem ganz normalen Dorf. Auf den ersten Blick zumindest. Auf den zweiten dann natürlich schon …« Über die Miene des jungen Schwarzen huschte ein flüchtiger Schatten. » …denn wir gehören natürlich unserem Master, dem gnädigen Herrn. Wir sind sein Besitz, sein Eigentum. Aber solange wir gut und fleißig arbeiten, solange behandelt er uns auch gut. Ebenso wie die Missus. Sie lädt sogar immer wieder Prediger ein, der eigene Gottesdienste mit uns feiert. Ist das nicht toll?« Ein strahlendes Lächeln blitzte durch seine weißen Zahnreihen. »Sie hat sogar einen Lehrer einstellen wollen, der den Kindern Lesen und Schreiben beibringt, aber das hat sie dann leider wieder aufgeben müssen.«

»Warum denn?« Verwundert runzelte Johanna ihre Stirn.

Jimmy senkte den Kopf. »Weil das vom Gesetz her nicht erlaubt ist. Leider nicht …«

»Nicht erlaubt? Das Lesen und Schreiben lernen ist nicht erlaubt? Habe ich das richtig verstanden?«

»Ja, das hast du. Es ist nicht erlaubt, einem Niggerkind das Lesen oder Schreiben beizubringen. So ist das eben«, beschrieb Jimmy mit weit ausgestreckten Armen eine bedauernde Geste.

»Und warum ist das so?«

»Weil es eben so ist. Und damit sollten wir es bewenden lassen!«

Doch Johanna ließ nicht locker. »Das ist ja ungeheuerlich. Wer gibt ihnen denn das Recht dazu, es den schwarzen Kindern zu verbieten? Selbst bei mir zuhause dürfen die Kinder in die Schule gehen. Sie müssen es sogar. Reiche und Arme. Alle gehen in die Schule und lernen dort Lesen und Schreiben!«

»Aber nicht die Nigger – das ist eben der Unterschied – und jetzt Schluss damit«, schnappte Jimmy barsch zurück.

»Ich finde das trotzdem nicht in Ordnung. Was erlauben sich diese Leute?! Wie können sie sich einfach über andere erheben, nur weil sie eine andere Hautfarbe haben?«

»Es ist einfach so! Daran ist nicht zu rütteln. Und was man nicht ändern kann, darüber sollte man nicht sprechen – noch nicht einmal darüber nachdenken. Das führt zu nichts Gutem.«

»Aber Jimmy! Du sagst mir gerade, dass du nie die Chance bekommen hast, Lesen und Schreiben zu lernen. Und dass du das anscheinend in Ordnung findest. Hättest du denn nicht auch gerne … Jimmy! Jimmy! Wohin gehst du denn?« Verstört sah sie Jimmy hinterher, der sie einfach stehen gelassen hatte und mit schnellen Schritten davon eilte. Ohne ein einziges weiteres Wort!

*

Auch in den nächsten Tagen begegneten sie sich immer wieder – es schien ihr beinahe so, als sei es kein Zufall, wenn sie sich über den Weg liefen, sondern dass der junge Pferdepfleger Johanna geduldig abgepasst hatte, wenn sie nach der Arbeit aus dem Herrenhaus kam, um zur Behausung der weißen Dienerschaft hinüber zu gehen. Doch selbst wenn das so sein sollte: Johanna freute sich über diese mehr oder minder zufälligen Zusammentreffen. Fast schien es ihr, als würden sie sich schon seit vielen Jahren kennen, so unkompliziert und vertrauensvoll kamen sie ins Gespräch. Um das leidige Thema mit dem Lesen und Schreiben machten beide aus guten Gründen einen weiten Bogen. Es gab ohnehin genug zu reden und so wurde es bald zu einer Art Routine, dass Johanna nach Arbeitsende eine gute Stunde mit Jimmy verbrachte, in der sie beide ihren Tag gemächlich Revue passieren ließen. Häufig erkundigte sich Jimmy dann noch nach dem Land, aus dem Johanna stammte, wie die Menschen dort lebten, was sie arbeiteten, weshalb Johanna fortgegangen war und was sie nun hierzulande vom Leben erwarten würde. Er schien gar nicht genug davon erfahren zu können, eine Frage folgte postwendend der anderen, kaum dass Johanna mit ihrer Antwort geendet hatte. So wurde aus der einen Stunde manchmal eine zweite Stunde und oft war schon längst die Dunkelheit hereingebrochen, als sie immer noch nebeneinander unter der mächtigen Palme mit den wunderschönen grünen Wedeln saßen, die so herrlich im Wind raschelten. Die skeptischen Blicke, die ihnen dabei sowohl von den Weißen, als auch von den Schwarzen oft zugeworfen wurden, bemerkten sie gar nicht. So sehr waren sie in ihre Unterhaltung vertieft. Auch nicht die eindeutig missbilligenden Äußerungen, die vor allem Jack vor sich hin brummte, wenn er sie wieder einmal unter der Palme kauern sah.

Kein Wunder, dass aus diesen wunderbar unbeschwerten Gesprächen mit der Zeit eine gewisse Zuneigung entstand, die bald in eine ehrliche Freundschaft mündete. Und so kam es, wie es kommen musste: die ersten hitzigen Wortwechsel unter den Hausangestellten ließen nicht mehr lange auf sich warten. »Du weißt ganz genau, dass die Herrschaften es auf das Schärfste missbilligen, wenn du dich mit einem Nigger einlässt«, schleuderte ihr eine ihrer Kolleginnen eines Tages entgegen.
»Das ist ganz allein meine Sache«, gab Johanna schnippisch zurück. »Erstens einmal lasse ich mich mit gar niemandem ein, ich rede nur gerne mit dem Jimmy und zweitens geht dich das alles überhaupt nichts an!«
»Sage später nur nicht, ich hätte dich nicht gewarnt!«
Auch von den anderen bekam sie nun immer wieder kurze bissige Kommentare zu hören, meist begleitet von einem verächtlichen Blick, die sich zusehends in hässliche Schimpfwörter steigerten.
»Niggerhure«« Das war die schlimmste Beleidigung, die ihr bislang zugerufen worden war, doch Johanna tat so, als habe sie es gar nicht gehört.

»Ich verstehe gar nicht, wieso die uns nicht einfach in Ruhe lassen können«, schüttelte sie betrübt ihren Kopf und musterte Jimmy ratlos.
Der zuckte in gespielter Gelassenheit mit den Schultern. »Mach dir nichts draus. So ist das eben hierzulande.«
»So ist das eben, so ist das eben!« Zornige Blitze sprühten aus ihren Augen und wütend stampfte sie mit dem Fuß auf dem Boden auf. »Wie bringst du das nur immer fertig, das alles so scheinbar gleichmütig hinzunehmen. Das kann man doch nicht einfach alles hinunterschlucken!«
Unvermittelt beugte Jimmy sich vor und nahm Johanna ernst in sein Visier. Einen solch seltsam durchdringenden Blick, der sich ihr pfeilschnell durch die Seele bohrte, hatte sie bei Jimmy niemals zuvor gesehen. »Und was wäre die Alternative?« zischte er in einem Tonfall, der ihr

mehr als jedes weitere Wort offenbarte, wie es tief in ihm brodelte. »Allein wenn ich meinen Mund aufmache, werde ich das bitter bereuen. Ein Peitschenhieb für jedes Widerwort. Und wer mir zu Hilfe kommt, der macht ebenfalls mit der Peitsche Bekanntschaft. Wie neulich die kleine Lucy, die wieder einmal ihren Mund nicht hat halten können, und dafür drei heftige Andenken in ihren Rücken eingebrannt bekommen hat! Nein! Wir haben keine Chance gegen sie und deshalb tun wir gut daran, unser Schicksal nicht herauszufordern. Unsere Zeit wird kommen – wann immer das auch sein mag … Aber bis dahin: Lass es gut sein!«
Er richtete sich auf und stapfte mit hängendem Kopf zu seiner Baracke zurück, ohne sich noch einmal umzudrehen.
Der jungen Frau krampfte sich der Magen zusammen. Aber er hatte wohl Recht. Jeder Widerspruch war sinnlos. Weshalb ließ sie es mit dieser Erkenntnis nicht bewenden und ignorierte die Lästerzungen einfach? War es nicht besser, schlichtweg diese wunderbare Wärme und Geborgenheit einer vertrauten Seele zu genießen, wenn sie wieder miteinander unter der Palme saßen und ihre Gedanken in weite Ferne schweifen ließen. Einfach nur unbekümmert dasitzen und dankbar dafür sein, dass sie sich gefunden hatten. Zwei Menschen, die sich gut verstanden. Die sich gerne mochten und die gemeinsamen Stunden auskosteten.
Handelte es sich dabei um dieses Gefühl, das man Glück nannte? Fühlte sich Glück so an? Johanna wusste es nicht zu sagen. Aber jedenfalls war es ein gutes Gefühl. Und das nach so langer Zeit der Einsamkeit. Es war schön. Einfach nur schön. Schön dass es Jimmy gab.

So gingen die Wochen und Monate ins Land. Längst war die Arbeit im Herrenhaus für Johanna Routine, die sie wie selbstverständlich erledigte. Eine so angenehme und leichte Tätigkeit hatte sie wirklich noch nie verrichten dürfen. Ganz zu schweigen von der gut gepflegten Unterkunft im Gesindehaus der Weißen, in der sie sogar ihr eigenes Zimmer bekommen hatte. Ihr Leben hatte sich spürbar zum Besseren verändert, daran konnte es nicht den geringsten Zweifel geben. Sie hatte in Amerika Fuß gefasst, konnte sich in der Sprache mittlerweile gut ausdrücken, wusste über die Gepflogenheiten auf den großen Südstaatenplantagen und die Eitelkeiten ihrer Besitzer bestens Bescheid. Die Basis war geschaffen. Die Grundlage, von der aus es ihr eines Tages möglich sein würde, den nächsten Schritt zu gehen. In eine verheißungsvolle Zukunft. Ihr Leben könnte so leicht und unbeschwert sein.

Wenn da nicht diese unfassbaren Widersprüche im ganzen System verankert wären, diese himmelschreienden Ungerechtigkeiten, die das Unwesen der Sklaverei mit sich brachte. Selbst wenn sie es gewollt hätte: Johanna konnte einfach nicht darüber hinweg sehen. Wahrscheinlich auch, weil sie diese Freundschaft mit Jimmy pflegte. Dem Nigger Jimmy!

Aber sicher nicht nur deswegen: Ungerechtigkeiten hatte sie noch nie ertragen können. Und so etwas Widerliches wie die Sklaverei erst recht nicht. Davor konnte man doch nicht einfach die Augen verschließen und sein Leben als weiße Frau führen, als sei da kein Unrecht vorhanden! Wie schaffte das beispielsweise die Hausherrin, die sich von den Sklaven Missus nennen ließ und angeblich so ein großes warmes Herz besaß? Die den Sklavenkindern Lesen und Schreiben hatte beibringen lassen wollen und sich dann von ihrem Ehemann mit einem einzigen Wort, mit »Nein!«, hatte stoppen lassen. »Einem Niggerkind bringt man kein Lesen und Schreiben bei!« Das hatte sie einfach zur Kenntnis genommen – schlimmer noch: sie hatte es widerspruchslos akzeptiert. Und lebte ihr luxuriöses Leben als Grande Dame gedankenlos weiter – die angeblich so warmherzige, seelengute Missus!

»Sag Jimmy: Was für ein Tag ist heute eigentlich?«
»Heute?« Jimmy kräuselte die Stirn und überlegte. »Ich glaube, heute haben wir den 3. August. Ja, genau: den 3. August 1859. Wieso fragst du?«
Johanna lachte kurz auf. »Weil ich dann heute Geburtstag habe. Der 3. August ist mein Geburtstag.«
»Und wie alt wirst du?«
In gespielter Entrüstung knuffte ihn Johanna in die Seite. »So etwas fragt man eine Dame nicht!«
»Aha … Und warum nicht?« legte der junge Pferdepfleger eine verständnislose Miene an den Tag.
»Weil man das halt nicht tut – zumindest nicht die höheren Herrschaften. Da gilt so eine Frage als nicht schicklich – das habe ich zumindest so bei den gnädigen Herrschaften hier gehört.« Sie schmunzelte schelmisch. »Aber weil unsereins ja nicht zu den ganz so hohen Herrschaften gehört, kann ich es dir ruhig verraten. Ich bin seit heute 30. Ganz genau 30 Jahre alt.«
Als wenn sich plötzlich eine Wolke vor die Sonne geschoben hätte, verdüsterte sich Jimmys Miene in diesem Moment schlagartig.
»Was hast du? Willst du mir denn nicht gratulieren?«
Anstelle einer Antwort wandte Jimmy den Kopf zur Seite.
»Jimmy! Was ist mit dir? Habe ich etwas Falsches gesagt? Wenn ja, dann tut es mir leid.«
»Nein, es ist nichts«, flüsterte er mit rauer Stimme.
»Aber ich merke doch, dass etwas nicht stimmt. Komm schon Jimmy: sag es mir.«
Eine ganze Weile blieb Jimmy stumm. Dann endlich atmete er tief ein und aus, um sie schließlich mit einem tieftraurigen Blick zu mustern. »Es ist nur, weil …« krächzte er.
»Weil was?«
» … weil ich nicht weiß, wann mein Geburtstag ist.« In einer hilflosen Geste breitete er die Arme aus. »Ich weiß noch nicht einmal, wie alt ich bin!«

»Aber das weiß doch jeder Mensch!« platzte es aus Johanna heraus.
»Ich weiß es nicht!«
»Noch nicht einmal das Jahr?«
»Noch nicht einmal das Jahr«, wiederholte er kopfschüttelnd. »Vom genauen Datum ganz zu schweigen. Ich denke, ich dürfte so ungefähr 26 oder 27, vielleicht auch 28 Jahre alt sein. Aber sicher bin ich mir nicht, welches Alter jetzt tatsächlich stimmt.«
»Und wieso?« Johanna hatte noch immer nicht begriffen.
»Sklavenschicksal! Schon als kleines Kind bin ich vom Master meiner Eltern verkauft worden. Und deshalb weiß ich nicht, wann ich geboren worden bin, weiß nicht wo, weiß nicht, wer meine Eltern sind, wo sie leben, falls sie noch leben. Nichts weiß ich. Gar nichts!« So hatte sie ihren ansonsten so fröhlichen und immer zu einem Spaß aufgelegten Jimmy noch nie erlebt. Langsam erhob sich der junge Mann und sah ihr tief in die Augen. »Herzlichen Glückwunsch zu deinem Geburtstag, Johanna. Aber bitte verstehe mich: mir ist irgendwie nicht zum Feiern zumute. Heute nicht.« Mit tief zu Boden gesenktem Kopf trottete er davon.
Was für eine unglaubliche, traurige Geschichte! Noch nicht einmal das Jahr seiner Geburt war ihm bekannt! Armer Jimmy!

Nie hätte sie so etwas für möglich gehalten. Und dabei hatte sie immer gedacht, in der alten Welt ginge es den Menschen schlechter, als in Amerika. Aber das war ein Irrtum gewesen. Überall gab es Menschen, denen das Schicksal übel mitspielte. Das Schicksal! Von wegen! Meist waren es andere Menschen, die dafür verantwortlich waren! Dabei hatte doch jeder Mensch das Anrecht auf Glück und Geborgenheit. Wenigstens ein kleines bisschen Glück. Oder etwa nicht?
Seltsam, dass sich ausgerechnet in diesem Augenblick die Frage in ihre Gedanken schob, wie es wohl gerade der

Margret und der Wilhelmina in Treschklingen ergehen würde? Hoffentlich gut. Johanna faltete die Hände und sprach ein kurzes Gebet. Ob der liebe Gott wohl ein offenes Ohr für die Bitten eines einfachen, unbedeutenden Hausmädchens irgendwo in Amerika haben würde? Es war ja nicht für sie bestimmt, sondern für Margret, für Wilhelmina – und auch für Christian und für Jimmy. Vor allem für Jimmy, der heute so traurig von ihr fortgegangen war.

Besonders zur Zeit der Baumwollernte, die Johanna in diesem Jahr zum ersten Mal erlebte, war es unerträglich, die zahlreichen Widerwärtigkeiten im Umgang mit den Sklaven ohnmächtig mit ansehen zu müssen: ohne die geringste Möglichkeit, etwas daran ändern zu können. Seit Anfang August war die Ernte in vollem Gang, und das bedeutete für die Sklaven Arbeit von Sonnenaufgang bis zum Sonnenuntergang – je nach Mentalität des Aufsehers manchmal sogar noch länger, bis weit in die Nacht hinein. Und immer war die Peitsche ihr Begleiter, die unbarmherzig auf die Rücken der schutzlosen Sklaven herunterknallte, wenn dem Aufseher das Arbeitstempo nicht genügte, wenn er der Meinung war, es würde getrödelt oder wenn eine der Sklavinnen oder Sklaven mit schmerzverzerrten Gesichtern ihre Hände betrachteten, die sie sich an den scharfen Baumwollkapseln zerschnitten hatten. Kaum einen Wimpernschlag später sauste bereits die Peitsche auf den Rücken des Unglücklichen. »Du sollst gefälligst arbeiten und nicht deine Hände maniküren, du elende Trödlerin! Marsch, an die Arbeit, bevor ich dir die nächste Aufforderung zukommen lasse!« Es war unmenschlich! Kaum auszuhalten, was sie am Rand der Baumwollplantage zu sehen bekam, als Johanna sich eines Tages voller Neugier aufgemacht hatte, um zu beobachten, wie eine solche Baumwollernte wohl vonstatten ging.

Irgendwann hatte sie nicht mehr an sich halten können und einen der Aufseher mit vor Aufregung wild klopfendem Herzen empört zur Rede gestellt.
»Das ist doch unmenschlich, wie ihr mit den Sklaven hier umspringt. Sie können sich vor Erschöpfung kaum noch auf den Beinen halten. Da muss man sie doch nicht auch noch auspeitschen!«
»Ach, was redest du denn da?!«, erwiderte der Aufseher grinsend, »unsere Nigger, die halten schon was aus – und überhaupt: die Nigger sind am glücklichsten, wenn sie arbeiten können. So – und jetzt verschwinde, Mädchen, bevor ich mich bei den Herrschaften über dich beschwere!« Um seiner Drohung Nachdruck zu verleihen, fuchtelte er mit der Peitsche ganz nah vor Johannas Gesicht herum. »Ab mit dir!« Dass er durchaus gewillt war, notfalls auch ernst zu machen, falls Johanna der Aufforderung nicht unverzüglich nachkommen würde, das konnte man an seiner wild verzerrten Miene unschwer ablesen. »Ab mit dir, habe ich gesagt!«
Verfolgt von dem höhnischen Gelächter des Aufsehers rannte Johanna in der Gluthitze dieses Hochsommertages den ganzen Weg vom Baumwollfeld bis zu den ersten Sklavenbaracken zurück, ohne auch nur einmal innezuhalten. Schweißüberströmt lehnte sie sich an die Hauswand und atmete keuchend.
Was für ein Unmensch!

Noch immer war Johanna fassungslos und tief im Innersten erschüttert, als sie Jimmy am Abend von ihrem Wortwechsel mit dem Aufseher berichtete. Doch Jimmy schüttelte nur traurig seinen Kopf, als sie den Mann beschrieb.
»Das ist noch nicht einmal der grausamste von denen.«
Mit ungläubigem Staunen hörte sie, wie Jimmy fortfuhr:
»Die Allerschlimmsten, das sind nämlich nicht die weißen, sondern die schwarzen Aufseher …«
» … Schwarze?! Die gibt es auch? Ich habe keine von denen gesehen.«

»Die sind meistens weiter drin in den Feldern, immer dort, wo die Arbeit am härtesten ist. Und das sind wie gesagt die Grausamsten, die peitschen die Leute pausenlos aus, weil sie meinen, sie müssten den Weißen ständig beweisen, dass sie besonders gute Aufseher sind. Das ist natürlich die Angst davor, degradiert zu werden und dann womöglich selber als Pflücker auf den Baumwollfeldern zu landen.«
»Schwarze verprügeln Schwarze, um den Weißen zu zeigen, dass sie besonders gute Aufseher sind! Ich fasse es nicht! Das ist ja widersinnig.«
»Und trotzdem ist es genau so. Ich kann von Glück sagen, dass ich schon als kleiner Junge zeigen konnte, wie gut ich mit den Pferden zurechtkomme. Deshalb darf ich mit meinen weißen Handschuhen die Pferde pflegen und muss nicht auf die Plantage. Aber ich muss natürlich höllisch aufpassen, ein winziges Körnchen Dreck, das der Master auf dem Fell von seinem geliebten Vollblüter entdeckt und ich finde mich auch als Pflücker dort unten wieder!«
»Pferde mit weißen Handschuhen streicheln zu müssen… Zu ihren Tieren sind sie besser, als zu den Menschen!«
»Sklaven sind ja auch keine Menschen – vergiss das nicht«, gab Jimmy mit einem zynischen Lächeln zurück.
»Das ist doch Blödsinn!«
»In deren Augen nicht…«

Je länger Johannas Aufenthalt auf der Baumwollplantage andauerte, umso häufiger entdeckte sie nun die Risse hinter der vorgeblich lupenreinen, prachtvoll glänzenden Fassade des Herrenhauses. Eine ganz besonders schlimme Begebenheit sollte ihr zeitlebens nicht mehr aus dem Kopf gehen: Master Scott – der Plantagenbesitzer – hatte sich eines Abends, während seine Ehefrau für ein paar Tage zu einem Besuch in Charleston weilte, eine der jungen schwarzen Frauen gegriffen, auf die er schon länger lüsterne Blicke geworfen hatte und sie in sein Schlafzimmer befohlen. Dort hatte er das Mädchen vergewaltigt. Jeden Abend war das so gegangen – bis zur Rückkehr der Ehefrau. Fatalerweise war das Mädchen schwanger geworden – und jeder auf der Plantage – mit an Sicherheit grenzender Wahrscheinlichkeit auch die gnädige Frau – wusste, wer der Vater dieses Kindes war.

»Und was nun? Was wird mit dem Kind werden – es ist ja auf alle Fälle zur Hälfte weiß. Und sogar das Kind des Masters.«

Jimmy winkte müde ab. »Vergiss es. Ihr Kind wird ebenfalls ein Sklave werden.«

»Aber wieso denn, wo es doch einen Weißen zum Vater hat?«

»Das spielt keine Rolle. Ein Sklave bleibt immer ein Sklave und das Kind eines Sklaven ebenfalls. Daran wird nicht gerüttelt. So ist das eben. Im Übrigen kann sie noch von Glück sagen, wie es hier auf unserer Plantage zugeht – gegenüber der Geschichte, die sich vor drei Jahren auf einer anderen Plantage hier in der Nachbarschaft ereignet hat, ist das alles noch human, was hier geschehen ist.«

»Human! Wie kannst du so etwas sagen?! Das Mädchen ist noch keine 20, von ihrem Master geschwängert und ihr Kind wird von ihm nicht anerkannt, sondern ist und bleibt ein Sklave. Wie kannst du da von Menschlichkeit reden?«

»Hör zu, was ich dir zu sagen habe«, gebot Jimmy der empörten Johanna Einhalt. »Wie gesagt, gleich hier in der Nachbarschaft hat es vor drei Jahren einen Plantagenbesitzer gegeben, der sich auf dem Sklavenmarkt ein 15 Jahre altes Mädchen gekauft hat, und zwar nur, um sie immer dann zu vergewaltigen, wenn er gerade Lust danach hatte. Das ist monatelang so gegangen, über zwei Jahre sogar, um genau zu sein. Aber irgendwann, nachdem sie zweimal schwanger geworden war, nach all dem, was er ihr bei den Vergewaltigungen angetan hat, da hat sie es in ihrer Verzweiflung nicht mehr ausgehalten: eines

Nachts hat sie sich zur Wehr gesetzt, als er wieder über sie hergefallen ist, und hat den Kerl erschlagen!«
»Gut so! Er hat es nicht anders verdient!«
»Langsam! Ich bin noch nicht fertig. Das Ende vom Lied war nämlich, dass sie ihr den Prozess gemacht haben: man hat sie zum Tod durch den Strang verurteilt und hingerichtet.«
Johanna war leichenblass geworden. »Aber das war doch eindeutig Notwehr!«
»Das sagst du – bei einer Weißen hätten die Richter das wohl auch so gesehen. Aber bei einer Sklavin, die keinerlei Rechte hat… Wie kann eine Sklavin einen Weißen erschlagen? Das durften sie nicht dulden, denn ihrer Ansicht nach sind wir ja keine Menschen, sondern nur Besitz, so wie ein Stück Vieh. Und selbst die teuren Sklaven, die 1000 Dollar und mehr wert sind – selbst bei denen handelt es sich nur um Besitz, mit dem man nach Gutdünken verfahren kann. Man kann uns bestrafen, in Ketten legen, verprügeln, vergewaltigen, erschießen, ohne irgendeine Strafe fürchten zu müssen. Und jetzt sage ich dir noch etwas«, Jimmy beugte sich zu der nach wie vor um Fassung ringenden Johann hinüber und senkte die Stimme. »Weißt du, weshalb sie dennoch darauf bedacht sind, uns möglichst am Leben zu lassen, wenn nicht gerade etwas in ihren Augen ganz besonders Schlimmes passiert ist?«
Johanna schüttelte heftig den Kopf. Eigentlich war sie gar nicht sicher, ob sie das hören wollte. Doch Jimmy fuhr ungerührt mit seiner Erklärung fort: »Sie tun das keinesfalls aus Gründen der Menschlichkeit, sondern nur deshalb, weil dann ja ihr ganzes schönes Geld vernichtet wäre, wenn sie uns töten. Der Grundgedanke ist ganz einfach: man erschießt ja schließlich auch sein Vieh nicht so ohne weiteres – nur so zum Spaß. Das können sie zwar tun, wenn sie wollen, aber damit haben sie sich dann nur selbst geschadet und um ihren Besitz gebracht. Das beste Stück Vieh im Stall, das hegt und pflegt man, wie seinen

Augapfel. Man schaut freilich ganz gespannt darauf, wie das mit der Nachkommenschaft ist. Mit dieser können sie wiederum machen, was sie wollen. Sie können die Kinder einzeln verkaufen, können verheiratete Paare auseinanderreißen – und keinen müssen sie dafür um Erlaubnis fragen. Und wenn ein Sklave flieht, weil er das alles nicht mehr ertragen kann, dann schicken sie ihm die Sklavenfänger hinterher. Wehe dem, der ihnen in die Fänge geht!«

»Unfassbar«, murmelte Johanna betroffen. »Es ist einfach unfassbar, wozu sie sich erdreisten«.

Eine Zeitlang herrschte Stille zwischen den beiden jungen Menschen. Stille, in der sie ihren eigenen traurigen Gedanken nachhingen. Es war Jimmy, der sich schließlich leise räusperte. »Soll ich dir noch etwas erzählen?« flüsterte er mit hörbar belegter Stimme.

»Ich fürchte, es wird nichts Gutes sein«, gab Johanna zurück. »Aber ich glaube, ich sollte es dennoch hören …«

Jimmy nickte bedächtig. »Es ist die Geschichte von einem schwarzen Hausmädchen. Ein junges Ding war sie, so eine wie unsere Lucy. Ein lebenslustiges junges Mädchen, das gerne lachte und manchmal halt ein bisschen zu viel geplappert hat, wofür sie dann im einen oder anderen Fall mit der Peitsche Bekanntschaft gemacht hat. Einmal hat sie dafür gleich zehn Peitschenhiebe verabreicht bekommen und die waren richtig heftig …«

Unwillkürlich strich sich Johanna über ihre Narbe, die sich mit einem pochenden Schmerz bemerkbar gemacht hatte. »Wieso darf ein Mensch einem anderen solche Schmerzen zufügen? Sie auspeitschen? Nur, weil sie ein bisschen zu viel geredet hat! Das werde ich nie verstehen – in hundert Jahren nicht.«

»Ich bin noch nicht fertig. Am Tag danach hat sie dann auf das kleine Kind des Masters aufpassen müssen, war aber von den Wunden und der Qual der vergangenen Nacht derart müde, dass sie eingeschlafen ist, als das Kind nachts geweint hat. Die Folge: sie ist am nächsten

Morgen wieder ausgepeitscht worden – und das hat sich wiederholt. Tag für Tag!«

»Aber das hält doch kein Mensch aus!«

»Das hat sie auch nicht. Am Tag nach der zehnten Auspeitschung ist sie gestorben!«

»Das ist ja fürchterlich! Und dieser Farmer? Ist der dann wenigstens bestraft worden?«

Jimmy lachte trocken auf. »Der?! Nichts ist ihm geschehen! Gar nichts! Am nächsten Tag hat er sich auf dem Sklavenmarkt ein anderes Hausmädchen gekauft und lautstark darüber Klage geführt, dass er nun schon wieder Geld für eine Sklavin ausgeben müsse, nur weil seine bisherige Sklavin die Unverschämtheit besessen habe, einfach zu sterben!«

»Das glaube ich nicht!« fuhr Johanna fassungslos in die Höhe.

»Es ist aber so! Und es wird tagtäglich schlimmer.«

Spätestens seit Herbst des Jahres 1860 waren die dunklen Wolken, die sich über den Vereinigten Staaten von Amerika zusammenbrauten, nicht mehr zu ignorieren. Noch nicht einmal von den robusten Baumwollpflanzern in den Südstaaten, die sich um die Befindlichkeiten im Norden »einen Dreck« scherten, wie sie bislang immer wieder verächtlich zum Ausdruck gebracht hatten.

Doch während in den zurückliegenden Monaten und Jahren eher Spötteleien und die eine oder andere Beschimpfung als Mittel der Auseinandersetzung gedient hatten, kam es jetzt immer wieder zu gewalttätigen Schlägereien. Vordergründig stand dabei natürlich die Sklaverei im Zentrum der Kritik von Seiten der Nordstaaten, doch in Wahrheit, so wurde im Süden gemutmaßt, handelte es sich in Wahrheit um Machtfragen, um den Versuch des Nordens, die Südstaaten zu dominieren.

Mehr als einmal hatte Johanna während einer der traditionellen Abendeinladungen der Pflanzerfamilie Gesprä-

che belauscht, die man unter den Plantagenbesitzern in diesen Zeiten führte.
»Diese arroganten Nordstaaten glauben, alles und jeden unter ihre Kontrolle bekommen zu müssen. Wir sollten wachsam sein.«
»Vor allen Dingen sollten wir ein wachsames Auge auf diesen Lincoln werfen. Wenn es diesem Kerl gelingt, sich zum nächsten Präsidenten wählen zu lassen, dann Gute Nacht, South Carolina!«
»Lincoln? Wer ist das?«
»Das ist so ein Kerl aus Illinois, ein Anwalt, einer von diesen klassischen Rechtsverdrehern!«
»Hast du ihn schon einmal kennengelernt?«
»Nein, das nicht. Das ist mir zum guten Glück erspart geblieben!«
»Woher weißt du dann, dass er der falsche Präsident wäre?«
»Weil das alle sagen, die ihn erlebt haben! Wie gesagt: zu allem Übel dann auch noch ein Rechtsanwalt! Der wird versuchen, uns völlig unter die Fuchtel der Nordstaaten zu bekommen. Du wirst schon sehen!«
»Ist das wirklich alles so wichtig? Eigentlich interessiere ich mich nicht für Politik. Auf meiner Plantage bin ich der Präsident. Da gilt ausschließlich mein Wort und sonst gar nichts!«
»Eben. Und so soll es ja auch bleiben! Genau deshalb müssen wir diesen Lincoln unbedingt verhindern. Damit alles so bleibt, wie es ist.«

Wenige Tage später war der in den Augen des Masters schlimmst-mögliche Fall dann doch eingetreten: Abraham Lincoln war zum Präsidenten gewählt worden!
»Jetzt gibt es Krieg! Wenn wir jetzt nicht aufpassen und ganz rasch handeln, dann wird es Krieg geben. Ganz sicher. South Carolina tut gut daran, möglichst schnell, noch in diesem Jahr, eventuell sogar noch vor Weihnachten, die Union zu verlassen und mit den anderen Südstaa-

ten die Konföderierten Staaten von Amerika zu gründen. Sollen die dort droben im Norden dann machen, was sie wollen. Wir im Süden werden es ihnen gleichtun! Amerika ist schließlich groß genug für zwei Staaten.«

»Glaubst du auch, dass es Krieg geben wird, Jimmy?«
»Keine Ahnung. Aber egal wie das endet: für uns Sklaven wird nichts Besseres dabei herauskommen. Sollen sich die Weißen also getrost ihre Köpfe einschlagen …«
» … so darf man nicht reden, Jimmy. Krieg ist immer eine schlechte Sache. Und ausbaden müssen es am Ende immer die kleinen Leute. Die Schwachen. Diejenigen, die am wenigsten dafür können. Warum ist das nur so, Jimmy? Wieso müssen denn die Menschen immer aufeinander losgehen, wieso muss einer immer unbedingt Recht haben, wieso können wir denn nicht einfach in Frieden arbeiten und leben?«
»Weil die einen immer Unrecht haben …«
» … das sagen die anderen auch!«
»Aber die einen meinen, sie hätten tatsächlich Recht. Wie gesagt, Johanna: mich lässt das alles kalt. Solange ich ein Sklave bin und keine Möglichkeit habe, mein Leben selbst in die Hand zu nehmen: was soll ich dazu also sagen?«
Mehr mochte Jimmy an diesem Abend nicht mehr sagen. Er richtete seinen Blick auf einen imaginären Punkt am Horizont und verharrte auch dann noch regungslos unter der Palme, als längst die Sonne untergegangen war und sich tiefe Dunkelheit über das Land breitete.

Zunächst schien es, als sei auch nach Lincolns Wahl alles ruhig geblieben. Gerade so, als habe der Plantagenbesitzer mit seiner düsteren Prophezeiung daneben gelegen. Doch dann war es zunächst nur ein leichtes Grollen, eine seltsame Unruhe hatte die Menschen ergriffen, als South Carolina tatsächlich der Union noch vor Weihnachten 1860 den Rücken kehrte. Es war wie ein Flächenbrand, der sich rasant auszubreiten begann, denn zahlreiche weitere Südstaaten folgten nun diesem Beispiel; Mississippi, Florida, Alabama, Georgia und Louisiana. Es würden sicherlich nicht die einzigen bleiben. Am 9. Februar 1861 wurde dann von diesen abtrünnigen Staaten ein Mann namens Jefferson Davis, der frühere Kriegsminister der USA, zum Präsidenten der Südstaaten gewählt, die sich nunmehr »Konföderierte Staaten von Amerika« nannten.

Dass sich die Lage von nun an mehr und mehr zuspitzte, das lag absolut klar auf der Hand. Ihr ganz besonderes Augenmerk richteten alle auf den 4. März 1861, den Tag, an dem Abraham Lincoln sein Amt in Washington antreten sollte. Würde es jetzt zum Bürgerkrieg kommen oder nicht? Zunächst schienen sich die schlimmsten Befürchtungen in Luft aufzulösen, denn Lincoln streckte die Hand weit aus: es läge einzig und allein an den abgespaltenen Staaten, ihren Fehler zu korrigieren und wieder in den Staatenbund zurück zu kehren. Die Hoffnung auf einen friedlichen Ausgang des Konflikts war also wieder da – um nur wenig später wie eine Seifenblase zu zerplatzen.

Ausgerechnet Charleston wurde in diesen turbulenten Wochen zum Dreh- und Angelpunkt des Geschehens – auch wenn die zunehmend angsterfüllte Johanna ihren damaligen Entschluss, mit der »Gauss« nach Charleston zu segeln und nicht auf ein Schiff nach New York zu warten, wieder und wieder bedauerte: es war zu spät dafür. Sie befand sich mitten im Auge des Hurricans!

Erfüllt mit angespannter Erwartung richteten die Bewohner von Charleston im Frühjahr 1861 ihr Augenmerk vor allem auf das vor der Bucht von Charleston auf einer künstlichen Insel gelegene Fort Sumter, auf dem nach wie vor eine Besatzung der USA (86 Mann darunter 16 Deutsche) stationiert war, die trotz zahlreicher Aufforderungen nicht daran dachte, die Flagge zu streichen und das Fort in die Hände der Konföderierten zu übergeben. Da half nur eine Maßnahme: die Besatzung dort einfach Aushungern. Was aber, wenn Versorgungsschiffe bei Fort Sumter anlegen würden? Würden die Konföderierten das zulassen? Niemals! Wie lange konnte das alles folglich noch gut gehen? Wann würden die ersten Schüsse fallen?

Äußerst ungern hatte sich Johanna in diesen angsterfüllten Tagen zusammen mit Jack, dem Kutscher, von den Herrschaften in das zunehmend hysterischer werdende Charleston schicken lassen, um dort einige spezielle Dinge für den Haushalt zu besorgen und vor allem, um neue Ware von der »Gauss« abzuholen, die kürzlich wieder im Hafen eingetroffen war. So sehr sich Johanna auch auf ein Wiedersehen mit Kapitän Wieting und vor allem mit dem alten Frieder freute, der die Überfahrt hoffentlich wieder hatte mitmachen können, so angst und bange war ihr bei dem Gedanken, dass in dieser Stadt jederzeit der Krieg ausbrechen könnte und es in diesem Fall für sie nicht die geringste Gelegenheit geben würde, dieser Katastrophe zu entkommen.

Schon kurz nach ihrer Ankunft im Hafen war sie auf den tief besorgten Heinrich Wieting gestoßen, der ihr nur einen kurzen Gruß zugerufen hatte. Aus naheliegenden Gründen fürchtete der Kapitän, mit seinem Schiff womöglich nicht mehr rechtzeitig vor Ausbruch der Kampfhandlungen aus der Bucht von Charleston zu gelangen. Denn sobald die Auseinandersetzung erst einmal begonnen hätte, dann säße er hier fest wie in der sprichwörtlichen Mausefalle. Eine einzige Kanone genügte bereits, um die Ein- und Ausfahrt der Bucht zu versperren. Dementsprechend hektisch und sichtlich angespannt – was gar nicht seiner Wesensart entsprach – führte Wieting deshalb parallele Verhandlungen über eine Beladung des Schiffs mit den Agenten der Baumwollpflanzer, der Reisfarmer und der Tabakhändler, um nur ja keine kostbare Zeit zu verlieren. »Er nimmt dafür sogar wesentlich schlechtere Preise in Kauf«, konstatierte Frieder, der sich zu Johannas großer Freude tatsächlich ebenfalls auf dem Schiff befunden hatte. Auch in Frieders Stirn hatten sich tiefe Sorgenfalten eingegraben. »Aber er hat keine andere Wahl, wenn er noch vor dem ersten Schuss wegkommen will. Das wird auf alle Fälle ein Minusgeschäft werden, da bin ich mir sicher. Nachdem schon auf der Hinfahrt nur noch elf Auswanderer an Bord gewesen sind – kannst du dir das vorstellen, Johanna? Nur elf Auswanderer – alle wollen jetzt nach New York, niemand mehr in die Südstaaten – haben sie umso mehr auf eine lukrative Beladung für die Rückfahrt spekuliert. Und jetzt so etwas! Bei dem Streit, den der Wieting bei seiner Ankunft in Bremerhaven mit dem Reeder führen muss, wenn es an die Abrechnung geht, da möchte ich lieber nicht dabei sein!«

Doch so leicht ließ sich ein alter Fuchs wie Heinrich Wieting nicht ins Bockshorn jagen. Der Kapitän, so sehr es ihn zur Abfahrt drängte, war sich der Tatsache wohl bewusst, dass auch die Farmer von wirtschaftlichen Sorgen umgetrieben wurden. Wenn der Krieg erst einmal begonnen hätte, würden sie ihre Waren gar nicht mehr verkaufen können, kein Schiff würde mehr den Hafen ansteuern können. Schlagartig würden sämtliche Verkaufsaktionen beendet sein. Man würde auf dem Trockenen sitzen – beziehungsweise auf der Baumwolle sitzen bleiben. Aus diesem Grund waren die Einkaufspreise für die begehrte Ware deutlich ins Rutschen gekommen – während die mit allen Wassern gewaschenen Händler gleichzeitig versuchten, Wietings offenkundige Eile auszunutzen und die Preise wieder in die Höhe zu treiben. »Viel Zeit bleibt ihm nicht mehr – irgendwann ist die Pokerpartie ausgereizt«, brummte Frieder. »Und das ist anscheinend jetzt der Fall. Da schau!«

Mit einer Kinnbewegung deutete er auf den am Hafenkai stehenden Kapitän, der gerade mehrmals hintereinander mit einem kräftigen Handschlag die Abmachungen besiegelte, die er für seine Schiffsladung ausgehandelt hatte. Kopfschüttelnd kam Wieting nun auf die beiden Beobachter zugetrottet. »Also so etwas habe ich noch nie erlebt! Ich würde mich nicht wundern, wenn demnächst eine Massenpanik in Charleston ausbricht, so nervös, wie sie alle sind. Es ist ganz klar: irgendwann wird es krachen. Das ist nicht mehr zu vermeiden, fürchte ich. Denn diese Provokation, dass die Besatzung von Fort Sumter die Flagge nicht streichen will – und das vor den Augen von ganz Charleston – das werden die Konföderierten genauso wenig hinnehmen, wie es die Nordstaaten nicht auf sich sitzen lassen werden, dass ihre Mannschaft in dem Fort eingeschlossen ist. Abgeriegelt von der Außenwelt! Das kann nicht gut gehen – und das wird auch nicht gut gehen. Ein paar Tage vielleicht noch, längstens bis Mitte April, werden sie zuwarten, aber dann …. Und das wird einen Krieg geben, der nicht so schnell zu Ende gehen wird. Es wird furchtbar werden, glaubt mir.« Er holte tief Luft und wischte sich mit seinem großen, rotweiß gewürfelten Schnupftuch erschöpft über die schweißnasse Stirn. »Mit das Schlimmste an der Sache ist für mich dabei die Tatsache, dass es ausgerechnet unsere Landsleute sind, die mitten im Geschehen stehen. Lauter deutsche Auswanderer! Unglaublich!« Missmutig spuckte er ein Stück Kautabak vor sich auf den Boden.
»Deutsche Auswanderer? Das ist doch Sache der Amerikaner. Was haben die Deutschen denn in einem solchen Streit zu suchen?« wunderte sich Johanna.
»Genau das frage ich mich ja auch«, knurrte der Kapitän. »Aber es sind jede Menge Deutsche mit dabei: allesamt ehemalige Aufrührer, die nach ihrem gescheiterten Aufstand von 1848 und 1849 nach Amerika geflohen sind. Lauter solche Galgenstricke, wie dieser Franz Sigel!«

»Der Franz Sigel? Den Namen kenne ich! Der kommt nämlich ganz aus der Nähe von meinem Dorf!« Wieting streifte sie mit einem unwirschen Blick. »Ja – und jetzt befehligt der Kerl das 3. Missouri Infanterie Regiment, da sind fast ausschließlich Deutsche drin! Leute, die in Deutschland mit Steckbrief gesucht worden sind und die sich damals nur durch die Flucht vor dem Gefängnis oder dem Erschießungskommando haben retten können. Und jetzt, kaum dass sie hier im Land sind, meinen sie schon, sie müssten Amerika retten. Schwafeln etwas von Moral daher und dass die Sklavenhaltung unmenschlich sei. Lauter Dinge, von denen sie in Wahrheit keine Ahnung haben. Aber plötzlich tun sie so, als seien sie die besseren Amerikaner. Und alle marschieren sie für die Nordstaaten. Seit den ersten Schüssen liegen hier im Süden nun natürlich die Nerven blank. Und wehe, man merkt, dass ihr Deutsche seid! Die sind dank diesem vermaledeiten Sigel und seiner Galgenstricktruppe hierzulande nicht mehr gut angesehen. Mich akzeptieren sie noch, weil sie wissen, dass ich auf ihrer Seite stehe, aber ansonsten: ich kann euch nur zur Vorsicht raten. Gib dich in der Öffentlichkeit besser nicht als Deutsche zu erkennen, Mädchen. Und du, Frieder, du kannst von Glück sagen, dass wir schon morgen wieder heimwärts segeln – sofern sie bis dahin stillhalten und das Feuer nicht eröffnen – wovor uns der Herrgott bewahren möge!«
Frieder kratzte sich verlegen am Hinterkopf, während er seinem Kapitän fest in die Augen blickte. »Ich werde nicht mit zurück fahren, Käptn. Sie haben es mir ja immer freigestellt, abzuheuern, wann ich will. Und dieser Zeitpunkt ist für mich nun gekommen. Mit der wenigen Ladung, die sie aus der Rückreise dabei haben, können sie auf meine Dienste gut verzichten. Ja: Ich bleibe hier!«, bekräftigte Frieder, als er das ungläubige Erstaunen in Wietings Augen bemerkte. »Ich bin alt geworden, alt und müde mit meinen bald 60 Lebensjahren. So alt wird nicht jeder – schon gar nicht auf hoher See. Aber jetzt … jetzt

habe ich genug von den Stürmen, von den Wellen, den Eisbergen und den Krankheiten. Deshalb komme ich nicht mit zurück nach Bremerhaven. Außerdem …« ein Lächeln huschte über seine wettergegerbten Züge, »außerdem ist das Klima für so einen alten rheumatischen Seebären hier in Charleston besser, als in Deutschland.«
Noch immer mochte Wieting kaum glauben, was er da hörte. »Frieder! Bist du dir ganz sicher, dass es richtig ist, was du da tust? Wovon willst du hier denn leben? Schon jetzt ist der ganze Handel beinahe zum Erliegen gekommen – wenn ich nur daran denke, wie es hier im Hafen noch vor einem Jahr zugegangen ist – und es wird nicht besser werden.«
Frieder zuckte gleichmütig mit den Schultern. »Ich habe mir das auf unserer Herfahrt gut überlegt. Auch wenn es dieses Mal gar nicht lange gedauert hat. Und außerdem habe ich mir ein kleines bisschen von meiner Heuer zusammengespart – damit werde ich gut über die ersten Wochen kommen – und danach wird sich sicher irgendeine Arbeit finden lassen. Ich bin ja nicht besonders wählerisch – ich werde mich schon durchschlagen. Machen sie sich um mich keine Sorgen, Käptn!«
»Nun gut. Wie du meinst, Frieder.« Wieting nickte ernst und nahm seinen langjährigen Matrosen dann noch einmal ernst in sein Visier. »Aber vorsichtshalber sage ich es dir trotzdem noch einmal: es wird nicht so gemütlich bleiben wie bisher. Bedenke das!«
»Ist schon in Ordnung so! Mir wird keiner etwas tun.«
»Na dann: dein Wort in Gottes Ohr! Mast- und Schotbruch, alter Klabautermann!« Wieting klopfte seinem Matrosen zum Abschied noch einmal kräftig auf die Schulter, während es in seinen Augen verdächtig glitzerte. »Halt die Ohren steif. Und du auch Mädchen. Besser, ihr schaut zu, dass ihr die Gegend um den Hafen bald hinter euch lasst. Jetzt muss ich mich aber um die Ladung kümmern, damit auch alles rechtzeitig an Bord ist, wenn wir morgen auslaufen wollen! Keinen Tag zu viel werde

ich mehr hier bleiben! Leider! Dieser gottverdammte Krieg!«
Auch Johanna und Frieder verabschiedeten sich hastig voneinander – nicht ohne sich gegenseitig zu versichern, möglichst bald in Charleston wieder zusammen treffen zu wollen. In der bangen Hoffnung, dass der Krieg doch nicht so schlimm werden würde.

Als am Nachmittag dann plötzlich mehrere Versorgungsschiffe der Nordstaaten aufgetaucht waren, die in der Bucht vor Anker gingen, wurde auch dem größten Optimisten klar, dass der große Knall nun unmittelbar bevorstand. Denn bei diesen Schiffen handelte es sich um eine gezielte Provokation. Der verhasste Lincoln hatte sie entsandt, um die eingeschlossene Besatzung des Forts mit neuem Proviant zu versorgen. Ein überdeutliches Zeichen, dass die Nordstaaten auf gar keinen Fall gewillt waren, Fort Sumter zu übergeben. Aber das würden sich die Südstaaten keineswegs gefallen lassen. Und so kam es.

*

Am 12. April 1861, nur einen Tag, nachdem es Wieting mit der »Gauss« gelungen war, den Hafen zu verlassen, waren seine Befürchtungen Wirklichkeit geworden: noch vor Morgengrauen hatten die Kanonen am Hafen von Charleston die Kampfhandlungen eröffnet. Ein nicht enden wollender Feuerhagel prasselte seitdem auf Fort Sumter nieder. Der schweren Kanonade hatte die Fortbesatzung nicht das Geringste entgegenzusetzen. Genauso wenig wie die Versorgungsschiffe, die rasch ihre Anker lichteten und unverrichteter Dinge wieder kehrt machten. Dennoch ging die Kanonade mit unverminderter Heftigkeit weiter. Schon um die Mittagszeit des nächsten Tages war das Ziel der Angreifer erreicht: über dem Fort wurde die Flagge gestrichen, die Besatzung hatte kapituliert. Seitdem wehte das Banner der Konföderation, das »Stars and Bars« mit seinen sieben Sternen auf blauem Grund, stolz über der Festung. Der Krieg hatte begonnen.

»Der liebe Gott sei uns gnädig«, faltete Johanna ihre Hände zu einem spontanen Gebet, als die Nachricht von der Kanonade bis zum Herrenhaus vordrang. Während Mister Scott zusammen mit dem Baumwollpflanzer, der ihm die Mitteilung überbracht hatte, vor lauter Freude über den Kriegsbeginn eine ganze Salve von Gewehrschüssen in den Himmel jagte, spiegelten sich auf den Mienen der Hausangestellten Furcht und Sorge. Auch in Charleston schien die überwiegende Mehrzahl der Bevölkerung längst nicht so euphorisch, wie die Plantagenbesitzer, die den bewaffneten Kampf mit den Nordstaaten ja geradezu herbeigesehnt hatten: die Gottesdienste waren übervoll, die Kirchen platzten aus allen Nähten, denn Schlimmstes stand zu befürchten und es sollte sich zu aller Entsetzen schon bald bewahrheiten. Die Kunde von niemals für möglich gehaltenen Brutalitäten zwischen den beiden amerikanischen Armeen erschütterte in den Folgemonaten die Menschen – und das war erst der Anfang. Ausgerechnet Charleston mit dem symbolhaften Fort Sumter sollte monatelang in den Mittelpunkt der Kampfhandlungen rücken. Gerüchteweise war darüber hinaus zu allem Übel auch noch vom drohenden Ausbruch eines Sklavenaufstands die Rede, was die Leute vollends hysterisch werden ließ und den Plantagenbesitzern als willkommener Vorwand für drakonische Züchtigungen diente, mit denen sie ihre Nigger schon beim geringsten Vergehen bestraften. Und es wurde immer schlimmer!

Wie ein Lauffeuer ging unter den aufgebrachten Sklaven auf den Plantagen rund um Charleston in den letzten Märztagen des Jahres 1863 die Tragödie eines Schwarzen mit Namen Jimmy von Mund zu Mund, der vom Verwalter brutal ausgepeitscht worden war, weil er leise die Melodie eines Nordstaatenliedes gepfiffen habe, »John Browns body« wurde es genannt – und obwohl streng verboten, war es allen Sklaven bekannt. In diesem Lied wurde das Leben eines fanatischen Sklavereigegners glorifiziert, eines Weißen namens John Brown, der in seinem Kampf sogar vor Morden an den Befürwortern der Sklaverei nicht zurückgeschreckt war. Er war Ende 1859 für seine Taten gehängt worden. Das besondere an seiner Geschichte: es wäre ihm vor der Hinrichtung mehrfach möglich gewesen, aus dem Gefängnis zu fliehen, doch eine Flucht hatte er kategorisch abgelehnt. Das Kalkül, das dahinter steckte, war genauso gnadenlos konsequent wie seine Taten: denn wenn sich diese Verweigerungshaltung erst einmal herum gesprochen hätte, dann würde er zum Volkshelden aufsteigen. Was dann tatsächlich auch der Fall war: innerhalb kürzester Zeit entwickelte sich der kurze, einprägsame Song vom tot in seinem Grab liegenden, heldenhaften John Brown zu einer Hymne gegen die Sklaverei – vor allem natürlich in den nördlichen Staaten.

Kein Wunder, denn der Refrain war ein regelrechter Ohrwurm: »Glory glory hallelujah, glory glory hallelujah, but his soul goes marching on (aber seine Seele marschiert immer weiter!)«
Doch wehe, jemand kam in den Südstaaten auf die Idee, die Melodie von John Brown zu summen oder zu pfeifen. Fatalerweise hatte Jimmy dies in den vergangenen Tagen immer und immer wieder getan, so eindringlich ihn Johanna auch davor gewarnt hatte. Leise zwar, aber eines Tages war er von einem der weißen Aufseher, erwischt worden, als er den Refrain vor sich hin gepfiffen hatte: »glory glory hallelujah …«
Die Folge in diesen aufgeheizten Zeiten war eine besonders schlimme Auspeitschung, bei der alle Sklaven gezwungen worden waren, zuzuschauen – und wehe ihnen, einer von ihnen würde ihm zu Hilfe kommen, wie er da ohnmächtig in der Gluthitze im Staub vor der großen Baumwollscheune auf dem Boden lag.
Sie hatten ihn einfach halb tot liegen lassen! Dass sich keiner der Sklaven zu ihm getraut hatte, das war ja noch verständlich – aber auch keiner von den weißen Hausangestellten hatte das Wagnis auf sich genommen, sich um Jimmy zu kümmern. So hatte sich die verzweifelte Johanna, die bei ihren Kolleginnen und Kollegen vergeblich darum gefleht hatte, es möge ihr doch jemand zu Hilfe kommen, schließlich ganz alleine ein Herz gefasst, seine Wunden ausgewaschen und ihn in die Sklavenbaracke geschleift, wo sie ihn jeden Morgen, jeden Mittag und jeden Abend mit frischem Wasser und neuen Verbänden versorgte, während die übrigen Sklaven in der Behausung auf ängstliche Distanz zu Jimmy rückten. Mochten die Herrschaften doch sagen was sie wollten: sie würde sich nicht von ihrem Tun abbringen lassen, Johanna war keine Sklavin, sondern eine Weiße. Und sie hatte ein Gewissen! Ein Gewissen und ein Herz!
Ein einziges Mal hatte der Aufseher, der Jimmy die brutalen Peitschenhiebe verabreicht hatte, versucht, sich ihr

in den Weg zu stellen und dabei drohend seine Peitsche geschwungen: »Was hast du hier bei den Niggern zu suchen? Eine Weiße tut so etwas nicht!«
»Eine Weiße vielleicht nicht! Ein menschliches Wesen aber schon! Und nun geh mir aus dem Weg!« Energisch boxte sie den verblüfften Mann zur Seite und stapfte mit wütenden Schritten auf die Sklavenbaracke zu.
Kein Wunder, dass die Stimmung auf den Siedepunkt zusteuerte! Diese Scheusale!

Seit diesem schlimmen Vorfall war ihre Entscheidung gefallen: hier würde sie nicht bleiben. Sobald Jimmy wieder bei Kräften war, würde sie die Plantage verlassen. Egal, wohin. Nur weg von hier! Am besten weit weg, weg aus South Carolina, weg von der Sklaverei, weg von all den Grausamkeiten.

Vier Tage waren seit der Auspeitschung mittlerweile vergangen, als Johanna früh am Morgen wieder über die Türschwelle der Sklavenhütte trat, um nach dem Verletzten zu schauen. Die Wunden hatten sich glücklicherweise nicht entzündet und so war die Hoffnung berechtigt, dass Jimmy schon bald wieder einigermaßen genesen wäre. Auch wenn von den Striemen, die sich tief in sein Fleisch eingeschnitten hatten, sicherlich hässliche Narben zurückbleiben würden. Aber Hauptsache, er wurde wieder gesund. Es würde schwer genug für ihn werden, denn seinen Job als Pferdepfleger würde er nicht mehr bekommen, sie würden ihn jetzt auf die Baumwollfelder schicken. Als eine zusätzliche Bestrafung. Genau das, was Jimmy immer gefürchtet hatte! Und das alles nur wegen eines Liedes! Aber jetzt erst einmal gesund werden. Das war am allerwichtigsten.
»Der ist nicht mehr da!« schreckte sie eine männliche Stimme plötzlich aus ihren Gedanken.

Verwirrt blinzelte Johanna in das Dunkel der Hütte hinein. Es dauerte eine Weile, bis sich ihre Augen daran gewöhnt hatten. »Wie nicht mehr da?«
»Nicht mehr da ist nicht mehr da! Jimmy ist fortgegangen! Und er wird nie mehr wiederkommen!«
»Was?! Was sagst du da?« Mittlerweile konnte sie den Mann erkennen, zu dem die Stimme gehörte. Es war der alte Oscar, der mit bedeutungsvoller Miene zu jener Stelle hinüberdeutete, an der sie Jimmy das Krankenlager eingerichtet hatte. Tatsächlich! Das Lager war leer! Und Jimmy nirgendwo zu sehen. Eiskaltes Entsetzen stieg in ihr auf, während gleichzeitig der Schweiß auf Johannas Stirn trat. Jimmy …
Fieberhaft ließ sie ihren Blick durch die ganze Hütte schweifen, über jedes Lager, in jede Ecke hinein – dabei war ihr längst klar, was geschehen war, auch wenn sich ihre Gedanken immer noch weigerten, die bittere Erkenntnis zu verarbeiten.
Jimmy war weg! Jimmy würde nie mehr wiederkommen!
»Er hat sich den anderen angeschlossen, die gegen die weißen Pflanzer kämpfen. Du sollst nicht traurig sein um ihn. Es sei das Beste für alle. Das soll ich dir ausrichten.«
Wie in Trance schleppte sich Johanna aus der Sklavenbaracke und wankte zu der Palme hinüber, unter der Jimmy und sie so viele Male gesessen hatten. Sie würde Jimmy nie mehr wiedersehen!

Mit Beginn dieses Frühlings verdichteten sich die Anzeichen, dass die Nordstaaten für den Verlust des prestigebeladenen Fort Sumter bittere Rache nehmen würden. Johanna, die unmittelbar nach Jimmys Flucht ihre Sachen gepackt und die Scotts verlassen hatte, ohne noch auf ihrem Lohn für die ersten beiden Monate des Jahres zu bestehen, war inzwischen nach Charleston gegangen. Dort traf sie den alten Frieder wieder, der sich mit kleineren Hilfsarbeiten für die Fischer am Hafen irgendwie über Wasser hielt. »Die Entscheidung, hierzubleiben, war für meine alten Knochen genau das richtige, aber jetzt… jetzt glaube ich, dass es endgültig über uns hereinbrechen wird!« Er betrachtete die junge Frau, die ihm von Jimmys Tragödie ausführlich berichtet hatte, mit einer sorgenvollen Miene. »Also, falls du je glauben solltest, du würdest irgendwo hier oder draußen im Land deinen Jimmy finden können, dann schlage dir das gleich aus dem Kopf. Wenn ihn nicht die Sklavenjäger finden und am nächsten Baum aufknüpfen, dann wirst du ihn gleich zweimal nicht finden. Höchstens als Toten! Entschuldige…« erschrocken registrierte er, dass Johanna bei seinen Worten in Tränen ausgebrochen war. Er machte einen Schritt auf sie zu und schloss sie fürsorglich in seine Arme. »So habe ich das nicht gemeint. Ich wollte dich nicht aus der Fassung bringen, aber andererseits ist es besser, du machst dich auf das Schlimmste gefasst, als dass du blind durch die Weltgeschichte stolperst.«

»Ist schon gut, Frieder«, schluchzte sie leise und drückte ihren Kopf fest an Frieders Oberkörper. Wie gut das tat! »Weißt du, Frieder, es ist nur so: seitdem der Jimmy einfach weg gegangen ist, weiß ich gar nicht mehr, was ich tun soll und wo ich hingehöre. Wieso hat er mich nur so im Stich gelassen?!«

»Das hat er nicht!« widersprach Frieder sanft, während er beruhigend über ihre Haare streichelte. »Er hat das getan, was er tun musste. Denn auf der Plantage wäre er seines Lebens nicht mehr froh geworden und diese eine Auspeitschung wäre sicherlich nicht die letzte gewesen. Diese Demütigung hat er sich ersparen wollen und beschlossen, sein Leben von nun an selbst in die Hand zu nehmen. Mit welchem Ausgang auch immer. Das war schon richtig so.«

»Aber wieso hat er mir denn gar nichts gesagt? Noch nicht einmal verabschiedet hat er sich von mir. Warum denn nur?«

Der alte Matrose nahm Johannas Kopf in beide Hände und trat einen Schritt zurück, um sie besser in sein Visier nehmen zu können. »Was hättest du ihm denn gesagt?

Dass er nicht gehen soll oder dass du mit ihm gehen willst. Oder?«
Anstelle einer Antwort nickte Johanna heftig.
»Also. Das meine ich. Er hatte gar keine andere Wahl. Er hatte beschlossen, sein Leben selber in die Hand zu nehmen. Dabei konnte er sich von nichts und niemand mehr aufhalten lassen. Er hat dir – und sich – so eine Abschiedsszene erspart, die euch für immer auf die Seele gedrückt hätte. Behalte ihn so in Erinnerung, wie er war und wünsche ihm alles Gute! Er wird genau dasselbe für dich tun!«
Eine Zeitlang standen sie still und regungslos eng beisammen. Die seltsamen Blicke, die ihnen von den vorbeieilenden Hafenarbeitern zugeworfen wurden, drangen gar nicht erst in ihre Wahrnehmung.
Mit einem tiefen Seufzer löste sich Frieder schließlich vorsichtig von Johanna. »So – und nun müssen wir aber schauen, wie wir dafür sorgen können, dass du in Sicherheit kommst. Also hier in Charleston solltest du besser nicht bleiben, denn hier wird es bald heftig zur Sache gehen. Ich kann dir also nur raten: nimm deine Sachen und geh weg von hier, solange das noch möglich ist. Allein, was man bislang schon von Brutalitäten hört, wenn die Armeen aufeinandertreffen… das bedeutet für Charleston nichts Gutes, wenn es hier losgeht.«
»Das glaube ich dir, Frieder. Aber ich möchte ja ohnehin nicht mehr hier bleiben. Hier in der Hauptstadt von diesem Sklavenstaat hält mich nichts mehr. Überhaupt nichts. Aber was ist mit dir? Was du da an Bedrohung an die Wand malst, das alles gilt doch auch für dich. Dann bist du deines Lebens doch auch nicht mehr sicher. Also: wie wäre es, wenn du mitkommst? Irgendwohin – in Richtung Norden. Irgendwo dort werden wir dann hoffentlich einen sicheren Platz finden können. Willst du mich begleiten? Das wäre schön!«
Ganz kurz schien es Johanna, als würde Frieder tatsächlich mit seinen widerstreitenden Gefühlen ringen. Doch

dann schüttelte er langsam und traurig seinen Kopf. »Das ist lieb von dir gemeint, Johanna. Doch ich bin nicht mehr so gut zu Fuß – du weißt das ja. Und außerdem: Ich bleibe lieber am Wasser, denn so ein alter Seebär kann halt doch nie ganz ohne Wasser sein – mir wird hier schon nichts passieren. Und wenn es doch geschieht: ich habe mein Leben gelebt. Ich fürchte mich vor nichts und niemand – den Teufel und den Klabautermann gleich mit eingeschlossen«, machte er den kläglichen Versuch einer scherzhaften Schlussbemerkung.
»Aber …«
Er brachte sie mit einer unwirschen Handbewegung zum Schweigen. »Geh' habe ich gesagt – und drehe dich nicht wieder um!« Grußlos humpelte Frieder davon und ließ die verdutzte Johanna einfach stehen.

Nun denn. Sie würde sich also wieder ganz allein auf sich gestellt auf den Weg machen. Und es musste bald sein. Da hatte der Frieder schon Recht. Aber in Charleston hielt sie ohnehin nichts mehr – außer Frieder. Möge dem alten Seebären das Schicksal hold sein – trotz all dem Schlimmen, was der Hafenstadt demnächst drohte. Wohin? In Richtung Norden. Weg aus dem Süden. Weit weg. Noch heute.

*

So verließ Johanna Mitte April 1863 unmittelbar vor einem verheerenden Feuersturm die Stadt. Zum guten Glück hatte sie dem Drängen Frieders rechtzeitig nachgegeben. Anderenfalls hätte sie ihre Sturheit womöglich mit dem Leben bezahlt. Fröstelnd zog Johanna die dünne Baumwolljacke enger um ihren Oberkörper, während aus weiter Ferne der unaufhörliche Kanonendonner dumpf an ihre Ohren drang. Der glutrot gefärbte Horizont dort hinten im Süden ließ keinerlei Zweifel daran aufkommen, dass die Kanonenkugeln ihr Ziel tatsächlich gefunden hatten. Der Beschuss von Fort Sumter und Charleston durch die Unionstruppen zog sich über Monate und als er im August endete, waren das Fort und weite Teile der Stadt völlig zerstört.

Auch hier in Amerika war Johannas lange Reise also noch längst nicht zu Ende. Würde sie das überhaupt jemals sein? Wann endlich wäre auch ihr ein Ort vergönnt, an dem dem sie sich sicher und geborgen fühlen durfte? Beinahe hatte sie auf der Plantage in Charleston gedacht, es sei ihr gelungen. Aber die schöne Vorstellung hatte sich als fatales Zerrbild erwiesen. Wohin würde sie ihr Weg wohl jetzt noch führen? Zu einem neuen Zuhause? Das sie eines Tages als ihre Heimat bezeichnen würde? Heimat… Wo war das? Sicher nicht in dem Land, das sie vor einer halben Ewigkeit verlassen hatte. Sicher nicht in Deutschland. Aber wo dann? Vielleicht ganz oben im Norden? In New York – wohin sie ja ursprünglich hatte gehen wollen.

Die Herausforderung bestand darin, überhaupt dorthin zu kommen. Nicht, dass Johanna Bedenken wegen des langen Fußmarsches plagen würden. Schließlich hatte sie ja auch den weiten Weg von Treschklingen bis nach Bremerhaven bewältigt. Ganz allein auf sich gestellt. Da würde sie es auch bis nach New York schaffen. Wenngleich es dabei eine große Hürde zu überwinden gab: die Nacht. Denn Frieder hatte ihr aus guten Gründen geraten, möglichst nur in der Nacht zu marschieren und tagsüber ein Versteck im Wald oder einem Gebüsch aufzusuchen. Tagsüber treibe sich in solchen Zeiten viel zu viel Gesindel auf der Straße herum, das nichts Gutes im Schilde führe. Erst recht nicht mit einer jungen, auf sich allein gestellten Frau wie Johanna. Das war einleuchtend. Also nachts. Die Richtung würde sie finden. Oft genug hatte sie auf der »Gauss« mit dem alten Frieder oder auf der Plantage mit ihrem so schmerzlich vermissten Jimmy den Polarstern betrachtet. Und so einfach war auch der Weg nach Norden zu finden: sie brauchte dazu lediglich dem Polarstern zu folgen. So einfach war das!

Von wegen! Johanna lachte bitter auf. Nicht in einer solchen Nacht wie heute. Wenn der Himmel von Regenwolken bedeckt war, dann war es leichter gesagt, als getan, den Polarstern zu finden. Und damit den Weg nach Norden.

Dennoch galt es, Frieders Plan strikt zu befolgen. »Niemals am Tag! Nur in der Nacht!«

Mehrmals hatte sie es in den zurückliegenden Tagen schon erleben können, wie recht Frieder mit seiner Anweisung gelegen hatte. Tief in einem dichten Gebüsch versteckt hatte sie versucht, ein bisschen Schlaf zu finden, als eine zerlumpte Horde, der man schon aus weiter Ferne nur allzu deutlich ansehen konnte, was sie im Sinn führte, den Weg entlang gekommen war. Grölend und fluchend waren sie vorbei gezogen, während sich Johanna ängstlich noch tiefer in das Gebüsch duckte. Die anscheinend unvermeidlichen Begleiterscheinungen des Krieges! Marodierende Banden, Räuber, Mörder, Vergewaltiger, die zwischen den Linien der feindlichen Armeen ihr ganz eigenes brutales Süppchen kochten.

Eines Abends, kurz nach Einbrechen der Dunkelheit, als Johanna gerade wieder die erste Meile in nördlicher Richtung hinter sich gebracht hatte, war sie offenbar einen Moment lang nicht vorsichtig genug gewesen. Noch bevor sie dazu in der Lage war, sich auch nur rasch zu ducken, nachdem unmittelbar hinter ihr das trockene Knacken eines Astes zu hören gewesen war, legte sich bereits eine schwielige Hand fest auf ihren Mund und presste ihn unerbittlich zu. Gleichzeitig legte sich ein weiterer Arm fest um ihren Oberkörper.

»Pssst – ganz ruhig, ich tue dir nichts! Nur wenn du schreist, dann ist es um dich geschehen«, zischelte er ihr rau ins Ohr. »Hast du verstanden? Wenn ich meine Hand von deinem Mund nehme, wirst du nicht schreien, ist das klar?«

Johanna, der durch den gewaltigen Druck der unbekannten Hand allmählich die Luft knapp wurde, nickte panisch.

»Also dann – aber denke an meine Worte!«

Langsam lockerte sich der eisenharte Griff am Mund und die junge Frau rang stöhnend um Atem. Der Angreifer fasste sie an den Haaren und drehte ihren Kopf grob in seine Richtung. Zwei dunkle Augen musterten sie misstrauisch.

»Was hast du hier zu suchen, mitten in der Nacht? Bist du eine Spionin? Willst du uns auskundschaften?«

»Spionin ...« keuchte Johanna matt. »Was für eine Spionin denn?« Der Griff um ihren Oberkörper verstärkte sich noch.

Aus den Augen des Angreifers schossen grelle Blitze. »Halte mich nur nicht zum Narren, Mädchen! Das ist noch nie jemand gut bekommen!«

»Das tue ich doch gar nicht! Ich ... ich weiß wirklich nicht, was du von mir willst.«

»Du bist eine Spionin: eine Kundschafterin der Südstaaten. Gib es zu!«

»Aber nein! Wie kommst du denn auf so etwas? Was um alles in der Welt soll ich denn ausspionieren?«
»Du sollst dich nicht dumm stellen und mich nicht zum Narren halten! Du willst uns ausspionieren!«
»Euch?! Ich weiß doch noch nicht einmal, wer ihr seid!«
»Natürlich Soldaten von der Armee der Nordstaaten«, gab der Mann scharf zurück. Er nahm seine Hand von Johannas Kopf und tastete konzentriert über das Bündel, das sie auf dem Rücken trug. Wenig später entspannten sich seine Gesichtszüge sichtlich, während er gleichzeitig den Griff um ihren Oberkörper lockerte. Offenbar hatte er sich nun doch von der Harmlosigkeit seines Opfers überzeugt. »Nun ja, mit großem Gepäck geht man nicht unbedingt auf Spionagereise – es sei denn …«, schmunzelte er und setzte eine listige Miene auf, »es sei denn, es handelt sich um ein ganz besonders abgeschlagenes Exemplar eines Kundschafters …«
Johanna schüttelte wild ihren Kopf.
»… aber zu dieser Sorte scheinst du nicht unbedingt zu gehören. Oder?« Er tippte mit dem Zeigefinger auf ihre Nasenspitze. »Was bist du aber dann?«
»Ich bin nichts weiter als eine Frau, die möglichst unbehelligt in den Norden will. Sonst gar nichts!«
»Da hast du dir aber das beste Gelände ausgesucht, um unbehelligt zu bleiben!« lachte der Mann trocken auf. »Du steckst hier im Niemandsland zwischen zwei feindlichen Armeen. Ungemütlicher als hier kann es für dich nirgendwo werden. Sei froh und dankbar, dass ich dich aufgegriffen habe und nicht die aus dem Süden. Die machen meist kurzen Prozess mit Leuten, denen sie in der Nacht begegnen und die sie nicht kennen!« Er führte die flache Hand zur Kehle und machte eine eindeutige Bewegung. Johanna zuckte schaudernd zusammen.
»Und was mache ich jetzt mit dir? Am besten wird es sein, wenn du mit mir kommst.«
»Lass mich doch einfach laufen. Ich bin harmlos. Ich führe nichts Böses im Schilde!«

Der Angreifer, bei dem es sich allem Anschein nach also um einen Kundschafter der Unionstruppen handelte, schien kurz zu schwanken. Dann hatte er seinen Entschluss gefasst. »Nein, das geht nicht! Dich jetzt einfach weiterlaufen zu lassen, das ist viel zu gefährlich. Für dich genauso wie für mich. Denn wenn du womöglich doch noch den Anderen in die Hände fällst, was gar nicht so unwahrscheinlich wäre, dann bringen sie dich womöglich dazu, ihnen zu verraten, wo du auf mich gestoßen bist, bevor sie dir dann die Kehle durchschneiden …«
Wieder raste ein kalter Schauder über ihren Rücken.
»… wir können also nur eines tun: ich werde dich zu meiner Einheit bringen und dort sollen dann die höheren Ränge klären, wie es mit dir weitergeht.«

Wenig später waren sie in ein Lager der Nordstaatenarmee gelangt. Ihr erstes Etappenziel hatte sie damit wohl gemeistert. Sie hatte die Linie zwischen den beiden verfeindeten Armeen unversehrt überwunden und würde von nun an also gefahrlos weiter in Richtung Norden ziehen können. Doch weit gefehlt! Es wäre ja auch zu schön gewesen!

Die Einheit bestand aus schätzungsweise 100 Mann, die sich um verschiedene Lagerfeuer gruppiert hatten und gerade ihre Tagesration Whiskey zu sich nahmen. Dementsprechend hob ein wildes Gegröle an, als sie Johanna an der Seite des Kundschafters entdeckten. »Was für eine nette Überraschung!«
»Eine Frau!«
»Na, komm her meine Süße! Ich kann dich gut wärmen! Dir ist es doch sicher viel zu kalt hier draußen!«
»Und ich kann das noch viel besser!«
»Halt den Mund! Sie gehört mir!«
Die lüsternen Blicke der Soldaten, die sich über die willkommene Abwechslung freuten, verfolgten Johanna bis vor das Zelt eines Unteroffiziers, zu dem der Kundschaf-

ter sie geleitete. »Mach dir nichts aus den dummen Sprüchen. Sie meinen es nicht so, wie sie sagen. Du musst keine Angst haben, dass sie dir etwas antun. Du weißt ja: Whiskey löst die Zunge – aber bellende Hunde beißen nicht!«
Um das Feuer herum waren noch weitere Männer versammelt, offenbar alle im ähnlichen Rang. Mit skeptischen Mienen betrachteten sie die beiden, während ihr Begleiter knapp salutierte. »Ich habe die Frau hier gerade im Wald aufgegriffen. Meiner Meinung nach ist sie keine Spionin sondern harmlos.«
»Keine Spionin, sondern harmlos«, echote der Unteroffizier, der unwirsch die Stirn runzelte und Johanna mit einem durchdringenden Blick förmlich zu durchbohren schien. »Du kannst wegtreten«, gab er dem Kundschafter knapp zu verstehen.
»Soso. Du bist also harmlos, sagt unser großer Menschenkenner. Dann wollen wir also mal herausfinden, was ich am Ende sagen werde. Also: woher kommst du?«
»Ursprünglich aus Deutschland …«
» … ursprünglich aus Deutschland«, wiederholte der Soldat spöttisch. Offenbar schien es ihm eine Freude zu bereiten, die anderen nachzuäffen.
»Und eine Spionin bist du auch.«
»Nein, das bin ich nicht! Ich bin keine Spionin! Wie oft soll ich das denn noch sagen?« Mit einem Mal stieg Ärger in ihr auf. Was sollte denn diese blöde Fragerei? Wütend stampfte sie mit dem Fuß auf dem Boden auf. »Ich habe es dem anderen Mann schon ein halbes Dutzend Mal gesagt: ich bin keine Spionin!«
»Hat es schon ein halbes Dutzend mal gesagt«, kam es höhnisch zurück. »Und deshalb sollen wir das jetzt glauben! Aber wieso sollten wir das tun?!« Er näherte sich Johanna bis auf einen halben Meter und glotzte ihr unverschämt ins Gesicht. Am verräterischen Glanz seiner Augen erkannte sie, dass es ganz eindeutig nicht nur eine

Tagesration Whiskey gewesen sein konnte, die er heute zu sich genommen hatte.
»Weil es stimmt. Deshalb!«
»Aber wenn du angeblich aus Deutschland stammst, woher kommt denn dann dein Südstaatenslang?« gab der Betrunkene mit einem triumphierenden Grinsen zurück.
»Das ist ganz einfach: ich habe viele Jahre in Charleston gearbeitet.«
»Und jetzt … hast du gedacht, du könntest für das Pack dort unten ein bisschen spionieren, nicht wahr?!«
»Nein. Ich will weg von dort. Ich will weiter nach New York!«
»Sie will weiter nach New York! Soso!« Er spuckte direkt vor ihr auf den Boden. »Für wie blöd hältst du uns eigentlich? Das ist die dümmste Ausrede des Abends: du bist eine Spionin! Eindeutig! Eine Spionin!« Wie Gewehrkugeln schossen die Worte aus seinem Mund. »Eine Spionin!« brüllte er laut in die Menge. »Sie ist eine Spionin! Und was macht man mit Spionen?«
»Aufhängen!« schrieen die anderen begeistert zurück. »Aufhängen! Aufhängen!«
Schon erhoben sich die ersten, um sich der am ganzen Leib zitternden Johanna mit drohenden Mienen zu nähern, als plötzlich ein scharfes Kommando ertönte: »Stop!«
Verärgert wirbelten die angetrunkenen Soldaten herum, blieben dann aber wie angewurzelt stehen. »Lasst die Frau sofort in Ruhe!« Ein älterer Offizier schob sich grob durch die geifernde Soldatenmenge, seinen Abzeichen nach dürfte es sich bei ihm um einen Hauptmann oder einen noch höheren Offiziersrang handeln, vermutete Johanna. Unmittelbar vor ihr blieb er stehen. »Ihr alle tretet jetzt fünf Schritt zurück!«, herrschte er die Männer an, dann wandte er sich wieder um und musterte die verängstigte Johanna mit einem offenen, freundlichen Blick.
»Wie ist dein Name?«

»Johanna.«
»Das ist aber kein amerikanischer Name, nicht wahr?«
»Ja. Ich komme ursprünglich aus Deutschland.« Es kostete sie große Mühe, die Worte verständlich auszusprechen. Der Schock saß ihr immer noch tief in den Knochen.
»Aha«, nickte der Offizier und ließ ein leichtes Lächeln um seine Lippen spielen. »Das habe ich mir doch gleich gedacht, so wie du den Namen ausgesprochen hast.« Mitten im Satz war er zu Johannas grenzenloser Verblüffung mit einem Mal ins Deutsche gewechselt. »Und woher kommst du genau?«
»Aus dem Großherzogtum Baden.«
Sein Lächeln wurde breiter. »Das wird ja immer besser. Kannst du es noch ein bisschen genauer beschreiben?«
»Ja, sicher«, nickte sie eifrig. Obwohl das Zittern ihrer Hände nur langsam nachließ, atmete sie innerlich auf. Von diesem Mann, zu dem sie gleich in der ersten Sekunde Zutrauen gefasst hatte, ging keine Gefahr aus. Das spürte sie genau. Ganz im Gegenteil sogar: er würde sie beschützen. Das war so gut wie sicher. »Ich komme aus Treschklingen. Das ist ein kleines Dorf bei Rappenau, also nahe bei der Stadt Sinsheim.«
»Na da schau an: Sinsheim!« staunte der Offizier. »Von dort, wo Hecker und Sigel herstammen!«
Ein siedend heißer Schreck zischte durch Johannas Adern. Abwehrend hob sie die Hände vor sich in die Höhe: »Ich… ich habe mit den ganzen Aufständlern nichts zu tun gehabt!«
Ihr Gegenüber lachte dröhnend, und drückte ihre Hände mit sanftem Druck wieder herunter: »Du brauchst dich nicht zu fürchten, das sind unsere Kameraden. Hecker und Sigel – ich bin schon damals 1848 und 1849 mit ihnen durch Baden gezogen. In Sinsheim bin ich dabei gewesen, als sie die Demokratische Republik ausgerufen haben – dann sind wir weiter gezogen nach Heidelberg. Zu Beginn ein einziger Triumphzug – und plötzlich war

alles vorbei! Die Schlacht von Waghäusel, die werde ich mein Lebtag lang nicht vergessen …« Ein Schatten verdüsterte für einen Augenblick seine Miene. »Es war das Ende unserer Revolution. Mit knapper Not habe ich es dann geschafft, den Preußen zu entkommen und nach Amerika zu fliehen, so wie das auch dem Franz Sigel, dem Friedrich Hecker und vielen anderen Revolutionären zum Glück gelungen ist. Und jetzt kämpfen wir also hier zusammen wieder für die gerechte Sache. Es sind viele Deutsche hier in der Nordstaatenarmee. Und dieses Mal werden wir siegen! Dieses Mal siegt die Gerechtigkeit!« Unwillkürlich hatte er die Faust geballt. Das wilde Funkeln in seinen Augen unterstrich dazu nachdrücklich seine Entschlossenheit, den Gegner dieses Mal in die Knie zu zwingen. Koste es, was es wolle. Und sei es das Leben!

Wieder fröstelte es Johanna beim Gedanken an all das Leid und das Elend, das Kriege immer mit sich brachten. Ob sie dabei für die gute Sache kämpften (wovon ja beide Seite immer überzeugt waren) oder nicht: für das Elend gab es keine gute Seite.
»Ich hatte es nicht so gemeint«, stieß sie heiser hervor. »Nicht, dass ich etwas gegen Hecker und Struve hätte … Aber ich bin nur eine einfach Frau vom Land und …«
»Schon gut, schon gut«, unterbrach sie der Offizier. »Du musst dich vor mir nicht rechtfertigen. Es ist klar, dass man in diesen Zeiten vorsichtig sein muss. Ein falsches Wort – und schon kann es um einen geschehen sein.« Er runzelte die Stirn und betrachtete sie nachdenklich. »Aber sag einmal: wohin wolltest du denn überhaupt gehen?«
Johanna atmete erleichtert auf. »Nach New York. Ich möchte nach New York, denn in South Carolina hält mich nichts mehr. Und wie ich gehört habe, muss ich, um nach New York zu gelangen, zunächst wohl die Route über Washington nehmen und von dort aus dann nach

Norden weiter gehen. In Washington hätte ich dann immerhin schon einmal das Gebiet der Union erreicht.«
Ihr Gegenüber spreizte abwehrend die Finger beider Hände von sich. »Auf keinen Fall! Das geht gerade überhaupt nicht. Dieser Weg ist viel zu gefährlich, denn kurz vor Washington haben mittlerweile große Truppenverbände der Konföderierten ihre Stellungen bezogen. Sie wollen unsere Hauptstadt einschnüren – womöglich kommt es deshalb schon bald zu einer entscheidenden Schlacht. Die Front ist nicht weit – und man muss inzwischen jeden Tag damit rechnen, dass der Angriff auf Washington beginnt. Nein, das geht nicht. Nach Washington kannst du auf gar keinen Fall, wenn dir dein Leben lieb ist!«
Verzweiflung stieg in Johanna auf, während sich ihre Augen mit Tränen füllten. »Aber ich … ich möchte nicht mehr im Süden bleiben … Ich will nach Norden. Nach New York!«
Der Mann schüttelte bedauernd seinen Kopf. »Das geht wirklich nicht. Du kommst momentan von hier aus nicht weiter. Aber du kannst gerne bei uns bleiben und dich bei uns nützlich machen, das kann ich dir anbieten. Wir brauchen nämlich dringend noch eine tüchtige Köchin. Und so mager, wie du ausschaust, wäre eine solche Arbeit für dich nicht unbedingt das Verkehrteste«, zwinkerte er ihr zu. »In ein paar Wochen sehen wir dann weiter – vielleicht haben wir dann den Krieg ja schon gewonnen. Übrigens«, er streckte ihr seinen rechten Arm entgegen und lächelte ihr aufmunternd zu. »Ich bin der Tom, du kannst ruhig Tom zu mir sagen. In Amerika ist man da nicht so kompliziert wie zuhause in Deutschland. Also Tom, früher Thomas Rastatt. Herzlich willkommen bei uns, Johanna!«
»Danke Tom!« Sie ergriff Toms Hand und drückte sie kräftig.
»Also: abgemacht? Du bleibst fürs Erste bei uns und sorgst dafür, dass wir nicht vom Fleisch fallen? Ja?«

»Ja. Sehr gerne! Abgemacht!« Noch einmal verstärkte sie den Druck ihrer Hand und nickte dazu eifrig. Was für ein Wechselbad der Gefühle! Gerade noch allein auf sich gestellt und mitten in einem lebensgefährlichen Terrain unterwegs, dann plötzlich vom Tod durch den Strang bedroht und jetzt… befand sie sich unversehens in Sicherheit, unter dem persönlichen Schutz eines Offiziers der Union, eines in Deutschland steckbrieflich gesuchten Revolutionärs.

Aus den Wochen bei den Soldaten wurden Monate – Tom hatte sich mit seiner Prognose gründlich vertan. Von wegen Sieg! Von wegen Kapitulation der Konföderierten! Deren Truppen kämpften mit einer verbissenen Zähigkeit und gaben sich auch in den aussichtslosesten Situationen nie geschlagen. Sie kämpften tatsächlich bis zum buchstäblich letzten Blutstropfen! Und je länger die Kampfhandlungen andauerten, umso brutaler entwickelte sich das Morden und Brandschatzen, in das mehr und mehr auch die Zivilbevölkerung hinein gezogen wurde. Keine der beiden Seiten machte vor den Farmen halt, die sie verwüsteten, plünderten und niederbrannten, deren Bewohner sie töteten, vergewaltigten und malträtierten. Niemals hätte man sich vor Ausbruch dieses Krieges vorstellen können, dass Amerikaner mit einer solchen Brutalität aufeinander losgingen! Und ein Ende des brutalen Schlachtens war noch lange nicht in Sicht!

In den ersten drei Tagen des Juli 1863 war es im Süden von Pennsylvania in der Nähe der Stadt Gettysburg zu einem fürchterlichen Blutbad gekommen, an dessen Ende 50.000 Gefallene auf dem Schlachtfeld zurück blieben – hauptsächlich Soldaten der Südstaatenarmee. »Damit haben die Konföderierten die entscheidende Niederlage erlitten«, konstatierte Tom am späten Abend des letzten Kampftages, als er sich zwar todmüde, aber mit einem grimmigen Lächeln auf den Lippen zu seinem Zelt zurückschleppte, wohin ihm Johanna rasch einen Teller mit heißer Suppe gebracht hatte. »Was heißt hier gewinnen oder verlieren, angesichts dieser fürchterlichen Grausamkeiten?« sprudelte es unwillkürlich aus ihr heraus. »Die toten Soldaten von der einen wie von der anderen Seite haben nichts mehr davon. Sie haben ihr Leben verloren. Ihre Familien werden sie nie mehr wiedersehen. Mütter, Väter, Frauen und Kinder, die wochenlang auf ein Lebenszeichen von ihnen warten werden, bis die Hoffnung eines Tages schwindet … Macht man sich als Soldat denn nie Gedanken darüber? Was hat dir der gegnerische Soldat denn angetan, dass du alle Hebel in Bewegung setzt, um ihn zu töten?! Sieg oder Niederlage! Pah! Es war die Niederlage der Menschlichkeit, die ich in den vergangenen Tagen erleben musste. Tote, so viele Tote und Verletzte. Überall! Und da sprichst du von Sieg und Niederlage?!« Sie stemmte die Arme in die Hüften und funkelte ihm wütend ins Gesicht. Egal, wie seine Reaktion jetzt auch ausfallen würde: es hatte einfach gesagt werden müssen! Nach drei Tagen, in denen Tag und Nacht die Schreie der Verwundeten an ihre Ohren gedrungen waren, das Wimmern der Sterbenden, das Flehen, ihrem Leiden doch ein Ende zu setzen, ein grauenvoller Chor, der sich wie eine Rasierklinge durch ihre Seele geschnitten hatte. Ohnmächtig, dem Morden ein Ende zu bereiten und mit wachsender Verzweiflung hatte sie das alles mit anhören und mit ansehen müssen. Aber jetzt war es zu viel. Jetzt musste es einfach gesagt werden. Und jetzt war es gesagt!

Der alte Offizier blieb lange Zeit stumm. Ohne irgendein Anzeichen dafür, dass ihre Worte überhaupt seine Wahrnehmung erreicht hatten, löffelte er bedächtig seine Suppe aus, schob dann den Blechteller beiseite und starrte vor sich auf den Boden. Eine halbe Ewigkeit schien vergangen, ehe Tom sich endlich räusperte. »Ich möchte dir gar nicht widersprechen. Zwei Dinge nur möchte ich dir sagen: wir kämpfen für die gerechte Sache und da …«

»Für die gerechte Sache!« fuhr sie ihm harsch dazwischen. »Das sagen sie doch alle. Immer! Du brauchst nur zu deinen Offizierskollegen bei den Konföderierten hinüber zu gehen und sie fragen, ob es nicht sie sind, die für die gerechte Sache kämpfen. Du wirst genau dieselbe Antwort erhalten! Alle kämpfen sie immer für die angeblich gerechte Sache!«
»Du weiß, dass ich Recht habe«, gab er leise zurück, während sein Blick nach wie vor auf den Boden geheftet war.
»Das nennst du also Recht? Ein Recht, das dir und deinesgleichen gestattet, Tausende von Menschen einfach zu töten? Nicht nur die Soldaten, die hier ihr Leben gelassen haben, sondern auch diese ganzen unschuldigen Zivilisten, die einfach das Pech hatten, zur falschen Zeit am falschen Ort zu sein! Was haben denn sie noch davon, dass die angeblich gerechte Seite den Sieg davon getragen hat?!« Sie schaffte es einfach nicht, sich zu beruhigen. Dazu war das, was sie in den vergangenen Tagen hatte erleben müssen, viel zu entsetzlich gewesen.
»Aber dafür ist der Krieg nun bald zu Ende«, jetzt hob er langsam den Kopf und betrachtete Johanna aus müden Augen. »Und so ist mir ein Ende mit Schrecken immer noch lieber, als ein Schrecken ohne Ende. Stell dir vor, wenn wir heute in Gettysburg nicht den Sieg davon getragen hätten: dann würde dieser Krieg weiter gehen. Noch viele Wochen, Monate oder gar Jahre lang. Wäre das denn in deinem Sinn? Sicherlich nicht! Gettysburg war das Ende. Insofern – so schrecklich das in deinen Ohren auch klingen mag – insofern hatten diese Opfer einen Sinn. Die gerechte Sache hat gesiegt – und dass tatsächlich wir es sind, die für die Freiheit kämpfen, die ihr Leben im Kampf gegen die Sklaverei in die Schlacht geworfen haben, das brauche ich dir doch nicht zu sagen! Der Kampf ist zu Ende. Die Gerechtigkeit hat gesiegt!«
Wortlos wandte sich Johanna um und schleppte sich zum Zelt der Köchinnen zurück, in dem sie in dieser Nacht nicht in den Schlaf fand. Trotz der beklemmenden Toten-

stille, die sich über das Schlachtfeld gelegt hatte. Nein, lange würde sie nicht mehr bei den Soldaten bleiben können. Diese nicht enden wollenden Heldengeschichten, dieses Gefasel von der gerechten Sache, dieses ganze Leid und Elend, das sich auch weiterhin über den Gegnern ergießen würde. Sie mochte sich gar nicht erst ausmalen, zu welchen neuen Scheußlichkeiten es auf dem Vormarsch der Unionstruppen in die besiegten Südstaaten mit an Sicherheit grenzender Wahrscheinlichkeit kommen dürfte. Egal, wie gefährlich es für eine auf sich allein gestellte Frau auch sein mochte, ihren Weg weiterzugehen, vor allem jetzt, nachdem Teile von versprengten Südsaateneinheiten die Gegend unsicher machten. Es war ihr einerlei. Mochte der Krieg nun zu Ende sein oder nicht! Aber freiwillig würde man sie sicherlich nicht gehen lassen. Irgendwie musste es ihr dennoch gelingen. Die Frage war: wie? Stundenlang zermarterte Johanna ihr Hirn auf der Suche nach einer Lösung. Es wollte ihr keine in den Sinn kommen.

Der Krieg war freilich noch lange nicht zu Ende. Trotz der verheerenden Niederlage von Gettysburg gaben sich die Befehlshaber der Südstaatenarmee nicht geschlagen. Noch nicht einmal ein Waffenstillstand war die Folge. 50.000 Tote – und dennoch hatte sich nichts zum Besseren gewendet. Tom hatte sich geirrt: die Konföderierten kämpften verbissen weiter, änderten lediglich ihre Strategie und vermieden, soweit möglich, die offene Konfrontation der beiden Heere. Stattdessen häuften sich die Anschläge auf Schienen, Züge, Getreidespeicher, Munitionsdepots, Postkutschen und Häfen. »Das ist diese verdammte Guerillataktik, die vor einem halben Jahrhundert schon die Spanier gegen Napoleon angewandt haben«, fluchte Tom, als ihm an diesem Nachmittag die Meldung über eine in die Luft gesprengte Eisenbahnlinie überbracht wurde, die sie eigentlich für ein rasches Weiterrücken in den Süden hatten nutzen wollen. »Sie zerstö-

ren ganz gezielt alle Verkehrsverbindungen, sogar die eigenen, nur um unseren Vormarsch so lange wie möglich aufzuhalten und sich in der Zwischenzeit neu aufzustellen! Es ist ein Wettlauf mit der Zeit. Wenn wir uns nicht beeilen, dann sind sie bald wieder stark genug, um uns Paroli zu bieten. Das muss unter allen Umständen verhindert werden. Wir müssen besser darüber informiert sein, was sie im Schilde führen! Und deshalb müssen wir jetzt möglichst viele Späher einsetzen, um herauszubekommen, wo sie als nächstes zuschlagen werden.«
»Also ich wäre dabei«, mischte sich Johanna spontan in die Unterhaltung der Offiziere, die sie voller Erstaunen musterten.
»Ja, ihr braucht gar nicht so überrascht zu schauen. Gerade eben hieß es doch, dass man möglichst viele Späher brauche, um auszukundschaften, was der Gegner plant. Und ich wäre bereit, den Job zu machen!«
Es wäre die einzigartige Gelegenheit, das Lager zu verlassen, ohne dass Tom dabei den geringsten Verdacht schöpfte. Und bis sie dann bemerkten, was Johanna in Wahrheit beabsichtigte, wäre es zu spät. Bis da hin wäre sie längst auf Nimmerwiedersehen verschwunden.
»Du willst dich als Kundschafterin einsetzen lassen?« Ungläubig runzelte er die Stirn. »Dir ist aber schon klar, worauf du dich da einlässt?«
»Natürlich ist mir das klar!«
»Wenn sie dich erwischen, dann knüpfen sie dich an den nächsten Ast«, fuhr der Offizier dennoch fort. »Und niemand wird dir zu Hilfe kommen können!«
»Also erstens wäre es mir bei euch vor ein paar Wochen beinahe genauso gegangen und zweitens, das weiß ich inzwischen, habe ich als Frau den Vorteil, dass mir eben nicht die Todesstrafe droht, wenn sie mich erwischen sollten. Kein Gentleman wird eine Frau exekutieren, mir droht höchstens das Gefängnis – aus dem ihr mich dann ja befreien könnt.«

»Kein Gentleman wird eine Frau exekutieren«, höhnte Tom und blickte vielsagend in die Runde. »Als ob es dort so viele Gentlemen gäbe! Vergiss nicht: Wir haben Krieg – und im Krieg herrschen bekanntlich eigene Gesetze!«
»Ich möchte es dennoch machen!«
»Sage dann aber keiner, ich hätte dich nicht gewarnt.«
Und so erhielt Johanna den Auftrag, sich vorsichtig direkt bis an die feindlichen Linien heran zu schleichen und heraus zu bekommen, welche Art von Anschlag man dort gerade plante. Bei Einbruch der Dunkelheit sollte sie aufbrechen.
Tom und seine Einheit würde sie nie mehr wiedersehen.

*

Allen Unkenrufen zum Trotz: Johanna hatte es geschafft! Im Spätsommer des Jahres 1863 war sie endlich in New York angekommen – nach vielen entbehrungsreichen Wochen, nächtelangen Fußmärschen, heftigen Regengüssen, glühender Sonnenhitze, Wegelagerern, denen sie mit knapper Not hatte entkommen können. Hunger, Durst, durchlöcherte Schuhe, eitrige Blasen an ihren Füßen … aber nichts hatte sie daran hindern können, ihr großes Ziel aus den Augen zu verlieren. New York, die Stadt, in der sie einen neuen Anfang machen würde. Ihr ursprüngliches Ziel. Ihre neue Heimat. Die Stadt der Freiheit, mit der so viele Hoffnungen und Wünsche verbunden waren! Und nun endlich war auch Johanna hier eingetroffen!

Doch ihre Euphorie, das ersehnte Ziel erreicht zu haben, währte nur kurze Zeit. Im Grunde genommen war das Hochgefühl bereits beim Erreichen der Stadtgrenze einer fürchterlichen Ernüchterung gewichen. Und mit jedem Schritt, mit dem sie sich auf das Zentrum zu bewegte, wurde es schlimmer: Sollte das hier tatsächlich die Stadt der hunderttausend Träume sein? In der sie ihre verheißungsvolle Zukunft zu finden hoffte? Wie sollte das nur gelingen – ausgerechnet hier, in dieser verstörenden, unüberschaubaren Zusammenballung von riesigen Häusern, elenden Hütten, prachtvollen Palästen und abstoßenden Armenquartieren, wo anstelle von Gleichheit, Zuversicht und einer neuen Chance für alle in Wirklichkeit so viel Zerrissenheit, Kriminalität und Elend das Leben dominierten.

Ausgerechnet zur ungünstigsten Zeit, die man sich nur denken konnte, war Johanna in New York eingetroffen. Zu einer Zeit, in der die riesige Stadt wie gelähmt schien nach massiven Auseinandersetzungen zwischen gerade erst angelandeten Auswanderern aus Europa einerseits und dem schwarzen Teil der Bevölkerung andererseits. Menschen, die zum überwiegenden Teil in den allerärmsten Vierteln hausten, in kilometerlangen Elendsquartieren, die weitaus schlimmer anzusehen waren, als alles, was sie in Charleston erfahren hatte – und das, während gleichzeitig eine kleine, in Saus und Braus lebende Oberschicht aus Weißen das Leben in New York beherrschte, mitsamt den wichtigsten und lukrativsten Posten, die sie ausschließlich unter ihresgleichen aufteilten. War das alles möglich? Ausgerechnet hier, im freien Norden von Amerika, in dem doch angeblich die Gerechtigkeit ihre Heimstatt hatte und dessen Armee vorgeblich in den Krieg mit den Südstaaten gezogen war, um die Sklaverei für alle Zeiten zu beseitigen. Und dann so etwas! Es war kaum zu glauben – aber es war bittere Realität!

Nahezu die Hälfte der Einwohner von New York bestand in diesen Jahren aus Auswanderern. Es war eine unüberschaubare Zahl. Eine Menge, die längst sämtliche Aufnahmekapazitäten der Stadt gesprengt hatte – und tagtäglich gesellten sich weitere zigtausend Neuankömmlinge aus Europa hinzu: von ihrem früheren Leben schwer gezeichnete Männer, Frauen und Kinder, die von den Schiffen aus der Alten Welt förmlich ausgespuckt wurden in eine neue Welt, in der die Einwanderer nicht wie von denen erhofft, mit offenen Armen empfangen wurden, sondern die den verstörten Leuten von Anfang an mit Feindseligkeit und Ablehnung gegenüber stand. Irgendwann hatte es also fast zwangsläufig zur Eskalation kommen müssen. Und so entluden sich die Gewalttätigkeiten zuerst unter den Ärmsten der Armen, in den Elendsvierteln der Schwarzen, von denen sie sich wie ein Flächenbrand rasend schnell über die gesamte Stadt ausbreiteten. Der äußere Anlass für diese Explosion der Gewalt waren Einberufungen in die Unionsarmee: die grundsätzliche Pflicht für alle jungen Männer, während des Bürgerkriegs ihren Dienst in der Armee abzuleisten. Doch wie ein Lauffeuer hatte sich beim armen Teil der Bevölkerung das Gerücht verbreitet, dass sich die reichen Weißen mit der Zahlung von 300 Dollar pro Kopf von ihrer Einberufung freigekauft hätten – und als sich dieses Gerücht schon bald als Wahrheit erwies, da kannte die Empörung endgültig kein Halten mehr. Der scheinheilige Verweis darauf, dass es selbstverständlich auch den Schwarzen frei stünde, sich mittels dieser 300 Dollar vom Wehrdienst freizukaufen, heizte die Wut noch zusätzlich an, denn wer unter den Ärmsten der Armen besaß denn so viel Geld – wo es ihnen doch ohnehin kaum gelang, den täglichen Hunger zu stillen! Ihren unrühmlichen Höhepunkt erreichte die Auseinandersetzung, als schließlich die Armee aufmarschierte und mit ihren Gewehrsalven fürchterlich unter den Schwarzen wütete. Innerhalb von Stunden war der Aufstand damit zusammen gebrochen, doch unter der scheinbar wieder ruhigen Decke brodelte es weiterhin bedrohlich. Es war die sprichwörtliche Friedhofsruhe, die schon beim geringsten Anlass zerstob und immer wieder in brutalen Gewaltexzessen mündete. Und ausgerechnet diese tief gespaltene, in sich zerrissene Stadt sollte das Aushängeschild eines freien und gerechten Landes sein? Das Land der unbegrenzten Möglichkeiten? Niemals! Es war ganz und gar nicht das gelobte Land, das Johanna hier zu finden gehofft hatte, vielmehr war es das Land der Ausbeuter und Scharlatane, in das sie ihren Fuß gesetzt hatte! Und von wegen gleiche Chancen für alle! Weder die erhoffte Anstellung als Köchin oder Bäckerin ließ sich hier für sie finden, noch eine Anstellung als Haushaltshilfe, bei der es zumindest ein warmes Essen und eine Kammer zum Übernachten geben würde. Noch nicht einmal das! Die überwiegende Mehrzahl der Jobs, wie man die Arbeit hier nannte, wurden lediglich von Tag zu Tag vergeben. Das war ja noch viel schlimmer als damals Frankfurt oder in Treschklingen, wie es hier zuging! Nur derjenige kam hierzulande anscheinend weiter, der kräftig seine Muskeln spielen ließ und sich einen Dreck um die Nöte der anderen kümmerte, auf deren Rücken er seine Karriere startete. Nach mir die Sintflut! Selten war ihr der Sinn dieses Spruches so nachdrücklich durch das Bewusstsein geschossen, wie hier in New York. Und so blieb der zutiefst erschütterten Johanna, die sich wie in Trance durch die nächsten Wochen bewegte, nichts anderes übrig, als sich mit miserabel bezahlten Gelegenheitsjobs in den Fabriken irgendwie über Wasser zu halten. Mit knapper Not reichte es damit zum Überleben – zu mehr aber auch nicht. Das einzig Gute an ihrer momentanen Lage war die Tatsache, dass es ein milder Herbst war und die Nächte dementsprechend warm, so dass sie sich – wie viele ihresgleichen auch – ihr Nachtlager in einem der großen Parks bereiten konnte und sich damit das Geld für die hoffnungslos überfüllten und verlausten Übernachtungsquartiere sparen konnte. Aber bald würde der Winter kommen. Und was dann?!

Johanna zuckte resigniert mit den Achseln. Noch war es nicht so weit. Noch war es mild. Sie musste von Tag zu Tag denken – beziehungsweise von Nacht zu Nacht. Anschließend würde man weitersehen. Neuer Tag, neue Chance, würden die Amerikaner sagen. Was für eine Chance?

Immerhin … heute durfte sie nicht unzufrieden sein. Vielmehr konnte sie von Glück sagen, dass sie gestern eine Arbeit ergattert hatte, bei der sie mindestens eine ganze Woche beschäftigt war. Vielleicht sogar länger, hatte ihr der Arbeitsvermittler in Aussicht gestellt, dem sie als Lohn für seine guten Dienste die Hälfte ihrer mageren Ersparnisse hatte bezahlen müssen. Aber diese Investition dürfte sich auszahlen – falls es ihr tatsächlich gelang, über die Woche hinaus beschäftigt zu bleiben. Es handele sich um eine Arbeit im Schlachthof, hatte der Mann verlautbart und sie dabei prüfend gemustert. »Einerlei«, hatte sie gleichmütig geantwortet. »Arbeit ist Arbeit – und ich habe schon viele Arbeiten gemacht, bei denen es auch nicht immer nach Rosenöl geduftet hat.«

Es brauchte dann freilich keinen halben Tag, bis Johanna verstand, weshalb sie der Mann so skeptisch beäugt hatte. Denn von all ihren bisherigen Tätigkeiten war das mit Abstand die schlimmste, die sie jemals verrichtet hatte. Und den anderen erging es nicht besser: mit einigem Fug und Recht konnte man es eine Sklavenarbeit nennen, deren Arbeitsbedingungen jeder Beschreibung spotteten und die hier aus guten Gründen nicht näher beschrieben werden sollen.

Keinesfalls würde sie länger als diese eine vereinbarte Woche im Schlachthof bleiben. Sobald sie sich das Geld verdient hatte, das sie so leichtgläubig dem Vermittler in den Rachen geschoben hatte, würde sie die ekelhafte Arbeit beenden und dann auch New… Halt! Ein heißer Strahl durchzuckte ihren Körper. Was war das eben gewesen? Johanna straffte ihren Rücken und wischte sich mit dem Handrücken über ihre Augen. Hatte sie richtig gesehen oder spielten ihr die Sinne zu dieser frühen Morgenstunde einen Streich. Die schlaksige Gestalt, die da drüben gerade vor dem Eingangsportal auf der Straße vorübergehuscht war – war das denn nicht der Christian gewesen, ihr lieber Christian aus Treschklingen?
»Christian!« Mit einem lauten Schrei wandte sie sich um und ließ ihre verständnislos dreinschauenden Arbeitskollegen einfach stehen, während sie hinaus auf die Straße eilte. Doch in der Masse der Menschen dort draußen war niemand zu sehen, der ausschaute wie Christian. Wenn er es je gewesen sein sollte, dann hatte ihn die Menge längst verschluckt. Aber vielleicht konnte er sie ja hören, wenn er sich noch in der Nähe befand. Johanna formte ihre Hände zu einem Trichter, holte tief Luft und schrie nun aus Leibeskräften: »Christian! Christian! Hörst du mich? Ich bin es! Die Johanna! Die Johanna aus Treschklingen! Christian! Hörst du mich?! Die Johanna ist hier! Christian! Hier bin ich!« Doch die Antwort blieb aus – der junge Mann blieb verschwunden. Stattdessen packte sie

eine Hand grob an der Schulter und drehte sie um ihre Achse. Erschrocken zuckte Johanna zusammen und blickte in die grimmige Miene eines schwarz gekleideten Polizisten. »Was schreist du denn so, Frau? Das ist ja grauenvoll. Mach, dass du wieder an deine Arbeit kommst, sonst werde ich dich so lange einsperren, bis du wieder bei Sinnen bist!« Enttäuscht und einer weiteren Illusion beraubt, schlich Johanna wieder zurück an ihre Arbeitsstelle im Schlachthof, wo ein weiteres Donnerwetter des Vorarbeiters über sie niederprasselte, verbunden mit der Drohung, falls das noch ein weiteres Mal passiere, wäre ihr Job erledigt – mitsamt dem Lohn, den sie sich bis zu diesem Zeitpunkt erarbeitet habe. Sklavenarbeit!

Auch in den Tagen danach wanderte ihr Blick hoffnungsvoll immer wieder zu jener Stelle, an der sie vermeintlich Christian zu sehen geglaubt hatte – ihren, geliebten, schmerzlich vermissten Christian. Den Auswanderer aus Treschklingen. Wenn er es wirklich gewesen war… Wenn sie ihn tatsächlich wiedersehen würde… Doch so oft sie auch Ausschau hielt: da war kein Christian. Weit und breit nicht. Es musste sich um eine Sinnestäuschung gehandelt haben. Leider. Verstohlen wischte sie sich eine Träne aus dem Augenwinkel und seufzte traurig auf.
»Na. Bist du heute noch müde? War denn die letzte Nacht so anstrengend?« drang da eine tiefe raue Männerstimme an ihr Ohr. Johanna wirbelte herum und starrte in das schweißfleckige Gesicht des rothaarigen irischen Vorarbeiters, der sich ihr schon mehrmals anzüglich genähert hatte. »Wie wäre es denn mit uns beiden heute Nacht?«, zischelte er grinsend und kam noch einen Schritt näher. So nahe, dass sie seinen fauligen Atem riechen musste, der unwillkürlich einen Würgereiz in ihr auslöste. Doch noch bevor sie ihn ein Stück weit von sich schieben konnte, hatte er blitzschnell seinen Arm ausgefahren und ihr grob zwischen die Beine gegriffen. »Aha. Ich spüre es schon, wie heiß du auf mich bist, meine Kleine!« Mit der

anderen Hand packte er gleichzeitig Johannas Brust und drückte heftig zu, während der Geifer aus seinen Mundwinkeln tropfte. Für einen Moment war Johanna wie gelähmt. Dieser ekelhafte dicke Kerl! Was bildete der sich ein?! Der Griff seiner beiden Hände verstärkte sich, während er sich noch enger an die schreckensstarre Johanna heran schob. »Jetzt komm schon Kleine. Steh nicht so bocksteif da wie ein Ziegenbock und gib mir einen Kuss!« Schlagartig durchströmte sie eine Welle eiskalter Wut. Reflexartig umklammerte Johanna ihr Arbeitsmesser und stieß es dem Iren mit einer einzigen ruckartigen Bewegung tief in den Bauch und sofort wieder heraus.
Ein gellender Schmerzensschrei hallte durch den Raum, während der Ire sofort von ihr abließ. »Sie hat mich gestochen, dieses elende Miststück!« Stöhnend presste er beide Hände auf die stark blutende Einstichstelle an seinem Bauch, während Johanna das Messer zu Boden fallen ließ und sich wie in Trance langsam entfernte. »Bleib hier, du Hure«, keuchte der Verletzte. »Das wird ein Nachspiel haben! Die Polizei wird dich ins Gefängnis sperren, das garantiere ich dir. Haltet sei fest!«
Doch keiner der Arbeiter, die das Geschehen aus den Augenwinkeln beobachtet hatten, machte Anstalten, der Aufforderung nachzukommen. Viel zu häufig waren sie von dem Vorarbeiter schon schikaniert worden, als dass irgendjemand Mitleid mit ihm empfunden hätte. Er hatte seine gerechte Strafe bekommen – sollte er selber schauen, wie er weiter zurecht kam. Mit dem Leben würde der Kerl davon kommen, es war ja nur eine blutende Stichwunde. Schmerzhaft sicherlich, aber nicht lebensbedrohlich. Doch immerhin würden sie diesem Scheusal eine gute Weile nicht mehr ausgeliefert sein – dank Johanna, die sich damit jedoch selbst in unmittelbare Existenznot gebracht hatte. »Lauf, Johanna, lauf!« rief eine der Arbeiterinnen Johanna hinterher. »Schau zu, dass du draußen bist, bevor die Polizei kommt! Lauf!«

»Schneller, Johanna!« ließ sich eine weitere Stimme vernehmen. »Auf geht's! Lauf«
»Viel Glück, Johanna! Mach es gut!«
Mehr hörte sie nicht mehr. Inzwischen war das Leben in sie zurück geströmt. Sie atmete tief durch und dann begann sie zu rennen. Nur weg aus diesem verdammten Schlachthof. Fort. Zurück in den Park, um dort ihre Schlafdecke aus dem Gebüsch zu holen, denn der Ire würde der Polizei sicherlich einen Tipp geben, wo Johanna zu finden sei. Die Decke holen und weg. Einfach nur weg. Wohin auch immer.
Nicht mehr in New York bleiben. Dieser Stadt der geplatzten Hoffnungen und Träume.

Aber wohin sollte sie sich nur wenden? Aus dem Süden war sie gekommen, voller Zuversicht und Energie. Doch auch hier im Norden hatte sie ihr Glück nicht finden können. Im Osten war das Meer. Also gab es nur noch eine Himmelsrichtung: nach Westen. Warum eigentlich nicht? Johanna lachte bitter in sich hinein, als sie sich diese Frage stellte. Als wenn ausgerechnet hier alles besser sein würde! In diesem riesigen, zum großen Teil noch unbesiedelten Gebiet! Aber welche Möglichkeit blieb ihr denn sonst noch?! So unbeschreiblich groß dieses Amerika auch immer sein mochte, so eng und bedrückend erwies sich in Wahrheit ihre Situation. Wohin sonst, als nach Westen? Also dann: auf nach Westen! Wieder krampfte sich ihr Magen schmerzhaft zusammen, als sie diesen Entschluss gefasst hatte, es noch einmal zu probieren. Noch ein neuer Versuch! Wieder einer! Und zum allerersten Mal in diesen Jahren beschlich sie nun ein lange nicht mehr verspürtes Gefühl: Heimweh. Ganz eindeutig handelte es sich um Heimweh, das ihr das Herz schwer werden und einen trockenen Kloß in der Kehle aufsteigen ließ.
Wie mochte es Margret wohl gehen, ihrer geliebten Schwester und wie Wilhelmina, ihrer Tochter, die sie

höchstwahrscheinlich noch nicht einmal erkennen würde, wenn sie je wieder zurück nach Deutschland käme. Nach all den Jahren, die inzwischen ins Land gegangen waren. Zurück nach Deutschland … Zurück? Das war doch gar nicht möglich!

Wie hätte das denn gehen sollen? So mittellos, wie sie war. Eine Schiffspassage nach Deutschland zu buchen, das war ja ein Ding der Unmöglichkeit! Und dennoch … allein diesen Gedanken zu denken. Diesen undenkbaren Gedanken! Mittellos … war sie damals im Herbst 1858 bei ihrem Aufbruch nach Amerika schließlich auch gewesen – und dennoch war sie in der neuen Welt angekommen. Tagträume! Mit einem ärgerlichen Aufseufzen wischte sie die seltsamen Überlegungen entschlossen beiseite. Momentan plagten sie doch ganz andere Sorgen. Beispielsweise die Frage, ob der Ire tatsächlich Anzeige erstattet hatte. Ob die Polizei eventuell schon nach ihr fahndete. Womöglich gar mit Steckbriefen. Schwer zu sagen, aber durchaus möglich. Da half nur eines: ganz rasch weg von hier, fort aus dieser Stadt, in der sie nichts mehr hielt.

In diesen Tagen dürfte sich die letzte Gelegenheit dazu bieten, so kurz vor Einbruch des Winters überhaupt noch aus New York wegzukommen. Denn darüber musste sie sich im Klaren sein – ganz auf sich allein gestellt, würde sie es dieses Mal nicht schaffen. Wenn es nun in den Westen gehen sollte, in dieses unerschlossene Gebiet, dann musste sie sich einem Treck anschließen. Das war die einzige Möglichkeit. Also galt es, sorgfältig die Augen aufzusperren und in New York die Plätze zu beobachten, an denen solche Trecks üblicherweise zusammengestellt und zum Aufbruch bereit gemacht wurden. Vielleicht war das Glück ihr ja hold.

Und tatsächlich: im Stadtteil Manhattan, gar nicht weit entfernt vom Hudson River, traf sie bei ihrem Streifzug an diesem Morgen auf eine aus acht Planwagen bestehende Kolonne, die allem Anschein nach beinahe fertig beladen war. Johanna näherte sich den Wagen vorsichtig, wobei sie aus den Augenwinkeln immer wieder verstohlen nach links und nach rechts blickte, um so mögliche Späher der Polizei rechtzeitig zu bemerken, die es auf steckbrieflich gesuchte Männer und Frauen abgesehen hatten. Denn natürlich würden sie ihr Augenmerk gerade auf solche Trecks richten, in denen man unbemerkt aus der Stadt entkommen konnte. Vorsichtshalber hatte Johanna deshalb für sich beschlossen, bei dem Treck, wenn er denn in Richtung Westen unterwegs sein würde, bei den Anführern der Kolonne erst eine gute Stunde nach ihrem Aufbruch nachzufragen, ob für eine tüchtige Person, die keine Arbeit scheute, eventuell noch ein Platz auf dem Wagen frei sei.

*

Wenig später hatte sie Gewissheit. Aus den Gesprächsfetzen, die sie aufschnappen konnte, ließ sich deutlich heraushören, dass die Leute nach British Columbia aufbrechen würden. Also in nordwestliche Richtung, genau gesagt in die Gegend um Barkerville. Dort war man vor einiger Zeit auf vielversprechende Goldvorkommen gestoßen und dennoch hatte der Run auf das Edelmetall noch nicht eingesetzt, was vermutlich mit dem immer erbitterter tobenden Bürgerkrieg in einem gewissen Zusammenhang stand. Nun gut, dann eben der Nordwesten. Barkerville, eine Stadt deren Namen sie noch nie gehört hatte, irgendwo im Nordwesten gelegen, wohl schon auf kanadischem Staatsgebiet, am anderen Ende des Kontinents. Weit weg jedenfalls – wie weit das in amerikanischen Maßstäben auch immer bedeuten mochte. Ihr Entschluss stand also fest. Nun musste sie nur noch einen Platz in einem der Wagen finden. Beinahe zwei Stunden folgte sie dem Treck nach dessen Aufbruch auf seinem Weg den Hudsonriver aufwärts aus sicherer Entfernung – immer auf der Hut, sich rechtzeitig unsichtbar zu machen, sollten plötzlich verdächtige Gestalten an den Planwagen auftauchen. Doch nichts dergleichen geschah – und so fasste sie sich schließlich ein Herz und beschleunigte ihre Schritte, bis sie den vordersten Waggon erreicht hatte, wo der Anführer der Gruppe neben dem Kutscher auf dem Kutschbock saß und sie neugierig musterte, als sie ihm signalisierte, ihm eine Frage stellen zu wollen.

Es bedurfte nur weniger Sätze, dann waren sie sich bereits handelseinig: eine zusätzliche Köchin und Hilfskraft für alle unterwegs anfallenden Arbeiten war den Leuten mehr als willkommen, denn eigentlich hatten sie auf wesentlich mehr Teilnehmer am Zug nach Barkerville gehofft, aber es war wohl der späte Zeitpunkt ihres Aufbruchs gewesen und die zunehmende Skepsis der Menschen, ob dort wirklich Gold zu finden wäre. Viel zu viele Versprechungen waren in dieser Hinsicht schon gemacht worden, zu viele Hoffnungen im Goldrausch bereits zerplatzt. »Aber eine Köchin, die gut mit anpacken kann, die können wir immer gebrauchen. Dort hinten, in der letzten Kutsche hat es noch genügend Platz für dich. Steig auf und sei uns herzlich willkommen.«

Zunächst ging es nun in südwestlicher Richtung in den Bundesstaat Delaware. Quälend langsam kam der Treck mit den acht Kutschen quer durch das vom Regen aufgeweichte Land voran. Ein wildes Land, ein tatsächlich noch weitgehend unerschlossenes Land. Ab und zu passierten sie verlassene, lange Hütten aus grob behauenen Baumstämmen, die offensichtlich erst vor wenigen Jahren verlassen worden waren. Dabei handele es sich um die Häuser der Indianer, die inzwischen mehr und mehr dazu übergegangen seien, in Zelten, den von ihnen so genannten Wigwams zu hausen, erklärte einer der beiden Scouts, die für die Route verantwortlich waren. »Die Rothäute ziehen sich endlich weiter zurück ins Landesinnere und bauen zum guten Glück auch keine Häuser mehr«, fügte der eine noch naserümpfend hinzu.
Eine seltsame Erklärung, fand Johanna, die sich aber nicht weiter nachzufragen traute. Wer verließ denn freiwillig sein Haus, um fortan in einem Zelt zu leben? Noch dazu in einer Gegend, in der, wie die beiden Scouts schon mehrfach betont hatten, schneidend kalte Winter mit meterhohem Schnee an der Tagesordnung waren?

Je tiefer sie nach Nordwesten vorstießen, je wilder sich das weite Land vor ihren Augen präsentierte, umso häufiger geschah es, dass sie unvermittelt auf eine kleine Gruppe von diesen Indianern trafen: seltsame Menschen, in eigenartig bunte Gewänder gehüllt, von denen manche mit ihren von Wind und Wetter gegerbten Gesichtern und dem stolz emporgereckten Kinn einen geradezu herrischen Eindruck auf Johanna machten, während andere in den zerlumpten Fetzen, die sie am Leib trugen, genau das Gegenteil symbolisierten: heruntergekommene Elendsgestalten mit einem traurigen, meist apathischen Ausdruck in den starren Mienen. Nur diese Blicke! Die waren immer dieselben. Wie es aus diesen Augen plötzlich blitzte und Funken sprühte, wenn sie sich unbeobachtet wähnten! Hasserfüllte Funken, zornige Blicke, die Rache zu schwören schienen für jeden Meter, den man tiefer in das Land hineindrang. Ihr Land. Das ehemalige Indianerland.

»Sie meinen, es gehöre immer noch ihnen!« lachte einer der Scouts und spuckte dabei verächtlich aus. »Dabei hat dieses stinkende Gesindel uns das ganze Land verkauft, im Tausch gegen ein paar Flaschen Feuerwasser haben sie Gebiete hergegeben, die größer sind, als die Stadt New York. Und kaum sind sie wieder einigermaßen nüchtern, möchten sie das Land zurückhaben und tun so, als habe man sie übers Ohr gehauen. Wilde!« Mit dem Zeigefinger tippte er sich an die Nase. »Wenn wir an den nächsten Wilden vorbei kommen, musst du einmal kurz deine Nase in ihre Richtung halten. Dann wirst du verstehen, was ich meine. Sie stinken im wahrsten Sinn des Wortes zum Himmel, dieses wahre Volk der Schöpfung!«

»Wahres Volk?« Johanna verstand nicht, worauf der Scout hinaus wollte. »Was willst du damit sagen?«

»Ich will gar nichts sagen«, klopfte sich der Mann mit der Faust gegen den Oberkörper. »Diese Wilden, die nennen sich. Lenni Lenape sagen sie dazu in ihrer Sprache. Und das bedeutet übersetzt so etwas Ähnliches wie »das wahre Volk«. Unglaublich!« Er lachte trocken auf. »Das wahre Volk! Ausgerechnet die, diese stinkende Horde von Rothäuten! In Wahrheit sind sie vom Stamm der Delawaren. Meinen aber, etwas ganz Besonderes zu sein. Immerhin haben sie es geschafft, dass ihnen die Regierung neue Gebiete zugewiesen hat, so genannte Reservate. Und dort pochen sie darauf, dass kein Bleichgesicht seinen Fuß darauf setzen darf. Das sei einzig und allein ihr Gebiet. Da habe kein Weißer etwas zu suchen. Pah! Das werden wir dann aber schon noch sehen, wer die wahren Herren dieses Landes sind!«

»Aber es ist doch schon so, dass sie die eigentlichen Besitzer sind. Sie haben doch schon in Amerika gelebt, lange bevor die Weißen gekommen sind.«

Der Scout streifte sie mit einem missbilligenden Blick aus seinen kalten grauen Augen. »Na und? Jetzt sind wir hier und machen das Land urbar. Diese Wilden sind dazu ja gar nicht imstande. Sie sehen zwar aus wie Menschen, sind in Wahrheit aber wie die Tiere. Insofern liegt es doch auf der Hand, dass sie uns weit unterlegen sind. Der Schwächere muss dem Stärkeren weichen. Das war schon immer so.«

»So ähnlich habe ich das schon einmal gehört«, murmelte Johanna betroffen.

»Na bitte«, nickte der Scout zufrieden. »Und wo war das?«

»In den Südstaaten. Auf den Sklavenfarmen.«

Den Rest des Tages verbrachten sie schweigend.

Gegen Nachmittag des folgenden Tages trafen sie auf eine kleine Ansammlung von Hütten, die allem Anschein nach vor noch nicht allzu langer Zeit errichtet worden waren. »Schau an. Eine neue Siedlung. Die sehe ich zum ersten Mal. Gut zu wissen!« Der Scout rieb sich zufrieden die Hände. »Bis zum nächsten Treck dürften sie hier so weit sein, dass man in diesem Dorf ein Nachtlager einplanen kann. Und mit frischem Proviant können wir uns dann auch eindecken. Wunderbar! Dann wollen wir die braven Leute doch einmal näher kennenlernen. Brrr!«

Auch die anderen Planwagen hatten inzwischen Halt gemacht. Neugierig kletterten die Insassen aus den Karren und reckten stöhnend die von der langen Fahrt schmerzenden Gliedmaßen. In diesem Augenblick drang ein Wutschrei an ihre Ohren, gefolgt von einem scharfen

Knall. Erschrocken zuckten sie zusammen. »Da schießt einer auf uns!« schrie einer der Kutscher mit Panik in der Stimme. »Volle Deckung!«
»Blödsinn! Das waren die dort hinten!« deutete Johannas Mitfahrer auf eine Gruppe von weißen Siedlern, die sich um einen an Händen und Füßen gefesselten Indianer gruppiert hatte.
»Was machen die denn mit dem armen Mann?«
»Das werden wir gleich herausfinden«, knurrte der Scout. »Höchstwahrscheinlich haben sie den Kerl beim Klauen erwischt!«

Wenig später sah sich der Scout bestätigt und warf Johanna einen vielsagenden Blick hinüber. »Er hat uns eine Ziege stehlen wollen – aber wir haben ihn gerade noch rechtzeitig erwischt. Nicht wahr, du Dreckskerl?! Gib zu, dass es so gewesen ist!«, schrie der Siedler und spuckte dem wehrlosen Indianer, der dabei keine Miene verzog, direkt ins Gesicht. Dann packte er die Haare des Mannes und riss dessen Kopf grob zurück, während ein zweiter mit der Reitpeitsche weit ausholte. Klatschend bohrte sich der Lederriemen tief in den nackten Rücken des Indianers und hinterließ eine lange, blutige Spur. Einmal, zweimal, dreimal, viermal, fünfmal!
»Er nennt sich Milap, der Schurke, hat er einem von uns erklärt, der ein paar Brocken von seiner seltsamen Sprache beherrscht«, hielt der Auspeitscher keuchend inne. »Und dass er von einem angeblich großen Vorfahren abstamme, einem Kerl namens Tamanend, einem berühmten Häuptling. Aber der Gipfel des Ganzen ist: er behauptet, das alles sei ihr Land, altes Delawarenland, deshalb gehörten ihm auch alle Tiere hier. Sie könnten sich von unseren Farmen nehmen, was sie wollten, das sei kein Diebstahl. Wir seien die Diebe, hat der Kerl behauptet, wir hätten sein Land gestohlen und er hole sich nur, was ohnedies sein Besitz sei.«

»Unglaublich!« schüttelte der Scout verächtlich seinen Kopf. »Es ist überall dasselbe: diese elenden Faulenzer tun immer noch so, als sei das ihr Land…«
»Aber das ist es doch auch!« Johanna, die sich fest vorgenommen hatte, still zu bleiben, konnte einfach nicht anders. »Das war doch ihr Land und sie haben es auch nicht freiwillig hergegeben!«
Der Mann mit der Peitsche runzelte unwirsch die Stirn und funkelte Johanna zornig ins Gesicht. »Sie haben im Austausch dafür ein neues Land bekommen. Ihr Reservat. Dort können sie meinetwegen tun und treiben, was sie wollen. Aber das hier, das ist jetzt unser Land!«
»Und das Reservat? Wem hat dieses Land denn vorher gehört? Ganz sicher nicht uns Weißen! Da kann man getrost großzügig sein, wenn man Land zuteilt, das einem gar nicht gehört. Ist so etwas tatsächlich rechtens?« Johanna sah sich langsam um. Alle anderen waren bisher stumm geblieben. Es musste doch irgend jemanden unter ihnen sein, der ihre Meinung teilte. Doch sie sah nur in verständnislose Mienen. Selbst der Prediger, der sie auf ihrem Treck begleitete, blickte düster zu Boden. So musste sie sich also selbst die Antwort geben. »Das ist doch Unrecht, was ihr diesen Indianern antut. Ihnen hat das Land gehört. Viele Jahrhunderte lang. Lange, bevor dann wir gekommen sind!«
»Unrecht?! Das sind Wilde, die nur eine Sprache verstehen! Und das ist diese hier!« Wieder ließ er seine Peitsche durch die Luft schwirren, die einen weiteren blutigen Streifen in den Rücken des Delawaren zeichnete. Dazu lachte er höhnisch. »Nun, großer Häuptling: hast du deine Lektion gelernt?!«
Im Gesicht des Ausgepeitschten zuckte kein einziger Muskel. Als sei er aus härtestem Granit gemeißelt starrte der Indianer auf einen imaginären Punkt am fernen Horizont.

»Soso. Offenbar hat es dir also die Sprache verschlagen«, höhnte der Peiniger. »Dann müssen wir also wohl noch ein bisschen nachhelfen? Das kannst du gerne haben!« Wieder schlug er mit voller Kraft zu. Lange würde der Mann diese Schläge nicht mehr aushalten. Das war ja unmenschlich! Voller Entsetzen rüttelte Johanna an der Schulter des Predigers, der nach wie vor mit unbeteiligter Miene auf den Boden starrte. »Jetzt machen sie doch endlich etwas! Das kann doch nicht Gottes Wille sein, was hier geschieht? Das ist doch ein Mensch und kein Tier!«
»Wilde sind Wilde«, zuckte der Prediger teilnahmslos mit den Schultern. »Und wer sich schuldig gemacht hat, der gehört bestraft. Auge um Auge, Zahn um Zahn …«
»Da hast du es!« zischte der Scout mit einem gefährlich vibrierenden Unterton. »Es ist unser Recht, diese Wilden zu züchtigen und ihnen die Regeln der Zivilisation mit der Reitpeitsche in ihr kleines Hirn zu meißeln!«
»Wilde! Im Krieg gegen die Südstaaten, da waren sie euch als Kampfgefährten noch lieb und teuer! Wie viele von ihnen haben treu auf der Seite der Union gekämpft und dabei ihr Leben verloren? Wie viele haben euch als Kundschafter wertvolle Dienste geleistet, als es in den Kampf um die gerechte Sache gegangen ist? Um die Abschaffung der Sklaverei! Und nun? Nun behandelt ihr sie übler, als jeden Sklaven. Kein Wunder: ihr profitiert ja von ihrer Vertreibung, indem ihr euch das Land, das ihnen gehört, unter den Nagel reißt. Und das alles mit der Begründung, es seien Wilde. Mit denen man anscheinend tun und lassen kann, was man will!«
»Es sind Heiden!« meldete sich der Prediger plötzlich zu Wort.
»So? Heiden?! Und das rechtfertigt also alles? Ihr behauptet, ihr handelt im Namen des Herrn?! Das wird ja immer besser!«
»Pass auf, was du sagst, Frau!« Der Prediger machte zwei drohende Schritte auf Johanna zu. »Versündige dich nicht an Gottes Wort!«

»Gottes Wort! Dass ich nicht lache!« Trotz der unangenehmen Nähe des Mannes wich Johanna nicht zurück. »In Wahrheit geht es euch doch nicht um Gottes Wort, sondern um Land, um Reichtum und um Gold. Ja, es ist dieses elende Gold, das eure Gedanken vernebelt. Und wer sich euch in den Weg stellt, der wird massakriert! Wehe dem Indianerstamm, auf dessen Land Gold gefunden wird.«

»Wir bringen ihnen das Christentum. Sie sollten uns dankbar sein!«

»Dankbar sein! Für die frohe Botschaft aus Gewehrsalven und Peitschenhieben?!« Johanna konnte es nicht fassen, was sie da zu hören bekam. Aber irgendeines ihrer Argumente musste doch auf fruchtbaren Boden fallen – und so sprudelten die Worte nur so aus ihr heraus. »Um noch einmal auf die wertvollen Dienste zurück zu kommen, die viele Indianer der Union im Krieg geleistet haben: ich habe erst kürzlich von der Rede Lincolns gehört, die er bei der Einweihung eines Soldatenfriedhofs in Gettysburg gehalten hat. Er hat, so heißt es, dabei einen heiligen Eid geschworen und gesagt, dass all diese Toten nicht vergebens gefallen sind. Auf dass diese Nation eine Wiedergeburt der Freiheit erleben möge! Das hat er gesagt! Aber Freiheit für wen? Für alle – das hat er gemeint! Auch für die Indianer! Und gesagt hat das nicht irgendwer, sondern der Präsident der Vereinigten Staaten!«

Triumphierend blickte sie in die Runde – das müsste doch ein Volltreffer gewesen sein. Doch die Enttäuschung folgte postwendend. »Gettysburg ist weit. Wir sind hier im Staat Delaware und nicht in Gettysburg.«

Selten hatte Johanna ein solches Gefühl der ohnmächtigen Wut in sich verspürt, wie nach dieser zynischen Replik. »Was seid ihr doch alle für scheinheilige Heuchler! Da redet ihr in Amerika immerzu von der Freiheit, vom besseren Leben, von Chancen für alle Menschen – und dabei geht es euch in Wahrheit nur um eure Geschäfte, um Geld, um Besitz, um Macht. Raffgier und

Selbstsucht bestimmen euer religiös verbrämtes Handeln. Hier herrscht keine Gerechtigkeit, hier herrscht nur ein Gesetzt: das Gesetz des Stärkeren – nur wer Geld hat, der hat das Recht auf seiner Seite. Selbst Verbrecher kommen aus dem Gefängnis frei, wenn sie genug Geld als Kaution auf den Tisch legen können, während unsereins, selbst wenn du unschuldig bist, nicht den Hauch einer Chance hat, sein Recht zu bekommen! So geht es hierzulande zu und das ist noch viel schlimmer als die Zustände in dem Land, das ich in der Hoffnung verlassen habe, eine gerechtere Gesellschaft zu finden.« Schwer atmend hielt sie inne. Eine Zeitlang herrschte Totenstille, bis der Misshandler seine Peitsche unvermittelt durch die Luft schwirren ließ. Nur Millimeter vor Johannas Gesicht zischte der Riemen vorbei.

»Bist du nun endlich fertig, Frau?«

Johanna gab ihm keine Antwort. Mochten doch die anderen endlich aufwachen und sich auf die amerikanischen Grundwerte besinnen, die ihnen angeblich so sehr ans Herz gewachsen waren.

Wieder herrschte ein langes, beklemmendes Schweigen. Dann ergriff der Scout die Initiative. »Ja, ich glaube, sie ist fertig!« nickte er mit grimmig entschlossener Miene. »Sie hat uns ja deutlich genug zu verstehen gegeben, dass sie nichts mit uns zu tun haben will. Es ist nicht untypisch für diese Deutschen: sie haben immer nur die angebliche Gerechtigkeit im Sinn und meinen, sie müssten nun das große Wort führen. Wir haben es gehört.« Auf einen kurzen Wink des Mannes kam einer der Kutscher mit Johannas Sachen und warf sie vor ihr auf den Boden. »Da hast du dein Zeug. Und damit kannst du nun gehen, wohin du willst. Mit uns kommst du jedenfalls nicht mehr mit! Auf eine solche Gesellschaft können wir gerne verzichten. Geh nach Hause!«

»Ich habe kein Zuhause«, flüsterte Johanna bitter.

»Glaub bloß nicht, du könntest hier bleiben!« mischte sich der Mann mit der Peitsche ein. »Ich gebe dir den guten

Rat: Scher dich zum Teufel und hau ab, bevor ich mich vergesse und dir für deine ganzen Beleidigungen noch ein weiteres Andenken auf die Stirn pflanze!« deutete er grimmig auf Johannas feuerrote Narbe an der Augenbraue. »Und deinen Delawarenhäuptling da«, jetzt richtete er die Peitsche direkt auf den übel zugerichteten, nach wie vor gefesselten Indianer, »den kannst du gleich mitnehmen in die Wildnis. Da kennt sich so ein Wilder ja bestens aus«

»Aber das … das könnt ihr doch nicht machen! Ihr … ihr könnt mich doch nicht einfach zurücklassen!«

»Und ob wir das können!« Ein teuflisches Grinsen verzerrte die Züge des Scouts. »Alle aufsteigen! Es geht weiter! Ohne dich!«

Im selben Moment erhielt sie einen groben Stoß an der Schulter. »Du sollst dich aus dem Staub machen!« donnerte der Peitschenmann in ihr Gesicht.

Fassungslos sah sie den langsam in Fahrt kommenden Planwagen hinterher. »Aber … ich … ich weiß doch gar nicht, wohin ich gehen soll!«

»Das hättest du dir früher überlegen sollen! Marsch jetzt! Fort von hier!« Auch der Indianer, dessen Fesseln sie inzwischen gelöst hatten, erhielt einen heftigen Stoß mitten auf seinen geschundenen Rücken. Es musste ihm höllische Schmerzen bereiten, doch der Mann verzog keine Miene. »Und da: da hast du noch die stinkende Jacke von deinem Häuptling!«

*

Wie in Trance stolperte die schockierte Johanna an der Seite des Indianers aus der Siedlung hinaus. Weit mehr als eine Stunde mochte vergangen sein, als sie sich ganz allmählich wieder in der Lage fühlte, einen klaren Gedanken zu fassen. Wohin sollte sie sich wenden? In welche Stadt, in welche Richtung sollte es gehen? Und wie sollte sie den Weg nur finden, wenn sie sich für ein Ziel entschieden hatte?
Ein Ziel! Aber welches?
South Carolina? Undenkbar! Hier wütete nach wie vor der Bürgerkrieg!
New York? Nie wieder!
Der Nordwesten? Der letzte Treck für dieses Jahr hatte sie gerade eben ausgespien wie ein Stück Dreck!
Wohin dann?
Wie sie es auch drehte und wendete – Im Grunde genommen blieb nur ein Name übrig: Washington. Die Hauptstadt der Union. Die Hauptstadt der Freiheit? Vielleicht! Immerhin hatte Lincoln den Sklavenhalterstaaten von Washington aus den Kampf angesagt. Und Unterstützung bekommen. Also Washington als neue Hoffnung. Aber wie um alles in der Welt sollte sie Washington finden? Die Stadt lag – von hier aus gesehen – ungefähr im Süden. So viel war klar. Aber wo genau? Wenn ihr stummer Begleiter, der bislang noch keinen Laut von sich gegeben hatte, wenigstens der englischen Sprache mächtig wäre. Aber darauf brauchte sie kaum zu hoffen. Die Wahrscheinlichkeit, sich hoffnungslos zu verirren, war riesengroß. Johanna mit einem Wilden an der Seite – verschollen irgendwo im Nirgendwo des amerikanischen Niemandslandes! Unwillkürlich musste sie lachen.
Der Indianer hielt inne und betrachtete sie verdutzt.
»Ja, ja, ich weiß! Es gibt hier nichts zu lachen für uns«, nickte Johanna und sah ihm direkt in die tiefschwarzen

Augen. »Aber heulen ist auch keine Lösung. Wenn du wenigstens Englisch könntest. Aber das kannst du nicht, oder?« Sie deutete auf ihre Lippen und machte eine eindeutige Handbewegung zu seinem Mund. »Do you speak english?« formulierte sie ganz langsam und betonte dabei überdeutlich jedes Wort.

Der Mann schien sie zu verstehen. Aber leider nicht in der von ihr erhofften Art und Weise.

Er schüttelte leicht den Kopf und es schien dabei sogar ein Ausdruck des Bedauerns über seine nach wie vor versteinerte Miene zu huschen.

Johanna nickte und bedachte ihn mit einem warmen Lächeln von dem sie hoffte, es möge die seltsame Situation, in der sie sich befanden, ein kleines bisschen auflockern. »Washington?« fragte sie vorsichtig weiter.

Diesmal schien er nicht zu begreifen. Also musste sie anders vorgehen. Gestikulieren und die Begriffe mit anderen Worten, die er vielleicht schon einmal aufgeschnappt haben könnte, unterstützen.

Sie wiederholte den Namen der Stadt. »Washington?« Gleichzeitig wies sie mit dem weit ausgestreckten rechten Arm in jede Himmelsrichtung und wiederholt dabei den Namen. »Washington? Hier? Washington – Abraham Lincoln?«

Noch immer schien er nicht zu begreifen, sondern starrte ausdruckslos auf ihren Arm.

Also vielleicht anders herum. »Lenni Lenape?« verwendete sie nun den Begriff, von dem sie in der Siedlung behauptet hatten, es handele sich um den Namen seines Volkes.

Sofort gab es eine Reaktion. Ein kurzes Zucken seiner Gesichtsmuskeln, ein deutliches Stirnrunzeln.

Also noch einmal: »Lenni Lenape?« Und dieses Mal holte sie mit dem rechten Arm weit aus, wobei sie einen großen Bogen beschrieb. »Lenni Lenape? Das ist euer Land gewesen. Überall. Soweit das Auge reicht. Lenni Lenape, ja?«

Schlagartig breitete sich ein Lächeln über das Gesicht des Indianers. Er hatte verstanden! Und nickte!
»Lenni Lenape!« antwortete er in seiner kehligen, rauen Sprache. »Lenni Lenape!« Auch er beschrieb nun mit dem Arm einen weiten Bogen – bis hin zum Horizont.
»Lenni Lenape«, wiederholte Johanna erleichtert. »Ja, das alles ist das Land der Lenni Lenape!« Ein weiterer kurzer Blickkontakt genügte. Sie hatten sich verstanden. Sowohl, was ihre Frage betraf, als auch die Situation, in der sie sich befanden. Sie waren aufeinander angewiesen. Johanna sicherlich mehr auf den Indianer, als der auf sie. Es war schließlich sein Land, in dem er sich bewegte – und sicherlich auch auskannte. Aber er würde ihr helfen. Dazu hatte dieser eine kurze Blick genügt, mit dem er ihr dies ganz offensichtlich signalisierte.
Nun konnte sie versuchen, die eigentliche Frage noch einmal zu stellen und auf eine Antwort hoffen.
Am besten, erst einmal mit der schon bekannten Übereinstimmung beginnen. »Lenni Lenape!« Weit deutete sie mit dem Arm wieder über das ganze Land und nickte dabei nachdrücklich.
»Lenni Lenape«, gab der Indianer nickend zurück.
»Washington?« deutete sie mit dem Arm jetzt in die verschiedenen Himmelsrichtungen, während sie gleichzeitig unsicher mit den Schultern zuckte.
War das nicht eindeutig gewesen? Offenkundig nicht! Er wirkte so, als sei es ihm ein Rätsel, worauf Johanna hinauswollte. Stirnrunzelnd betrachtete er ihren ausgestreckten Arm.
Also noch einmal: »Lenni Lenape! Hier! Überall!« Wieder nickte sie dabei heftig.
»Washington?« Mit einem fragenden Gesichtsausdruck hielt sie die Hände vor sich in die Höhe.
Und siehe da: plötzlich durchzuckte ihn offenkundig die Erkenntnis. »Washington!« wiederholte er lächelnd mit dieser sonderbar kehligen Stimme und streckte seinen Arm weit aus. Deutete in südwestliche Richtung. Dort-

hin, wohin Johanna es vermutet hatte. »Washington!« bekräftigte er noch einmal kopfnickend.
Also weiter: »Johanna!«, legte sie sich nun die rechte Hand auf die Brust.
Dieses Mal verstand er sofort. »Milap!«, deutete er auf seine Brust.
»Johanna!«
»Milap!«
Wieder huschte ein Lächeln über seine stolzen Züge.
Und jetzt die entscheidende Frage. Ganz langsam. Beide Namen mit deutlichem Abstand nennen und sie deutlich betonen. »Johanna – Washington!«
Auch dieses Mal schien er schnell begriffen zu haben. »Johanna – Washington!« Er nickte neuerlich, wobei er mit dem Arm erst auf Johanna deutete und dann in die Richtung, in der laut seiner vorherigen Geste Washington liegen musste. »Johanna – Milap – Washington!« Der Indianer machte eine kurze, auffordernde Handbewegung, die wohl bedeuten sollte, sie solle ihm folgen. Allem Anschein nach wollte er sofort losmarschieren.
»Nein, nein!« wedelte sie mit gespreizten Fingern. »Jetzt werden wir erst einmal deine Wunden untersuchen und versorgen!« Johanna zeigte auf Milaps Rücken. »Da. Setz dich auf diesen Felsbrocken hier und lass mich mal nachsehen, was ich tun kann.«
Natürlich verstand er keines ihrer Worte, begriff andererseits aber doch und folgte ihrer Aufforderung. Der Rücken war übel zugerichtet. Die Peitschenhiebe hatten sich tief in die Haut eingebrannt und hässliche, braunrote Streifen hinterlassen, in denen sich getrocknetes Blut mit Schmutz vom Lederriemen vermengt hatte.
»Das muss ich erst einmal säubern. Aber womit?« Weit und breit gab es kein Wasser. Es blieb nur ihr Speichel, den sie auf ein Stück Stoff tropfte, den sie von ihrem Rock gerissen hatte. Vorsichtig betupfte sie damit die verkrusteten Wundränder. Milap, der den Rücken kerzengerade durchgedrückt hatte, gab während der gesamten Proze-

dur, die sicherlich äußerst schmerzhaft für ihn sein musste, keinen einzigen Laut von sich.
»So, das wäre geschafft!« wischte sich Johanna eine gute halbe Stunde später den Schweiß von der Stirn. »Dass du das alles ausgehalten hast, ohne einen einzigen Schmerzlaut! Donnerwetter!«
Aus seinem breiten Ledergürtel fingerte der Indianer ein bräunliches Etwas heraus und legte es auf seine flache Hand, um es Johanna zu präsentieren. Sie kniff angestrengt die Augen zusammen und betrachtete das seltsame Teil ganz genau. Dann dämmerte ihr die Erkenntnis: »Das sind getrocknete Moose und Flechten. Aha! Und du möchtest, dass ich das jetzt auf die Wunden am Rücken lege. Das ist Medizin! Ich habe verstanden. Aber wie soll ich es dort festbinden? Wir haben ja keinerlei Verbandsstoff.« Auch ohne ihre Sprache zu beherrschen, hatte Milap Johannas fragende Geste verstanden. Er hielt seine zerschlissene Jacke in die Höhe und zerriss sie in mehrere lange Einzelteile.
»Ja, so könnte es gehen. Wunderbar!«
Wenig später war der sonderbar ausschauende Verband angelegt. »Hauptsache, es hält und die Medizin kann ihre Wirkung entfalten«, kommentierte sie ihr Werk zufrieden. »Das also hätten wir geschafft. Und den Weg nach Washington, den zeigst du mir auch. Jetzt fehlt nur noch etwas zu essen. Wenn wir das hätten, dann würde ich tatsächlich glauben, dass ich es mit deiner Hilfe schaffe, nach Washington zu kommen. Aber ganz ohne Essen? Wie soll das gehen?«
Der Indianer hatte sie aufmerksam beäugt. Und als Johanna mit dem Zeigefinger erst auf ihren Mund wies, dann auf den Magen deutete und anschließend noch einmal auf ihren Mund, wobei sie Kaubewegungen vorführte, da nickte Milap ganz kurz und zeigte wiederum auf seinen Gürtel.

»Aha. Der Gürtel. Was ist damit?« Sie begriff nicht, worauf er hinaus wollte. Oder etwa doch? »Ist da vielleicht noch mehr drin als nur Medizin?«
Inzwischen hatte Milap die Innenseite des Gürtels geöffnet und nahm ein weiteres undefinierbares Teil heraus. Aufs erste Hinsehen war es ein genauso rätselhaftes Stück, wie die Medizin vorher, nur fester und von eher dunkelbrauner Farbe. Der Indianer führte es zum Mund und tat so, als ob er davon abbeißen wolle.
»Aha! Das ist anscheinend etwas Essbares!« Jetzt betrachtete sie es noch einmal genauer. »Sieht aus wie getrocknetes Fleisch. Kann das sein.« Sie zeigte auf ihren Oberarmmuskel, dann auf das mutmaßliche Fleischstück. »Fleisch? Das ist Fleisch, nicht wahr?«
Milap zuckte kurz mit den Schultern und streckte ihr das Teil auf Mundhöhe entgegen.
»Abbeißen? Ich soll abbeißen, ja?«
Er nickte.
»Also gut. So appetitlich sieht es zwar nicht gerade aus, aber wenn es sein muss…« Tapfer schluckte sie den aufkeimenden Würgereiz in ihrer Kehle hinunter und biss vorsichtig ein kleines Stückchen ab. Es war hart wie Stein und als es sich mit dem Speichel auf ihrer Zunge vermengte und leicht aufquoll, schmeckte es scheußlich. Um ein Haar hätte sie die Köstlichkeit gleich wieder ausgespuckt, besann sich im letzten Moment aber eines Besseren. »Was ist das? Wahrscheinlich Bärenfleisch, nicht wahr?«
Milap machte eine knappe Kopfbewegung, die alles Mögliche bedeuten konnte. Dann nahm er ihr den getrockneten Fleischklumpen wieder aus der Hand und steckte ihn sorgfältig zurück in seinen Gürtel.
»Na ja – es schmeckt zwar scheußlich, es ist aber zumindest etwas zum Essen. Und wenn man lange darauf herumkaut, dann stellt sich womöglich auch so etwas wie ein Sättigungsgefühl ein. Außerdem kommen wir ja auch noch durch einen Wald und da gibt es um diese Jahreszeit

sicherlich Beeren und Nüsse. Hoffentlich auch Wasser. Wasser?« Sie formte die Handflächen zu einem Kelch und führte sie an den Mund. »Wasser? Werden wir irgendwo auch Wasser finden?«

Wieder nickte der Indianer. »Wasser«, wiederholte er kehlig. »Milap. Wasser.«

Daran würde ihr Vorhaben also nicht scheitern.

»Dann also auf nach Washington!«

Nach tagelangen anstrengenden Fußmärschen, die sie durch riesige, unendlich scheinende Waldgebiete geführt hatten, in denen sie zum guten Glück keinerlei Begegnungen mit anderen Menschen gehabt hatten (und das war in diesen unruhigen Zeiten durchaus angeraten) – was sicherlich auch auf Milaps Fähigkeit zurückzuführen war, Geräusche und Bewegungen schon auf eine Distanz wahrzunehmen, die nicht in der Natur aufgewachsene Menschen niemals entwickeln würden, blieb der Indianer eines Mittags plötzlich wie angewurzelt stehen. Er streckte seinen rechten Arm ganz weit aus und zeigte nach vorne: »Washington!«

Tatsächlich! Auch Johanna konnte jetzt in der Ferne schemenhaft die Umrisse einer größeren Siedlung erkennen. Nein, nicht nur einer Siedlung, sondern offensichtlich einer großen Stadt. Das musste Washington sein! Milap hatte es tatsächlich geschafft, sie auf direktem Weg hierher zu führen! Freudentränen schossen in ihre Augen. »Milap! Du hast mich wirklich hierher gebracht. Danke! Vielen Dank!« Sie wandte sich zu ihrem Begleiter um, doch ihr Gefährte war nirgendwo zu sehen. Still und leise war er verschwunden, als sie vor lauter Freude über das Erreichen ihres Ziels nur Augen für die Kulisse der amerikanischen Hauptstadt gehabt hatte. Er hatte sein Versprechen eingelöst. Seine Mission war erfüllt. Und wie es seine Art war, die sie auf ihrem gemeinsamen Weg allmählich gelernt hatte zu verstehen, bedurfte es keiner weiteren Worte für ihn. Mit ziemlicher Sicherheit würden

sie sich nie mehr wiedersehen. Schade! So gerne hätte sie sich dennoch bei ihm bedankt. »Ich wünsche dir eine friedliche Zukunft, mein guter armer Milap. Mögen die Weißen dich in Frieden leben lassen! Ich wünsche es dir von ganzem Herzen!«
Johanna wischte sich die Tränen von ihren Wangen und reckte unternehmungslustig das Kinn in die Höhe. Das letzte Stück ihres Weges würde ein Spaziergang sein. Washington war erreicht – was immer sie dort an neuen Herausforderungen erwartete.

*

Am 9. April 1865 war der amerikanische Bürgerkrieg offiziell beendet worden, indem der Südstaatengeneral Robert E. Lee die Kapitulationsurkunde seiner Armee unterzeichnete. Bis zum allerletzten Moment hatten sie noch versucht, nun allen Ernstes sogar aus Sklaven zusammengewürfelte Regimenter aufzustellen und diese in die Schlacht gegen die Nordstaaten zu schicken. Vergeblich! Lee hatte also seine Niederlage eingestehen müssen – aber das bedeutete noch lange nicht, dass jetzt schlagartig Frieden herrschte. Der Riss, der in dem langen blutigen Krieg immer tiefer geworden war, zog sich weiterhin durch das geschundene Land. Und nur sechs Tage nach Lees Kapitulation erfolgte der nächste große Schock: am 15. April 1865 war Präsident Abraham Lincoln in Washington ermordet worden! Was für eine fürchterliche Katastrophe!
Mit schreckensstarren bleichen Mienen huschten die Menschen durch die Straßen. Was hatte das alles zu bedeuten? Würde das brutale Morden und Brandschatzen damit neu entflammen? Kam dieses Land denn gar nie zur Ruhe?!

Auch Johanna, die sich während der Kriegszeit so unauffällig wie möglich mit den verschiedensten Gelegenheitsjobs über Wasser gehalten hatte, war tief verstört. Wie sehr hatte sie sich eben noch über die Nachricht der Kapitulation gefreut und erste kühne Pläne für ihre Zukunft geschmiedet. Jetzt, wo der Krieg zu Ende war, jetzt konnte man daran gehen, eine neue dauerhafte Arbeit zu suchen und zu finden. Womöglich gar … aber bevor sie diesen Gedanken richtig hatte denken können, war mit dem Attentat auf Lincoln schon wieder eine Hoffnung zerplatzt. Zumindest fürs Erste. Von wegen, nach Charleston zurückzugehen, jetzt, wo die Sklavenhalter dort unten besiegt waren. Wo eine neue Zeit verheißungsvoll am Horizont heraufdämmerte. Und dann so etwas!

Doch wenn sie eine Eigenschaft bewunderte, die offenbar allen Nordamerikanern zu eigen war, den alteingesessenen genauso wie den erst vor wenigen Jahren hier angekommenen, dann war es diese grenzenlose Neigung zum Optimismus. Lieber zuversichtlich in die Zukunft zu blicken, was zurück lag, das war nur Vergangenheit. Das einzige, was für die Menschen hier zählte, das war die Gegenwart – oder besser noch: die Zukunft.
Und so verwandelte sich die Atmosphäre in der Hauptstadt der Nordstaaten trotz des feigen Attentats auf den Präsidenten, trotz der bleiernen Tage, die darauf gefolgt waren, urplötzlich in eine fröhliche, ausgelassene Stimmung, die eindeutig der in aller Eile anberaumten Truppenparade der Siegerarmee zu verdanken war.

Am 23. und 24. Mai 1865 präsentierte sich ganz Washington im Festtagskleid – und entlang der Pennsylvania Avenue drängten sich die jubelnden Menschen dicht an dicht, um der stolz vorbei paradierenden siegreichen Armee ihre lautstarke Referenz zu erweisen. Musikkapellen, Paradeuniformen, Festtagsmienen – von einem Tag auf den anderen schienen die Stadt und ihre Einwohner schlagartig wie verwandelt. Das musste dieses einzigartige amerikanische Hochgefühl sein, von dem sie so oft sprachen, das Johanna in Wahrheit aber niemals kennengelernt hatte. Zumindest nicht in ihrer Schicht, derjenigen der Dienstboten und Hilfsarbeiter. Aber nun, nun spürte sogar sie ihn ganz deutlich, diesen überbordenden, alles Vergangene hinter sich lassenden Optimismus, der den Weg wies zu diesem einzigartigen »american way of life«, der womöglich auch ihr, der inzwischen gut 35 Jahre alten Johanna Magdalena Friedrich aus Treschklingen im Großherzogtum Baden eine neue Zukunft verheißen konnte.

Während sie sich in der Menschenmenge an der Paradestrecke also gerade mitten im schönsten Tagtraum befand, tippte plötzlich eine Hand auf ihre Schulter. Erschrocken fuhr sie zusammen. Dann drehte sie langsam den Kopf und blickte in das wettergegerbte Gesicht eines Soldaten, der sie sofort mit einem deutschen Wortschwall belegte. »Ja, tatsächlich! Das gibt es doch gar nicht! Aber du bist es ja wirklich! Die Johanna, die Stieftochter vom Schober aus Treschklingen!«
Johanna blinzelte ungläubig. Dieses Gesicht. Sie hatte dieses Gesicht tatsächlich schon einmal gesehen. Nur früher halt. Viel früher. Und die dazugehörende Stimme. Die kannte sie auch, diese Stimme. »Sag bloß …« schlagartig durchzuckte sie die Erkenntnis. Natürlich! »Du bist der Johann! Der Kling Johann, der Sohn vom Bäcker in Treschklingen!« Er war mit ihr zur Schule gegangen – war nur ein Jahr älter als Johanna. »Was machst denn du hier?«
Der Soldat lachte belustigt auf. »Na, dasselbe könnte ich dich ja auch fragen. Was machst du denn hier?« Er kratzte sich kurz am Hinterkopf und rief den vorbeiparadierenden Soldaten eine kurze Bemerkung zu, die Johanna nicht verstand.
»Ich habe ihnen nur gesagt, sie sollen ohne mich weitermarschieren. Wir müssen ja keinen Gegner mehr besiegen. Die Parade schaffen sie auch ohne mich. Du bist mir jetzt wichtiger!«
Eine schamhafte Röte überzog Johannas Gesicht. Wann hatte das letzte Mal jemand so mit ihr gesprochen? Wie viele Jahre waren seitdem ins Land gegangen. »Was für eine Hitze heute«, wedelte sie mit der Hand vor ihrem Gesicht herum, um ihre Verlegenheit zu überspielen.
»Also: sagst du mir jetzt, was dich hierher verschlagen hat? Komm, wir gehen zum Sprechen weiter nach drüben auf die Wiese, hier auf der Straße versteht man ja sein eigenes Wort nicht.«

Wenig später hatten sie sich auf der großen Wiese vor dem Amtssitz des amerikanischen Präsidenten niedergelassen – wie Tausende anderer erschöpfter Paradegäste auch.
»So, und jetzt erzähle mir!«
Johann Kling hob kurz die Schultern. »Viel gibt es dazu eigentlich gar nicht zu erzählen. Du weißt ja: wie viele andere auch bin ich nach der verlorenen Revolution im Sommer 1849 geflohen. Erst ins Elsass, dann weiter in die Schweiz und von dort aus wie der Friedrich Hecker am Ende nach Amerika.«
»Und wie bist du dann zu den Soldaten gekommen?«
»Auch das ist nicht weiter schwer zu erklären. Von Anfang an haben wir ehemaligen Revolutionäre einen engen Kontakt miteinander gehalten. Das war auch gut so, denn in diesem angeblichen Land der unbegrenzten Möglichkeiten hast du ja nicht die geringste Chance, wenn du auf dich allein gestellt bist. Zumindest dann nicht, wenn du es nicht gelernt hast, deine Ellbogen zu benutzen und kräftig nach allen Seiten auszuteilen.« Er seufzte kurz auf und streifte sie mit einem prüfenden Blick. »Aber das muss ich dir vermutlich gar nicht näher erklären, oder?«
»Nein, das musst du wahrhaftig nicht«, schüttelte Johanna ihren Kopf. »Ich habe das alles ganz genauso erlebt, wie du. Nur dass ich nicht das Glück hatte, mit ein paar Gleichgesinnten zusammen zu kommen.«
»Oh!«, entfuhr es dem Soldaten. »Dann weißt du ja genauestens Bescheid. Also, wie auch immer: wir haben uns so recht und schlecht durchs Leben geschlagen. Als Handwerker, als Bäcker, Metzger, Zimmerleute und so weiter. Und wenn einer von uns von einem guten Job erfahren hat, dann hat er den anderen einen Tipp gegeben. So hat das Leben einigermaßen funktioniert – aber im Grunde genommen war es auch nicht besser, als das, was wir in der Heimat zurück gelassen haben. Na ja – eine Rückkehr ist leider trotzdem unmöglich, denn sie haben uns alle ja mit Steckbriefen suchen lassen.« Er machte

eine kurze Pause und schnaufte tief durch, während er traurig vor sich auf den Boden starrte. »Na ja. Schnee von gestern!« wischte er mit einer energischen Handbewegung eine imaginäre Fliege von seiner Stirn. »Keine Zeit, um Trübsal zu blasen! Wir sind also alle hier einigermaßen zurechtgekommen. Nicht mehr und nicht weniger. Und gerade, als wir uns allmählich daran gewöhnt hatten, hierzubleiben, da ist der Bürgerkrieg ausgebrochen. Als wir mitbekommen haben, worum es dabei ging, um den Kampf gegen die Sklavenhalter, da war den meisten von uns bereits klar, dass wir uns an diesem Kampf beteiligen würden. Für die gerechte Sache. Gegen Unterdrückung und Sklaverei!« Er schmetterte den Satz geradezu aus dem Mund, während es in seinen Augen stolz und entschlossen aufblitzte. Der alte Revolutionär brach in ihm durch. »Und als wir dann gehört haben, dass der Franz Sigel, unser großer früherer Kampfgenosse, ein eigenes Regiment für die Nordstaaten zusammen stellen würde, da gab es für uns kein Halten mehr. Einem Freund und Weggefährten steht man schließlich treu zur Seite, wenn er ruft! Ehrensache!«
»Du sprichst so, als würdest du ihn persönlich kennen, den Sigel? Ich habe schon einiges über ihn gehört. Aber sonst weiß ich nur, dass er aus unserer Gegend stammt.«
»Natürlich kenne ich ihn«, warf sich der Bäckerssohn aus Treschklingen stolz in die Brust. »Und zwar sogar gut, nämlich schon aus unserer Zeit in Bruchsal und den Kämpfen 1848 und 49. Damals schon war er wie Friedrich Hecker für uns eine Legende und in Amerika ist er sogar General geworden.«
»Dann kannst du mir vielleicht auch bei einem anderen weiterhelfen, wenn du so viele deutsche Auswanderer wiedergetroffen hast?«
»Gut möglich«, nickte Johannes. »Wen genau meinst du?«
»Ich meine den Christian? Hast du vielleicht den Christian gesehen?«

»Wer genau soll das sein? Es gibt schließlich viele, die Christian heißen.«
Johanna blies ungeduldig eine Haarsträhne aus ihrer Stirn. »Na, der Christian halt, der Sohn vom Schneider Brumm aus Treschklingen!«
Der Soldat machte große Augen. »Wie?! Diesen Christian meinst du? Und der ist auch ausgewandert?!«
»Ja. Der Christian Brumm aus Treschklingen. Du hast ihn also nicht gesehen?«
»Nein, das habe ich nicht. Schade eigentlich. Ich hätte ihn gern getroffen. Das war ja ein ganz netter Kerl. Aber wieso fragst du?« Johann musterte sie nachdenklich. Dann schien er verstanden zu haben. Ein wissendes mildes Lächeln zuckte um seine Mundwinkel. »Du hättest ihn wohl ganz arg gern wiedergesehen?«
Johanna nickte traurig, während ihr Gesprächspartner bedauernd mit den Schultern zuckte.
»Ja, das ist natürlich schade. Aber Amerika ist groß – andererseits gibt es die seltsamsten Zufälle. Denk nur an unsere Begegnung hier: wer hätte gedacht, dass wir uns ausgerechnet in Washington über den Weg laufen, zigtausend Meilen von zuhause entfernt. Behutsam legte er seinen Arm um Johannas Schulter. »Du musst nicht traurig sein. Wer weiß, was noch alles kommen wird …«

Eine Zeitlang herrschte nachdenkliches Schweigen, während der Klang seiner Worte weiter durch Johannas Gedanken hallte: wer weiß, was noch alles kommen wird. Dann räusperte er sich vorsichtig. »Aber jetzt sag einmal: wieso bist du eigentlich hier? Bist du etwa auch geflohen?«
Sie lachte bitter auf. »Ja! In gewisser Weise bin ich auch geflohen. Aber nicht wegen der gescheiterten Revolution, sondern wegen dem Elend und dieser ganzen Ausweglosigkeit bei uns zuhause.« Unvermittelt spürte sie eine grimmige Wut in sich aufsteigen und ballte die Hände zu Fäusten. »Das ist aber noch längst nicht alles: es war die Ungerechtigkeit, es waren die Männer, es war alles. Ich

habe es einfach nicht mehr ertragen können. Und deshalb bin ich hierher gekommen, mit so viel Hoffnung im Herzen! Aber seitdem ich hier bin, ist nichts besser geworden. Es geht im Grunde genommen genauso weiter. Der Krieg, der Hass, diese himmelschreienden Ungerechtigkeiten. Eine Heimat habe ich auch hier nicht finden können – ganz im Gegenteil sogar. Es ist ein einziger Scherbenhaufen, vor dem ich stehe. Ich … ich …«. Krampfhaft kämpfte sie gegen die Tränen an, die ihr dennoch in dicken Tropfen über die Wangen rannen. Sie ließen sich einfach nicht mehr zurückhalten. Und dann war es mit ihrer Selbstbeherrschung endgültig vorbei. »Ich weiß allmählich nicht mehr weiter. Auch hier in Washington sehe ich überhaupt nicht, wo es eine Zukunft für mich geben könnte. Denn obwohl ich schon so viele Wochen da bin, hangele ich mich ständig nur von einem Tag irgendwie zum nächsten. Das ist auf Dauer doch kein Leben. Ich habe gehofft, wenn der Krieg erst einmal zu Ende sei, dann würde es besser werden. Aber das ist es nicht geworden. Es scheint mir allmählich so, dass ich wohl nirgendwo einen Ort finden werde, an dem ich bleiben kann. Obwohl ich doch ganz und gar nicht anspruchsvoll bin. Ist denn dieses kleine bisschen Geborgenheit, das ich suche, schon zu viel verlangt? Warum finde ich denn nie eine Heimat? Sags mir, Johann. Warum ist das so? Sags mir! Ich verstehe es einfach nicht. Ich … ich weiß bald wirklich nicht mehr, was ich tun soll!«

Sie lehnte sich an Johanns Brust und weinte hemmungslos.

Tief betroffen von diesem Gefühlsausbruch streichelte er sanft über ihre Haare. »Weine nur, Mädchen. Weine. Es tut gut, sich das alles einmal von der Seele geredet zu haben, nicht wahr? Du brauchst dich deiner Tränen nicht zu schämen, denn im Grunde genommen geht es den meisten, die ich getroffen habe, genauso. Ich verstehe dich gut – wahrscheinlich besser, als du denkst. Und deshalb kannst du mir auch glauben, wenn ich dir sage: dich trifft

keine Schuld. Du darfst nicht auch noch an dir verzweifeln. Es ist dieses Land, das so ganz anders ist, als wir uns das ausgemalt haben. Es sind diese riesigen Hoffnungen, mit denen wir hierher gekommen sind. Diese Versprechungen auf ein neues, besseres Leben, denen wir nur allzu gerne geglaubt haben. Und jetzt sind wir hier und stellen fest, dass es auch nur Menschen sind, die hier leben. Und dass nicht alles Gold ist, was glänzt. Weiß Gott nicht! Nein: Amerika ist nicht besser als Europa. Es ist anders. Aber keineswegs besser. Es war unser Irrtum zu glauben, dass anders gleich besser bedeutet. Das ist es.« Er machte eine kurze Pause und atmete tief durch. »Ich darf natürlich nicht ungerecht sein, was mein eigenes Leben angeht. Denn immerhin habe ich hierher fliehen können, hier bin ich aufgenommen worden, nachdem es in Deutschland keine Zukunft mehr für mich gegeben hat. Und ich habe diesem Land deshalb als Soldat meinen Dank erwiesen. Aber jetzt, nach dem gewonnenen Krieg, weiß ich auch nicht so richtig, wie es weiter geht. Höchstwahrscheinlich wie bisher. Wir werden uns halt weiterhin irgendwie durchs Leben kämpfen. So lange, bis unsere Stunde gekommen ist…«
Johanna fröstelte bei diesen Worten. Keinem von ihnen stand im Augenblick der Sinn danach, ihr Gespräch fortzuführen. Stumm und nachdenklich hockten sie auf der Wiese, während die sonderbarsten Gedankenfetzen durch Johannas Kopf jagten. Langsam, ganz langsam und zögernd begannen sich diese Bruchstücke zu klaren Gedanken zu formen. Zu Worten. Und zu Fragen. »Du kannst also nie mehr nach Deutschland zurück?« flüsterte sie kaum hörbar.
Der Soldat stutzte. Was für eine sonderbare Frage! Hatte er dieses Flüstern überhaupt richtig verstanden? Glaubte sie denn allen Ernstes, er würde noch einmal zurückgehen?
»Nein, natürlich nicht. Ich sage ja: die haben mich steckbrieflich suchen lassen.«

»Aber nach so langer Zeit…«
»… soll ich das Risiko eingehen und mich doch noch ins Zuchthaus sperren lassen?! Nein!« Er schüttelte entschlossen seinen Kopf. »Auf gar keinen Fall gehe ich wieder zurück. Was würde mich denn im besten Fall erwarten? Meine Bürgerrechte sind erloschen, die bekomme ich auf gar keinen Fall wieder, selbst wenn sie mich nicht mehr bestrafen wollen, der Großteil meiner Familie müsste schon längst gestorben sein. Ich habe dort nichts mehr: kein Dach über dem Kopf, keine Arbeit, keine Zukunft. Da kann ich doch gleich hier bleiben«, knurrte er mit einem zynischen Grinsen. »Ich weiß ja, dass viele plötzlich derart vom Heimweh befallen worden sind, dass sie doch wieder kehrt gemacht haben. Aber für mich ist das nichts. Ich werde hier bleiben und hier sterben.«

Wieder herrschte minutenlanges Schweigen. Dann nahm Johann vorsichtig den Gesprächsfaden wieder auf. »Also wenn ich dich gerade richtig verstanden habe, dann bewegst aber du diesen Gedanken an eine Rückkehr in dir?«
»Niemals!« fuhr Johanna in die Höhe – um beinahe genauso schnell wieder in sich zusammen zu sinken. »Obwohl…«
»Obwohl was?«
»Obwohl ich mir tatsächlich gerade überlegt habe, wie es wohl wäre, wenn ich nach Charleston zurückginge. Dort könnte ich vielleicht den Kapitän treffen, mit dem ich damals hergekommen bin – und wenn das so wäre, dann bestünde sicherlich auch die Möglichkeit, mit seinem Schiff wieder nach Hause zu fahren. Der Wieting würde mir sicher wieder eine Anstellung für die Zeit der Fahrt geben, denn er ist ein guter Mensch und Geld habe ich keines, eine Schiffsfahrtkarte könnte ich mir niemals leisten – genauso wenig wie bei der Herfahrt. So gesehen, hat sich nichts geändert. Überhaupt nichts.« Verwundert über ihre eigene Analyse schüttelte sie den Kopf.

»Du sagst, nach Hause. Das heißt, du weißt, wo du zu Hause bist? Oder du glaubst es zu wissen?«
Nachdenklich strich sie über die Narbe an ihrer Stirn und zuckte vorsichtig mit den Schultern. »Ich glaube, es ist Deutschland. Ja, doch … Je länger ich darüber nachdenke … ich glaube beinahe, es ist doch Deutschland. Ausgerechnet Treschklingen, Rappenau und die ganzen armseligen Dörfer ringsherum. Ausgerechnet die. Ja, doch. Jetzt weiß ich ja, dass die Menschen dort auch nicht schlechter sind, als anderswo. Diese Illusion ist zerplatzt. Was meinst du, Johann: glaubst du, dass es überhaupt irgendwo Menschen gibt, die besser sind als anderswo?«
Johann überlegte lange. Fast schien es ihr, als habe er die Frage gar nicht gehört. Doch dann kam die Antwort doch noch. »Hm … vielleicht schon«, brummte er schließlich.
»Aber weshalb sollte das so sein? Nach all diesen schlechten Erfahrungen, die du gemacht hast. In der Alten Welt genauso wie in der Neuen Welt. Wie kannst du dann noch daran glauben?«
»Weil …«, angestrengt schien er nach den richtigen Worten zu suchen, »weil ich sonst gleich den Glauben aufgeben kann. Den Glauben an die Menschheit, an Frieden und Glück. Wozu hätte ich dann gekämpft und mein Leben riskiert, wenn ich die Hoffnung nicht hätte. Glaube mir«, er rückte näher an Johanna heran und nahm sie ernst in sein Visier. »das darf nicht sein. Wenn wir alle Hoffnung und Zuversicht fahren lassen, dann ist das Ende nah – aber so weit darf es nicht kommen.«
»Und wo soll das also sein?«
»Das weiß ich nicht. Vielleicht sollten wir auch gar nicht in so großen Ausmaßen denken. Ich habe damit eher gemeint, dass es überall auf der Erde gute und böse Menschen gibt. Nirgendwo gibt es nur Gute und nur Böse – auch wenn uns das die Generäle und die Kriegstreiber manchmal vorgaukeln wollen.«
»Aber glaubst du daran, dass sich das Gute eines Tages durchsetzen wird? Das wollte ich wissen.«

Johann zuckte unsicher lächelnd mit den Schultern. »Eines fernen Tages vielleicht.«

»Eines fernen Tages! Das sind ja wunderbare Aussichten!«

»Besser fern als nie«, gab er postwendend zurück.

»Auch wieder wahr«, pflichtete Johanna ihm bei. »Irgendwie hast du Recht: die Hoffnung darf man niemals aufgeben – sonst ist man verloren.«

»Es wäre das Ende.«, nickte er zufrieden. »Du siehst also, was ich meine. Und ich habe inzwischen mehr und mehr den Eindruck, dass du ernsthaft erwägst, nach Deutschland zurückzugehen.«

Johanna sah ihm nachdenklich in die Augen. »Ja, ich glaube, das ist so. Ich denke, ich werde demnächst versuchen, mich irgendwie nach Charleston durchzuschlagen. Und dort warte ich dann halt ab, bis der Wieting kommt. Er wird sicherlich wieder seine Fahrten nach Charleston aufgenommen haben, nachdem der Krieg vorbei ist. Ja, doch: ich werde es versuchen.«

»Wie gesagt: du bist beileibe nicht die Einzige, die so denkt. Wobei ich es für ratsam halte«, der Soldat hob warnend die Hand, »dass du noch einige Wochen ins Land gehen lässt, bevor du in den Süden aufbrichst. Denn es ist ja bekannt, dass Charleston vom Krieg übel zugerichtet worden ist und außerdem ist noch das ganze Land dort von allerlei Gesindel verseucht, das sich die Wirren dieser Tage zunutze macht. Noch solltest du abwarten.«

»Aber die Südstaaten haben den Krieg doch verloren!«

»Offiziell ja. Aber es gibt jede Menge Leute dort, die das nicht akzeptieren wollen. Heckenschützen, Farmer, die auf jeden ballern, der sich ihrem Land nähert und dann wie gesagt dieses Diebsgesindel.«

Johanna schien zu schwanken. Jetzt, wo sie ihren Entschluss gefasst hatte, war es nur allzu verständlich, dass sie ihn möglichst rasch in die Tat umsetzen wollte – andererseits waren da diese Gefahren, die ihr gerade vor Augen geführt worden waren.

»Für die Zwischenzeit brauchst du dir übrigens keine Gedanken machen. Du kannst gerne bei uns bleiben. Du bist uns herzlich willkommen.« Johann machte eine einladende Handbewegung.
»Bei uns, sagst du. Was soll das bedeuten?«
»Dass da noch ein weiterer Kamerad bei mir in der Wohnung ist. Ein Mann aus Bruchsal, der Kramer Eugen, der ist mit mir von Beginn an, schon anno 48 durch dick und dünn gegangen. Wir haben Platz genug und wenn du bereit wärest, für uns zu kochen, dann bieten wir dir dafür ein Dach über dem Kopf und etwas zu essen. Es würde uns freuen – und ganz besonders den Eugen, denn dem geht es nicht so gut. Er hat in einer der letzten Schlachten einen Steckschuss in den Brustkorb abbekommen und ist seitdem bettlägerig. Der Armeearzt hat gesagt, es sei zu gefährlich, die Kugel zu entfernen und deshalb ist der Eugen jetzt ans Bett gefesselt. Es ist kein schöner Anblick, wenn ich daran denke, was für ein stattlicher Bursche er einmal gewesen ist. Er kann alleine gar nichts mehr machen sondern braucht eine ständige Betreuung, der arme Kerl. Und weißt du, jedes Mal, wenn ich aus dem Haus gehe, ist da so ein ungutes Gefühl in mir. Was, wenn er Hilfe braucht, solange ich nicht da bin? Aber ich kann nicht immer in der Wohnung sein, ich muss ja einer Arbeit nachgehen, muss Geld verdienen, damit wir über die Runden kommen. Also schon von daher wäre es natürlich wunderbar, wenn du mein Angebot annehmen würdest und zumindest einige Wochen bei uns bleiben könntest. Bis sich dann die Lage vollends beruhigt hat. Wenn du das machen willst, dann schlag ein!« Er bot ihr die ausgestreckte Rechte dar und lächelte hoffnungsvoll.

Johanna musste nicht lange überlegen. Was machte es schon für einen Unterschied, ob sie einige Wochen früher oder später in Charleston ankommen würde. Der Mann hatte Recht: die Zeiten im Land zwischen den ehemaligen Fronten waren unsicher, Charleston selbst, wie man hörte, übel zugerichtet. Von dieser Warte aus betrachtet schien es durchaus sinnvoll, noch einige Zeit zuzuwarten. Und wenn es nur aus dem Grund war, um sich endgültig darüber klar zu werden, ob sie wirklich zurück nach Deutschland wollte. Vielleicht sollte sie tatsächlich noch einmal ernsthaft über dieses kühne Vorhaben nachdenken. Es war nicht die schlechteste Lösung, zumal sie sich in der Zwischenzeit richtig nützlich machen konnte, in dem sie sich um den verletzten Soldaten kümmerte. Und außerdem: weshalb sollte sie dem Johann diesen Gefallen nicht tun? Er war ein ehrlicher, aufrechter Mensch – selten genug, dass man das Glück hatte, so jemanden zu treffen.

Ihr Entschluss war damit gefasst. »Ich mache es. Danke für dein Angebot! Ich nehme es gerne an!«

Johanns Augen strahlten vor Freude. »Das ist ja wunderbar! Das freut mich riesig!« Er packte ihre Hand und drückte sie so kräftig, dass Johanna aufstöhnte. »Also die Hand zerquetschen musst du mir deshalb nicht. Wenn du noch lange so zudrückst, dann kannst du das mit der Köchin vergessen. Mit einer zu Brei zerdrückten Hand kann man nämlich nicht kochen!«

Wie von einer Schlange gebissen ließ Johann ihre Hand fallen. »Oh, Entschuldigung«, stammelte er verlegen, während sein Gesicht sich puterrot verfärbte. »ich wollte dir nicht wehtun. Ich … ich habe mich nur so gefreut.«

»Ist schon gut!« wiegelte sie ab. »Ich bin ja noch am Leben. Und jetzt zeig mir endlich, wo ihr wohnt.«

Beschwingt und erfüllt mit einer neuen Zuversicht folgte sie Johann in dessen Behausung. Besser hätte dieser Tag gar nicht verlaufen können: sie hatte eine Entscheidung getroffen, eine Bleibe gefunden und konnte sich nützlich machen. Dies alles ohne Sorge um die nahe Zukunft. Was für ein wunderbares Gefühl!

Ihr Aufenthalt in Washington währte wesentlich länger, als Johanna sich dies anfangs gedacht hatte. Denn schon bald waren ihr die beiden Männer richtig ans Herz gewachsen. Der rührend um sie besorgte Johann, der bereits mitten in der Nacht aufstand und zur Arbeit ging (er hatte tatsächlich einen Job bei einem Bäcker finden können, wo er genug verdiente, um sie einigermaßen über die Runden zu bringen – das übrig gebliebene Brot vom Vortag durfte er sogar immer kostenlos mit nach Hause nehmen) und der bedauernswerte, nahezu bewegungsunfähige Eugen, der aufgrund seiner schweren Verwundung das Lager so gut wie gar nicht verlassen konnte, und ihr trotz seines elenden Zustands immer einen unendlich warmen Blick aus seinen rehbraunen Augen schenkte, egal, was sie für ihn tat: Ob sie ihm an jenen Tagen, an denen er es nicht selber schaffte, geduldig sein Essen einflößte, ob sie sein Bett neu bezog, ihn aufrichtete, ihm vorlas: Eugen Kramer war dankbar und zufrieden, dass es jemanden gab, der sich um ihn kümmerte und ihm Beistand leistete. Und auch Johanna war zufrieden. Endlich hatte sie eine Tätigkeit gefunden, die sie gerne ausführte, die sinnvoll war und für die sie obendrein auch noch Lob und Anerkennung erntete. Keine Vorwürfe, keine Ungerechtigkeiten, keine Angst um die Zukunft. Ein völlig neues Gefühl. Gut möglich, dass sie noch lange bei den beiden lieben Männern bleiben würde. Warum eigentlich nicht? Vielleicht sogar … nun ja: es würde sich ergeben.

Nachdem so schließlich mehr als zwei Jahre beinahe wie im Flug vergangen waren, hatte sich Eugens Zustand im Juli 1867 plötzlich drastisch verschlechtert. Die Kugel in seinem Brustkorb habe sich im Lauf der Zeit offenbar Millimeter um Millimeter weiter zum Herzen hin bewegt, lautete die ernüchternde Diagnose des Arztes, den sie alarmiert hatten, nachdem sie Eugen eines Abends mit blau verfärbtem Gesicht keuchend auf seinem Lager vorgefunden hatten. Da sei nicht das Geringste mehr zu machen, jeder Eingriff so direkt am Herzmuskel würde den sofortigen Tod des Patienten bedeuten. Sie müssten sich auf das Schlimmste vorbereiten. Vier Tage später war Eugen Kramer tot.

Auf dem Rückweg von der schmucklosen Beerdigung ergriff Johanna vorsichtig das Wort. »Jetzt brauchst du mich also nicht mehr länger, Johann«, begann sie mit belegter Stimme. »Ich bin ja sowieso viel länger geblieben, als ich das jemals gedacht hätte …«

»Wer sagt denn, dass ich dich nicht mehr brauche?!« Abrupt war Johann stehen geblieben und schüttelte heftig den Kopf. »Gerade jetzt, wo der Eugen gestorben ist, brauche ich dich umso mehr. Willst du mich jetzt also auch noch verlassen?«

»Johann«, hilflos breitete sie die Arme aus. »Wie gesagt: ich bin schon viel länger hier, als das geplant war. Aber jetzt … weißt du …«, sie legte ihm beide Arme auf die Schultern und fixierte ihn aus ernsten Augen. »Schon in den letzten Tagen, als es dem Eugen so schlecht gegangen ist, da habe ich mit einem Mal wieder diese seltsame Sehnsucht verspürt.«

»Sehnsucht wonach?« stieß er tonlos hervor. »Nach Vertrauen und Geborgenheit, so wie du das immer gesagt hast? Ich dachte, du hättest das bei uns gefunden …«

Es brach Johanna beinahe das Herz, den guten Mann so maßlos enttäuscht und traurig vor sich sehen zu müssen. »Das habe ich auch. Ich werde dir – und dem armen Eugen auch – immer dankbar dafür sein, dass ihr mich bei euch aufgenommen habt. Es waren die zwei besten Jahre in meinem Leben, seitdem ich erwachsen geworden bin.«

»Ja, also … was willst du denn dann? So kann es doch bleiben!«

»Ich möchte nach Hause, Johann …«

»Nach Hause! Und wo soll das sein?!«

Unsicher zuckte sie mit den Schultern. »Ich verstehe, worauf du hinaus willst. Und ich will ehrlich zu dir sein, das bin ich dir schuldig. Also lautet meine Antwort: wo mein Zuhause wirklich ist, Johann, das weiß ich nicht ganz genau, das muss ich ja zugeben. Ich weiß nur, dass es

Amerika jedenfalls nicht ist – weder Washington noch Charleston …«

»Ja aber was denn dann?!« Johann verstand die Welt nicht mehr. »Aus Deutschland bist du ausgewandert – und in Amerika anscheinend nie richtig angekommen. Was willst du dann Johanna?! Was soll das denn alles heißen?«

Johanna hob ihren Kopf und blickte ihm fest in die Augen. »Ganz ehrlich, Johann«, sie formulierte die Antwort ganz langsam. Wort für Wort. »Ich weiß es wie gesagt selber nicht. Zunächst weiß ich nur, dass Amerika keine Heimat für mich ist. Vielleicht ist es ja doch Deutschland. Wo auch immer dort. Frankfurt auf keinen Fall, das ist klar. Eventuell aber doch Treschklingen …«

»Treschklingen!« Wie ein Pistolenschuss brach es aus ihm heraus. »Treschklingen! Dort, wo dich dein Stiefvater aus dem Haus gejagt hat! Ausgerechnet Treschklingen!«

»Ja …ausgerechnet Treschklingen.« Jetzt konnte auch sie die Tränen nicht mehr zurückhalten, denen sie so lange tapfer standgehalten hatte. »Vielleicht ist es wirklich trotz allem Treschklingen. Sicher nicht das Dorf als solches, aber du weißt doch: ich habe dort meine Tochter Wilhelmina zurückgelassen – und vor allen Dingen eine Schwester, meine gelicbte Margret. Die Wilhelmina ist jetzt 16 Jahre alt und hat sicherlich längst eine Anstellung gefunden – und die Margret, die ist sogar schon 33. Hat wohl längst geheiratet. Hat eine eigene Familie, einen Mann, Kinder … falls sie noch am Leben ist. Nicht einmal das weiß ich – und dabei vermisse ich sie doch so sehr.«

»Das alles kann ich ja irgendwie verstehen. Aber ich frage mich, weshalb du dir das nicht damals überlegt hast, als du fortgegangen bist.«

»Da war ich einfach verzweifelt. Erst die Sache mit der Vergewaltigung, dann diese entwürdigende Behandlung durch die Herrschaften in Frankfurt, die Zwillinge, die gleich nach der Geburt gestorben sind, mein Stiefvater, der mich aus dem Haus geworfen hatte – ich … ich wusste einfach nicht mehr, was ich tun sollte. Ich wollte nur noch fort. Weg. Ganz weit weg von all dem! Aber ich spüre es schon seit langem: da ist noch dieses Band vorhanden, das mich auf eine Art und Weise zurückzieht, die ich gar nicht beschreiben kann. Immer stärker ist es geworden und jetzt, jetzt ist dieser Zeitpunkt gekommen, es zu versuchen.«

Johann nickte ernst und streichelte sanft über ihre tränennassen Wangen. Ihre Entscheidung war ganz offenkundig gefallen. Da nützte es nichts mehr, sie davon abbringen zu wollen. In Amerika würde sie nicht zur Ruhe kommen, der Drang zurück war übermächtig. Und wenn das also ihr fester Wille war, dann sollte er nun besser seine eigenen Befindlichkeiten zurückstellen und ihr dabei behilflich sein, ihr Vorhaben verwirklichen zu können. »Dann muss ich deinen Entschluss also wohl oder übel akzeptieren. Schade, denn ich hätte mir auch eine gemeinsame Zukunft mit dir vorstellen können …«

»Ich mir auch – ganz ehrlich, Johann. Aber … ich kann halt nicht anders und ich hoffe, du verstehst mich.«

»Es bleibt mir nichts anderes übrig – und ich will ja, dass es dir gut geht. Wenn du also meinst, gehen zu müssen, dann will ich dir nicht im Weg stehen. Aber einfach wird es nicht werden. Das ist dir schon klar, oder?«

Johanna schniefte noch einmal kurz auf. Sie machte einen tiefen Atemzug, um anschließend ihr Kinn entschlossen empor zu recken. »Ich werde es schaffen, da bin ich mir ganz sicher, Johann. Denn wo ein Wille ist, da gibt es immer auch einen Weg.«

»Das wird wohl so sein«, brummte Johann. »Wenn ich richtig vermute, dann planst du zunächst nach Charleston zu gehen, wo du hoffst, dass dieser Kapitän von damals wieder mit seinem Schiff ankommt.«

»Genau so ist es.«

»Und wenn er nicht kommt?«

»Er wird kommen, glaube mir.«

»Früher oder später vielleicht – aber was willst du tun, wenn er erst Monate später ankommt?«
»Du solltest nicht so schwarz malen, Johann. Außerdem kenne ich Charleston beinahe so gut wie meine Westentaschen und im Übrigen gibt es da noch einen alten Bekannten, der mich beschützen wird. Es ist der alte Matrose, der Frieder, der sich schon auf der Herfahrt um mich gekümmert hat. Er wird sich freuen, wenn er mich wiedersieht.«
»Nun denn. Das klingt ja zunächst einmal ganz beruhigend und einigermaßen gut überlegt. Also: wann willst du aufbrechen?«
»Übermorgen in der Frühe.«
»Übermorgen schon!« Es versetzte Johanna einen schmerzhaften Stich, als sie sah, wie er bei dieser Ankündigung zusammenzuckte. Für einen kurzen Augenblick wirkte es, als sei ihm schwindelig geworden. Doch kurz darauf hatte er sich wieder gefangen. Er drückte seinen Rücken kerzengerade durch und fixierte sie aus ernsten Augen. »Allerdings habe ich eine Bedingung!«
»Eine Bedingung?!« Was sollte das denn heißen? »Und die wäre?«
»Dass du nicht zu Fuß nach Charleston gehen sollst und auch nicht als Anhalterin.«
»Ja aber wie denn sonst?«
»In einer Kutsche natürlich!«
Johanna staunte nicht schlecht. »In einer Kutsche?«
»Ja, natürlich. Ich werde dir einen sicheren Platz in einer Kutsche besorgen.«
»Aber das geht nicht. Ich habe doch kein Geld, um eine Kutsche zu bezahlen.«
»Es muss aber sein«, wischte Johann den Einwand barsch zur Seite. »Denke doch nur daran, wie viel Gesindel sich noch immer hier herum treibt. Gerade hier, im ehemaligen Niemandsland zwischen der Union und den Konföderierten. Das Land ist seit dem gewonnenen Krieg nicht sicherer geworden. Noch immer gibt es im Süden mehr

als genug Leute, die sich nicht mit der Niederlage abfinden möchten. Zum Beispiel dieser Ku Klux Klan, dieser Geheimbund mit den weißen Kapuzenmännern. Du hast es doch selber oft genug gehört, dass sie Schwarze ermorden und auch Weiße, die den Schwarzen helfen wollten.«

»Das mag ja alles sein. Aber mir ist bisher noch nie etwas passiert und immerhin habe ich es damals im Bürgerkrieg sogar unbehelligt durch die Front geschafft. Wir können darüber noch lange reden, es ändert nichts daran, dass ich kein Geld habe, um eine Kutsche zu bezahlen.«

»Das dachte ich mir. Deshalb übernehme ich das.«

»Wie, du?« Johanna staunte nicht schlecht.

»Ja, ich. Als Soldat habe ich ein paar Dollars sparen können, und die habe ich bis heute nicht angerührt. Es ist meine Reserve für schlechte Zeiten. Und davon bezahle ich die Kutsche.«

»Aber das kann ich doch nicht annehmen, Johann! Du sagst doch selbst, es ist deine Notreserve!«

»Das ist jetzt ganz allein meine Sache«, setzte der ehemalige Soldat eine grimmig entschlossene Miene auf. »Ich werde dir diese Kutsche bezahlen – und fertig! Am besten, ich mache mich gleich auf den Weg zur Poststation von Wells Fargo und erkundige mich, ob sie womöglich sogar einen Treck zusammenstellen. Das wäre dann noch sicherer.«

»Das ist aber sehr teuer.«

»Lass mich nur machen. Du bist es mir wert.«

Am frühen Morgen des 3. August war die Stunde des Abschieds gekommen. Johann hatte es sich nicht nehmen lassen, sie bis zur Poststation zu begleiten, an der ein geschäftiges Treiben herrschte.

»Du hast die Kutsche Nummer 2«, erklärte er nach einem kurzen Blick auf das Billett, das er vor zwei Tagen erworben hatte. »Hier, nimm es bitte. Das musst du dem Kutscher vorzeigen. Und an den einzelnen Stationen dann auch wieder, wenn die Pferde gewechselt werden und ein

neuer Kutscher kommt. Schau, hier steht die Nummer der Kutsche und das Datum.«
Das Datum! Deutlich aufgedruckt auf dem braunen Papier des Billetts: Der 3. August 1867. Ihr 38. Geburtstag! Darüber war sie sich bis gerade eben überhaupt nicht im Klaren gewesen.

Dass der Tag des Aufbruchs gleichzeitig auch der Tag ihres Geburtstags war – was hier in schwarzen Lettern auf diesem Billett zu lesen stand. Es war ein Symbol.
Ganz eindeutig: Das konnte kein Zufall sein, das war Vorbestimmung! Und dieses Billett, es sollte fortan ihr Glücksbringer sein und sie auf ihrem langen Weg begleiten. Zurück nach Deutschland. Bis zu Margret.
»Also dann …« Es glitzerte feucht in den Augen des knorrigen Soldaten, als er Johanna zum Abschied die Hand reichte und sie fest drückte. »Hier trennen sich also unsere Wege. Mach es gut Johanna, grüße die alte Heimat von mir und sei Gott befohlen!«
Noch bevor sie sich für die guten Wünsche bedanken konnte, hatte er seine Hand bereits wieder zurückgezogen und wirbelte auf dem Absatz herum. Mit festen langen Schritten verließ er den Platz vor der Poststation.
Nur mit Mühe gelang es ihr, den würgenden Kloß in ihrer Kehle hinunter zu schlucken, als sie Johann hinterher starrte. So stand sie einfach regungslos da, obwohl er schon lange hinter der Straßenbiegung verschwunden war.

Nach menschlichem Ermessen würden sie sich nie mehr wiedersehen. Wie schade. Sie hätte sich ein Leben mit dem braven Johann durchaus vorstellen können. Aber es ging nicht anders. Wie von einer unsichtbaren Hand gezogen drängte sie es zurück in die Alte Welt.
»Mach du es auch gut, Johann«, murmelte sie traurig. »Ich wünsche dir ein gutes Leben …«

»Was ist denn jetzt, Frau? Willst du da stehen und Wurzeln schlagen oder willst du mit uns nach Charleston fahren?« riss sie eine laute ungeduldige Stimme aus ihren Gedanken. Es war der Kutscher, der ihr wild gestikulierend bedeutete, dass ihre Kutsche längst zur Abfahrt bereit war. »Komm jetzt und steige endlich ein. Wir warten alle nur noch auf dich!«

Wenige Augenblicke später kletterte sie zu den anderen Fahrgästen in den düsteren Innenraum der Kutsche, während die Tür hinter ihr ins Schloss geworfen wurde. Gleichzeitig knallte vorn auf dem Kutschbock die Peitsche und kurz darauf setzte sich das Gefährt ruckelnd und schaukelnd in Bewegung.

*

Eine Woche später, nach einer beschwerlichen, von Achs- und Radbrüchen mehrfach unterbrochenen Reise, war sie endlich in Charleston angekommen. Fassungslos ließ sie ihren Blick umherschweifen. Kaum etwas erinnerte in diesem Sommer des Jahres 1867 an die prachtvoll-elegante Südstaatenmetropole, wie sie sich ihren staunenden Besuchern noch vor wenigen Jahren stolz präsentiert hatte. Charleston war vom Krieg sehr viel schwerer heimgesucht worden, als Johanna sich das in ihren übelsten Befürchtungen ausgemalt hatte. Selbst jetzt noch, mehr als zwei Jahre nach Kriegsende, lag ein Großteil der Häuser in Trümmern. Der Schutt auf den Straßen war noch längst nicht beseitigt – das Leben war nach dem Trauma der Zerstörung ganz offensichtlich nicht wieder in Gang gekommen.

Eine düstere Stimmung lag über der Stadt und ihren Einwohnern, die niemals damit gerechnet hatten, dass sie diesen Krieg verlieren könnten. Kein Wunder, dass in dem ganzen Chaos die Orientierung äußerst schwer fiel – denn natürlich hatte es vor allem die markanten Gebäude besonders übel getroffen. Und dann erst der Hafen! Ein einziges Bild des Jammers! Wo sich früher all die Seeleute, Zollbediensteten, Schauermänner, Transporteure, Händler, Sklaven, Schiffsagenten und Kutschenlenker zu einem unüberschaubaren geschäftigen Treiben zusammengeballt hatten, herrschte jetzt Grabesruhe. Kein Schiff, das gerade be- oder entladen wurde. Kein Lotsenboot, das den Lotsen zu neu ankommenden Segelschiffen bringen sollte. Keine fluchenden Lastenschlepper, keine turmhoch gestapelten Baumwollballen, Reis-, Tabak oder Holzladungen, die darauf warteten, in die Schiffe verladen zu werden! Überall nur gähnende Leere. Auch der Zustrom an Einwanderern, die ja ihre eigene, nahezu unüberschaubare Gruppe an Menschen dargestellt hatte: Fehlanzeige! Es war mehr als offensichtlich: nicht nur in Charleston würden die Folgen des Krieges noch lange nicht überwunden sein, auch im Hafen dürfte es noch Jahre dauern, bis man endlich wieder zu dem geschäftigen Treiben zurückfinden würde, das hier vor dem Krieg an der Tagesordnung gewesen war. Eine ernüchternde Feststellung, denn das bedeutete, dass der gesamte Staat am Boden lag. Aber ohne einen funktionierenden Hafen würde die Wirtschaft von ganz South Carolina nicht in Schwung kommen. Und das allerschlimmste an dieser Erkenntnis: die europäischen Reeder schienen der Lage nach wie vor argwöhnisch zu misstrauen – deshalb schickten sie auch keine Schiffe nach Charleston, sondern steuerten mit den Auswanderern vor allem New York an, mochte die Stadt im Norden auch längst vor Neuankömmlingen überquellen. Aber ohne Auswanderer lohnte sich für die Reeder eine Passage nach Charleston nicht: und hierher zu segeln, um nur für die Rückfahrt Waren einzuladen, das war zu wenig. Das rechnete sich nicht. Und so lungerten die in früheren Jahren so gefragten und höchst souverän agierenden Rohstoffagenten mit langen Gesichtern an der Hafenmole herum – ohne Aussicht auf Kundschaft und gute Geschäfte. Ein Teufelskreis!

Hoffentlich würde sich Kapitän Wieting von den Zuständen hier nicht mehr allzu lange abschrecken lassen. Wenn es jemandem gelingen würde, die Bedenken seines Reeders zu zerstreuen, dann war das mit Sicherheit Heinrich Wieting. Er hatte doch immerhin jahrzehntelang beste Beziehungen zu den Menschen hier gepflegt. Also war es doch sicherlich nur eine Frage der Zeit, bis die Segel der »Gauss« am Horizont auftauchen würden.
Aber wie lange konnte das noch dauern?
Wenn sie nur irgend eine Spur von Frieder finden würde! Ihrem guten alten Klabautermann, bei dem sie ganz sicher unterkommen könnte, bis Wieting endlich eintraf.

Doch von Frieder war weit und breit nichts zu sehen und zu hören. Und die wenigen Arbeiter, die in der vergeblichen Hoffnung auf einen Job am Hafen herumlungerten, hatten alle nur verständnislos mit den Schultern gezuckt, als sie sich bei ihnen nach dem Aufenthaltsort von Frieder erkundigt hatte. Niemand schien ihn zu kennen. Der Krieg hatte die Erinnerung an ihn einfach fortgespült. Hoffentlich hatte er überlebt.

Recht bald gelangte Johanna zu der Erkenntnis, dass es keinen Sinn machte, in der am Boden liegenden Stadt auf Wieting zu warten. Hier würde sie keine gute Arbeit finden können, mit der sie die Zeit bis zur Ankunft der »Gauss« sinnvoll überbrücken konnte. Außerdem konnte es noch Wochen, wenn nicht sogar Monate dauern, bis es endlich so weit war. Aber so lange konnte sie unmöglich in Charleston zubringen. Ohne Dach über dem Kopf, ohne Arbeit, ohne Geld.
Im Landesinneren müssten die Verhältnisse eigentlich besser sein. Immerhin konnten sie sich auf diesen Farmen weitgehend selbst versorgen und vielleicht brauchte man irgendwo dort auch eine Hilfskraft, die tüchtig mit anpacken konnte. Sie würde es jedenfalls versuchen.

Es handelte sich um genau denselben Weg, den sie nach ihrer Ankunft in Charleston mit einer Kutsche zurückgelegt hatte. Im Gegensatz zu damals musste sie dieses Mal freilich zu Fuß gehen – aber egal. Weshalb es ausgerechnet dieser Weg war, den sie eingeschlagen hatte und nicht irgend ein anderer aus dem guten Dutzend Möglichkeiten, die sich geboten hatten? Johanna wusste es nicht zu sagen. Vielleicht war es einfach die Erinnerung, vielleicht einfach diese vage Hoffnung, die sie hinauf in das Hügelland führte. Und nicht auf direktem Weg zum Herrenhaus, sondern es drängte sie zu Jimmys Baracke. Je näher sie den Hütten kam, umso stärker beschleunigte Johanna ihre Schritte. Vielleicht … womöglich gab es inzwischen jetzt doch ein Lebenszeichen von Jimmy. Vielleicht hatte einer seiner ehemaligen Leidensgenossen etwas von ihm gehört oder ihn gar getroffen.

Ihre Hoffnung war dann rasch zerstoben. Im Grunde genommen hatte sie die Ernüchterung in sich bereits gespürt, als sie die Veranda betreten hatte. Allein der ungepflegte Eindruck, den die früher blitzblank weiß gestrichenen Baracken auf sie machten. Da war schon seit Jahren kein Pinselstrich mehr erfolgt. Seltsam. Wo die Herrschaften drüben im Herrenhaus doch sonst so großen Wert auf ein tadelloses Erscheinungsbild der ganzen Anlage gelegt hatten. Aber auch die Fassade des Herrenhauses selbst machte auf sie, zumindest von der Ferne aus betrachtet, einen eher grauen und tristen Eindruck. Da war längst nicht mehr dieser überbordende Prunk, dieser protzig zur Schau gestellte Reichtum eines auf seinem Land unumschränkten Herrschers zu verspüren, wie das früher an der Tagesordnung gewesen war.

Seltsamerweise war sie auch bei den nach offizieller Lesart jetzt doch befreiten Sklaven auf keine gute Stimmung gestoßen und von Jimmy hatte keiner von ihnen jemals wieder etwas Konkretes gehört.
»Auch wir haben ihn nie wieder gesehen«, meinte Lucy achselzuckend. Was für einen erschreckenden Anblick das einst so fröhliche Mädchen der erschrockenen Johanna darbot! Die Haare grau, der Körper aufgedunsen, der Kopf tief auf den Oberkörper gesenkt, die einst so unternehmungslustig und schalkhaft blitzenden Augen stumpf und hoffnungslos. Was war nur mit ihnen geschehen?!
»Du sagst also, der Jimmy sei spurlos verschwunden?«
Wieder zuckte Lucy teilnahmslos mit den Achseln. »Na ja, irgendwann wurde einmal gemunkelt, er habe sich als Soldat den Unionstruppen angeschlossen und in einer

dieser vielen Schlachten sei er gefallen. Aber etwas Genaues weiß man nicht.«
»Wir hoffen nur alle, dass es wirklich so gewesen ist«, mischte sich ein älterer Schwarzer in das Gespräch, der nach Johannas Erinnerung beim Abwiegen und Verpacken der Baumwolle beschäftigt gewesen war.
»Ihr hofft alle, dass es so war«, wiederholte sie kopfschüttelnd. »Wieso hofft ihr denn, das er tot ist?!«
»Nein, so war das nicht gemeint«, hob der Mann abwehrend seine Hand. »Ich will damit nur sagen, dass er in diesem Fall wenigstens keinem Sklavenjäger in die Hände gefallen ist. Diese Kerle, die hätten ihn nämlich erst bis aufs Blut ausgepeitscht und danach aufgeknüpft. Wir alle hoffen, dass ihm das erspart geblieben ist. So gesehen wäre der Tod, den er in der Schlacht gefunden hat, ein würdiges Ende gewesen.«
»Ein würdiges Ende!« Johanna wurde schwindlig. »Tot ist tot!«
»Es wäre besser so«, beharrte der Schwarze auf seiner Meinung. »Aber wie gesagt: wir wissen ja gar nicht, ob das stimmt. Vielleicht lebt der Jimmy noch und ist nicht in diesem sinnlosen Krieg gestorben.«
»Sinnloser Krieg?! Wieso sagst du so etwas. Die Union hat gewonnen, die Sklavenhalterstaaten sind besiegt. Und ihr habt endlich eure Freiheit gewonnen!«
»Unsere Freiheit gewonnen! Glaubst du wirklich, was du da sagst?«
»Ja sicher! Es heißt ja, dass die Schwarzen demnächst auch sämtliche Bürgerrechte bekommen sollen, wie die Weißen sie haben. Das ist doch phantastisch. Weshalb macht ihr denn trotzdem so traurige Gesichter? Ich verstehe das nicht! Eure Lage ist doch eindeutig besser, als vor dem Krieg! Es gibt keine Sklaven mehr!«
»Keine Sklaven mehr …«, wiederholte der Mann spöttisch und beschrieb eine weit ausladende Armbewegung. »Da, schau dich um: Nigger bleibt Nigger. Daran hat sich nichts geändert. Nicht das Geringste! Die Herrschaften

dort drüben machen mit uns nach wie vor, was sie wollen und scheren sich einen Teufel um die Gesetze.«

»Aber das geht doch nicht!«

»Und ob es geht. Washington ist weit weg und der lange Krieg hat alle erschöpft. Die Konföderierten sind besiegt, die Union hat gewonnen. Aber der Preis dafür war hoch. Sehr hoch. Jetzt käme es eigentlich darauf an, die Dinge von unten her zu verändern, bei den Menschen – nicht in der hohen Politik oder auf dem Schlachtfeld. Doch die Sieger schauen lieber weg. In Wahrheit scheint es ihnen vor allem darum gegangen zu sein, die abtrünnigen Staaten wieder in ihren Staatenbund zu zwingen. Und das haben sie ja geschafft. Niemand steht jetzt mehr der Sinn nach weiteren offenen Konfrontationen. Im Grunde genommen ist es für uns mittlerweile beinahe schlimmer als vorher …«

»… schlimmer als vorher?« Johanna mochte nicht glauben, was sie da gerade anhören musste.

»Ja, schlimmer als vorher! Du brauchst gar nicht so ungläubig dreinzuschauen. Die Sklaverei mag zwar offiziell abgeschafft sein und vielleicht werden sie uns tatsächlich die gleichen Rechte wie den Weißen geben. Aber was heißt das schon? In dem Moment, in dem ich diese Rechte hier auf der Plantage für mich einfordere, kann ich meinen Hut nehmen und gehen. Das hat sich verändert, dass ich dafür vielleicht nicht totgeschlagen werde, aber sonst? Tatsache ist, dass es uns allen schlechter geht als vor dem Krieg. Den Herrschaften dort drüben genauso wie uns. Die Preise, die sie für ihre Baumwolle bekommen, sind gewaltig gesunken, der Hafen von Charleston ist menschenleer. So ist das. Das ist die Realität. Was hat uns dieser »gerechte Krieg« am Ende somit gebracht? Dass es uns allen schlechter geht.«

Es würde also kein Wiedersehen mit Jimmy geben. Höchstwahrscheinlich war er schon lange nicht mehr am Leben. Was für eine niederschmetternde Erkenntnis.

Dazu diese schonungslose, deprimierende Schilderung von gerade eben, die sich wie ein dunkler Schatten über ihre hoffnungsvollen Zukunftspläne zu legen drohte. Nein, auch hier würde sie nicht bleiben können, keinesfalls. Lieber zurück nach Charleston gehen und dort abwarten, was die Zukunft bringen mochte. Irgendwie würde es ihr dort schon gelingen, durchzukommen. Aber ein Hierbleiben war unmöglich. Was auch immer sie bewogen haben mochte, herzukommen. Im Nachhinein war es auch für Johanna ein Rätsel. Hatte sie denn tatsächlich gehofft, Jimmy wiedersehen zu können? Wie konnte man nur so naiv sein.

Die ehemaligen Sklaven hatten ihr den Vorschlag gemacht, sich einige Tage bei ihnen ausruhen zu können, bevor sie den beschwerlichen Fußmarsch zurück nach Charleston auf sich nehmen würde. Ein Angebot, das Johanna dankend annahm. »Und die da drüben im Herrenhaus, die brauchen das gar nicht zu wissen. Denen sagen wir nichts«, hatte Lucy ihr augenzwinkernd zugeflüstert. Ganz kurz hatte sie in diesem Blick die fröhliche Lucy von früher wieder aufblitzen sehen. Ganz kurz nur, aber immerhin. Arme Lucy.

*

Knapp eine Woche war seitdem vergangen. Inzwischen war Johanna nach Charleston zurückgekehrt und wieder versuchte sie, eine Spur des alten Frieder zu finden. Doch so intensiv sie auch nachfragte und vor allem am Hafen kein Büro, keine Hafenkneipe, keinen Schuppen ausließ, um nach ihm zu fahnden: niemand hatte ihn gesehen, niemand kannte seinen Namen. Der alte Seebär war wie vom Erdboden verschluckt. Es war gerade so, als habe es ihn nie gegeben – als habe er nie gelebt! Was für ein schlimmes Fazit!
Eine Hoffnung weniger.

Doch zum Trübsal blasen war keine Zeit. Irgendwie musste sie jetzt die nächsten Tage und Wochen überstehen. So lange, bis dann endlich Wieting mit der »Gauss« erscheinen würde. Doch die Wochen dehnten sich – und nach wie vor gab es nicht den geringsten Hinweis darauf, dass das Schiff demnächst eintreffen würde. Im September nicht. Im Oktober nicht. Auch der November verstrich ergebnislos. Jetzt wurde es eng: denn die Passage in den Wintermonaten zu befahren, das war ein gewaltiges Risiko. Wenn sie im Herbst in Bremerhaven aufgebrochen waren, dann mussten sie nun wirklich bald da sein. Wenn sie denn überhaupt aufgebrochen waren!

Die Not lässt die Menschen klein werden. Und so übernahm Johanna in diesen Tagen des nervenzerreibenden Herbeisehnens der »Gauss« die verschiedensten Arbeiten in den wenigen Spelunken am Hafen, die der Krise bislang noch hatten trotzen können. Es war eine üble Tätigkeit, die kein Anderer hatte übernehmen wollen. Kein Wunder, denn die grauenvoll verschmutzten Abtritte von Exkrementen zu reinigen, die fauligen, angeschimmelten Küchenabfälle zu beseitigen und ins Meer zu kippen, verstopfte Abflussrohre zu säubern, die Rattenplage zu bekämpfen – einmal war sie dabei sogar von einem dieser üblen Viecher in die linke Hand gebissen worden – das war im Grunde genommen alles andere als eine Arbeit: es war eine einzige Zumutung! Und Johanna war allmählich am Ende ihrer Kräfte angelangt. Zu allem Übel hatte sich der Rattenbiss entzündet. Es war ihr kaum noch möglich, mit beiden Händen zuzupacken – und dennoch musste es sein. Irgendwie musste es weitergehen, zumindest das Essen, so grauenvoll es auch sein mochte, musste sie sich verdienen. Weshalb nur hatte sie sich das alles aufgeladen? Weshalb hatte sie denn nicht bei Johann in Washington bleiben wollen, diesem guten Mann, der ihr ein Dach über dem Kopf gegeben hätte, ein Zuhause und darüber hinaus auch seine ganze Zuneigung! Weshalb hatte ihr das denn nicht gereicht? Warum denn nicht? Warum? Sie war, das spürte sie genau, tatsächlich am Ende. Lange würde sie nicht mehr durchhalten. Und die Wunde an der Hand eiterte immer schlimmer. Die knallrot entzündeten Wundränder schmerzten wie Feuer.

Es war nur mehr ihr eisenharter Wille, der sie mechanisch einfach weiter arbeiten ließ. Von Minute zu Minute. Von Stunde zu Stunde. Von einer Nacht zur nächsten. Sie merkte nicht mehr, wie die Menschen angewidert die Nase rümpften, wenn sie an ihnen vorüber schlurfte. Wie sie deutlich auf Distanz gingen und angeekelt auf die eitrige Wunde deuteten.

Sie merkte auch nicht, wie ein Mann in einer dunklen Uniform plötzlich stutzte, als er an ihr vorübereilte, während sie gerade einen übel verdreckten Abort reinigte.

»He du da, du musst doch … dich kenne ich doch!« Der Mann blinzelte unsicher in ihre Richtung und schien dabei angestrengt zu überlegen: »Ja, klar!« schlug er sich mit der flachen Hand gegen die Stirn. »Du musst doch die Johanna sein, nicht wahr? Die Johanna, die sich damals die Überfahrt verdient hat?«

War das ihr Name gewesen, den der Mann, den sie nur als großen dunklen Schatten wahrnahm, genannt hatte? Möglich. Vielleicht. Vielleicht aber auch nicht.
»He, du!« Der Schatten beugte sich vorsichtig über Johanna. »Johanna! Das bist du doch, oder? Wieso gibst du mir denn keine Antwort?« Zwei braune Augen musterten sie lange und misstrauisch. Mit einem Mal blitzte die Erkenntnis in ihnen auf. »Doch! Du bist es. Eindeutig! Johanna!«
Die Stimme … Diese Stimme … War es … konnte es sein, dass die »Gauss« doch noch angekommen war? War er es wirklich? Ja, er war es! Der Kapitän stand leibhaftig vor ihr. Heinrich Wieting! Und Wieting hatte sie erkannt! Hatte ihren Namen gerufen! Er war also doch noch gekommen. Sie würde ihre Chance erhalten. Im letzten Moment hatten sich die Dinge zum Guten gewendet. Übermannt von der wunderbaren Erkenntnis sank sie halb ohnmächtig zu Boden.
Wieting packte sie geistesgegenwärtig an beiden Schultern und lehnte sie dann behutsam gegen die dreckige Wand des Abtritts.
»Sie werden sich schmutzig machen«, flüsterte Johanna matt.
»Also ob das jetzt eine Rolle spielte«, gab der Kapitän unwirsch zurück, während er sie sorgenvoll beäugte. »Das da«, deutete Wieting mit dem Schaft seiner Pfeife auf Johannas linke Hand, »das sieht ja furchtbar aus. Das ist eine schlimme Wunde die sofort verarztet gehört. Das ist ja total entzündet und vereitert!«
Blitzschnell versuchte Johanna, die verletzte Hand hinter ihrem Rücken zu verstecken. »Halb so schlimm – das heilt schon wieder«, wisperte sie kaum hörbar. »Und außerdem bin ich Rechtshänderin – ich kann mit der einen Hand gut arbeiten.«
»Das sieht trotzdem überhaupt nicht gut aus«, beharrte Wieting stirnrunzelnd auf seiner Einschätzung. »Und überhaupt: Was machst du eigentlich hier? Noch dazu an

diesem elenden Ort? Ich dachte, du arbeitest auf der Scottschen Plantage – oder nein, halt – du wolltest doch bei Ausbruch des Bürgerkriegs weggehen, nach New York. So habe ich es noch in Erinnerung. Das hast du mir damals gesagt. Aber wieso hast du es dann nicht gemacht?«

»Ich habe es gemacht«, beschrieb Johanna eine schwache Handbewegung. »Aber es ist alles anders gekommen, als erhofft. Amerika hat mir kein Glück gebracht. Und jetzt habe ich nur noch ein Ziel, ich will zurück nach Hause.«

»Soso …« Nachdenklich sog Wieting an seiner Pfeife, während er sie ein weiteres Mal forschend unter die Lupe nahm. »Ich glaube, jetzt begreife ich – und ich verstehe, weshalb du so müde ausschaust. So dermaßen müde und enttäuscht …«

Da war es um Johannas Selbstbeherrschung endgültig geschehen – in wahren Sturzbächen schossen die Tränen aus ihren Augen und es dauerte geraume Zeit, bis sie sich wieder einigermaßen unter Kontrolle hatte.

»Du armes Mädchen!« Betroffen schüttelte der Kapitän seinen Kopf. »Ist es dir also derart schlecht ergangen? Nein, nein, du brauchst mir jetzt nicht zu antworten, das erkenne ich auch so. Aber dennoch meine ich, dass diese üble Gegend nichts für eine Frau wie dich ist. Auf gar keinen Fall ist es das.« Er richtete sich energisch auf. »Ich komme gleich wieder. Ich werde Hilfe holen. Bitte bleib hier und rühre dich nicht. Ich lasse ich dich jetzt so schnell wie möglich auf die »Gauss« bringen – und dort soll sich der Bootsmaat deine Wunde ansehen.«

Auf die »Gauss« bringen! Es war genau das Stichwort, das sie seit vielen Monaten herbei gesehnt hatte. Auf die »Gauss«, endlich auf das Schiff – zurück nach Deutschland, zurück nach Hause. Eine warme Woge der Erleichterung bahnte sich ihren Weg und plötzlich senkte sich tiefe Dunkelheit über Johannas Bewusstsein. Sie war in einer gnädigen Ohnmacht versunken. Es war zu viel gewesen. Zu viel Glück auf einmal.

Am folgenden Morgen war Johanna von fremden Stimmen und Kommandos erwacht. Begriffe, die schon seit einer halben Ewigkeit nicht mehr an ihr Ohr gedrungen waren. Sie richtete sich mühsam auf und betrachtete einen Augenblick lang verwirrt die Koje, auf der sie gelegen hatte. Stück für Stück strömte die Erinnerung zurück.

Die Koje! Es war genau ein Lager von der Art, wie sie es noch von der »Gauss« her kannte. Richtig! Die »Gauss«! Sie befand sich tatsächlich auf dem Schiff und damit in sicherer Geborgenheit! Kapitän Wieting hatte sie anscheinend während ihrer Ohnmacht an Bord bringen lassen! Dicke Schweißtropfen perlten von ihrer Stirn. Ihr ganzer Körper schien zu glühen. Sie musste hohes Fieber haben – deshalb wohl auch das leichte Schwindelgefühl, das ihren Oberkörper unsicher schwanken ließ. Sie war krank. Klar: das Fieber war die Folge der entzündeten Wunde an der Hand.

Genau: die Hand! Aber sie fühlte keine Schmerzen. Was war mit ihrer Hand geschehen? Hatten sie etwa …?

Hastig tastete Johanna über ihren dick bandagierten linken Arm, der erstaunlicherweise gar nicht schmerzte. Zum ersten Mal seit vielen Tagen. Wie war das nur möglich?

»Da hast du gerade nochmal ordentlich Glück gehabt«, brummte der Bootsmaat, der gerade die Leiter herunterkletterte, um nach Johanna zu schauen, vorwurfsvoll. »Warum hast du die Wunde denn nicht versorgen lassen? Die war ja total entzündet und vereitert. Du bist ganz knapp einer Blutvergiftung entgangen. Nur einen Tag später und die Hand wäre verloren gewesen!«

»Aber wieso spüre ich nichts? Ich habe keine Schmerzen.«

»Ich habe dir Bilsenkraut verabreicht, nachdem sie dich aufs Schiff gebracht haben. Das dämpft die Schmerzen und das ist auch der Grund dafür, dass dir im Moment wohl etwas schwummerig ist, habe ich recht?«

»Das stimmt«, nickte Johanna. »Schwummerig und heiß.«

»Du hast hohes Fieber. Kein Wunder bei der Verletzung. Du musst auf alle Fälle mindestens eine Woche ausruhen. Strengste Bettruhe ist angesagt. Hast du mich verstanden? Noch bist du mit der Hand nämlich nicht hundertprozentig über den Berg.«
»Und der Kapitän? Was sagt der dazu?«
»Das soll er dir selber sagen. Ich sage ihm jetzt Bescheid, dass du wach bist. Er wollte ohnehin mit dir sprechen, wenn du wieder ganz bei Bewusstsein bist. Und solange, bis er kommt, legst du dich jetzt brav wieder zurück und bleibst auch ganz ruhig liegen. Aber erst wird jetzt ein großer Schluck Wasser getrunken. Das ist wichtig wegen dem Fieber. Und dann hole ich den Kapitän.«

Johanna war in einen leichten Dämmerzustand zurück gesunken, als sie spürte, wie ein Finger vorsichtig gegen ihre Schulter tippte. Einmal. Zweimal. Müde schlug sie die Augen auf und blinzelte in die freundliche Miene von Heinrich Wieting. Der Kapitän nickte zufrieden. »Heute machst du schon einen viel besseren Eindruck auf mich, als noch gestern am Nachmittag. Ich hatte ernstlich Sorge, dass ich dich in diesem Drecksloch zu spät gefunden habe. Wie mir der Bootsmaat sagt, besteht eine gute Chance, dass du deine Hand behalten kannst. Das hohe Fieber ist dir sicherlich etwas lästig, aber das ist trotz allem ein gutes Zeichen: dein Körper kämpft mit der Entzündung und wird sie zurück drängen. Du solltest freilich alle Anweisungen, die der Maat dir gibt, auch wirklich zu einhundert Prozent befolgen. Das musst du mir versprechen, ja?«
Johanna nickte eifrig, worauf sie sofort wieder von einem Schwindel erfasst wurde, der sie erschrocken aufstöhnen ließ.
»Immer langsam mit den jungen Pferden«, lächelte Wieting. »Ein einfaches Ja hätte es auch getan. Du musst dich jetzt schonen. Das ist ganz wichtig. Und deshalb lasse ich

dich jetzt wieder allein, damit du dich ausruhen kannst. Ein guter Schlaf ist die beste Medizin.«
Schon stand Wieting im Begriff, die Kammer zu verlassen, als Johanna sich vernehmlich räusperte. »Herr Kapitän…« krächzte sie mit einer ihr fremden, rauen Stimme.
»Was ist noch?«
»Ich… ich habe da noch eine Frage…« Das Sprechen fiel ihr schwer. Nur mühsam brachte sie die Worte über ihre Lippen.
Wieting bedachte sie mit einem tadelnden Blick. »Eigentlich solltest du dich ausruhen. Fragen kannst du doch auch später noch.«
»Ich… ich habe nur eine Frage…«
»Also gut. Aber wirklich nur eine Frage. Worum geht es?«
»Ich… ich würde so gerne wissen, wie es dem Frieder geht. Ich… ich habe überall nach ihm gesucht, ihn aber nirgendwo gefunden…« Obwohl ihr allmählich die Kräfte schwanden, hob sie mit äußerster Willensanstrengung den Kopf, um Wieting direkt in die Augen zu sehen. »Wissen sie vielleicht, Herr Kapitän, was aus dem Frieder geworden ist? Wie geht es ihm denn – und wo kann ich ihn finden?«
Schlagartig veränderte sich Wietings Miene. »Der Frieder! Er ist nicht mehr unter uns.«
»Nicht mehr unter uns…« Johanna begriff nicht.
»Ja. Der Frieder ist leider schon vor zwei Jahren gestorben. Der Quarantänearzt hat es mir gesagt.«
»Der Frieder… Gestorben…«
Wieting hätte sich ohrfeigen können, als er bemerkte, wie sich der Schock durch Johannas Seele bohrte. Weshalb nur war er auf ihre Bitte eingegangen und hatte ihr dann auch noch diese niederschmetternde Antwort gegeben? Ein paar Tage Ruhe hätten ihr gut getan. Das wäre besser gewesen, als in diesem Zustand eine solche Hiobsbotschaft erfahren zu müssen. Rasch fuhr er fort: »Sie haben ihm aber seinen letzten Wunsch erfüllt und ihn draußen vor der Bucht dem Meer übergeben…«

»So wie er es sich gewünscht hat«, hauchte Johanna tonlos.
»Ja – so wie er es sich gewünscht hat.« Der Kapitän faltete die Hände. »Der Herr sei seiner Seele gnädig!«
»Amen!«
Bevor die Trauer und der Schmerz die Oberhand über Johanna gewinnen würden, schien es Wieting angeraten, ihre Unterhaltung fortzusetzen. Egal, wie schwach die Patientin auch war. Er musste sie ablenken – auf andere Gedanken bringen. Irgendwann würde sie dann vor lauter Erschöpfung einschlafen.
»Und du willst also ganz sicher nun doch wieder zurück nach Deutschland?«
Sie nickte kaum merklich. »Ja – ich mag nicht mehr in Amerika bleiben. Nach allem, was ich hier habe erleben müssen. Ich … ich glaube, ich tauge einfach nicht für dieses Land.« Ihr Blick sagte ihm mehr als tausend weitere Worte. Der Kapitän hatte verstanden. »Du bist beileibe nicht die Einzige, der es so geht. Du glaubst gar nicht, wie viele Auswanderer wir schon wieder zurück befördert haben.«
Ein hoffnungsvoller Schimmer trat in ihre Augen. »Kann … kann ich dann … ich meine, ob es wohl wieder möglich ist, dass ich mir die Passage als Aushilfe verdiene?«
Wieting nickte schmunzelnd: »Was glaubst du wohl, weshalb ich dich auf das Schiff habe bringen lassen? Etwa zum faul in der Koje herumlungern oder um eine tüchtige Helferin für die Kombüse zu ergattern? Nein, nein: du bist mir auf der guten alten »Gauss« herzlich willkommen. Damals hast du deine Sache ja gut gemacht, weshalb sollte ich dein Angebot also nicht annehmen. Eine tüchtige Arbeiterin kann ich immer gebrauchen. Allerdings …« Er senkte die Stimme und machte dabei ein sorgenvolles Gesicht, »allerdings wird es nicht so schnell gehen, wie es dir wahrscheinlich lieb wäre. Denn wir müssen erst die Schäden am Schiff reparieren. Du hast es

ja noch nicht gesehen, weil du nicht bei Bewusstsein warst, als wir dich hergebracht haben, aber die »Gauss« ist in einem ziemlich schlimmen Zustand. Die Herfahrt war fürchterlich, deshalb sind wir auch erst so spät im Jahr hier angekommen: erst sind wir vor Neufundland mit einem Eisberg zusammen gestoßen, der uns beinahe versenkt hätte. Die Schäden konnten wir nur notdürftig reparieren und sind dann mit dem kaum noch seetüchtigen Schiff zu allem Übel kurz vor der Küste auch noch in einen schweren Sturm geraten, der uns den Hauptmast gekostet hat. Und das mit 158 Menschen an Bord. Ich kann unserem Herrgott nicht genug dafür danken, dass wir keine Opfer haben beklagen müssen. Es kommt einem Wunder gleich. Aber die Schäden am Schiff sind wie gesagt massiv: Das alles zu ersetzen wird seine Zeit brauchen. Ich glaube kaum, dass wir vor Mitte Frühjahr 1868 von hier los kommen werden. Du hast also mehr als genug Zeit, um wieder richtig gesund zu werden – der Bootsmaat wird schon dafür sorgen, dass du wieder auf die Beine kommst. So, nun ist aber Schluss mit den langen Reden, jetzt wird ausgeruht!« Wieting wandte sich ein weiteres Mal zum Gehen, hielt jedoch wiederum kurz inne. »Ach ja, eines noch: natürlich bleibst du die ganze Zeit über auf dem Schiff – auch nach deiner Genesung. Da kannst du dich dann schon in der Kombüse nützlich machen, denn meine Mannschaft braucht ja auch während der Zeit, in der wir im Hafen liegen, etwas Vernünftiges zu Essen.«

Die Abreise aus Charleston verzögerte sich noch weiter. Mehrfach hatte der Kapitän seine Pläne ändern müssen. Mal waren es die aufwendigen Reparaturen, die viel mehr Zeit in Anspruch nahmen, als erhofft und berechnet, dann wieder waren einige wichtige Ersatzteile nicht eingetroffen, auf die sie wochenlang mit wachsender Ungeduld zu warten hatten. Der zwischenzeitlich wieder voll genesenen Johanna war das alles einerlei: die Sicherheit des Schiffs ging auf alle Fälle vor und außerdem: ob sie nun einige Tage früher oder später in Bremerhaven anlandeten, was spielte das für eine Rolle? Hauptsache, ihre Überfahrt war gesichert. Und das war sie ja schließlich.

Trotz aller hoffnungsfrohen Zuversicht … die lange Wartezeit zerrte an den Nerven. Vor allem denen der Schiffsbesatzung. Keiner der Matrosen war es gewohnt, bald vier Monate untätig im Hafen zu liegen. Mehr und mehr verwandelte sich die Langeweile in Aggressivität. Es kam sogar zu ersten Handgreiflichkeiten, die von Wieting grundsätzlich rigoros bestraft wurden. Selbst Auseinandersetzungen, die sich im Hafen von Charleston zugetragen hatten und die bereits von der dortigen Polizei mit mehreren Tagen Gefängnis geahndet worden waren, hatten auf der »Gauss« noch ihr Nachspiel. »Wer die Händel angefangen hat, das interessiert mich nicht. Auf meinem Schiff dulde ich keine Schlägereien. Beide Streithähne kommen in den Arrest – und ich hoffe sehr, dass sie dort bei Wasser und Brot ihre Lektion begreifen werden.« Knurrend und missmutig hatte er Johanna gegenüber nach einer solchen Strafmaßnahme noch angefügt: »Wenn es so noch eine Zeitlang weitergeht, dann kann ich meine ganze Besatzung im Gefängnis besuchen, anstatt auszulaufen. Höchste Zeit, dass das Schiff endlich fertig wird!«

Dennoch dauerte es bis weit in den April hinein, bis sich das Wetter endlich besserte, das sie in den vergangenen Tagen zusätzlich am Auslaufen gehindert hatte. Nun endlich war es freilich so weit: das Kommando »Die Leinen los!« ertönte und langsam schob sich das Schiff mit Johanna an Bord aus der Hafeneinfahrt von Charleston. Die Reise hatte begonnen. Es ging zurück nach Europa. Zurück in die alte Welt – zurück in die Heimat – zurück nach Hause. Nach Hause! Hoffentlich. Johanna spürte ihr Herz bei diesem Gedanken heftig pochen. Niemals hätte sie vor ziemlich genau zehn Jahren geglaubt, dass es ihr vergönnt sein würde, noch einmal ihre Liebsten wiedersehen zu können: Margret und Wilhelmina – gut möglich, dass sie ihrer Tochter endlich berichten würde, wer ihr Vater war. Niemand würde sie mehr zurückhalten können, wenn Johanna zu der Überzeugung gelangte, Wilhelmina sollte es endlich wissen. Man würde sehen. Sie würde das nach ihrer Rückkehr entscheiden. Und je nachdem, würde sie entsprechend handeln. Jetzt, nachdem eine so große Zeitspanne verstrichen war. Sie würde keine Rücksichten mehr nehmen. Margret und Wilhelmina – noch lagen freilich Tausende von Seemeilen zwischen ihnen. Aber der Abstand verringerte sich. Von Tag zu Tag. Von Stunde zu Stunde. Sie tastete nach dem kleinen Stück Pappe, das sie immer in ihrer Schürzentasche bei sich trug und strich vorsichtig darüber. Das Billett von Wells Fargo – ihren Glücksbringer.

Die Arbeit in der Schiffskombüse war gut zu bewältigen – und um ein Vielfaches angenehmer, als die üblen Tätigkeiten in den Hafenspelunken von Charleston. Auch die Wunde an ihrer Hand war gut verheilt – bis auf die feuerroten Narbenränder, die ihr wohl als ewiges Andenken erhalten bleiben würden. Und obwohl der Seegang zu Beginn ihrer Reise ziemlich rau gegen die Schiffswand schlug, war sie kein einziges Mal seekrank geworden. Die Matrosen und sogar der Kapitän lobten das Essen, das sie zubereitete in den höchsten Tönen. Manchmal sogar derart überschwenglich, dass der Smutje, als dessen Hilfskraft sie doch eigentlich nur beschäftigt war, ein saures Gesicht zog, wenn das Lob wieder einmal nur ihr gegolten hatte. Alles war weitaus besser gekommen, als das in diesem fürchterlichen, hoffnungslosen Herbst des vergangenen Jahres in Charleston zu befürchten stand. Und dennoch: Johanna erlebte diese Tage auf dem Schiff wie in einer Art Trancezustand. Vor allem waren es die Stunden, in denen sie wach in ihrer Koje lag und nicht in den

Schlaf fand, weil die noch lange nicht verarbeiteten Erinnerungen ein ums andere Mal wie Springfluten über sie herein brachen. All diese Geschehnisse der vergangenen Jahre, denen sie wie ein Spielball wehrlos ausgeliefert gewesen war. Wie schmerzlich vermisste sie in diesen Momenten doch den alten Frieder, der sie mit seinen knorrigen Kommentaren getröstet und auf andere Gedanken gebracht hätte. Mit Sicherheit hätte er sie jetzt wieder gescholten und gemeint, sie möge nicht wieder so ein Gesicht aufsetzen, das wie sieben Tage Regenwetter ausschaue, sondern sie solle gefälligst mit Zuversicht in die Zukunft schauen. Ende der Diskussion!

Die Zukunft! Ihr Herz begann wild zu pochen, wenn sie an die kommenden Wochen dachte, an die Ankunft in Deutschland, die in absehbarer Zeit erfolgen würde. Wie ginge es nach Bremerhaven dann weiter? Sollte sie vielleicht besser erst einmal einige Wochen in Bremen verbringen und sich damit langsam wieder an die alte Heimat gewöhnen, deren Sitten und Gebräuche ihr in den zurückliegenden Jahren fremd geworden waren? Oder sollte sie sofort nach Treschklingen weiterreisen? Waren Margret und Wilhelmina überhaupt noch in diesem Dorf? Und selbst wenn das der Fall wäre: konnte, sollte und durfte sie dort gleich mit der Tür ins Haus fallen? Einfach so? Eine schwierige Entscheidung.

Die Überfahrt verlief weiterhin unproblematisch. Am Tag, bevor sie den Ärmelkanal erreichten, war Kapitän Wieting zu ihr in die Kombüse gekommen und hatte Johanna anerkennend die Schulter getätschelt. »Du hast wirklich arbeiten gelernt, Johanna! Das hast du alles prima und zu meiner vollsten Zufriedenheit gemacht: unser alter Klabautermann wäre zurecht stolz auf dich.« Er hielt kurz inne, um dem Andenken an Frieder respektvoll Zeit zu geben, dann fuhr er mit gedämpfter Stimme fort: »Ich könnte dich sogar gut für immer auf der

»Gauss« gebrauchen, doch ich weiß nicht, was mein neuer Reeder dazu sagen würde, der das Schiff vor einiger Zeit erworben hat. So gut kenne ich den Mann noch nicht. Und deshalb ist auch eine gewisse Vorsicht angeraten im Hinblick auf die Tatsache, dass du im Grunde genommen ja als eine Art blinder Passagier an Bord gekommen bist. Du stehst halt nicht auf der Mannschaftsliste, und so mancher Reeder ist deshalb höchst misstrauisch, nachdem diesbezüglich schon viel Schindluder getrieben worden ist und die Kapitäne das Geld für die Überfahrt heimlich in ihre eigene Tasche gesteckt haben… Wie gesagt: mit dem alten Reeder hätte ich sicher verhandeln können und hätte freie Hand von ihm bekommen, aber in deinem Fall wollen wir lieber vorsichtig agieren. Was ich damit sagen will: sorgen wir also dafür, dass er nichts von deiner Anwesenheit mitbekommt. Meiner Mannschaft kann ich vertrauen, die wird das nicht ausplaudern. Um ganz sicher zu gehen, machen wir es so: Nach dem Anlegemanöver in Bremerhaven warten wir die Nacht ab. Dort wirst du dann mit Hilfe eines Matrosen, den ich noch auswählen werde, vom Schiff kommen«. Ein Lächeln huschte über sein Gesicht. »Es ist also beinahe so, wie seinerzeit, als du von unserem Frieder an Bord gebracht worden bist und dann in Charleston von ihm heimlich wieder herunter«.

Ach Frieder! Wie schön das doch wäre, wenn sie ihn an ihrer Seite wüsste. Ein Platz in ihrem Herzen würde immer für ihn reserviert bleiben.

*

Insgesamt 42 Tage hatte die Überfahrt gedauert, als sie Ende Mai 1869 an der Hafenmauer in Bremerhaven festmachten.
Kurz vor ihrem Eintreffen an der Weser hatte Johanna sogar noch ein »Handgeld«, wie er sich ausgedrückt hatte, von Wieting persönlich zugesteckt bekommen: was für eine großherzige Geste! Doch bevor sie richtig begriffen hatte und sich bedanken wollte, war Wieting bereits aus der Kombüse verschwunden. Von wegen Handgeld! Für Johannas Verhältnisse handelte es sich um eine mehr als respektable Summe, die es ihr ermöglichte, die ersten Tage im Land unabhängig von finanziellen Erfordernissen zu verbringen. Damit war ihr spontaner Entschluss gefallen, die ersten Wochen nun doch nicht in Bremen zu verbringen, sondern gleich weiter zu reisen, denn das Geld reichte für eine Postkutschenfahrt von Bremen bis nach Frankfurt.

Nach ihrer Ankunft in der Mainmetropole würde sie dann weitersehen. Vielleicht dort erst einmal ein paar Wochen verbringen und sich wieder an die Verhältnisse hierzulande gewöhnen. Das wäre sicher nicht verkehrt. Zumal sie sich nicht die geringsten Sorgen machen musste, in so einer großen Stadt eine Arbeit und eine Unterkunft zu finden. Es war ja nur vorübergehend.

Kaum dass sie in Frankfurt angekommen war, musste Johanna zu ihrem Erschrecken freilich erkennen, dass sie ihre Rechnung ohne die politischen Verhältnisse gemacht hatte. Die Lage in Frankfurt war schwierig geworden, seitdem die Preußen dort das Regiment führten. Seit dem sogenannten Deutschen Krieg der Sommermonate 1866, von dessen Ausbruch sie in Amerika nie gehört hatte, war Frankfurt kein souveräner Stadtstaat mehr. Im

Juli 1866 hatten die Preußen die Stadt besetzt und dann im Herbst des folgenden Jahres endgültig annektiert. Damit war es mit den jahrhundertealten Freiheiten der Stadt endgültig vorbei: nicht mehr der Bürgermeister stand seitdem formal an der Spitze des Gemeinwesens, sondern der preußische König. Zu allem Überfluss kappten die ungeliebten Preußen, denen das liberale Klima in der Stadt schon lange ein arger Dorn im Auge gewesen war, ein Bürgerrecht um das andere und als man Anfang 1868 auch noch gezwungenermaßen Teil der preußischen Provinz Hessen-Nassau geworden war, deren Verwaltung im fernen (dazu wesentlich kleineren) Kassel residierte, da kannte der Unmut kaum noch Grenzen. Immer wieder flammten schwere Unruhen in der Stadt auf, die von den preußischen Soldaten mit brachialer Gewalt erstickt wurden. Kein Wunder, dass es der Stadt auch in wirtschaftlicher Hinsicht alles andere als glänzend erging. Vor allem das wohlhabende Bürgertum hatte es hart getroffen und viele der alteingesessenen Familien sahen sich in diesen Jahren sogar gezwungen, einen Teil ihrer Dienstboten zu entlassen. Eine Arbeit zu bekommen war für Johanna also nahezu unmöglich. Erschwerend kam hinzu, dass sie keinerlei Ausweispapiere besaß, weder badische noch amerikanische – und erst recht keine preußischen. Also nichts, was einen preußischen Beamten dazu hätte bewegen können, ihr zumindest ein vorübergehendes Aufenthaltsrecht in der Stadt zu bewilligen. Schon gar nicht in diesen unruhigen Zeiten. Da konnte man auf dahergelaufene, mittellose Subjekte wie Johanna gerne verzichten.

In Frankfurt konnte sie also nicht lange bleiben. Sich einige Tage, vielleicht einige Wochen heimlich irgendwie über Wasser halten, mehr keinesfalls. Wohin aber dann? Also doch gleich weiter nach Treschklingen? Nein: schon während der langen Fahrt in der Postkutsche hatte sie ausreichend Zeit zum Überlegen gehabt und war zu dem

Schluss gekommen, dass diese Variante die schlechteste von allen darstellte. Es schien ihr wesentlich sinnvoller, erst einmal aus der Ferne die Lage zu erkunden und ganz vorsichtig in der Umgebung nachzufragen, ob überhaupt noch jemand von ihren Angehörigen in Treschklingen wohnte.

Eventuell wäre es deshalb nicht verkehrt, erst einmal einige Wochen im weiteren Umland zu verbringen. Beispielsweise in Bruchsal? Sie brauchte schließlich ein Dach über dem Kopf, denn das Geld von Wieting hatte sie ja für das Postkutschenbillett verwendet. Bruchsal. Doch, das wäre sicherlich keine schlechte Wahl, denn dort lebten die Verwandten von Eugen Kramer. Sicherlich würde sie Eugens Angehörige finden können. Diese Leute würden ihr wohl weiterhelfen und sie eine Zeitlang bei sich aufnehmen, wenn sie ihnen von Washington berichtete. Wie sie zwei Jahre lang mit dem schwerverwundeten Eugen zusammengelebt und ihn bis zu seinem Ableben gepflegt hatte. Eugen hatte ihr viel von seiner Jugend in Bruchsal erzählt, von seiner Bekanntschaft mit dem ebenfalls aus Bruchsal stammenden Franz Sigel, dessen Verwandtschaft ihr notfalls auch für einige Tage Unterschlupf gewähren würde. Ganz sicher würde sie in Bruchsal Hilfe finden. Also Bruchsal!
Andererseits … Bruchsal lag in der Rheinebene – war weit entfernt von Treschklingen – viel zu weit, um Erkundigungen aus dem Umfeld des Dorfes einholen zu können. Nein, Bruchsal kam wohl doch nicht in Frage, so gerne sie Eugens Angehörige auch besucht und ihnen Auskunft über seine letzten Lebensmonate gegeben hätte. Sie würde es zu einem späteren Zeitpunkt nachholen. Wenn die Zeiten ruhiger geworden waren und nachdem sie ihr großes Ziel endlich erreicht hatte.

Folglich musste sie einen anderen Ort finden, der für ihr Vorhaben geeignet war. Heilbronn vielleicht? Gerade mal zehn Kilometer von Treschklingen entfernt? Das hörte sich gut an, war es aber nicht. Denn die Stadt war Teil des Königreichs Württemberg und dort wurde man als Bürgerin des Großherzogtums Baden nicht unbedingt mit offenen Armen empfangen. Von wegen Bürgerin! Johanna schüttelte unwillig den Kopf. Noch nicht einmal das war sie. Ihr Bürgerrecht von Treschklingen hatte sie mit ihrem damaligen Aufbruch nach Frankfurt bekanntlich aufgegeben. Verwirkt für alle Zeiten. Nur als einigermaßen vermögende Frau hätte sie sich ein solches Recht natürlich zurückkaufen können. Aber doch nicht als mittellose Person, dazu ohne erkennbare Perspektive. Nein, auf solche Leute warteten sie in Württemberg gleich zweimal nicht.

Rappenau. Wie wäre es mit Rappenau? Das Dorf expandierte seit der Erschließung der Solevorkommen stark, war zudem badisches Staatsgebiet und lag nur wenige Kilometer von Treschklingen entfernt. Allerdings wohl zu wenig, als dass Johanna ohne aufzufallen ihre Nachforschungen betreiben könnte. In Rappenau würde man sie womöglich erkennen. So stark sie sich in den zehn Jahren auch verändert hatte. Das aschgraue Haar, die zahlreichen tiefen Falten im wettergegerbten Gesicht, die lückenhaften Zahnreihen. Wie viele Zähne waren ihr überhaupt noch geblieben? Unwillkürlich leckte sie mit der Zunge über den Kiefer. Der obere Schneidezahn wackelte bedenklich. Schon wieder ein Zahn, den sie bald verlieren würde. Von den beiden Backenzähnen hinten links gar nicht erst zu reden. Bald würde sie nur noch Brei zu sich nehmen können, schon jetzt fiel es ihr immer schwerer, ein Stück Brot zu zerkauen. Wie hatte sie sich früher über die Alten amüsiert, wenn die mit ihren Holzlöffeln die wässrige Suppe durch den zahnlosen Mund schlürften. Und nun … war sie selbst an diesem Punkt angelangt. Nicht mit 50 oder 60 Jahren, sondern mit gerade einmal 40 Lebensjahren. Sie hatte sich verändert –

drastisch wie gesagt. Und dennoch konnte es sein, dass der eine oder andere sie trotzdem erkennen würde. Das sollte aber nicht sein. Noch nicht. Noch war sie darauf nicht vorbereitet.

Wohin dann? Johanna überlegte fieberhaft, während sie mit langen Schritten in Richtung Süden marschierte. Es war eine paradoxe Situation: sie wusste noch nicht einmal, an welches Ziel die Reise führen sollte, und dennoch legte sie ein Tempo vor, als wenn hundert Häscher ihr nachjagten. Und das bei dieser glühenden Sommerhitze auf den staubigen, durch verkrustete, tiefe Schlammrinnen nur schwer begehbaren Wegen. Wimpfen! Genau! Wimpfen war keine schlechte Wahl. Weiter entfernt als Rappenau und dennoch nahe genug, um die eine oder andere Erkundigung einzuziehen.
Was genau sie damit eigentlich bezweckte, darüber war sich Johanna selbst nicht ganz im Klaren. Es wäre ja weiß Gott eigentlich keine große Mühe, einfach nach Treschklingen zu gehen, und sich dort nach Margret und Wilhelmina zu erkundigen. Ob sie noch im Dorf lebten, ob sie weggezogen waren (und wohin), ob sie überhaupt noch am Leben waren. Doch immer, wenn sie diesen Gedanken auch nur zu denken begann, schoss augenblicklich eine siedendheiße Woge durch ihren Körper, die ihr den Atem raubte. Sie schaffte es einfach nicht. Noch nicht. Was würde ihre Tochter wohl zu einer Mutter sagen, die sie einfach zurückgelassen hatte. Im Stich gelassen, würde sie es sogar womöglich nennen. Aus Wilhelminas Perspektive war das sicherlich begründet. Wenngleich Johanna sie aus schwerwiegenden Gründen hatte verlassen müssen – aber würde Wilhelmina das verstehen? Oder würde sie ihre Mutter einfach aus dem Haus jagen? Das Mädchen, nein, halt: Wilhelmina war kein Mädchen mehr, sie war mit ihren 18 Jahren längst eine junge Frau, die eine Arbeit angenommen hatte, ihre Wilhelmina würde sie, falls sie überhaupt zu einem Ge-

spräch bereit war, höchstwahrscheinlich mit einer Frage konfrontieren, auf die Johanna selbst keine Antwort wusste: »Weshalb hast du dich nie gemeldet? Wieso hast du mir denn nie einen Brief geschrieben?!« Die Sache mit der Flaschenpost brauchte sie in diesem Zusammenhang gar nicht erwähnen. Das klang nur lächerlich. Und das war es ja auch. Weshalb hatte sie denn nie versucht, ihr aus Amerika zu schreiben? Mitzuteilen, dass sie noch am Leben war. Sie konnte es nicht sagen. Und deshalb fürchtete sich Johanna vor diesen Fragen genauso, wie vor ihren eigenen Antworten …

Unnütze Gedanken! Sie hatte ihren Entschluss doch gefasst und der lautete, dass es jetzt erst einmal galt, sich nach Wimpfen durchzuschlagen, dann würde man weitersehen.

Erst einmal würde sie sich dort vorsichtig um Nachrichten aus Rappenau kümmern, denn höchstwahrscheinlich arbeitete ihre Margret dort in der Gastwirtschaft zur »Krone«. Zumindest hatte Margret, die im Jahr, in dem Johanna fortgegangen war, ihren 14. Geburtstag gefeiert hatte, immer wieder davon gesprochen, dass sie sich demnächst um eine Anstellung im Gasthaus von Christian Bengel bewerben wolle. Immerhin handelte es sich bei der »Krone« um das erste Haus am Platze, dort, wo sich die Kurgäste besonders gerne ein Stelldichein gaben, wo sich der Bürgermeister und die Gemeinderäte häufig nach den Ratssitzungen noch auf einen Nachtrunk zusammensetzten – mit anderen Worten: die »Krone« war ein Haus, in dem eine gediegene Atmosphäre herrschte. Margret war höchst zuversichtlich gewesen, dass es ihr gelingen würde, in dieser vornehmen Lokalität eine Arbeit zu bekommen, denn sie hatte dem Kronenwirt an manchen Tagen, an denen es in der Wirtschaft besonders hoch her ging und man jede helfende Hand gebrauchen konnte, schon öfter ausgeholfen. »Und außerdem«, hatte sie mit einem schelmischen Lächeln noch hinzugefügt, »außer-

dem scheint mich der Christian Bengel ganz gut leiden zu können, so wie der immer mit den Augen zwinkert, wenn er mit mir manchmal kurz in einem Raum alleine ist.«
»Lass dich um Himmels Willen bloß nicht auf irgendein Techtelmechtel ein, Margret!« hatte ihr Johanna mit streng erhobenem Zeigefinger ins Gewissen geredet. Weiter vertiefen mochte das Gespräch dann keine der beiden Frauen mehr.

Es war heiß, unerträglich heiß. Der Schweiß lief Johanna in den Nacken und ausgerechnet jetzt befand sie sich auf einem Wegabschnitt, der mitten über eine von Feldern gesäumte, nahezu baumlose Ebene führte. Erschöpft blieb sie stehen und wischte sich mit dem Ärmel ihrer Bluse über die glühend heiße Stirn. Der Kirchturm dort hinten… das war doch… natürlich: das war der Kirchturm von Rappenau. Unversehens war sie nun doch in die Nähe der Stadt gelangt.

Rappenau! Eine halbe Ewigkeit war vergangen, seitdem sie den Kirchturm zum letzten Mal gesehen hatte. Johannas Herz begann wild zu klopfen.
Von hier aus war es nur noch ein Katzensprung. Mitten hinein in die Stadt, wo sich direkt neben dem Rathaus Christian Bengels »Krone« befand. Das Gasthaus, in dem Margret womöglich noch immer ihrer Arbeit nachging.
Das Herzklopfen wurde stärker. Es waren zu viele Eindrücke, zu viele Gedanken, zu viele altvertraute Ansichten, die plötzlich alle gleichzeitig auf sie einstürmten. Sie musste sich eine Pause gönnen. Musste zur Ruhe kommen. Dort drüben, unter den Ästen des Apfelbaums, würde sie ein wenig Schatten finden und sich niederlassen. So lange, bis ihre Gefühle sich wieder beruhigt haben würden. Lange jagten die Gedanken durch ihren Kopf. Sollte sie direkt zur »Krone« gehen und Margret aufsuchen. Oder sich nach Treschklingen wenden, das ja auch nicht mehr als eine gute halbe Stunde entfernt lag? Sollte

sie das besser lassen und sich, so wie sie es geplant hatte, nach Wimpfen aufmachen und sich den Herausforderungen von dort aus langsam annähern? Nach wie vor schien es ihr das Vernünftigste. Erst recht nach dieser Erfahrung von gerade eben, wo sie allein vom Anblick des Rappenauer Kirchturms beinahe zusammengebrochen wäre. So zerbrechlich war also ihr Nervenkostüm! Und das, obwohl sie doch schon so viele Herausforderungen gemeistert hatte. Auf beiden Seiten des Atlantiks! Und nun … hockte sie hier, und kam mit ihren Gedanken nicht mehr vom Fleck!

Irgendwann musste sie eingeschlafen sein. Ein lauter Fluch drang unvermittelt an ihre Ohren und ließ Johanna aufschrecken. »Wirst du jetzt wohl weiterlaufen, du Schindmähre, du elendige?!« Ein lauter Peitschenknall, ein schmerzvolles Aufwiehern, gefolgt von einem deutlich schnelleren Hufgeklapper, brachte sie in die Wirklichkeit zurück. Der Ruf war von einem rotgesichtigen Bauern gekommen, der missmutig auf seinem über und über mit Kartoffelsäcken beladenen Wagen hockte und die Peitsche gerade ein weiteres Mal auf den Pferderücken sausen ließ. Die junge Frau, die da am Wegesrand unter dem Apfelbaum kauerte, schien ihm keinen Blick wert zu sein. Für ein dermaßen abgerissenes Gesindel, wie die da unter dem Baum, hatte er noch nicht einmal ein Grußwort übrig. Der überladene Wagen mit dem fluchenden Bauern und dem bedauernswerten Zugpferd entfernte sich langsam in Richtung auf die untergehende Sonne.
Die untergehende Sonne!
Aufstöhnend rappelte sich Johanna hoch. Hatte sie tatsächlich so lange geschlafen? Es mussten mehrere Stunden vergangen sein!
Bald würde die Nacht hereinbrechen. Sie musste sich beeilen! Und dennoch war es unmöglich, noch vor Einbruch der Dunkelheit nach Wimpfen zu gelangen. Was für eine dumme Situation! Sie hätte sich ohrfeigen können!

Rasch packte sie ihr Bündel und warf es über die Schulter. Weiter jetzt, immer weiter ... bis die Dunkelheit sie umhüllte und die wiederum tief in Gedanken versunkene Johanna urplötzlich stutzte und mitten in der Bewegung innehielt. Die »Krone«! Unversehens fand sie sich vor der Rappenauer »Krone« wieder. Die Tür der Gastwirtschaft war geschlossen, durch die Fenster der Gaststube war kein Licht zu sehen. Offenbar hatten sie heute ihren Ruhetag. Ein wohlhabender Mann wie Christian Bengel konnte sich so etwas leisten.

Weshalb sie es tat, konnte Johanna später selbst nicht erklären, es hatte einfach sein müssen: vorsichtig klopfte sie an eine Fensterscheibe neben der Eingangstür, hinter der sie meinte, eine Bewegung wahrgenommen zu haben. Einmal, zweimal klopfte sie, während sich ihr Herzschlag wieder beschleunigte.

Wenige Augenblicke später hörte sie Schritte wie von schweren Männerstiefeln, dann knirschte der Schlüssel im Türschloss, dann öffnete sich die Tür und hinter ihr erschien der Gastwirt persönlich, sie erkannte Bengels Gesicht sofort wieder, der die abgerissene Gestalt auf seiner Türschwelle misstrauisch beäugte. »Was willst du? Wieso störst du mich an unserem freien Tag? Mach, dass du fortkommst. Hier gibt es nichts zu holen!«

Schon stand er im Begriff, die Tür wieder zuzuschlagen, als ihm Johanna mit dem ausgestreckten rechten Arm Einhalt gebot. »Kennst du mich denn nicht mehr. Ich bin es doch, die Johanna.«

»Ich kenne keine Johanna!« knurrte Bengel mit säuerlicher Miene

»Aber freilich kennst du mich. Die Johanna von der Schobersfamilie in Treschklingen. Meine Schwester arbeitet hier. Die Margret. Das ist doch so, oder?«

Unwillkürlich trat Bengel zwei Schritte zurück und musterte Johanna angewidert. »Du? Du willst die Johanna sein? Ausschauen tust du wie eine Bettlerin. Du kannst es

gar nicht sein. Du lügst. Denn die Johanna ist vor vielen Jahren weggegangen nach Amerika.«
Johanna schüttelte heftig ihren Kopf, während sie ihr Herz bis hinauf zum Hals pochen spürte. »Ich bin es doch. Ich bin zurückgekommen aus Amerika. Ich.. ich suche die Margret. Ist… sie noch bei dir?« Sie machte einen vorsichtigen Schritt auf die Türe zu und spähte in das dunkle Innere der Gaststube.
»Bleib wo du bist!« donnerte Bengel und versetzte ihr einen groben Stoß gegen die Schulter, der Johanna zurücktaumeln ließ.
»Ich… ich würde aber… ich wollte fragen… kann ich vielleicht bei dir eine Arbeit bekommen?« Auch den Grund, weshalb sie ihm in dieser Situation ausgerechnet eine solche Frage gestellt hatte, konnte sich Johanna später nicht erklären. Es war ihr einfach herausgerutscht.
»So eine wie du! Sonst noch was! Du vertreibst mir ja sämtliche Kurgäste! Sieh dich doch nur einmal an!« höhnte Bengel. »Allein von deinem Anblick bekommt man ja die Krätze! So jemand möchte ich noch nicht einmal im Schweinestall beschäftigen. Mach dass du fortkommst! Auf der Stelle!«
»Aber ich… dann lass mich doch mit der Margret reden. Ist sie da? Kann ich sie wenigstens sehen?« Die Verzweiflung raubte ihr beinahe den Atem. »Bitte! Ich möchte sie doch nur sehen.«
»Du sollst verschwinden! Und zwar augenblicklich! Sonst lasse ich die Hunde los!« Sein Tonfall und der wütende Blick, mit dem er sie anstarrte, waren ein überdeutlicher Hinweis darauf, dass er seine Drohung tatsächlich wahr machen würde. »Verschwinde, habe ich gesagt! Und lass dich hier nie wieder blicken!«

Wie sie es geschafft hatte, in dieser Nacht doch noch in die Nähe von Wimpfen zu kommen, wo sie in einem Heuschober die Stunden bis zum Morgengrauen verbrachte, war ihr selbst ein Rätsel. Irgendwie war es ihr einfach gelungen. Und als sich ihre Nerven wieder einigermaßen beruhigt hatten, war sie in dem Heuschober erwacht, obwohl sie sich beim besten Willen nicht daran erinnern konnte, wie und wann genau sie durch dessen Tür geschlüpft sein sollte. Vorsichtig öffnete sie jetzt ihre rechte Hand und erblickte im Dämmerlicht dieses neuen Tages ein stark zusammengeknülltes braunes Stück Papier: das Wells Fargo Billett vom 3. August 1867. Ihren Glücksbringer, den sie offenbar die ganze Nacht festgehalten hatte. Viel Glück hatte er ihr freilich nicht gebracht. Vielleicht heute, wenn sie daran gehen würde, in Wimpfen um eine kleine Arbeit nachzufragen, bei der sie ein Essen verdienen konnte – und wenn möglich, auch noch ein Dach über dem Kopf.

Sobald es richtig hell geworden war, betrat sie die schöne, ehemalige Freie Reichsstadt Wimpfen, die nach einer langen Phase des Niedergangs mittlerweile einen erstaunlichen Aufschwung erlebte. Verantwortlich dafür waren die vor wenigen Jahren eröffnete Eisenbahnstrecke von Sinsheim nach Heilbronn und – wie nebenan in Rappenau – die Förderung der heilkräftigen Sole, die dafür sorgte, dass zahlreiche Kureinrichtungen erbaut worden waren, die sich offenkundig einer großen Beliebtheit erfreuten.

Deutlich abzulesen war dieser Aufschwung am neuen Glanzstück von Wimpfen, dem prachtvollen Kurhotel Mathildenbad, das Johanna sofort ins Auge sprang.

Ob sie wohl dort eine Arbeit finden könnte? In einer so großen Einrichtung müsste das doch möglich sein.

Keine fünf Minuten, nachdem sie sich ein Herz gefasst und am Eingangsportal des Hotels ihre Frage gestellt hatte, sah sich die enttäuschte Johanna um eine Illusion ärmer und nach wie vor ohne Arbeit auf der Straße wieder. »Eine derart üble Erscheinung, so alt und klapperig wie du daher kommst! Was glaubst du denn eigentlich, was wir sind? Eine Versorgungsanstalt für herumzie-

hende, zahnlose Bettlerinnen oder ein Kurhotel. Marsch, hinaus und zwar auf der Stelle!« hatte der Portier ihr mit sichtlichem Ekel ins Gesicht geschleudert.
Die Worte des Mannes hatten sie tief in ihrer Seele getroffen, genau an jener Stelle, an der schon Christian Bengels harsche Zurückweisung eine schmerzende Wunde aufgerissen hatte.
Was für eine hoffnungslose und entwürdigende Situation, in der sie sich befand! War es denn wirklich so schlimm um sie bestellt? Musste man tatsächlich Ekel und Abscheu empfinden, wenn man sie zu Gesicht bekam? Johanna fühlte, wie ihre Kräfte allmählich schwanden. Kein Wunder: seit beinahe zwei Tagen hatte sie nichts mehr gegessen, auf dem Weg nach Rappenau in der Gluthitze viel zu wenig getrunken. Dazu diese seelischen Qualen, all die Demütigungen, die Aufregung angesichts der bevorstehenden Begegnungen. Es wurde allmählich zu viel. Viel zu viel für eine einsame, auf sich allein gestellte Frau, deren Hoffnungen gerade zerplatzten, wie Seifenblasen. Eine nach der anderen.
Ohne ihre Umgebung richtig wahrzunehmen, wankte sie durch die Gassen von Wimpfen. Bemerkte dabei nicht die herablassenden, manchmal angewiderten Blicke, mit denen die Menschen auf Distanz gingen zu der abgerissenen, erschöpften Frauengestalt.
»Wo kommst du denn her?« Johanna stoppte erschrocken, als ihr plötzlich ein hochgewachsener Mann in einer Polizeiuniform den Weg versperrte. Es handelte sich um den Gemeindediener, der sie mit unverhohlener Neugier, aber dennoch nicht unfreundlich, intensiv musterte. Es war der erste freundliche Blick, an den sie sich in den vergangenen Tagen erinnern konnte. Immerhin. Bei aller Niedergeschlagenheit war das zumindest ein Lichtblick. Wenngleich auch nur ein winzig kleiner. »In deinem Aufzug erregst du öffentliches Ärgernis, ist dir das eigentlich bewusst? Unsere Kurgäste wollen eine vornehme, elegante Atmosphäre um sich herum wissen, da stört so eine

wie du das Wohlbefinden der Herrschaften ganz gewaltig. Von daher sollte ich dich eigentlich in den Arrest sperren, aber keine Angst« hob er beschwichtigend die Hände, als er Johannas Zusammenzucken bemerkte. »Wir sitzen schließlich alle im selben Boot und sollten nicht vergessen, woher wir kommen. Wir kleinen Leute müssen doch zusammenhalten, sonst gehen wir unter. Denen da oben ist das völlig egal, wie es uns geht. Aber mir nicht – und deshalb kann ich dir vielleicht sogar weiterhelfen. Du suchst doch sicherlich eine Arbeit und ein Dach über dem Kopf, oder täusche ich mich da?«
»Nein, nein, sie täuschen sich nicht!« schüttelte Johanna heftig ihren Kopf, was der Mann mit sichtlicher Genugtuung zur Kenntnis zu nehmen schien.
»Also«, begann er langsam, während ein verlegenes Lächeln um seine Mundwinkel spielte. »Es ist zwar keine ganz so schöne Arbeit, aber allzu wählerisch scheinst du mir nicht zu sein …«
Wieder gab ihm Johanna deutlich zu verstehen, dass er richtig vermutete.
»Du bekommst für die Arbeit zwei Teller Haferbrei am Tag, am Sonntag auch mal ein Stück Brot und an Feiertagen sogar ein bisschen Fleisch – manchmal … und zusätzlich hast du auch noch ein trockenes Nachtlager in einem hölzernen Verschlag an der Stadtmauer. Dafür musst du die Latrinen in den Kurbädern leeren – und zwar immer ganz früh, gleich nach Sonnenaufgang. Keinesfalls darfst du erst dann erscheinen, wenn sich bereits Kurgäste im Bad befinden. Also: nicht die allerschönste Arbeit, aber immerhin eine Arbeit. Willst du, dass ich dir die Anstellung besorge?«
Und ob Johanna das wollte. Sie nickte dankbar und schenkte dem Mann ein Lächeln, von dem sie hoffte, es möge so strahlend wirken, wie sie sich nach diesem kaum noch erhofften Glücksgeschenk tatsächlich fühlte.
Die Arbeit war weitaus weniger schlimm und anrüchig, als dies zu befürchten war. Jedenfalls hatte sie in ihrem

Leben schon ganz andere Jobs übernehmen müssen, die ihr weitaus stärker zugesetzt hatten. Beispielsweise die Zumutungen in den Hafenkneipen von Charleston. Dagegen war diese Tätigkeit hier geradezu ein Spaziergang. Und das Allerbeste neben dem zwar anspruchslosen, aber immerhin kostenlosen Essen, das sie erhielt: Johanna konnte sich die Nachmittage in aller Regel frei einteilen, wenn alle Aufgaben, einschließlich der sorgfältigen Reinigung ihrer Gerätschaften, erledigt waren. Erst früh am nächsten Morgen musste sie wieder ihren Dienst verrichten. Und so waren also Zeit und Muße genügend vorhanden, um mit den einen oder anderen Knechten und Mägden ins Gespräch zu kommen. Natürlich nicht nur mit denen, die in Wimpfen arbeiteten, sondern auch mit jenen Fuhrknechten, die Waren abzuladen oder Reisende vom Kurbad zum Bahnhof zu befördern hatten.

Immer wieder brachte sie bei solchen Gelegenheiten die Sprache wie zufällig auf Wilhelmina oder Margret, vor allem natürlich dann, wenn die Männer aus Richtung Rappenau gekommen waren.
Ob einer von ihnen wohl schon einmal einer gewissen Schobers Wilhelmina begegnet war, einer zirka 18 Jahre jungen Frau aus Treschklingen.
Zumeist erntete sie nur ein kurzes, verständnisloses Kopfschütteln. Dienstboten gab es rund um die Kureinrichtungen schließlich in Hülle und Fülle. Wie sollte man da den Überblick behalten?

Eines Tages traf sie jedoch mit ihrer Frage unvermittelt ins Schwarze. Es war eine Küchenhelferin aus der Rappenauer Gaststätte »Adler«, die sich an ihrem freien Tag zufällig in Wimpfen aufhielt. Die Frau nickte lächelnd. »Ja, sicher kenne ich die. Denn eine Freundin von mir kennt sie besonders gut. Die wird wohl bald heiraten.«
»Wer? Deine Freundin?«

»Nein, nicht die, sondern vielmehr diese Wilhelmina. Ich dachte mir nämlich noch, dass sie eigentlich ziemlich jung fürs heiraten ist, aber wo die Liebe eben hinfällt…«
»Heiraten?! Wieso das denn?« entfuhr es Johanna.
Die Küchenhelferin musterte sie verständnislos. »Das weiß ich doch nicht. Wahrscheinlich wird sie in den Burschen verliebt sein. Oder aber schwanger«, fügte sie mit einem schelmischen Augenzwinkern noch hinzu.
»Und wen will sie heiraten. Weißt du das auch?«
»Sicher weiß ich das. Den Leonhard. Sie ist schon ziemlich lange mit dem Leonhard Schober befreundet, obwohl der doch viel älter ist als sie, acht Jahre sind es, sagt meine Freundin. Also ich finde ja, das ist ein ganz schöner Unterschied, gerade in so einem Alter, wo sie doch erst 18 ist. Aber er macht ihr schon seit Jahren den Hof, das war ganz praktisch für den, denn sie haben lange Wand an Wand gewohnt. Im gleichen Haus, nur halt jeder mit seinem eigenen Eingang.«
»Der Schober!« Das war ja kaum zu fassen! »Du meinst aber nicht den Sohn von einem gewissen Georg Schober?!«
»Doch, den meine ich. Den Schober Leonhard aus Treschklingen. Er wohnt übrigens inzwischen als Geselle bei einem Schuster in Rappenau.
Was die redselige Magd weiter erzählte, drang kaum noch in Johannas Bewusstsein. Zu heftig und unvermittelt war die Schockwelle über sie hereingebrochen. Der Schober! Ausgerechnet der! Der Sohn von Georg Schober!
»Soviel ich weiß, soll die Heirat schon bald stattfinden. Schober zu Schober – das klingt schon ein bisschen komisch, nicht wahr? Sie heiratet sozusagen von einem Haus ins andere. Was ich ja nicht so gut finde ist, dass die beiden auch noch weitläufig miteinander verwandt sind. Also ich an ihrer Stelle hätte mir das mit der Heirat schon allein deshalb zweimal überlegt.«
»Das darf nicht sein!« stammelte die leichenblass gewordene Johanna. »Das darf einfach nicht sein!«

»Na ja, eigentlich ist das die Sache von den beiden. So sehr darüber aufregen braucht sich unsereins auch wieder nicht. Sie werden schon wissen, was sie machen«, erwiderte die Küchenhelferin und blickte der grußlos davonschlurfenden Johanna verständnislos hinterher.

*

Während der schlaflos verbrachten Nacht bohrte sich die Frage wieder und wieder durch Johannas Seele: konnte es wirklich wahr sein? Spielte das Schicksal ihr und ihrer Tochter tatsächlich einen derart furchtbaren Streich? Sie musste Wilhelmina unbedingt informieren. Ihr die wahren Tatsachen auseinandersetzen. Aber andererseits … durfte sie das wirklich? Würde die Wahrheit nicht auch noch das Glück ihrer Tochter zerstören, wenn sie ihr offenbarte, um wen es sich bei ihrem Vater handelte? Sollte sie das wirklich riskieren?

Es war fürchterlich. Ein Ausweg weit und breit nicht in Sicht. Ob sie es so machte oder anders: es war und blieb immer das Falsche. Würde sie nichts sagen, machte sie sich schuldig. Und wenn sie die Fakten auf den Tisch legte? Dann hatte sie Wilhelminas Leben zerstört. Was sollte sie nur tun? Je länger sie wach lag, während tausend Fragen und Gedanken durch ihren Kopf jagten, desto bedrückender verspürte sie, wie die Kraft allmählich aus ihrem Körper wich. Sie würde es nicht schaffen, Wilhelmina gegenüber zu treten. Weder auf die eine noch auf die anderen Weise. Nach all den Geschehnissen der vergangenen Jahre war inzwischen auch die letzte Energiereserve in ihr aufgebraucht. Kein Mut, kein Wille mehr. Sie war nur noch müde. Müde und verzweifelt. Wie sollte es nur weitergehen?

Kurz vor Anbruch der Dämmerung fasste sie den Entschluss, sofort nach Rappenau zu gehen. Das war die einzige Möglichkeit: Sie musste unbedingt Margret informieren. Margret, die ihrer Tochter am nächsten stand. Musste Margret darüber aufklären, was es mit Wilhelminas Vater auf sich hatte. Auch wenn sie damit sozusa-

gen mit der Tür ins Haus fallen würde: es ging nicht anders. Sie konnte nicht mehr länger warten.
Nur Margret konnte entscheiden, wie sie mit dieser Tatsache umgehen sollten. Ob sie Wilhelmina tatsächlich reinen Wein einschenken sollten oder nicht. Margret würde eine Lösung finden.

Mühsam rappelte sie sich hoch, als der erste Sonnenstrahl durch die Ritzen des hölzernen Schuppens drang. Das Atmen fiel ihr schwer, ein unangenehmer Druck lastete auf ihrem Oberkörper, dazu verspürte sie ein leichtes Stechen im Herzbereich, das sich bei jedem Atemzug verstärkte. Mit kraftlosen Schritten schleppte sie sich über die Landstraße. Die wenigen Kilometer bis nach Rappenau schienen sich unendlich zu dehnen. Noch nie hatte ihr eine derart kurze Distanz so unsäglich viel Mühe bereitet. Sie war das Laufen ja von Kindesbeinen an gewohnt. Aber heute? Jeder ihrer Schritte war eine einzige Qual. Schwer atmend blieb sie stehen und lehnte sich gegen einen Baumstamm am Straßenrand.
Dort hinten, die Kutsche! Vielleicht erlaubte ihr der Bauer, auf seinem Fuhrwerk mitfahren zu dürfen. Doch ihre Hoffnungen wurden rasch enttäuscht. Mit grimmig verschlossener Miene fuhr der Mann einfach an ihr vorbei, als sie einen vorsichtigen Schritt auf die Straße machte und versuchte, ihn mit einer eindeutigen Geste zum Anhalten zu bewegen. »Scher dich zum Teufel!« zischte er vom Kutschbock herunter. Unendlich langsam schleppte sie sich weiter.

Unter Aufbietung ihrer letzten Kräfte war Johanna dennoch endlich auf Höhe des Rappenauer Rathauses angelangt, wo sie erleichtert innehielt und mit vornübergebeugtem Oberkörper gierig nach Luft schnappte. Dort hinten, zwischen der Rückseite der »Krone« und dem Stallgebäude, die beiden schemenhaft zu erkennenden Personen. Ein Mann und eine Frau. Bei dem Mann schien es sich um den Kronenwirt zu handeln und die Frau: könnte das nicht Margret sein? Margret! Abrupt richtete sie sich auf und machte einen Schritt in Richtung der beiden Gestalten. Da geschah es. Ein lauter Fluch drang an ihre Ohren: »Aus dem Weg dumme Kuh!« Erschrocken fuhr sie zusammen. Doch es war bereits zu spät. Ein harter Schlag prallte gegen ihren Rücken, gefolgt von den quietschenden Rädern eines Kuhgespanns. Johanna geriet ins Straucheln und landete mit dem Kopf voraus im Straßendreck. Aufstöhnend wandte sie sich um und blickte in das wutentbrannte Gesicht eines Fuhrknechts: »Was hast du denn mitten auf der Straße zu suchen?! Kannst du nicht aufpassen und stehenbleiben, wenn ein Fuhrwerk vorbeikommt? Glaube bloß nicht, dass du mich jetzt bei der Polizei anzeigen kannst, du blöde, stinkende Bettlerin! Es gibt genügend Zeugen, die gesehen habe, wie du es drauf angelegt hast. Von mir bekommst du jedenfalls kein bisschen Schmerzensgeld. Höchstens eine Tracht Prügel, wenn ich das noch einmal erleben muss!« Nachdem der Mann sich seiner Ansicht nach ausreichend davon überzeugt hatte, dass Johanna wohl bis auf einige schmerzhafte blaue Flecken keine ernsthafteren Verletzungen davon getragen habe, drehte er sich grußlos um, schwang sich auf den Kutschbock und setzte sein Fuhrwerk mit einem scharfen Peitschenhieb auf die Rücken der aufstöhnenden beiden Zugtiere wieder in Bewegung. Selbst die wenigen Passanten, die den Unfall mitverfolgt hatten, ließen es damit bewenden und wandten sich wieder ihren Tätigkeiten zu, ohne weiter auf Johanna zu achten. Die rappelte sich mühsam hoch und kam unsicher schwankend auf die Beine. »Geh endlich von der Straße! Oder willst du etwa ein zweites Mal überfahren werden?« schubste sie ein junger Mann unsanft zum Bürgersteig hinüber.

Was für eine demütigende Situation! Niemand, der Anstalten machte, ihr zu helfen. Niemand, der fragte, ob auch wirklich alles in Ordnung war. Nur angewiderte,

distanzierte Mienen. Und ihre Kleidung! Wie sah um Himmelswillen ihr Rock aus? Über und über vom Straßendreck beschmutzt, ein langer Riss, der sich vom Saum bis auf Kniehöhe zog, eine blutige Spur, die von der blutenden Schürfwunde herrührte. Es war … nicht nur demütigend, es war entwürdigend. Es war …
So sehr sie auch dagegen ankämpfte, es gelang ihr einfach nicht: in dicken Tropfen rannen die Tränen aus ihren Augen, über ihre Wangen, über das Kinn, tropften auf den staubigen Bürgersteig. So sollten die Leute sie nicht sehen! Schon gar nicht Margret! Aber sie konnte nichts dagegen tun. Ein Häuflein Elend. Einsam und verlassen. Ein grausames Gefühl. Lange würde sie nicht mehr durchhalten. Mühsam schleppte sie sich durch die Rappenauer Straßen, bemerkte nicht, wie ein stark zerfasertes, braunes Stück Papier aus ihrer Rocktasche rutschte und auf den Boden fiel. Niemand schenkte dem Fetzen Beachtung, der einmal Johannas Glücksbringer hatte sein sollen und nun von den Schuhen der Passanten unerbittlich in den Dreck getreten und zermalmt wurde.
Johanna spürte, wie die allerletzten Kräfte in ihr schwanden. Es war, als würde sich ein dunkler Schatten lähmend über ihre Seele legen. Nur fort von hier, so weit wie möglich. In diesem Zustand sollte Margret sie nicht sehen müssen. So nicht. Nur weg. Weg. Doch der dunkle Schatten wurde größer und größer …

Auch Christian Bengel und Margret hatten das Geschrei auf der Straße vernommen. »Ich schau mal, was da los ist. Sicher wieder ein Unfall. Es ist einfach mittlerweile zu viel los auf dieser Straße«, murmelte der Kronenwirt kopfschüttelnd. »Beinahe jeden Tag ein Zusammenstoß. Das tut uns als Kurort gar nicht gut.«
»Ich komme mit, vielleicht brauchen sie Hilfe«. Margret setzte den Wassereimer ab und folgte dem Gastwirt.
Nach wenigen Schritte hielt Bengel abrupt inne und bedeutete Margret mit erhobenen Händen, ebenfalls stehen

zu bleiben. Er hatte die Person erkannt, die Auslöserin für das Geschrei gewesen war. »Da ist nichts passiert. Alles schon wieder vorbei. Grade nochmal gut gegangen. Du kannst wieder an deine Arbeit zurück gehen.«
Margret stoppte irritiert. »Aber das kannst du doch von hier aus gar nicht richtig erkennen. Vielleicht hat sich die Frau etwas gebrochen oder braucht einen Verband.«
»Nichts braucht sie. Überhaupt nichts«, knurrte der Kronenwirt. »Das ist eine Bettlerin, die es nur darauf abgesehen hat, einen Unfall vorzutäuschen, damit sie ein paar Pfennige Schmerzensgeld herauspressen kann. Ich habe sie schon mal vom Hof gescheucht, das ist nur Gesindel, sonst nichts! Also, zurück an die Arbeit!«
»Aber wenn sie sich weh getan hat? Lass mich doch mal kurz nachschauen. Eine Bettlerin ist doch schließlich auch ein Mensch.«

Noch bevor Margret Anstalten machen konnte, sich der verletzten Frau auf dem Bürgersteig zu nähern, packte Bengel grob ihre Schulter. »Ich habe gesagt, du sollst es bleiben lassen. Für dieses Gesindel ist jede Minute zu schade. Geh endlich wieder an die Arbeit!« befahl er barsch.
Verstört über das seltsam aggressive Verhalten, das eigentlich gar nicht der Art von Christian Bengel entsprach, wandte sie sich um. »Weißt du … » murmelte sie vorsichtig und senkte ihren Kopf dabei tief zu Boden. »Ich … ich hatte halt so ein eigenartiges Gefühl … die Frau da … also von weitem sah sie beinahe so aus, wie meine Schwester Johanna.«
»Wie deine Schwester? Was für ein dummes Zeug. Das war eine Bettlerin, sonst gar nichts!«
»Aber weißt, es schien so, als habe sie an der Stirn eine Narbe. Genau an derselben Stelle, an der sie auch Johanna hatte …«
»Sie wird nicht die einzige Frau mit einer Narbe auf der Stirn sein. Ich denke sowieso, dass es eher Dreck war, als

eine Narbe. Und außerdem«, der Kronenwirt stemmte seine Hände in die Hüften und musterte Margret kopfschüttelnd. »Deine Schwester ... ich dachte, die sei nach Amerika ausgewandert, oder?«
»Ja, das stimmt.« Diesem Argument konnte sie nun wirklich nichts mehr entgegensetzen. Margret seufzte traurig auf. »Vor über zehn Jahren ist sie fortgegangen.«
»Na bitte. Du sagst es ja selber: wie soll deine Schwester dann plötzlich vor dir stehen, noch dazu als Bettlerin verkleidet?«, lachte Bengel dröhnend.
»Du hast ja Recht. Und trotzdem ...« Sie machte eine hilflose Handbewegung. »Weiß du, trotzdem ist es doch ein Mensch. Was, wenn sie sich doch schlimmer verletzt hat und ihr niemand hilft?«
Bengel rollte mit den Augen und stöhnte vernehmlich auf. »Also gut, damit die liebe Seele endlich Ruhe hat! Wir machen es so: du gehst endlich wieder an deine Arbeit, schließlich haben wir morgen Nachmittag eine große Hochzeitsgesellschaft und noch ist nichts richtig vorbereitet – während ich dafür sorge, dass sich jemand um die Bettlerin kümmert. Notfalls sogar der Bader. Falls ich sie überhaupt noch finde.«
Damit war die Diskussion beendet.

Eine gute Stunde später betrat Christian Bengel wieder die Gaststube der »Krone«. Allein an seinem Gesichtsausdruck war unschwer abzulesen, dass etwas Ernstes passiert sein musste. Keine guten Nachrichten.
Warum auch immer: allein seine Miene versetzte Margret einen schmerzhaften Stich in die Magengrube. »Was ist los? Warum machst du so ein Gesicht. Hast du die Bettlerin gefunden? Ist etwas mit ihr? Habt ihr womöglich den Bader gebraucht?«
Bengel senkte den Kopf und nestelte unsicher an den Knöpfen seiner Jacke herum.
»Es war nichts mehr zu machen.«
»Wie nichts mehr zu machen?«

»Wir haben den Bader gar nicht mehr holen müssen. Das ist jetzt eine Arbeit für den Totengräber … »
»Das heißt … ist sie tot?« Erschrocken presste Margret die Hand vor den Mund.
»Ja. Draußen am Kurbad ist sie einfach zusammengebrochen. Tot. Da war nichts mehr zu machen.«
»Die arme Frau. Weiß jemand, wer sie war oder woher sie stammt?«
Unwirsch blies Bengel Luft durch die Nase. »Nein, das habe ich dir doch schon einmal gesagt: es war eine alte Bettlerin. Niemand hat sie gekannt. Irgendwann ist sie, wie das halt immer so ist bei diesem Gesindel hier aufgetaucht Und irgendwann wäre sie auch wieder verschwunden, wenn sie gemerkt hätte, dass es bei uns nichts zu holen gibt.«
»Was für ein furchtbares Ende!«
»Was heißt hier furchtbar: immerhin hat sie diese elende Existenz jetzt hinter sich und liegt niemandem mehr auf der Tasche. Aber wir, die Gemeinde, wir müssen jetzt auch noch die ganzen Kosten für den Totengräber übernehmen. Die Lumpen, die sie am Leib hatte, die sind nichts mehr wert. Das geht alles zu unseren Lasten.«
»Die arme Frau«, wiederholte Margret traurig.
»Der Herrgott wird sich ihrer schon annehmen«, knurrte der Kronenwirt und klatschte laut in die Hände. »So und jetzt ist Schluss mit dieser Gefühlsduselei, die Arbeit macht sich schließlich nicht von alleine!«

Doch so leicht ließ Margret sich nicht herumkommandieren. Nicht nach einem solchen Vorfall. Sie musterte ihn ungläubig. »Hast du denn gar kein Mitleid, Christian? Denkst du denn keine Sekunde daran, dass sie wahrscheinlich auch lieber ein anderes Leben gelebt hätte, als das einer Bettlerin? Wer weiß denn, was diese Frau in ihr Elend geführt hat? Da ist gerade ein Mensch gestorben, Christian!«

Doch Bengel zuckte nur gelangweilt mit den Schultern. »Mitleid?!« lachte er trocken auf. »Mitleid – das ist etwas für den Pfarrer …«
»Nein, Christian«, Margret bedachte ihn mit einem tiefen Blick. »Mitleid, das ist es, was den Menschen ausmacht.« Woher sie den Mut genommen hatte, ihren Arbeitgeber derart zur Rede zu stellen, sogar zu maßregeln, das war ihr später selbst ein Rätsel. Aber es musste einfach aus ihr heraus. »Kannst du mir wenigstens sagen, wo man sie begraben wird?«
»Das weißt du doch. Natürlich im Armengrab an der Friedhofsmauer.«
»Ich werde zu der Beerdigung gehen, wenn es mir irgendwie möglich ist.«
Bengel verstand die Welt nicht mehr und starrte seiner Küchenhilfe mit offenem Mund entgegen. »Aber du kennst die Frau doch gar nicht! Was soll denn das? Das wird ja immer seltsamer!«
»Immerhin ist sie dann auf ihrem letzten Wegstück nicht ganz allein … Wenigstens eine Menschenseele, die um sie trauert, soll sie begleiten.«
»Wenn man dich so reden hört: Du wärst ein besserer Pfarrer, als unserer. Aber einerlei: das mit der Beerdigung kannst du dir aus dem Kopf schlagen. Denn morgen ist die große Hochzeit und da kannst du nicht einfach weggehen. Da brauchen wir alle Kräfte hier im Haus. Danach, da kannst du dann machen was du willst.«

*

So wurde der Körper von Margrets Schwester einsam ins Grab gesenkt: nur der Pfarrer, der Totengräber und dessen Gehilfe waren bei der kurzen Zeremonie dabei. Mit gerade einmal 40 Jahren war der Kampf ihres Lebens zu Ende gegangen.

Am Tag nach der Beerdigung machte Margret ihr Versprechen wahr und besuchte das frische Grab der unbekannten Bettlerin, legte einen Strauß Wiesenblumen auf die nackte Erde und murmelte ein kurzes Gebet für die arme Verstorbene, um die niemand zu trauern schien.

Schon nach wenigen Wochen war die Grabstelle von Gras und Schlingpflanzen überwuchert, während auch die allerletzten Erinnerungen an die Frau verblassten.

Niemand hat jemals erfahren, wen sie hier der Erde wiedergegeben haben.
Bis auf Margret hat es aber auch nie jemanden interessiert.

Johannas Tochter Wilhelmina hat am 21. September 1871 tatsächlich Leonhard Schober geheiratet, den Sohn des Georg Schober aus dem Nachbarhaus. Natürlich hat sie nie erfahren, was ihre Mutter ihr unbedingt noch hatte sagen wollen. Im Nachhinein betrachtet war es wohl besser so.

Von Johanna gibt es kein Foto. Und natürlich auch keinen Namen auf einem schmiedeeisernen Kreuz, wie das bei den so genannten gut situierten Bürgern üblich ist. Nichts ist von ihr geblieben. Ein Staubkorn im Wind.

Vielleicht aber doch… denn als wir beinahe 150 Jahre später auf dem Friedhof stehen, womöglich sogar ungefähr an der richtigen Stelle, spüren wir, wie sich ein zaghafter Hauch von Erinnerung in unsere Gedanken schleicht.

Es ist natürlich nur so ein vages Gefühl. Aber immerhin. Es ist die Erinnerung an eine arme Frau, die so gerne ein sorgenfreies, gutes Leben gelebt hätte. Das ist mehr als nichts. Und schon deshalb ist es gut, dass es diese Erinnerung gibt.

Nachtrag

Liebe Leserinnen und Leser,

Sie werden sich beim Lesen dieses Buches vielleicht gefragt haben: kann das sein, dass Auswanderer damals wieder aus Amerika zurückgekehrt sind? Ja, das war tatsächlich der Fall – und zwar viel öfter, als es gemeinhin bekannt ist. Unter den zirka 5,5 Millionen Deutschen, die seit den Hungerjahren ab 1816 bis 1914 nach Amerika ausgewandert sind, waren mehrere 100.000, die zurückgekommen sind. Zum überwiegenden Teil deshalb, weil sie in der neuen Welt nicht haben Fuß fassen können. Die Verzweiflung hat sie zurück getrieben, in ihre alte Heimat – in der sie freilich alles andere als willkommen waren.

Ihre Bürgerrechte hatten sie beim Aufbruch nach Amerika abgegeben, oft genug waren die Schultheißen in den Dörfern froh gewesen, die »Hungerleider« endlich los geworden zu sein und haben ihnen deshalb sogar die Schiffspassage bezahlt, extra Gemeindewald dafür verkauft, um die Billetts finanzieren zu können. Und nun standen sie plötzlich wieder da: als endgültig gescheiterte Existenzen, denen nach ihrer Rückkehr ein noch viel erbärmlicheres Los zuteil geworden ist, als damals, bei ihrem Aufbruch.

Die allermeisten Erkenntnisse über das Schicksal dieser Menschen liegen noch verborgen unter einem dicken Staubteppich im Dunkel der Geschichte, denn was man wusste, ist lange verschwiegen und unter den Teppich gekehrt worden. Aber es hat sie gegeben, diese armen Menschen – wie gesagt, sogar zu Hunderttausenden. Höchste Zeit, dass man ihren Geschichten nachspürt, sie erforscht, aufschreibt und erzählt. Das sind wir ihnen schlichtweg schuldig.

Für Kapitän Heinrich Wieting (1815–1868), dem »Vater der Auswanderer« war die Passage, auf der Johanna zurück nach Bremerhaven gelangte, die letzte Rückfahrt seines Lebens. Einmal noch ist er mit der »Gauss« nach Charleston aufgebrochen: am 6. Oktober 1868 hieß es an der Wesermündung »Leinen los!«. 278 Auswanderer – so viele, wie noch nie – befanden sich an Bord des Schiffes, das am 29. November Charleston erreicht hat – mit einem zu diesem Zeitpunkt bereits todkranken Kapitän. Während der Überfahrt hatte sich Wieting mit Typhus infiziert und obwohl sich gleich nach der Ankunft der »Gauss« zwei Ärzte um ihn kümmerten, kam jede Hilfe zu spät. Am 2. Dezember 1868 ist Heinrich Wieting gestorben. Tief betrauert von Einwanderern und Einheimischen gleichermaßen wurde der Kapitän auf dem Friedhof von Charleston beigesetzt. Die Zeitgenossen schildern dieses Begräbnis als den größten Leichenzug, den die Stadt seit vielen Jahren erlebt habe. Sogar eine Säule zum ewigen Gedenken an diesen menschlichsten aller Auswandererkapitäne wurde an seinem Grab errichtet. Sie steht noch immer dort.

So viel zu Johanna Magdalena Friedrich und ihrer bewegten Lebensgeschichte.

Sicherlich, sehr geehrte Leserinnen und Leser, werden Sie sich beim Lesen dieses Buches aber auch gefragt haben, weshalb denn manche Erlebnisse aus Johannas ersten Lebensjahren hier ziemlich anders beschrieben werden, als in »Die Töchter des Herrn Wiederkehr«. Darauf gibt es eine einfache Antwort: Johanna hat manches aus ihrer persönlichen Perspektive heraus ganz anders wahrgenommen, als ihre Eltern und die Geschwister. Die Ereignisse selbst haben sich natürlich nicht verändert, sondern nur die Ebene der Betrachtung. Zwei Menschen, zwei Empfindungen, zwei Wahrnehmungen, und die können manchmal ganz unterschiedlich ausfallen. Umso spannender war es für mich, dieselbe Geschichte nun von der anderen Seite aus erzählen zu können. Und dann hat sie mich mit sich fortgetragen, diese lebenslange vergebliche Suche nach einem kleinen bisschen Glück und Geborgenheit.

Natürlich werden Sie mich auch fragen wollen, wann und wie es denn nun endlich weitergeht mit der Spurensuche nach »John«, dem Vater der kleinen Anna. Das hatte ich ja am Ende von »Die Töchter des Herrn Wiederkehr« angekündigt. Eigentlich sollte dieses Buch darüber berichten. Eigentlich … Denn in Wirklichkeit ist es wieder einmal ganz anders gekommen, als ich mir das gedacht hatte.

Zunächst einmal habe ich eine Überraschung erlebt: ein (uns bislang unbekannter) Großneffe meiner Frau Karin hat sich nach der Lektüre des »Wiederkehr«-Buches bei mir gemeldet und gemeint: »Sie haben darin ja die Geschichte meiner Familie beschrieben!« Es handelte sich um den Enkel der Kronenwirts Christian Bengel aus Rappenau. Wir haben uns dann getroffen, Fotos, Familienerzählungen und Stammbäume verglichen. Bald schon war klar: sie sind tatsächlich verwandt, meine Frau und er. Die letzte winzige Lücke war damit geschlossen, der letzte kleine Zweifel endgültig beseitigt: der Kronenwirt ist tatsächlich der Vater der »Töchter des Herrn Wiederkehr«!

So hatte ich mich voll neuer Energie an die Fortsetzung gemacht und mich also wie geplant auf die Suche nach »John« begeben. Dabei ist es freilich schon ziemlich früh nicht mehr richtig voran gegangen: die Lücken und die Fragezeichen sind immer größer geworden. Und so musste ich mir nach wochenlangen Recherchen, die zunächst eigentlich recht verheißungsvoll begonnen hatten, schließlich eingestehen: da geht nichts mehr. Der mysteriöse »John«, von dem in Annas Familie nicht einmal mehr der richtige Name bekannt ist, bleibt mitsamt seinen Lebensdaten wie vom Erdboden verschluckt. Bis heute wissen wir im Grund nichts über ihn: Wo hat er gelebt, wie lange hat er gelebt, gibt es womöglich weitere Nachkommen? Ich habe es nicht herausfinden können. Denn Annas Mutter Marie, die Einzige, die es uns hätte sagen können, hat sogar gegenüber ihrer Tochter eisern geschwiegen. Sie wollte es für sich behalten und so hat sie ihr Geheimnis schließlich mit ins Grab genommen.

Dafür hat sich im Zuge meiner vergeblichen Nachforschungen nach »John« plötzlich eine ganz andere Tür geöffnet, hinter der die Lebensspuren von Margrets Schwester Johanna verborgen waren – herausgekommen ist eine zu Herzen gehende Lebensgeschichte, die mich zunächst bei der Recherche und dann beim Schreiben nicht mehr losgelassen, sondern Seite für Seite stärker in ihren Bann gezogen hat. Damit habe ich im Lauf der Zeit ein Mosaiksteinchen um das andere aus Johanna Leben wieder zu einem kompletten Bild dieser armen Frau zusammensetzen können: das Resultat haben sie in diesem Buch lesen können.

»Margrets Schwester« also anstelle von »John«. Aber wer weiß: vielleicht kommt eines Tages »Johns« Geschichte doch noch ans Licht des Tages. Denn die Archive der Auswanderergeschichte(n) sind noch längst nicht vollständig gesichtet und ausgewertet. Die eine oder andere Spur lässt sich aber schon schwach erkennen …

PS: Auch von Johanna gibt es kein Foto. Die Abbildung auf dem Einband zeigt Margrets Tochter Marie Schober, die Nichte von Johanna, die sie nie kennengelernt hat.

Gunter Haug

Die Töchter des Herrn Wiederkehr

Es ist die wahre Lebensgeschichte einer einfachen, armen Dienstmagd aus Nordbaden: Margareta Schober (geboren 1844 in Treschklingen bei Rappenau, gestorben 1927 im Alter von 82 Jahren in Kirchardt bei Sinsheim).

Schon in früher Jugend musste sie ihr Elternhaus mit den zehn Geschwistern verlassen, um in der Fremde im wahrsten Sinn des Wortes ihr „täglich Brot“ zu verdienen. Einen Lohn gab es nicht, Leute wie sie mussten froh sein, eine Kammer (die sie sich mit anderen Mägden teilte) und etwas zu essen zu bekommen.

Dreimal kehrte sie hochschwanger in ihr Heimatdorf zurück, wo sie ihre drei unehelichen Kinder (Christina, Philippina und Marie) zur Welt brachte, um darauf wieder zu ihrer Arbeitsstelle zurück zu gehen. Die Kinder wurden von den Großeltern und Verwandten aufgezogen. Wer der Vater der drei Kinder war, hat sie bis zu ihrem Tod nie verraten, darüber konnte in der Familie nur spekliert werden. Ab und zu kam jedoch Unterstützung für die Kinder aus einer Apotheke in Kork in Form von Naturalien. Das ist die erste Spur ...

ISBN 978-3-943066-44-9 | Taschenbuch 9,90 € | 2. Auflage
448 Seiten

Verlag Landhege

Niemands Tochter

Auf den Spuren eines vergessenen Lebens

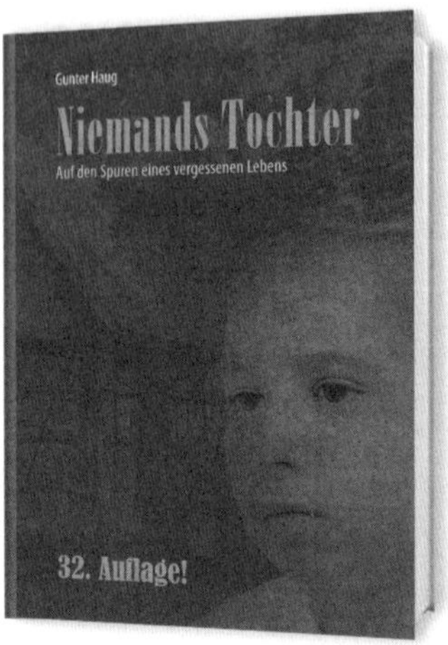

Ein Buch so unvergesslich wie Anna Wimschneiders „Herbstmilch“

Als Stiefkind wächst sie auf einem Bauernhof auf. Sie erlebt zwei Kriege und bringt neun Kinder zur Welt.

Gunter Haug beschreibt in diesem Buch die wahre Lebensgeschichte seiner Großmutter Maria Staudacher, geboren 1903 in Rothenburg ob der Tauber.

Ein Frauenschicksal, das es um die Wende vom 19. zum 20. Jahrhundert tausendfach gegeben hat. Das Buch ist auch ein Denkmal für die vielen, meist vergessenen Frauen in dieser Zeit, die niemand nach ihren Wünschen und Sehnsüchten gefragt hat. Sie haben ihr hartes Dasein mit bewundernswerter Kraft und Stärke gemeistert, ohne dabei ihren Lebensmut zu verlieren.

Die Geschichte von „Niemands Tochter“ hat schon über eine halbe Million Leserinnen und Leser in ihren Bann gezogen

Jetzt in der 32. Auflage bei „Landhege“ erschienen!
464 Seiten, Preis 9,90 €
ISBN 978-3-943066-07-4

Verlag Landhege

ARNIM EMRICH

Der Fremde

Auf der Suche nach Heimat

Der jüngste Sohn einer Bauernfamilie aus Obereidisch in Siebenbürgen hat sein Leben bereits geplant. Doch alles wird anders, als das weit entfernte Deutschland den zweiten Weltkrieg beginnt. Thomas, der Ich-Erzähler des Buchs und Großvater des Autors, erlebt als knapp Zehnjähriger wie der beginnende Weltkrieg Schritt für Schritt die bäuerliche Idylle in Obereidisch zerstört. Die Brüder ziehen in den Krieg. Sein jüdischer Freund verschwindet.

Als der Krieg immer näher kommt, zieht das ganze Dorf geschlossen in Richtung Westen, um den heranziehenden Russen zu entkommen. Sie lassen alles zurück, was sie über Generationen aufgebaut haben. Die Flucht führt Thomas nach Reichmannsdorf in Franken - hier hofft er auf einen neuen Start. Doch das ist alles andere als einfach.

Arnim Emrich, geboren 1982 in Oberkirch, hat nach seinem Ökonomiestudium in einer Unternehmensberatung gearbeitet, bevor er Referatsleiter im Finanz- und Wirtschaftsministerium von Baden-Württemberg wurde.

„Der Fremde" ist sein erster Roman, der die wahre Geschichte seines siebenbürger-sächsischen Großvaters erzählt. Er begann mit den Arbeiten an dem Roman, nachdem er ein Jahr im Heimatland des Großvaters gewohnt und Sprache und Kultur kennengelernt hatte. Arnim Emrich lebt mit seiner Frau in Stuttgart.

ISBN print 978-3-943066-45-6 12,95 €

Verlag Landhege

www.gunter-haug.de

Gunter Haug,
geboren 1955 in Stuttgart – Bad Cannstatt. Langjähriger Zeitungs- Radio- und Fernsehredakteur. Als Autor von zahlreichen biografischen und historischen Romanen hat er sich einen großen Leserkreis geschaffen. Seine Trilogie »Niemands Tochter« wurde zum Bestseller.
Gerade die detailreichen, einfühlsamen Beschreibungen der Menschen, die für Haug immer im Mittelpunkt der Geschichte stehen, machen den ganz besonderen Reiz seiner Bücher aus.
Bei den zahlreichen Lesungen und Vorträgen in Deutschland und Österreich schafft es Haug mit seinen plastischen Schilderungen immer wieder, das Publikum zu begeistern.
Gunter Haug lebt als freier Autor in der Region Franken.

www.landhege-verlag.de